茫茫的草原

玛拉沁夫 著

中国言实出版社

图书在版编目(CIP)数据

茫茫的草原 / 玛拉沁夫著 . -- 北京 : 中国言实出
版社, 2021.3

ISBN 978-7-5171-3817-4

Ⅰ.①茫… Ⅱ.①玛… Ⅲ.①长篇小说 – 中国 – 当代
Ⅳ.①I247.5

中国版本图书馆 CIP 数据核字（2021）第 033265 号

出 版 人　王昕朋
责任编辑　肖　彭
责任校对　张　朕

出版发行　**中国言实出版社**

地　　址：北京市朝阳区北苑路 180 号加利大厦 5 号楼 105 室
邮　　编：100101
编辑部：北京市海淀区花园路 6 号院 B 座 6 层
邮　　编：100088
电　　话：64924853（总编室）　64924716（发行部）
网　　址：www.zgyscbs.cn
E-mail：zgyscbs@263.net

经　　销　新华书店
印　　刷　河北新华第一印刷有限责任公司
版　　次　2021 年 4 月第 1 版　　2021 年 4 月第 1 次印刷
规　　格　710 毫米 ×1000 毫米　1/16　38.25 印张
字　　数　630 千字
定　　价　168.00 元　　ISBN 978-7-5171-3817-4

　　玛拉沁夫，中国蒙古族作家，出生于内蒙古卓索图盟土默特旗。1945 年参加革命，1948 年加入中国共产党。1946 年起从事文艺创作，1951 年创作成名作《科尔沁草原的人们》。

1952 年入中央文学研究所研究生班学习。1954 年返回内蒙古，随即到草原长期深入生活，挂职任明太旗委常委兼宣传部长。其间，出版短篇小说集《春的喜歌》，创作完成长篇小说《茫茫的草原》（上部），并加入中国作家协会。1956 年被选为中国作家协会内蒙古分会常务副主席，后任内蒙古自治区文联副主席、内蒙古自治区文化局副局长等职。1980 年调北京工作，先后任《民族文学》主编，作家出版社社长、总编辑，中国作家协会书记处书记、常务书记，党组副书记。

玛拉沁夫长期从事少数民族文学的组织与推广工作。曾任中国少数民族作家学会会长和中国作家协会少数民族文学委员会主任。玛拉沁夫的作品受到中国文学前辈们的赞扬。文学大师老舍先生1963 年写条幅赠他，称赞他："文坛千里马，慷慨创奇文；农牧同欣赏，山河丽彩云。"文学巨匠茅盾先生于 1962 年著万言长文评论玛拉沁夫的作品，他说："玛拉沁夫富有生活的积累，同时他又富于诗人的气质，这就成就了他的作品的风格——自在而清丽。"

玛拉沁夫先后荣获中国作家协会颁发的从事文学创作突出贡献奖，中国电影文学学会颁发的中国电影编剧终身成就奖，中国文学艺术界联合会授予玛拉沁夫终身成就电影艺术家荣誉称号。

玛拉沁夫是新中国培养的第一代作家的有代表性人物之一。他是中国第一个自觉地以写草原为己任的作家，被誉为中国草原文学的开拓者。玛拉沁夫的文学创作，是蒙古民族一个时代的文化符号，这是他对中国文学乃至世界文学的一大贡献。

目录

上

部

卷 一

一

一千九百四十六年的春天，察哈尔草原的人们生活在多雾的日子里。每天早晨，浓雾湮没了山野、河川和道路，草原清净而凉爽的空气，变得就像马群踏过的泉水一样，又混浊又肮脏！人们困惑地、焦急地期待着晴朗的夏天！

就在这样一个下雾的早晨，一个骑马的人挎着大枪，直奔特古日克村走来。他走到离村不远的一座小山上，贪婪地四处张望，浓雾遮住了他的视线，看不远。"盼哪，盼哪！盼望着回到家乡来，今天回来了，可巧遇上了这样大雾天气，我多想站在这座小山上，看看家乡广阔的草原，呼吸一下家乡新鲜的空气啊！……"他失望地自言自语地走下山来。

马艰难地踏着深雪向村里走去。路两旁，柳树枝上挂满了冰霜，野雀在林中穿来穿去，雾天的早晨格外寂静，好像草原还没有从梦中苏醒……

过了一会儿，从雾幕中徐徐传来牛车在雪地上行走的吱嘎吱嘎声响。听到这声音，那骑马的人心想："大概是拉水的牛车。"立刻脸上露出微笑。对他说来，家乡的一切景物、声音，都是非常亲切的！

果然有一个衣着褴褛的女人，赶着两辆拉水车走了过来。骑马的人上前寒暄，他自信村里随便什么人都认识他。

"女乡亲，你好吗？"

"好。你好？"

那赶车的女人好似受惊的鸟儿，停了下来，用头巾角遮住脸部，只露出两只大而深陷的眼睛。

骑马的人认不出她是谁，也许是他被抓去当劳工以后新搬来的人吧！

"我打听一下，斯琴的家还在这个村吗？"

"你说什么？问谁？"她谨慎而恐惧地抬起头来，目不转睛地瞧他的脸。

"我是问斯琴，就是外号叫'小燕'的那个姑娘。"

她仍然站在原地，她那呆傻的眼光从他脸上一直没有移开。骑马的人感到奇怪，不由得把头上的皮帽往脑后推了一下，一缕缕热气从宽阔的额头往上直冒，显然他有些着急了。这时不知为什么，那女人的肩头和眼角突然猛烈地抽动起来，泪水糊住了两眼，她竭力压抑着声音，在嘴里叨咕着："天哪！是……是他……铁木尔！"就"啊！"地叫喊着丢下水车，向被深雪覆盖的荒山上疯狂地、无目的地跑去；跑出不远跌倒了，爬起来又跑……

在她跌倒的雪地上，从她长衫上撕落下来的几块破布片，在晨风中轻轻地摇动着……

他起初想去追她，后来一想她也许是个疯子，再说自己刚回到家乡来就满山遍野地追撵一个女人，也不大体面，于是勒过马头，赶自己的路了。

雾，还没有散；太阳，就像日落前的月亮：没有光辉，没有温暖。远处的沙丘和草原，像是被巨大的纱帐笼罩起来，虽然已经是小晌时刻，而草原依然昏昏土土的。

前面隐约地看见在沙丘脚下立着一座破旧的蒙古包。包门前站着一位手挂拐杖、瘦弱不堪的老太太，她那由于牙齿脱落而收缩的嘴唇不停地嚅动着，看去像是在做祈祷。过了一会儿，她使出全身的力气，好不容易地迈动脚步，从左向右围绕蒙古包走了起来，一圈、两圈、三圈……

铁木尔记起她是刚盖老太太。她啊，讨了半辈子饭，直到因年迈手脚失灵连饭也讨不成了的时候，才在这个地方落下脚来，靠她嫁卖女儿所得的一点彩礼，度着孤独的贫苦的晚年。

他又记起刚盖老太太前些年曾向老佛爷发过"心誓"：每天分晨、午、晚三次围绕蒙古包边祈祷边行走一百圈，直到死去为止。看来她老人家数年如一日，忠实于自己的"心誓"，甚至在今天这样寒冷的清晨也不例外。

看到眼前的景象，铁木尔的心不由得痛了起来。刚盖老太太呀！你在这遮盖了一切的浓浓的晨雾里在祈求什么？是在祈求人间的荣华富贵，还是你晚年的幸福康乐？是在祈求上天搭救你贫困的同胞，或者你苦难的民族？……不是！全不是！贫困和苦难把她的背都压弯了，那是无法解脱的！至于荣华富贵和幸福康乐，在这人间她从来不曾得到过！因此，她以奄奄一息的生命中的全部力量，在为比今天这浓雾更为渺茫的、不可理解的来世祈祷着，祈祷着……

"难道祈祷能够拯救我们的民族，搭救我们的人民吗？"铁木尔一个人突然这样喊了起来——确切地说，是从他内心中像炮弹一样发射出来的——以至把他的骑马都吓了一跳，立刻将两只耳朵像羊犄角似的直棱棱地竖起来，噗噗地打起鼻响。

铁木尔打马跑到刚盖老太太跟前，问安道：

"刚盖老大娘，你好！"

那老太太听到人声，停住脚步，轻声答了一句话，但是铁木尔没有听见，等他再要问话时，老人嘴里又叨咕起咒语，开始迈动脚步了。她老人家每走一步，都要用拐杖探一探路，啊，她的两眼全瞎了！

"可怜的老人！"

铁木尔知道她围绕蒙古包做祈祷是不能中止的，更不能谈话，只得自言自语着离开了她。

回到家乡所遇见的这两个人，使他感到意外；那个疯女人和刚盖老太太的影子，在他脑海中交替地出现着。

正在这时，他的骑马突然受惊，猛地向路旁闪跳了一下，几乎将他摔了下去。他赶紧勒住马缰，定神看去，原来道路上横着一个小孩冻僵的尸体，半身埋在雪里，半身露在外面；贫困和疾病不知从哪一位母亲的手中将他夺走，扔到这里了！

当铁木尔来到村头时，微风吹来，雾淡了，太阳也毫不吝啬地洒下光辉，草原渐渐显现出来。铁木尔贪婪而多情地看着自己的家乡，热泪不由得流了出来！啊！离别特古日克村，离别亲人们，已经一年多了！家乡，一点都没有变样，村落中央结了冻的特古日克湖闪耀着为他所熟悉的白光，湖两旁柳林和榆树仍然向天空伸着深褐色的手，还有那环抱村落的黄色沙漠，也仍然躺在那里……

刚进村里，远远看见在村落尽西头，立着五座雪白、崭新的蒙古包，那是鼎鼎大名的贡郭尔扎冷[1]的家。"他还住在这里，可恨的家伙！"一想到贡郭尔，他不由得把马往外拉了一下，好像用这来表示与他疏远。但是就在这时，他发现贡郭尔那五座蒙古包后面，矗立着他被抓去当劳工时还不曾有的五间漂亮的砖瓦房。砖瓦房在草原上是罕见的，所以显得格外显眼。

然而，与此同时映入他眼帘的，是那些散落在湖边林间的低矮发黑、千孔百洞的牧民们的蒙古包！

"不，家乡变了，变得越发黑白分明了！……"

在特古日克湖岸上走着一个女人，粉红色的头巾在朝阳下闪着光。她是谁呢？也许是他日夜思念的斯琴吧！……刚才遇见的那个疯女人又是谁呢？没等得出答案，他又想别的事情了。

来到斯琴家门前，他下了马，将全身是汗的马拴在木桩上；马桩周围长满了枯草，由此可以推断：这家已经好久没有来过骑马的客人了。然而，他离开家时，斯琴不是还有一匹三岁骑马吗？他这样胡乱想着，一步一步地走近蒙古包，心，也跟步伐的节奏一样跳了起来！看见蒙古包顶上冒出的灰白炊烟，他想道："这就是斯琴的家啊！她也许蹲在'吐拉克[2]'旁烧茶呢！"走到门口，刚要伸手去开门，又把手收了回来，他想站在门外，先听一听斯琴的声音。站了半天，没听到人声，只听见铁勺碰在锅沿上的叮当声响，他有些发急了，猛地把门一开，喊道：

"斯琴，我回来了！"

包里只有一位满脸皱纹的老人，是斯琴的爸爸道尔吉老头。他刚烧好茶，把茶倒进木桶里，回过头来看是谁闯进包来：

"啊！铁木尔……"

咚的一声，茶桶从他两手中掉在地上，滚热的茶水，溅得满包全是。

老人走上前来，用颤抖的手抚摸着铁木尔结实的肩头，泪水从干枯的眼窝中流了出来：

"铁木尔，铁木尔，你……"

"您的身体好吗，大叔？"铁木尔也含着泪问道。

---

[1] 察哈尔盟的行政官衔与内蒙古其他各盟不同，一旗之长不叫王爷，而叫安奔；其次是扎冷（分耶合扎冷和巴嘎扎冷两种）、章刻、专达、混都等等。

[2] 蒙古包里的火炉。

"好。你的身体好？"

铁木尔答完，把茶桶收拾起来，两个人都坐下来了。

道尔吉老头总是用不安的、惭愧的眼光看着铁木尔。他俩交谈了一阵，铁木尔一直没好意思问斯琴到哪儿去了。道尔吉老头早就看出这一点，然而他越是了解了铁木尔的心思，越觉得有千斤重的铁块压在他的胸口，万把刀子刺在他的心头！铁木尔的意外归来，使他不知怎样把这离别一年多的生活，详细地照实地告诉他。

一直到喝完茶，铁木尔也没好意思打听斯琴，道尔吉老头也没提到她。

铁木尔饱饱地喝了一顿一年多没喝过的草原奶子茶，出了一身汗，解下皮带，脱了皮大衣，刚要擦汗时，忽然听到包外一阵马蹄声：

"外边出了什么事？"

道尔吉老头从半开的蒙古包门探出头去窥望，这时有人向他喊道：

"大清早的客人来报喜，这是谁的马呀？"

没等铁木尔站起来，贡郭尔扎冷就闯进来了。他穿着一身黄呢军衣，外边披着一件黑斗篷。靴子是漆皮的，靴统跟镜子一样发亮。高鼻梁上卡着一副黄色化学边养目镜，上嘴唇上留着两撇与他三十五岁的年龄不相称的八字胡，显得矜持而又威严。

铁木尔的意外出现，使贡郭尔大吃一惊。好像突然有一股冷风向他脸上吹来，他那美丽的八字胡痛苦地颤动了几下。但是他像许多有社会经验的官员们一样，毫不费力地把神情镇定下来，对铁木尔发出亲切的、甚至是友谊的微笑，并且打破因身份关系从来不先向人寒暄的惯例，向这个在外边转了一两年，不知道长了几斤肉的铁木尔不自然地寒暄之后，说道：

"从去年事变后，我们全屯的人都盼望着你早些回来，今天果然回来了，这真叫人高兴！铁木尔，你也会知道，在这样多风多雨的年头，人们都是希望英雄好汉守在自己身边的。不是吗？"

对贡郭尔扎冷这不寻常的殷勤和健谈，铁木尔有些纳闷。在明安旗一手遮天的贡郭尔扎冷，怎会变得这般平和近人？想到这里他不由得产生几分疑心，说道：

"贡郭尔扎冷，我刚刚回到家，对家乡的事情一点也不摸底，尤其对你称呼我是'英雄好汉'的意思更不明白。我算什么英雄好汉？只不过叫你给抓去当劳工受了两年牛马罪！"

听了这话，贡郭尔扎冷奸猾地笑了。好像一个猎人站在高岗上寻找野物线索似的，他把眼光集中在铁木尔脸上。他相信以自己机警的双眼，几眼就可以把铁木尔的骨肉看穿；然而他却失败了。"他知道斯琴的事情了吗？不，看样子还没有听说呢！"他在心中自问自答着。这时他看见铁木尔身后的"哈那[1]"上靠着一支"三八式"步枪，心，轻轻悸跳了一下，探索地问道：

"那是你的枪吗？好枪。哎，听说现在八路军也都使用这种枪，是吗？"

"不完全是这种枪。"

"你见过八路军吗？"

"不但见过，还在他们那儿住了一些日子呢。"

"这么说，你跟他们很熟悉啦！"

铁木尔看见贡郭尔一句逼一句地问八路军的情形，忽然发觉自己刚才说的话不够妥当，就急忙以对一个扎冷不应有的粗野的态度说道：

"我什么都不知道，您去问别人吧！"

贡郭尔冷静地微笑着将八字胡捋了一下。对他说来，铁木尔的出现和他这种粗野的态度，构成了一个不可解的谜！他已经不是一年前的铁木尔了！俗话说得好：不知道河多深，不能轻易下水。所以他温情和气地说：

"噢，你也许没有注意这些事。你歇一歇吧，赶了好些天路，一定累了，以后有空再谈吧，我倒很想听一听外地的情形。"

说罢，走出门去，领上他那个贴身仆人宝音吐就走了。

在他们谈话时，为铁木尔的粗鲁和没有礼貌的话语，担心得出了一身凉汗的道尔吉老头，回头来向铁木尔有几分责怪地摇了摇头。

生命的暴风雨残酷地袭击着斯琴。

她拉水回来，如同得了一场大病，全身虚弱，把拉车的牛卸下来，拴在车轱辘上，便迈着沉重的步子向自己那座千孔万洞的破黑蒙古包走去；刚走了两步，忽然听见主人住的包里有人在喊：

"把灰土拿去倒了。"

她只好转回来，走进主人的包里。贡郭尔的大太太骂道：

---

[1] 蒙古包的围墙。

"拉一车水为什么这么久？是狼咬了你的脚后跟，还是种牛向你调情了？臭女人，看你那个穷样！"

日夜听惯了谩骂的斯琴，弯下腰把灰土箱拿出去，倒在离蒙古包不远的灰土堆上。这时看见刚出去打猎的贡郭尔扎冷和仆人，不知为什么中途返回来了。贡郭尔的脸色就像大雨前的天空那样阴森而可怕！下马后，把马缰绳往仆人手中一扔，便急速地走进他父亲住的蒙古包。

"扎冷也许看见铁木尔回来了吧？"斯琴偷偷地向自己家的方向看去，一片树林遮住了她的家，什么也看不见。她放轻脚步，走过老主人的蒙古包门前时，听见贡郭尔在说：

"爸爸，真奇怪，铁木尔回来了！"

听了这话，她的心咚咚直跳，然而不知从哪儿来了一股勇气，促使她敢于大胆地停下来，又偷听了一会儿。

"怎么，他回来了？"是老主人的声音。

"我看这是不祥之兆；他知道了斯琴的事……我们还是把……"

由于过度恐惧、紧张，断断续续地听到这几句话，斯琴头就有些发晕，全身寒战，几乎倒了下去！她咬紧牙关硬挺着，刚走进自己住的包门，就咕咚地倒在铺着干草的地上。她两只手痉挛地抓住一把干草，眼前出现一片火星，胸中好像燃烧着大火，嘴发干，想喝水，水，水，冰冷的水！……

"铁木尔，你为什么回来？为什么回来呀！……如今我变成了这个样子，有什么脸见你啊？……不，我任死也不能见你，不能见你呀！……"

自从铁木尔被抓走之后，她日日夜夜地想念他，希望在她生命被人完全吞没之前，能够跟他见一次面，把自己宁死不屈的心愿向他倾诉！但是，今天铁木尔回来了，她亲眼看见他回来了的时候，她又自卑地痛苦地抚摸着自己一天比一天鼓大了的肚子，决心不跟他见面了。

冷风在包顶上呼啸，被风吹起的雪花，从天窗轻轻地落在她的头发上、身上；雪花见了温气化成水珠，与她的眼泪，同时闪着白色的、寒冷的光……

第二天早晨，铁木尔醒来时，耳边响着奶茶的沸开声；包内充满了奶茶的清香。这对久别草原的他，该有多么亲切啊！他不由得回忆起多难的童年时代，那时每天早晨妈妈总是在这样奶茶的沸开声中叫醒他……与今天多么相似啊！

昨天晚上，道尔吉老头把在这一年多村里发生的事情，和他女儿怎样被贡郭尔扎冷逼婚，都一一告诉了他。他听了那些话，抑制不住心里的怒火，马上就要去跟贡郭尔拼了！道尔吉怕他惹出大乱子来，就拉手扯脚地劝了他多半夜，才劝下来。他昨晚一整夜没睡着，直到天亮时才蒙蒙胧胧打了一个盹……

"不管怎样，我是要见她一面。"早晨他醒来，一边穿衣服一边这样想。

喝过早茶，铁木尔把枪交给道尔吉大叔，就走出包去。三月的草原仍然披着冬装，冷风无休止地从北山上把积雪一片一片地向村落吹扬过来，天空闪烁着灰白色的冷光；看来春天还没有影呢！

铁木尔想把全村人家都串一串，从他们那里也许能听到斯琴更多的消息。他沿着特古日克湖边，踏着有牛马蹄印的雪地，向湖北面的莱波尔玛那座孤独的蒙古包走去。

莱波尔玛是一个年轻美丽、心地善良的寡妇，是铁木尔妈妈的表妹的女儿，也就是他的远亲姐姐。她家没有看家狗，他预先也没打个招呼就走进包去。莱波尔玛坐在烧着干牛粪的"吐拉克"旁，赤裸着上身正在缝补自己的棉袍；火光烤得她那跟许多男人的胸脯贴靠过的丰满的乳房，有些发红了。她看见铁木尔走进来，羞得嫩白的两颊上泛出一片红潮，赶忙披上棉袍。

"昨天夜里才听宝音吐说你回来了。我刚才要去看你，可是这三个小崽子没有人看管，脱不开身，没承想大清早你就来了。"

"谁叫宝音吐？"

"你忘了，就是贡郭尔扎冷那个贴身老仆人，他说昨天看见你了。"

"莱波尔玛，一年多没见面，日子过得怎样啊？"

"跟从前一样，还是跟这三个孩子混着过呢！"

"怎么三个孩子呢？"他被抓走的时候，她有两个孩子，这一年多的工夫，又跟谁养了一个呢？他心里想的这事，可嘴上问的是别的事：

"该找个男人了，对你，对孩子们都会有好处，你为什么一个人冷清清地过呢？"

"是啊，可是……"她温柔地笑了笑说，"惯了！"

她烧了茶，又拿出家中最好的点心款待了他。

"离开家乡一年多，咱这地方变化得可不小呀！"铁木尔一边喝茶一边探问道。

"是啊，该告诉你的事太多了，有些你也许听说了，唉！提起来真叫人伤心！……"

"我到你这儿来，一来见见面，二来也想打听一下斯琴。"

"铁木尔，你听了可别太难过，唉，咱们穷人命苦，听人说，她……她有点疯了！我有两个月没见她面了。听人说，斯琴每天晚上都散着头发，一个人整夜整夜地在特古日克湖岸上走来走去；也有人说，还听见她奇声怪气地乱喊叫。唉，她疯了！可我刚才已经说过，我是没亲眼看见。这些话，也许不应该跟你说……"

"不，你应当这样四六八十地全告诉我。不要担心，我在外地的时候，什么都想过的：有时想她一定在家等着我呢；可有时也想到过这些意外的事情。今天无论怎样吧，我也要跟斯琴见一面，贡郭尔逼婚，她有什么办法呢？过去的事，不能全怪罪她，只要她今天愿意回到我这儿来，我就一定接她回来；要是贡郭尔捣乱，我非得叫他吃吃苦头！"他把一只像千斤重铁锤似的拳头握得紧紧的，在眼前晃了一晃，又说：

"莱波尔玛，你要知道，往后就要平等了！"

她惊讶地瞪大了眼睛，小声地问：

"你说什么？平等？"

"平等就是人和人都一样，谁也不许欺负谁。早先日本人欺负咱们，贡郭尔也欺负咱们，往后就不许了，天底下就不会再有一群人光吃肉，一群人光喝汤的事啦！"

她听了这话，轻轻一笑，说：

"好弟弟，还是管一管你的舌头吧！叫贡郭尔听到，会打断你腿的！"

"打断我的腿？呸！我还想把他打进地里去呢！好姐姐，平等，这句话不是我瞎说，这是人家告诉我的，他们都是好人，是可以相信的。"

"你说的人家是谁？"

"哎，这以后再说吧！今天你还是给我出个主意，怎么才能跟斯琴见到面？"

她想了想，回答说：

"我每天傍黑的时候，看见她赶着一群牛犊到井边来饮水，今天晚上，你在井边的柳林里等着，她饮完牛犊走回来，你就能跟她见上面了。"

……

冷风卷着雪花刮了一天，到黄昏时，才住了下来。留在空中的雪花，就像扇动着翅膀的白蝴蝶，轻轻地飘飞着，落在柳林的枯枝上。这披上白衣的柳林，跟西天边那五色缤纷的彩霞相映起来，宇宙变得如同鲜艳而秀美的刺绣一般。特古日克湖还没有解冻，几只野鸭时而从深草里温暖的巢窝中走出来，在湖岸上徘徊，为这草原特有的漫长的寒冷季节，低声唱着忧伤的怨歌。这时一轮圆月从东方冒出头来，向大地洒出土红色的光辉；山川、草原和沙漠沉浸在静谧之中。

柳林里更是静悄悄的。在那条通往湖边的小路上，落了一层树叶，斑斑点点，就像一条花皮蛇。树枝上挂满了雪片，在月亮下闪闪发光，即使有一阵最轻微的夜风，也会刮掉它们的。俗话说得好：树枝上的雪，待不长。

一群活泼的小牛犊穿过柳林中的小路，向湖南岸走来，斯琴在后边赶着它们。她不断地向父亲那座蒙古包的方向忧郁地观望，前边黑糊糊的，什么都看不清，她只好专心致意地赶自己的路。路旁被老牛吃过的干草梗绊她的脚，刮得她衣襟嚓嚓作响。

铁木尔在柳林里等待好久了。当他听见斯琴的脚步声越来越近时，他的心也跳得越厉害；不一会儿隐约地看见斯琴的身影，并且听到她那变得沙哑了的吆喝牛犊的声音；又一晃她走过去了，他急忙从暗影的地方跑出来追上她：

"斯琴，你停一下，停一下，我是铁木尔！"

"啊！"

她被这突然的人声吓得目瞪口呆。起初她摸不清到底发生了什么事，急忙回过头来一看，在月光下，有一个男人的身影，这时一切都明白了。她用发抖的手拉过头巾，把脸蒙住，像着了魔似的向前跑去。

"你别怕，我是铁木尔，铁木尔！"

他赶紧追上她，刚要拉住她的手时，她却把手猛地往身后一藏，严厉而冷酷地喊道：

"离我远一点，不要挨近我！你不知道我是贡郭尔扎冷家的人了吗？"

她这句话说得那样果断而干脆，就像刚开刃的马刀砍了一下呼日钦敖包山上的小白桦树一样。

铁木尔好像被人在胸口上狠狠地捶了一拳，身不自主地向后退了两步，他模模糊糊地看见了斯琴那憔悴而苍白的面庞；她的眼睛向他投射着怕人的冷光！

"这么说，你要跟贡郭尔过下去，是吗？斯琴，我为了你才……"

"住嘴吧！我不听这些！"

说完，她转身就走，走出不远变成了小跑。从身后看去，她的两肩在剧烈地抖动，显然她一边跑着一边在哭！但是，铁木尔没有发觉这些，只看见她消失在黑色的夜幕之中。

在这短短的一刻，他的心碎了，血在暗暗地流！

夜风又刮起来了，雪花从树上一大片一大片地倾撒下来，纷纷乱乱；月光更加冷却了，迷迷蒙蒙！

他已经失去了迈动双脚的力量，长久地停立在风雪的柳林小路上，就像一只无家可归的夜鹰啊！

远处，群狗在狂吠，也许村南头闯进狼来了。

二

瓦其尔老头住在特古日克村的尽东头，门前是一片好牧场，房后长着几棵又粗又高的老榆树，往西走不了百步远就是湖水，所以他经常洋洋自得地说："咱这地方要草有草，要水有水，真是一块好地方——就连大雁从上面飞过去的时候，也得停下来赞美三声啊！"

他是本村最老的住户。据说他的父亲是清朝与外蒙古通信的驿使，后来偷了一家富户的几匹马，惹了祸，才逃到这地方来避难。那时这一带还是一片荒无人烟的地方，前山后岭尽是丛林，夜间到处是虎吼狼叫。他父亲是个能干的人，在这里，用双手建立起了家园。

在他十六岁的那年，又来了一个人，名叫桑布，也是穷苦人，他们成了友好的邻居。

后来有一年，父亲进山里寻找一头失踪的牛，被群狼吃掉了。母亲无奈就跟桑布搭了伙；桑布成了瓦其尔的第二个父亲。那时他们除了牧养牛羊之外，还下套子，挖暗窖打些野物，日子虽不富足，可也满够自由的。

后来，断断续续地又搬来了尼玛、桑杰和丹基等三户人家，这样就形成了一个村落。这地方有一池圆如银盘般的湖，所以起名为"特古日克[1]村"。

民国十三年，这地方流行伤寒病，瓦其尔和他父亲都病倒了。没有人管家做饭，百般无奈。这时与他们友好的丹基来帮助他们，住在他们家，给他们烧水做饭，甚至清除病人的便污，结果丹基自己也患上了伤寒。那年五月间，桑布死后不久，丹基也死了。善良的丹基死去时，他的妻子已经怀孕三个月了。第二年春天生了一个儿子，起名叫铁木尔。

桑布死后，瓦其尔继承了他的财产，共有羊三百多只，牛三十头，马二十多匹，还有一头瘸腿的老母骆驼……

二十年后的今天，瓦其尔的光景与从前大不相同了。他虽然没有当过差，做过官，但是以他几千只羊、几百头牛和几百匹马的家产，被附近居民称为大"巴彦[2]"了。

瓦其尔有两个儿子：大儿子叫旺丹，二儿子叫沙克蒂尔。

旺丹是个少有的漂亮男人，附近几个村的姑娘们都曾经被他的俊美所迷引，向他献过媚，红着脸拉他要到柳林中去；这使得村里许多青年都嫉恨他，但又羡慕他。可是叫人莫名其妙的是，他却娶了一个小眼睛、黄头发、又丑又黑的女人，并且结婚后他总是表露出十分满足的、幸福的神情。他一结婚，就一次也没再跟别的女人有过来往，就是在贡郭尔扎冷的警察大队里当差时也是如此，这使村里的人们感到奇怪！他进过张家口，到过呼和浩特，在外边闯了几年，把草原人勤劳的传统忘得一干二净。事变后回到家来，成天跟他那个黄毛小眼的丑女人，泡在尽东头那座蒙古包里，除解便之外，从不出来一趟。这使他渐渐发胖了的父亲非常气愤，起初还有点原谅，后来就经常到他包前大骂：

"老鹰飞得再高，影子还在地上，可是你哪？在外边当几年差，回到家来就忘了我们是勤劳的牧人！你他妈的就像九月里的公狗一样整天躺在包里，动都不动，你以为眼下这几头牲畜是你爹从天上赶下来的吗？你再这样懒下去，我非抽断你的筋不可！"

被父亲这样大骂一通之后，他才不得不懒洋洋地走出包来，摸摸这个，抓抓那个，装点做活的模样；可是一到下晚，还没到点灯时，就又回到包里去了。

沙克蒂尔比旺丹小两岁，是瓦其尔老头在二十二年前，跟一个回族商人的

----

[1] 蒙语：圆。

[2] 蒙语：富户。

老婆私通养下的；在沙克蒂尔深青色的血管中，流着回、蒙两族的混合血液。也许只因为他是个私生子的缘故吧，在这个家庭中，他从小就处于"低人一等"的地位！瓦其尔的老婆动不动就骂他"你这个下贱东西"！她对他永远是恶毒的、仇恨的，甚至在他小的时候，多少次地非要把他赶出门去不可。瓦其尔对别的不言语，只有对赶走沙克蒂尔这一点却斩钉截铁地不答应。他说："不管怎么样，我是他父亲，老佛爷在上，我应当把他抚养成人。"说这句话时，他显得那么慈祥而又善良，甚至两眼都含着泪水啊。但是瓦其尔不愧是个大财主，他们这些人外面表现的与内心所想的，常常是跟白骆驼和黑山羊那般鲜明不同。瓦其尔心里是怎样想的呢？他从来没有对人直说过，只是在劝说老婆时，偶尔说出这样一句话来："赶走他干啥，再将就几年他就顶用啦。"

"顶用"的"用"字，正是瓦其尔内心小算盘的所在。沙克蒂尔确实很快就顶用了。他七八岁开始捡牛粪，操作家庭杂务，十一二岁就放羊，饮牲口，当他刚刚度过生命的第十五个春天，就跟成年雇工完全一样地劳动了。那时铁木尔也住在瓦其尔家里，瓦其尔看见这两个少年并肩劳动，就在心里洋洋自得地想："我只要把这两匹小儿马子养住，还怕没有牲口拉车吗？"

沙克蒂尔在这个家庭中的地位，决定了他与穷苦牧工们的关系。他从小就把自己看成是跟牧工一样的人，事实上，他穿的、吃的、住的和干的，也确实跟牧工没有两样。他跟铁木尔就是在这般如牛似马的共同劳动中，建立了友情。在这个家庭中，他们得不到温暖的母爱，得不到亲人的体贴，他们都是外人，只因为他们有一双勤劳的手，所以才有时听见瓦其尔叫一声："孩子们！"

过了几年，铁木尔搬到道尔吉老头家住去了，然而，沙克蒂尔却无处可去，他像一峰荒原上孤独的小骆驼，郁闷地、孤单单地过了这些年……

沙克蒂尔曾经娶过一个女人，但是被乌珠穆沁草原一个有钱的老头拐骗跑了。从那以后，他就跟本村小寡妇莱波尔玛相好，但是他父亲怎么也不肯叫他们结婚，不知道他又打的什么算盘。沙克蒂尔心想："反正你捆不住我的腿……"他经常到小寡妇莱波尔玛那里去过夜。

铁木尔回来的消息，瓦其尔老头是今天早晨才从羊倌那儿听到的。喝过早茶，他把两个儿子唤来说：

"听说铁木尔回来了。你们去找他，就说我请他回到咱们家过日子。你们都知道，自打他被抓去当劳工，贡郭尔就抢占了他的斯琴，现在他一没亲，二没家，我要拨给他一些牲畜，帮助他另找一个女人，成家立户。我跟你们说过多少回，他的父亲是在咱们全家闹伤寒病的时候伺候咱们，传染上那病死的。老佛爷在上，咱们应当祖孙八辈记住人家的恩德，我要把他跟你们一样看待。"

两个儿子遵照父亲的话，去请铁木尔。瓦其尔目送着两个儿子的背影，得意地微笑着，心里想：

"我有几箱金银和上万头五种牲畜，再有他们这样三个青年，就是到深山荒野去过日子，也不为难了。"

六天以前，全家刚刚庆贺过瓦其尔五十六岁寿辰。他虽然迈入了生命像在后一阶段，但是为了把日子过得更富足，仍然每天黎明起，半夜眠的，除了挤牛奶这项妇女的专门活计之外，没有他不管的事。他是一个虔诚的佛教徒，别人去五台山拜佛时都来约他同行，可是他为了节省几块银大洋，就都用"心到佛知"这句话谢绝了。"国法"对他是最神圣的，日本人曾经赶走过他的几百头牲畜，他心痛得流过泪，然而一想到那是"国法"，他就没有说一句怨言。他是个狡猾的老头儿，前些年大儿子旺丹到贡郭尔的警察大队当差，起初，他一口反对，怕惹是生非，招来麻烦，但是，过了些日子，旺丹在外地抢夺百姓，经常在夜里用黄军衣给家里包来几十块银大洋时，他高兴得用颤抖的双手捧住光闪闪的银元，把两眼笑眯成一条线，屏住气说："孩子，去吧……去吧，好好干，好好干！"与此相反，他在众人面前，却总是装出一副慈悲、善良的样子，甚至有一次为了接济附近贫苦牧民慷慨地施舍过一只可能过不了冬的瘦山羊。他在众人面前，也从来不曾伤害过生物，有人称他为佛心肠的人。瓦其尔用沉默的骄傲来接受这种荣誉。

没有不刮风的春天，没有不下雪的冬天，瓦其尔平静而安稳的生活像在水流中，也卷起了浪涛。日本垮台了，德王跑了，有人传说要恢复老中华民国，蒋介石当皇帝；又有人传说，穿红衣裳的"红党八路"要统治天下，领头的名叫"朱毛"；也有人传说，内外蒙古要合并，成立蒙古大帝国，就像伟大的圣祖成吉思汗王朝那样……瓦其尔巴彦时常问自己："我跟哪一头呢？"结论是：只要叫我安心掌管自己这上万头牲畜的巨大家业，不管哪个国，哪个皇帝都行。然而近几个月来，来往过路的行人所带来的种种消息，把瓦其尔的幻想打破了！

两个月前，有人传说："八路军在阿鲁科尔沁旗抓住一个大牧主，杀了。八路红党杀人放火，世界上没有一个国家不反对它；日本人反对它，德王反对它，据说住在东天边的美国也反对它呢！"听了这话，瓦其尔只有衷心地祈祷："但愿老佛爷保佑，千万不要叫红党八路的大脚，践踏我们神圣而古老的察哈尔的青草！"前些日子又发生了一件事：有一天天刚刚亮，村里突然出现了五个双枪双马的人，据说其中四个是汉人，一个是蒙古人，他们在官布家吃了一顿饭，讲了许多新鲜、可怕的消息。等他们走后，官布的老婆添头加尾地在村里到处乱讲："国民党在呼和浩特，用机关枪杀了二百多蒙古学生，血都流成了河呢！那地方的蒙古人都拿上枪，到大青山里去了。蒋介石是蒙古人的死对头！咱们内蒙古出了一个叫乌兰夫的八路王爷，高个子，二十多岁，会讲十三国话，他是一个大力士，一个人就能把喇嘛庙的大钟举起来呢……"听了这些话，瓦其尔一夜没睡着：这成了什么世界呀！一天一个动静，一夜一个风声，老天爷啊！快点发发慈悲，把这混沌的世界，用你圣洁的"仙水"洗净吧！但他知道这种"仙水"是不可能有的，所以最后得出一个结论：在这荒乱年月，还是躲避起来为妙。

有一次他到哈登浩树庙去上佛供，可巧碰见了老朋友达木汀安奔，他把自己的打算跟安奔说了，安奔听了他的话，安详地笑了笑，没有说什么。瓦其尔问他为什么笑，安奔这才说："原来你也要走我的老路了。"

大牧主瓦其尔巴彦，跟达木汀安奔从年轻时就要好，尤其在十七年前达木汀用金银贿赂上边，买到一旗之长——安奔官位的时候，瓦其尔不但出过力，而且还出过半口袋银大洋呢！达木汀当了安奔，当然对瓦其尔巴彦有过种种照顾。从前年达木汀安奔回家养老之后，他俩来往更加密切了。

瓦其尔巴彦说出躲避兵荒马乱的意图时，达木汀安奔说："搬到我那儿去住吧！大沙坨子里，只有我一户人家，你要去的话，我把靠东山那块好牧场让给你用。"这样，他们就说定要做一个友好的邻居。

三天前，他曾经到安奔西热的东沙坨子里勘查过新营地，那里牧场小，井又少，他打心眼里不满意；但是一来不好推辞达木汀安奔的善意的邀请；二来那里偏僻，没有人喊马叫的，为躲避这荒乱年月，还是搬到那儿去住为妙！但是他听说铁木尔回来的消息之后，就又决定晚搬几天，先请铁木尔来谈谈，他除了想把铁木尔拉到他家来住，再给他当不收报酬的长工之外，也想多听到一些外地的消息。他相信铁木尔会跟他说真道实。

太阳光落到"哈那"顶上的时候，沙克蒂尔和旺丹把铁木尔请来了。当铁木尔向瓦其尔请安时，他泪水盈盈地说：

"孩子，真没承想你能回来，为什么一去两年没个信呢？"

"大叔，我本来昨天就想来给你请安，因为听到一些事情，心里不痛快，就没有来。"

"咱们刚见面，别提那些痛心事了。今天我叫你到家里来，是叫你喝几碗自己酿的牛奶酒，我敢说，你在外边一定没有喝过的。"他回过头喊道，"拿酒来！"

这时，铁木尔问布琪大婶到哪里去了？瓦其尔告诉他说，她这两天不舒服，在东边的包里躺着呢。铁木尔到东边的包里向布琪请安后，又回到这座蒙古包，大家围坐着喝起酒来。旺丹的老婆一次又一次地端来各种茶食，就像哪个活佛光临了似的。

"事变后，你住在什么地方？在这荒乱年头，一个人在外边闯来闯去可真不容易啊！跟你一块被抓走的人，去年冬天都回来了，可就不见你的影子，我以为你在外边成家了呢！"瓦其尔老头喝过两碗酒，来了酒兴，话也多起来了。

"在外边成家倒是容易。可是，俗话说得好，马儿走出千里远，也要跑回生长它的牧场来，人怎能像一只没有窝的野雀似的东跑跑西飞飞的呢！"

瓦其尔敏感地看出铁木尔的忧郁心情，所以竭力不用话语去刺痛他的创伤。这时，大儿子旺丹开口了：

"这一两年，你一直住在呼和浩特吗？"

"是啊，在那儿给盖兵营，认识了一个叫哈吐连长的，他对我挺好，事变后，国民党一进呼和浩特，不分黑白地杀了许多蒙古青年，那时哈吐连长对我说：'只要我不死，你就会活着，跟我走吧！'这样我就跟他到了他家乡——四子王旗，在那儿我给一家牧主放马，过了几个月八路军到那地方了……"

听了"八路"二字，瓦其尔把送到嘴唇边的酒杯放了下来，紧忙打断铁木尔的话问道：

"孩子你说什么，八路军？就是那些'红党八路'吗？"

"是八路军。我给他们带过两回路，他们看我挺诚实，就叫我给他们喂了一个多月马。"

瓦其尔有许多事情想问他，但为了叫他继续讲下去，就没插嘴。

沙克蒂尔坐在尽靠门口那块栽绒毡上，一直没开口，他注意听着他的好朋友——铁木尔的话，脸上呈现出一种幼稚的羡慕的微笑，心里暗暗地钦佩："人家铁木尔离开家乡还不到两年，可知道了多少新鲜事啊！见过国民党，又跟八路军一块待过，真是了不起！在咱们察哈尔恐怕他是最见过世面的人了。贡郭尔虽然是扎冷，又当过警察大队长，可他也比不过铁木尔啦！"想到这里，他为自己的朋友感到骄傲！

"照你说，国民党杀蒙古人是真事吗？"瓦其尔问道。

"是真事，我亲眼看见的！"

"那么八路军对咱们蒙古人怎样呢？"旺丹从一旁向铁木尔瞟了一眼，傲慢地别有用心地问。

"我怎么告诉你呢？八路军对我个人实在不错，有一个王连长时常跟我谈天，他说的话很合我的意。譬如，他说：天底下人跟人都应当平等啦；穷人要翻身啦；内蒙古人民自己管理自己的事啦……再说人家八路军里官兵都一样，不像日本军队那样官对兵说打就打，说骂就骂；他们也很讲情义，临我离开他们的时候，还给了我一匹马——我骑回来的那匹就是。可是就像俗话里说的那样：一个窝的燕子，有的往东飞，有的往西飞，人们对八路军的看法也不一样。就说我的好朋友哈吐连长吧，他常说：'黄羊碰见猎人，还想三想往哪个方向跑，我们蒙古人再也不能闭着眼乱跟别人走了。你想想，八路军那么好，为什么没有一个蒙古人当八路呢？'本来我打算在八路军里干几天，只因为听了这些话就没干。我们要当兵就为自己蒙古民族去干，用哈吐连长的话说：'就是死，也要脸朝北倒下！'"

铁木尔重复哈吐连长这句话时，是那样激动，以至太阳窝那条青筋都鼓出来了。最后这句话，像电流一样传染了全包里的人，沙克蒂尔甚至被这种"民族热"激出了眼泪！

"你说的这些话，我们听着都很新鲜；但是我想再问你一件事：如果叫你在国民党和八路军当中，挑选一个做朋友，你选哪个？"

旺丹又提出一个出乎铁木尔意料的问题，并且用两只美丽的眼睛挑衅地看着他，好像在说："你答不出来了。"然而铁木尔连思索都没有思索，立刻回答出来：

"当然是八路！"

"为什么？"

"因为在我看来，他们是世界上最好的军队。"

听了这个回答，旺丹狡猾地笑了，并且口是心非地加了一句："铁木尔，我真钦佩你！"

对铁木尔讲过的这些话，瓦其尔老头非常满意，这倒不是因为对目前形势的看法，他跟铁木尔完全一致，而是这些话提供了许多值得他深思的事情。不过当铁木尔最后说到要选八路军做朋友的时候，他的态度却十分慎重起来，但为了不跟刚刚见面的铁木尔发生争论（我们蒙古人自古认为那是不吉祥的），没有把心里的话说出来，而巧妙地转了话题：

"好了，咱们别再谈这些叫人心慌意乱的国家大事了！老佛爷保佑，让我们谈谈自己的生活吧！蒙古就像一把沙土，谁也保不住谁，只有自己寻找安身的地方，你往后想怎么过呢？"

"回到家来，听到、看到的事情太出乎我的意料，我还没来得及想那些事。"

"孩子，你父亲临死的时候嘱咐我：把你跟我自己的儿女一样看待。我把你从小拉扯成人，前几年，你非得要跟道尔吉去学打猎，到他家没过两年就被抓去当劳工，现在你回来了，可是斯琴已经嫁了人，你往后当然不能跟道尔吉一块过下去。我打算叫你再回到家来，给你另娶个女人，平平安安、富富裕裕地过咱们牧民的日子；只要我有肉吃，就不会叫你喝汤，只要我有马骑，就不会叫你步行。再过些日子，我们搬到安奔西热沙坨子里去住，那地方很清静——就是一只兔子在大风天还要找个背风地方哩！"

"瓦其尔大叔，你的好意我全明白；但是我眼下还没心思想这些事情。"

······

月亮好像一面镜子，挂在天空。铁木尔在瓦其尔家坐了一整天，当他告辞出来时，全家人都出来送他，而沙克蒂尔非得要把他送到道尔吉家去不可。

沙克蒂尔和铁木尔并肩走着。从湖面上吹来的夜风，用冰冷的手亲切地抚摸着他们在月光下发白了的脸颊。铁木尔吃晚饭时喝了点酒，眼睛里布满了红丝，身上也有些发冷。他一路上想着瓦其尔大叔今天向他提起的那件事，所以没有注意到沙克蒂尔的渴望着与他交谈的表情。又走了一段路，沙克蒂尔显然有点憋不住了，把铁木尔的肩轻轻一碰，说道：

"铁木尔，我告诉你一件要紧的事儿，你可别对别人说啊！八路军工作团的人，时常到咱村来，他们都是到官布家里去落脚。听人说，官布早在张北学开汽车的时候，就跟八路军拉上线了。老乡们传说，八路军已经教会了他日后管理整个察哈尔盟的本领。官布可不是个简单的人物了，老乡们的眼睛都在瞧着他呢！"

"你最近看见过他吗？"

"前两天我还到他家去坐了一会儿。"

"他跟前两年比较，变样没有？譬如说，是不是有点大官的劲头了？"

"没有，至少我没看出来——他眼下又不是什么官！……哎，铁木尔，我还听说，贡郭尔扎冷要组织一批人马，也不知道他为了对付谁？反正听了你的话我觉得咱们蒙古人的枪口不应当对八路军。"

"贡郭尔扎冷建立军队的事情你跟谁听说的？"

"我哥哥说过，莱波尔玛也对我说过。"

"噢！我听说莱波尔玛把你那点油水都快抽干啦，是吗？小心点吧，小伙子，糖吃多了发苦，你的眼圈都有些发青了！"铁木尔故意把他的"最要紧的事"，用玩笑回答了。

沙克蒂尔的脸发起烧来，但他不肯吃亏，马上来个回击：

"哼！你还说我呢！我爸爸说，等你搬到我们家来，要给你娶村南头那个南斯日玛呢！"

"你别胡扯了！其实娶了她也不错，养儿育女，当爸爸！哈哈哈……"

铁木尔的笑声显得非常勉强，连他自己也感觉到了这一点，这也许是因为在这样不适当的时候，谈到结婚、孩子等等所引起的吧！……

把铁木尔送到道尔吉家门口，沙克蒂尔就回来了。他走到湖岸时，看见湖北岸的莱波尔玛那座蒙古包闪耀着一缕强烈的引诱人的灯光，于是他身不由己地向那座蒙古包走去。

等他走进包里，不一会儿，灯就熄了……

三

铁木尔突然归来，对贡郭尔是一个不解的谜。前天他跟父亲商量对策，父亲劝他说，不要慌张，等再过两天，到村里打听他在外边干了些什么，为什么这时候才回来；摸了底再出对策也不算迟。

今天贡郭尔的父亲——一个又高又瘦的喇嘛大夫普日布，以给瓦其尔老婆看病为借口，大清早就到瓦其尔家去了。

普日布大夫每次出门来，都穿他那身紫缎长袍和黄国花缎马褂，患着颤抖症的双手不住地拨动玛尼佛珠，嘴里真诚地念佛道神，显得格外和善。他说自己是"修好积德"的人，这也许有几分"道理"，譬如他不论有多么急的事，只要看见大道上有石头砖块或者其他有碍行车走路的东西时，总是停下拾起来，扔到离道老远的地方去。据说他这种"修好积德"的习惯是从三十二岁的那年得了一场大病后养成的。

父亲走出不多时，贡郭尔也出来了。他穿得很朴素，但为了保持旧日的威严，把养目镜又戴上了，虽然他从来没有眼病。

在约定好的时间，父子俩都回到家来了。

普日布大夫住在从西数第二座包里，这是一座双层新毡的蒙古包。门前有精制的铺砖台阶，包内满地都铺着深红色的地毯。因为另有一座佛堂，这包内没有佛龛；靠左侧"哈那"立着的那两个大木柜里，收藏着用黄缎包裹的祖辈传下的各种家宝。在柜上放着一个不大的旧式皮箱，是普日布大夫的药箱，进到包来闻到的那股逼人的浓烈的药味，就是从这皮箱中散发出来的。

普日布大夫从外面走进来，感到身上有一股凉气，靠近火炉坐了许久，等身心暖过来后，才对儿子说：

"瓦其尔要搬家，昨天去新营地修盖圈棚没有回来，我跟旺丹聊了半天，他说，铁木尔在八路军里待过一个多月，还跟八路的一个连长交了朋友；还说他带回来一支枪，没说是大枪还是小枪。"

"莱波尔玛说，他也许带来了许多金银！"

"金银有什么用？旺丹说他要组织一小队人马，跟八路里应外合。他真有了枪马，你想一想，他的枪口对谁？"

"别听他瞎说，一个四尺半的黑小子还能翻了天！"

"雨大的年头，蛤蟆能成精啊！眼下，正是不知道哪块云彩下雨的时候，谁知道哪个皇帝坐金銮殿哪！你不能像从前那样想怎着就怎着，往后办一件事要想几条路，等有那么一天出了真头实主，只要咱们有本钱，还怕像尘土一样被扬在路旁？"

"爸爸，你说的也对，可我觉得越是在这样年月，我们就越应当挺直腰板走路，叫那些老百姓知道，贡郭尔还是扎冷，还是官，他们的命运还攥在我的手里；这样他们才会服从你，见了你才会从马上跳下来请安！您刚才说，办一件事要想几条路，我想这也多余，刘木匠上次来不是说过八路军不可能占住察哈尔，过些时国民党就派一个师来占领锡林郭勒和察哈尔吗？有这样好的机会，我只想快些建立一支队伍，等他们一来，马前请功。"

"不，不，你把事儿想得太容易了。刘木匠是国民党派来的人，他当然说些好听的话，可是从眼下这步棋来看，八路军已经比国民党早走了一步，他们断断续续地在察哈尔穿来穿去，再说又有一些蒙古八路给他们当走狗，来势好凶啊！像你那样蛮干要吃亏的！依我看，你还是先把军队建立起来，一不打国民党的旗，二不吹八路的号，暂时叫'明安旗旗队'，就说是保护本旗的；这样一来，人们都会跟你走，只要咱们把住枪杆，有了人马，以后——那就看风从哪边刮了。"

"爸爸，你说的也许是对的，可是刘木匠说，八路军是穷人的党，八路军专门打杀像咱们这样有钱的人；尤其我，还当过日本人的警察大队长，落到他们手里没个好，因为这个，我抱定决心跟着国民党干，就是给他们当牛马，也比落到八路手里强！你说，把队伍暂时叫'旗队'，说它是保护本旗的，这样来拢住旗民的心，这倒是一个好办法。"

"在这兵荒马乱的年月闯世面，就跟瞎子在独木桥上走路一样，一不小心就有断送性命的危险！办事万不能粗心大意，现下老百姓就跟冬月的干牛粪一样，见火就着！有些人——譬如官布吧，见了你连马都不下了，他们也许都在想：变天了，不归你管了！在这时候，铁木尔再一活动，那些穷小子们就敢起来跟你作对！铁木尔回来以后，你尽想斯琴那件事，可我觉得更重要的是这一点。"

不知道是提起斯琴使他不愉快，还是父亲的主张使他反感，他很烦厌地说：

"你们老年人办事就是这样缩手缩脚，怕东怕西的，我不能那样，要干就干，别说一个黑小子——铁木尔，就是比他还硬的我也碰过千千万，可结果怎样，他们一个一个都垮下去了，站在察哈尔的还是我贡郭尔！爸爸，照实说，我只担心一件事，就是那几十支枪从哪儿弄到呢？"

显然，在儿子的进攻下，普日布让步了，他迎合着说：

"日本垮台的时候，枪支散落在百姓手里的很多，只要我们说保护他们，他们就会交出来。再说你不是跟你老婆的哥哥齐木德和蓝旗的戈瓦商量过吗？叫他们在这方面多出点力！"

他们父子俩又谈了一时之后，提起斯琴的事来。

"依我看，铁木尔回来这件事，早晚是瞒不过她的。"贡郭尔说，"不如开门见山地告诉她，看她能怎样？"

"这两天她好像已经知道他回来了，跟谁听说的呢？"

"知道就知道去吧！这些事真他妈的讨厌！唉，如果是在前两年哪——嗯！……"

把话说半句咽半句，这对贡郭尔扎冷是一种耻辱！真的，在前几年，贡郭尔扎冷什么时候这样顾三怕四过呢？那时他是全明安旗的扎冷，又兼任警察大队长，虽然在他上边还有一个老头子挂个安奔的名义，其实大权是被他攥在自己那只多纹的手掌里。

一群羊里有白的有花的，颜色各不相同。说起察哈尔来，它的行政机构跟任何蒙古地方也是不同的。前清时代，清皇在蒙古地方封了许许多多的王公；王位是世袭的，父亲是王爷，儿子一定也当王爷，不管他是瞎子还是瘸子。察哈尔没有这样的王爷和公爷，因为这片草原被清室划为皇家牧场和皇家军队驻扎区，这里的一切行政机构，都是用清室军队的名称划分的；这里一旗之长是安奔，它不是世袭官位，谁有黄色的和白色的金银，向上边贿赂得最多，谁就当安奔。谈到明安旗，安奔叫达木汀，是一个已经掉了十八个牙齿的人，论家产，贡郭尔比起他来就像俗话说的那样，不过是"老牛身上的一根毛"，比不过他；但是论权势，这两年贡郭尔已经压过了他。贡郭尔明里暗里，几次强迫他退位，可是达木汀安奔说："在我死去以前，就是班禅圣人也休想抢占我的位！"既然他不退位，贡郭尔就处处排挤他；尤其是他当了日伪警察大队长之后，更倚仗日本人的势力压迫他，最后使得他不得不挂个安奔的虚名，而把旗里大权交给贡郭尔扎冷，自己回家去养老。现在这位有职无权的达木汀安奔独自一家住在安奔西热，守着百万家产，每天关在家里，用白麻纸一厚本又一厚本地抄写《三国演义》《红楼梦》以及蒙古古代文学作品和民间诗歌。他常对人说："抄书、信佛是我的天性。"大多数旗民都无形之中对他有些同情，而对贡郭尔扎冷的阴险恶毒，善良而诚实的旗民早就厌恶了……

把话再说回来吧！贡郭尔跟父亲商量对策那天晚上，他把埋在地下的那几支枪挖出来，叫仆人们擦了又擦，父亲看见，满意地笑着说：

"听见狗咬攥紧马棒，听见狼嗥提起钢枪——做得对！"

草原，春天的天气很特殊：白天风雪交加，天昏地暗，晚上天高月明，风停雪住；所以人们说，白天是"残暴的醉汉"，晚上是"温柔的姑娘"。这几天连续刮着风雪，把去村南头井边的道路堵塞住了。斯琴只好拿上砸冰用的铁棒，到近处一口旧井上砸开冰眼，来饮牛犊。

自从那天她跟铁木尔在柳林中邂逅之后，在这短短的几天当中，她眼圈发黑，脸白如乳，有点空就站在背人的地方发呆，干起活来丢三落四，拖拖拉拉的。这两天大太太骂得更勤了："母狐狸，站在那儿干什么呢？你爹没给你造两条腿吗？""你这母狗，春天一到，就翘起你那遮羞的尾巴，让公狗戳翻你的心！不值钱的骚货！……"

对于这一切的辱骂，斯琴总是紧紧地咬住嘴唇听之任之。

她走到井台上，探下身去可力气砸着冰层，砸了许久出来水了，她再用柳斗打上水来，饮那些等待已久的牛犊。一斗又一斗，每斗水都像千斤重的铁块，直往下沉，她咬着牙往上提，忽然头昏眼花，一阵冷汗，全身无力，扑通一声，倒到井台上。

那些不懂事故的牛犊起先受了一惊，随后又走过来舔她的脏而没有血气的手和脸……

贡郭尔扎冷今天出外筹办建立"旗队"的事回来，嘴打着哨，手摇着鞭，眉飞色舞的，看来事情办得很顺利。他路过井边，看见一个人躺在井台上，就回过身来对仆人说：

"你去看看那是谁，干什么躺在井台上，喝醉了吗？"

仆人把晕倒的斯琴抬起来，报告说：

"队长，不……不，扎冷！这是斯琴！"

听说是斯琴，贡郭尔跳下马走了过来，但是对仆人的过错仍不饶恕地骂道：

"浑蛋！告诉你多少遍了，不让你叫我队长，总是忘，再这样叫，非撵走你不可！"

"扎冷大人，她是晕倒的，您看她头磕破了！"

血从头上流出来，在蓬散的头发上结成了红色的冰条，贡郭尔走过来扶了她一把，斯琴慢慢苏醒过来。这时贡郭尔想到一件事，于是向仆人说：

"你们饮完牛犊，把我的马牵回去，我扶她回去。"

斯琴断断续续地听见有人说话，轻轻睁眼看了一下贡郭尔，他向她格外热情地低声说：

"斯琴，你怎么晕倒了，来，我扶你回家去。"

贡郭尔扶她走回家来时，可巧被大太太看见，她把柳叶眉一弯，话里带刺地道：

"真是世道大变，当扎冷的人，当人面搂着女人走路啦！"

"你住嘴，再说这说那，割掉你的舌头！"

大太太被意外的辱骂气得哭叫着回到自己包里去了。

等斯琴完全苏醒过来时，夜已深了。包里没有点灯，黑洞洞的，她发觉自己睡在一只男人的粗大的手腕上。

"你醒来了吗？"贡郭尔格外殷勤地问道。

她没有答话，自己费力地站起来，倒两碗温茶喝完，又回到原处躺下了。

"你身体怎样？"

她已经知道贡郭尔今天为什么这般温和了；但，正是因为她知道了这一点，才越发落入了痛苦的深渊里！她把头藏在皮衣里，汪汪的泪水从她那捂在眼上的五指中间流下去，润湿了地毯。贡郭尔乘她暗暗哭泣的机会，幸灾乐祸地说：

"我告诉你一件事情：铁木尔回来了。"

本来他估计听了这消息，她立刻就会有所反应，然而完全出他所料，她听了之后连动都没动一下。他以为她没听见就又说了一遍，过了一阵她才说：

"他回来他的，跟我有什么相干？"

"那么你……"

在黑暗中，贡郭尔得意地微笑了。然而他很快地又觉得斯琴说的不是真心话，于是收敛笑容，在心里想："表面上越平静的水越深哪！你不用骗我啦！"

斯琴轻轻转过身去，在心里盘算了许久：他为什么要把铁木尔回来的消息告诉她呢？又为什么偏要在今天来找她？……

正在这时，突然有人嘭嘭嘭地敲蒙古包的门。

贡郭尔惊问：

"什么事，谁？"

26

外面的人仍然敲着门；答说：

"扎冷，有事，要紧的事！"

自然是要紧事情，不然谁敢惊动扎冷呢！

贡郭尔听出是仆人宝音吐的声音，便放下心去，有些不高兴地说：

"什么事，说吧。"

仆人宝音吐进门来，忙弯下腰，压低声音说道：

"八路军工作队来了！"

贡郭尔瞪大眼睛看了他一下，大声说：

"这有什么大惊小怪的？这几个月他们不是常来常往吗？"

"听说这次来的就在咱们这儿落下脚了。"他顿了顿，又加了一句，"要在这儿开展工作呢！"

"嗯？……"

贡郭尔怔了起来，待了片刻，像是脚底下安了弹簧，腾地站起来，连衣纽都没扣，就走出门去。

斯琴看见他慌慌张张地窜进他父亲的蒙古包里去了。

四

昨夜接连四只母羊养了羔，道尔吉老头害眼疾，不能接羔，只有铁木尔一个人跑东走西地忙了一夜。早晨，他刚睡着，道尔吉老头又叫醒他说，昨晚丢了两头二岁小牛，铁木尔睡眼惺忪地爬起来，出去找牛。

初春的早晨很冷，灰色的云好似懒女人的头巾，遮住了太阳；针刺般的北风，从特古日克湖冰面上，把雪片吹到岸上妇女们夏天坐着洗衣服的木板和石块上，那耐寒的柳梢，也在晨风中打寒战了。

铁木尔把防寒帽扣得紧紧的，低着头在落着一层枯碎的柳叶的雪地上，码着新踏出的牛蹄印，向村南头走去。

特古日克村是埋伏在柳林中的一个幽静的小村庄。在这里躲藏着千百只野兔。村人们有一种爱生物的风俗，从来不曾伤害它们；但是野兔们有一种天然的恐惧心，见了人就箭也似的四处逃跑。当铁木尔的皮靴声在柳林小径上响起的时候，有许多野兔都惊跑起来，其中有一只小兔撞在树上，滚了几滚，流着血逃走了。在柳林中间有一块洼地，住在村南头的几户人家在这里挖了一口井，井台是用草坯砌成的，挺秀绮。"牛犊也许到井边去喝水。"铁木尔向井台走去。

井台上有一个女人在汲水，她打完水把手掌遮在眉毛上，向他张望着，当她认出是铁木尔，放下手来在前襟上擦了一擦，笑笑嘻嘻地喊了起来：

"噢！铁木尔，是你呀！听见喜鹊叫，看不见喜鹊的影，早就听说你回来了，可你往我们这儿都不看一眼！旧邻居——身体好吗？"

"好。南斯日玛，你过得好吗？"

"谈不上什么好坏，只要一年到头跟着牛尾巴转，怎也饿不死！"

在这女人大胆的目光下，他窘迫地将左脚蹬在水槽沿上，无目的地用柳条戳碎槽里的冰块，找不出什么话来跟她应付；可她，却像没有顶够架的小犋牛似的站在井台上，将那火辣辣的眼光，盯在他的脸上，格格地笑着，说：

"在外边转了一两年，身板越壮实了，可就是脸还是那么黑呀！远方来的客人，比亲人还亲，到我家里坐坐吧！"

"不了，我是给道尔吉大叔找两头小牛的，你看见没有？"

"是不是他那两头'喜鹊花'和'兔子黑'呀？天亮的时候我看见往西南下去了。哎，铁木尔，你怎么还住在道尔吉家里呀？你不是要搬到瓦其尔家去吗？"

"道尔吉大叔家没做活的人，眼下正接羔，我得帮他几天。你怎么知道我要到瓦其尔家呢？"

"昨天晚上，有一个人到我家来说的。"

听了这话，铁木尔才知道了刚才南斯日玛那种不正常的眼光和笑声的原因，他突然感到有些不自在了。

他想马上离开她：

"再见！我要找牛去了。"

"有空可千万迈迈咱家门限啦！"

她目送着铁木尔的背影，长长地叹了一口气，但不知为什么又微笑着摇了摇头，担上水回家去了。

自从斯琴断然拒绝跟铁木尔见面之后，瓦其尔几次热情地邀请他到家里去住，但是他没有搬去。几年前他从瓦其尔家搬出来时，就发誓不再回去了。人，小时，能懂什么呢？谁给吃的穿的，谁就是好人。但是随着年纪的增长，铁木尔越来越觉得自己再也不能住在瓦其尔家里了。他识破瓦其尔的慈悲与和善，只不过是一副薄薄的假面具，只是为了自己发更大的财，才戴用着它的。他抚养铁木尔，也不过是为了等他长大后，奴役他，正像人们精心养壮小马驹子是为了将来骑用它一样。尽管如此，铁木尔还是屈辱地生活在他家里，但是，后来为了一件事，铁木尔忍无可忍，跟他闹翻，并毅然离开了他的家。

有一年春天，从南面汉族地区来了一个十六七岁的青年，叫百顺。父母害病先后死去，他无处投身，听说蒙古牧区有雇羊倌的，就来到了草地。也怪，便宜事儿都叫瓦其尔摊上了！他雇上了这个只求吃穿、不收工钱的小羊倌。小羊倌人品好，干活认真，秋后，他放的那群羊只只都像小牛。瓦其尔挺高兴，曾给过他一碗白面面条，叫过他两声"孩子"。到了冬天，百顺穿着破鞋放羊，两只脚都冻伤，化了脓，不能出工了。铁木尔跟百顺很要好，平时，你帮我，我助你，跟亲兄弟一样。不知道铁木尔从哪儿弄到了治冻伤的药，每天帮助他洗脚、涂药。在这期间，瓦其尔叫铁木尔到宝源卖一车皮货，他出外十来天，回来时，小羊倌不见了，他去问沙克蒂尔，他告诉说：

"爸爸嫌他不出工，白吃饭，今天早晨把他撵走了。"

"他没亲没家的，撵他到哪儿去？"铁木尔气得脸都红了。

沙克蒂尔也有几分同情地说：

"是呀，小百顺临走时，也是哭着这样说的。"

"你爸爸太狠心了！"

铁木尔当时就骑上马追撵百顺去了。

他在风雪大草原上，找到了眼看就要被冻死的小百顺。

他知道把百顺领回来，瓦其尔也不会收留，因此领他到外村，给一家没有子女的老牧妇当了干儿子。

就在那一天，铁木尔离开了瓦其尔的家。因为他从小喜好狩猎，便搬到老猎人道尔吉的家中……

狩猎生活把他与道尔吉大叔的命运紧紧联结了起来，所以今天他不忍马上离开道尔吉，至于今后到底怎么办？他总是对人说："我根本不去想。"

在村西南头，有一座小山，山下是一片洼地；在这洼地里有一块不大的水池，它的四周长满了山杏树。铁木尔走到水池附近的一棵杏树下停下来，折下一根干枯而冰冷的树枝，拧了一拧又扔到地上。

这块水池和这棵杏树使他不由得沉浸在回忆里：

从前，每年春天，他跟斯琴常常从家里跑到这儿来玩。斯琴每次到这儿来，先在水池里洗她那粉红色的头巾（是他用猎获的一张狼皮为她换来的），洗完就晾在这棵杏树上（那时这棵杏树才有小马驹那么高），微风吹来，那头巾在树上啪啦啪啦直响……

想到这里，铁木尔那粗黑的眉头痉挛地结成了疙瘩。他为了驱散这已经变成了痛苦的回忆，硬扭着劲儿哼起童年时学的一支歌子。

太阳突破云层，将在空中被风吹凉了的光辉洒在洼地上。北风掠过草叶和树梢，发出夏天牧童们用"切合洛托克"草根做成的口哨的那种声响。他倾听着这故乡的"音乐"，走到水池旁。水面的冰冻得很结实，他用马靴后跟踏碎一块，弯下腰拿起来放在嘴里，冰水顺着他的喉咙流了下去，全身感到说不出的舒服……

他在不远的几棵白杨树下，找到了那两头小牛。

赶着小牛回家的道上，他又不连贯地回忆起以往的生活：

日本人进入察哈尔的第三年，村里的人们都嫉羡地谈论道尔吉，说他在呼日钦敖包山里住了一个秋天，打了价值五十头牛的野物；还神话般地传说，在一个大风的夜晚，山神给道尔吉托梦，告诉他在某山洞里有九九八十一只狐狸，道尔吉醒来，提上枪到那个山洞一看，果然不假……就这样发了大财！道尔吉对这些传说不说是或不是，人们问起他来，他就用"也许是吧！"搪塞了之。那年道尔吉的光景果然不同往年了：从多伦给他十二岁的女儿斯琴买了各种鲜艳的绸缎，又给老伴买了一副与她脸上的皱纹不相称的粉红色玉石镶着银边的头饰……

俗话说，美酒后边有苦水。

就在那年夏初，贡郭尔用九百块大头银元买到了"巴嘎扎冷"的官位，一时权势如天，说东不西，说风不雨！道尔吉发财的消息传到他耳里，他虽然不信那些神话般的传说，但是他知道道尔吉枪法神奇，百发百中，要是走运气一年之内发财是完全可能的……第二年道尔吉就成了贡郭尔扎冷的猎手。据说他们讲妥：所打的野物，皮毛归主人，骨肉归猎户；主人供给子弹、枪支，并供养猎户全家人口。道尔吉虽然知道这是给自己戴上了"铐镣"，但是怎敢在扎冷面前说一声"不"字呢？

铁木尔自幼失去父母，在瓦其尔家里长大的。他是一个"打猎迷"，从十四五岁时就经常到道尔吉的家来摸摸土枪，动动火药，问这问那，其中问得最多的是："怎样才能成一个猎人？"道尔吉也不厌其烦地回答说："肯吃苦、有耐性、枪法好、胆量大、能沉着，就是好猎人。"他把这些话都牢牢记在心里。

他多么羡慕猎人生活，愿成一个猎人哪！他知道骑着"生个子"马，奔驰在狂风暴雨的草原上的牧马人是勇敢的，但是牧马人太多了，不值得羡慕；他知道挎洋刀、穿军衣的军官们是威武的，但是老百姓都痛恨他们，也不值得羡慕；在他心目中只有猎人是最勇敢、威武而神秘！不管是风里雨里，不管是炎天寒夜，一个人，一年到头背着一支土枪、几袋火药和一把快刀，出没于深山草丛之中，与狡猾的狐狸周转，与凶恶的野狼搏斗，与勇猛的老虎交锋。在那密不见日的森林中，在那没有人烟的深山里和在那广阔无边的草原上，到处都留下猎人的矫健的足迹！多打几只野物多喝几壶酒，少打几只野物少抽几袋烟。猎人的生活是多么自由而有趣啊！……天长日久，他跟道尔吉相处得很好，有一次他大胆地要求道尔吉出外打猎时把他也领去，从那以后，他好像小喇嘛学师父念经似的，跟道尔吉学打猎的本领；而道尔吉以他老猎人的锐敏的眼睛，也早就发现在少年铁木尔身上有一种天然的猎人性格和狩猎天才。

有一次他俩出去打猎，在平滩上遇见了一只狐狸，距离太远，无法射击，唯一的办法就是射手埋伏在原地，助手爬过去从对面向狐狸"虚射"，叫狐狸向射手埋伏的地方跑来，给射手以射击的机会。铁木尔爬过去"虚射"，但是刚爬出不远，前面有一条很宽的结了冰碴儿的水沟挡住了去路；而沟岸地势相当高，也没有遮身的草丛，如果他不涉水过去就会惊走狐狸，于是他毫不犹豫地从水沟爬了过去……事后道尔吉拍他肩说："这就是猎人的'肯吃苦'。"

还有一次他俩分成两路追一只被射伤后失了踪的狼，铁木尔一个人在一片柳林里追寻，突然那只受伤的狼从背影的地方跳出向他扑来，那时他没枪，手里只拿着一根尺长的马棒，就在这千钧一发之际，他把左手的马蹄袖卷成很长一个筒，向狼伸去，狼立刻来咬马蹄袖，这时他不慌不忙地准确地用马棒往狼的鼻梁上敲了一下，狼晕倒了。他这才拾起一块像牧民的酒罐子大小的石头，砸碎了狼的头……晚上坐在篝火旁烤肉时，道尔吉对他说："这就是猎人'胆量大、能沉着'。"

……

天长日久，他成了道尔吉不可缺少的帮手。在斯琴的妈妈去世那年，他就搬到道尔吉家里来了。道尔吉把他跟斯琴当成自己的一对亲生儿女，不分亲疏。他跟斯琴一起生活，一起劳动，真像一对亲兄妹。起初斯琴对他完全抱一种对兄长尊敬的态度，不论在家在外，多咱都坐在铁木尔的"下首"，盛饭倒茶总是把碗用双手递给他……然而随着日月的变迁和青春的成熟，这种对兄长尊敬的态度，就像微风掠过草梢般不知不觉地变成了少女对异性火热的爱恋了。有一年秋天，铁木尔从马上跌下来，受了伤，留在家里休息，道尔吉出外打猎，夜间没回来，斯琴他俩睡在一座包里，黎明时铁木尔醒来，忽然发现自己的手被斯琴紧紧地握在手中……从那以后，好像有一条清净而温暖的感情的泉水，把他俩紧紧围绕起来了……

铁木尔再也不敢往下想了，虽然以后的生活中仍有许多值得回忆的、回忆起来也令人愉快的事情；但是，一个巨大的阴影把那些灿烂的青春生活给遮盖住了。

两头小牛在他前面不愉快地走着，因为妨碍了它们在草原上任意奔跑。尤其那头"兔子黑"，不是走东就是跑西，铁木尔用柳条抽打了它几下，柳条断了，牛犊也老实了。

特古日克村的树木，仿佛都不是天然生长，而是经过工匠栽培的。你看，这一片是伞形大树，那一片是细枝幼林；这一片是参天古木，那一片是嫩绿小苗……当铁木尔走进在草原上不多见的垂柳林里时，想起他的朋友官布住在这里。他想："听说前些日子，八路军来他家住过，去打听打听这里的八路是不是跟我认识的八路一样？"他赶着牛犊向官布家走去。

棵棵垂柳像少女披散着刚刚洗过的秀发在草原上吹风，看去那样婀娜、端庄，而又柔情！垂柳这种树木，人们不管在什么心情下看见它，都会产生一种好感：悲愁时看见，会使你转为宽慰，忧闷时看见，会使你心胸开阔起来；老人看见它，会回忆起金色的童年，少年看见它，会向往那灿烂的明天……现在，铁木尔行走在这里，他心中是激动，是振奋，还是充满回忆或者向往？这种种感情都在冲击着他，如海潮那般猛烈、汹涌！

在幽静的林间小径上行走，最适合于思索问题。铁木尔对自己将来的生活，可不是像嘴上说的那样不曾想过，怎么会呢？如果一个人的心中没有明天，没有将来，那他就没有了生活的目的；如果没有为明天为将来而奋斗的信念，那他就失去了生活的意义。

生活已经教会他去思索，然而思索的结果，他陷入了苦恼之中。他到处所看到的，一方面是苦难的民族、贫困的人民，另一方面是那不平等的社会和欺压人民的势力。在他脑海中，这两者是那样对立、矛盾；然而这种对立与矛盾将会怎样发展，牧人铁木尔还没有明确的预见，他只是觉得自己的民族遭受的苦难太深重了！因此，他是抱定为自己民族摆脱苦难而大干特干的决心，回到家乡来的。回到家乡以后，这种决心更加坚定了。但是，到底怎样去大干特干？跟着什么样人去大干特干？他现在还不能为自己找出答案。这两天，他甚至觉得自己仿佛也与那位在浓雾中为自己理想而祈祷的瞎老太太有同样的苦处——辗转无告的悲哀！铁木尔浑身是劲儿，没处去使啊！青年牧人全身是胆，没地方去用啊！……

正在铁木尔低头行走的当儿，不知从哪儿传来了女人爽朗的喊声：

"天哪，是你呀？顶天立地的汉子，怎么皱着眉头走路呀？"

铁木尔抬头一望，是官布的老婆托娅。她是个健谈的女人，还没等他说话，就又开口了：

"在外面飞了一两年，见过大世面，一定不想回来了吧？"

"故乡是母亲，怎会不想回来呢？"

"身体好？路上累了吧？今年可比往年冷啊！"

她有一种习惯，一口气把寒暄的话说完，才去听别人的话。

铁木尔只好不连贯地回答说："好。""没有。""可不是。"最后才问："官布在家吗？"

"不在家。他是一匹野马，整天东走西串地不着家。"

"他必是有做的呗！"

"噢，要说起做的来，就是家里的事他跑断腿也忙不过来。"她掂了掂肩上扛的口袋，又说，"我从早晨进村去换炒米，这时才回来，可家里的活儿，堆得跟山一样：水没挑，肉没切，羊羔没喂，午茶没煮，……唉，刚见面说这些干啥！"

"我给你背炒米吧！"他伸手去接口袋。

"那还行？好几年不见了……"

"给我吧！一个堂堂小伙子甩着手跟背东西的妇女一起走，不好看哪！"

他接过口袋，背上肩头，好沉哪，足有五十斤！

"你们两口人，一次买这么多米？"

托娅格格笑了两声说：

"如果只是两口人，家里还会有堆成山的活儿吗？"

"你们添了孩子？"

托娅一阵大笑之后，说：

"也不知道是官布没本事，还是我没修好积德，直到现在，还是他瞅着我，我看着他。"

这时他们走出了柳林，前面是一片平甸子。望见托娅家蒙古包顶上冒着炊烟，铁木尔高兴地说：

"官布在家里。"

"这么早他回不来。"

"那谁在烧火呢？"

"你没听说我们雇了五六个长工？"

铁木尔知道她是在开玩笑，就没作声。

往前走了一段路，从托娅的家那里传来一片人众的谈笑声，两头小牛犊以为到家了，也加快了步伐。铁木尔问：

"家里办的什么喜庆？"

"喜庆？是啊，我家来了天兵。"

"天兵？……"铁木尔立刻猜出托娅的话意，问，"是八路军？"

托娅点了下头，说：

"他们跟我做邻居来了。"

"老天爷把你看上眼啦！"

说着，铁木尔的脚步迈得飞快，托娅用小跑勉强地跟随于其后。

在官布的家，有几个穿皮大衣的人，进进出出，忙碌得很，他们有说有笑，十分红火。其中有一个彪形大汉，三八枪挎在他肩上，显得那么短小，像根烧火棍。铁木尔走来时，他正蹲在花墙般砌起来的干牛粪堆旁，往筐里装着粪块。铁木尔把眼光一直盯在他的脸上，可他嘴里唱着："革命军人个个要牢记……"根本没有发觉他。

"是八路军，是八路军！"铁木尔不由自主地把心里想的话，轻声说了出来。

那个彪形大汉越唱声越大，没有听见他的话。

这时，托娅赶了上来，用习惯的大嗓门说道：

"他又不是大姑娘，你那么看他干什么？"

那大汉这才抬起头来，望见他们。他先是用憨厚的农民的笑，打了一下招呼，随后放下活儿，拍打了两下手掌，走过来说：

"官大嫂，你到哪儿去了？"

"背米去了。"

"哎，怎么不说一声，这差事正适合我干哪，来来来，给我吧！"

说着，他从铁木尔肩上去接口袋，然而，他刚伸出手去，就被铁木尔紧紧地握住了。

"你们是八路军吗？"

那个人听见铁木尔汉话说得流利，有些惊异，端详几眼，回握住他的手说：

"我们是八路军，也是内蒙古自治运动联合会工作队。"

"你们跟南面的八路军一样吗？"

"八路军都一样，不分地区……"

"这么说，你们当中也是没有蒙古人。"

铁木尔的话音未落，突然被一个说蒙古话的女人接过去了：

"蒙古人就不能当八路军？"

铁木尔转身望见：说话的那个女人，身穿紫红蒙古袍，肩挎乌亮盒子枪，三十岁上下，颧骨凸出，红唇白齿，两条男人的粗眉，衬得两眼格外有神。她正蹲在蒙古包前，用灌满奶汁的牛犄角喂着官布家被残忍的母羊丢弃的小羊羔。除了她，另外还有三个战士，一个在修理要散架的牲口圈门，一个从井上刚担水回来，另一个像家庭主妇一般熟练地在烧午茶。

"一听说'蒙古八路'，有些人就提心吊胆，是吧？"那个女人边喂羊羔边和蔼地微笑着问铁木尔。

"可能有这样人。"

"你呢？"

"我到处找还找不到呢！"

那几个人对他的回答都很感兴趣，互相交换了一下眼色；那个大个子，拍了下他的肩膀，说道：

"今天你算是找到了！"

他们几个人同时大笑起来。

铁木尔没有笑，一派正经地问：

"在哪儿？"

这时，托娅偷偷用手指往他腰上一捅，小声地说：

"那个女的就是他们工作队队长，也就是你说的'蒙古八路'！"

"您……您就是……"

那位女"蒙古八路"见铁木尔激动地向她走来，赶忙迎过去，握住他的手说：

"我叫苏荣，鄂尔多斯人。"

"我叫铁木尔，牧人，被抓去当过劳工，事变后，在你们队伍里喂过一个月马，我有不少八路朋友。说实在的，就是因为八路军里没有蒙古人，我才离开了他们……可是今天总算是见到了。"

"铁木尔，从今天咱们就认识了。我们几个人今天早晨才到来，还没来得及进村去，往后咱们长久地住在一个村里，多联系吧！"苏荣说道。

"我们俩最先认识的，我们应当成个朋友。"那位大个子说，"我叫张彪，河北人，你叫老张或者张大个儿都行。"接着，他把工作队另外三位同志——李路、王善、赵福田介绍给了他。

"你是什么长？"铁木尔问张彪。

"我是苏荣同志的警卫员，你硬要给安个'长'字，就叫'警卫长'吧！"张彪说完，自己先笑了起来。

这些人多亲切啊！他们的一言一语，一举一动，都使铁木尔回忆起在四子王旗时遇到的八路军。本来他对八路军并没有很深的感情，但是今天，在自己故乡又碰上他们时，他像是见到了老朋友似的高兴！

他被他们留下来，一同喝了午茶。

喝过茶，工作队的人都出去了，铁木尔跟托娅聊起了家常。

"托娅姐，我一喝奶茶就想起姨妈来了，她老人家煮的茶格外香，姨妈还住在柴达木村吗？"

"还住在那儿，前些日子齐木德大哥来说，她的老病犯了，咳嗽得很厉害，上了年纪的人，我真担心……前两天我到二姐那儿去，叫她跟老丈人——普日布大夫求两服药，可她把我的话都当了耳旁风，一生气我就回来了。有钱的人，心都是黑的，瞪着眼睛不认亲，他们好像都是从石头缝里钻出来的！"

"你大哥齐木德在家过得惯吗？当过官，去过日本，他在咱们察哈尔也是个人物呢！"

"唉，什么人物不人物的！他那次来，可巧碰上几个八路军打这儿路过，住在咱家里，人家八路军对他挺不错，可他还摆那套老架子，像草刺卡住了嗓眼似的，问十句话不答一句，咱算不知道他到底啃过几根老虎骨头！"

"官布怎么还不回来？"

"他给工作队借蒙古包去了。这年头，谁也不愿意把东西往外借。"

铁木尔又等了一会儿，仍不见官布回来，便赶着牛犊回道尔吉家里去了。

在道尔吉大叔的牛圈东南角上，有一所篱笆小房，那是仓房。从前一到秋后，这小房里挂满各种晒干的野物的肉条和没有去掉毛羽的野鸡、老鹰、沙斑鸡与大雁。小房里还放着一口从前酿酒用的大缸和两个木箱：大些的木箱里装着道尔吉那身古旧了的缎子蒙古袍，一双二十年前买的蒙古靴和死去的斯琴妈妈出嫁时带来的一部分嫁妆；小些的木箱里，装着道尔吉爱吃的食品。从前这间小房对村里的人们来说是一座神秘的小房，这可以从人们的言语之间了解到的。比如平时两个人谈话，甲说一句话，乙不相信时，甲则说道："道尔吉的柳条棚不起眼，里边可有千珍万宝，你不能看外表啊！"

自从两年前，道尔吉害了眼病，就不能狩猎了，尤其铁木尔被抓去当兵，斯琴被贡郭尔抢走之后，他更没有心思经营生活，混一天算一天，反正也是五十开外的人了。这样他的小仓房也就慢慢空了，不再被人注意了。放在小木箱里的食品，有的长了毛，有的发了霉，他也没有心思吃它，铁木尔回来后，他才把好吃的东西都翻腾出来；每次喝茶都摆上一桌子点心、冰糖、蜜枣、葡萄干、杏干、黄油和糖料奶豆腐等等，几乎如同安奔吃的茶点了。但，即使这样，他俩却有一个共同感觉：如今吃什么东西也没有滋味，不甜，不香，好像舌头失去了味觉。今天喝完茶，道尔吉又说再喝点酒解解寒，他俩就着红糖喝起酒来，刚喝两碗，铁木尔说头痛不喝了。他从前是很能喝酒的人，今天为什么不喝了呢？

　　这时，包门一响，进来了一个人，铁木尔一见这人，狂喜地跳起来说：

　　"你这个'夜游神'，非得晚上才串门啊！你好吗？"

　　"好，你好！我老婆说你到我家去过，可巧我不在家……"

　　"你现在是个忙人嘛！"

　　铁木尔这样说着，把官布仔细端详了一会儿。铁木尔想从他身上寻找出不同于两年前的东西，然而他的衣着、举止和微笑都是老样子，只有他的声音除了原来的那种憨厚、实在以外，好像是多了一种新的自信——对生活和未来的自信。

　　"官布，你出外闲逛，叫我表姐进村背回几十斤炒米，像话吗？该叫老婆过几天安生日子了。"

　　"你离开草原才几天，就有点多伦城商人的味儿了，见面不说一句吉利话，先挑起人家刺儿来了。"

　　他俩互相抱住肩膀大笑起来，他们久别重逢，都很激动，但都不好意思流露出来。等他们坐下来时，道尔吉递给官布一碗酒，官布一摆手说：

　　"不敢喝，你没见我老婆的表弟把我训了一顿吗？"

　　"你倒是有点多伦商人的味儿，来，喝几碗！"

　　说罢，没等对方表示态度，他呼地喝下一碗酒。

　　"嗯，从你一口气能喝一大碗酒，看得出你还是个蒙古人！"官布说着也喝了一碗。

　　"刚才我到你家，看见八路军工作队了。"

　　"他们今天早晨刚到来，上午我出去给他们去借蒙古包，把他们安顿下来，就到你这儿来了。"

　　"你交了多少八路朋友啊！"

　　"铁木尔，听说你交下的比谁都多呢！"

　　"没有，没有，我只是认识几个八路就是了。"说到这里，他顿了顿，挨近官布，抱住他胳膊认真地问，"我在外边跑了这么久，还是不知道咱们蒙古该走哪条路，官布，你说说看。"

　　官布佯作喝酒，沉思了一会儿，答道：

　　"我肚里盛有几两油，你还不知道？这样大的题目，可能说不完全，明天我给你找个人，他会给你说清楚。"

"谁？"

"工作队的苏荣同志。"

"我们已经认识了。"

"那更好。她是个了不起的女人，到过延安，当过骑兵支队政委，还在北平干过秘密工作。她的丈夫姓周，是我最好的朋友，他在张北开汽车，我给他当过三年助手……"

"她的丈夫是开汽车的？"

"用汽车司机的身份作掩护，做地下工作，事变后，回到八路军里当了师长。"

"是蒙古人吗？"

"是汉人。"

"汉人！"

"汉人怎么着？铁木尔！交朋友不能光看是什么民族；哪个民族里都有好人和坏人，是不？"

"那是当然；不过汉人再好，也不会为我们蒙古民族的解放出力献命。"

"老弟，这你就说错了。我方才说过的那位周司机，原是北平人，可在内蒙古一带工作了十来年，苦的，辣的，酸的，什么滋味儿没尝过？人家还是那么一心一意的。他们夫妇为了工作，差不多三四年没见面了。"

官布今天晚上来找铁木尔，是为了给工作队与铁木尔联上关系，所以，虽然他看出他有些糊涂想法，但也没有作详细解释。他想把情况回去汇报给苏荣同志，叫她跟他谈。

苏荣对铁木尔很注意。下午官布从外面一回来，她就问他了解铁木尔不？官布说："从小一块长大，怎么不了解！"他把他的情况一五一十告诉了她。她听后说："我们正是需要发动、团结和组织这样的人。"她立刻派官布前来找他。

官布和铁木尔喝着酒一直谈到半夜，他还有一件事情想对他说一说，但在道尔吉大叔面前，不便开口，于是他站起来说：

"太晚了，我该回去了，你表姐可能还在家骂我呢！"

今天晚上谈得很投机，铁木尔兴奋地说：

"说实在的，你跟我说的这些话很合我的口味，以后有空还得跟你聊聊。"

"适胃的茶喝不够，合意的话说不完，以后再谈！"他向门口走去。

"官布你喝醉了？不戴帽子就走！"道尔吉大叔从他身后喊道。

"真有点醉了。"

说着回头来取帽子，这时才看见在他皮帽后边放着一支大枪，他从容不迫地拿起它来看了看，问：

"你想当兵吗？嗯？"

"是的，想当兵，为了自己，为了乡亲们，也许还扛它几天！"他从官布手中接过枪来，挎在肩上说，"你有些醉了，走，我送你回去。"

他俩互相扶靠着走出包去。

晚升的月亮，像老牛似的在东南方上空慢慢地爬着，它给甜睡着的草原披上了一层薄纱；月光下官布和铁木尔那伸长了的身影，就像走在这层巨纱上的两只小蚂蚁；夜风吹在被酒气烧红的脸上，他们感到有些凉，但很舒服！他俩不语地并肩走着，除有时踏在车辙里或牲畜蹄坑里的薄冰上，发出嚓嚓声音之外，只听见在特古日克湖岸上藏在茅草中，还没有睡去的野鸟，唱着抒情的夜歌。这鸟群的歌声，把铁木尔引进童年时期的回忆之中：他小时，一到夏天就跟淘气的朋友们（其中年纪最大的是官布），夜间偷偷从家里跑出来，赤着脚（为的不惊动鸟群）到特古日克湖岸上来捉野鸟，听乌顺哈日鸟的歌声！……

"好了，你不用扶我，我没醉。"

官布打断了他的思路，但他好像还没从回忆中清醒过来，瞪着眼有点发呆。

"铁木尔，你想什么呢？"

"我忽然想起咱们小时，夜里到这儿来听野鸟叫唤声和捉野鸟的事来了。"

"咱们今天晚上再跟小时一样，到湖边的杂草上躺一会儿吧！"

"现在不是夏天，躺在那儿不受冻？"

"不躺还不可以坐坐吗？"

他们走到小时坐过的一块大石头上坐了下来。在月光下，特古日克湖的冰面，就像安奔的女儿使用的镜子一样，晶明、通亮，闪着白光；湖岸上的柳林的倒影在它上面轻轻摇动；乌顺哈日鸟的歌声在夜空中荡漾……

"多好的夜呀！"铁木尔轻轻地说。

"可是人们都说：最好的夜，也不如最坏的早晨。"官布反对道。

"那是人们指着黑暗的世界说的。"

"你说得对，那么咱们就谈谈黑暗的世界吧！"

"你还是醉了：我们到这儿不是来谈黑暗世界的。"

官布把铁木尔拉近身边说道：

"不，我没醉。我叫你到这儿来，是要跟你谈一件要紧的事情。"

"既然是要紧的，就说吧！"

"我还得先抽袋烟。"他从靴统里抽出不长的小烟袋，用火石打出火来点着烟，问道，"你回来以后，听到了一些什么？"

"你是问关于斯琴的……"

"自然斯琴的事也包括在内……不过眼睛只看一块地方，走起路来就会跌跤的。"

"你是说……"

"我是说，你回来以后注意咱们这里的风声没有？譬如坏人和好人都在想些什么，干些什么？"

"好人想过太平日子，希望蒙古民族不再受压迫；坏人……坏人，我跟他们没来往，不知道。"

官布瞅着他笑了笑，又用手指头挖了一下他的鼻子尖，真像老大哥开导小弟弟似的，说道：

"要跟好人来往，不过也要像俗话所说的那样：要用另一只眼察看毒蛇的踪迹。拿贡郭尔来说，他现在在干什么？嗯？你不知道。你恨他，全村、全旗的人都恨他，但是光是恨，顶什么用？把弓拉得再满，箭射不出去，敌人就不会给你倒下。可是——把话说回来，敌人却正在拉弓，而且就要向你射出箭来了。"

铁木尔嗖地打了个冷战，他希望官布说下去，所以没有插话。

"日本投降以后，贡郭尔竭力想维持他的统治地位，从去年冬天他就跟一些来路不明的人有了来往，眼下，他正在千方百计地筹备武装，想把枪杆子抓到手，继续欺压人民……"

"他办不到！"

铁木尔气愤地将攥紧的拳头往大石头上一捶，喊了起来；他的喊声，惊醒了栖息在湖边草丛里的鸟群，引起一阵噪叫。

官布在月光下望了望他那充满稚气的面孔，问道：

"为什么办不到？"

"现在世道不同了。"

"当然这是一方面，但更重要的一方面，是我们这里来了工作队。"

"他们有什么好主意？"

"苏荣同志有个主意；但是她说她刚到这儿，不摸底细，不一定行得通，所以今天晚上特地叫我来找你商量商量。"

"找我商量？"

"你们头回接触；但是她看出你是个敢作敢为的人。"

"你别给我戴高帽。"

"咱们谈的是正经事。"

"那么你说说，她有什么主意？"

"她说：我们要走在贡郭尔的前头。"

"马上建立队伍？"

"你看怎么样？"

铁木尔连想都没想，答道：

"对，干哪！我第一个报名。"

"苏荣同志的意思是分两步走：第一步，我们以打猎为名，组织起三二十个人带上枪进山去，一来打些野物，二来跟大伙儿也商量一下；如果他们都同意，我们再走第二步，就是正式成立人民武装。"

这已经不是平常的谈话了，铁木尔第一次被人这样看重。他仿佛觉得自己被官布带到了高山的峰顶之上，使他看到的不是一棵小草，一朵小花，而是整个察哈尔草原！……

夜已经深了，草原上的一切生物，甚至连那没有生命的湖冰、丘陵，都入睡了。

察哈尔草原的明天将会是什么样的呀！

第二天早晨，道尔吉看见铁木尔没喝早茶就在整理行装，心里想："他要到哪儿去呢？"铁木尔会告诉他的，所以没问。

铁木尔帮助道尔吉大叔煮了一锅茶。当道尔吉大叔用铜勺子把奶茶倒进壶里时，铁木尔看见他的手在那样抖动："他老人家怎么啦？"铁木尔再也没有勇气把昨晚跟官布商量决定的话告诉他了。一直喝完茶，他还在犹豫着。

"你今天出门吗？"道尔吉等不及，先开口问道。

"是。"铁木尔说，"大叔你知道，我从小就爱打猎，昨天晚上官布说，附近几个村的青年人，要合伙到呼日钦敖包山里去打猎，前几天刚下雪，真是个好机会，我在家待不住，也想出去走走。"

道尔吉紧紧地注视着铁木尔的脸，他猜想铁木尔这次离开他，不是去打猎，但是他并不想埋怨他。

"铁木尔，你跟我山上山下，沟里沟外，冬夏春秋，冰天雪地跑了好几年，我知道你是一个有出息的猎人，你去吧！不要挂念我，我一个人能够活下去……"

"大叔，我还回来……"

"不，你还年轻，我不能把你拖在这个又黑又小的蒙古包里。从前我们一起过生活，我心里亮堂，痛快；现在，我还跟过去一样疼你，可是我看见你守着我这个快死了的老头子过日子，心里就难受！铁木尔，我能对你说什么好呢？我对不住你！"

道尔吉大叔的两腮上挂满了泪水。

一股感动的激流通过铁木尔的全身。他找不到别的话，只是重复地说着：

"大叔，我还要回来的！"

五

这两天在瓦其尔那凹缩的唇边总是挂着笑丝。由于心情愉快，早晨起得越发早了。他那懒散成性的大儿子倒了霉，每天天刚亮，爸爸就到他包前喊起来，叫他不是照管牛犊羊羔，就是修理圈门棚顶的。今天早晨正当旺丹做甜梦时，爸爸又来叫他起来修理井旁的挡风篱笆。旺丹刚要起来，他那小眼睛的丑女人卡洛，把他一推，暗示不叫他出声，她躺在被窝里向公公答说：

"他昨天给妈妈到巴拉珠尔喇嘛那儿取药，伤了风，头痛，昨晚一夜没睡好觉。"

虽然知道这又是大儿媳妇在出诡计，瓦其尔也不好再催大儿子起来，心想："就是土鼠闹病，太阳还多晒它一会儿，何况人呢？"就回到自己的包去了。

听见公公的靴声越来越小了，小眼睛的丑女人又放肆无忌地把脸贴在旺丹那温暖的多毛的胸口，抱怨地说：

"牛越老越笨，人越老越糊涂，真对！过几天就要搬到安奔西热北边去住，还修理井边挡风篱笆干什么？他是成心不叫咱俩睡一会儿懒觉啊！他就没经过年轻的时候？……"她骚情地笑了。

旺丹抬起疲倦的眼皮，说：

"哎，你知道爸爸这两天为什么起得越发早了吗？"

"我不是说过，反正不叫咱们……"

"倒不是因为这个。你还没摸透爸爸的脾气？他只要一有高兴的事，就起得越发早；他这两天有两件高兴的事。"

"都是啥事？"

"昨天头晌贡郭尔扎冷叫我到柴达木村跟齐木德商量扩兵的事，我告诉齐木德说，铁木尔回来了，爸爸要他搬到咱家来，又要给他娶南斯日玛呢！他听了我的话一笑说：'南斯日玛的妈妈年轻时，跟你爸爸是相好的。'……"

还没等他说完，卡洛就插嘴了：

"这算啥新鲜事，附近的人们谁不知道啊？"

"哎，你听我说完哪！齐木德还说，南斯日玛是我爸爸的孩子，据说，她父亲死后，咱爸爸就有心扶养他们全家，可是又不大方便。这次乘铁木尔的斯琴叫贡郭尔抢走，他还没线儿的时候，爸爸把他接到家来，给他娶上南斯日玛，通过铁木尔的名义用咱们的家产扶养他们全家，这不是两全其美，他老人家怎能不高兴呢？"

"真是湖心落石圈套圈，这些勾当咱才听说，除了这还有啥事啦？"

"再就是咱们的新营地已经准备好了。爸爸早就想离开人杂马乱的村，到沙坨子里独自一家，过清闲安静的日子；他说咱家什么都有，到什么地方也不用求人。"

两头小牛犊从圈里跑出来，在旺丹住的蒙古包的围毡上蹭着腰身解痒痒，母牛在圈里吼叫，闹得他俩的谈话再不能继续下去。卡洛坐起来：

"我该挤牛奶去了。"

她扣着右腋下的纽扣走出门来。太阳已经升到两根套马杆高了。雪地的闪光耀得她不由得眯起眼来。在南边井旁，公公和铁木尔正在修理挡风篱笆，从他们那精神焕发的神色看来，证实旺丹刚才说的话是对的。这时公公看见了她，他在招手叫她，她回过身拉开蒙古包天窗的毡子，理了理头发向井边走去。

"旺丹有病，你也病了？后圈的老乳牛都到草场上去了，可你刚刚起来，这成了什么样子？蒙古人要都像你们这样还能复兴吗？蒙古人是勤劳又能吃苦，圣祖成吉思汗就是最好的榜样；他当了汗还自己拿套马杆去套马，你们能配得起做他的子孙吗？"

卡洛被公公骂得狼狈地低下头去，最恨人的是，当公公这样骂她时，铁木尔却站在一旁幸灾乐祸地嘲笑她！卡洛真想甩手就走，但是古老而神圣的礼教是不允许这样做的。

"今天的事就这样吧，明天你们再不早起，我非得进包去把你们撵出来不可！"

卡洛不声不语地走了。

"唉，娶这样媳妇，还不如把儿子扔进湖里喂蛤蟆呢！每天只知道吃、喝，跟男人睡觉，实在不成体统！因为这个，我刚才才提起南斯日玛来，那姑娘可真不像她（指了一下卡洛的背影），家里家外的活计样样都行，长得也是百里数一，再说你们俩年岁也差不多，依我看，你该答应这件事。孩子，你大叔是为你着想啊！"

"真倒霉！我干什么到他们家来了？"铁木尔恼丧地想。今天早晨，他离开道尔吉大叔是要到官布家去的，走到半路，想到应当找上好朋友沙克蒂尔一起去，就到他们家来了。沙克蒂尔听说要进山打猎，异常高兴，立刻去找父亲商量。打猎，瓦其尔怎么会反对？走运气或许能打回来几打贵重兽皮呢！瓦其尔看见铁木尔，非留他喝完早茶再走，铁木尔不便推辞，就放下行装，帮他做了些零活儿。但是没有料想到他会突然向他提出南斯日玛的事来，他心想："这次应付过去算了。"他为了躲避瓦其尔的目光，故意蹲下去用铁锹敲了一敲篱笆的木桩，过了一会儿，又觉得这样也不能顶事，只好站起来照直说道：

"不行！眼下这件事我还不能答应。因为两年前我对斯琴发过誓：除她死，我绝不娶旁的女人，我绝不娶……不娶！"

他重复说着这句话，好像这不是对瓦其尔说的而是向斯琴表白着自己心情一样。听了这话，瓦其尔好半天没作声，心里想道："他没有变，一点也没有变，还是两年前的铁木尔！"

"孩子，你跟斯琴好——这我知道，老佛爷也知道！你说，你对斯琴发过誓，这么说她一定也对你发过誓："除你死，我绝不嫁旁的男人！"是吧？那么事到如今，她怎样呢？她是一只无耻的母狗，是一个下贱肮脏的女人！她没守住自己的誓言——嫁了人！嫁了人！你说你要守住自己的誓言，这是对的，我们蒙古人自古以来，最讲究遵守自己誓言，圣祖成吉思汗是最好的榜样！但是成吉思汗也告诉我们说："当发现你的朋友是藏起尾巴的狐狸，就马上用毒箭射死它！"你的斯琴就是这样一只狐狸！……"

铁木尔实在听不下去了！"无耻的母狗""下贱肮脏的女人""藏起尾巴的狐狸"这些字眼能和他心目中的斯琴联在一起吗？但是他又没有话来回答瓦其尔：斯琴确实忘掉他啦！

"这事咱们以后再谈吧！"

牧马人知道儿马子的脾气。瓦其尔不再提这事，他们又干起活来……

早茶后，铁木尔背上行装要走，沙克蒂尔说，官布家工作队住满了，还是先去看一看，如果没有地方，就在他这儿住两天。铁木尔本来一时也不想待在他们家里，但是他事前没有跟官布打招呼，突然搬去，怕给人闹不方便，一想反正很快就会出去打猎，便将行装放在沙克蒂尔处，背上枪到官布家里去了。

官布家变了样：已经是两座蒙古包了。铁木尔一看就知道靠左边那座是官布昨天为工作队借来的。铁木尔走到蒙古包附近，闻到一股浓浓的肉香。看见张彪蹲在包门前挽着袖子洗着沾满血的双手，他见铁木尔到来便站起来说：

"亏你有口福，来得正是时候。"

"宰羊了？"

"昨天下晌，官布不知从哪儿打来一只黄羊，我们当中好几个人没吃过黄羊肉，今天尝个新鲜。"

"苏荣同志在吗？"

"她领着几个同志进村去了。"

"我怎么没看见？"

"他们访问贫苦牧民去了，不知道进谁家聊天呢！"

这时官布从新搭起的那座包里走出来，边擦着肉刀，边问铁木尔：

"昨晚睡得好？"

"觉让鬼偷走了，根本没睡着。"

"小伙子，心事重重啊！俗话说：一件心事是一座大山。你心上压着几座？"

张彪从一旁插言道：

"其中有座大山是你给压上去的吧？"

铁木尔将钦佩的眼光投向张彪，说得对！昨天晚上他把官布对他说的那些话想来想去，就睡不着觉了。"但是，他怎么知道我的心事？这个聪明的大汉子！"铁木尔仔细观察着张彪，看去张彪的年纪与他相仿，土红色的脸，高鼻梁，两条黑眉下，闪着一对黄眼睛；在他耳边有一道一寸长发红的伤疤，那伤疤好像治愈不久，说起话来他有时用手去捂它，不知是因为发痛，还是伤了颧骨而说话费力。

他给了铁木尔一种亲切的印象，他跟在绥远地区相识的那个八路军王连长很相像，因此铁木尔想："他一定是个好人。"

张彪请他进包里坐，包里煮着一锅黄羊肉，热气腾腾，很暖和。张彪用毛巾擦着手说：

"你会说汉话，我们交朋友就更方便了。我在伊克昭盟学了半年蒙古话，没学好，舌头太笨，总是打不过弯来。听说你在我们军队住过一些日子，对我们军队一定很托底，你是个真诚的蒙古青年，我们要走的是一条路，只要我们同心合力，事情一定会成功。我不知道你是不是同意我的说法？"

他们的谈话进入了严肃的主题，铁木尔从官布手里接过烟袋吧嗒吧嗒抽着，沉思了片刻，说道：

"张同志！我还没空儿想这么多的事；但是，我是一个蒙古青年，蒙古人不能再像从前那样任人宰杀了！我们要斗争！我只想：在这样混乱年头，为自己民族出些力，多出些力！我也喜欢交朋友，可是我的朋友必须是好人。我在你们军队住了一个多月，有一个王连长他多咱也不说骗人的话，他是一个好人，真的，张同志——在你们八路军好人可多呢！所以昨天晚上，官布找我谈，我就马上答应跟你们合作了。可是我要把话说在前头：我相信的是八路军，可不是哪一个人；如果以后我发觉谁不是好人，不为我们蒙古人办好事的时候，我马上就不跟他合作了——这一点你们可千万记住！"

他说最后那句话时，把拳头在空中晃了几下，好像张彪已经不是好人了，他要举拳去打他。这无礼貌的动作并没有使张彪产生不愉快，恰恰相反，他却为认识了这样一个粗犷、正直而又勇敢无畏的青年而高兴！张彪从铁木尔那无表情的脸孔和颤抖的声音中，看出他不但内心是激动的，而且所说的也都是真心话。张彪感动了，对这样一个可爱的人，实在不忍说出一句虚假的话来，为这他有些惶惑了：应当对他说什么呢？……

"铁木尔，我只能对你说：我愿意做你的朋友，最好的朋友！"

他把手伸给铁木尔，他不知是对握手不习惯，还是对张彪的话有些不相信，犹豫了一会儿才握了他的手。

"咱们还是来谈谈出去打猎的事吧！"官布从一旁提议道。

铁木尔说他就是为了这个来的。

"昨天我跟铁木尔也说过了，我们尽可能每个人带两支枪或者三支，反正越多越好。"官布像一个参谋长似的对张彪说，"为了这，我们把动身日期推迟了两天，早晨我出去转了一圈，除咱村的四个人以外，都是双套家什了。我们村的枪都掌握在贡郭尔和他亲信的手里，听说他们正在扩兵！"

"是这样，昨天旺丹去柴达木村找齐木德，就是贡郭尔派去商量扩兵的事情。听说，齐木德还不甘心给贡郭尔当手下小卒呢！"铁木尔补充道。

"那是很自然的，狼为了抢食经常咬架。"

突然，苏荣领着三个人从包外闯进来，将话头接了过去。

包里的三个人同时站起来，给她让座位。

"大家坐吧，坐吧！"苏荣说着将铁木尔拉到自己身边坐下，问，"什么时候来的？"

铁木尔答说来不多时。苏荣继续说了下去：

"出去找贫苦牧民们谈了谈，事情越来越明显了：贡郭尔早就有心建立一支队伍，掌握几十个人，或者更多些。但是事情并不那么随心，他光靠自己力量还不行，所以想联合齐木德。"

"还有蓝旗的戈瓦。"官布插了一句。

"对的，他们想互相支援，互相利用。但是正像铁木尔刚才说的那样，齐木德是不甘心给他当小卒的；至于蓝旗的戈瓦，他更想独霸天下。所以他们马上还搞不到一起，即使搞到一起，他们太臭了，跟随他们的人也不会太多，这是一个很好的机会，我们应当很快地把附近几个村的青年带出去打猎，这样就比他们早跳一步棋，使他们处于被动地位。这些是我们几个人刚才在路上商量的，你们三个再考虑考虑。"她用眼光很快地将官布、张彪和铁木尔扫了一下。

　　官布坐在一张牛犊皮上抽着烟。听了苏荣刚才说的话，他心中多少有些紧张，就像牧民在春末看见西北方天空上出现乌云时产生的那种忧虑的心情一样。官布有一个特点：每当心情忧虑或紧张的时候，总是盘起两腿把双手交叉着抱在胸前，不言不语地吧嗒吧嗒抽烟。记得他十八岁那年，给人家放牲畜，丢了一匹马，也是用这样姿势坐在大草地上抽过烟；后来他在张北给周司机当助手时，有一次在大雪天，汽车在途中电瓶出了毛病，挂不上火了，他也用这种姿势坐在车篷里抽烟。官布每当想起周司机来，心里老是感到暖烘烘的！他们在一起生活了三年，是周司机把一个刚刚走出草原的牧人官布，教导成了一个有明确生活目的的人。如果说爹爹妈妈给他的那双眼睛是用来给牧主放马，或者用来观看自己脏黑的蒙古包的话，那么可以说周司机也给了他一双眼睛，而这双眼睛是用来透视这无边无际的草原，看出春天还没有到来之前，枯草下边的土壤中嫩芽在怎样生长着；看出东天边鱼肚皮色的曦光下面就是将要升出的太阳！刚事变，周司机就以十年地下工作者的身份回到自己部队去了。从那以后，只听说他当了师长，没有别的音信。直到这次苏荣同志来，才得到了他确实的消息。他跟苏荣认识是在一年半以前，那时他刚入党，苏荣化装成一个家庭妇女曾秘密地到张北探望过一次周司机。他万没想到今天党派她来察哈尔草原打"前站"，领导革命斗争。事变后，在察哈尔草原上呈现的那一种不正常的风平气和景象渐渐在变化着，冷风又开始一阵阵地吹起北沙坨子的黏性沙土，察哈尔大地又在酝酿着狂风暴雨！他猜测不到这场风雨来临的时日，但是他确信察哈尔在这场风雨之后一定会得到新生！

　　铁木尔不喜欢长久地沉默和深思，他甚至认为碰到事情就沉默和深思是懦弱而渺小的人；在他看来，只有用勇敢和力量去克服它。他在当劳工时，有一次几个人在草甸子上纵马奔驰，突然前边出现了一条深沟，旁的人立刻勒住了马，而他却不然，猛劲地把马打了一下，马甩起四蹄飞也似的越过沟去。为这事他受到同伴们的夸奖，从那以后许多人都把他看作是个勇敢的人。刚才他看见张彪和官布沉默起来，心里很不耐烦。他想："大概汉人都有这种短处吧？真的，他们的怪脾气可多哩！官布为什么也学起他们，坐在那里就像一尊泥佛像似的一言不发呢？真不够意思！可是真正的蒙古人铁木尔，永远不会变样的！"

　　苏荣似乎发觉了铁木尔的心情，她转过脸来向他笑了。在苏荣眼里，铁木尔好比是一棵埋在地里的嫩苗，它一方面感到身上压着一层土，希望突破土层伸出头来；另一方面并不知道露出头来之前以及露出头来以后，还要经过多少风霜雨雪。听了官布的介绍，她非常重视铁木尔；铁木尔在八路军住过，就是以"眼见者为实"来说，他也会靠拢或者同情八路军的，再说他回到家来，又碰到这样许多不痛快的事情以及他的阶级地位、对贡郭尔的仇恨等等，都决定了他的倾向。因此她叫官布用最大的努力去争取他，今天他总算跟他们站在一起了。不过，她心里想：把这样特殊性格的人，完全改变成一个革命战士，还需要做许许多多的工作呢！

"听说大伙一起去打猎，村里的年轻人都挺高兴。"还是铁木尔忍不住地先开了口，"事变后，他们在家里都快憋愁死了。有些人刚从外面回来，他们跟我一样早就想扛上枪为自己民族干点事儿了。"

"是的，我们要为内蒙古人民的解放，同时也为全中国各民族人民的解放去奋斗。"苏荣意味深长地说。

铁木尔突然将眼光移向她来，看来他的内心与他眼光一样，对苏荣的话感到迷惑不解！

苏荣看出这一点，又说道：

"铁木尔，你想一想，我们能够笼统地说扛枪杆子是为蒙古人、蒙古民族服务吗？"

铁木尔想都没想，斩钉截铁地回答说：

"那当然！我就是为了这个目的才来找你们的。难道你这个蒙古人就不是为了这个目的？"

问得好尖锐！再一看，他的眼光、脸色都变了，那股在相当大的一部分蒙古青年当中流行着的所谓"民族热"，又在他身上爆发了。

苏荣沉思了一下，说：

"我们不同意笼统地那样说……"

"原来你们不是全心全意地为了蒙古民族！"

铁木尔霍地站了起来，看样子马上就要与他们绝交而去似的。

工作队的几个同志都怔住了；可是苏荣和官布却互相对笑了一下，同时从容不迫地也站了起来。

"小伙子，别急，我们的看法完全相同，你若不信，就跟我来！"

苏荣领先往外走去，来到包外，她叫官布牵来三匹马，并且把一根马缰向铁木尔递去，铁木尔迟疑了一下接过手中。苏荣、官布先后上了马，铁木尔看了看，虽然感到莫名其妙，但也跟着跨上了马背。

苏荣走在尽前头，他们谁也没有言语。不一会儿，来到官布包后几十米远的丘陵之上，三个人停了下来。

由此望去，特古日克村一览无余——

村东头，是大巴彦瓦其尔的家址：家前家后牲畜群圈棚像蜘蛛网一般密，七八座宽大的蒙古包，像是一堆堆新雪，在阳光下挺耀眼的。村西头，是贡郭尔扎冷的公馆：蒙古包、砖瓦房、仓库、马厩连成了一片，那气魄、那色调比瓦其尔家更大、更豪华。这两个大家，一东一西，恰像两个断路鬼。在他们两个大家之间，是特古日克湖，湖岸上分散地坐落着贫苦的牧户。那已经不是什么家户了，只不过是几根木棍支撑着的几块破毡子！座座蒙古包都是那么破旧、污黑、低矮，像是一群无力抬起头来的老人！每个家户门前，没有畜群、圈棚和仓房，显得空荡荡的，空荡荡的！见到这种景象，人们才能真正领会"一贫如洗"这句成语中那个"洗"字的含意。

丘陵上，地势高，风力大，三匹马的前鬃飞扬起来，恰似三张船帆。

他们三人，顶风而立，那眼前村落的景象，使他们的心海，都不由得掀起激动的波浪。铁木尔在思索苏荣带他到这里来的用意：是要对他说什么机密的话语，还是向他揭示他不曾见到的事物？为了先叫她说话，他一直保持着沉默。

他们向村落眺望良久之后，苏荣才指着前方，缓缓地说道：

"这里居住的都是我们蒙古人——蒙古民族；但是，看吧，一个人种、一个民族从来就不是个统一体。蒙古人当中有压迫者，也有被压迫者，由于他们所处的地位不同，他们所想的、所干的，也就不同。我们不能笼统地说为了蒙古人、为了蒙古民族，重要的是为哪些蒙古人，为什么样的蒙古民族？……"

铁木尔细心地听取着。他总是这样：一旦听明白对方的话意，就会立刻表现出来。忽然，他把马缰一勒，在脚镫上站立起来，打断了她的话：

"苏荣同志，我明白了，我们的看法，就像一对孪生儿，完全一样。我平时说惯'为了蒙古人''为了蒙古民族'，其实意思就是——"他指了一下特古日克湖岸的贫民区，"为了那些蒙古人，那个蒙古民族。"

他们在丘陵上停留了很久，直到张彪跑出来喊他们回来吃肉时，才转过马头走下来。在家里的人们都听见从他们那里传来了和谐的爽朗的谈笑声……

当天下午，苏荣召开了工作队会议，铁木尔也被留下来参加。

会议一直开到黄昏时还没有结束。托娅在西边那座蒙古包里早就做好了晚饭，等得都发急了。她出去看了好几回，不见散会的动静。"又不是庙上喇嘛辩经，哪有那么多可说的！"她想。

工作队会议开得很热烈。会上详细地分析了他们到达草原之后所了解的情况和面临的局势，并且对下一步工作做出了安排。会议结束前，苏荣说：

"我们根据出发前来时，上级所给的'宣传政策，发动群众，团结一切可以团结的力量，为建立察哈尔草原革命根据地创造条件'的指示精神，有三项工作有待于我们立即着手进行：第一，广泛地宣传政策，发动群众。从明天起，我们分成三个小组——铁木尔也参加吧！——以特古日克村为中心，并到附近各村去进行访问、谈心，把党的政策送上门去。第二，尽可能快而且又多地发动青年进山打猎，在条件成熟时，建立一支革命武装。第三，为了团结一切可以团结的力量，对民族上层人士积极、主动地进行工作，只要他们今天不投靠敌人，不反对革命和人民，我们就既往不咎，对他们采取团结的政策。过两天，我们以工作队的名义，主动地去拜访贡郭尔、瓦其尔和其他民族上层人士，向他们交代党的'在牧区不分、不斗、不划阶级'的政策，争取他们跟着我们走。当然，他们当中也许有些人不会听了你的一两句话，就相信你或是改变他们的立场，但是只要我们团结住绝大多数的群众和上层人士，那么就不怕个别的别有用心的人搞鬼、捣乱！在这样复杂的局势下，我们的工作必须做得稳重、扎实、深入。"……

托娅总算盼到散会了。他们都饿坏了，等不及托娅的招待，一个个动起手狼吞虎咽地吃了起来。

铁木尔吃得不多。他有生以来，第一次度过今天这样有意义的日子。他是龙是凤，工作队的同志们这样看重他？他感激地回忆着会议上苏荣的每一个举止、每一句话……他决定搬到这儿来住，像苏荣同志说的那样，从明天起参加工作队的工作，别的干不了，给带路、看马或者当翻译还不行？

吃饭后，他说回去取行李，就离开了官布的家。

夜笼罩着草原。

没有风，没有云，也没有月亮。

在路上，他多次向道尔吉大叔的蒙古包看去，那里没有炊烟，没有火光，也没有灯亮，在他眼前出现了一个怀着沉重心绪，孤独地生活着的老人的身影。道尔吉大叔，再见吧！他不去向他老人家告别了，因为见了面又分别对谁都是痛苦的。他又把眼睛转向贡郭尔的家，那里灯光通明，有几条只在夜晚才放开的大狗，在包前包后转来转去。他又想到斯琴，她不会知道他又要离开她了；不，她也许根本不想知道，或者即使知道了，也许把头一扭说："他走他的，关我什么事呀！……"但是这都不能怨她，贡郭尔不放她走，她有什么办法？仇恨的矛头又冲向了贡郭尔，是贡郭尔用罪恶的魔手破坏了他们的爱情！一股不可抑制的怒火，在他心中燃烧起来！他要找贡郭尔去算账，反正你有一支枪，我也有一支枪……他直奔贡郭尔家走去。

真是巧遇。正这时，贡郭尔一个人自由自在地骑着马，打着口哨从柳林中走出来了。他大概在外边筹办扩兵才回来。铁木尔急忙躲在一棵树后边，将枪口对准了贡郭尔的胸口，现在只要食指一动，贡郭尔马上就会变成鬼！……然而他忽然放下了枪，好汉铁木尔不能干这种勾当，他应当理直气壮地叫他停下来，明明白白地告诉他：斯琴是铁木尔的，快点放她回到家来。

"贡郭尔扎冷，你等等！"

贡郭尔一惊，右手立刻贴在手枪上。

"噢，是你！"他的手没有离开手枪把。

"我们用不着动枪；如果动枪的话，你早就不在世了。"

"这么说你已经在这儿等我好久了。"

"不，这是巧遇。"

贡郭尔故意表示镇静，他下了马，但右手时时刻刻在准备着一种动作。

"我们照直说吧，你把斯琴快还给我！"

出乎意料，贡郭尔突然大笑起来：

"铁木尔，我们俩是在做买卖吗？"

他前天从仆人宝音吐那儿听说，铁木尔在柳林中与斯琴相会，而斯琴断然拒绝了他，现在铁木尔直接找上来，这显然是铁木尔走投无路了，因此他很大方，镇静地说：

"铁木尔，我可以把斯琴还给你，可是斯琴的心中没有你的影子。她在我家里已经一年多了，这些你是知道的……"

"我告诉你：现在人跟人是平等的，谁也不许压迫谁！一句话，你还我的斯琴！"

在明安旗，在察哈尔，有谁对贡郭尔扎冷这样放肆过？就像一个皇帝怒骂他的奴才一样。平等，平等，平等，这两个字就像一支箭射在他脑门上，使他震惊。他气得手直抖，真想掏出手枪给他一下，但是铁木尔手中的那支枪，使他打消了这念头。他忽然悔恨今天出门没有带仆人，真是失算。如今既然处在这样地步，只好来软的了。

"人跟人要平等，真是新鲜话，我打心眼里同意这句话。你逼我还给你斯琴，我也没什么可说的。我们不是牲口，是人，好吧，现在你跟我到家去，当面跟她谈谈；如果斯琴愿意跟你过日子，那么你就领走她。可是我告诉你：她要不跟你去，那么往后你再也别来找我麻烦！当然我还要告诉你：她是不会跟你走的，我告诉你，她已经怀孕好几个月了。好吧，咱们一齐到我家去吧！"

什么？她已经怀孕了！这又是他没有想到的事情！她也许真的爱了贡郭尔……这时斯琴在柳林中说的那些话，又在他耳边响了起来："你不要挨近我，远一点！你不知道我是贡郭尔扎冷家的人吗？"她那可怕的声音，可怕的脸……他失去了勇气，甚至后悔这次与贡郭尔的巧遇了。

"我不愿意迈你们有钱人家的门限，我不到你家去；但是斯琴……她是我的！"

他说完一转身走了。

贡郭尔的右手松弛下来了。他牵着马向家走去。

铁木尔虽然话说得挺硬，可是心确实有点虚了。从前他为斯琴产生过种种痛苦，而那些痛苦里仍然包含着一线希望——希望她终究属于他，但是今天却不然，一切希望都破灭了，他第一次尝受到了真正的、没有一点希望的痛苦！

他迎着从湖面上吹来的夜风，无目的地向湖岸上走去。

夜，墨黑的夜啊！没有风，没有云，也没有月亮。

铁木尔拖着沉重的步子，来到湖岸那块平坦的牧场上，他像是掉进了一口黑洞洞的深渊，一切都被夜幕遮盖住了。真的，夜幕是这样讨厌的东西，你用手去摸它，摸不到，你想跑出它的控制，那更办不到；黑夜往往给人一种沉重的压抑。

铁木尔来到一棵老柳树下，停了下来，不知为什么他把左手掌良久地贴在自己额头上，一动不动，就像试看发烧的病人那样。"我到哪儿去呀！"他忧郁地想着把背靠在老柳树上。他忽然想到月亮快出来了，站在这儿看看初升的圆月，散一散心吧！

月亮没有出来。远处传来一头老牛的粗沙的吼声。夜莺为什么也不唱歌，它们全被黑夜吓倒了吗？突然有一只夜莺鸣叫了，但是它只叫了一声，就又沉默了。

月亮还没有出来，没有出来……

他等得不耐烦了。当他来到沙克蒂尔家门口时，沙克蒂尔从家走了出来。他看见铁木尔从南边走来，顽皮地一笑，说：

"找你的南斯日玛去了？嗯？她可……"

"见鬼！你才是那种人！"他发脾气了，"我要带行李到官布家去住。"

"那么让我这座蒙古包空起来吧！"

他向莱波尔玛家走去。

六

幽静的林中小村特古日克的鸟儿向来是懒散的，它们总是醒来得很迟，即使醒来，也由于环境静谧而不轻易鸣唱晨歌。它们眨巴着小眼睛停在树枝上，一直到村里的畜群穿过树林走向草场时，才扇动扇动翅膀，摇一摇脑袋，清一清嗓子，开始新的一天的生活。但是，这几天它们突然变得勤奋起来，每日，天刚蒙亮，就唧唧鸣叫着在林间窜飞，好像都为一件什么事情而奔忙着。

其实，它们会有什么"事情"呢？没有。它们所以有了突然变化，是因为这几天村里的人们比往常起得早了。

工作队已经开展工作了。牧民们不叫他们是蒙联会[1]工作队，而仍然按照习惯叫他们为八路军工作队。苏荣说，这是一件好事情，说明共产党八路军，在内蒙古大有影响。

闭塞的草原牧民们听到了各种各样新鲜的语言和新鲜的事情。依照传统的理解，"阿日德[2]"这个词里包含着被统治的意思，但是"工作队说了"（这是这几天牧民们常用的一句话）：从现在起，"阿日德"就要说话算数，当家做主

---

[1] 内蒙古自治运动联合会的简称。

[2] 蒙语：人民。

了！蒙古民族有没有出路？有！它不再遭受帝国主义和大汉族主义的欺压、摧残了！"工作队说了"：蒙古族人民要和全国各个兄弟民族人民一起，为建立新中国而奋斗！中国是我们唯一的祖国。俗话说得好："有健壮的母亲，才有健壮的儿女。"……

这些话多么顺耳啊！叫人听了兴奋得心直抖啊！

人们好像都不困了，晚睡早起，还是那么精神抖擞！打个比方吧，他们仿佛都怀有婚期来临的少女那种心情。

特古日克村处于不平凡的变革之中。

这种变革表现得最迅速、最明显的，莫过于官布老婆——健谈的托娅。她突然"跃升"为全村最引人注意的人物了。每当工作队的同志们外出，附近各种不同的人物，抱着各种不同的心理和目的，便都到她家来：有的来问工作队还走不走；有的来问战事情况；有的怀着单纯的好奇心，前来询问工作队的人们的习性、特点，或者来证实关于"女英雄"苏荣的种种传说的真实程度；也有些人抱着明显的别有用心的目的来探听工作队的行动和计划……而托娅对各种人物都答对得不错，甚至做到了使他们满意或者大致满意的程度。为此，张彪曾钦佩地说，他在她身上发现了"外交才能"。

托娅可不管它什么外交内交！她只知道这一切多亏她有个好参谋——官布。

近来官布忙得不可开交，把家务全都托付给托娅一个人了。但是，有一件事，他总是放心不下，就是托娅的嘴太爱说。现在不同往常，工作队住在他家，如果她说热了嘴，向外道出一些四六不靠的话，即使是无意的，也会给工作带来一些影响和损失，因此，他每天在睡觉之前，都要对她婉转地进行一番"教育"。有一天晚上，托娅望着天窗外的夜空，颇有感慨地说：

"看人家苏荣同志多棒啊，一个女人能领导那么多的男人……"

"人家参加革命多少年啦！"

"哎，你听见没有，人们把苏荣传说得简直跟故事里的女神一样。"她兴致勃勃地坐了起来。

"我没听见，也不想听见。"

官布的话使她大大失望，待了一会儿，她无趣地搬过自己枕头躺下了。

"你一定对旁人乱讲了些什么……"官布问。

"我讲什么啦？"

"别嚷！他们刚睡。"

"那么人们来看我，我就装哑巴？"

"不是叫你装哑巴，"见她生了气，他改换口吻说，"你说苏荣同志那么棒，能领导那么多男人，可她达到这样地步，那么容易？"

托娅半天没作声，像是在回味着丈夫的话。

"怎么个不容易法？"她问。

"要经过无数次革命考验。"

"什么叫革命考……验？"

"嗯……"官布顿了顿，寻找到恰当的词句之后，才接着说，"就是说为革命去克服困难，做出牺牲。"

"像我这样人，眼下能受得到革命那个……考验吗？"

官布向她望去，仿佛在黑暗中看见了她的两眼闪着渴望投入集体事业的强烈的火光。他抱住她胳膊，轻声亲切地说：

"我们每时每刻都可以受到革命的考验，譬如说，现在工作队住在咱家，人家信任咱们，当着咱们的面，啥话都说；咱们能不能做到该说的说，不该说的不说；对革命有利的说，对革命没利的不说呢？"

"这就是那个……考验？"

"嗯！"

"达到苏荣那样程度，要受多少个这样考验哪？"

"没一定次数，总要几百次吧。"

"几百次！……"

那天夜里，他们的谈话到此结束了。从那以后，"革命考验"这个新鲜词儿，在她脑海中就像"托娅"这个名字一样印得那么深刻、牢固！

可是习惯这种东西真难改呀！第二天又有许多人来找托娅，在谈话过程中，她那常年养成的信口开河的习惯，与官布所说的那个"革命考验"，在她身上发生了短兵相接的激战。虽然旧习惯曾几度取得短暂的优势，但最后终以"革命考验"的胜利而结束。当天晚上，她对官布悄悄地说："受得住考验真不容易，咱才受了这么一次，就费了多大力气呀！"……她逐渐适应新的习惯了；而在新习惯的修养过程中，她渐渐意识到自己已经成为与一个伟大的整体有联系的人。那个伟大的整体是什么？在哪里？她现在还不会用一两句话说清道明，但是她确信它的存在，她确实从它那里得到了鼓舞和力量！

这几天，她脑海中常常出现一些少女时期的记忆：光着脚到树林中去捕捉彩色蝴蝶；在大草原上戴着用野花编成的花环仰望那蓝天白云；迎着晚升的明月低声哼唱表述内心激情的歌曲；对着平静的湖面不着边际地遐思默想……

还是铁木尔的眼睛尖，有一次当着许多人的面，开她的玩笑说："官大嫂越来越显得年轻了。"说得她哑口结舌，脸红到了耳朵根儿。事后，她想出那么多尖如针、快似刀的答对他的话语，以至久久后悔自己当时为什么没有想出来！

俗话说：一个脑袋上的头发，有黑有白。工作队并不是给特古日克村每一个居民都带来了如同托娅那样的喜悦和激情。

我们的贡郭尔扎冷的心中，充满了恼丧和不安的情绪。他已经两天吃不下，喝不进，见了谁都是满脸怒气，像只患了癫疯症的公羊。

他的父亲普日布大夫，显得比他老成一些。说内心，那恼丧和不安的情绪，并不亚于儿子；但是他在外表上，仍然不改旧日的稳重。他整天装作给牧民看病，到处乱串，实际上是去探听风声。每次外出回来，他就把儿子叫到包里，叨咕半天。而贡郭尔每次从父亲包里出来时，那结在眉宇之间的疙瘩，便越发显得大起来。

今天，普日布大夫"破例"地没有出外看病。从清晨起，他就把儿子叫到包里去了。门外有宝音吐把守，任谁也不准靠近，不明内情的人也许会以为里边住着传染病人呢。

"八路军在村里挨家挨户地煽风点火，看势头，那火必然是朝咱们这儿烧来。"贡郭尔手里掂着空茶碗，若有所思地说道，"但是，有火就有水，过几天刘木匠转将回来，难道还不能给咱们出灭火之计？"

看来在这以前，普日布大夫已经说了很多话，现在他正在默默地喝着奶茶，时而从前怀里掏出叠成方形的白市布手绢，擦着光秃秃前额上的汗水。

"只要有刘木匠，有国民党，什么他妈的风呀，火呀，我贡郭尔全不怕。"

听了这话，普日布大夫眉头一皱，放下茶碗，带点气地说道：

"远水不解近渴，等不到刘木匠、国民党到来，大火就烧来了。"

贡郭尔却不以为然，两眼向天窗一瞟，没作声。

"水能灭火，这话说得对；不过我们蒙古人从来就不是用水灭火的，大荒火着起来，草原上哪里有那么多的用来灭火的水呀？我们的祖先从来就是打防火道灭火的，让荒火烧到防火道上自然而然地熄灭……"

贡郭尔没有明白父亲比喻的含义：

"爸爸，您的意思是……"

"我们要在大火烧来之前，先打好防火道。工作队不是想煽动起穷人向咱们围攻？咱们不找别人，单找工作队来给自己解围。他们早就知道这地方有个贡郭尔扎冷，可是为了笼络穷人，故意躲避你。人常说：鬼不来神仙去。今天再听一听风声，如果没有什么大变化，明天一清早，你就去拜访他们。"

"那会有什么样结果？"

"你以一旗扎冷的身份，对他们的到来表示欢迎，而且对他们说，你愿意跟他们密切合作。但是不可交谈具体事情，如果他们先提出来，你就含糊推辞了事。这样一来，别人就会看见工作队也跟你站在一边，那还怕什么？他们总不会点火烧身吧！"

这个计谋是那样具有说服力，以至连刚愎自用的贡郭尔都开始认真地思考起来。

正在这时，突然包外传来一阵急促的脚步声，宝音吐奔跑进来，上气不接下气地禀报道：

"工作队来了，工作队来了！"

"到咱家来啦？"

"正是！官布领着呢。"

"在哪儿？"

"不出百步！"

这突如其来的消息，使他们父子顿然变得惊慌失措，束手无策！甚至素以稳重著称的普日布大夫，也瞪大眼睛，两片嘴唇哆哆嗦嗦，说不出话来了。

不过普日布大夫毕竟是顶风闯雨的老手，他在奸猾方面大胜于儿子。他很快地定了定神，对儿子说道：

"火烧眉头，不容迟疑，他们既然已经到来，就只有妥善应付。"

"咋个应付？"贡郭尔仍旧茫然无策。

普日布深谋细算地捋着胡子，眨巴着鼠眼，说：

"头一条：热情接待。"

贡郭尔点了点头。

"多顺少逆，多听少说，以探为主。你出去吧，别的事情全由我来办。"

贡郭尔像个领取了命令的士兵，腾地站立起来，理了理衣服，定了定神情，又深深地呼吸了一下，便走出包去。紧跟脚，普日布大夫也溜出去了。

贡郭尔跨出包门，抬头望去，果然看见官布领着几个人，从二三十步远的地方向他走来。那几个人当中，有一个妇女，他猜出是苏荣。官布看见他之后，低声对苏荣说着什么——大概是在说："这个人就是贡郭尔。"不知为什么，他们突然加快了步伐，贡郭尔一阵恐惧，心想："莫非是来逮捕我？"没等作出答案，只见官布和苏荣领先过来，同时向他微笑示意。贡郭尔这才减去一大半恐惧情绪，也身不由己地向前迈了几步。

当他们相互走近时，官布从中介绍道：

"这位是内蒙古自治运动联合会工作队队长苏荣同志。"

他又把贡郭尔给苏荣作了介绍。但是贡郭尔敏感地听出他有意没有提他"明安旗扎冷"的头衔，所以他抢先开口说：

"近来我身体不适，很少出门，不知道工作队已经到来，实在遗憾！现在我以明安旗扎冷的身份，以十二万分的热情欢迎你们，欢迎你们来到我们旗里！"

一听这话，滋味不对，站在苏荣身后的张彪把嘴一撇，真想上前顶他一句："谁稀罕你那个给日伪当走狗的身份？"可是想到方才苏荣队长对他的再三嘱咐，就把话咽回去了。

"我们今天特地前来拜访你。"苏荣说。

贡郭尔假惺惺地一笑，忙说：

"不敢当，不敢当，请，请到里边坐！"

他们走进包去。

这一切，普日布从另一座蒙古包的门缝看得一清二楚。从他们会见时的气氛，他看出，这次工作队来访，并不像他最初所想的那样会发生什么严重局面。不过按照他的处世经验，对任何人都应刚柔兼施。具体说，就是今天对工作队一方面要进行全力的盛大的接待，另一方面也要给他们一点眼色看；将这两者如何巧妙"兼施"，普日布大夫胸有成竹地想要大显一下身手。

他采取的第一个"防御措施"，是把斯琴关起来，不叫工作队看见她。他想了个办法：把斯琴叫到后客房里，让一个牧工扛来三十多斤牛毛给她，说等着用牛毛绳，要她赶紧全部搓出来。同时，对出面招待客人的奴仆，也慎重地作了调整，把两个在他看来不够可靠的人撤换了下来。

　　接着，他紧急四下派人，把他们村里的亲信和在附近放牧的牧工，都唤将了来，高的、矮的、胖的、瘦的、黄的、黑的，差不多凑集了四十来个人，与此同时，他又找来了不少贫苦群众，谁也猜不透他用心何在。

　　这时，工作队跟贡郭尔正在进行着严肃的谈话。他们围坐在特地为他们铺起的厚厚的彩色盘花栽绒毡上，前面像玻璃一样闪着光的小木桌上，摆着一大盘一大盘精制的印着各种图案和花纹的奶食品和糕点。不知哪一个仆人别出心裁，在门口点上了两团盘香，香烟缭绕，总算是驱除了一些包内的霉臭味。

　　工作队突然主动地来访，是出乎贡郭尔意料之外的；以苏荣为首的工作队这些人的朴实、敦厚、平等待人的作风，也是出乎他意料之外；而在交谈中他们说的那些以团结为重的、看来相当诚实的话，更是出乎他的意料之外。几个意料之外加在一起，在多疑的贡郭尔身上，便起了"化学变化"：反而使他迷惑不解了，甚至觉得不与父亲商谈，自己都难以做出正确的判断了。在素以精干而自负的贡郭尔身上，这种"混乱的感觉"是很少发生的。

　　在工作队方面，刚好相反，他们对这次访问作了充分的准备，根据所掌握的材料，他们进行了详尽的分析，对贡郭尔这个人未来发展的几种可能性，也做出意料之内的估计。他是民族上层分子，但又不同于一般的民族上层分子。他历史上有罪恶，因此对我们的既往不咎的政策肯定会有怀疑；他知道自己民愤较大，因此一直企图掌握力量，以镇压人民的不满情绪；他从去年冬季就跟某些来历不明的人有来往，这可能使他对我们有了"先入之见"……这样一个人，在各种不同的情势下，会有各种不同的表现，自然，这都是工作队"意料之内"的。然而，以苏荣为首的工作队，对他仍然采取了尽可能争取和团结的方针。今天的访问，就是个开头。

　　普日布大夫今天要算是最为"辛苦"了。他忙得几乎都顾不上吸两下鼻烟，但仍没有忘记叫仆人招待工作队出入之时偷听他们谈话的内容，并且回来报告于他，因此，他像安装了偷听器那样及时、准确地了解在那个蒙古包里进行谈话的中心与进度。

　　在他认为适当的时机，这位内衣全被汗水浸透了的大夫，装出一派从容自在的样子，拨着念珠，吸着鼻烟，满面笑容地走进了接待工作队的那座蒙古包里。

贡郭尔立刻欠身而起，对苏荣介绍说：

"这位是我的父亲。"

工作队的同志们以敬重长者的态度，站立起来，与他寒暄，并请他到"上首"入座。可是普日布大夫迎面给了工作队的人一个"意料之外"；他从腰间像抽马刀似的嗖地扯出一条"哈达"，用颤抖的双手举过头顶，低声下气地向苏荣献去。

"请接受一个忠实老牧人的敬意吧，圣明的达日嘎[1]！"

他把成吉思汗时代的语言都搬出来了。

苏荣迟疑了一下，接了过去。但是"来而不往非礼也"，她有些尴尬，这时官布机智地从一旁掏出鼻烟壶向普日布大夫敬去，总算替苏荣解了围。官布不吸鼻烟，但为了接近年老的乡亲们，怀里总是揣着一个玛瑙鼻烟壶。

"听说苏荣达日嘎是鄂尔多斯人，从前没来过我们察哈尔吧？"普日布问。

"像俗话说的那样：没有看见肉，但闻到过味儿。我过去到过紧挨你们察哈尔的张北镇。"

"您到过张北？"不知为什么，贡郭尔不由得惊讶起来。

"这次苏荣同志既闻到味儿，又看见肉了。"官布有意把话岔开了。

"不过，我想苏荣达日嘎一定还没有看见过我们察哈尔草原的牧人套马的情景。"

"我套过马，但没有套过察哈尔马。"

"达日嘎不想试一试吗？"

一直揣不透父亲来意的贡郭尔，比别人更快地把眼光投向父亲。

苏荣斟酌了一下，说：

"附近没有马群哪！"

"不，凑巧，我们的马群刚赶回来，牧工们正在套马，您去观赏观赏吧！"

苏荣望了望自己同志；他们都没有明确的表示。她想跟贡郭尔该说的都说了，该听的也都听到了，何不出去观赏一下牧民套马的英姿？于是说道：

"察哈尔马是很出名的，咱们去看一看倒也挺好。"

她还没有把话说完，普日布便转身开了包门。

"请，请！外边风大，擦擦额头，别着凉。"

---

[1] 蒙语：首长。

贡郭尔仍不明白父亲出的是什么花样，很没有信心地最后一个走出包门。

来到外面，不管是贡郭尔，还是工作队的，都由于感到过分的"意料之外"而怔住了。

在不太远的地方，有一大群马仿佛是从天而降，看出像一网鱼似的乱搅在一起；在马群周围，有二三十个骑者，他们每个人都挎着一杆枪，既不像士兵，也不像土匪，既不像牧工，也不像观看热闹的，可以说是"四不像"。但是，他们一见工作队的人走出来，像是有谁发了命令似的立刻活动起来，有的追撵马群，有的从旁呐喊，也有的无目的地来回奔驰着……

这对苏荣确实是个"意料之外"！她从到达这里，还不曾听说什么人有这么多的武装，他们从哪儿一齐钻出来的？她以询问的眼光望了一下官布，官布看明她的意思，悄悄递了个不得而知的表情，不过他为了尽快了解到事由，一个人直奔那帮人马走去。

苏荣紧跟其后。他们来到那帮人跟前，官布跟这一个打招呼，跟那一个开玩笑，没有一个不认识的，其中有一个人"做派"与贡郭尔差不多，引起了苏荣的注意，官布正在与他交谈：

"旺丹，神不知鬼不晓，你什么时候来的？"

"有一阵儿了。"

"骑马挎枪，莫非要出征？"

"嗯……嘻嘻嘻……"旺丹支吾半天说，"扎冷有事。"

官布没有再往下问，但已料到其中八分缘由：是啊，扎冷有事！

贡郭尔已经识出父亲的意图，这个花样本是他们在前天共同谋划的，不成想父亲今天就使出来了。看来他很得意，在跟工作队其他几个人轻松愉快地高声谈笑着。

就在这当儿，官布靠近苏荣小声简短地说了一句：

"给咱们示威呢！"

苏荣轻轻地笑了一下，不过除了官布以外任谁也没有觉察出来。

苏荣走近一个黄毛未退的背着枪的少年跟前，冷不防问他：

"小孩！"她故意这样称呼他，"你会打枪吗？"

那少年脸红一阵白一阵，看看普日布，又看看旺丹，答不出话来。

"年纪小，没见过外人，碰上'达日嘎'，话也不敢讲啦？啧啧啧……"贡郭尔边圆场，边向那少年投以鼓励的眼光。

"会打。"少年受到鼓励仿佛增添了勇气。

"那你能不能射住那棵大树？"苏荣指着仅有十来步远的大树问道。

"苏荣达日嘎真会开玩笑！"普日布大夫嬉皮笑脸地说。

"试试看，小孩！"苏荣说。

这个少年是从外旗来做短工的，他与同伴们在半小时以前，突然被主人唤了来，给他们每个人发下一杆枪，他们摸不着头尾，被派来站在这里，谁料到可巧碰上苏荣叫他打枪，真把他难住了。不过他从前看见过两次别人放枪，总算是会拉大栓。他闭着眼睛放了一枪，子弹不晓得飞到哪个丘陵上去了。他紧张得甚至都忘记退出弹壳，还是他"圣明的"老主人帮了他的忙。

"小孩，你还没有到扛大枪的年纪呀！"苏荣有所指地说着，举起了手枪，"我给你打下来一只麻雀烧着吃吧！"

"当"的一声枪响，一只麻雀从树枝上啪啦掉了下来。

不光是站在附近的，就连远处的人们，也都顿然围了过来，全被她的神奇枪法所惊呆了！

苏荣走过去，捡起死麻雀，递给少年，并拍了拍他的肩膀，说：

"做个见面礼吧！"

人们的眼光都集中在苏荣身上。这几天他们听到太多的有关她的传说了，然而那个被人传说得"半人半仙"的苏荣达日嘎，原来这般平易近人哪！

普日布是个表面谦逊而内心十分自负的人。他出了第一个丑，还不认输，立刻拿出第二出戏来：

真像变魔术一样突然地、莫名其妙地从人群中闯出六员大汉，他们牵着六匹骏马，并排一行走到苏荣前面停了下来。

官布看得明白，这些人都是附近著名的民间"祝词家"，他们在婚礼和聚宴上都曾显露过无与伦比的艺术才华，但是干吗今天他们也来凑热闹，而且每个人手里又提着一条马缰？这个谜很快便被揭开了。

站在靠左手第一位的祝词家，用卷在长长马蹄袖中的双手，像捧哈达一样捧着马缰，清了清嗓子，悠扬地朗诵起来：

它那飘飘欲舞的秀美长鬃，

　　好像闪闪放光的金伞随风旋转；
　　它那炯炯发光的两只眼睛，
　　好像一对金鱼在水中游玩；
　　它那抖擞笔挺的两只耳朵，
　　好像湖面上盛开的莲花瓣；
　　它那震动大地的洪亮嘶鸣，
　　好像动听的海螺发出的声音；
　　它那宽大而通畅的鼻孔，
　　好像巧匠编织的盘肠；
　　它那潇洒而秀气的尾巴，
　　好像色调醒目的彩绸；
　　它那坚硬的四只圆蹄，
　　好像风驰电掣的风火轮；
　　它全身聚集了八宝的形状，
　　将这神奇的骏马呀，献给——
　　圣明的苏荣达日嘎！

　　唱罢，祝词家向苏荣深深地鞠了一躬，如释重负地向后退去两步。紧接着第二个祝词家牵着马又唱了起来：

　　它那宽大的身躯，
　　好像昆仑山上深邃的云空；
　　它那驰骋的步态，
　　好似须弥海的波涛翻滚；
　　它那婀娜的体姿，
　　宛如孔雀回首观屏；
　　它是马群里的魁元，献给——
　　英明的李达日嘎！

　　哈！他们把工作队的人都给排上号了。这个李达日嘎肯定指的是李路了。

这个新花样完全是普日布大夫独出心裁的创造。听了这两段颂词，贡郭尔暗自敬佩起父亲来："几匹马，讨个工作队心满意足，倒是值得的，值得的！"

这时轮到第三位祝词家了，他唱道：

> 它那闪闪发光的明镜般的眼睛，
> 举目张望能看穿雄伟的山岭；
> 它那挺挺直立的机警的耳朵，
> 一听马嘶便增添勇猛的精神；
> 它那鼻孔里喷出的气流，
> 好似香烟悬空缭绕；
> 它那灵敏的舌头，
> 能品尝甜蜜的鲜桃；
> 它那一尘不染的亮毛，
> 好像是永不褪色的丝绒；
> 把这匹草原的骏马呀，献给——
> 慈爱的王达日嘎！

王善一听提他的姓，就脸红了，如同受了一场侮辱！

在这些民间艺术家辛辛苦苦演唱时，苏荣一直在眯笑着倾听，她被自己民族智慧的人民所创造的如此优美的语言艺术（自然不包括在颂词中生硬添加的最后那一句）所陶醉了。但是，说完全陶醉是不确切的，因为她心中还在想着另外的事情："马是不能接受的，但又该怎么谢绝呢？……这些人朗诵得多好啊！"

第四个祝词家，把嗓门提得比前几位都高，是啊，老普日布雇他们来时说过，唱一段给一只羊；如果唱得特别出色，还要格外嘉奖——给两只呢！他家老少众多，生活无着，因此想尽可能唱得叫普日布和客人都满意，以便于牵回两只羊，去供养饥饿中的家人。

他唱的是：

> 它向前奔跑的时候，

　　如同欢乐的彩鸾在空中飞旋；
　　它纵身驰骋的时候，
　　好像吃饱的玉兔在原野上撒欢；
　　它高兴欢跳的时候，
　　恰似智敏超众的孙猴大闹天宫；
　　它那躯体的形状，
　　就如稳重而长寿的白象；
　　古代形容吉祥、团结的这四种因素，
　　全部汇集在这匹马的身上，献给你——
　　尊贵的赵达日嘎！

　　在艺人们演唱《赞马歌》的时候，普日布的两只老眼就像开了电钮，眼光一直在向工作队几个人的面目上扫射，他按照"狗不咬拉屎的，官不打送礼的"传统哲理，预料这出戏一定会获得圆满成功。

　　第五个祝词家就在这位普日布大夫的热情鼓励的注视下，开始放声朗诵了：

　　这匹草原的神马哟，
　　飞过路旁，人们来不及观看，
　　奔驰起来四蹄像闪电一般，
　　它好似欢快的羚羊，
　　又像出笼的飞鸟，
　　鬃毛如同高原春风吹动的青草，
　　毛色就像投在水面上的光环，
　　献给您——张达日嘎！

　　张彪一边半懂不懂地听着祝词，一边心里叨咕："你们搞些什么鬼名堂？老子宁肯走断腿，也不会骑你贡郭尔扎冷的马！"

　　最后一匹该是献给官布的，张彪背着人对他做了个狡黠的表情，仿佛在警告他："喂！别上当！"

　　官布认识最后演唱的这位艺人，他是他们当中音色最佳者，过去每次聚会上演唱时都曾受到牧民狂热的欢迎。当然官布明白：普日布所以把这样著名艺人排在最后，并不是出于对他官布格外的敬重，而是为了有个好压轴戏，落个精彩结尾。

那位名艺人的朗诵开始了：

> 它有一对天鹅的翅膀，
>
> 在万象更新的春天，
>
> 飞翔在蓝天白云之间。
>
> 它有四只梅花鹿的捷足，
>
> 在花红草绿的夏天，
>
> 出没于高山峻岭之巅。
>
> 它有一种鲤鱼的神技，
>
> 在万物成熟的秋天，
>
> 嬉戏在清澈的江水里。
>
> 它有一种松鼠的本领，
>
> 在白雪皑皑的冬天，
>
> 欢跳于丛丛树林之中。
>
> 这是一匹神速的骏马呀，献给——
>
> 智慧的官布达日嘎！

《赞马歌》朗诵完了，然而艺人们还不知道他们手里牵的马是献给哪一位达日嘎的，所以各个都处于有礼送不出手去的窘境。这时普日布大夫才发觉自己犯了错误：只探听到了工作队各位的尊姓，而尊姓与其人还安不到一块儿！只有第一个祝词者例外，他负责给女队长苏荣献马，而在这种情况下，性别特征大大地优越于姓氏特征。索性他一个人将马向苏荣牵了过去，这时贡郭尔似乎觉得有给古老的颂词作番注释的必要，便赶忙拦住祝词人，向苏荣皮笑肉不笑地点了下头，说道：

"这一匹是著名的阿拉伯种洋马，我还是……还是……"他差一点说走嘴，道出是从日本田中警佐手中用三十斤大烟土换来的。他发觉说得不对，立刻刹车，并且改嘴说，"还是……我亲自喂养起来的，您看，这匹马还配得上做队长的骁骑吧？"

苏荣这时才细看了一眼，那匹马身材修长、高大（比站在它旁边的蒙古马高出一头），四蹄轻敏，毛泽闪闪，是名副其实的骏马。这一看，她心中反倒气愤起来："叫我骑这样一匹'出人头地'的洋马，是什么意思？是叫人们从十里以外看见就说：'看哪，那个与众不同，骑大洋马的妖怪，就是八路军工作队队长'吗？这是不是存心叫我们脱离群众、出我们的丑？"

不过，她还是想把今天这出戏看它个有始有终。

霎时，又一个"意料之外"出现了：先是第一个，紧接着就是全体祝词家呼地拉着马拥上来，跪在地上，双手将马缰捧过头顶，向工作队的人献去……

由于苏荣与贡郭尔的体质不同，因此这么多的"意料之外"，也没有在她身上引起"化学变化"！但是，苏荣确已到了怒不可遏的地步！她紧忙搀起下跪的艺人们，随即转向贡郭尔，严厉地指责道：

"贡郭尔先生，你知道，我们共产党是坚决反对这一套的！"

贡郭尔可能也觉得父亲做得蠢笨了一些，责怪地望了父亲一眼，又对苏荣赔情道歉地说：

"这……这是他们这些无知的牧民们不识时务，不识时务……"

爱说爱闹的张彪，这时在一旁正跟给他下跪的那位老艺人逗着乐：

"你这么大年纪给我下跪，谁定的规矩？您试试看，我给您下跪您好受不？"

大个子说着扑通跪了下去，这一下把那位老艺人吓得脸都白了。他慌里慌张地搀拉着张彪，嘴里不停地叨咕着："天哪，这还了得！这还了得，天哪！……"

"那么您给我下跪，老天爷为什么不管？这样不公正的老天爷应该枪毙！"

听了这话，人们都想笑，但不知为什么谁也没有笑出来。

还是贡郭尔善于矜持，他心平气和地说：

"嘿，还是这位同志会说笑话。"

"叫同志就不能下跪；下跪就不能叫同志。"

在这种场合下，这句话却有了"意料之外"的效果，人们都大笑了起来。

"好，往后一律不许下跪，要学会革命礼——握手。"贡郭尔教训了几句牧民们，又转向苏荣说，"不过这是一件小事情，微不足道，微不足道。还是请工作队诸位收下我的微薄的献礼吧！我敢说，这几匹全是最优良的乘马。"

苏荣回答说：

"我们工作队全体都有骑的马呀！"

"哎，你们的担子重，跑路多，需要一匹备骑的，不必客气，你们来到这里，我们给你们一些帮助，是责无旁贷的。"

礼还没送出手去，贡郭尔倒开始显示起功劳来了。

苏荣思索片刻，心里有了主意，说道：

"贡郭尔先生的盛情难却，但我们又不需要一个人骑两匹马，那么这样办吧，"她来到那几位贫苦祝词家近旁说道，"我们暂时把这几匹马委托你们几位给喂养；在喂养期间完全供你们使用。现在谁牵着哪一匹，就喂养和使用哪一匹，你们不会不帮助我们吧？"

工作队的几个人，相互望着都会意地笑了。他们都在心里钦佩苏荣队长把这件事解决得如此巧妙，既留下与贡郭尔来往的后路，又事实上拒绝了他的献礼，而且拿他的东西去搭救了贫苦人民。谁听不出来？她的话就是说：这几匹马归你们几个人了，牵回去吧！

贡郭尔自然也不是太傻的人，他已经闻出味不对头，但是礼物送出手，就属于了受礼者，因而献礼者即已无权干涉受礼者使用礼物的方式与方法。他只得绕了几个弯，说：

"苏队长，这几匹马都是精心喂养大的，他们几个怕是……喂养不好的，还是留在工作队乘用吧！"

"在喂养马匹上，我们工作队还得拜牧民为师呢！你家的马，不也都是牧人给喂养的吗？"

贡郭尔如被一团棉花塞住了喉咙，"哎哎"地哼哼着，连话都说不出来了。过了半天，他才又退中有攻地说：

"那么，那一匹阿拉伯洋马，还是队长留下骑吧！它跟别的几匹不同，是我亲自喂养的，这种洋马蒙古人是养不好的。"

"这么说，你不是蒙古人？"

"哎，哎，当然是喽！"

"这就是说，蒙古人能够养好阿拉伯马。"

这一下，贡郭尔变得哑口无言，只得勉强作笑，连连点头。

苏荣迈着男人的步伐，走到群众当中，亲切地微笑着，对他们说道：

"牧民同志们，让我们认识一下吧，我叫苏荣。我们内蒙古自治运动联合会工作队来到这里，时间不长，还没有来得及到你们每家去串门……"

"不，苏荣同志，您到过我家，没有忘记吧？"一个粗壮的牧民从众人后面将帽子举起来喊道。

"噢，达瓦！你也来了，怎么会忘记呀，昨天晚上我还听见你的鼾声了呢！"

众人同声大笑起来。达瓦睡觉鼾声如雷，远近闻名，苏荣这么一提，人们在大笑之余不免都有几分惊佩：工作队长来了没几天，什么都知道啊！

"同志们！……"苏荣继续说道。

"'同志们'，多新鲜哪，'同志们'。"有个老牧人重复着这个在他听来像清晨的空气那般新鲜的称呼，捻着胡子自豪地微笑了。

"往后，我们工作队要跟大家长期地一起生活和斗争，离开了你们，我们这几个人就像荒原上断了腿的骆驼，什么也干不成！工作队必须百分之百地依靠人民群众，希望我们大家团结得像一个人一样……"

"我们穷苦百姓也一定要百分之百地依靠工作队！"达瓦勇敢地喊出了群众心里的话。

"我们共产党要团结一切可以团结的力量，反对蒋介石国民党反动派发动内战，进攻内蒙古人民。现在敌人正在准备发动全面内战，事实上在某些地区已经开了火，在这种形势下，我们内蒙古人民的团结，就显得尤其重要！我们是讲团结的，因此，坚决反对任何破坏团结，或者勾结敌人，出卖内蒙古人民利益的人和事。

"多少年来，帝国主义、大汉族主义和封建势力，像三只恶狼一样咬住我们的喉咙，我们在贫困和疾病的苦海里挣扎，但是，牧民同志们，今天察哈尔草原的人民有了中国共产党和毛泽东主席的领导，那三只恶狼一定会被我们打死，内蒙古人民一定能够彻底翻身，一定能够与各兄弟民族一同建立起自由、幸福的新中国！"

周围变得如同春夜的草原一般寂静，除了贡郭尔脚踢干草的声音以外，没有一点动静。牧民们完全被苏荣的话所吸引住了。

草原牧民有一种特殊的性格，他们被一种东西真正感动或者激动了的时候，并不是立刻用狂热的欢呼，而是用深沉的沉默，全身血液沸腾的沉默，两眼闪着希望的光芒的沉默表达出来。

也许正是受了牧民这种朴实的感情的感染吧，苏荣也沉默了下来。

"苏荣达日嘎训话训得好，好，好！"

正在这时，一个尖得刺耳的声音惊动了大家。

苏荣向这位尖嗓门的普日布大夫辩解说：

"我不是在训话，用'训话'这个词是不妥当的。"

"噢，是讲话，讲话……"

贡郭尔脸上挂着不愉快的表情。他很扫兴！本来凑集群众是为了给工作队显示"实力"，谁知结果成了给苏荣用来作宣传的群众大会。他从听众的脸目表情上，看出苏荣的话对他那些"旗民"所起的深刻影响。他们在听苏荣讲话时，把站在一旁的这位堂堂大名的扎冷大人早就忘掉了。只有在她说到打死三只恶狼的时候，才有一两个人往他这里窥望了两眼。

听完苏荣的讲话，人们有各种不同的表现。那些被普日布强迫来充数的贫苦牧民，都是满面悦色，欣喜的心情无法抑制地表露了出来。也有个别群众，不敢在贡郭尔面前表现出过分的兴奋，用低头不停地抽烟，掩饰着内心真实的感情。那些贡郭尔的心腹、手足，如旺丹之流，则一脸阴影，像是刚死了娘似的。唉！有什么办法，人，就是不同嘛！

贡郭尔那座七个"哈那"的大蒙古包里，却是另一番情景：奴仆们正在大摆宴席。刚出锅的整羊像座山似的放在桌子中央；擦得雪亮的肉刀，如同条条河流一般摆在整羊周围。看来普口布是用尽苦心，想叫工作队在群众面前做出与他亲近的举动，以便于达到迷惑群众的目的——看吧，到什么时代都是官官相护啊！

忙得晕头转向的奴仆们，听见主人在外面的喊声："工作队的同志们该进餐了，你们大家回去吧！"顿时，他们变得更加忙乱了。忙了一阵，一切就绪，只等主人领工作队的人簇拥进来享用这席盛餐，但是，过了好大工夫，仍听不见动静。他们悄悄地将脑袋探出包门去观望，啊？怎么工作队的人都上了马，正在向主人告别？他们面面相觑，小声地说："这是怎么回事？"

方才，贡郭尔刚请工作队进餐，只见远处黄尘飞扬，不一会儿，张彪驰了来。谁也不知道他什么时候离开这里的。他挎着五匹马来到近处，从马身上报告说：

"上面来人了，请队长和同志们回去。"

贡郭尔忙说：

"酒席都已经准备好了，用完再走，不管有什么事情，人总得吃饭呀！"

"来的人说有急事，请立即回去。"

苏荣看看张彪，又看看贡郭尔，笑着说：

"一个叫立即回去，一个叫留下进餐，我们又不会分身法，怎么办？"

官布了解张彪来去的"内幕"，所以他说：

"吃饭和公务相比较，还是公务重要。"

苏荣问其他几位队员：

"你们说呢？"

他们个个同意官布的主张。

就这样他们热情地与群众告别，同时约请普日布父子有时间到工作队去坐坐。

他们离开贡郭尔的家，急速奔驰，过了一道沙岗，苏荣慢慢地勒住马，回转身来，问张彪：

"你搞的什么鬼？"

张彪扑哧一笑，还没等答话，官布接过去说：

"我也是同谋者。"

"怎么回事？"

"是这样，苏荣同志！"张彪打马快走了几步，与苏荣并起肩来说，"刚才您给群众讲话的时候，我看见贡郭尔的佣人们进出蒙古包，正在大摆宴席，显然是要请我们吃饭。我一想，要是我们赴宴，就会在群众中造成不良影响；如果不吃，酒菜已经摆在桌上，也说不出什么理由。我跟官布同志一商量，就想出了这个办法。"

"你演戏还是不行啊，刚才你说头一句话，我就看出是假的了。"苏荣又打趣地说，"不过，那么丰盛的酒席没吃上，倒叫人有点遗憾呢！"

大家自由地大笑了起来。

这次工作队访问贡郭尔，除向他说明了党的政策之外，最重要的是，摸了摸他的底。当天晚上，苏荣对队员们说："贡郭尔想给我们显示'实力'，这正是说明眼下他十分注重武装。他是个聪明人！"

但是，工作队毕竟比他更聪明一些，他们从他那里回来，便决定立刻着手搞武装，办法仍是组织青年们进山打猎。行期提前了，明天准备，后天动身。这是一项需要细心筹划的工作，苏荣和工作队员们在昏暗的羊油灯下，一直讨论到深夜……

第二天拂晓前，托娅就起来烧早茶。昨晚官布对她说过，今天早晨工作队的同志们要在牧民出牧之前，赶到各村去。清早，牛粪发潮，光冒烟不起火，任她怎么着急，水也开不了。她恨不得无缘无故地骂谁几句，可是别人都在酣睡，能向谁发气？当她一个人擦着被烟熏出的眼泪，没招儿的时候，苏荣走进来，问她：

"不起火吗？"

"干牛粪夜里发潮了。"

"让我来试试看。"

苏荣像个牧妇似的往地上一坐，弯下腰去吹火；吹了几下，火着了。她安慰托娅说：

"到时候就着了，别着急。还有什么要干的，挤奶，还是砸砖茶？"

"不用了，不用了，您怎么能干那些活儿呢？"

"我也是个女人哪！"

"您那样女人，跟我们这样女人，就像百合花和芨芨草那样不同呀！"

"你这是旧的思想观点，噢，旧的看法，懂吗？旧的看法。"

"我同意苏荣同志的批评，你那是旧的思想观点。"

她们二人一面交谈，一面做活儿，谁也没有注意到官布醒来，突然插进来这么一句话。

托娅不是好惹的，马上回了一句：

"你没有旧思想，怎么一次也没有像苏荣同志这样帮我干活儿？"

苏荣砸着砖茶说：

"现在我该说：我同意托娅同志的批评了。"

三个人都笑了。

官布爬起来，说：

"苏荣同志，您起这么早干啥，这几天够累了。"

"昨晚身上不太舒服，没睡好，早起活动活动或许就好了。"

说到这里，工作队员们也都起来了。

早茶后，他们便分头到各村组织打猎队去了。

经过一天紧张的工作，晚上大家回来汇总，哈！有四十三个人参加打猎队，其中只有两个人没有枪。这使得他们每个人兴奋得不想睡觉，虽然官布一直在劝说大家早睡早起，但是张彪还在不住地唱着他拿手的河北梆子。这时官布发现苏荣队长一个人，在暗处靠行李半卧着，不言不语，官布问她：

"想孩子了吗？"

苏荣勉强地想笑，但没笑出来。

官布见她脸色不好，忙问：

"不舒服吗？"

这句话立刻惊动了大家，他们一起转向她来。托娅拿着油灯不安地走到她的身旁，跪下去用手掌贴了贴她的前额，当即喊道：

"呀，烫手！"

大家都着慌起来。

托娅要请大夫，铁木尔说着"还是我去吧，黑灯瞎火的"，便扛上枪走了出去。今天，他跟着工作队的人跑了一天，刚刚分享到工作后的愉快，现在又与他们分担起苏荣可能病倒的忧虑。

苏荣喝过药后，睡了。官布说一切问题明天早晨再作商量，这样大家也都休息去了。

半夜时分，苏荣醒来，见官布和托娅点着灯守在她身边，她感动地说：

"官布，明天你们要进山去，还不休息？"

官布迟疑片刻，说：

"苏荣同志，您病倒了，我们推迟出发日期。"

她坚决地摇了一下头，好像有许多话要说，但又无力说出，顿了半天，舔了舔干嘴唇说：

"不要等我病好，你们先去……"

"原定您要给群众讲话的呀！"

"由你来做。"

"那怎么成？我……"

"我的病明天可能好不了，我决定由你代理工作队长的职务……执行吧！"

不一会儿，她又昏迷地睡去。官布叫托娅看守着她，他一个人走出包来。

这一天晚上，月儿被一片薄云遮住，她那淡淡的银光从云幕中透洒出来，草原上虽不十分明亮，但也不算是黑暗。蓝色的夜空，显得格外空阔，人们仰望它，便被它那庄严、肃穆的气氛所感染，不由得都深深呼吸起来。官布眼下虽无心观赏夜景，但夜空那神奇的力量，依然征服了他，这也许是因为他内心所充满的担负重大工作任务的严肃感，恰与夜空给予人们的那种气氛相吻合的缘故吧！

"……执行吧！"苏荣的声音还响在他的耳边。

然而，这次组织打猎队进山，可不同寻常啊！是工作队到察哈尔草原之后，所进行的第一次较大规模的群众运动；如果进行得顺利，还要乘这机会，建立察哈尔地区党领导下的第一支武装。"我能担得起这么重的担子吗？"官布再三地自问着。如果苏荣不是在病中，他肯定不会轻易接受这个任务的。但是，他方才什么也没有说，没有说！……现在，他站在月光下，倾听着从东面那座蒙古包传来的同志们的鼾声，仿佛身上增添了力量，他对自己说："执行吧！你有那么多好同志的帮助呢！"

七

铁木尔出去打猎已经四天了。这消息早就传到贡郭尔的耳里。起初他暗暗自喜；铁木尔离开村子好像就意味着他的生活可以平静似的。后来听说，铁木尔是跟着工作队出去的，而且联合上了四十多人，每个人都是双枪双马的时候，他又敏感地觉出这对他是不祥之兆了。这两天他从早到晚，急切地等待着刘木匠的到来，一连等了三天，还没有见影，实在等不下去，昨天派宝音吐到柴达木村去请齐木德，直到这时还没有回来。

贡郭尔从雪白的蒙古包走出来，向西北方通往柴达木村的大道上眺望。大道上没有人影，在那像一头花白的老牛躺下休息着似的沙坨上，飞着两只野鸟。

他素来喜爱自己家乡的自然景色，然而今天这一切都对他失去了吸引力。看见昏暗的太阳一步一步下落时，他的心好像也跟着沉下去了。他不由得粗喘一口气，这样似乎轻松一些。这时有一头淘气的小牛犊走过来，舔他黄呢马裤的裤脚，他猛地踢了一脚，正踢在牛犊的带黏沫的嘴唇上，它一扎头就跑了。

刘木匠赶不回来倒情有可原，齐木德请不来可真有点莫名其妙。他为什么对扩兵这件事，总是犹犹豫豫的呢？好像一条狗想啃牛骨头，又怕人用皮鞭打它似的。早就知道他是这种货，唉，又不得不联合他，真也是……

在西南方柳林小道上出现一个骑骆驼的人，这打断了他的思路。贡郭尔喜爱打猎，可不是猎手，所以没有猎人敏锐的眼力。

这是谁呢？

刘木匠伴随着黑夜的来临，来到了察哈尔草原的特古日克村。

当贡郭尔在昏暗的暮色中，看出刘木匠那瘦长的身躯时，产生几乎跟六年前被委任为张北直辖警察大队长时的同样欣慰的心情，但他不愿意叫对方看出自己轻率的喜悦，就站在原地，一直等他走近时，才逗笑说：

"老刘你这一去一来，受苦不少，更瘦了。"

"唉！生来就是苦命人嘛！"

"老刘，你怎么骑的是骆驼，这多累身子啊！我给你的那匹走马呢？"

"木匠是卖苦力的人，怎能配得上骑走马呢！提起那匹走马来话可不少，它差点把我摔进泥坑里呢，要是出了事，不但咱们今天见不着面，你就连这匹骆驼也看不见了，哈哈哈……"

他俩都笑了起来。可是在这笑声还没有离开耳边的当儿，贡郭尔突然感觉到刘木匠是苦笑，再把刚才说的"差点把我摔进泥坑里"那句话连在一起，就可以猜测出，刘木匠这次给他带来的并不一定是像昨夜梦见的那朵莲花般美丽的东西。这使他心中有点不安，所以把笑声结束得非常突然，以至刘木匠也只好收敛了笑容，前后走进蒙古包里……

第二天早晨，贡郭尔的忠实随从宝音吐从柴达木回来报告说：齐木德下晌才能来。贡郭尔马上猜透齐木德又在耍花招。管他要什么花招，只要他来就行。他安下心来，把女厨师笃日玛和斯琴唤来，告诉她们准备今天晚上设酒宴。她俩接受吩咐后，刚要走出去，贡郭尔又把斯琴叫住了。

"今天来客人，你也像点人样，早晨起来为什么没洗脸？再看看你的手！"

她低着头没作声，等贡郭尔说"去吧！"就走出包去。

贡郭尔扎冷新修建的五间砖房玻璃窗上总是挂着褪了色的蓝帷帘。这是客厅。半年以前他当警察大队长时，在这间客厅里，曾经接待过许多阔气而有礼貌的朋友们，其中包括东岛三郎警正和日本特务机关的山村先生。那些阔气而有礼貌的先生们，为了回报主人的殷勤招待，有的题字留名，有的把摆着威武姿势的照相或者把自吹自擂的名片，赠送给主人；主人非常珍贵这些礼品，不管是题字、照相或是名片，统统都镶在一个黄木框的玻璃架里，并且经常叫斯琴和女厨师笃日玛把擦布蘸着白酒擦得它贼亮亮的，使它永远闪着温柔的光。在他看来，这光就象征着他的光荣资历。然而日本投降以后，他不得不万般无奈地把这个镜框，埋在牛圈旁一块老牛蹭痒痒的石头底下。他虽然经常为自己走红运而自负，甚至有时把自己比做云雀，一步一步上升，一直飞到云霄之上。但是埋下那个玻璃框时，他不由得流下几滴眼泪！也罢，这有什么！你看没过几个月，那美丽的玻璃框不是又在这间客厅的墙上闪光了吗？

昨天到来的刘木匠被招待在这间客厅里。他早晨醒来，看见从浅蓝色窗帘透进微弱的阴霾的光线，今天又是阴天。前后赶了十来天路，睡了一夜还没解乏，腰腿生痛。他躺在床上两眼懒散地在顶棚和墙壁上打转，不一会儿视线落到那个玻璃架上了。他发现在几个日本人的照片和名片当中，夹着他的一张四寸全身像，这使他像触了电似的霍地跳下床，上前仔细一瞧，正是他前年春天在呼和浩特照的那张照片，右下角还标着"刘峰"二字。贡郭尔从哪儿弄到的？奇怪，奇怪！他想立刻扯下它来，但这会惹起贡郭尔的怀疑，反正他说过这间客厅里绝不叫外人进来，等贡郭尔来后，问清来路，再拿下来也不算迟。这样他又上床躺下了。

刘木匠在那张照片上穿一身长袍，戴一顶礼帽，虽然身瘦如柴，可与现在比较起来，还胖得多。那时他抽大烟，脸色没正气，就像一张晒干的青山羊皮。

他想起这张相片是为的跟呼和浩特市财神庙街一个野妓勾搭才照的。那女人跟他过了五个月就旧病复发，死了。正巧当时他有一笔"外落"，是给日本特务机关告发一个八路军侦察人员而得到的奖赏，所以没过十天就娶了现在这个老婆。这次回呼和浩特去，听见不少风言流语，说他老婆跟一个姓任的军官勾勾搭搭，唉！公事在身，没有办法，不几天只好又离开她，来到这荒僻的大草地……不过他这样想：总有一天他这些辛苦将会变成功劳，被提升为一个师甚至一个军的长官，回到呼和浩特去。目前的一切艰难困苦都被这美妙的理想所驱散了，克服了。

小晌时，贡郭尔来了。刘木匠刚洗漱完。

"昨晚睡得好吗？"

他答说还没解乏，腰腿有点酸痛。

"我们蒙古人常说，酒是解乏的良药。我已经告诉家里的人，晚上炒炒煮煮，咱俩跟齐木德喝它几碗，敢比比酒量吗？"

"好吧，喝起来看。"

"齐木德快来了，咱们是不是先谈谈哪？再过一会儿有人送来早茶。"

"你想听到一些什么呢？"

刘峰本应抢先告诉他一些什么，现在这样反问他，是想从他的问话当中，先了解一下他们离开之后，他有了哪些波动，或者说他到底最关心什么？

"国军的情况怎样？"贡郭尔坦率地问道。

"国军的情况吗？从哪儿说起呢？……"刘峰故意把语调拉长，是在推敲贡郭尔问这句话的目的，隔了一会儿好像摸透了底，答说，"去年我离开呼和浩特的时候，咱们的军队（他故意把'咱们'二字说得很重），都穿粗布、土布，使的是日本人留下的破烂枪炮，可是现在不同了！不论官兵都穿呢子军衣，用的是美国枪炮，吓！全是油亮亮的！听说，有一种美国炮能射三十里呢！"

"军官里有蒙古人吗？"

"有，多着呢！老实说，有些人过去在蒙疆军队里只不过是上等兵，可现在，有的当排长，有的当了连长。依我看，像老兄这样人才，要是在呼和浩特至少也得当营长……"

"营长！……营长！……"他兴奋得几乎叫喊起来。

"是的，营长。你高兴吗？"

"高兴顶个啥！我又不能到呼和浩特去！"

"现在我想告诉你比这还要好的一个消息！"

刘峰从一个土布包里拿出一张发光的硬纸来。

"这是什么？"

"这是我给你带来的礼物：国军第十二战区长官部委任状。"刘峰郑重其事地立正站着宣读道，"委任状：兹委任察哈尔盟明安旗扎冷贡郭尔先生为明安旗剿匪保安团上校团长。中华民国三十五年二月十一日……"

当贡郭尔从刘峰手中接过委任状时，不知是突然的兴奋，还是过分的紧张，心怦怦直跳；但是在他那老练的、泰然的外表下，刘峰很难看出他对这次委任的明显反应。

"谢谢你！真没承想像我这样蠢笨无知的蒙古人，能受到国军方面这样器重，这全由于你对我的好意！"

"党国爱良才，像老兄这样人，只要诚诚恳恳为党国效劳，日后还兴许被提升为师长、军长呢。现在我只希望我们全力合作，只有这样，我们站在党国面前才问心无愧！"

"我不喜欢说空话，老刘，我们相处的日子还长啦。"

说完，走过去拿下挂在墙上的玻璃架，刘峰一看就知道他要把委任状镶起来，故作镇静地说道：

"你想把委任状镶起来吗？依我看，不必过忙，这个架子里东西太多，等过两天我给你另做一个像样的架子，把它单独镶起来不好吗？噢！这上还有我的照片，老兄，真神通，你从哪儿弄到的？"

他把委任状轻轻放在床上，答说：

"你上次来把上面的信交给我的时候，信里就有这张照片。"

"我想求你一件事，不知你能不能帮我的忙？"

"什么事，只要我能做到的，尽力而为。"他非常诚恳地说。

"这次我回家，老婆非跟我要张照片，那几天事太忙，我没来得及照就出来了，这真对不起她！我的意思是你把这张照片还给我，碰上人给她捎去，等以后有机会再照一张给你，你说行吗？"

贡郭尔马上从玻璃架中取出那张照片给了他，他满意地点了点头。

被神圣的荣誉感所迷醉的贡郭尔的脸上，闪耀着春阳般温暖的光辉，笑丝不断地在他唇角上出现。天下能有几个人在一生中几次享受升官晋位的欢欣呢！尤其在这古老的、沉睡着的察哈尔，这样人确实为数不多的！而贡郭尔就是这为数不多中的一位；因此今天他脸上的光辉，唇角的笑丝，自然也是寻常所罕见的。"既然人家这样看重我，我就应该像一只猛狮一样抬起头来吼叫！像一个真正的成吉思汗子孙那样流尽我的黑色的血来回答这个光荣！"贡郭尔扎冷越想越激动，全身的血液就像奔流的河水一样直往头上冲；从这激动中，他慢慢镇静下来，对刘峰问道：

"我们什么时候才能跟国军接头会面？"

"前几天我从无线电里听到我们国民党二中全会上通过了消灭共产党的决议，最近美国给我们派来了一个很大的军事顾问团；在美国朋友协助下，我们把整师整师的军队运到东北，各线战争就要开始了。蒋委员长有决心彻底消灭共产党！至于我们跟国军接头的日子，当然也不会太久了。"

显然他对刘木匠的回答很满意，从裤袋里掏出两支香烟，递给刘木匠一支，自己点着一支，就坐在刘木匠昨天带来的那个木箱上抽起烟来。

"请你坐在床上吧！这箱子怕压，尤其怕火。"

"这里装着什么呢？"

"以后你自然会知道。"

贡郭尔见他回答含糊，更加好奇地站起来端详了一阵，又弯下腰去搬了一下，天哪！好重啊！"也许是金子吧！"他有些羡慕地想。

为了探出点眉目来，他绕了个弯问道：

"老人们常说：越沉重的东西越贵重，这话有道理。老刘，这么沉的东西你怎么带来的？"

"就是为了带它来，我才丢下走马骑骆驼，颠动得我全身没有不痛的地方……"

话还没说完，斯琴端着茶点走进屋来，他停住说话，目不转睛地盯着她的脸；她在这强烈的眼光下，小心翼翼地把点心放在桌子上，又给他们盛好茶，就走了。

贡郭尔发觉刘木匠一直注视着她，心里想："他也想尝尝这块嫩肉吗？"刘木匠把斯琴目送出去，转过眼来一看，贡郭尔正在注意他，他稍许有些尴尬，把话一变说：

"她比前些日子好像瘦了。"

贡郭尔不愿谈起她，所以说了一句："请喝茶吧！"捧着碗喝起茶来。

"贡郭尔，我回到草地有这样一种感觉：这地方就像这碗茶水，没波没浪；可外边却是翻江倒海，真热闹啊！"

"我虽然在草地长大，可是我最喜欢热闹。"

"这一点我跟你完全一样，但是赶热闹这件事也并不怎么容易啊！譬如，我们现在委任你当明安旗剿匪保安团团长，要组织一支军队反对共党，反对八路——这不必再说，你早已经同意了。那么眼下的问题就是怎么组织军队，怎么反对共党八路，这就得多动点脑筋了。"他喝了一口茶润了润嗓子又说，"我这次路过张家口，看见八路军在那儿闹得挺凶，有一群蒙古八路又成立了什么'内蒙古自治运动联合会'，据情报说，他们最近要侵入察哈尔和锡林郭勒地区，把锡察两盟用双手送给他们的干爹——八路军！贡郭尔，我知道你是一个真正的蒙古人，你为自己民族奋斗了十几年，今天你要明白：八路军一旦侵入草地，像你们这样有名有姓的人物都会被他们杀死，还要烧毁你们的家！不，还不只这些，他们一来，就等于整个蒙古民族灭亡！光复后全中国的民心都向着我们的蒋委员长和我们的中央军，全国民众都承认蒋委员长是他们的救星！我们要胜利，八路要失败，这是注定了的。八路军侵入蒙古草地，是准备日后被国军打得在南边无立足之地的时候，逃到这儿来，趁草地地广人稀，整顿人马。在这样局势下，我们的责任太重大了，我们应当想尽一切办法不叫他们侵入察哈尔，如果做到这一点，他们就没处躲逃，只有死路一条！这是一个火急的任务，今天等齐木德来，咱们商量一下，怎样才能更快地建立起我们的明安旗剿匪保安团。你看怎样？"

直到这时，贡郭尔还留着一张王牌在手：他没有把工作队到此以及来访他的事告诉刘峰。他打算在对他有利的时机，才把它透露出来，以便于看他在这"突然袭击"之下，能否保持平静？这是试探刘峰此次南行，到底是增加了信心，还是沮丧归来的最好方法。刚才他说了那么多使贡郭尔欣喜若狂的消息，现在就看他说的与真实情况是不是一致了。

"你说的话，我都举双手赞成，"贡郭尔说道，"但是，你走之后，这里的气候不是没有变化。"

刘峰将惊疑的眼光向他扫射过来。

"几天以前，八路军工作队已经来到了这里。"

"现在走了没有？"刘峰问得十分急迫。

"他们说，要在我们村长期驻扎呢！"

"有一些什么活动？"

"何止一些活动！他们已经开始大闹特闹了。从到这儿那天起，他们就四处进行煽动，还冷不防到我家来过一次，之后，就领上四十几个双枪双马的青年，进山打猎去了。"

刘峰安然轻闭两眼，静静地听着，脸上没有纹丝表情，然而心里却在想：

"这是何等重要的事情啊！他为什么迟到现在才出口？嗯，想摸摸我的底，是不？哼！……"他睁开眼睛，若无其事地瞟了贡郭尔一眼，说：

"嗯！共产党是想比我们早动一步，你打算怎么对付他们？"

这种在平静的外表下进行的猛烈反击，使贡郭尔陷入退守地位，他随便捡了一句话就说：

"全靠你的指点。"

"八路这一招，我早有所料，他们不会成功的。光复后，蒋委员长在全国百姓的心目里，是至高无上的！谁会瞎了眼跟着他们跑？自然，事情还决定于我们的努力，看我们能不能享用蒋委员长和国军的崇高威望和使用你在本旗的广大影响，立刻聚人集马，把剿匪保安团建立起来。只要有了保安团，我们就什么都能抵挡得住。我的上校团长，这一切就要看您的本领了！"

见刘峰这番沉着多谋的态度，贡郭尔撂下一块心事，答说：

"刘先生，等着瞧吧！"

阳光从蒙古包天窗上落到两条地毡中间的时候，普日布老头睡午觉醒了来，他完全出于对神的信仰和常年养成的习惯，睡觉醒来在做任何事情之前，要用那最净洁的手，先拿起佛珠来念"温玛尼巴达玛洪[1]"。现在佛珠的"特敖[2]"已经拨过了八颗，由此可以看出今天念佛珠再有两遍就可以结束了。

"温玛尼巴达玛洪……温玛尼巴达玛洪……"

普日布老头正在静心念佛时，包门吱嘎一响，贡郭尔走进来了。从儿子的神色中看出他今天一定有什么高兴的事。由此普日布很自然地联想到刘木匠。"他一定给我儿子带来了喜讯。"他猜想道。

果然没猜错。贡郭尔从头至尾把刘峰的话告诉了他；他从儿子这番话当中感到最动听的只有两个字："团长！"用我们俗话来说，他儿子真正"骑上幸运的马"了！普日布停下拨动佛珠的手指，嘴里也不念祈祷咒了。他那闻鼻烟而染黄了的八字胡轻轻颤抖起来——熟悉他的人一看就知道他又高兴了。

普日布从半开的蒙古包门，看见西南方几十里以外的深褐色的山峦上飘动着朵朵白云。他骄傲地想："在千山万水的那边，在有名的呼和浩特市，人们

[1] 念佛珠的咒语。

[2] 佛珠上计算次数的珠子。

都知道我的儿子是一个好样的蒙古人，我的天！这是祖先前辈修好积德的结果呀！"

正在这时，拴在蒙古包西南角两棵树下的守门狗突然狂吠起来，接着传来马蹄声，又听见有人在互相寒暄。贡郭尔隐约听出其中有他内弟——柴达木村的齐木德的声音。他说着，"他来了。"立刻走出包去。

齐木德把马拴在马桩上，向贡郭尔走来。他身材高大，五官端正；穿着长皮袍，腰束宽带，虽说论年纪与贡郭尔是同岁，但比起他来却精神得多。他的左眼角上，有一条长方形疤痕，是在九年前，以喇嘛留学生身份，在日本留学时，与一个日本教官练刺杀而被刺伤的。在日本住了三年，也沾染了日本军官所富有的虚荣心，为了掩盖这条疤痕，回国后在张家口当伪蒙疆政府副厅长时，从一家钟表眼镜店敲诈了一副化学框养目镜，戴上那眼镜，别人离他稍远一点就看不出那条伤疤了。然而不幸得很，去年日本投降时，他怕被当成蒙奸逮捕，在一个黑夜跑到大山上去躲避时，不慎眼镜掉在石头上，摔碎了。这样一来，伤疤又显露出来；但是经过这半年来风吹日晒，脸色变成跟那伤疤一样颜色，离稍远一点就看不出伤疤来了。

"天上的神难请，地下的王难请，你比神和王都难请，进包里坐吧！"互相问过安之后，贡郭尔一边开着玩笑，一边领齐木德进了包。

"我本来昨天就打算来，只因母亲病了，不好脱身出来。"

"岳母的病很重吗？"

"不很重，可是上了年岁的人……"

没等他说完话，贡郭尔老婆从外边弯着腰进来，齐木德起身问安，她请他坐下，并且装出一派孝顺父母的样子，说：

"妈妈病了，我真着急，恨不得马上飞去看看她老人家，唉，就是家务太忙，总是没有个空儿，她老人家一定骂我呢吧？"

"没有骂你，她叫我告诉你：她的病不吃药也能治好。"

她一听这句话就知道她妹妹——托娅回家去一定把她没给买药的事告诉母亲，母亲这话是一句气话。但是她故意装成若无其事的样子，一边嘴里祷告着："老佛爷，多加保佑吧！"一边给齐木德倒茶，端来点心，显得格外亲热。

在喝茶的时候，贡郭尔把刘木匠的归来以及刘木匠今天早晨对他谈的事情，简略地告诉了齐木德，并且说，过一会儿他们三个人要正式商谈这些问题。

　　齐木德是非常傲慢的人，他把谁也不放在眼里。他有文化，到过外国，走南闯北，见过大世面；论官位，他做过大官；论家产，他比大富户瓦其尔不差几头牲口。所以刚才听说贡郭尔当了团长，而自己不过是一个配角，心里十分不服；但是如果现在有人叫他出面当团长，他还真不想干。

　　事变后，他一直关在家里不露头。据说他不愿意再为别人去卖命，只等有朝一日蒙古独立建国后，才出来为自己民族永生效劳。这几个月贡郭尔约他来商量招兵建军的事，他都拒绝了。理由是在外边闯够了，想在家过几天安生日子。贡郭尔知道这不是他的真心话，可又不得不迁就他；因为柴达木一带的青年们都被齐木德掌握住了，你不把齐木德联合住，就休想在柴达木一带招募一卒一兵。

　　近一个多月以来，齐木德的态度好像有点变化，跟他谈起招兵建军，也不像过去那样一口拒绝了，只不过有点保留地附加一个条件："我是蒙古人，我背枪打仗只为了复兴自己的民族，除了这个目的，就是封我元帅也不干。"对他这一转变，贡郭尔非常欢迎；至于他转变的原因，任谁也不知道了。

　　"建立一支军队这一点，我跟你的打算是一样的，"齐木德说，"但是我们不能跟过去一样任人家摆弄来摆弄去的，现在蒙古人应当独立，复兴自己的民族！要是我们组织的兵马，都听一个绥远蛮子——刘木匠发号施令，我们还有脸做蒙古人吗？尤其'剿匪保安'那几个字，我一听就不顺耳，我们好像都归中央军——汉人们管似的，这样军队我是不干的。你告诉他吧，蒙古人的军队，就是为了蒙古人，不是给他们'剿匪保安'的。"

　　齐木德这段话里，教训味太重，听来很不入耳，贡郭尔心想："我又不是小孩子，你何苦拉这个腔调！"但当他回味齐木德这段话，并从中发现了齐木德所以那样善于掌握青年人的秘密时，他那不愉快的心绪，渐渐消失下去，不由得透露出几分兴奋，说：

　　"你的话很对，我们是蒙古人，应当为蒙古而生，而死！青色蒙古一定要复兴，我们要像自己祖先那样，让我们的马蹄震动整个亚细亚洲！"

　　"你这些话，刘木匠能同意吗？"

　　是啊，刘木匠能同意吗？贡郭尔心中暗暗地盘算着；但是在齐木德面前不能失言，他忙回答说：

　　"像你说的那样：我们蒙古人不能任他摆布！"

齐木德微笑了。通常微笑和点头本是表示同样意思的，可是贡郭尔觉得他的微笑是出于不相信他的话，想了想，找出他不相信的缘由，补充道：

"咱们可以把'剿匪'两个字取掉，只要咱俩一致反对，他也不敢硬往咱们头上给安。依我看，这支队伍就叫'明安旗保安团'；它，一不跟八路，二不跟国民党，只是保护本旗旗民。至于刘木匠，我看还有点本事，能给咱出点主意，但是军事大权，当然要掌握在咱俩手里，你看这样行不行？"

"刘木匠是国民党，老百姓知道了恐怕对咱们不利。"

"你的意思是，我们还得另找一个八路参谋吗？"

"倒不是这个意思。我虽然主张蒙古独立，但也知道咱们光靠自己是不行的，必须交朋友，会利用别人。譬如，圣祖成吉思汗手下的名将耶律楚材就不是蒙古人，成吉思汗善于利用他，他替圣汗出了许多宝贵的计谋，打了无数次胜仗，征服了许多国家。但是有一点你一定要记住：不管耶律楚材多有才气，世界上的人们却没有几个人知道他，而我们的圣汗，名扬百世，家喻户晓。这就是说，我们在刘木匠面前不能显得太软，应当叫他知道：今天是他依靠我们，不是我们依靠他。要是他不同意就滚他的，俗话说得好：'没有芨芨草，牲畜也能饱。'"

贡郭尔表示完全支持齐木德的见解，随后又谈了一些零碎家常，他俩一起到客厅会见刘木匠去了。

他们三个人的第一次会谈，直到夜幕降临时才告结束。从那挂着浅蓝色帷帘的客房，传出三个人轻松的、满意的谈笑声来，由此可以断定这次会谈不但不是"不欢而散"，而且互相都作了相当的让步。

女厨师笃日玛早就把酒菜准备妥当，坐在炉火旁闲散地抽着烟，只等主人们办完事，来进晚餐了。屯里的人们都知道，贡郭尔扎冷这位中年女厨师是一个最冷酷的人，有的人给她起绰号叫"腊月的冰"，老年人骂她是"黑心肠的人"。据说所以有这些风言流语，是她有一次看见一只快死去的兔子不但没设法搭救，反而顺脚踢死了它。可是也有一些从前认识她的人说，前些年她不是这样孤僻、冷酷的人，至于她到底为什么变成了如此这般，就任谁也不得而知了。眼下，笃日玛心中只恨一个人，就是刚刚从她身边走过去的斯琴："是她占了我的位！"她一看见斯琴就咬牙切齿地这样想着，投以恶毒的嫉恨的眼光。

　　斯琴拖着沉重的步子，在中间那座蒙古包进进出出，摆设着筷、碗、刀、盘等各种食具。她的脸色更加苍白了，一个月来，她什么都不能吃，喝两碗水还吐呢！身上不知什么地方，整天发痛；今天帮助笃日玛做了一天菜饭，油烟味熏得她头发昏，老是想呕吐，然而有谁来关照她，同情她呢？没有。她为了解除这些痛苦，曾经故意从水车上往下跳过，在夜间也曾咬着牙，猛劲用拳头捶过下腹……可是苦痛仍然没有解除，反而一天比一天更加沉重了。

　　往桌子上摆放象牙筷子和吃肉用的刀时，她忽然想起铁木尔那把配着象牙筷子的"合德刀[1]"来了。据铁木尔说那是他爸爸留下给他的唯一的遗物，铁木尔非常珍贵它，多咱出门总是掖在宽腰带上，就像带护身佛一样。去年他被抓去当兵，把那把刀留在她家中，她爸爸把它挂在靠左侧的"哈那"上，不叫任何人去动它。这把刀成了斯琴想念铁木尔的媒介物。有时她背着爸爸偷偷拿下它来，贴在脸上，把滚滚的热泪洒在白光闪闪的银花纹上，那时就好像闻到了铁木尔那醉人的手汗味儿……不久她就被拉到贡郭尔家来，来时她把那刀偷着随身带来了。现在就藏在她那发黑的蒙古包里……

　　想到这里，她像疯了似的陡地倒在桌子上哭了起来；这是她进贡郭尔家门后，第一次放肆无忌地大声哭泣。

　　正这时，听见主人陪着客人，有说有笑地走来。斯琴惊醒过来，急忙拉起大襟角擦了擦眼泪，低着头迈出包门向厨房走去。然而在厨房等待着她的并不是什么热情的话语，而是女厨师笃日玛的冷酷而毒狠的眼光……

　　夜深了，主人们的酒宴还没有散。斯琴忙碌了一天，筋疲力尽地坐在厨房旁的水车上，头靠着水箱，凝视着那密布乌云的夜空。在那阴森森的密云层中，可怜的月儿挣扎着，乌云越集越厚，月儿终于被吞没了！草原上更加黑暗起来。"这时候有一阵风该多好啊！"她想。

　　从酒宴的蒙古包，传来昨天骑骆驼来的那个人醉后的淫乱歌声：

　　　　鸡蛋蛋脸脸白脖颈，
　　　　海花嘴嘴怎叫哥哥亲？
　　　　豌豆开花一点红，
　　　　拉住妹妹小手手脸蛋上亲。

---

[1] 蒙古牧民使用的一种刀。

又听见主人含糊不清的声音：

"老刘，回……歇吧！"

"不……不，我没醉……嘻嘻嘻……我没醉……"

这时，包门一响，走出一个人来，原来是齐木德先告辞出来，领着随从回家去了。

"你能……帮我的忙……吗？"刘木匠仍在蒙古包内说着醉话。

"噢！你的意思我全明白，能，完全能帮忙！"

贡郭尔说罢，彳亍走出门来喊道：

"喂！你来帮我把刘先生扶回客房去。"

斯琴一听见主人喊"喂"，就知道是叫她，从水车上跳下来走进蒙古包。包内浓烈的酒味、烟味和腐臭的汗味，几乎使她呕吐，为的快些走出包来，她上前扶刘木匠。刘木匠用他那酒后充血的眼睛看了看她，又故意用枯瘦的手把她脸一摸，格格淫笑着站了起来。

斯琴帮助主人把刘木匠搀回客房后，刚要走出门来，就听见主人在身后喊：

"你上哪儿去？回来！"

她又回到屋里。

"刘先生醉了，今天晚上你在这儿陪他一夜，他一定嘴发干，想喝水，好好伺候他。"贡郭尔又转过身去，对刘木匠用汉话说，"我让她来陪你。这总算帮忙了吧？早些休息吧！"

说完走出门去，把房门从外面扣好就走了。

斯琴一个人被留了下来，她很害怕，但不知该如何是好！

刘木匠半死地躺在床上，像一条狗似的急促地呼喘着，在他发肿的眼皮上，挂着两颗汗珠，好像他已昏迷入睡了。她心想："这条老狗，一夜不醒来才好呢！"但正这时，他昏昏沉沉地醒了来，张着嘴，眯着眼，向她瞟了一下，淫笑着叨咕说："你，你这儿来，这儿来！"

她没有走过去，她已经知道可能要发生什么不幸的事情了，心咚咚直跳！这时她忽然想到逃跑，忙走过去拉房门，门拉不开——从外面扣住了！天哪！一切都明显了！想哭，哭不出泪来；想喊，喊不出声来，霎时冰凉的汗水像雨点似的从头上往下流！她不敢再看那家伙，但又逃不出去，急得她蹲在墙角双手抱住头哭了起来。不一会儿，她骤然惊醒："这不是等着被糟蹋吗？"猛地站起来，又去疯狂地拉门，然而门是拉不开的！……正这时，忽然从身后传来一股难闻的酒味，没等她回过头去，就有一只抖颤的大手，抓住了她的胸口，另一只手搂住了她的腰，她赶紧挣脱，但来不及了！

"别……动，别……贡郭尔把你拉……拉来，跟……我睡……你怕什么？"刘木匠摇摇晃晃地像一只狼似的张着大嘴，吐着臭气，把满腮胡楂的脸，挨近她的脸。

"撒开手，撒开！"

斯琴终于挣脱开来，她看见他手脚没个轻重的样子，知道酒劲儿开始在他身上发作，乘这机会她骂了一句："你这狗养的！"就猛力用双手在他胸口上推了一下，他两脚站不稳，摇晃了几下，"啊"地一叫，立刻向后倒去，头正好碰在桌腿上，撞破了，鲜血从耳朵根往下直流。他几次挣扎着想站起来，可是过度的酒醉，使他连那点力气都没有了，嘴里淌着白沫，呼哈粗喘着躺在桌下。

她忽然看见他头上流着血，心中着了慌："惹出事来了！莫非他死了？……我怎么办哪！怎么办哪！"她一时没主意，好像傻了似的木呆呆地靠门口站着一动不动。主人要知道了这事，绝不会饶她的！还是逃跑吧！可是往哪儿逃啊？！如今自己变成了这副样子……她急得头发涨，口发干，实在没主张，但是终于一跺脚，下了决心："唉！事到如今，反正怎也活不成了，就是死，也要死在铁木尔面前；他知道我这样受罪，也许会原谅我的……"

可是从哪儿逃出去呢？——门扣得紧紧！——她忽然想起玻璃窗是能打开的，一转身走到窗前，刚要开窗户，一想这房里有灯亮，会叫人看见的，于是她轻轻地绕过刘木匠身旁，把灯吹灭；再去慢慢地把窗户打开来，先探出头去听了一听，外边没有什么动静，她这才一纵身就往外跳了出去。但是还没等她脚板落地，忽然有一股耀眼的手电筒光，向她猛然射来，接着有人在喊：

"站住，你往哪儿跑？"

原来贡郭尔扎冷刚才听见刘木匠"啊"的喊声，知道出了事，赶忙跑来，正好看见斯琴跳出窗来。

听出是贡郭尔的声音，斯琴不顾一切地撒腿就跑，跑着，跌着，爬起来再跑，再跌……然而没跑出几十步远，终究被贡郭尔撵上了。当她被拖回客房门前时，已经全身无力，瘫在地上，人们从她那微弱的喘息中，才能知道她还活着，活在这冰冷漆黑的深夜里。

贡郭尔进客门把刘木匠安顿好之后，怒气冲天，走出包来，一边骂着，一边用马棒把斯琴不分耳目手脚地一阵痛打。她就像一只被宰杀前的绵羊似的哭叫着在雪地上滚来滚去……打，还解不了他的气怒，又用脚踢，她前后左右，万防不及，有一脚正踢在她的小肚上，立刻引起一阵开肠破腹般的剧痛，眼前一团乌黑，她全力地怪吼了一声便失去了知觉……

看她不动弹了，贡郭尔用油黑的马靴蹬着她的头，用手电往她脸上照了一照，向他的随从宝音吐命令道：

"抬回她的蒙古包去！"

宝音吐弯下身，用双手刚要抱起她来，忽然缩回手，慌张地报告说：

"扎冷大人，她下半身全是血呀！"

"出点血怕什么？快拉走！"

"不是伤口出血，您看，出血太多，直往下滴答呀！"

贡郭尔的父亲听见这儿嚷嚷吵吵的，披上衣服也来探问出了啥事，贡郭尔没答话。

"扎冷大人，她是小产了！"宝音吐又报告说。

"多肮脏啊！老天！"

贡郭尔的父亲一听说斯琴小产了，赶忙把双手贴在胸前祈祷着走了。

"快点拉走，拉走！小产不小产关你什么事？"贡郭尔大怒了。

刺骨的北风像哭夜狼似的低声呜咽，雪片在空中打着旋儿飞来飞去。

斯琴的血滴像一条细绳，从客房门前一直流到自己住的蒙古包里……

再过一会儿，东方就要发白了。

八

官布领队出去打猎以后，苏荣一直在发高烧。托娅不分日夜地看护着她。今天早晨，苏荣觉得身上轻爽了一些。她问托娅从山里来过人没有？

"没有。"托娅答说，"但是从南面来过人。"

"人在哪儿？"

"那两个人是前天下午到这儿的，那时你正发烧得昏昏迷迷，说什么我也没

有答应他们进来见你，后来，他们说还要到别的地方去，把上面来的一封信留
下，就走了。"

她打开用"西藏锁"锁着的衣柜，从三层布包里拿出信来，交给苏荣。

苏荣拆阅后，向着天窗沉思起来，她是在进一步领会着上级的指示精神。

上级指示：根据目前形势，开辟察哈尔草原根据地的工作，比原定计划更
应加速进行，首先要尽快地组织一支革命武装；因为建立革命武装本身，就是
一次大规模的革命宣传运动，所以，开初，即使人马少些也无妨……

她想他们的工作计划与上级的要求大致是吻合的。但是她的突然病倒，或
许给工作进度带来一些影响。打猎队已经走四五天了，虽说官布的工作精神与
工作能力是足以信赖的，但是无音无信，却使她焦急万分；接到上级来信以后，
这种焦急的心情变得更为强烈，想来想去，她怎么也躺不住了。

"真倒霉，怎么会在这样紧要关头病倒呢？"这一句话，她在心里不知重复
了多少遍！

苏荣虽然是个妇女，而且也曾生儿育女过，但是她的体格向来是非常健壮
的，她经常夸口说：这是她童年时期度过的草原生活所赐予她的。

她生长在伊克昭盟，在那古老的、寂静的鄂尔多斯高原上，度过了不幸的
童年。父母把她交给神圣的人间不久，先后都去世了。好心的姑妈把她抚养到
十一岁，灵巧的苏荣，从那时就给一个牧主当挤奶工，饥寒困苦都曾尝受过！
当她十五岁那年，她的在北京图书馆管理蒙文书籍的叔叔，把她接到北京去，
在那里她学会了汉语汉文，并且通过它，知道许许多多在鄂尔多斯高原从来没
有听见过的事情。她叔叔是个同情革命但又没有勇气参加革命的知识分子，他
给她介绍许多进步书籍来读。那时，她认识了图书馆馆员、一个汉族青年。他
是个共产党地下人员，在他的帮助下，她入了党。两年后，他们结了婚，但在
抗战初期，丈夫被日本帝国主义者逮捕了。几年没有消息，人们传说他已经被
杀害了。那时，她才二十一岁，党派她回到家乡——伊克昭盟，以一个牧主的
使女身份为掩护，做了两年地下工作。在家乡，她经受了严重考验，在那严峻
的生活中，她并不是时时刻刻都十分坚定，但是每当她觉得自己变得软弱时，
就一个人跑到没有人烟的大沙漠里，可嗓子唱一段：

起来，饥寒交迫的奴隶，

起来，全世界受苦的人，

……

即刻，全身热血沸腾，滚滚的热泪流了出来，党的、民族解放的事业，又把她鼓舞起来，使她有勇气继续投入严峻的生活之中。

后来，她被派到大青山蒙民游击队做政治工作时，突然的喜讯传了来：党通知她，她的丈夫还活着！他被捕后，党的地下组织从敌人屠刀下将他营救出来，从那以后，他改名换姓叫周大江，隐蔽在察北地区，继续做党的工作……几年以前，他们在非常困难的条件下相见了，并且生了一个可爱的小女儿。事变后，他们把孩子交给一个善良的老牧妇抚养，又各赴自己的工作岗位。丈夫现在在晋绥部队中做领导工作。

她的生活经历本身赋予了她一种与众不同的性格：在她身上，既有牧民妇女的勤劳传统，又有沙漠人民的刻苦能力；既有一个政治工作人员的涵养和原则性，又有一个知识分子的热情与幻想。

她怀着极大的热情和信心来到了察哈尔，因此，疾病给她带来的烦恼也就特别巨大。当今天刚刚开始退烧的时候，她便决心不再躺在这座狭小的蒙古包里消磨宝贵时光了。

她把托娅唤到身边，叫她扶她起来，托娅缩回手，退后一步说：

"官布临走时吩咐我宁可不吃饭，也要把你的病养护好，你不能起来！"

"我头不痛，身不烧，病好了，你不扶，我自己来。"

托娅见她果真要起身，只得赶忙上前扶持。正在这时，包门一开，张彪带着一身冷气闯了进来。他看见苏荣已经站立起来，高兴得咧着大嘴笑着说：

"我来得正是时候啦！"

这话说得真笨！谁也听得出山里工作遇到了问题，他是前来接她的。似乎他自己也觉察到了这一点，紧忙解释说：

"官布同志叫我给您作汇报来了。"

"脱下大衣，坐下，快说，快说！"

张彪告诉她说，山里的情况比他们预料的要好得多！白天狩猎，野物打了不少，晚上听工作队讲解各种问题，人人都很感兴趣。眼下的问题：是不是趁热打铁，向群众提出建军问题。

"在群众中进行过酝酿吗？"苏荣问。

"有些人谈论过，但是全体没有进行酝酿。"

苏荣沉思了一时，斩钉截铁地说：

"好吧，我们一同去山里。"

托娅惊讶地望了望她，马上又对张彪大发起脾气：

"你不用想从我手里抢走苏荣同志，她刚退烧，听见没有，刚退烧！"

这时，张彪大大为难起来：他知道山里的工作急需她去指导，但是托娅说的也是事实。她刚退烧，他抓耳挠腮，想不出办法。

"你不用拐弯抹角，我猜得出是官布派你来接我的。"

张彪好像干了什么坏事被人揭了底，支支吾吾，脸憋得通红。

"我们马上动身！"

说着，她开始梳理起头发来……

森林是喧闹的。

呼日钦敖包的原始大森林长的全是白桦树。早些年有几股土匪到这儿躲藏过，还有一些大胆的猎人到这儿来打过猎，除此而外再没有人到过这里。多少世纪以来它以自己的规律，过着孤独、单调的生活；老树腐朽了，小树生长起来；小树又慢慢变成老树，再有一批小树又来代替它们。这里的树木长得没有一点秩序：有的一片又高又直，好像苍穹是由它们支撑着似的，有的一片却是虚枝丛生，东歪西斜，它们那些烂枝朽干把大地遮盖得严严实实的，好像有一群永远见不得天日的生物，故意把自己隐藏在它的下边。一年一度凋落的树叶在地面上积得老厚的，后经雪润雨淋发了霉，不分春夏秋冬永远散发一股难闻的气味。

在呼日钦敖包的每条小沟里，都可以听到淙淙的流水声，人们知道这是小河，但任你怎样巡视也看不见它，小河全被那横倒竖躺的树木覆盖住了。由此你可以知道，到呼日钦敖包来打猎，确实不是一件容易的事，要是没有熟悉道路的人领路，时时刻刻都有连人带马跌进河里的危险！河身并不宽，才四五尺，最宽处也不过一丈左右；但是水深得可真怕人！浅处有一两丈，深处没个底。所以人们走在呼日钦敖包山沟里，总是提心吊胆，好像在你看不见的地方有一只大手时时刻刻准备把你拉进死亡中去。

这条小河太有用了。它是这一带树木和住在森林里的千万只野物的母乳。它哺育着它们，滋养着它们，它们靠它而生存着，繁殖着。这一带有各种各样的野物，从前有些胆大不怕死的猎人到这儿住上十天半个月，就满载而归。道尔吉大叔前些年就走过这样红运。但是进山来的人，不一定都能走红运，有些人也曾在这里葬送了性命——不是被那条无名的可怕的小河淹死，就是被群狼吃掉了。所以附近的居民，都用羡慕的但又是惊疑的眼光，站在遥远的山岗上观望它，而不敢接近它。

呼日钦敖包是雄伟但又可怕的地方！

这几天呼日钦敖包森林骤然变了。清脆的枪声和群马的嘶叫声同时震荡着这原始的山谷，不断地骚扰那些躲藏在密林深处的野物。

森林的白昼是短暂的。等你刚刚看见阳光时，天已中午时分，再一转眼，黄昏的影子就笼罩了下来，而这一段时间，却比起白昼来还要漫长得多！打猎的人们一到这时就该往马上把打获的野物一驮，返回宿营地去了。

铁木尔今天打获的野物不算少，在他马鞍后边拴着两条狐狸皮和一条狼皮，还有三只小兔和两只野鸡（准备晚上熬鸡汤喝）。他那匹不知疲倦的马，也被这陌生的不好走的道路折磨得走路有些吃力了。它的主人却恰恰相反，打了一天猎，一点也看不出累来，两眼依然闪着机智的好斗的光，右手的食指套在枪机上——他还想在返回宿营地的途中，再打获一些什么呢。走在他后头的达瓦，嘴里一直在叨叨咕咕地埋怨着他，不该只为了打一只野鸡，爬行那么长一段路，把他那条新棉裤都刮破了。别人衣服破了，脱下来往老婆或者相好的女人手里一扔，就补好了。可是达瓦呢？今年二十八岁了，别说老婆，就连一个相好的也没有！对他来说，缝缝补补确是一件大事。提起达瓦，他为人耿直，劳动又好，这谁都知道；但，就因为他睡觉时打鼾响太大，谁也不嫁他，虽然他也曾多次托人说过媒。前年从苏尼特搬来一个寡妇，带着三个孩子，生活实在困难，她急需找一个男人。四邻朋友们都帮达瓦的忙，大家说定：谁也不许给那个寡妇透露达瓦打鼾响的短处，果然不久这门亲事说成了。人人都为他高兴，但是达瓦心里想："咱不能骗一个孤苦伶仃的寡妇啊，应该把自己的短处告诉人家，她愿意，咱们就成夫妇，要是不愿意，就算了。"有一天晚上，他到那寡妇家去，把自己短处照实全告诉了她，心中深怕她听了这话就不嫁他，说话时嘴唇直抖。出他意料之外，听了这话那寡妇不但没有变卦，反而紧紧搂住他，当着三个孩子的面，亲他，还对他说："人嘛，谁不打鼾响呢？这算啥！你今天晚上就别走了。"

达瓦仍然不信那女人的话，他想："可怜的小寡妇啊！你也许真想拉个男人来睡觉，但是不过几天，你就会骂走我的！"他又告诉她自己打鼾响太大，可是她就像没听见似的，伸过手来，替他解衣脱鞋……

她是多么善良的女人哪！她毫无顾忌地把整个爱交给了他。在那暂短的时间内，达瓦完全沉醉在从来没尝受过的女人的抚爱中。但是，这幸福是不长久的。在同居的那天晚上，他就打起那寡妇从未听见过的大得怕人的鼾声，三个孩子吓得抱住她直哭，母子四人一夜没睡。即使这样，那善良的女人也没后悔，想办法叫三个睡眠不足的孩子白天睡觉，而自己却忍受因缺觉而头脑昏迷、全身无力的痛苦，仍然爱着他。这样过了一个来月，达瓦发觉他们母子四人的脸色一天比一天消瘦、憔悴了。他知道这"病"根在哪儿，心情沉重不安，一天甚于一天，好像干了一件天大的亏心事似的。终究在一天黄昏时，他背着孩子，拉住她的手说："我们还是离开吧！离开会好一些！你别怪我，我不是不好的人。你对我的恩爱，我多咱也忘不了。但是你另找一个男人吧！"第二天他们就离开了。那寡妇搬到古日板归冷村去，跟一个五十岁的老光棍搭伙了。从那以后，达瓦再也没提过婚事，甚至连想都不想了。独自住在一座蒙古包，日子虽然不富裕，可也不困难。一匹马跑到哪儿还弄不到一口草吃呢？

是的，一个人的日子总是容易对付，给巴彦们做些零活儿，也能饱个肚子。那一天，贡郭尔为了给工作队示威，出钱聚集群众时，他还去了呢。前些天官布去找他一起出来打猎，他也无牵无挂地背上事变时捡到的一支枪就来了。

铁木尔听他一路上叨叨咕咕，就开玩笑说：

"没有人给你补裤子，我给补，唉！咱俩，谁也不用说谁，一个乳牛养的犊，一样。"

"我能跟你比？你到过呼和浩特，论本事有本事，挑毛病没毛病，这几天晚上，大伙听你说的那些话：从八路军说到中央军，从内蒙古说到全中国，哪个不佩服！可是我，从小连咱们察哈尔都没爬出去过……唉！还有那个倒霉的毛病！"达瓦很懊丧地停了一会儿，问道，"哎，呼和浩特那地方，有没有治这种病的大夫？"

"有是有，不过你这也不算病，只是长得胖了。你身子里憋着那么一股气呢，想法让它往外冒一冒就好了。"

"那股气啥时候才能冒出来呢？我的天！"他知道铁木尔在开玩笑，所以也说了一句笑话。

他俩一同大笑起来。

当看见宿营地的帐篷时，不知为什么铁木尔的脸色忽然郑重起来了。"是成是败，就在今天晚上了。"他想。

他们几十个青年进山来打猎，生活得可真快活！年轻人碰在一起没有不谈的事：某某人老婆跟人私通怀了孕，某某人买了一匹好走马，某某人家里有多少块银大洋……但是谈得最多也最起劲的还是在这荒乱年月青年人最关心的国内局势。工作队的同志们每天晚上被众人围起来问这问那，直到半夜大伙才散去。铁木尔刚从外地回来，自然也是被包围的对象之一，他把在外边看到听到的全讲光了，大家还想听，这时官布给他出主意，叫他宣传扛枪杆子闹革命，左讲右讲，把大家的心都讲活动了。他们当中有许多人当过伪蒙疆的兵，是在外闯惯的人，都不愿意憋在家里，就像串惯了群的犍牛不愿被拴在棚里一样。他们说："这半年来，把我们在家憋苦了，脚心手心全发痒，听说贡郭尔扎冷要成立军队，我们非得去报名不可；只要不是当贼，不管干啥样差事，也比在家里强。"听了这话，铁木尔想了一晚上："是啊！谁愿意像掉了牙的老尼姑似的一天喝三顿奶茶，再出两把汗，坐在家里不干事呢？大伙都心慌慌的，只想扛上枪在外边走走，有的人凭着这个火头，要到贡郭尔那里去报名，他能把他们往好道路上领吗？……不，在他们去报名以前，我们应当先成立起军队来……可是这叫什么军队呢？没有肩章、薪水、给养、营房，也没有司令官……"他蒙蒙眬眬地入睡了。不知睡了多久，忽然听见有人在他耳边小声喊他，睁眼看去，是官布；他向他一招手就走出帐篷，铁木尔披上皮袍也跟了出去。他俩牵着马，走到森林里一眼泉水旁，工作队的几个人恰在那里饮马，他们一起坐在一棵被大风吹倒的树干上。

"早点起来，到泉边饮马，真舒服！空气多新鲜哪！"

官布做了一个深呼吸，好像叫他出来就是为的呼吸新鲜空气。铁木尔装没有听见，连头都没抬。

"铁木尔，你大概没睡足觉吧？一点都不振作。"

"别说这些了。你没听见昨晚上有人说，要到贡郭尔那儿报名吗？"

"听见了。想去就去吧！难道有什么办法不叫人家去吗？"

官布对铁木尔想了一夜的心事很不感兴趣，从皮袍怀里掏出一小口袋烟末，用纸卷起烟来。

铁木尔没作回答，两眼盯在冒着白气、潺潺下流的泉水；水面上映着一层淡淡的早霞。

"昨天晚上你不是翻来覆去想了一夜心事吗？嗯，怎不说话呀？"

"我想，不管怎样应当先把军队成立起来……"

"好啊！你成立军队，保险我们领头报名。"工作队员们异口同声地说。

铁木尔当然知道这是说笑话。

"成立军队人马倒不是大事，有的是。困难的是它的军号叫什么呢？再说，没有肩章、薪水、供给和营房，也没有司令官。"

"这你可想错了。天下没有肩章的军队多啦，给养、营房和薪水以后再想办法，你就是司令官——我选你，大家也会选你的。"

"这么说，你跟我的主意一样啦！"

铁木尔高兴得跳起来这么一喊，把马惊得竖起两耳，喷着哈气，往后退了好几步。

原来工作队的同志们早晨起来已经开过会，他们商量，派张彪回去向苏荣作汇报，同时要在今天晚上向群众正式提出由这四十几个人成立一支骑兵队。但是，这不是一件容易事。他们全都愿意干吗？能一条心吗？家里的爹妈老婆能答应吗？这些问题在铁木尔脑海里转了一天，所以刚才看到宿营地时，他的神情确实有些紧张。"就看今天晚上了。"他又不安地想道。

"哎，达瓦！别净想你那条棉裤了，我问你一句正经的话：要是眼下有人来招兵，你干不干？"

"那可得看什么人来招啦！"

"招兵的是一个真正为自己蒙古民族敢生敢死的人。"

"我是个光棍汉，没牵没挂，有那样好人出来打头，为啥不干！"

铁木尔狠狠地在达瓦背上拍了一下，高兴地喊道："好样的！"他的心情轻松了一些。

比他俩早回来的人们已经做好晚饭。有几个人在帐篷跟前另弄起一堆火，烤野兔肉吃呢。还有两个爱惜马的人，一个给马搔着痒痒，一个用红布条编着马尾巴。在东边那块平场上有两个跟野物打了一天交道仍不疲倦的青年正在摔跤，其中一个扎着一条浅绿色腰带，那是沙克蒂尔；在他们周围站着一帮人，比比画画，有说有笑，看来摔跤正在"火头"上。铁木尔是最爱摔跤的人，好歹把马往树上一拴，就奔他们去了。正这时，官布从帐篷出来，看见铁木尔，说道：

"你们俩不回来不能开晚饭，大家饿得直骂你们呢！"

"你们先吃吧，我先摔他一跤去。"

他向摔跤场跑去……

晚饭时，大家围坐在帐篷外篝火旁，喝着奶酒，吃着烤肉，说说笑笑，真是红火。

夜已深了，四周漆黑，森林入睡了，静静的，静静的。只有这堆篝火，向夜空闪射着光亮。

酒后人们的脸红了。一个个懒散地呆视着忽明忽暗的篝火，好像都沉入各自不同的幻想、思念和忧虑之中。这时坐在昏暗角落的一个人低声唱起歌来，这个人是曾经当过伪蒙军中士班长的爬杰，人们都称他为"爬杰班长"；他的歌声立刻打动了每个人的心，大家随着也唱了起来：

> 坐在老白桦树下唱起来哟，
> 让我们的歌声震荡无边的草原！
> 坐在小白桦树下唱起来哟，
> 让我们的歌声震动巍峨的山巅！
> 青色的蒙古哟，啊哈嗬依！
> 古老的察哈尔哟，啊哈嗬依！
> 你那散了架的勒勒车声，
> 你那烧燃干牛粪的青烟，
> ……

他们的歌声格外忧郁，这不是森林的静谧给人的错觉，而是他们的声音中，充满着一种彷徨不安的情绪。在这样不安定的年月，谁都容易不自觉地传染上几分忧郁！日本垮台了，人们强烈地渴望安定的生活，希望草原上不再掀起风暴，不再烧起荒火！但是总是有一股逆风给人一种预感：草原是不能平静的。是风暴，是大火？现在谁也摸测不到。要是来风暴，就快些来吧！要是起大火，就快些起吧！为什么让人们生活在这样不安的气氛之中！

　　　　青色的蒙古哟，啊哈嗬依！

　　　　古老的察哈尔哟，啊哈嗬依！

　　　　你那散了架的勒勒车声，

　　　　你那烧燃干牛粪的青烟，

　　　　……

　　歌声消失了，谁也不想头一个说话；围着篝火，安安静静地各想各的事该多好啊！每个人眼前出现着各种各样的画面：妻子、情人、战火和死亡。但是他们到底共同寻求着什么？寻求着什么啊？只是想着明天多打几只野物吗？……

　　在这没有人注意的当儿，官布偷偷地向铁木尔使了一个眼色，铁木尔会意地从人堆中跳起来喊道：

　　"朋友们！……"

　　"我的天！你小点声吧！把人吓死啦！"靠着一棵小树正在静静地回忆跟老婆分别时甜蜜亲吻的纳木吉乐，被他喊声一惊，两手合在胸前，粗吐了一口气说道。

　　"朋友们！"铁木尔向他看了一眼，又重复了一句，"咱们大家为啥都像没奶吃的羊羔似的傻在这儿啊？我们的身上连一点蒙古人的血液都没有了吗？你们互相看一看，哪个不像被打断腿的老乳牛啊！真正的蒙古青年能像咱们这样吗？大伙的心事我全明白……"

　　"那么就叫我们在这儿安静地坐一会儿吧！"有人插嘴道。

　　"不，咱们不能这样坐下去。我想跟大家商量一件事情，要紧的事情，不知道你们愿不愿意听？"

　　"说不说由你吧！我不太愿意听什么'要紧的事情'。"有一个青年在搭话，但是很多人都向铁木尔围拢过来。

　　"咱们牧民从祖辈流传下来一句话：要来大风暴，牲畜保住群。牧民都知道，在大风暴里牲口跑散了，不是冻死，就得被雪埋死。眼下，在察哈尔又要起风暴了，咱们大家可要手拉着手，心贴着心，抱住团，对付这场风暴！……"

"你的意思是……"

"我的意思是：我们背上身边那支枪，变成一支军队。"

突然大家骚动起来，他一言，你一语，哄成一团。这时官布站在一个木墩上，紧张地观察着每一个人对铁木尔这句话的反应。看来谁也没有固定的主意，也许这话对他们太突然了。他又往铁木尔扫了一眼，他那两条眉中间，出现了一条老长的黑影，额上挂着几粒豆大的汗珠。官布不由得对他产生一种同情心，而这同情心很快又变成了爱——只有在志同道合的人之间才能了解的那种爱。他知道，现在铁木尔非常需要有人出来支援他，如果现在有一个人出来支持他，他就能胜利；有一个人出来反对他，他就会失败。这是成败关头。

"铁木尔说得千真万确！"

在谁也没有注意的当儿，从黑暗的夜幕中，传来一个女人有力的声音。

人们都惊奇地向那里望去，只见身穿紫红长袍的苏荣在众人的注视下，从黑暗中走了过来，篝火光照射在她的身上，好像她满身散发着红光。人们见她抱病深夜赶来，心情都很激动！大家不约而同地嗡嗡嚷嚷地站立起来迎接她。官布和铁木尔抢先跑过去，一边询问着什么话，一边将她从人丛中的一条窄路引到熊熊的篝火旁。

苏荣开朗地微笑着向大家不断点头致意，她做手势叫大家坐下来，但是人们久久不肯坐下。

"同志们！请原谅我来晚了！"

众人开始平静下来。等他们先后坐下去，她又高声说道：

"我很想跟大家一齐进山来，但是由于意外的原因，晚来了几天。"

"不，您来得正是时候！"铁木尔坐在地上喊道。

"如果真的我来得正是时候，那是我最希望的事情。方才我在后面，听见了铁木尔说的话，他是个好青年，说得十分正确！人民正在迫切要求成立一支革命武装来保卫他们。同志们，国民党反动派跟日本人一样，为了拉走我们的牲畜，抢走我们的财产，欺压我们的人民，消灭我们蒙古民族，他们正在计谋进犯察哈尔草原。现在我们只有一条路：为了察哈尔，为了苦难的人民，我们挺起胸来，骑上马，挎起枪，建立起一支人民的军队！只有这样，我们才对得起自己的人民和我们的草原！"

苏荣虽然还在发烧，但是强作精神，马不停蹄地连夜赶到这里，原来打算下马后歇息一时再谈工作，没想到这里正在召开讨论建军问题的大会，她没喘一口气就走了过来，而且又大声讲了这么长一段话，她已精疲力竭，支持不住了。她不希望让人们看见她的病态，便悄悄退到背影地方去。对这一切官布看得清清楚楚，他问张彪：

"糟糕，她病没好，你怎么给拉来了？"

"是她自己非来不可。"

"现在不是辩解的时候，我在这儿负责大会，你跟同志们赶快把她扶到帐篷里去。"

苏荣被几个人搀走了。

苏荣的话，使青年们从吵嚷骚动中沉默了下来。从他们脸色上可以看出，这段话在他们每个人心中发生了强烈的作用。尤其达瓦坐立不安，看样子好像要说什么又不好意思开口似的。

"苏荣同志的话真起作用。"官布暗暗自喜。

"对呀！苏荣同志的话全对！咱们拿这支枪不能光打几只野兔，杀几只黄羊就算完事，应该叫它干点更有用的事。"达瓦终究向大家说道，"我们成立军队吧！我头一个跟着，为了自己民族，就是死也光彩！"

"什么搭羊圈哪，盖牛棚哪，忙里忙外地过日子呀，去他妈的吧！坏人一来什么都完了，咱们还是听苏荣的话，骑上马，扛上枪，跟他们拼吧！也算上我一个。"

"在家没事干，出外转转也不错，我也干。"

"跟谁当兵还不一样？我们不去找贡郭尔了，就跟你们凑一帮吧！"

"我得回家跟老婆商量一下，只要她愿意，我一定跟大家走。"纳木吉乐说。

"噢！原来你的脑袋是由你小娘儿们掌管哪！"

达瓦这么一说，惹得大家哈哈大笑起来。可是纳木吉乐怎肯吃亏，马上还嘴说：

"你又没有老婆，当然没有什么挂恋的，可是我刚尝到那滋味还不到两个月呢！"

大家又笑了起来。达瓦又叫人抓到短处，心里一痛，转过身去，把拿在手中的干树枝折成几段，往篝火里一扔，躲到人群中去了。

"这么说，除了纳木吉乐还要回去跟他娘儿们商量之外，别人是不是都愿意当兵啊？"官布问。

"愿意！"众人异口同声地答说。

纳木吉乐见大家都一边倒，他有些着慌，忙说：

"哎，官布，我也没说一定要回去跟老婆商量呀！我现在就报名。"

"那更好了。"铁木尔向大家说，"大伙既然都愿意当兵，我们就在这里正式成立军队。依我看队名叫'明安旗骑兵小队'。"

"为什么叫'小队'呢？应当叫'大队'。"沙克蒂尔表示反对。

"咱们才四十几个人哪！"

"那么就叫'中队'也总比'小队'威风一些。"

"是呀，还是叫'中队'吧！"群众都这样说。

"好，那就叫'中队'。"官布说，"还有一点，就是咱们这军队，噢，咱们'明安旗骑兵中队'，眼下还没有肩章、薪水和军营，也没有司令官，咱们就像搭伙出门的朋友，各吃各的，各穿各的，走的是一条道，咱们凑到一起就是军队。"

"既然下决心为自己民族干，就不在乎吃穿，这没有什么。但是有一点不能含糊：我们成立了军队，怎也得有个队长啊，马无头不成群，雁无头不成队，军队没官怎打仗啊？再说要是有人问咱：'你们谁是官啦？'咱怎答呢？总不能说，我是，他是，大家都是啊！"

"爬杰班长"的话引起众人一阵哄笑。当人们心情兴奋时，即使一句最平凡的话也能引起一阵哄笑的。

众人的笑声将要结束时，铁木尔收住笑容，严肃地说：

"我提一个人当队长，看大家愿意不？他就是官布。官布在外边干过事，有本领，也厚实，办事还公正，这次出来打猎就是他带头的，这大家都知道……"

"官布还用你介绍吗？谁不知道他？同意他当队长！"

众人举起双手，官布当选了队长。

官布虽然尽力使自己镇静，但是脸还是红了。他整理一下衣服（真像军官那样），向大家说：

"众人选我当队长，我也不能推托，你们相信我官布吧，他不会给弟兄们丢脸。咱们现在就是军人了，军人头一条就得守纪律，还要有一颗好心，要永远忠于自己的民族和人民！"

"官布队长，咱们就用你这句话起誓吧！"

铁木尔一边说，一边解开皮袍纽扣，把戴在胸前的小佛像（这是他三岁时闹病，母亲给他佩戴的）拿出来举在头上说：

"我们诚心诚意地对佛爷发誓吧！求佛爷当咱们的证人。"

几十个人向佛爷跪了下来，立刻四周笼罩起庄严、肃穆的气氛。官布虽然早就不信佛了，但也同众人一齐跪下来，并且领大家发誓：

"我们一群察哈尔青年发誓：我们永远为自己的民族和人民……"

众人的宣誓声就像一阵春雷，穿过黑色的森林和重叠的群山，向沉睡着的草原传去，它渐渐消失了，好像草原的人民把它吸进了自己的梦乡。

这时天将黎明，晨风吻着冰冷的草原，几缕灰白色的薄雾，在空荡的草原上浮动。早醒的寒雀不停地南北飞旋，但是它们一直到东方呈现出朝霞时，才羞涩地唱出第一支晨歌。

早晨官布醒来，想到两件事：一、今天要派铁木尔和沙克蒂尔回去，把这些天打的野物拉回一车去；二、从今天开始叫大家熟悉一些军事生活和军事常识，再就是选爬杰当排长，日常事务交给他去做……

铁木尔和沙克蒂尔赶着一辆载满贵重皮物的马车，生怕在路上遇上土匪，提心吊胆地赶了一天路，他们原来不打算在途中停脚，但是傍晚时来到哈登浩树庙附近，车坏了，只好到庙上沙克蒂尔远亲喇嘛家里住了一宿。晚上把车修理好了，第二天东方刚冒亮，他俩就又动身了。那一天风不大，可是死冷，铁木尔不得不把骑马拴在车尾，背风坐在车上，一袋接一袋地抽烟取暖。不一会儿，他闻见一股难闻的烧皮毛的味，他知道自己走了烟火，赶忙背着沙克蒂尔（他坐在前边顶风赶车，闻不到这味）左找右找，费了半天事才找到一条黄鼠皮冒着烟。"糟糕，烧了人家皮子可怎交代呀！"他忙扯出它来扑灭火星一看，原来是自己打的皮子，这才松了一口气。

"铁木尔，你在车尾动来动去的干啥呢？是你屁股底下着火了吗？"沙克蒂尔赶着车开玩笑说。

"唉！冷啊，冷得在一块地方都坐不住！"他撒了谎。

"下车去跑两步就热乎了。"

"宁可冻死，也不跑死，还是坐车走吧！"

铁木尔又想抽烟，可一想起刚才那条烧了的黄鼠皮就打消了这念头。但是没过几分钟，他到底又掏出了烟袋。对他来说，两天不吃饭没什么，半天不抽烟可受不了。

日头快落时，到了沙克蒂尔家的新营地。沙克蒂尔不在家时，瓦其尔老头费了五天工夫，把家全搬到这儿来。现在这里一切井然，好像他们在这儿居住已久了。圈棚、仓房都搭好了，干牛粪堆垒得还有花样；包前埋起高高的"玛尼"杆[1]；包后垛起小山似的羊草；守夜狗和瘦弱幼小的牲畜都安排在固定地方，就连那些破砖碎瓦也都搬来整整齐齐地放在一块，过日子什么都会有用呢！看到这些，有些人从内心钦佩瓦其尔巴彦管理家业的本领，尤其在这样人心惶惶的年月里。

瓦其尔看见铁木尔和他儿子拉一车贵重皮子回来，喜出望外，对他们格外亲热，连他们问安的话都没听，两眼只顾盯在那车皮子上。

"我的天！你们俩真行，打了多少东西呀！"

他们为了不叫瓦其尔扫兴，谁也没解释说，这是四十几个人共同打的。

晚上，瓦其尔陪他们喝着酒，说起自己费了多少事，才把家搬了来，同时又对沙克蒂尔抱怨说：

"养军千日，用兵一时，我养了你们这么多年，可是搬家费力的时候，你们就都走了。我老头子像一条老狗似的累得透不过气来。唉！你们别说对我孝顺，就连点可怜的意思都没有啦！"

"爸爸，我走的时候，大哥不是在家吗？他到哪儿去了？"

"那个闲不着的贡郭尔扎冷又成立什么'明安旗保安团'，你哥哥一听信就自己找上门去了。保安，保安，保谁的安？还不是保住贡郭尔？呸！"

"你没劝他不要去吗？"铁木尔从旁问了一句。

"怎么没劝说呢？我劝了他一天一夜，嘴都说痛了，可他歪着嘴笑着说：'爸爸，你怎也留不住我，倒不如早点让我走呢！'我一生气就把他撵走了。他一去六天没回来。他跟贡郭尔扎冷在外边闯惯了，在家待不住，他们的手不拿枪就会烂掉！我昨天回特古日克村去，看见贡郭尔扎冷那儿马嘶人叫的，听说他

---

[1] 牧民门前，立一木杆，上挂白旗，以象征吉祥。

们才凑上十几个人，就分成三个连，旺丹还当上连长啦。呸！真不知丑！你们俩可别学他，不管别人在你们面前怎样显摆他的手枪和战马，你们也别动心。好人哪有当兵的？咱们在家守着几千头牲口，骑什么样好马都有，是走马，是颠马，还是高个子俄国马，只要跟马倌说一声，他就给你套来。往后，我给你们俩都娶上媳妇，过咱们平平静静、富富裕裕的好日子吧！你们听不听我的话？——可别学旺丹。"

沙克蒂尔不知怎么回答是好，用眼光向铁木尔求援；铁木尔却从容不迫地回答说："一定听你老人家的话，我们绝不学旺丹。"这话真叫沙克蒂尔摸不透，他们在山里不是一块发誓当了兵吗？那时铁木尔的劲头最足，可是……噢！他明白了铁木尔的意思，所以也作了同样回答。

显然他们的回答使瓦其尔很满意，而且完全放下心了。于是思想马上转到那车贵重皮子上，他想："他俩打的那车皮子，能卖好多好多钱呢！"

"明天把你们那车皮子，挂在仓房晾一晾，透透风，"他说，"过些日子，我派人去多伦请个皮匠来，熟好了可就值钱啦。"

诱人的幻想使他轻轻眯起眼来，眼前出现了一大串闪着白光的银大洋，他几乎高兴得喊出声来。

第二天早晨，他们把皮子卸下来，晾在仓房里。瓦其尔也殷勤地来帮忙，与其说是他来帮忙，不如说他亲自来察看一下到底有多少张皮子，大约值多少钱。

铁木尔和沙克蒂尔憋着笑，等他走出去后，交谈说：

"咱们别说这是大伙打的，让他老人家替咱们看守几天，等咱们到特古日克村了解贡郭尔的动向回来再告诉他。"

"对，咱们一会儿走的时候，告诉他老人家，把皮子每天给翻一次，里外透风，不伤皮子。"

"可别把他老人家累垮了啊！"

说着他俩都笑了。

铁木尔和沙克蒂尔去特古日克村后，瓦其尔按照他们的嘱咐，每天早晨把全家人都叫来翻一次皮子；一边翻着皮，一边对家里人说：

"把这房门锁好，别叫那些羊倌、牛倌们知道这里有贵重皮子，不然他们要偷的。晚上把那条老黄狗拴在这门口上吧！"同时又故意给大媳妇听话："沙克蒂尔年小的时候，我就知道他长大是个会过日子的人，这些天他风里雪里，出山进林地打来这么多皮子，给家赚了多少钱！可是咱家也有些人，成天在外边转，有时回来就知道钻在包里睡大觉，谚语说得好：'好人能干活，坏人能吃喝。'呸！要是圣祖成吉思汗在世，一定饶不了这些人的！"

九

斯琴被贡郭尔踢流了产，流血过多，整整躺了十天。贡郭尔把这件事封锁得严严密密的，村里没有一个人知道，所以她父亲和乡亲们谁也没来探望她；只在每天早晨厨师笃日玛像喂狗似的端来一碗剩饭和一碗凉茶，往她身旁一放，一句话都不说甩手就走，到晚上再来收回碗去。她吃不下饭，喝不进茶，身旁那碗饭变成了冰团，茶水冻成了黄色的冰；蒙古包千孔万洞，四面透风，冷啊，冷，就像被抛弃在风雪荒山之中！

人，当他被一种希望所支持时，什么苦都可以忍受的。斯琴流了产，身体很弱，又受了这些天罪，但是她心中却充满了从未有过的、强烈的生的渴望！流产，替她卸去了巨大的包袱，她想："我又可以抬着头，挺着胸走过人前，也有脸去见铁木尔啦。要是他愿意，我跟他离开这地方，到很远很远的地方去过日子，就是给人做饭，挤牛奶也好。他不会生我的气，一定能够原谅我！"这念头就像一团火，烧暖了她的全身，给她以重生的力量。从前，死，对她来说是一个幸福的结局；但是这几天她是那样怕想到死，因为就是为了生，她才忍受这些天残酷的折磨。

早晨，她爬起来在蒙古包里慢慢走了两步，头昏眼花，几乎晕倒，但是这两步却给了她很大的鼓舞和安慰："我能走路了，不会死啦！每天这样起来练两步，不几天就能去找铁木尔了。"想到这里，她高兴得流出泪来。

自那以后，她练习了三天走路，身板刚结实一点，她就决定明天东方一蒙亮，乘人们没醒来时，偷跑出去找铁木尔。

偏巧，那天晚上下了漫天大雪。从蒙古包破洞看去，包外一片白花花的！这雪下到半夜小了一点，但是北风突然刮起，骤然间温度下降。草原上每年气候将要转暖时，总是有这么一次奇寒的。人们把这奇寒说成是阎王派下来的"要账鬼"：因为它在短短的一夜或者一昼夜间，就能冻死几千几万头牲口的。

从门缝和围毡破口不断地灌进雪来，斯琴快要被雪埋住了。她想爬出包去从雪底下寻些干牛粪来烧火取暖，但，倘若被主人发现，他们就会监视她，明天拂晓时就不能逃跑了。"唉！我什么苦都忍过去了，冻这么一宿算什么？"她这么一想，打消了刚才的念头。

风，在包外狂暴地吼叫，好像它就是世界上的霸王。蒙古包在摇晃，包门、围毡和"哈那"木，全都噼里啪啦山响；包里越来越冷，她怎么也睡不着，手脚被冻麻木，呼吸也有些困难，她轻轻地合着眼躺在雪里，好像安然等待着死去……

草原上的积雪融化了。瓦蓝色的天空上，浮动着一层薄云，百鸟齐鸣，一片春色。就在这样一天，斯琴在村西南边小山沟里碰见了铁木尔。他正在那里饮马。她跑去，倒在他怀里，他俯下头来吻她，还轻轻地对她说着什么。她一句也没听清楚，因为高兴得直想哭……他没有生她的气，他们又和好了，就跟两年前一样。然而当他们一同走回屯来时，就听人说，贡郭尔扎冷正在四处寻找她呢！她连跟爸爸都没告别，就跟铁木尔骑着一匹马逃走了。走啊，走啊！不知走了多少里路，找到一户善良的人家，他俩替他们什么活都干，他们给了他俩一座四个"哈那"的蒙古包。在这座蒙古包里度过了两个春天，她生了一个白胖胖的小孩，跟他爸爸一样头发是黄的，起名叫"锡拉夫[1]"。他们过得很幸福，每当铁木尔干了一天活回来，小宝宝就向他招着小手笑，铁木尔也放声大笑着逗他玩……

"哈，哈，哈！"铁木尔逗孩子的笑声惊醒了斯琴。

她睁眼一看，眼前没有铁木尔，没有孩子，自己仍是躺在那座灌满了雪的蒙古包里。她哭了，哭了许久，许久，直到哭得心痛快了一些时为止。刚才那场梦是个吉祥的梦，但是她不敢回忆它，并且尽力从记忆中赶出它去。

这次逃跑出去，真像梦里那样的话，该有多好啊！

这时天近拂晓，风仍然刮得很紧。她想这是逃跑的最好时机了。她爬起来把那件破棉衣穿好，走到门跟前倾耳听了一阵，外边除了风声，没有旁的动静。她轻轻拉开门，探出头去看了看，没有人，于是走了出来。正这时有一个黑影向她慢慢走来，她忙卧在深雪里，那黑影一步一步地逼近她来，她尽力控制着心中的恐惧，偷偷看了一眼，原来是那条最凶恶的守夜狗"呼德日"；如果被它

[1] 蒙语：黄小子。

发现，它只要吠一声，群狗就会一齐跑来咬死她呀！——怎么办哪！她忙中生智：装得跟平时一样心平气和地小声喊了几声"呼德日，呼德日"，那狗一听有人叫它名字，就知道是主人，所以没有吠叫，走过来用冷凉的鼻子闻了闻她的手，走了。她立刻站起来向爸爸家的方向飞跑而去。

风卷雪片打在脸上，就像一把沙子，她低头弯腰半侧着身，踏着深雪拼命地向前跑着，跑着，跑几步回头看一下，总是觉得有人在追她，就像上次从客房跑出来被贡郭尔撵上抓了回去那样。

跑过一片柳林，来到特古日克湖边时，她才放慢了脚步，松了一口气："逃出来啦，总算逃出来啦！"这么一想，突然变得全身无力，两脚站也站不稳，勉强把背靠在一棵小树上，闭了眼歇了一会儿，这时才发觉自己是光脚，两只鞋子不知丢在哪里了。显然她不能在这儿站久，再过一会儿也许会冻得不能动弹了。但是爸爸和铁木尔住的那座蒙古包，离这儿还很远，不如先到莱波尔玛那儿借一双鞋穿上再走。她又光着脚，踏着深雪，奔莱波尔玛家而去……

来到莱波尔玛家时，她双脚麻木，流产刚痊愈的身体，经过这场紧张的折磨，早就支持不住了。莱波尔玛一看她这般样子，知道是逃跑出来的，叫她躺下，忙给她盖上一件皮衣，又灌了她一碗酒，等莱波尔玛烧好茶，包里暖和一些时，她也慢慢透过气来了。

"你怎么在下这么大雪的黑夜逃出来，是他们要害你吗？"莱波尔玛坐在她身旁问道。

"莱波尔玛姐，先什么也别问，你快借给我一双鞋吧！"她坐起来说。

"快躺下，你冻成这个样子，还到哪儿去？"

她没躺下，用左手把散在脸上的头发理了一理，费力地喘着气说：

"我照实对你说吧！我逃出来是找铁木尔的，我们要离开这地方，你快给我借一双鞋吧！"

"你到哪儿去找铁木尔啊？"

斯琴没有明白她的意思，向她询问地看了一眼。当她们二人的视线碰到一起时，莱波尔玛不大自然地把视线移开了。这立刻使斯琴猜疑到她可能有什么话在回避她，于是心即刻紧缩起来，两只痉挛的手，抓住她的双肩焦急地祈求地问：

"他不是在我家住吗？他不在我家吗？怎么啦？你快告诉我！他……他到哪

儿去啦？"

这时莱波尔玛却很沉住气，把一双毡鞋递给她：

"别着急，先穿上它吧！你的脚快冻坏啦！"

斯琴以为她要告诉她铁木尔的住处，所以忙把毡鞋穿上了。但是莱波尔玛转过身去往"吐拉克"里添着干牛粪，并不像要告诉她一些什么。

"你快告诉我，他到哪儿去啦？我现在就去找他！"

莱波尔玛经过一阵犹豫，终究告诉她说：

"他不在你家，也不在这村里，他到呼日钦敖包山里去了。"

"什么？他……"

"你上次跟他在柳林见面说的那些话，把他的心伤得太狠啦！不几天他就搬出你家，瓦其尔说你变了心，骂了你一顿，现在他正操办给铁木尔娶村南头的南斯日玛，听说铁木尔也答应了。这都是沙克蒂尔告诉我的。后来铁木尔跟村里的年轻人到山里去打猎，前天回来一趟，在官布家住了一宿，又走了。沙克蒂尔前天晚上住在我这儿，还说他……"

"什么都别说了，别说了，我全都明白了！"

她的声音变得那样无力，脸上没有一点血气，全身哆嗦得很厉害。这时忽然有一个恐怖的感觉钻进莱波尔玛的脑海："她……"没等她得出答案时，斯琴站起来，没哭也没叫，蓬散着头发向包外走了出去。

"你到哪儿去？会冻死的！"

莱波尔玛紧跟脚追她出去，想拉回她来；但，斯琴却以她最后一点力量拼命地向贡郭尔扎冷家跑了回去；她那摇摇晃晃的身影，消失在黎明前的风雪之中。

直到天亮时，风还没住，很显然暴风雪仍要继续刮下去。

然而这毕竟是今年最后一次风雪，它的时间不长了。

十

今年最后一次奇寒，持续了整整三天三夜。草原经过这场风暴，就像人得过一场大病，病虽然好了，可身体恢复健康还得相当一段时期呢。要是把这次风暴中冻死的牲口的骨头堆在一块，足能成一座小山！为这，人们的脸都绷得紧紧的，家家户户，无声无息；如果偶然有谁家大说大笑，村里就该有人骂他们："老天瞎了眼，冻死我们的花乳牛，还不如把这些活妖怪们冻死呢！""这些穷光蛋，都是魔鬼投生的，看见我们有钱人的牲口冻死，他们算开心了，这些鬼东西，第一响春雷就会劈死他们！"其实那些大闹大笑的人里，不全是穷人，而多是那些财主巴彦们，他们因为年月荒乱，没心经营牲口，成天三三五五凑到一块喝酒，玩女人，打麻将，他们说："管养那几头牲口有啥用，不定哪天从天上掉下来一颗炸弹，把大草地炸个大翻个呢！去他妈的吧！趁这没死的时候，还是快活几天吧！"

这时老喇嘛们从庙里走出来，碰见上了年纪又对佛教虔诚信仰的人，就说："佛经上早就说过，多少年以后出野人，吃人肉，喝人血，看来这样年月快到来啦！"

风雪季节一过去，可怕的大雪从人们印象里渐渐消失，骇人的风声从人们记忆中慢慢变小，牧民们把冻死的牲口的皮剥下来，只等到夏天卖给多伦的"小小买卖"换两块砖茶喝了。

天暖了，向阳山坡的积雪融化成千百条混浊的溪流，弯弯曲曲地向大草甸子流去，从远看来就像无数条黑蛇在爬行。这些溪流在山下很自然地互相汇合，吞并，最后合成了两条小河，一东一西，各流各的。

从此草原上出现了两条河流。

这两条河千变万化，一天一个样。今天你看见东边那条水又深，流又急，不分日夜，哗啦哗啦直叫喊；而西边那条却是水又浅，流又缓，好像一条晒干的蛇皮。但是你过两天再来，就会看见完全相反的现象：西边那条喧闹起来了，而东边那条却变得无声无息……

天底下，有造福于人民的河流，也有给人民带来灾难的河流。

人们终究会看出这两条河流中，哪条属于前者，哪条属于后者；同时还可以看到这一条会变成大河，用它的汁浆灌溉这无边的草原，而那一条小河会慢慢干涸下去，最后赤裸裸地露出丑陋的河底。

白天潺潺流水声虽然使人仿佛闻到了春的气息，但是一早一晚还很冷，昨天的雪水，早晨又冻成冰了。

苏荣醒来，披着衣服，开开包门就把胳膊往外伸了一下，她每天都这样探看天气的暖冷程度。晨风在她胳膊上嗖的扎了一下，她马上缩回手来，自言自语地说："今天凉！"于是穿起皮衣来。她从上次得病以后，更加注意锻炼身体，每天早起，到外面去做些活动。

外边风很凉，但是空气不像冬天那样刺鼻，夜间上了冻的泥水，在脚下还有些发软，等太阳出来一晒，又会化成泥水的。

前边那排整齐的蒙古包，使苏荣的脸不由得焕发起来，当她想到在那里边住着七十多名战士时，心里有一种说不出的欢快而骄傲的感觉。那些蒙古包都是战士们自动从家里搬来做军营的。

他们从呼日钦敖包回来，快两个月了。在这两个月当中，中队从四十几个人发展到七十多人，共分两个连六个班，一个班住在一个蒙古包里，比起在森林里刚建立时，可真像点军队啦。每天早晨出操，白天练马，晚上学军歌，起床睡觉都有个钟点，大家选苏荣当政治委员，战士们咬不准汉音，都叫她"静委"，她隔一两天上一次政治课，给战士们讲了许多新鲜有趣的事，战士们也比较喜欢听她讲课。

她走在道上，伸手摸摸前怀里的昨天拟好的讲课大纲，想："今天再给他们讲一个更有趣的事情：人是怎样从猿猴进化而来的？（社会发展史第一段）通过这堂课，叫战士们知道：人不是老佛爷创造的，而是劳动创造了人。"

在二连的一所蒙古包跟前，她看见有一个战士背着脸蹲在那里，不知道干什么呢！她走近时，那个战士回过头来，把皮帽往后一推，看了她一眼，认出是政委，站起来有些不好意思地一笑说道：

"姑娘，你睡得好吗？"

"老大爷，我睡得很好。"苏荣硬憋着笑，回答道。

那个老战士，这时才发觉自己又犯了老毛病，说走了嘴，赶忙立正站着纠正自己的话：

"我这老脑袋，记性不强，又叫你姑娘了。静委，你睡得好吗？"

苏荣忍不住地笑了起来。

她记得这个五十多岁的老战士叫巴布，半个月前参军时，蒙古袍的前怀里还装着一瓶酒呢！他大概认为自己是年纪最大的一个，所以把战士、政委和队长一律都叫"老弟""姑娘"，战士们一开会就批评他："我们是跟你一块来揽羊的人吗？我们是战士，是干革命的，你应当叫我们'同志'。你要再叫我们'老弟'，非把你撵走不可。"从那以后他把"老弟""姑娘"变成"同志"了，但是老习惯一时难改，一着急或一不留心，还时常说走嘴。

"没吹起床号，你干吗起来啦？"

"静委同志！这个蒙古包是我从家里搬来的，大家住我的蒙古包，我不心痛……"

"这很对呀！"

"可是，有的同志真不知道爱惜别人的东西，把马拴在包跟前，把下边围毡都踢坏了。"

"你为啥不给他们提意见呢？你跟他们说：谁不爱惜我们的营房，就把谁撵出包去。"

"你讲课不是说叫我们要阶级友爱吗？咱怎好意思那么说呀！"

"那你就修理一下吧。不过没吹号就起床，这可是违犯军纪的。好，你忙吧！我去看看官布队长。"

"官队长是一个好人哪！有时我说走嘴，叫他老弟，他也不批评我。请你代问他的好！"

苏荣离开他走出不远，看见铁木尔坐在地上，正在修理马鞍。他在不久以前被提升为第四班班长。他是一个好战士，但苏荣总觉得他不太守纪律，所以今天看见他早起，有几分责备地问他说：

"没吹起床号，你怎么先起来啦？"

"马肚带断了，昨天没来得及接上，要不早点起来修理一下，今天就不能出操练马了。"

"可你现在是一个班长，你打头不守纪律，你班的同志们能守好纪律吗？"

"政委同志，你这话可不对，我们班都是好战士，谁也没出过什么差错。说到我早起来，这也有理由，你想想，我是一个班长，只因为马肚带断了，不出操，不练马，能说得过去吗？我想到自己是班长，所以才少睡一会儿觉，早点起来修理它的。"

正这时，小司号员萨扎卜从蒙古包走出来，一看见苏荣就正了正帽子，在政委面前尽力装得像一个标准的战士。他前些天从哈登浩树庙逃跑出来，到中队来报名参军时，政委说他太小，连马都上不去，不能当兵，这把他吓坏了。他要再回到庙里去，喇嘛师父能饶他吗？他千求万求，总算收下了他。他从庙里夜晚逃出来时，怕在草原上被狼吃掉，就把庙里召集喇嘛朝拜时吹的大海螺偷了出来，他小时听人说，狼怕吹打的声音，所以一路上嘟嘟地吹着海螺，没遇见狼，找到了中队。这个海螺可真成了宝贝，官布队长说："我们眼下没有军号，就用海螺代替它吧！"从此，每天起床、睡觉、吃饭、上操都吹海螺。起初大家不习惯，有人反对说："我们不是喇嘛，是大兵，怎吹这玩意儿呢？"可是日子一长，也就习惯了，再没有人反对了。这样一来，小萨扎卜就成了全中队有名的人物——权势不小的司号员。全中队七八十号人，全听他指挥，他叫起床就得起床，他叫睡觉就得睡觉，有人开玩笑说："小喇嘛掌权啦！"

苏荣转过身来向小司号员问：

"要吹起床号吗？"

"政委同志，还没到时候呢！"

"还得几分钟啊？"

"我不知道什么分不分的，反正看见太阳在山头上一露头，就吹我的海螺。"他把羊头大小的海螺伸给政委一看，又说，"现在东边刚冒红，太阳还没露头呢！"

"太阳夏天出得早，冬天出得晚，你光看太阳能行吗？"

"官布队长说，过些日子要给我买表呢。"

"对，一定给你买一块表。"

苏荣在小司号员肩上拍了一下，好像以此表示她说话一定能办得到。

她往前走了几步，看见彭斯克坐在大锅旁正烧早茶。他是全中队战士中的唯一知识分子。事变以前一直跟他做大官的舅舅住在北平。他在北平蒙藏学校读过三年书，去年冬天才回到故乡来的。有一次苏荣率领中队追击一小股土匪，在他家住宿，听说他在北平读过书，经一番动员，彭斯克就参加了中队。

"今天是你值日？"

"是啊！每七天轮到一次。"

彭斯克的双手掌上全是锅黑，所以用手背把蓬散的头发往后理了一下。

"小伙子，一个革命者要经受各种各样的锻炼，当值日烧茶做饭，也是一种锻炼。你不要把它看成小事情。"

"政委，你大概当过许多次值日吧？我要向你学习，我并不怕吃苦。"

"好，快烧茶吧！大家快起床了。"

她向官布队长的蒙古包走去。

骑兵中队成立以后，他们就把离特古日克村不远的一处被牧民荒弃了的冬营地，作为部队定居点。为了继续争取贡郭尔，使他不至于公开投敌，昨天官布又到特古日克村去了。他回来得很晚，苏荣没有来得及向他询问情况，所以清早特地来找他。

官布没有儿女，老婆一直跟随着部队。他们把一座包、两只奶牛也带了来，这就等于搬到这里来住了。

托娅是个好心而又勤劳的女人。她整天不停脚地奔忙，在中队里，她担当的工作也许是最繁重的了。七八十号人的穿戴，都由她一个人缝补拆洗，此外，若有了病号，她又兼当有实无名的护士。因此，大家都把她看作是中队一个战士，而不是"队长家属"。

苏荣来到他们这里时，托娅正在挤牛奶。她只顾干活，没有发觉苏荣。苏荣走到她的近旁，观望着那刷刷注入桶内的乳汁，忽然忆想起她那留在远地的小女儿哺乳的可爱形象。母亲的心，无法抑制地激动了起来！母亲们激动时，那感情的波浪不是渐渐掀起，而是像突然爆发的火山一样，瞬间，向你全身冲击！在这样时刻，即使保持外表的平静，也是难以做得到的。

"托娅，你们该有个孩子啦！"连她自己也不知道怎么冒出这样一句话来。

全神贯注于工作的托娅，像受惊的小鹿似的陡地站起，险些把奶桶碰倒。当她看见苏荣那张微笑的脸时，才松口气说：

"我当是谁呢，吓了一跳！"

"不过一切都会好的！"

这一句比上一句，更为突如其来，说完，苏荣自己也觉得可笑。

"我在说些什么哪！"她想。

这时候，官市听见苏荣的声音，从包里走出来，说：

"昨天晚上我回来得很晚，就没去找你。"

"睡得好吗？把情况简要地跟我说说。"

"请吧！"

他们先后走进包里。

"贡郭尔这个家伙，越发狡猾了。"官布说着给苏荣斟茶，壶里不是奶茶，而是白开水，他有些歉意地说，"白开水，糟糕！"

苏荣知道这几天托娅把牛奶全都送给几个病号喝了，忙说：

"没来草地以前，还不是净喝白开水？"

"我把两支武装联合行动的问题，向他提出了。"官布继续说道，"他品了半天说：'我的保安团是地方武装，你们的骑兵队是正规部队，各有所为，无须统一，至于联合，既然同住一旗，自然有联有合，不作声明，也尽人皆知。'他又说了一大堆'欢迎指导'之类的空话。"

"他对我们用的是空话搪塞战术！"

"也可以说是三心二意、观望投机战术。不过有一点很值得注意，他最近下令给他的走卒，没有他的召唤，一律不许走近他的家宅。我怀疑这里面有鬼！"

"这是可能的。我们应当继续注意他的动向。"

"我已经作了布置。"

"老官，我还有一件事要跟你商量。"

"什么事？"

"老官，现在人和武器决定一切。这几天，又来了十几个新兵，他们每个人，都是满怀着热情来参军；可是我们没有枪和子弹发给他们，有些人在骂我们。我不知道怎么回答这些战士。老官，这样下去是不行的。现在世面上，土匪四起，贡郭尔的声势也挺大，可是再看看我们自己，中队里四分之一的人虽然扛着枪，但是子弹袋里才有四五粒子弹，你想想，一旦发生情况，我们不是要吃亏吗？当然现在还可以告诉那些新战士，说过些日子就来枪和子弹；但是再过几个月他们还扛不着枪的时候，他们会走掉的。当然问题不在几个人，可这样就会在牧民当中造成很不好的影响。"

官布静静地听着，他表面上很镇静，但是苏荣的每句话都像针似的扎在他的心上，痛得很哪！苏荣说的这个问题，他早就想到了，但一直苦于没办法解决。他也曾经想把这件心事，告诉给她，但他总是不愿意用自己最束手无策的问题，去难为别人。刚才苏荣提起这个问题时，他越发感到它的严重，不然为什么两个人会不约而同地都为一件事情苦恼着呢！既然她这么清早就来跟他商量这件事，就说明她被这件事折磨已久了。她想出什么办法没有呢？——官布很想知道这一点。

苏荣瞟了他一眼，又说道：

"依我看，打破这个难关，只有一条路可走，就是派人到外地去搞枪弹。动手得越快越好，不然青年人都要跑到贡郭尔那儿去了。"

官布猛地抬起头来，在刹那间，从他眼光中看不出是质问，还是赞同。

苏荣看见他那副样子，笑了。

"老官，我一猜就知道，你要问：'从哪儿搞？'是吧？"

"是啊！咱们眼下，连军粮都得靠战士们从自己家拿来，哪有那么多钱去买枪弹？再说，这种玩意儿，越在荒乱年月越贵，很不容易买得到。"

"拿钱买当然不可能，我们又不是百万富翁。"

"你有别的办法吗？"

"我打算回张家口去找乌兰夫同志。"她顿了一下，又说，"向上级伸手自然不是好办法，不过也可以向领导上汇报一下工作情况。"

这时，传来嘟嘟海螺声——这是起床号。

苏荣站起来，说：

"我该去作'朝拜'了，搞枪的事，等我讲完课再商量。"

战士们在水池边有说有笑地洗着脸。他们洗脸很简单：双手捧出一点水往脸上一抹，再用破帽子或蒙古袍肮脏的前襟擦两把，就算了事。从水池回来的道上，你打我闹，再摔两次跤，刚刚洗过的手和脸又挂满了尘土，因此他们的洗脸只出于一种习惯而已。

全队喝过早茶，又饮完马，就到水池旁一块平坦地方（这是操场）集合，听苏荣政委讲政治课。她在前边简要讲了一下："近代科学是怎样发达起来的。"现在开始讲主题："人是怎样从猿猴进化而来的？"刚提到这个在牧民听来是耸人听闻的题目，战士当中就立刻引起了一阵轰动。

"同志们！"苏荣讲道，"你们有的人看见过猴子，有的人没有看见过，它是很聪明的一种动物。几十万年以前，在热带地区，有一种猴，叫猿猴，它长得跟现在的猴差不多，只是个子高一些，它们成群地住在树上；这种猴会两只脚走道，前边两只脚又能当手用，非常爱劳动，它会一把一把地抓东西往嘴里放，因为它长得跟人差不多，所以叫类人猿。"

战士们听她讲课，就像小时听人讲神奇鬼怪的故事一样。猴子，跟人长得一样，叫什么"类人猿"……多么新奇的故事啊！

"这种猴经过几万年，几十万年，在劳动中慢慢进化，"苏荣继续讲道，"就变成了人，现代这样的人。我们都是由猿猴进化而成的……"

　　每次上政治课，铁木尔都是非常留心地听，随着政委的讲述，他漫游着古今世纪与中外领域，这一切，对渴求革命知识的铁木尔，比金银珠宝都要宝贵呀！但是，他却听见坐在他前面的两个战士正在这样低声议论着：

　　"什么，人是猴子变成的？天哪，政委是不是在说醉话呀？"

　　"照政委这么说，我和我爹，还有我爷爷都是猴子投生的呗？"

　　"是啊，我们察哈尔人说猴子是最狡猾、最不诚实的东西，可是这个娘儿们，指着我们鼻子说：'你是猴子养的！'我们不能这样挨骂、受欺负，起来，喂，站起来顶她，顶她！"

　　如果说前两个人是出于糊涂，那么后一个人是在进行恶意的挑拨和煽动。铁木尔把两眼忙扫过去，说那话的人是宝鲁。这个家伙日伪时期曾在贡郭尔手下当过警长，满脸横肉，一口铜牙，他和旺丹被称为贡郭尔的哼哈二将，为人极坏，牧民没有不骂他的。他前来参加骑兵中队时，铁木尔就怀疑地想过，他为什么不到他主子——贡郭尔手下去当兵，而跑来参加革命队伍？现在才看出他的来意了。

　　"你们起来问她，起来呀！"

　　宝鲁还在进行煽动。铁木尔想看个究竟，没有作声。

　　那家伙看那两个人劲儿不足，就又向另外几个人交头接耳，进行串通。不一会儿，那家伙的一个伙伴，霍地站立起来，喊了一声"报告"就说：

　　"政委，我想问一句话：我和我爹，还有我爷爷都是猴子投生的吗？"

　　苏荣停住讲话，看了看问话的人，说：

　　"我们人类都是从'类人猿'进化而成的，但这不是什么由猴子投生的问题。"

　　她的话音未落，顿时，宝鲁带领三四个人拉开打仗的架势站了起来，他像疯骆驼似的吼叫道：

　　"你的意思是不是说，连我们蒙古圣祖成吉思汗，也是猴子的后代？"

　　苏荣听出这是一种恶意的挑衅。经验告诉她，凡对群众有影响的人物和事物发表议论，都需要慎重斟酌，今天有人故意想在这一类事情上制造麻烦，就更应加倍注意了。她说：

　　"成吉思汗是个英雄人物，但他也是人类中的一个。"

　　"这是对圣祖的污辱！"

宝鲁领着几个人大吵大嚷起来。

战士们好像预感到要发生什么事情，没有人下令，但全队都站了起来，顿时黄尘四起，一片吵嚷。宝鲁那一伙人，闹得越发凶恶，有的在向苏荣伸拳头，有的骂出许多不堪入耳的话语，显然这是某些人一种有组织有目的的活动了。苏荣在这一片乱阵之前，表现得非常镇静，她在注视着事态的发展。

"去他妈的政委吧，他们跟日本人一样，是来欺负我们的！"

"把她撵走，咱们再也不跟民族叛徒打交道！"

"捆起她来！"

"打倒她——这个猴子养的东西！"

正在这时，忽然又从那群家伙当中传来扳动枪栓的声音……

子弹上膛的声音……

苏荣的镇静的脸……

又是扳枪栓的声音……

又是子弹上膛的声音……

又是苏荣的镇静的脸……

当！——枪响了！

枪是从混乱的人群后边响的。人们几乎同时转过身向后看去，铁木尔像尊铜像似的站在不高的小土堆上。他右手中的枪口，冒着一缕几乎看不见的白烟。他这一枪打得好，就像在刚刚着起的火苗上，倒了一桶水，火灭了，留下的只是几下咝咝的声音。

"不管是谁，马上把上膛的子弹抽出来，谁不这样做，我就打死谁！"

铁木尔的话近乎是说服，也近乎是命令，但是说得十分严肃。顷刻，许多战士都支持起铁木尔，他们像一阵春雷似的高喊：

"铁木尔说得对！把上膛的子弹抽出来！"

那些肆意捣乱的人们，在群众重如奈曼山般的压力下低下头，抽出子弹。

"我们不是没有人管的牲口，是革命战士！为什么对上级，对我们的政委动起枪来？"铁木尔怒吼着。

"她污辱我们的圣祖！"宝鲁还在诡辩着。

铁木尔迈着大步，走到宝鲁跟前，争辩道：

"成吉思汗是你的祖先，难道就不是我们的、苏荣同志的祖先吗？人从猿猴进化来的说法，我也第一次听到，但我相信它，我们都是人，所以也谈不上污辱了哪一个人。"

"对！铁木尔说得像释迦牟尼一样正确！"

一场风波过去了。捣乱者陷于孤立。苏荣观看着这一场风波感到欣慰：在他们骑兵中队中，今后也会像今天一样，觉醒的力量将取得胜利。

"大家坐下吧，请苏荣同志继续给我们讲课。"

等战士们坐定下来以后，苏荣又开始讲课了……

今天中队里，虽然发生了这件不愉快的事情，但是绝大多数战士没有受它影响，吃过晚饭，跟往常一样，有的愉快地摔跤，有的梳理马匹，有的三三五五凑到一块谈论着女人……好像今天什么事情也没有发生过似的。

……

那天夜里，铁木尔来找他的好朋友沙克蒂尔，把他偷偷叫到外面去，很神秘地告诉他说：

"嗨！有人进张家口，你不捎点东西吗？"

"干什么的东西？"

"快娶媳妇了，至少也该把你这顶破礼帽换一换啦！人说，娶亲戴破帽子，倒一辈子霉！"

"别提这事了，我都快急死了！"

"二十多年都憋过来了，这么几天就等不起啦？"

"铁木尔，你是不是故意要笑我？"他突然生气了。

听见沙克蒂尔的声音中有一股怒气，他心里受了莫大委屈。他好心好意地来给他报信，不料落到这般结果，再谈下去恐怕更收不住场，于是他借词说："我还有别的事！"就走了。

沙克蒂尔眼看铁木尔消失在夜幕中，心里很难过："他生气了，可是他为什么要笑我呢？"他一动不动地站在原地，向夜幕发着呆，这时，在他脑海中出现了父亲那森严的面容，由此他想到娶亲的事，忧郁地想："我被逼得走投无路了。"

沙克蒂尔的父亲，起初打算把他自己跟刚盖老寡妇养下的私生女南斯日玛，娶给铁木尔，再通过铁木尔的名义养她们全家。但是铁木尔牙咬得铁硬，硬是不肯答应。唉！他毕竟不是亲生儿女，不能为这事跟他闹红了脸，因此他想出第二个办法：把南斯日玛娶给他二儿子沙克蒂尔。二儿子起初也不干，他一方面要死要活地吓唬他，另一方面鼓动全家老小，轮个劝说他，经过多日外攻里应，他迫不得已答应下来。前天父亲派一个羊倌送信来说：庙上喇嘛已经给选定了娶亲日期，家里也准备妥当了，叫他五天之内回到家去。今天宝鲁他们骚动时，他所以没有像铁木尔那样挺身而出，就是被这件事缠住，没心去理别的事。刚才他跟铁木尔说"我都快急死了"，就指的是这不愉快的婚日一天比一天逼近了。

"谁？口令？"

哨兵的喊声惊醒了他，他无精打采地回答：

"我，沙克蒂尔。"

"噢！原来是你呀！听说你快成孩子的爸爸了，恭喜，恭喜！俗话说得好：牛马成群钱满箱，不如搂着老婆把福享。娶娘儿们，是一件好事，喝喜酒那天，可别忘了咱哪！"

一个穿着一件破皮袍的中年哨兵，走过来给他啰啰唆唆地开起下流的玩笑，他不耐烦地说：

"夜里哨兵不能跟人说话，封住嘴吧！"

说完，走回蒙古包去。

第二天中午，沙克蒂尔在政委的包门前，转了小半晌，总是不好意思进去请假。他从来没跟政委单独谈过话，政委虽然没有什么架子，但是总使他感到有些不得劲。

政委在包里早就看见了他，并且知道他要请假回家结婚——这是官布队长告诉她的。队长的意见是批准他回去结婚，不然他父亲会说咱们军队的坏话。他是一个全旗有名的大"巴彦"，说好话说坏话，在群众里都有影响。遵照队长的意见，苏荣主动地把沙克蒂尔唤进来，准了假。

沙克蒂尔得假后，怕同志们知道他回去娶老婆，耍笑他，所以一直等到晚上大家学军歌时，才偷着走的。

离开军营，他没回家去，转了一个弯，到特古日克村莱波尔玛寡妇家去了。他把马拴在马桩上，走到包跟前，从门缝往里看了一眼，莱波尔玛在灯下，抱着她最小的孩子布日古德轻轻地唱着催眠曲：

别人的孩子爱哭啊，

呜……哎……呜……哎！

我的宝宝爱睡哟，

呜……哎……呜……哎！

月儿出来了，鸟儿不叫了，

呜……哎……呜……哎！

我的宝宝睡着了，

呜……哎……呜……哎！

……

夜风把这年轻寡妇的充满母爱和忧郁的催眠曲声，吹散在黑色的特古日克湖上，村头深静的柳林里……

灯光下，她那眼角上有一滴泪珠闪着光，她比从前消瘦了些，这是年轻母亲操劳过度的证据。但，这在他眼里显得更加美丽、温存了。

"她多么孤单、可怜啊！我怎狠心……"

沙克蒂尔被一股巨大的不可克制的怜悯、同情和痛苦的混合感情统治了。

他踌躇不安地轻轻推门，门从里边闩着呢。

"谁呀！"她放下睡着了的孩子，惊愕地问。

"我。"

"啊！沙克蒂尔！"

他们没见面快一个月了，当她听出他的声音来时，喊着他的名字，跳起来给他开门，她已经完全忘掉了这样大声会吵醒孩子。

他刚把一只脚迈进门限时，就被她双手紧紧地搂住了。她疯狂地在他那被夜风吹冰了的嘴唇上亲了又亲。他只能在她一个亲吻和一个亲吻的那一刹那空间，对她小声说：

"进去吧，别叫人看见。"

可是她好像什么也没有听见，仍然不停地亲他。他几次想挣脱开，都失败了，于是他也紧紧抱住了她……

深蓝色的夜，多么安静啊！

其实，春夜是喧闹的，特古日克湖边的夜鸟一直没有停止过歌唱啊！

"你从哪儿来的这么大力气，把我腰骨都搂痛了。"

她羞涩地倒在他的怀里。

"看你急得连衣纽都没扣上，外边凉，进去吧！"

情人们在一起时，时间过得就像闪电那样快。他们的话是说不完的。但是就在这样幸福的时刻，莱波尔玛的心上，忽然出现了一层阴影：沙克蒂尔的两眼为什么失去了光辉，他的两眼为什么一直躲躲闪闪，不敢正视她一眼？难道出了什么不幸的事吗？她想问他，但不好开口，直到他俩熄了灯躺下时，她才提心吊胆地问他：

"你打进来，脸上就挂着愁气，是在队伍里惹下了祸，还是我说了什么叫你生气的话？沙克蒂尔，我希望你高高兴兴地到我这儿来，我只要看见你有一点不高兴的样子，心就碎了。"

长久的沉默之后，他回答说：

"莱波尔玛，今天我来是告诉你一件事情，你听了千万别哭闹，行不？"

"你们要出去打仗，是吗？沙克蒂尔，你又要离开我！……"

她哭了，哭得那样叫人心痛！那滚热的泪水一滴一滴地落在沙克蒂尔的肘腕上，他那触到泪水的肉体，突然产生一阵不可抑制的轻微的颤抖。"她猜我要出去打仗，就这样哭，要是知道我就要跟别的女人结婚，她更会怎样难过呢？她受过多少苦啊！我能再打她一拳吗？"想到这里，他失去勇气把真情实事告诉给她了。

从蒙古包的门缝射进雪白的月亮，沙克蒂尔看了他的孩子布日古德一眼；月光照在他那胖胖的小脸上，脸有些发白，嘴角上还留着笑丝，大概是在妈妈逗得他发笑后睡着的吧！沙克蒂尔情不自禁地抚摸孩子的柔软的头发，小家伙在梦里，不高兴地噘了噘小红唇，但没醒来。"他的嘴唇长得跟你的一模一样。"莱波尔玛时常这样骄傲地对他说。他至今仍然清晰地记得在那一年秋天的一个晚上，莱波尔玛羞涩地对他说的那一句话："有啦！"从那以后，好像有一条无形的线绳把他俩牢牢结系在一起了。

"告诉我：出去打仗什么时候回来？"她又问道。

他不知怎么回答是好，是暂时哄骗过去，还是照实对她说了呢？他的良心警告着他："你对这样一个女人说一句假话，都有罪！"再说，事到如今，再瞒也瞒不过几天，等她知道你欺骗了她时，她更会怎样伤心，怎样恨你呀！今天晚上，不管她怎样哭闹和难过，非得照实告诉她不可了。

"莱波尔玛！"他的声音流着泪，"我这次来是跟你告别的。我不能骗你，后天……后天我就要跟村南头的南斯日玛结婚了。你别恨我，也别哭闹，这都是我父亲……可是我到啥时候，也不会忘记你……"

说到这里，他的喉咙哽住了，再也说不出话来，只等她那一场无休止的哭闹了。

时间一分钟又一分钟地过去，然而不但没哭没闹，就连一句话都没说。他惊疑地看她，只见她轻轻地闭着两眼，长长的睫毛轻微地颤动着，脸色平平静静，就像从前他们甜蜜的欢度之后，安静地睡去时那样。

"莱波尔玛，这确实是我父亲逼成的，我……"

没等他说完话，她用双手捂住了他的嘴，显然她不想听任何多余的解释。

她那捂在他嘴唇上的那只冰冷的手心，不由得使他打了一个寒战！

"你什么都别说啦，我知道早晚会有这么一天。老天爷不会饶过我这样人的！我明白自己是一个什么样人：我是一个苦命寡妇，有孩子的寡妇，我有罪。可是你呢，年轻，漂亮，家里又有钱……是啊，一个人一种命运，这是老佛爷注定的，你应当娶老婆，养儿育女。你说啥时候也不忘我，这为的啥呢？忘掉我吧！说到小布日古德，你放心，我宁可自己挨冻受饿，也要把他扶养成人；要是你还想他，那你就给他留下一个东西，等他长大，我告诉他："这是你爸爸留给你的。'……"

说到最后一句话时，她再也控制不住内心的痛苦，突然大声哭了起来，就像被拦住的河水决开堤防汹涌而出似的。

"我，什么也没有带来，身边只有一百二十块银大洋，是我从家里拿出来的，你留下用吧！"

他把这一个布袋，放在她身边，又躺下了……

第二天早晨，他醒来，看见莱波尔玛正在穿他的那件油黑的汗衫，他提醒她说：

"哎，你穿错了，那是我的汗衫。"

然而她紧闭着嘴，温柔地一笑，拿过她自己那件汗衫放在他身边，并弯下身去，在他的脸颊上轻轻吻了一下说：

"咱们换着穿吧！不管你走出多么远，不管你往后是不是再来看我，只要我穿着你这件贴身汗衫，闻到你的汗味，我也算幸福了。"

他也穿起她刚刚脱下来的、还保留着她那肉体的温暖的破汗衫。

沙克蒂尔从特古日克村走出不远，在一座小山下，遇见一个女人，那女人把老牛从车上卸下来，放在荒甸上吃草，自己背上捡粪筐，正在捡牛粪。他心不在焉地看了她一眼，用对一般过路陌生人寒暄的那种冷淡态度，问了一声："你好？"就走过去了。显然他没有认出那女人就是斯琴。但是这一举动，却使斯琴更坚定了一种想法："村里的人都不愿意看我一眼，恐怕我把他们的眼光沾脏了。"

粗略看来，斯琴与两个月以前，没有什么变化；但是仔细观察起来，就会发现在她那已经凹陷了的两只眼窝上，黑影越发加深了，两只眼睛变得没有一点神气，就像即将灭熄的灯火一样。

她看见沙克蒂尔，很自然地想起了铁木尔，要是刚才遇见的不是他，而是铁木尔，该叫人多么痛心哪！两个月前，莱波尔玛告诉她说，铁木尔要跟南斯日玛结婚，他们一定早就结了婚，也许日子过得很好；铁木尔也许用从前对待她的那种真诚的爱，爱着南斯日玛！这都是可能的！但是它已经不再引起她的嫉妒，因为她从女厨师笃日玛那里，得到一种启示：人的命运是老佛爷给注定的，不论你怎样挣扎，也是无济于事！

事情的经过是这样的：上次她从莱波尔玛那儿听到铁木尔就要跟南斯日玛结婚的消息，顶着风雪跑回自己蒙古包，她再也没有力量活下去，于是拿出铁木尔留下的那把"合德"刀，正要自刎时，一向对她冷酷的女厨师给她送饭来看见了，哪有见死不救的人哪，女厨师从她手里抢过刀来，问她为什么想寻死？在这一刹那间，笃日玛的冷酷眼光，完全从她记忆中消失，她感到她是世界上最善良的人！她抱着她一边哭，一边把自己怎样被贡郭尔扎冷逼来，贡郭尔扎冷又怎样把她心爱的铁木尔拉去当劳工和铁木尔回来的前前后后发生的事，全部告诉了她；然而不知为什么，一向被人称为"黑心肠"的笃日玛，听完斯琴的话，低下头去，默默地擦着眼泪说：

"原来我俩都是叫贡郭尔糟害得人不像人，鬼不像鬼了。"

"怎么，你？……"

"我本来是商都旗人，从前的丈夫叫巴格登，他是一个厚厚道道的牧人。他一个人给我们村的查干巴彦放三百匹马，他就像女人似的温和，我们从来不顶嘴，不吵架，我们的日子过得挺好。七年前有一天晚上，一个大官带着四个跟差的，到我家来借宿，我就叫他们住下了。那个大官就是这个该死的贡郭尔。他看我长得漂亮，就跟我们旗的官老爷们勾结起来，硬把我抢到他家去，当他小老婆。起初我整天又哭又闹，想偷着跑回去，可是这么大的草地，往哪儿跑啊！一天又一天，过了许多日子，我没指望了，再说他对我也不错，我就安下心跟他过啦。这样整整过了五年多，后来忽然他对我不好了，没过几个月你就来了，从那以后，他连看都不看我一眼。那时，我以为是你使他对我冷淡起来了，两年来，我恨你，恨死你，有一次我想暗地把你害死……斯琴，你别记我仇，我们俩谁也别恨谁，往后，咱们苦命相连，我扶你，你扶我，就这样一天一天地过吧！"

听了她的话，斯琴哭得越发厉害了。她原来是这样好人，这样好心肠的人，被贡郭尔害成什么样了！这种无处申诉的痛苦，使她说出这样话来：

"笃日玛姐！"她第一次这样亲切地称呼她，"我活不下去了，死了倒痛快！"

"傻妹妹，你快别说这话，老佛爷叫我们投生成人，就是为了叫我们活下去。我告诉你一句知心话吧！我有一个喇嘛舅舅，他时常跟我们说：'天底下，人跟人不能一样，有富必有穷，有受苦的必有享福的，你投生以前，老佛爷就把命运早给注定了。这些都在佛经上写着呢！'你哭你闹，一点不中用，依我看，只要咱们一心一意地供佛敬神，下一辈子就不会再投生这样苦命人。这两年，我每天晚上，都给老佛爷诚心诚意地祈祷，我也像佛经上说的那样：不杀生（我已经两年没杀生了），不爱血（我一看见血就扭过身去），修好积德，好好活着，总会有一天，得到老佛爷的恩赐，投生成一个好命运的人。"

斯琴被笃日玛救下来，又听了她这一段知心话，她们之间完全消除了仇恨和怀疑，变得就像亲姐妹一样。她又在笃日玛的影响下，相信人的命运是老天爷注定的，反抗与挣扎全无济于事。因此两个月来，就像一只驯服的小羊，再也不向往什么幸福和快乐了。

一切都是命运注定的，就连今天她遇见沙克蒂尔，而不遇见铁木尔，也是如此。

她捡满了一车干牛粪回来时，看见刘峰在客房前踱来踱去，好像心里正在盘算着什么似的。自从上次事件以后，他再也不敢来惹她；其实现在他要真的来惹她的话，她也许没有过去那样反抗的力量了。

刘峰背着手在窗前走来走去，偶尔脚下碰上一块石头，也借题出气，一脚把它踢出老远；从他脸色上看得出来，他对自己现在处境是很不满意的。当初他被派来草地时，心怀大志，想在这块还没被他那些政敌们发现的大草地上，领兵带将，威震四方，有朝一日将戴上全金的将官肩章，回到呼和浩特去，向他政敌们炫耀自己，并且压倒他们。但是不知为啥，上级多次来电指示他："坚决不许正面活动，以期长期潜伏。"上次他从呼和浩特出来时，上级说，大军不久将会进入锡察草地，为啥直到现在还叫他"长期潜伏"呢？他以自己的敏感，已经嗅到情势有些变化。前些天，他几次请示上级准他正面活动，但回示仍是"长期潜伏"。因此他心情十分不愉快，今天从清早就在窗外转来转去，他怀疑这也许是他的政敌们怕他做出大事业来，在他上级那里捣什么鬼呢。"我好比是苏武，被抓来北国受苦。不，就是苏武也能看见个天日，四处放牧，可我呢？整天憋在这间小房里，就像蹲监狱一样，真他妈的无聊！"他有时又这样想："干脆收起摊子回去吧！"但是在目前情况下，两袖清风，一无所成地回去，势必受到上级责骂，同仁讥笑，那些政敌也会趁热打铁，拆你的台。"我刘峰不是那样尿泡货，就是跌跟头，也得见见血再说。"他想。

他没有像苏荣那样露面活动，但是他已经有了贡郭尔这样忠实的助手。他知道，贡郭尔是一个有本领的人，旗民还顺他，他听说八路政委领导的官布中队，处处排挤贡郭尔，甚至在旗民当中，宣传要"打倒贡郭尔"（这是贡郭尔听来告诉他的），贡郭尔跟他们势不两立；这样一来，他的工作就有了很大方便，他可以不费力地扯住贡郭尔头发，东西摆弄。至于齐木德，在贡郭尔的保安团当"特别顾问"不过是个名义，他是一个可用而不可重用的人。贡郭尔和官布——两个对立的权威，都是齐木德的妹夫，他就像墙头草，随风倒，听说，前几天齐木德以探望官布为借口，多次与官布接头，但还没有什么特别可疑的行动。"齐木德是一个食之无味、弃之可惜的家伙。"想到这里，刘峰掏出怀表一看：十一点四十五分。他赶忙回到屋去。

每天中午十二点是他与上级联系的时间。

"嗒——嗒嗒嗒——嗒——嗒嗒……"

耳机传来有节奏的声音，他记录在纸上，今天密电比任何一次都长，不一会儿，刘峰将它翻译成了文字：

峰：

　　获悉共匪残部千余人，将于本月二十日前后，侵入蒙察南部。国军目前重点围剿晋察冀区共匪嫡系主力，故不及追歼北侵残匪；待南部共匪主力全被歼后，国军当即进军蒙旗，以达彻底消灭共匪之目的。在国军进发蒙旗前，不日将派康保之方达仁部骑兵二百余人，伪装共军，进入蒙旗骚扰，以激起蒙民对共匪普遍怨恨。此刻，兄火速准备，待方部进入蒙旗，当即在蒙民中乘机宣播共匪之恶，号召蒙民愤起抗匪；在共匪与蒙民之间，造成鸿沟，使北进之共匪残部，于蒙旗无立足之地。方部骚扰完毕，撤出蒙旗，然兄仍需坚持潜伏，不得暴露。务操劳协助，丰功在望。

孙

　　这份电文使他脸上骤然焕发起来，好像抽足了大烟的烟鬼一样，露出焦黄的牙齿笑着，哼起一个莫名其妙的曲调来。他把电文看了一遍又一遍，它替他解开了许久以来的谜；孙将军叫他长期潜伏，原来不是他的政敌们在捣鬼，这是孙将军的统一战斗部署。"丰功在望。孙。"这几个字像一丛花般吸住了他的两眼，眯起眼来，他洋洋得意地重复着这几个字。他想："这回关云长拿大刀，看老爷的本事吧！今天是十五号，还有四五天的空儿，今天晚上先把贡郭尔从军营找回来，给他交代清楚，叫他在旗民当中，把方达仁的骑兵说成是八路军，最好做到家喻户晓……孙将军不愧是一位老手，策谋高妙，实在值得钦佩！"

　　贡郭尔扎冷接到刘峰的信后，立即赶来；当他那匹骑马的缺了两个小钉的铁掌，踏上特古日克村的大地时，天已子夜时分了。

　　旺丹从贡郭尔保安团请假连夜赶来参加他弟弟的婚礼。回到家来，天还没发亮，他悄悄走进自己包里。包门一响，卡洛醒来了……

　　"沙克蒂尔不是娶亲吗？家里怎么连点动静都没有？"他一面脱着皮靴一面问道。

　　"谁知道爸爸打什么算盘哪，他说：'在这年月办喜事不同往常，只要两家老人愿意，把媳妇一接过来就算结了婚，眼下不是大吃大喝、闹排场的时候。'他

127

一不让请吹奏手、歌手，二不让多请亲戚朋友，就好像把人家闺女偷来，不叫外人知道似的。他也不想想，别人听说堂堂大名的全旗最大巴彦瓦其尔，给儿子娶亲连个歌手都不请，他们怎么笑话咱们哪！人哪，越老越糊涂！"

旺丹听老婆这么一说，就猜透了爸爸那点主意。附近上年岁的人们都知道南斯日玛是他的私生女，把自己私生女娶给儿子，这不是什么光彩的事，别人一知道风言流语少不了，倒不如干脆把人先娶过来，等"木已成舟"时，有多少风言流语也不在乎了。再说旺丹娶亲时，大闹了一场，整整花了三群牲口，婚事一过，爸爸说过很多次这样话："娶个儿媳妇费了三群牲口，这还了得！"

真的，三群牲口可不算少啊！即使一个赤贫牧民得到它，也能摇身一变，成一个像样的巴彦呢！

如果南斯日玛的妈妈得了三群牲口的彩礼，成了巴彦户，爸爸又怎能把她接到家来住呢？所以爸爸以"年月不好，不能闹排场"为借口，一举两得：既省了钱，又把她母女一同"娶"过来。

当然对爸爸这些弯弯道，卡洛是不知道的，她还叨叨咕咕地说："就连穷光蛋娶媳妇也请几十个人，可是爸爸只准请一个'胡达[1]'和一个'胡达该[2]'，真怪！"

"二弟什么时候回来的？"

"更不用提他，他比爸爸还古怪。昨天从他们队伍上回来，穿着一身发臭的袍子，爸爸叫我给他送去一套新袍、新靴、新腰带和新汗衫，别的都换新的了，只把一件贴身破汗衫不肯脱下来。咱怎劝也不顶事，后来爸爸知道就骂他说，娶亲穿又破又脏的东西不吉利。可是他还是不脱下来，没办法，我只好帮他把新袍穿上了，可就在那时候，我把他那件宝贝贴身汗衫仔细一看，哈，原来是女人的！这块儿（她指着自己乳房上下）还挂着奶嘎巴呢！我故意问他：'这汗衫是谁给你做的？'他瞪了我一眼，绷着脸说：'大甸子上捡的。'我听了这话，差点笑出来。他吹胡瞪眼，我哪能吃他的亏，就说：'不管是捡的，还是人家给你做的，反正原先是女人穿的。'一揭底，他炸了，把我推出门来，把门闩上了。我心里想没说出来，那一定是小寡妇莱波尔玛的，所以他才舍不得脱下来。人，可真有意思！照这样他能跟南斯日玛过好了吗？"

---

[1] 蒙语：男主婚人。
[2] 蒙语：女主婚人。

"管他过好过不好，爸爸算是心满意足了。"他接着问，"二弟回来说没说他们队伍里的事情？"

"没说什么。看他那样子，好像心里有点事，依我猜，也许恋着莱波尔玛，不想当兵。可是爸爸说：'我有两个儿子，一面放他一个，日后不管哪个坐天下，我也能保住自己的牲口。'他不想干，爸爸也不能答应。"

"这你可猜错了，爸爸叫他回来他也不会回来，二弟的脑瓜叫共产党给灌迷糊了。听人说，二弟在他们队伍里最能喊革命啦、平等啦、解放啦……贡郭尔告诉我说，二弟还喊叫要打倒贡郭尔呢！我真想劝劝他。"他忽然想起什么似的，小声地说，"哎，你到门外，把马褥给我拿来。"

等她拿来马褥时，他从里边掏出一包很重的东西，说：

"我给你带来的好东西，你千万别漏出风声去，贡郭尔口头上喊的是保护老百姓，可是时常领上我们在夜里蒙上脸去抢人，这是我分到的，能值五匹马呢！——你看，一副多么贵重的头饰啊！"

她看见这副镶银镀金、琳琅珠宝的头饰，高兴得几乎不相信自己的眼睛。她伸手去摸它，正这时从包外传来父亲的咳嗽声，也许他看见旺丹的马，知道他回来了。

"旺丹回来了吗？"

"是，爸爸，我刚进来的。"

"娶亲人马寅时出行，铁木尔也刚赶到，你们俩跟他们去吧！"

太阳刚冒红，陪新郎去娶亲的人们，一个个无精打采地坐在马鞍上，朝特古日克村走来。

在道上，沙克蒂尔担忧地想："进村出村的时候，千万别碰见莱波尔玛呀！"

这一队像败兵一样没有生气的娶亲人马，从他们进村来，直到走出村去，不但没引起村里任何人的注意，就连最爱管闲事的狗，也没发觉他们。

然而只有一个人，一直站在村头沙坨上，泪水盈盈地把他们目送到被远山吞没时为止。这个人是斯琴。她照例出来捡干牛粪。她从那群人马中，认出骑黄马的那个人是铁木尔。这时前些天莱波尔玛告诉她的一句话，又在她耳边响了起来："铁木尔要娶村南头的南斯日玛了！"

她已经没有心再捡粪了，赶上牛车，走回村去。

"他真的把南斯日玛娶走啦？——刚才你自己亲眼看见的还有错吗！"在道

上，她这样自问自答着。

她那曾经一度反常的平静心海，又被一阵狂风暴雨翻腾起来了！她从来没有恨过铁木尔，但是今天她恨了，恨得那么突然，那么深！她做过对不起他的事情，但是她想他一定同情她，决不会因此而抛弃她，在她心目中，他是最诚实的人。然而今天，她亲眼看见他娶走了南斯日玛！那队娶亲人马的影子，深深地印在她的心上。从此，她与他没有一点关联了。他变成了一个外村人。铁木尔，好狠心哪！……他刚回来时，在柳林里碰见她，她说了一些违背自己心愿的话，那能怪她吗？她那样做，正是为了他，不忍叫他看见自己那种悲惨的样子，才狠着心说了的……现在她后悔不该说那些话了。"……我是为了你才回来的！"他的声音又在耳旁响了起来。从这句话看来，可恨的不是他，是她自己。你自己做了对不起人家的事情，人家不恨你，还来见你；可是你又说了那些叫人心痛的话，人家怎还敢想你，等你呢？……

她赶着牛车走在特古日克湖岸上，湖上一片春天景色：冰，开化了，在深蓝色的湖心，漂浮着几块冰块，在那上边落着几只水鸟，不时咕嘎叫唤着。湖边的枯草，在春风下，翻着浪，草浪一闪一闪地就像肥绵羊的脊背。忽然从草丛中，站起一个女人来，她看出是莱波尔玛，她在那里汲水；湖水有碱性，本村妇女用它洗衣服。

莱波尔玛还是那么壮实、美丽，肩担两桶水，就像担两根羽毛似的，迈着敏捷的步子，走近她来，说道：

"这么多日子没见面，你的身体好吗？"

斯琴看见她，又想起她从前跟她说的话和刚才看见的那队娶亲的人马，心里一凉，没答出话来，只无意地呆呆地用手顺理那头拉车的老牛背上的红毛。

"你的脸色可真不好，又闹病了吗？"

突然斯琴泪水盈满了眼眶，抱住莱波尔玛哭了起来。

"你怎么啦？又谁欺负你啦？"

"谁也没欺负我……"她哭着答道。

"斯琴，看你苦成什么样子啦，快别哭啦！走，到我家坐坐，把你的苦处跟我说说。"

"不，我哪儿也不去，莱波尔玛姐！"

"那么你到底怎啦？快告诉你大姐！"

她这才一边哭着一边吞吞吐吐地说：

"他……把她娶走了！"

"谁把谁娶走了？"莱波尔玛的声音也有些发颤了。

"他把南斯日玛……娶走了。这是我刚才亲眼看见的！莱波尔玛姐，如今，我什么都完啦！……"

说完，她又大哭起来。

莱波尔玛听了她的话，突然也哭了起来，哭得比斯琴还厉害，以至于斯琴都不得不停止哭泣，用泪糊的眼睛，惊愕地看她。她的脸色苍白，眼角和嘴角的皱纹，一齐深陷下去，顿时，她变得苍老了！她把脸上的眼泪都没擦一下，走过去担起水桶就走了。但是她那敏捷的脚步，已经变成如同醉汉一样一走三晃的步伐了。斯琴忽然担心起来："她不会被春风吹倒吧！"她没有被风吹倒，走出不远，不知为什么又放下了水桶，这时斯琴忙跑过去，安慰她说：

"莱波尔玛姐，你突然怎么啦？走路摇摇晃晃的，就像一根草似的！来，把扁担给我，我替你把水担回去吧！"

可是莱波尔玛一手将她轻轻推开，把两桶水统统倒在地上，只说了一句："好妹妹，现在我心里就像着了火，你别跟我说话了，回去吧！"担上空水桶就走了。

……

卷　二

一

草原上起火了！古老的察哈尔大地发黑了！

熊熊的大火吞没了好几个村落，借着风力，又从西方烧了过来。浓黑的烟柱冲到草原的上空，弥漫开来，天空失去了本色，太阳变得昏昏暗暗。这时，惊慌的牧民们把子女妻老安置在一起，骑上马，不约而同地集合到一块，有些人不知从哪儿听说，放火的人是"八路"，经他们这么一传播，人群里，马上有人愤怒地喊骂起来了：

"打死杀人放火的八路！"

"这是民族存亡关头，咱们团结一心，打倒八路！"

"八路是蒙古人的死对头！"

人们一群又一群，络绎不断地向这里集聚而来，其中有牧民、巴彦、喇嘛和旧官员们。附近几个山头、沙梁上全站满了人，黑压压一片，从他们周围传来他们妻子儿女们的哭叫声！

正在这样混乱的时候，从东边驰马跑来一个略微发胖的老年人，在他马前马后，有七八个卫护的人。看来他像一个官员，但他身穿民服，头戴民帽，又像一个富足的牧主。他没等走近人群，就猛力勒住了马，他的卫护人员也都前后不一地停下来。他用痛苦的眼光，良久地环视那些面临大灾大难而束手无策的牧民们，那些像流浪人似的妇女和孩童们。他的外表虽然很镇静，然而声音却在发颤：

"我对不起我的旗民……"他惭愧地自言自语说。

火，越烧越近了，嗅觉敏感的人，已经闻到了枯草烧焦的味。人们越发慌乱起来，有的人骑着嘶叫着的马，跑过去将妻子一把拉上马背，抱在怀里，盲目地跑到别处去逃难；有的妇女把孩子交给丈夫抱在马上，自己跟在马后，东西乱跑着。混乱、哭吼，人们就像一群在暴风雪中散了群的羊！

这时，有一个做卫护的青年，走到那位发胖的老人身边，小声地提醒他说：

"火，快烧到这儿来了，安奔大人，您站在这儿太危险了，我们快些离开这地方吧！"

这位被贡郭尔篡夺职权的达木汀安奔，听了青年的劝言，反而气怒地说：

"你是叫我眼看我的旗民被大火烧死，叫八路杀死的时候，回到家关着门，用麻纸抄写旧书吗？不，那样日子，我过厌了！我对不住自己的旗民！老佛爷赐给我恩惠，叫我当一旗的安奔，可是我把旗民交给了那个狗心肠的贡郭尔，你们看，他叫旗民过的是什么样日子啊！我站在老佛爷脚下，感到有罪！我不能再离开旗民，谁忠实于我，谁就跟我来，走，到旗民那儿去！"

他的马飞也似的向前跑去，旗民认出是达木汀安奔，嚷道：

"安奔大人来了！安奔大人来了！"

驯良的旗民们，即使在这样水火关头，也都按照古老的习惯，跳下马来，向安奔问安。有一个领着小孙女的老汉向安奔呼救说：

"安奔大人！大火就要烧光您的旗土，八路就要来杀光您的旗民，您快想些办法吧！"

民众也拥上来，祈求说：

"您给我们指出一条活路吧，救救我们吧！"

达木汀安奔，在马上躬身还礼，随后他两脚笔直地站在马镫上，向旗民说：

"同胞们！佛经说，水火不害善良的人，我们是老佛爷的羊群，没作过恶，没犯过罪，老佛爷一定能救我们。兄弟们，大伙别慌乱，圣祖成吉思汗说过，团结就能战胜敌人！眼下大火就要烧过来了，我们先把女人、小孩和年长们，送到沙梁上去，荒火烧不上那里；大伙再一齐动手，开一条火道，叫大火烧到这儿灭了，大家动手吧！"

混乱的人群，马蹄扬起了滚滚的黄尘……

大家把老人、女人和小孩送到沙梁上走回来一看，熊熊的荒火没烧到这里就熄灭了，原来它被前边那块水泥草地给拦住了，吞没了。牧民们都赞同地说，安奔说得对，我们是老佛爷的羊群，没作过恶，没犯过罪，老佛爷一定能救我们；我们得救了。

正这时，突然从西南方，出现了一队打着旗号的马队。

"这是谁的马队？"

"是贡郭尔扎冷的马队。"

"不，大概是八路！"

人们正在纷纷猜测的当儿，当！——马队开枪了。顿时，人们又哄乱成一团，刚刚被送到沙梁上躲火的妇女、孩童和老人，像受惊的鸟群一样，黑压压一片向亲人这里跑了过来；这些骑在马上的男人们，也迎过去保护自己的家老儿女。达木汀安奔嘴里一味叨咕着："这成了什么世界！"也在人群中不知所措地走来走去。这时高喊杀声，直冲而来的马队，已逼近了他们，不一会儿，把他们包围起来了。马队的一脸杀气的士兵们，用皮鞭抽打着那些骚动的牧民们，等他们把牧民们的骚动镇压下来时，从马队当中，闯出一个骑着白马，高傲蛮横的家伙，看来他是马队的长官。他右手食指勾着手枪枪机，向众人喊道：

"老鞑子们听着，我们是八路军，这次受朱德总司令命令，进到草地来，是为了跟你们这些牲口报还血仇！你们蒙古人，从前帮助日本人，杀了我们无数同志，这笔血债一定要算清！你们这些牲口，信什么神哪、佛呀！我们八路军不信那些玩意儿，我们只知道杀人，杀死我们的仇人，你们谁信佛？快把佛爷交出来，谁身上戴着佛爷不交出，等我们翻出来就当场枪毙。"他转过身去，对部下们说，"这些老鞑子，也许没听见过枪声，不知道枪是杀人的玩意儿，好，给他们做做试验，你们随便挑一个人一枪打死，给他们看看。"

一个士兵向一个骑马的老牧人瞄准了，枪响了，妇女、小孩一齐喊叫起来，然而无能的士兵没打中那个老牧人，只把他骑的那匹马射死了。长官生了气，骂了他几句，又回过头来，向牧民们说：

"就算这个老东西走运，没打死他，可是你们看看，他的马已经死了，你们快些把佛爷交出来，不然也要尝枪子了。"他停了一停，看人们没有动静，生气了，"同志们，动手搜查！"

部下刚要动手搜查，他忽然又下令叫他们停止下来。原来有一个怕死的牧民交出自己戴在胸前的护身佛来了。部下走过去拿来，交给长官，他把手枪往腰间一别，刷地抽出雪亮的战刀，戳穿那张小佛像，耀武扬威地高高举起。那些虔诚信仰佛教的牧民和喇嘛们，不忍入目，低下头去。那长官确信自己已经镇压住了他们，他又喊道：

"还有，你们里边谁当过蒙疆的兵，站到前边来。"

不用说，牧民们已经猜到将要发生什么事情，当过兵的青年人，都胆战心惊地悄悄躲在人群当中，谁也不敢走出来。

"第一连去把那些年轻人都拉出来，第二连作射击准备！"那长官下了命令。

妇女和老人把自己的青年亲人围得紧紧的，不让他们拉走青年，于是牧民跟士兵的搏斗开始了。

"同胞们，我们宁死也不能叫他们把青年人拉出去，你们看看他们的枪口吧，他们没有安好心！"

说这话的是一个穿紫袍子的老人，他是明安旗最有名望的老喇嘛大夫，叫巴拉珠尔，他的话在牧民当中非常有影响。众人听了他的话，立刻手拉着手，把青年围在里边，不叫士兵们冲进去。

搏斗越来越激烈了，许多老人和妇女都受了伤，孩童们倒在地上，有的被马踩伤，有的被踩死了！……

正在混乱之际，从远处传来当当几声枪响，这"八路"马队的长官，拿起望远镜往枪响的方向看了一看，故意装作慌乱紧张的样子向部下狗叫似的喊道：

"蒙古保安团来了，大家快点起火把来，把这些老蒙古的财物全部烧毁之后，向东北退走！"

几十支早已准备好的火把，顿时点燃起来。他们就像一群鬼似的尖叫着把火把投到牧民随身带来的物品上，还有几个家伙，一齐跑过来，把火把同时扔到巴拉珠尔老喇嘛大夫身上，以此报复刚才他领头反抗。巴拉珠尔老人的衣服着了，他扑也扑不灭，火烧焦了他的胡须，烧伤了他的脸。牧民们赶忙跑来帮他扑灭身上的火，但老大夫被熏得头发昏，只喊了一句："你们这些贼八路，老天不会饶你们！"就倒下去了……

过了一会儿，贡郭尔带领着保安团赶来了，看来他十分疲倦，脸上挂满了灰尘，走到众人面前，跳下马来，把马缰扔给宝音吐，自己走过来，向大家亲切地同情地问候道：

"乡亲们，你们吃苦了，受惊了！"

"扎冷大人，您好！您为我们受累了！"有几个老人回答说，"多亏您赶来得早，不然我们都叫他们杀死了！贼八路刚逃走，你快去追他们吧！"

"同胞们，我们明安旗保安团，把这些八路，已经追打两天两夜了，他们到处杀人放火，奸淫抢夺，无恶不作，这些不用我多说，乡亲们今天亲眼看见，亲身经历了。我们完全明白八路是什么脸的狼装成人的。现在蒙古人，尤其蒙古青年，只有拿起枪来，跟他们拼，才能对得住咱们父老姐妹们，才能保住我们祖先留给我们的这块察哈尔草原。前两个月，我招兵的时候，有的人说：'我们再也不想当兵啦，把枪早就扔进白音布力格泉水里了。'有的人又骂我是闲不住的猫头鹰。乡亲们，现在你们已经看得清清楚楚，到底谁对，谁不对了。我不怪罪那些眼光短小的牧民，过去的事就算过去吧；但是今天我要告诉你们：在八路贼这样糟害咱们蒙古的时候，谁再不扛起枪来，他就是贪生怕死的牲口，也不配做一个光荣的成吉思汗后代！同胞们，你们的扎冷，看见你们遭受这么大的灾难，心里万分难过！你们可以骂你们的扎冷是无能的土鼠，老佛爷不会怪罪的。我很对不住你们！"

贡郭尔好像十分激动而惭愧似的低下头去，群众中鸦雀无声，显然都被扎冷的话，把心给打软了。贡郭尔暗暗自喜，但脸上还装出惭愧自疚的样子，慢慢抬起头来，向众人关切地环视了一下，与其说他是对众人关切，不如说他是在观察众人的反应。他看见：青年人惭愧得抬不起头来；老年人感动得从干涸的眼窝流出了泪水；妇女都用感激的眼光注视着他；那些披着袈裟的喇嘛们，默默地为他祈祷着……"这才是我打的真正胜仗。"他正这样想的当儿，忽然在一群老年人当中，出现了一个为他所熟悉的面孔，再定神一看，果然是达木汀安奔。他很奇怪，这位隐居了数年的安奔，怎会在这样混乱、危险的时刻，站在人民当中？他向安奔走了过去，在人民面前，他装出一副对安奔十分尊敬的样子，走到安奔跟前，好像对他的处境甚表同情似的，向他问了安；然而安奔的态度是很冷淡的，他看不惯贡郭尔那副救世主的样子，尤其贡郭尔对他表示的虚伪同情，那简直就是对他的侮辱！

贡郭尔隐约地意识到安奔的不大友好的反应，但是他没有转身退走，既然走了过来，总得跟他说几句话，何况一群牧民都在看着他呢！他把声音压得又低又小——以此表示对安奔的深切同情：

"安奔！您怎么也在这里？这儿太危险了，您没有叫八路发现，真是多亏老佛爷保佑！现在您快上马吧，我把您护送回去。"

"我不回去，跟人民在一道，我不知道什么叫危险。扎冷！我们在这儿见面，我挺高兴，你带领队伍，东征西战，为民除害，你比我强，比我有本事。可是，有一件事我不明白，你刚才亲眼看见杀人放火的八路大摇大摆地逃走，为什么不赶紧去追他们，而把队伍停在这儿，说那么多废话呢？你比比画画说大话的时候，豺狼早就跑到旁的地方糟害牧民去了。你要是给自己蒙古牧民，真正做了好事，牧民会把你编成歌来唱，可是你，连豺狼一根毛都没打住，就到处说大话，这不大好。扎冷！你快上马，追那些该死的八路去吧！"

达木汀安奔的话，正刺中贡郭尔的痛处，贡郭尔心里在骂："你这条老蛇，我恨不得一刀把你砍成两段！"嘴上却委婉地说：

"安奔！刚才我说那些话，只是叫咱们旗民都知道，保卫自己民族，人人有责，并没有别的意思。您说得对，我马上就去追那些贼八路，再见，安奔！"

他拉过马，一纵身上了马，像一个古代出征的王子一样，把右手一举，向民众喊道：

"八路把灾难带到草原上来了，每个蒙古人都要牢牢记住：八路贼就是蒙古的死对头，为了蒙古，我们出征消灭那些恶魔。再见吧，同胞们！"

威武的马队出动了，老人们在马蹄扬起的黄尘中，把双手合在胸前，为贡郭尔的旗开得胜而祈祷着，祈祷着。

忽然从人群中闯出一个青年，箭也似的跑过去拉住了扎冷的马，半跪在他的马前，哀求道：

"扎冷大人！从前，我贪生怕死，不配做一个真正的蒙古人，真丢脸！今天我一定跟您去当兵，追那些八路，打死那些八路！我求您，让我跟您去吧！"

接着许许多多青年，一齐拥了上来，七嘴八舌地哄嚷起来：

"我也当兵，为了百姓，死也心愿！"

"扎冷大人，也让我跟您去吧！"

"干脆咱们青年人谁也别落下，一同跟扎冷走吧！"

"对，快上马，走啊！"

容易激奋的十几个青年，全身沸腾着热血，一同跨上马背，连跟自己家人都没告辞就走了。在激奋的刹那间,把一切都忘掉了。然而这种幼稚的冲动不能持久的,当他们的马跑出一段路之后,习惯地放慢步伐时,他们那沸腾的热血也慢慢平息下来,不由得回头向家人观望;家人们仍然站在原地向他们摆着头巾,顿时,他们完全被留恋家人的感情占据了!在群马踏在草地上发出的噗嗒噗嗒声中,夹杂着青年们微弱的叹息声……

说起来贡郭尔扎冷的战略十分奇怪,他们连日不辞辛苦,风尘仆仆地"追打"着"八路"军,然而就像二毛星永远撵不上大毛星那样,他永远追不上"八路"军。每当"八路"军把一个村落烧杀抢夺快要结束时,他才赶到;赶到后,不立刻乘机追击敌人,消灭敌人,却总是在人民面前装出一副十分慷慨激昂的样子,再把在别的村落讲过的话,不厌其烦地重复一遍;这样一来既笼络住了民心,又激起了许多无知青年的盲目"民族热",当了他的兵。

就这样,"八路"军在前边放肆大胆地糟害人民,贡郭尔扎冷在后边大摇大摆地"追击"敌人;贡郭尔到处高喊"八路军是蒙古的死敌","八路"军也到处说,贡郭尔的蒙古骑兵是他们的敌人,他们害怕贡郭尔的骑兵,而官布中队是他们自己人,所以官布中队不追击他们,他们也不跟官布中队发生冲突……

贡郭尔扎冷的名声,在草原上传诵开来了。牧民们敬佩地、骄傲地称他为"真正为蒙古民族奋斗的人",一天内,保安团的人数骤然增加到二百多人,其中有二十几个人是脱离官布中队前来参加的。牧民们都在骂官布中队是"一群没有用处的田野鼠",他们没有像贡郭尔扎冷这样不辞劳苦地勇敢追击牧民的死敌——"八路"军。有的老牧民到官布中队去,硬扯着自己儿子的耳朵,送到贡郭尔保安团当兵,牧民们说得好:"既然养了狗,就叫咬夜贼,为啥叫儿子去当见贼不打的兵呢?"许多事变前的旧礼节开始恢复起来,牧民们见了贡郭尔扎冷,又得下马半跪着请安了。那些整天坐在弥漫着干牛粪烟的蒙古包里快瞎了眼的老人们,敬慕地说:"还是我们的扎冷!"……

夜,苍茫的夜。

草原在不安的气氛中,疲倦地睡着了。

夜风在村头柳林中喧闹起来,几只猫头鹰站在干枯的、但即将发芽的树枝上怪声怪气地嗥叫;这声音惊醒了睡在潮湿的地毡上的老太太们,她们恐畏地把双手合掌在胸前,自言自语:"多么不吉祥的声音哪!"

　　不一会儿猫头鹰停止了鸣叫，原来是一阵马蹄声惊动了它们；但是在这样兵荒马乱的年月，夜里传来的马蹄声，并不比猫头鹰的鸣叫要吉祥啊！

　　贡郭尔的客厅的灯亮了。

　　当刘峰跟那位大闹草原的"英雄"，假八路的团长方达仁秘密会见时，除方团长的一个贴身保镖之外，没有任何人；这完全合乎他们事前向贡郭尔提出的"在绝对秘密方式下会见"的要求。

　　"刘先生在这样穷乡僻壤坚持党国事业的精神，使兄弟十分敬佩！今天我能与刘先生见面，感到万分荣幸！"

　　方达仁对刘峰表现出十分谦虚的态度，竭力想在初次见面时，给刘峰留下一个好印象；这并不是出于像他自己说的那样对刘峰有什么"敬佩"，而是为了在他完成任务后，能够叫刘峰用电报向上级呈报一下他的功绩，因为这是关系着他的整个前途呢！

　　刘峰在看见方达仁之前，以为他是一个暴野、没有礼貌的军人，没想到他这样彬彬有礼，听了他的话，刘峰心中很高兴，但故作矜持，不把它表露出来。为了回答他的客气，他说：

　　"你太客气啦，这些天你真够辛苦了，相比之下，我实在心里有愧，来到这地方这么多日子，没闹出什么成绩，可是你出来不过几天，旗开得胜，成就显著。站客难招待，快脱下大衣，请坐吧！"

　　他给方达仁拉过一把凳子，自己坐在床上。方达仁脱下皮大衣，得意地坐下来，又接过刘峰递给他的一支烟，说道：

　　"刘先生过言夸奖了。要说部下这次出来有点成绩，那也全靠上司布置有方，和刘先生从各方面帮助之下才获得的，至于部下的努力那是微不足道的。"

　　方达仁所说的"部下"二字，是他故意谦虚，而不能说明他俩的真正身份关系。

　　在锡察地区，国民党有一个情报小组，下设三个分站，刘峰这儿是第一分站，他们的小组长杨清河以国民党特派员的名义住在保康，方达仁的马队就直辖在他的手下。这次方达仁侵入草地，除伪装八路，挑拨骚扰之外，还负有另一个任务：他代表杨清河给各情报分站布置新任务。刘峰虽然属于杨清河情报小组，但他有直接跟呼和浩特联系的特殊权力，因此方达仁之流，都不在他眼里，他知道方达仁比他不会知道更多、更秘密的情报，但是对这次会面他还是很感兴趣的。

"你能告诉我一些新闻吗？"刘峰问道。

"我只能把杨特派员的指示转告给你……"

刚说到这，忽然从外边传来马蹄声，方达仁马上停止谈话，右手握起手枪把，可是刘峰非常镇静地说：

"你放心吧！这儿从来是绝对安全的。"

一个士兵进来报告说，外面有两匹老百姓的马，跑来跟他们的马抢草吃，没有其他情况。方达仁又继续说：

"杨特派员说：蒋委员长已经得到美国的同意，否认'停战协定'，现在已经调动国军一百多万人，向共军区全面推进；尤其在东北，国军极占优势，直到目前，往东北调送的国军就有七个军以上。现在的局势是这样：国军方面全面备战，局部进攻，步步扩大，再转为全国内战；共军方面没有力量抵抗，步步退让，把'停战协定'当成救生圈，死抱住不放。他们为了保存实力，主力正往北移，其实这都无济于事，全国大内战就要开始了。"

"那么杨特派员说没说，在这种局势下，我应当怎样活动呢？"

"当然提到这一点。根据可靠情报：共军为了加强东北的力量，他们最近要调两个军去东北，其中有一个师路经草地，开往热河，随后就有一股蒙古八路从张家口侵入锡察草地，他们可能在这地方扎营安寨，把这地方变成他们的所谓'根据地'。"他用右手食指轻轻弹掉烟灰，吸了口烟，又说，"可是战争的胜败，不在那几个蒙古八路，是看我们能不能消灭共军主力部队；如果我们在张家口以南，把共军主力全部歼灭，再把张家口攻下来，那么侵入锡察草地的那几个蒙古八路就成劲风秋叶，一扫即光。在这样一个总部署下，目前我们绝不能分散兵力，所以主动放那些蒙古八路进草地来暂时活几天。杨特派员特别强调说：在这个时期，各情报分站，必须采取一切方法保持绝对隐蔽，因为情报站在配合军队作战方面有特殊效用。他要求你们，要做到随时随地把蒙古八路的各种情报，报告给上司；尤其在国军打下张家口，进攻草地时，你们的责任就更为重大，一份重要情报，能顶一个师甚至一个军的兵力呢。他还说：过去一时期，在锡察地区的同仁中间，你的成绩最为显著，工作方法也很灵活机动，他已经把你上报请求传令嘉奖了。以上这些就是他叫我转告给你的话。我可实在羡慕你们这行，比起我们来你们立功树勋的机会太多了。"

屋里充满了烟雾和煤油的臭味，灯罩上已经挂满了烟黑。夜已深了，他们还在兴致勃勃地交谈着。刘峰那张干瘦的脸上，露出不可抑制的满意的笑丝，这笑丝把他那枯黄的脸皮，变得有生气了。他站起来，给方达仁倒了一碗奶茶，似乎希望他润润嗓子，再告诉他一些什么；可是方达仁接过碗，喝了两口茶，就掏出手绢慢条斯理地擦起光秃脑袋和粗红脖子上的汗来，刘峰看出他没有再说话的意思，就开了口：

"我十分感谢你把杨特派员的重要指示转告给我，请你回去告诉他：我一定遵照他的指示活动。我一直就在坚持着隐蔽方式，在这里除了贡郭尔，没有一个人知道我是干什么的。贡郭尔已经完全被我掌握住了，他的保安团是我们可靠的力量。当然里边还有一个人比较麻烦，这个人叫齐木德，他是一个旧官僚，在蒙古牧民里，还有相当名声，所以不管多麻烦，我们也没有把他踢出去。这个人极不可靠，口口声声说什么要'复兴蒙古''蒙古人自己当家'等等，幻想太多。这次经过你们的活动，可能把他对八路的幻想打破了，我可以乘这机会，把他再抓一抓，他也许能变成一个对我们有用的人，笼络住这样一个人，对我们有益处。等蒙古八路侵入此地，必要时，我要把贡郭尔安插到他们里边去，等国军北上的时候，来它一个里应外合，不战而胜。这就是我的打算。"

"那么刘先生，对我这一团在此地的活动，有没有什么指教呢？"

他问这句话，是为了探一下刘峰对他这次执行任务的情况是不是满意，由此想推测他能不能向上司为他说几句好话，但是不知道为什么，刘峰却故意把话题岔开，所答非所问地说：

"老兄，不必客气！哪儿谈得上什么'指教'呢？我倒很想知道一下你的下一步棋是怎摆的，要有什么需要我帮忙的地方，我愿意尽力而为。"

老奸巨猾的方达仁，早就识破了他的花招，自鸣得意地想："他原来是一条不先吃食不上钩的鱼啊！"于是转过身去向自己贴身保镖说道：

"把我那个白布包拿来。"

保镖出外把白布包拿来，放在他的面前，他从容地用双手拿起这包来，凑近刘峰身旁，说：

"这里头包着两条香烟，五百块银大洋，还有一架德国望远镜，一个瑞士指南针，一支连发手枪和五十粒子弹；钱，你留下手头上用吧，其他物品，都与你业务有关。这些东西是我从家里给你特意带来的，一点小意思，留下吧！"

刘峰一听就知道，他说的是谎话。这些东西不是他从家带来的，只不过是他这次出来所获得的"战利品"的千万分之一的东西而已。"这明明是先下手的狗吃饱了肉，分几根骨头给后来的狗啃哪！岂有此理！"想到这里，他脸上出现一层不愉快的影子；但是不管怎样，也不能叫人下不来台呀！不看钱财，还不看人情吗？！他在方达仁还没有发觉他不愉快的神色之前，就勉强挤出笑容来，无意地用双手摸了摸那包礼物；这么一摸不要紧，双手却像一块铁被吸铁石吸住了似的就离不开它。这时，他仿佛听见五百块银圆同时发出铿锵悦耳的声响，仿佛看见那些手枪、子弹、望远镜和指南针在同时闪闪发光……他脸上那不愉快的影子渐渐消退下去，一股强烈的金钱和物质的引诱统治了他。他忽然发觉自己触在小包上的五个手指不知从什么时候开始那样可怕地颤抖着，他忙瞟了方达仁一眼，对方似乎还没有发觉它，这他才松口气，缩回手来。"他为什么要给我送礼呢？当然是为了叫我往上司动动手指头，'说'两口好话罢了。"他心中自问自答着。

"依我看，你团在这地方不能逗留过久，"他对方达仁说，"最好尽快离开此地。目前八路掌握的官布中队被你的信骗得蒙头转向，还摸不清你们底细，不知道是真八路，还是假八路，他们怕打了自己人，现在还不敢跟你们迎战；但是你们装扮得再好，早晚也会被识破，还不如在他们没向你们开火之前，就溜走。这样就更给这些笨牛似的老蒙古们造成一个错觉：八路杀人放火，贡郭尔为民赴汤蹈火；而官布正像他们平时爱说的那样，是一个'民族叛徒'。"

"刘先生这话不错，我争取在两天之内，把这旗东部几个部落扫它一遍，大后天 清早就退出此地。但是为了防备万一起见，我想向刘先生提出一个要求：要是在我们离开此地之前，官布看穿了真相，追击或者包围了我们的时候，刘先生千万要指示贡郭尔跟官布闹假联合，叫他替我们解围或者破坏官布中队的作战计划，要有可能，最好把官布的作战计划告诉我们。说实在的话，我们军人多咱也不敢忽视那些偶然事件，我常说：自己要有提防，来一群狼也不碍事；要是没提防，就是一只狗也能咬死你。刘先生不会骂我是胆小鬼吧？"

"哪里，哪里！你这才是真正的'军人见解'，你放心好了，只要出事，我一定帮忙。不过有一点要记住：干事要适可而止，不能贪图过多，何况这旗东部几个部落的油水不多呢！哈哈哈！"刘峰打破秘密会见的严肃气氛，放声大笑起来。

这是讥讽的恶意的笑，方达仁听来格外刺耳，他困窘得不知说什么是好，又狼狈又恼愤，太阳穴上的青筋凸出来，大脸粗脖子也全红了。

此后他们还谈了一阵，但不再像刚才那样和谐热情了。

当夜，这一小队人马离开贡郭尔的客厅，穿过柳林小道，向东南方跑走了。

二

人民创造的谚语，常常精辟地、深刻地揭示种种真理。在偏僻的察哈尔草原上有这样一句话："豺狼比善良的人们狡猾，但不会比善良的人们聪明。"是啊，在生活中，善良的人们或许被狡猾的豺狼所欺骗，但是最后的胜局永远不是属于豺狼，而是属于聪明的善良人们……

伪装成八路军的方达仁匪部入侵草原之后，干的第一个勾当，就是派人给蒙古骑兵中队送来了一封信。信是这样写的：

苏荣、官布二位同志：

我们是八路军冀察热辽骑兵二旅，今奉命由张家口经贵盟南部开往热河围场，因任务紧急，不能与我们亲爱的友军——你们领导的察哈尔蒙古骑兵中队进行接触和联欢，为此，我们表示十分遗憾！借此过境的机会，谨向你们致以战斗的敬礼！

蒙汉人民大团结万岁！

冀察热辽骑兵二旅敬上

官布收到这封信的时候，苏荣已经到张家口搞武器去了。官布读信后，又给其他几位负责同志看了看，并没有当作十分重要的事情，经过察哈尔草原整师整旅东调西往的八路军是经常有的。这一天，骑兵中队依然按照正常计划，在学唱革命歌曲——《草原铁骑兵之歌》：

不是古老的传说，

也不是神话里的英雄，

我们是草原的战鹰，

年轻勇敢的铁骑兵！

……

当骑兵中队的歌声冲破云霄的时候，方达仁匪徒们烧起的大火，已经把察哈尔南部草原烧成了灰烬！有人报告说，八路军在杀人放火。官布听后斥责说："那是绝不可能的！"许多人都同意队长的话，说八路军是人民的武装，是苦难的少数民族的救星，绝对不会到草原上来杀人放火，绝对不会！

下午，几个愤怒的牧民，手里捧着被大火烧黑的灰土，跑来对官布说："你若不信，就请看吧！"官布开始觉得事情并不像他想的那样简单了，便骑上马领上几个人到现场去看。往南走出二十几里，他们就看见了一片触目惊心的景象：茫茫的草原，被烧得发黑了！

官布访问了一些受害的牧民，人们异口同声地控诉八路军的罪行，而且愤怒地抱怨在牧民受害的时候，骑兵中队没有帮助他们。这使官布感到怅惘！这里面到底有什么奥秘？是有人乘八路军经过草原之机，在进行挑拨离间，还是草原上果真闯进来了披着人衣的豺狼？他向群众询问了事件的许多细节，但仍不能做出肯定的结论。他后悔不该叫苏荣到张家口去，如果她在这里，一定能够迅速地做出正确判断。他知道自己缺乏斗争经验，因此，在这样紧要关头，只有赶快回到部队去，向大家说明情况，发动全体进行讨论，统一认识，采取行动。

当他们回到定居点时，使他们惊奇的，是苏荣同志站在门口等候着他们。

官布跳下马，把缰绳往警卫员手里一扔，就跑过去说：

"苏荣同志，什么时候回来的？"

"回来没有多久。"

"我们正需要你呀！"

"我在半路上听到有情况，就返了回来，一直在等待着你们，应当说，我正需要你们。"

"不，我再也不会同意你离开我们了。"

"好了，别说这些啦，快来谈谈情况吧！"

假八路进入草地那一天夜里，官布中队召开干部会；会议在激烈、紧张的气氛中进行着。

蒙古包里弥漫着烟雾，每个人马靴底上划满横横竖竖的划火柴的痕印，会议进行好久了。

一盏羊油灯将暗得发红的光，洒在人们的脸上，个个就像喝了酒一样。一连连长浩特老的脸红得更甚，他发言时过于气愤了。这个一个半月以前还是揽牛的牧人，只因为跟老婆吵了一架，一口气出来当了兵。战士们为什么选他当连长呢？这里也有道理。选连长那一天，浩特老心想："咱反正在哪个群里，就归哪个羊倌管。管他谁当连长呢。"他蹲在一个角落漠不关心地吧嗒吧嗒独自抽烟。这时有人喊了："我们选浩特老当连长！"他心里想："天下人多，净起重名，又有哪个家伙叫浩特老啊！"他往人群望去，看见刚才喊话那个人，用手正指着他，他惊奇地站了起来，那个人又说了："浩特老同志是个好牧人，这大家都知道，我选他当连长的理由是，他是好人。前年冬天，刮大风暴，他赶牛去避风，道上捡到两只快冻死的小羊羔，他脱下自己皮袄包起来给救活了。这两只小羊原来是一个两眼全瞎、无依无靠的老太婆的。救活了羊羔，就是救活了她！同志们，选他吧，他是个好人！"于是他当选了。浩特老当了连长并没有改变牧人的习惯，譬如，说话时，总是半攥着双手，一前一后地伸拉，就像握着套马杆在套马似的。今天他头一次就重大问题，在众人面前说话，音发得很重，但字咬得不大清楚，额头上沁出的几滴豆大的汗珠，表示他内心充满了愤慨和激怒。正在他说话的当儿，忽然有人插嘴说：

"你问问苏荣同志，她想怎么办？"

"不，我们不问她，"铁木尔从一旁接过话来，说道，"今天苏荣同志不在队里，我要向官布问一问：你想什么呢？大火在草原上整整烧了一天，你到草原上去，大火的烟味不刺你的鼻子吗？察哈尔的水把你养大的，但是察哈尔叫坏人烧伤的时候，你叫战士们抱着枪，还唱什么'我们是……草原的战鹰'呢！你的心长到哪儿去啦？你看看自己中队，多少人都跑到贡郭尔那儿去了，全明安旗的百姓都骂着我们，我们一个个都像叫老婆扯破了脸似的，不敢见人！老百姓捧着整羊欢迎贡郭尔，可他们往你脸上在吐唾沫！这你还不明白吗？我只有一个意见：就是在土匪没逃出明安旗以前，我们要跑到贡郭尔前边去，用火烧狼窝的办法，把大狼小崽统统杀死——一个也不留！到那时候，我们才有脸见人，牧民们也不再往你脸上吐唾沫子。这就是我的意见，我的意见一定对。"

说完，他掏出小烟袋来，往靴底下敲了两下，点着烟，低头吧嗒着抽了起来。这是牧民特有的性格，不管争吵得多么厉害，等说完话抽起烟来时，就像从没有发生过什么事情似的沉默起来。铁木尔沉默了，但整个会议没有沉默下来，接着，浩特老激奋地又说：

"铁木尔说得对，别说我们手里有枪，就是没枪，大家合起心来，每个人拿一根柳条子，也能把土匪赶出明安旗去！我们再也不能蹲在这儿了，今天晚上就去追那些狗东西，谁不去谁就是狗操出来的；官布队长，你到底是狗种，还是人种，就看今天晚上了。"

"官布是狗种，你们没看见他皮衣底下露出尾巴了吗？"

即刻大家哄笑起来，会议的严肃空气被破坏了。

有一位同志严肃地以命令式的口吻喊道：

"同志们！你们是战士，为什么侮辱队长？我们应当守纪律！"

"是谁不守纪律？——正是官布。在我们这里只有一个纪律，就是不让牧民兄弟们受苦受难；可是官布没有遵守这条纪律，该受处治的正是他。"

说这句话的是爬杰连长，这是他第一次站在官布的反对者立场说话，官布向他看了过去。官布的心被爬杰的话打动了，他目不转睛地盯住爬杰的眼睛，好像在说："你是最好的革命战士！"

参加会议的人，差不多都发了言，尽管同志们的批评是严厉的，有时甚至有点过火，但是官布都心悦诚服地接受了下来。他站起来，缓缓地说道：

"同志们，你们刚才提的那些意见，基本上是对的，在这里，我只想对大家说明一点情况：这次侵入草地的土匪很狡猾，他们伪装成八路军，打的是八路军的旗号，说的是八路军的话，再加上苏荣同志今天外出了，我一时没有果断地做出决定，所以今天，我们没有向他们开火；现在我们已经亲眼看见，他们干的是土匪、国民党的勾当，绝不是我们的亲人——八路军……"

没等他说完，又有些人用反对者的口气，你一言我一语地质问道：

"噢，你的意思是说，土匪、国民党干坏勾当，咱们就开火，八路军干坏勾当就不开火，是吗？"

"管他妈的是八路，还是国民党，谁糟害牧民，咱们就把谁脑袋打开花。你说八路军是我们的亲人，那么哪有亲人杀害亲人的事啦？"

"所以我刚才说，他们是假八路军。"官布辩解道。

"你说得太晚了，太晚了！"一个人向他伸出了拳头。

官布队长突然站起来，向同志们命令道：

"同志们，我命令，谁也不许吵了！"

奇怪得很！那些看来粗暴得没有什么纪律能够管束的人们，都像老绵羊般驯服了。

夜的寂静，又笼罩了一切。

苏荣钦佩地看了官布一眼，她的眼光似乎也在问："官布，你那股神妙的力量，藏在什么地方？为什么你一说话，他们就变老实了？他们不是骂我也骂你——把你骂得更厉害些吗？可为什么你只喊了一声，他们就不作声了？这个秘密在哪里？在哪里呢？……"

秘密在哪里？

秘密在战士们的心里。在战士们的心目中，官布是"我们的亲兄弟"，他们里边有许多人，都是小时同官布一起跟着牛尾巴跑来跑去的好朋友，他们爱他，服从他，有时即使放肆地谩骂他，但连一丝恶意也没有，等他反过来大骂他们的时候，他们好像在说"我们骂了你，你也骂我们几句吧"，谁也不再反抗。他们知道，官布是个说到哪做到哪的人，因此当他不许他们吵嚷时，他们就老实了。中队是他们大伙合起力来建成的，中队就是家，人是宁死都不愿意被家人赶出门来的。这就是战士们对中队，对官布的感情，也就是官布"那种神秘的力量"的所在。

"同志们，"官布等同志们安静下来时，继续说道，"你们说得对，我们今天没开火是错了，天大的错！这个错误完全由我承担。我们叫土匪给骗了。这群恶狼，把尾巴藏起来，装扮成人，装扮成八路军，跑进草地奸淫烧杀，无恶不作，他们的目的，是煽动咱们蒙古牧民恨八路军，反对八路军。根据这些情况，肯定他们不是一般土匪，是政治土匪，是国民党反动派的军队。刚才有人说，牧民们在骂我们，骂得对，我们没经验，上当了！聪明人不怕上当，但是只上一次当，不能总是上当。同志们别泄气，只要我们真心为牧民，归根结底老乡们是能够认清谁是金子，谁是土块。眼下，我们只有一个权利，就是开火——向那些万恶的国民党反动派猛烈开火！"

"对呀！开火，开火！同志们，去备马吧！"人们都活跃起来了。

这时，一向不爱跟同志们说话的彭斯克发言了，他靠着有文化，新近被提拔为中队参谋。

"我同意队长的意见——向国民党强盗们开火！他们是蒙古人的死敌，绝不能放走他们；但是有一个情况，我得报告大家，这个情况只有我们做参谋的人，才能知道。"

"什么情况不情况的，把屁快放出来吧！"有些人着急了。

"事情是这样的，"他啰啰唆唆地说，"前天我统计全中队子弹数目，平均每个人只有四点七粒子弹……"

"你说的是哪国话？什么叫四点七粒子弹？"

"就是说，一个人四粒多一点，五粒还不到，除了这，能响的东西只有十三颗手榴弹。俗话说得好：没子弹的枪，不如一根草。我们能不能正面跟敌人开火呢？大家想一想吧！但是我同意开火。"

这些话好像音里有刺似的，直扎苏荣的耳朵，作为一个指挥员，她明白：没有子弹作不了战，但更重要的是要有旺盛的士气，彭斯克的话会削弱士气，这是最有害的言论，因此，她站起来说道：

"彭斯克同志没撒谎，我们的子弹不足，这是真事，不用子弹穿碎敌人的脑袋，敌人不会倒下去的。但是眼下在我们面前，只有一条路，就是开火！刚才大家都说过，敌人到处造谣破坏，说什么'官布中队是我们自己人'，牧民们被他们蒙蔽了，对我们普遍抱怨，我们不开枪放走他们，那我们就是犯了罪，牧民们就不再承认你是革命军队，就像浩特老同志说的那样，我们也就没脸见本旗老乡了。在这样情况下，依我看平均每个人有四五粒子弹不算少，就看咱们对敌情摸得透不透，会不会以一当十地使用子弹。只要我们作战准备做得好，全中队每个人只放一枪，就能打死五十多个敌人，哎，不用说那么多，就打死五个敌人，那也算咱们打了胜仗：第一，我们给了敌人一个'下马威'；第二，马上就能打消牧民们对咱们的抱怨；第三，我们也胜过了贡郭尔保安团，他们把敌人追了一天一夜，连一滴血都没看见呢！"她转过身来，问官布，"现在几点？"

"十二点零七分。"

"我们必须在半个钟头以内，做出作战计划，天亮以前，赶到哈登浩树庙，给敌人来个突然袭击；刚才有两个侦察员回来报告说，敌人正在大庙里大吃大喝，好像庆贺胜利呢。彭斯克，你去把他们两个找来。"

彭斯克拿上枪，低着头走了出去。苏荣的话鼓舞了每个人，大家交头接耳地纷纷议论。苏荣乘那两个侦察员没来的空儿，又补充了几句话：

"根据今天敌人的所作所为和我们侦察到的情况来看，他们侵入草地有两个目的：一、国民党有计划地阴谋挑拨八路军和蒙古人民的关系；二、抢劫一些财宝。他们表面上很疯狂，但是他们最怕听响，更怕死，只要我们把他们两三个人打下马来，他们就会大乱起来；敌人在这里人生地疏，无路可逃；此外，他们为非作歹，人民愤恨他们。我们抓住敌人这些根本弱点，可以大胆追他们，打他们，他们不会闯来正面迎战。当然我们自己也有弱点：一、子弹不足；二、战士们作战经验少。敌我相比较起来，还是敌人的弱点大得多，因此我们占优势，至于子弹不足，我们可以消灭敌人，补充自己……"

"出发前，召集全队同志讲清楚，谁也不许浪费一颗子弹；浪费子弹就是帮助敌人。"官布把子弹问题格外强调了一下。

包门一开，彭斯克领着两个人进来了。

"把地图拿来。"

彭斯克把自己绘制的极不准确的地图拿来摊在官布面前，他眼睛看着地图，向两个侦察员招了一下手，二人会意地走上前来，大家也跟他们围拢过来了。许多人还不习惯看地图，尤其是爬杰，他站在人们身后，无趣地捋着胡子，往地图上都不探一眼。他不识字，就是看地图，也不过是黑花花的一大片，就像满纸上落满苍蝇屎似的。其实，在明安旗，在察哈尔，他不需要什么地图，几十年的流浪生活，已经使他跟察哈尔草原的每个湖泊，每座山峰，每块石头，每棵草木都相识了，只要你提一个地名、河名，或者一座最普通的沙丘，他都可以毫不思索地说出它在哪儿，有什么特征，环境怎样，有什么传说等等。对察哈尔，他就像对自己手掌那样熟悉。

官布为了叫参加会的人都知道一下敌情，叫两个侦察员重新汇报了一遍。

"根据这两个同志的汇报，敌人可能在一两天之内逃走，他们提防得很严密，住处四面各有三道岗哨，我们很不容易接近他们，也就是说，我们不能围攻他们，但是可以把他们引诱出来，在大甸子上歼灭他们。我们在天亮以前，分三路赶到哈登浩树庙：一路由爬杰连长带领，走山路，先把大庙后山占住，这一路要从各连选拔二十名最好的射手组成，多带些子弹；二路由苏荣政委带领，把庙西北方大道卡住；三路由我带领，从庙东插进。各路任务是这样：

我这一路最先开枪，声势大一些，把敌人从庙里赶出来，他们一定去占领制高点——就是爬杰连长那个山头，等敌人靠近，你们就开枪；苏荣政委那一路，绝不许暴露自己，只有我和爬杰这两路，把敌人打乱了，他们往你们那儿去逃命的时候，你们才开枪。这样一来，敌人就会在我们下的圈套里东奔西闯，我们乘他们慌乱不堪的时候，一听海螺声就三路冲锋，一举歼敌。这次战斗，最主要的是争取速战速决，我们的子弹少，不能打相持不下的仗。在战斗中，特别注意夺取敌人的子弹和武器，只有这么一条路，能充实我们自己的力量。好，大家回去分头动员、准备，两点准时出发。"

他说完，把地图叠起来交给了彭斯克，以此表示会议到这结束。

各连连长都略有紧张地无言地走出包去。

包内只剩下官布和苏荣两人。苏荣打了一个哈欠，为了清一清头脑，走到包门口做了几下深呼吸。外边漆黑，刮着小风，正是夜袭敌人的好时机啊！她回过身去，刚要把自己心想的这句话告诉官布时，看见官布仍然坐在原地，聚精会神地思虑着什么，于是她便打消了这念头。

灯烟熏黑了官布那张粗糙的脸，在他唇角聚集起条条细纹，他像一个五十开外的人，然而他那两只黄眼睛闪射的刚毅光芒，却显出他是一个还没有走出青年界限的钢铁军人。他虽然刚刚担任指挥员，但是他已经养成一种习惯：对下级下命令或在下级面前说话时，总是充满信心，并且坚定而果断，因为指挥员的任何一点忧虑都会影响他下级的作战信心。这是一方面。从另一方面来说，指挥员也就像一个老妈妈，叫孩子们出去打狼时，嘴上挺硬地嘱咐说："去吧！打死野狼，为民除害，什么也别怕。"可心里时刻为孩子们担忧、挂念以至考虑到那些不可能发生的危险。

官布就沉入在这各种各样的忧虑中了。

"老官，我们到各连去看看吧！"苏荣说着戴上了帽子。

官布仍然没有摆脱自己的思想，所答非所问地说：

"哎，你说，如果敌人完全出乎我们的估计，他们不是一听响就跑，相反的死扎在庙里不露头的话，怎么办呢？"

"以敌人目前情况来看，不会有这种可能。"

"不，完全有可能。"他一摇手站起来说，"走吧，咱们跟连长们再商量一下这件事。"

说完，他挎上手枪就走，苏荣一把拉住他：

"外边凉，披上大衣。"

他们噗地吹灭灯，走了出去。

方达仁从老中华民国时就当土匪，二十多年虽然经过千惊万险，然而他身上没有一处伤痕。他自己经常说"我是一个谨慎的人"，人们都知道，"谨慎"二字用在他名下，就是"老奸巨猾"的意思。他出于"谨慎"，晚上躺下抽大烟之前，亲自出去检查一遍四周岗哨。哈登浩树庙的地理处境并不太理想，尤其庙后那座山，使他很担心："敌人占了它，就等于掐住了我的脖子。"他想。他问部下，山上放没放岗哨？部下回答说没有，他大怒，并且下令在山上加了一班岗哨，这他才安心地回去抽大烟。

他回到那间浩比勒千大喇嘛住的房里时，随从早就点着大烟灯，在等候他，那诱人的黑色的烟土，在盘上闪闪发光……

等他抽足大烟，夜已过午，从外传来夜风吹动庙殿飞檐上的铁马的叮叮当当声，他忽然想起家里放在檀香桌上的座钟，它也是这样叮当叮当打点的……由此又想到老婆："她也许跟我一样，刚抽完大烟吧！"她那灰瘦的脸像一朵秋后的花般出现在他眼前："再过几天，我们就见面了！"他愉快地伸了一个懒腰，叫来一直站在外间屋打盹儿的随从，撤走烟具，睡了……

"砰砰！轰！砰！砰砰！轰！"

他被一阵尖锐的步枪声和沉浊的爆炸声惊醒，但他多年的罪恶生活，使他养成在任何突然发生的惊险关头，都能即刻控制住自己，使自己头脑保持清醒。怕是梦中错觉，他不慌不忙地从枕头下边抽出手枪来，又静静地听了一阵，枪声是从东面传过来的，越响越密了。这他才跳下炕来，喊随从兵，两个一睡如死的随从，糊里糊涂地应声坐了起来，还不知道发生了什么事情。

"妈的，我要等你们这些死鬼来保护，早就见阎王了！"

方达仁骂着走出屋去。

东方刚发白，一片灰云遮住了曙光。

枪声、爆炸声、子弹穿飞声、人喊马嘶声……

几个领队的人提衣拖裤地跑来，向方达仁报告说：

"长官，大事不好，我们被八路包围了。"

"住嘴！谁说被包围了？你们没长耳朵？——听一听，只是东边有枪声。喂！把望远镜拿来！"

随从兵把望远镜递给方达仁，这时又有一个领队向他献策说：

"长官，我们别被困在这所破庙里，叫敌人拴住手脚时就晚了，还是及早退走为妙。"

方达仁连看都没有看他一眼，把望远镜交给一个随从说：

"你上房顶上，看看敌人的兵力、布局如何。"

那个随从即刻爬上房顶，向四面瞭望一会儿，回报说：

"南、北、西三面没有敌人，只有东面黑压压一片人马，向我们这儿冲来了！"

"大约有多少人？"

"大约有……有……啊——"

随从没说完话，怪叫了一声，从房上直摔而下，子弹穿掉了他的半个脑袋，脑浆溅了方达仁一身。他刚要去擦它，只听噼啪的一声，望远镜落到砖地上，碎了！

"枪法好厉害呀！"他叫人把死尸拉走后，故作镇静地说。

"长官，不得了啊！快上马吧！我去告诉弟兄们……"

"站住！别慌张！我们没被包围，他们从东面向我们进攻，是想调虎离山，跟我到大甸子上拼，我方达仁才不吃那份亏呢！下命令，谁也不许往外冲，沉住气，把住庙，来一个打下去一个，看他们有多少条命来拼！"

匪徒们都爬上了便于射击的墙头、房顶和庙门上，食指套在枪机上，只待对方跑过来尝子弹了。

这是万分紧张的时刻。

时间一分一分地过去了。

然而对方突然停止攻击，枪声也消失了，就像打开堂鼓似的，等人们一到齐，鼓也就不敲了。

这是怎么回事？方达仁的脑里充满了问号，得不出肯定的答案来……

过了许久，枪声又响了，猛烈得很！这枪声不是从东面响的，而是从山上直射下来的！北山也被对方占领了。方达仁的部下看势头不好，个个抱住脑袋，从墙头、房顶和庙门上跳下来，喊爹叫娘地躲藏起来，抱着枪杆，全身发抖，没有一个人敢向北山上回击一枪。

这时，"被包围了"的感觉，第一次钻进了方达仁的脑海里。他躲在屋里气怒、喊叫、踢盘子、摔茶碗，拍着桌子大骂：

"北山上的岗哨都死掉了吗？为啥连一声枪都不放？妈的！"

"长官，我们确实被包围了，要是现在不闯出去，就只有死路一条了。"领队又提醒了一句。

方达仁怒气冲冲地瞪了他一眼，但是把攥紧的拳头一松，认输似的同意了：

"好，往下传命令，全队突围……"

正当他说这话时，又传来一阵排子枪声，不一会儿，跑进来一个人，报告说：

"长官，全完蛋了，他们从北山上集中火力，打我们的马群，打死打伤的马不计其数，躺了一院，没死没伤的马也都脱了缰，满院乱跑！我们没了马怎么跑啊！"

听了这样严重的报告，方达仁反而镇静了。他皱着眉头想了一想，下令说：

"现在不能突围，他们从山上把我们看得清清楚楚，你能跑过枪子儿吗？告诉弟兄们，要沉住气。"

刚才跑来报告的那个人，探了探身往玻璃窗户外边看着，惊慌失措地说：

"长官，您快往窗户外边看一看，大家都乱了营，抓马的抓马，备马的备马，准备逃出去呢！"

方达仁面带惊色，扭过头往外看去：他的几十个骑兵，没有得到他命令，就像一群蜜蜂似的拥拥挤挤跑出大庙去逃命，有几个被打下马来，又有几匹马倒了下去，几十个骑兵闯出不远，又返了回来，显然他们突围失败了。他看着部下们的惨状，但没有表现出怪罪他们突围的意思，反而对他们这一举动表示同意似的说：

"这帮笨蛋，哪有打着团突围的？喂！拉马来，看我的！"

"长官，您是……"

"这帮狗八路打我们马群，是想先打断我们的腿，再来砍我们的脑袋，马是我们的命，不能在这儿等死。事到如今，只有突围，叫弟兄们上马，马不够骑，两个人骑一匹，冲出庙门，马上分散开，各跑各的，到西南面小山那边再聚齐，好，突围吧！……"

　　官布中队按照原定计划，包围了哈登浩树庙。只有一点变动，就是他们为增强自己声势，威胁敌人，从附近几个村落，发动来上百的牧民，混合在他们之中。这些牧民拿着木棍、套马杆、马鞭，甚至有的只拿一根细柳条装模作样。不论怎样，敌人终究没有看穿他们的计谋，不知道在这长达五六里的包围圈上，只有四五十个拿枪的人，而他们平均一个人只有四五粒子弹哪！

　　官布率领的东路先开了枪。狡猾的敌人并没有惊慌失措地跑出庙去。他们每个人已经打了三粒子弹，敌人仍然无声无息。官布一看情况不妙，立刻下令停止射击，把队伍带到一座小沙丘后边，避免受到敌人还击。怎么办呢？第一次指挥战斗的官布，在敌我相持不下，而我方的弱点就要被敌人发觉的关头，他拿不定主意了，头上直冒汗（虽然他尽力掩饰它，但也被战士们看见了）。

　　怎么办？……怎么办呢？

　　突然从北山上开枪了！官布高兴得喊了一声："好样的！爬杰！"但是当他听见从山上传来不间断的、又密又猛的枪声时，忧虑地向北山上望去：

　　"他们为什么不珍贵子弹？爬杰这家伙发疯啦？"

　　爬杰没有发疯。他不是一个盲动的人，他性格稳重，从不做没有把握的事情，用他自己的话来说，就是"身边没银洋，不进北平城"。

　　天亮前，爬杰领着二十几个人，把"马桩子"安置在山下，躺在地上听了听动静，山上有人打着哈欠，过一会儿，又看见抽烟的火光，并且听见嗒嗒的脚步声。他们断定山上有敌人岗哨，他亲自率领铁木尔等五个人，悄悄摸上山顶，躲在一个石头堆后边，仔细观察了一下：大约有六七个敌人，只有一个家伙拖着枪蹚来蹚去，其余的躺在地上呼呼地打鼾，等那个岗哨往西走去时，他叫铁木尔摸了过去。铁木尔很灵巧地埋伏在敌人岗哨的脚下，等那家伙走过来，几乎要踩上他时，他小声地但有力地用汉话喊道：

　　"站住，不要动！"

　　那家伙一听就在他脚下有人说话，吓得蒙头转向，赶忙跑了两步，哪知道他自己更靠近了铁木尔！

　　"我们是蒙古骑兵中队，你出一点声就打死你！"

　　铁木尔的枪紧紧地对着他，他只在嘴里不断地"啊啊"说着，不敢叫出声来。

"把枪放下，轻点！"

他唯命是从地用双手把枪轻轻放在地上。这时爬杰领着其余的人跑来，用枪刺逼住那些死睡着的匪徒们的胸膛，小声叫醒他们：

"喂！起来，起来！谁也不许出声，我们是蒙古骑兵中队，把枪放下，谁出声就刺死谁！"

那些匪徒们刚从梦中醒来，摸不清头绪，睡眼惺忪地坐了起来，当他们发觉已经被人逼上枪时，一个个惊慌失措地举起双手，但其中有一个家伙还不服，刚要大喊——声音还没从嗓里出来，就被一个战士一刀刺死了。其余的见势不妙，也就不再挣扎，驯服地无言地跪着求饶了。爬杰叫战士们缴了他们的全部枪支、子弹，又仔细搜查了每个人，用几根腰带把他们倒背起手捆起来，派三个战士送下山后，并叫山下的同志们马上上山来。

当他们查点完缴获的枪支、子弹，大家都如疯如狂地跳起来，就是不敢喊出声来。这是多么大的意外收获呀：——七支步枪、五支手枪、八颗手榴弹、大小枪子弹一千六百多粒！

"好家伙，多肥的羊啊！"

爬杰高兴得想喊，不敢喊；想叫，不敢叫，直用拳头捶自己脑袋。

他们这样闹腾的时候，铁木尔正在一旁干着一件有趣的事：刚才他从地上爬起来，刚走两步，有一条绳子绊住他的脚，他好奇地弯下身去拉绳子，绳子头上不知拴着什么东西，很重，拉不动，于是他一步一步地摸着绳子走过去，没走出去十步，摸到一个有两条铁腿的东西，他仔细一摸：是一挺机枪，旁边还放着一箱子弹。他从机枪里抽出子弹，一手提着机枪，一手提着子弹箱，向大家走来，大家正在高兴地跳着，谁也没注意他，爬杰还在捶着自己脑袋，铁木尔走近他，用机关枪口往他屁股上猛劲顶了一下，爬杰回头一看，铁木尔手里提着一个东西，他伸手一摸，不由得在嘴里喊道：

"天哪！天哪！机关枪——还有一箱子弹！你神不知鬼不晓地从哪里弄到的？"

山下的战士们也都上来了，把机关枪你摸一下，他摸一把的，真像得了无价之宝似的！有几个淘气的战士，高兴得互相抱着，直在山上打滚……

无声的狂欢过去了。

静静的东方发白了。

爬杰分头派人给东路和西路的同志们，各送五百粒子弹。

不一会儿，官布队长从东边开始攻击了。敌人缩在庙里，硬是不露头。东路的同志们一连放了三阵枪，敌人仍然没出庙门……突然，东路的同志们停止了射击，在山上的同志们知道：他们的子弹快打完了。送子弹去的人，还没有赶到呢。山上的人们怎么办？射击吗？不能。他们的任务是在山上打埋伏，等敌人向山上爬来时，才迎头痛击……但是爬杰连长根据情况的变化，改变了计划——开枪，向敌人的马群开枪；打死敌人的骑马，就是打乱了敌人的军心。

步枪、机枪，猛烈地向着敌人马群射击！

铁木尔打机枪打得真棒，敌人大乱了。

打，再猛烈一些！

敌人在庙里待不住了，整队向庙外冲去，冲出庙门就散开了，显然是为了分散我们的射击面，挽回一些他们悲惨的伤亡数。

东路、西路的枪声一齐响了起来——把子弹送到了！

庙前的大甸子上，倒满了伤亡的匪徒和马匹，敌人拼命地向西南方逃跑着。

冲锋的信号——海螺响了！骑兵中队从三方面，像海潮一般向匪徒追击而去，士兵们高喊的杀声，把遮在草原上空的乌云震得破碎！

冲啊！——全部、彻底消灭那帮糟害草原的豺狼！

牧民战士们一跨上马，就像山鹰长全了翅膀，即使在他们前进的道路上，有大江大海，战骑也能跃过，有铜墙铁壁，铁蹄也能踏碎！滚滚的黄沙在大地上飞扬，浩浩的声浪在草原上飘荡，战马在愤怒地呼喘着，两眼射出复仇的光！

前进！踏着春天松软的大地，向万恶的匪徒冲锋！

匪徒们跑远了，庙前的大甸子上，到处横横竖竖地倒着被打死的匪徒和马匹，散落着匪徒们丢下的衣帽、马鞍、被褥、枪支、子弹……

今天早晨冒充骑兵前来助威的牧民们，跟着队伍冲锋到这里，勒住马缰，跳下马来，用敌人的武器把自己武装起来，立刻又跟着骑兵，向潜逃的敌人追去。

铁木尔那匹黄骠马奔驰起来全身抖动，就像一只暴躁的雄狮。它脖子挺得直直的，四蹄就像鼓槌似的敏捷、轻快；看来又像一只灵巧的猎狗，它跑在队伍的尽前头，但是它的主人还不停地用马靴后跟夹它，恨不得叫它飞起来，立刻把匪徒们追上，用他那支机枪，把他们统统扫射光！

正在炽热的追击战中，铁木尔突然猛劲勒起缰绳，跑欢的黄骠马哪里肯停住，然而嚼口就像铁般硬，它在主人的阻挡下，终究落后了。铁木尔为什么勒住马缰呢？他并不是出于胆怯，怕在队伍尽前头冲锋，而是他心中另有了一个主意："这样黑压压一片地跟着敌人屁股后头跑，算是什么事？你四条腿，人家也四条腿，怎能撵得上？不行，这样不行。没有一个猎人，是跟着野物屁股后头直冲的，不使方法、计谋，你就是跑死了马，也追不上一只兔子。前几年打猎的时候，道尔吉大叔常说：'没有计谋的猎人，不如一个牛粪蛋。'我是一个猎手，不能跟大伙凑这番热闹，我得拿出道尔吉大叔教给我的打猎的方法、计谋，来对付这些狗东西，跟他们绕圈子，磨工夫，然后再去一个一个地收拾他们，就像前几年，跟道尔吉大叔一起，收拾那些野狼、狐狸那样。对，就这么干！"

想到这里，他叫住跟他一起奔跑着的沙克蒂尔，把机关枪交给他，对他撒了个谎：

"我扛累了，你替我扛一会儿。"

沙克蒂尔相信了他的话，接过机枪，挎在肩上，又向前冲去。

在同志们没有注意的当儿，铁木尔勒住马，留在沙丘后面。他的黄骠马，看见别的马都跑远了，急得两只前蹄直刨地，铁掌碰在石头上，迸发出黄色的火花。他轻轻地拍拍它的脖子说："老朋友，别发脾气，也别着急，等一会儿，保准有你跑个够的时候。"黄骠马真像懂话似的慢慢就老实了。他抬头向前望去，队伍扬起的黄尘，离开他越来越远了。"官布要是一个好猎手，他就不会叫同志们这样傻追的……"正在他这样想时，忽然间，看见从北边的一座沙丘后头，跑出七个骑马的人，从他们那种鬼鬼祟祟、狼狈不堪的样子，断定是在我们队伍冲锋过去时，隐藏在沙丘后头，没有被我军发现的土匪。铁木尔即刻隐藏在一簇柳丛里，他们没有发觉他。一个骑白马的家伙，看见我们队伍走远了，不知羞耻地夸口说："老鞑子们的脑筋是直的，只要你稍稍转个弯，就把他们给骗了。叫他们往前追去吧，来，咱们在这儿喘口气，抽口烟！"他们跳下马，都从衣袋里掏出烟卷，不慌不忙地抽了起来。铁木尔在红柳丛里，听到这句话，真气坏了！拖着枪，爬出柳丛，心想："让这帮家伙，这样逍遥自在地躺在我们草原上抽烟、谈天，还骂我们是老鞑子，我们还算是一个蒙古人吗？官布啊，官布！你不用计谋杀死野狼，反叫狼哄骗了你，到你家门口，掏你的小羊羔呢！……我算做对啦，不然这些家伙，就这样溜走了。唉！要是没把机枪交给沙克蒂尔，该多赶劲啦！嗒嗒嗒，嗒嗒嗒，一口气就把他们都收拾了，可是现在，我只有一支步枪，六粒子弹，敌人是七个……好，头一枪，一定得穿倒他们两个人……"

敌人好像认为大险已过，休息着，修理着马具，有一个家伙甚至在说："刚才逃跑，我把一只手套丢在庙前了，你们等一会儿，我去找一下。"在其余人的反对下，他没去。铁木尔把枪准星对上了两个前后坐在一起的土匪，但是双手颤抖得很厉害。这是过度气愤的缘故。当他沉了沉气，又一想到错过这机会，敌人就会跑走，心就慢慢冷静下来，手也不大颤抖了。当！他不愧是一个好猎手，果然随着枪声，那两个土匪倒了下去，其余的慌成一团，比较灵巧的已经跨上了马，但直在原地打转转，显然他们还没闹清楚，枪声是从何传来，所以不敢盲目逃跑。这时铁木尔对准第一个上马的家伙，放了一枪，不但没打中，反而暴露了目标，那个骑上马的家伙，立刻向南跑走。"打黄羊，要在它刚跳第一步的时候开枪。"铁木尔想着又勾了一下枪机，那家伙从马上跌了下去。另外一个土匪，显然狡猾一些，他怕骑上马跑目标太大，索性弯着腰拉着马，往沙丘后边跑去，不过他仍没有逃过猎手铁木尔的准确枪法。其余的三个土匪，不再逃跑，卧倒着向铁木尔射击，他没法抬头，更没法还击，敌人的枪弹一直从他头顶上像一群群飞鸟般穿过。在这样万分紧张时刻，铁木尔却忽然想念起道尔吉大叔来了："要是他老人家跟我一起来打'猎'，该多好啊！他在这儿引他们，我转到他们身后，叫他们屁股眼儿吃枪子儿……嘿，我现在就可以这样干哪！"他故意在敌人面前露出枪口晃了两下，敌人又向他密集射击起来，乘这机会，他从柳丛中拉出马来，由一条洼地，向敌人身后绕了过去。敌人还以为铁木尔被打得抬不起头来呢，哪知道从他们身后飞来子弹，又穿碎了两个人的脑袋，现在只剩下了一个土匪，只要铁木尔再勾一下枪机，整个战斗就胜利结束了，但是，他的子弹已经打光了。跑过去跟那个家伙打交手仗吗？不行，不等你走近他，他会射死你的。现在只有一个办法，就是拿空枪，逼上他，叫他投降，可这是非常冒险的行动啊！他正在犹豫的时候，那个土匪拉过马，要骑马逃走，然而他那匹受惊的马，暴躁地直打转，他越着慌，越纫不上脚镫，就在这刹那间，铁木尔骑着马，像一只老鹰似的向他扑了过来，那家伙忙抱住马鞍，像条死尸般躺在马背上，任马跑去。土匪骑的是匹铁青兔子头马，跑起来全身变成一条线，真快；可铁木尔的黄骠马是有名的"快花鹿"，哪里肯放走它！这两匹马，一前一后，就像比赛似的在草原上奔驰起来。铁青兔子头马，跑着跑着突然打了一个"打失"，连同它的主人一起跌倒了。那个土匪跌倒在地上，打了几个滚，手脸都撞破，但他仍不认输，爬起来又要向铁木尔开枪，这时，铁木尔只得把大枪当成"打兔子棒"，照直向他扔去，那家伙忙一躲身，没留神枪走了火，子弹嗖地向蓝天飞去。铁木尔已经变成赤手空拳，而那土匪手里还有枪。看，他又在拉枪栓，还想开枪呢！铁木尔顿时紧张起来，脑海里突然出现了一个可怕的念头，这也许是他生命中最后一刻了！"死就死吧！怕什么？就在咽气以前，也得咬断你这个狗东西的喉咙！"他狠狠地咬着牙，瞪着两眼，左手撒开缰绳，一纵身，从马背上照直朝那家伙扑了下去，顿时，两个人在这广阔的、寂静的草原上，猛烈地厮打起来……

那个土匪身材高大，力大如牛，好个厉害的！论力气，铁木尔是个摔跤手，不比他弱多少，但是，论个子，几乎比他矮一个脑袋，因此厮打起来，吃了许多亏！但是有一件事情，他算做对了：刚才从马上跳下来，头一拳就从那家伙手中，把枪打掉了。那家伙急了眼，疯狂似的闯过来，没等铁木尔站稳，一脚把他绊倒，压在身底下，打得他鼻青眼肿，铁木尔在这样不利的条件下，也还击了几拳，但是打得很不够劲。又混打一阵之后，铁木尔乘对方一不留神，哧地使了一股猛劲，反倒把那家伙压在身下，好一顿痛打，直到手打痛时，才丢下他去抢那支枪。那土匪看出事情不妙，跳起来又向他扑了过去，在这刹那间，铁木尔急中生智，对准那家伙的两条腿根中间那块——男人们最怕被人踢的——地方，用大皮靴头可力一脚，狗东西"啊"地一叫，向后倒去。他这才拿过枪，顶上子弹，走过去一看，那家伙被踢晕了，他乘这机会，正要开枪时，心中忽然产生另一个念头："人家晕倒了，你打死他，那算什么好汉？坐在他身旁歇一会儿，等他醒过来再跟他干。"他好像平日跟同志们摔过跤坐下来休息似的，双腿一盘，掏出小烟袋，抽起烟来。抽完了一袋烟，那土匪还不醒来，他用小烟袋锅在他脑袋上敲打了两下，喊道：

"喂！快醒一醒！你要有尿再跟你老鞑子爷爷干一场啊！"

那家伙仍不动；他只得再抽第二袋烟；然而这时他忽然感觉到耳鼻眼嘴，没有不痛的地方，用手往脸上一摸，满手是血！"我打过几年猎，没让狼反咬过一口，可今天叫你这条老狗，打得满脸是血，哈哈，别看你现在躺着一动不动，刚才你可够厉害呀！"他一面自言自语地说着，一面又用烟锅敲了敲他的脑袋，正这时，那家伙忽然喘了一口粗气：又活了。铁木尔仍然盘着腿坐在原地，挑衅地微笑着说：

"喂！醒来啦？"

那家伙好像没听见，还躺在那里，铁木尔又贴着他耳朵高喊道：

"喂！醒醒吧！"

狗东西果然醒来了。他搭起眼睑一看，他的敌人坐在身旁，于是歇斯底里地挣扎着坐了起来，这时，铁木尔把枪口对上他，愤恨、有力地说道：

"你到底醒来了？好好听着：我，一个牧人，要杀死你！"

"啊！老爷，老爷！你别杀我，我家里还有……"

"去你妈的吧！你们杀害我们牧民的时候，为什么没有想想他们也有父母兄弟、妻子儿女呢？"

"老爷！那是上司的命令……"

"去你妈那个命令吧！"

当！土匪倒了下去，一股发臭的黑血玷污了草原萌芽的嫩草。

在铁木尔面前伸展着他故乡——察哈尔的广阔草原；草原被敌人烧黑了！黑色的草原哪！荒火，烧不死你那伤痕斑斑的地层下的草芽，不久，青草就要生长出来，她将用自己那柔软的、碧绿的羽毛，换去你那黑色的伤疤。那时，草原上将只有春鸟悦耳的歌声，再不会有敌人的铁蹄声！草原的春天就要到来，草原的春天一定能够到来！春天，草原的春天！人们伸出双臂等待着你！

铁木尔站在他亲手杀死的敌人身旁，好像听见有人在责备着他："你杀人了！你为什么杀人？"是啊！人，为什么要杀人？刚才这个人不是要说，他家里还有亲人吗？真的，他家里一定有亲人，也许正在等待他回去呢，可是他死了，察哈尔的牧人——铁木尔杀死了他。"我有罪吗？"铁木尔想道，"我杀了人，不只是一个，是七个！但是，我没有罪！我站在老佛爷面前，问心无愧！我没有平白无故地跑到他们家里去杀死他们；可是他们——这些比狗屎还臭的家伙们，为什么跑到我们蒙古草地来，烧我们，害我们，杀我们，把我们没有满月的婴儿，用刺刀挑死呢？我杀他们杀得对，只恨自己杀得太少了，不只杀七个，要杀七十个、七百个、七千个、七万个……只有用他们的鲜血，刷洗整个察哈尔，才能解我们的恨，才算讨回我们的血债！"

铁木尔想到这里，两眼湿润了。

铁木尔拉着马，把他打死的那七个人的东西收集起来，查点了一下：共大枪五支、手枪六支，还有两支说不出名的小机关枪，其他物品（都是匪徒们抢夺牧民的）足有一百多斤。他从草甸上抓到一匹马，把这些东西都驮上，还把那两支所谓的"小机关枪"挎在肩上，不停地摆弄来摆弄去。"还有这么小的机关枪啊？"他像小孩似的高兴地说着，食指一动，嗒嗒嗒——向空中打了几枪；走了几步，又叨咕着"这玩意儿可太好了"，又向沙丘嗒嗒嗒——放了几枪。嗒嗒——嗒嗒嗒……不一会儿一梭子弹全打光了，但他不知道怎么上子弹，只得把它拴在马鞍上，再拿起第二支来：嗒嗒嗒……又自言自语地说："刚才要有这么个小机关枪，我就不费那么多事了。那帮家伙真是笨货，手里有这么好东西，还叫人收拾了。真像俗话里说的那样：即使鲜花似的姑娘，一到老头子们手里，花瓣就枯了。"

把土匪杀光，获得的东西也驮上了马，这回上哪儿去呢？最好是再找一股土匪热闹一下，可是土匪都叫大队追下去了。这时，太阳斜西，还是赶快去追大队吧！他们也许打得正在热火头上呢！

一路上，东问一下，西问一下，直到半夜时分，铁木尔才找到队伍。

土匪叫我军追击一天，人困马乏，傍黑时，他们闯进了学堂地，这是一个靠近牧区的汉族村庄，它有高大的围墙和炮台，敌人借着优越的防御条件，跟我军"顶牛"起来。我军为了避免不必要的重大伤亡，采取"穷困死城"的办法，把土围子包围得严严实实的，只待敌人露出头来，再给他一个迎头痛击。

这天晚上，月儿又亮又圆，把塞外的田野照得一片银白，寂静，安谧，没有一点战争的紧张气氛……

铁木尔经过几道岗哨来到中队，第一个碰见的是沙克蒂尔。他跟沙克蒂尔打听今天追击敌人的情形，对方连理都不理，铁木尔拉住他问：

"喂！你为啥憋气呢？是不是因为今天连土匪的影子都没看见？"

"呸！你还有脸跟我说话呢！"

沙克蒂尔果真有什么跟他过不去的事情似的，说完就要走，铁木尔忙把他拉住，指着自己脸开玩笑地说：

"我没脸？——你看，这是什么？你再看看这匹马上驮的什么？……我杀了七个土匪呢！"

"什么？你杀了七个？……"

沙克蒂尔半信半疑地走过去，摸了摸马背上的东西。

"你看，我还弄到这么两个玩意儿：说它是步枪，还像点机关枪；说它是机关枪，又像点马枪。"

他很得意地把两支"小机关枪"递给对方，对方借着月光看了看说：

"哎，这叫什么……噢，叫冲锋枪。"

"这回你不骂我了吧？"

沙克蒂尔踌躇起来，不知说什么是好，过了半天才吞吞吐吐地说：

"可是同志们骂了你整整一天，说你平常日子装得像个天下难找的勇士，真打实干的时候，露了原形，原来是个贪生怕死的家伙。有的人还跟队长说，要把你赶出中队呢！"

"赶出中队？"

"是啊。谁叫你在大队冲锋的时候，怕死开了小差？"

"我，铁木尔，开小差？"

"那你为什么把机关枪扔给我就不见了？你连个牧民都不如，那么多牧民跟我们跑了一天哪！"

铁木尔这才知道沙克蒂尔不是开玩笑，是把他当真看成逃兵，他生气了：

"谁再说我开了小差，我非得给他一枪不可！走，你领我到官队长那儿去，我得跟他说个清楚！"

铁木尔走进官队长屋时，队长、政委跟几个连长，正在研究怎样围攻敌人的问题。苏荣看了他一眼，没说一句话，又跟别的人谈起话来。这就是对他的惩罚！这时官队长发现了他，队长一脸怒气地走过来问他：

"你今天到哪儿去啦？"

"队长，我去收拾几个跑散的土匪，叫大队落下啦。"

屋里的人都不相信似的，向他投以怀疑的眼光。他赶忙补充说：

"你们不信出去看看，我抓到的马上还驮着好多支枪呢！"

"别信他的话，土匪在路上这一支那一支丢了许多枪，谁还不会一弯腰，捡他十支八支的？"从一旁有人这样说。

"队长、政委、同志们，信不信由你们，事情确实像我说的那样。"他急得面红耳赤了。

"你先去吧，我们现在要紧的是打土匪，过几天等打完仗再谈你的事，不过你记住：不管你怎么说，在大队追打敌人的时候，你没跟我说，也没跟政委说，就溜走了，你当过兵，该知道临阵脱逃，就该枪毙！一个队伍，指挥官下命令说冲锋，可是他的部下一个一个都溜走的话，还算什么队伍？又怎么能战胜敌人？你回去等候处分吧，把你捡来的枪，交给彭斯克同志！"

官布队长说完，又转过身去跟同志们继续研究作战计划，他们再没有人看他一眼，好像立刻把他忘掉了。他站在昏暗的角落，气得哭了，但是他想："我没干对不起牧民们的事情，没开小差，为什么流眼泪？他们信也罢，不信也罢，反正我杀了七个牧民的敌人，我给我们中队弄来了十几支枪，对得起我这颗牧人的良心！"一股劲儿又把眼泪憋了回去。两眼像叫蚊子叮了似的一阵酸痒，他顺手揉了揉，正好叫官队长看见，官布慢慢走过来，把右手贴在他头上，仔细看了看他的眼睛，问道：

"哭啦？"

"没有。眼睛有点发痒。"

这时官布发现他脸上净是伤痕和血污，心里想："这小伙子确实搏斗过。"他忽然回忆起童年时代的铁木尔的倔强性格：他是一块永远不打弯的钢啊！队长的整个心被童年的友谊、深厚的感情占据了，然而他为了掩饰这些，信口说了一句连他自己都莫名其妙的话：

"铁木尔，你没哭？就算你没哭，你呀！……我一定得处罚你！"

"要处罚现在就处罚吧！我不能怀着心事，愁眉苦脸地跟敌人打仗！"

"好吧，不许你三天参加战斗，当'马桩子'——这就是处罚。"

"不，队长，你还是处罚我去冲锋——砸碎那些土匪的脑袋吧！可别叫我当'马桩子'。"

"就这样决定了。你还说话，再加重处罚你——叫你当十天'马桩子'。"

"行啦，还是罚三天吧！"

铁木尔果真有点害怕了，急忙拉上沙克蒂尔走出屋去。"对什么样马，使什么样鞭子，对他就得这样处罚。"

官布这么一说，全屋的人都笑了。

三

方达仁被官布中队围困在学堂地的那天夜里，贡郭尔接到刘峰一封急信。读完这封急信，他立刻带领队伍，向学堂地出发了。把队伍开到离学堂地不远的一个小村庄里，叫队伍休息下来，他只带领宝音吐等三个贴身保镖，连夜赶来会见官布。据说他是抱着"为民族，消灭共同敌人"的诚意，前来会谈联合剿匪的事情。官布在胜利鼓舞下，对自己单独与敌作战充满信心；但是他明白自己弱点：人马太少。他的士兵，连同那些跑来助威的牧民们算在一起，才有一百多人。如果跟贡郭尔联合作战，自然可以补救这个短处。

但是，这是一件大事情，不能只从眼前利益来看它。他们的联合作战，会在群众中产生什么样影响？贡郭尔前来投奔的目的何在？……这些问题都需要认真进行分析。为此，他们召开了党组织会议，在会上，官布对同志们说：

"这个向来独霸一方、阴险狡猾的扎冷，今天为啥变成佛心肠的老太婆了？真像他口口声声说的那样：为民族、为旗民吗？鬼才信呢！他是怕我们独自一家打光这群狼，所以才赶忙跑来凑上一份，想分得几张狼皮，炫耀自己，日后就可以装出一副'常胜将军'的样子，吹牛说：'全靠我的力量消灭了敌人。'但是牧民们不是瞎子，他们会看得一清二楚，只要我们确实出了力，他们就会承认我们才是人民的军队。为了快些消灭这些国民党走狗，叫牧民们少吃些苦，我们联合贡郭尔，利用他的力量，这样做对老百姓有益。俗话说得好：'雨水淹没不了高山。'贡郭尔怎也压不倒我们。"

党组织书记苏荣和其他几位同志，也都发言同意与贡郭尔采取联合行动，同时大家都认为，对这位扎冷应当抱有警觉。

会上决定由苏荣和官布与贡郭尔进行会谈。

早晨两点钟，会谈正式开始。

贡郭尔摆出一副十分谦虚、真诚的样子，开头就说明这次的来意：

"不用我多说，事情都摆在我们面前，前几个月你们跟我的保安团各干各的，没有来往……"

"那过错不在我们这一方面，贡郭尔先生！"苏荣打断他的话，温和地驳斥道，"那时你对自己的力量，估计得多少高了一些。"

"好了，我们不必老谈过去的事情。后来，这帮八路军闯进了草地……"

"贡郭尔先生，我不得不再打断你的讲话。你把这帮政治匪徒说成是八路军是没有根据的。"

"不是我说他们是八路军，是他们自己打的八路军的旗，说的八路军的话，察哈尔的哪一个人没有听他们喊'我们就是八路'？"

"我们已经向你说过，他们是国民党反动派的走狗，是政治土匪，这次入侵草原是有政治阴谋的。你知道我是当八路军出身，但是我所要消灭的正是你说的那些'八路'！"

"事实也许是这样。敌人闯进了草地，我的保安团为了保护旗民，不得不人不下马、马不停蹄地跟他们拼来拼去，说句实话，我曾经骂过你们跟敌人一个鼻眼出气，暗地里有勾搭，可是昨天一声霹雷，把我震醒，原来你们不是蒙古民族的叛徒。昨天你们旗开得胜，一天就杀了他们三四十个，你们战术神妙，确有本领，实在令人钦佩！眼下你们把敌人困在土围子里，再加一把劲，就能一网打尽。但是我知道，我们合起来打他们，力量就会更大。我为了给旗民除害，报还血仇，亲自前来跟你们接头。你们或许说：我们烤好了肉，你来吃现成的。老天在上，谁敢把良心放歪？圣祖成吉思汗的母亲用五支箭，教导五个儿子永生团结，全力对外，如今大敌当前，我们只有齐心合力，消灭敌人，除了这，再也无路可走了。"

听了他这一段高谈阔论，苏荣和官布都会闻出有股虚伪的味儿。但从贡郭尔这样一个具体的人来说，愿意联合本身也算是一点进步，他们并不想苛求他。

会谈的结果是：两支军队统一指挥，指挥小组由官布、苏荣和贡郭尔组成。两支军队以原有队别，分面部署力量：官布中队负责北、东两方面；贡郭尔保安团负责南、西两方面。指挥小组人员有权巡视各方面的作战情况……

两支军队联合作战的第一天，向敌人进行了几次恐吓性袭击。敌人过分神经质，一听枪响，就吓得从炮台往外盲目扫射，敌人大量消耗子弹后，发现自己上了当，才停止射击。

这时已经中午时分了。

今天贡郭尔完全变成了另外一个人，脸上挂着不变的微笑，像是戴了一副喇嘛跳鬼用的笑脸假面具。他东西南北地奔波操劳，在那些士兵（不久以前都是他的旗民）面前，也不再矜持扎冷那造作的威严神气，他甚至关心起某某战士的马靴破了口，需要缝补缝补；某某人的马鞍垫不平，不换就要磨伤马背等等琐事。尤其对官布中队的战士们，表现得格外关切，在他们中间串来串去，脸上挂着不变的微笑。但是当他身旁除了宝音吐以外再没有旁人的时候，把假面具立刻扯下，他那副黄瘦的、狰狞的本脸又显露出来，两条眉皱成了一条线，两只眼睛就像穷苦牧民寻找丢失的马匹那样紧张、忧虑，而且不断心事重重地四处觅望。

前面是一片洼地，这片洼地正在官布中队包围线的最南端，由此可以直接通到去宝源的公路上。

这条公路、这片洼地强烈地吸引住了他。

他双手拿起挂在胸前的望远镜，把这一带洼地与公路间的距离，如同测量员那样详细观察了许久；脸上一阵得意的微笑，一阵不安的抽搐，像是天空一阵开晴，一阵阴霾。

他放下望远镜，转过身来见西北方刮起了黄风，不由得吐了一句话："但愿今天晚上刮他个天昏地暗！"但是他很快又收住声音，警觉地环视了一下，并向宝音吐小声地问：

"刚才我观察地形的时候，没有什么人看见吧？"

"除了我，再没有什么人。"

这他才放下心去，充满信心地用拇指和食指捏了捏下颚，轻松地打着口哨，向指挥部走去。

落日前，突然刮起漫天的黄风。黄昏时分，天就漆黑了，风吹沙打，哨兵们个个睁不开眼睛，只得躺在地上，听前面的动静。

这漫天风沙刮了一夜，但是联军按照原定计划，在拂晓前仍然向敌人展开了全面攻击。

贡郭尔在指挥部，靠着窗户听着外面风沙中的炽烈的枪声，天真地笑着对另外一位指挥员说：

"这回敌人除非变成蚂蚁爬出去，不然就是长出翅膀也飞不走了！"

"是啊，这次战斗保险最激烈！"

事实完全出人意料，战斗进行了半个多小时，任我们怎样攻击，敌人却一直守在土围墙里一枪不还。各连各队一个接着一个派通信员向指挥员作请示。三位指挥员对敌情做出这样分析：敌人一直沉默的原因可能是，这两天伤亡惨重，耗费弹药过多，所以一为节省弹药，不放空枪，二为复仇，想等我们靠近他们时，才作猛烈还击，好叫我们也付出重大伤亡。根据这样分析，做出如下决定：即刻向敌人进行总攻击。在全队接近敌人的土围墙之前，各连各队组织一组手榴弹手，先去炸毁敌人炮台，并且打出缺口，给主力开辟冲锋路线……

黎明时，风势小了。

总攻击开始了！

我凶猛浩大的攻势，依然没有震慌敌人，一直到爆破小组从四面同时接近敌人炮台和土围墙时，从里边也没有打出一枪来。

"轰隆隆……"

爆破开始了。灰白色的巨大烟柱一个接着一个冲上黎明的天空，不时，碎石和土块雨点般啪啦啦地落在附近房舍和田野上。

"冲啊！"

骑兵们向土围子直冲而去，顿时，马蹄扬起的黄尘，把黎明时田野上特有的净洁空气搅混了。

"抓活的，扒他们皮，冲啊！"

骑兵们把为草原复仇的激动，表现在他们狂暴的喊杀声中。在这汹涌的怒潮前，即使是最狡猾的敌人，也要惊慌失措；但是守在土围墙里的土匪，却依然无声无息！

"这兴许是敌人的空城计吧？他们能躲藏到哪儿去呢？"与战士们并肩冲锋的苏荣自问着。

在前头已经占领炮台的同志们，开始向村里扫射；然而从村里传出来的不是步枪的还击声，而是妇女、儿童们的惊叫哭号和男人们的喊声：

"别打我们老百姓啊！土匪早就跑了，跑了！"

"土匪逃走啦？"每个战士心里都惊愕地、愤怒地叨咕着，食指离开了枪机，挺起身来向村里观望。

枪声一停，老乡们一个个迟迟疑疑地先是从门口探出头来望了望，而后才走出来，在头上摆动着两只扇般的大手喊：

"别打了，别打了！"

这时官布断定敌人逃走了，他和苏荣向一个白发苍苍的老汉走过去，问道：

"好乡亲，村里还有没有土匪呀？他们什么时候逃走的？"

那老汉没等开口，先用抖索的右手在面前点了几点，抽搐着嘴唇说：

"那些狗养的东西，这两天把我们可折腾坏了，打这骂那，把我们几斗口粮全喂了马！你们为啥放走他们哪？我要是能亲眼看见他们一个个去见阎王，那才解恨呢！"他停了停，喘了喘又说，"他们逃了，就在你们开火以前一袋烟的工夫逃了。他们抓我去给他们喂马，我什么都看得清清楚楚，他们是从土园子东南角的那块大口子逃走的，挤挤拥拥地就像一群羊出圈。唉，那时，我要是有个家伙就好了！……"

"他们约摸跑出多少里了？"

"最多不过三十里吧！"

"他们都有马吗？"

"听他们自己说，有几个家伙的马叫你们给打死了，临逃的时候，他们把我们村里的十几匹马抢走了，现在一个人一匹马。"

这时，贡郭尔怒气冲冲地赶来，从马上跳下来，把马缰往宝音吐手里一扔，像是对哪个罪犯谴责似的，向官布和苏荣喊道：

"这是怎么回事？明明包围得结结实实，怎能逃掉呢？"

"大概是变成蚂蚁爬出去了。"苏荣说。

贡郭尔从这话听出是有所指的，所以故意把话说成逗笑的口气：

"难道他们骑的马也能变成蚂蚁吗？"

"要不然怎么连人带马都没影了？"

这时官布下命令说：

"同志们，敌人到底怎么逃出去的，这以后再说；可现在咱们在这地方不能多站一会儿。敌人一定拼着命马上加鞭逃跑呢，我们耽误一会儿，他们就溜掉了，到那时候，我们有啥脸转回马头，去见草原的乡亲哪？同志们，我命令：立刻上马，继续追打，不消灭他们，绝不勒住马缰！上马吧！"

战士们都跨上了马，黄尘又起，战马在嘶叫……

官布向贡郭尔走过去，问道：

"贡郭尔你是继续跟我们一块，把敌人追下去，还是打这儿就分手呢？"

"不把敌人消灭，我们不能分手，我老早就说过这句话。但是我实在气得很：土匪怎么就逃走了呢？这不是把刚刚放到嘴里的肉，又丢掉了吗？"扎冷气怒地用马鞭往靴统上抽打着。

"我们非追查这件事不可；但是现在，你还是快上马吧！"

联合部队码着敌人的足迹，向南方急速进发而去……

在追击途中，种种疑问不断地钻进官布脑海："敌人怎么会像一根牛毛那样，无声无息地没影了呢？那块围墙的缺口，才一丈多宽，并排着才能通过四五匹马，可敌人是二百多人，过得最快也得十来分钟，在这么长时间里，敌人的骑马没叫过一声？逃出围墙后，八百多只马蹄声，为什么没惊动我们的战士？……不，也许这些都不是真正的原因，可能夜里那场大风把我们耳朵吹聋，眼睛吹瞎，叫敌人乘机溜掉了……"想到这里，他无意地把眼光落在与他并肩走着的贡郭尔脸上；这不是他把敌人的逃走与贡郭尔联系一起，而似乎是用眼光在问："喂，你知道敌人怎么逃走的吗？"

贡郭尔感觉出从侧面有一股沉重的眼光盯在他的脸上，他立刻显出激愤未息的样子，过了一会儿，转过身来向官布小声地说：

"官布，我有一点怀疑，就是你们中队里可能有民族叛徒，他们把敌人放走了。你想一想，不然敌人怎么能够神不知鬼不晓地逃出你们中队的包围线呢？你可别看轻这件事情。"

"是啊，敌人既然能够逃走，这就是说，不是我们有差错，就是敌人耍了花招。"

"说得对，他们汉人花招、弯弯道比咱们多，跟他们打回合可不是闹着玩的呀！我刚才就这样问自己：敌人真的逃跑了，还是耍花招，跑到前头，在什么地方打下埋伏等着我们呢？咱们别闭着眼直闯，我带兵打仗，多咱都是谨慎加谨慎，依我看，最保险的是，咱们派出去两道尖兵：第一道，至少先走出二里以外；第二道，可以近一些，这样即使出个意外，咱们也能应付，免得吃大亏。"

这是好主意，他们即刻又派了一道尖兵。

骑兵用"小跑"速度前进。敌人踏过的道路上，印着密密麻麻的蹄印，有狩猎经验的人们，从一匹马的蹄印之间的距离，就看出敌人是用"大跑"速度逃走的。但是走出十多里以后，变为"小跑"，又在一个小山坡下好像停了一阵，不是商量过什么问题，就是他们中间发生了什么事情。从这里，他们直奔察哈尔草原的一个小城镇——宝源去了。

一个严重的难题出现了：如果敌人占领宝源，在那里补充他们的人员和枪弹，再跟那里的坏人们勾结起来，我们就很难围攻他们，即使围攻也会遭受相当严重损失的。现在只有一个办法，就是用最快的速度追赶敌人，争取在他们进入宝源还没定下脚，我们就攻进去，使他们来不及充实和整顿队伍。

官布下命令，全队用"大跑"速度前进！……

有人报告说，在队伍背后，出现了三个骑马的人。许多人猜测说，那可能是敌人的尖兵。

"敌人从我们背后抄过来了？"

"不可能。他们只盼早些逃出察哈尔去，绝不会找上我们来。"

"也许牧民们在北边发现敌人，前来报信的吧？"

"咳！别大惊小怪啦！他们可能是几个普通赶路的人。"

"不对，你没看见他们像飞似的跑着吗？"

人们在议论纷纷。那三个骑马的人越来越近了。现在断定他们不是敌人尖兵，但是究竟是干什么的？为什么追赶部队？——这些仍然是个谜！

过了一会儿，那三个人在马上一面晃动着帽子向这里打招呼，一面喊着什么。

官布叫队伍停下来，派两个战士向他们迎了过去；那两个战士与他们碰上头，又说了一阵话，五个人一同向这边跑来了。

"报告队长，这三个同志是给我们来报信的。"两个战士跑回来汇报道。

官布、苏荣走过来跟他们一一握了手，并且问他们怎么跑到队伍背后去了。

"我们三个人整整追你们两天了，有人说往东下去了，也有人说朝西走了，现在总算找到了。"一个黧黑、矮胖的战士一面说着一面掏出一封信来，"这是洛卜桑师长给你们的信。"

"谁？——洛卜桑师长！"

苏荣狂喜地接过信来，立刻掏出信瓤，这时那个战士又说：

"师长在宝源等你们呢！"

周围的同志们，被这意外的喜讯所鼓舞，不知是谁，高声大喊："同志们！大军在宝源等我们呢！"顿时，全队人马一齐向这里围拢过来。苏荣把信看完，递给官布，她再一次跟那三位同志握手：

"感谢你们带来了这样好消息！"

她又转向全体同志，高声说道：

"同志们！告诉你们一个好消息：内蒙古自卫军骑兵第十二师，在两天以前就进了宝源，现在，我们不再是孤军作战了！敌人向宝源逃去，叫他们送死去吧！"

在这欢腾的人群中，贡郭尔站在离苏荣不远的地方，脸上没有表情；但是他用手绢不停地擦着两只手心上的汗水。

官布看完信，和苏荣一起约请贡郭尔，共同商量了一会儿。

根据现在情况，敌人并不知道宝源被我军占领，才向宝源逃去。等他们靠近宝源，我军必然要向他们开火，那时他们发现进不得宝源，就不硬往里闯，可能绕个弯，向西逃走；所以我们要改由西路继续追击，与大军前后呼应，消灭敌人……

送信来的那三位同志，人疲马乏，叫他们到附近一个村里打个尖，歇一歇。苏荣给大军写了封信，交给官布，官布看了看，就叫一个战士把铁木尔找了来：

"前天你违犯军纪，罚你三天不许参加战斗，你执行没有？"

"直到现在也没敢放一枪。"

官布和苏荣对笑了一下，他说：

"现在给你一个又紧急、又重要的任务，你能完成吗？"

"除了叫我上天，别的什么事情，我都敢答应！"

"好小伙子！你把这封信，送到宝源城里洛卜桑师长那儿去……"

没等队长说完话，他拿过信去，转身就跑：

"好啊！我马上就走！"

"哎，等一等！我把任务还没交代完，你怎么就跑了？"

他又返了回来，不好意思地说：

"队长，这两天，我像一匹吃奶的小马驹，跟在队伍后头跑，可真把我憋愁坏了；我的黄骠马更性急，把嚼子都快咬断了！这回，你交给我这么好的任务，我怎么不高兴啊！"

"光靠高兴完不成任务，小伙子。"他向他走过去，像童年时一同玩耍似的，拉着他的手，这与一个队长向一个战士交代任务极不协调。"宝源离这里，还有二十多里，可是敌人就在你送信的道上，你得想办法冲过去，或者绕过他们，在他们靠近宝源之前，把信送到；如果师长有什么指示，你再带回来，再见吧！"

铁木尔拉过黄骠马，拍了拍它的脖子：

"今天，就看咱们哥儿俩的啦！"

黄骠马会意地点了点头，老老实实站在原地，看来就像一个温柔的少女；但是当主人在出发前，按照惯例顺一顺鞍辔，紧一紧肚带时，这温柔的少女，瞬间变成狰暴的老虎，粗野地嘶吼着，又抖尾巴，又呼喘，两只前脚直刨地。善骑的主人刚一跨上鞍，它就像颗子弹般，躯肢平成一条直线，向南跑去。

人常说，什么性情的人，骑什么样性情的马。即使完全陌生的人，看见那匹黄骠马，也能猜到它的主人是一个风雨拦不住、水火吓不倒的好汉。

黄骠马驰过一片平原，又纵上一座高山，身上出了一层薄汗，马跑到这个程度，全身舒畅，四肢灵快，越跑越起劲；但正在这时，它的主人突然紧紧勒住嚼绳，马跑得过猛，一时停不下来，一直跑到山顶上，才喷着滚滚的气，站住了。

山下，黄尘滚滚，黑压压一片人马，不言而喻，那就是土匪。

敌人挡住了他的去路，但是，信，一定得送到地方。直冲，冲不过去；绕弯走，太远，赶不到他们前头去……怎么办呢？这可把他难住了！一时想不出招儿来，急得他骑着马，直在山头上打转。这时，他忽然想起小的时候，时常骑着马淘气，两只手腕搂住马脖子，全身藏在马身侧面，任马疾驰。现在也可以用这个办法，蒙骗敌人，从靠近敌人的山坡上，疾驰过去。"对，就这么办！"拿定主意，他跳下马，又紧了紧马肚带，就按照想出的办法，向前驰去。

马，越来越靠近敌人，这时，铁木尔的心跳得与奔驰着的马的四蹄一般快！他忽然听见敌人在喊：

"喂，你们看，山坡上跑着一匹空鞍马呢！"

"它把主人摔掉，自己撒欢呢！"

"把它打住，鞍上兴许有点啥。"

一听这话，铁木尔用脚尖将马胯骨狠狠地踢了几下，马跑得更快，没等敌人来得及开枪，它已经跑出很远了。过了一会儿，虽然从身后传来几声稀疏枪响，但是子弹啾啾地叫着，滑空而过，对他没啥危险。

他只要再忍耐一会儿，就完全骗过了敌人，可是生来喜欢惹事闯祸的他，怎肯放过这个机会！他想："好啊，这回该我跟你们耍笑一番了。我突然挺着身，坐在马鞍上，向他们招手、喊话，故意气他们！……不，不行！要是出个意外，不能把信按时送到宝源，可要惹大娄子啊！还是平安无事地走吧！……哎，没关系，能出个啥意外？难道他们的枪子能穿着我？呸！没那事！还是气他们一气吧！"终究癖好战胜了理智。

他一纵身，两只脚直直站在马镫上，右手摘下帽子，一面摇，一面喊：

"看看你老子的本领吧！嗨！嗨！……"

枪响了。这是敌人发现自己被骗，羞恼地向他发着脾气。有一颗子弹，擦穿他的靴统，落在脚下，他摸摸那块小眼，笑着说：

"打得还不够准哪！"

又一阵猛烈枪声，子弹打在他马左马右，一溜黄烟。

"老子没有工夫再跟你们逗着玩了！"

他这样想着，一阵风，向前跑走。

……

铁木尔来到宝源。岗哨听说他是从草原上来送急信，就叫另一个又黑又矮的战士，带他去见洛卜桑师长。这个战士爱说话，一路上，问这问那，铁木尔一个劲回答都回答不完。

来到师长房门前，那个战士挺精神地喊"报告"，里边还没有回答，他打门缝往里看了一下，说：

"不在家。"

"你知道他到哪儿去了吗？我送来的是急信。"

又黑又矮的战士笑了笑，说声"走吧！"就领他来到大街上。好像他算出师长在什么地方似的，直奔广场而来。这里，黑压压的人群围成个圈，正在看两个人摔跤。又黑又矮的战士，混入人群，对铁木尔说："现在不能跟师长说话，等一等吧！"他张着大嘴，看起摔跤来。铁木尔心急，催他快些给找师长，那个战士仍然回答说："这时候，你跟师长说话，他要发脾气！再等一等！"铁木尔只得看他们摔跤。这两个摔跤的人，看来都是老手。一个是青年，中等个，消瘦，脚绊下得好厉害，可是功夫不到，净费傻劲，反倒把自己累得满头大汗，呼呼气喘。另一个人看来五十开外，高个，身胖，光头，唇上留着一束惹人发笑的翘尾巴胡子，两眼瞪得圆圆，嘴封得紧紧，沉着，稳重，一看就知道是个摔跤行家。乘对方脚没站定，他突然来了一阵"连珠"脚绊，逼得那个青年一直后退，虽然没倒，可也快输了。全场的人，都为那个老汉叫好，但是老汉还是那么沉着、稳重。铁木尔是个摔跤手，不一会儿，也看迷了，等到那个老汉把青年对手摔倒时，他把送急信的事早已忘到九霄云外！

他把枪往站在他身旁的战士手里一递，挽了挽袖子，一纵身，跳进场里，高喊：

"老头儿，我来跟你较量！"

他这种不寻常的称呼，把站在四周观战的战士们都给闹呆了！甚至连那个"老头儿"也翘起胡子，用一种惊疑的眼光向他看来。

摔跤场里向来不分老少，不留情面，铁木尔一个箭步窜了过去，抓住那个老头儿的宽皮带，接着就是一阵狂风暴雨般的猛攻。

老摔跤手毕竟经验丰富，在这样被动局面，仍能稳住脚跟，守中有攻。较量不多时，老摔跤手使出绝招，把进攻点从脚下移到手上，他那两条胳膊像两根炮筒似的坚硬，一左一右，一推一拉，仿佛要把铁木尔扯碎！铁木尔见他使用"臂战"，即刻也"以其人之道还治其人之身"，但是当他刚把注意力转到"臂战"时，那老摔跤手却以猝不胜防的速度，转变为"腿攻"，顿时，铁木尔脚底下乱了，险些摔倒，赶忙转攻为守，压住阵脚。他心中暗想："这老家伙，好厉害！……"

又经几个回合，铁木尔的优势渐渐显露出来，老摔跤手开始有些力不从心了。乘此机会，铁木尔声东击西，脚绊一个猛似一个，终于将老头儿摔倒在地上。

那老头儿一倒下去，马上有好几个战士跑过来搀扶他。老汉边起身，边连声称赞："他妈的，好样的，好样的！"

正在这时，刚才领铁木尔来找洛卜桑师长的那个矮黑战士，走上前来，向被摔倒的那个老头儿，端端正正地行了一个军礼，说：

"报告师长，从草原上来了一个通信员，给师长送来了一封急信。"

"急信？人在哪儿？"

"啊？您就是洛卜桑师长？"铁木尔好不惊讶！红着脸跑过去，给洛卜桑师长拍打身上的尘土。

洛卜桑师长一把抓住铁木尔，好像父亲要逗儿子似的，用双手从腰间将他抱起，拍着他的屁股，哈哈大笑着说：

"好一头察哈尔的小牛犊啊！"

随后，他放下他来，整理好衣装，捋着翘尾巴胡子，问：

"信呢？"

铁木尔这才仔细打量了一番洛卜桑师长。

师长穿着深黄色军衣，藏青色蒙古马裤，一双红马靴，和束在腰间那条宽皮带，非常协调，见了他，使人联想起雄伟的山峰，崇高的苍穹。

"他多么像个师长啊！"铁木尔心里敬慕地想着，行个礼，庄重地报告说：

"我叫铁木尔，察哈尔人，属牛的，从官布中队给洛卜桑师长送来一封急信。"

他的话，惹得周围的人都笑了；但是，洛卜桑师长却不然，接过信后，与他一样严肃地回答说：

"我叫洛卜桑，科尔沁人，属马的。到我屋里坐吧！"

可是说完，他自己先笑了。

师长一边走，一边读信，脸色渐渐庄重起来。

在路上，遇见一个女战士。这是铁木尔头一回看见女兵，所以挺稀奇，眼光一直盯在她身上。那女战士，年岁不过十七八，嫩白的脸上带着稚气，细眉大眼，头发剪得短短，一眼就看出是个城里的人。她走到师长跟前，就像女儿见了爸爸一样，说话的声腔有些娇气，这使铁木尔听不惯。"这样城里小姐，在军队里能干个啥！是给大兵补袜子，还是唱小调呢？"正当他这样想时，洛卜桑师长却完全用一种重用、信任的态度，拍了拍那个女战士的肩膀说：

"又要到你忙的时候了。快回去准备吧！"

女战士领会了师长的话意，脸上的稚气即刻消失，行个礼，跑走了。

那个小女战士，没有给铁木尔什么好印象：听不惯的声音，看不惯的稚气……但是不知为什么，她的影子，在他脑海中却印得这么深，这么结实，以至使他都无法忘却他！

回到房里，师长盘着腿，坐在炕上，向他详细地打听草地牧民们的生活和官布中队活动的情况。他听着铁木尔的回答，一会儿跳下炕去走几步，一会儿又坐下来。从他脸上那密集的皱纹，可以看出他对牧民的穷困生活和悲惨遭遇，充满了无限同情；这种同情甚至达到使他坐立不安的程度。

"我们从张家口早出来几天就好了！"

他像犯了多大过错似的，声调很沉痛；但是瞬间，又开朗地大笑起来，又自己反驳自己地说：

"这才是蠢话！我们来得不算迟，可以说，正是时候，只要我们像一只狼似的，在这儿张着嘴等他们一会儿，敌人自己就送命来了。"

说到这里，他又兴奋起来。

洛卜桑师长，曾经是伪蒙疆骑兵师师长。他初次扛枪，还在张作霖统治东北的时代，这几十年的军人生活，使他变成了一个粗鲁、勇敢，但又易怒的人。他没有文化，他不看重文化，甚至可以说，他对那些有文化的人，有一种天然的厌恶。他对士兵，有时就像一个严父，骂他们，打他们，甚至狠狠地踢他们；但是有时又像一个慈祥的母亲，在给养困难的时候，宁可自己饿得头昏眼花、全身直冒虚汗，也省下粮食，给伤病员们吃。冬天，战士的脚冻坏了，他把自己的毡靴脱给他们；他们不肯穿，他硬是用马鞭抽打着叫他们穿上。这些特性在他身上分辨不出哪个是长处，哪个是短处。只能说，洛卜桑就是这种种特性的总和；或者说，这种种特性的总和，就是洛卜桑。

士兵们容忍他的谩骂和踢打，并不是完全因为惧怕他，说得确切些，三分是惧怕，而七分是出于对他的敬爱。他们背着他，谁也不叫他的名字和职务，总是亲切地、骄傲地称他为"我们的鹰"，或者叫"草原的鹰"，有时也只叫"鹰"。他自己也知道士兵们这样称呼他，他没有气怒，心里高兴地说："这些小山羊，真乖呢！"

十年前，洛卜桑从东北来到伪蒙疆，不久，他依靠自己的军事才能，当了师长。他打过土匪，也被日本人利用，保卫伪蒙疆政权；但是，不论在东北，或在伪蒙疆，并不知道谁们在利用他。他只抱着一个理想，就是要建立一支蒙古人自己的强大军队。他认为在现代世界上，一个民族没有自己的强大武装，就不能保卫自己。然而愚蠢的洛卜桑，直到前年才认识自己从前的"奋斗"，是做了不少罪恶的事情！

他在伪蒙疆骑兵当师长时，有一个最要好的朋友，也是蒙古人，没有职业，寄居在他家里。那个朋友，对军事问题非常有兴趣，经常问这问那，他俩喝上酒，谈起天来，总是不到深夜不罢休。后来，突然日本特务机关到处通缉那个人，洛卜桑几次冒着掉脑袋的危险，把他掩护在自己的家里，终究没有叫日本人捕去。那时，他才知道，那位朋友原来是共产党地下组织的负责人。从那，他越发谨慎地掩护他，并且把日伪重要军事情报，转告给他。我们的许多同志都有了洛卜桑师长的副官、文书和卫兵的公开身份，他的家成了我党地下工作人员的集聚点。在我们党领导的大青山游击队极端缺少装备的时候，洛卜桑曾经巧妙地把能够装备一个团的武器和弹药，秘密运送到山里，交给游击队，做了许多真正有益于自己民族和人民的事情。日本垮台后，他在那位朋友的帮助下，立刻与晋绥地区的八路军接上头，直到去年内蒙古自治运动联合会成立时，才归回内蒙古。他的那位朋友，现在是中共内蒙古党委负责人之一，两个月以前，在他的介绍下，洛卜桑光荣地参加了中国共产党！这次，他依照上级命令，进入锡林郭勒、察哈尔地区开辟根据地，发动锡、察人民，配合友军，准备彻底消灭进犯内蒙古草原的国民党反动派。

"你在路上看见敌人没有？"洛卜桑师长问。

"看见了。"铁木尔答道。

"你们的队伍离敌人有多少距离？"

"大约八九里路。"

洛卜桑沉思了一会儿，说："你等一会儿。"便走到隔壁那间屋里。

铁木尔从门缝看见那间屋里，有四五个人，都不像是战士，可能是作战参谋们。

过了一会儿，洛卜桑回到这间来，欣然一笑，说：

"好吧，现在我们来把'家具'准备妥当，只等官布他们把肥羊赶来上席了。"

四

这场战斗总共没打五分钟就结束了。经过是这样的：敌人在官布中队紧迫追击下，就像被鹞鹰追捕得蒙头转向只顾逃命的兔子一样，没队没伍，乱成一团，直奔宝源镇而来。人常说："冲锋的马像猛狮，败阵的马像绵羊。"当他们接近宝源镇时，各个的骑马都将迈不动脚步了。但是，他们毕竟眼看就要占领宝源，而他们一旦占领住这个草原的大镇，官布中队就很难正面攻破它了：因为这里不但有坚固的围城，而且人口众多，坐商也不少，应有尽有。

这群家伙，离城镇还有二里多地，就高兴得鬼似的乱叫起来，有的家伙还无故往天空放枪，以祝贺他们终究得救。他们离城越来越近，城里鸦雀无声；

城里鸦雀无声，他们离城越来越近……

　　突然，从城里向他们扫射出来暴风雨般的子弹，他们当中有许多人马被打伤、打死。垂死的敌人，发现自己落入对方控制区内时，便不顾一切地转回马头，奔老路往北逃跑。但是没想到，正这时，官布中队已经向他们迎面冲锋而来。他们在前后夹攻之下，连躲身的地方都找不到。不一会儿，他们举出几面白旗：投降了。官布中队立刻接受他们的投降，赶着俘虏，向宝源城里走来。战斗到此结束了。

　　富有作战经验的洛卜桑师长，不是看见敌人投降就算完了事，他心里一直盘算着一个问题：敌人为什么这么轻易投了降呢？固然被前后夹攻，他们有些吃不消，但是他们的投降，总是有些使人怀疑的地方。他把望远镜举在眼前，没有放下来，就在这时，在他的望远镜中出现了三个向西北方向飞驰潜逃的人马，显然狡猾的土匪头子，叫他部下投降的同时，自己却巧妙地逃跑了。

　　他马上派一个连去追擒潜逃的土匪头子。这时，一直抱怨没能参加歼灭敌人战斗的铁木尔，向师长请求叫他也去，师长同意了。

　　敌人似乎预料到迟早将会被我们发觉。等我们出发时，他们已经消失在西北方山峦之中。

　　连长是个年轻小伙子。师长不派别人，单派他，说明他是精明强悍的人，至少在师长眼里是这样。铁木尔一路上注意他，然而他身上并没有什么与众不同的东西。

　　敌人逃得真快，当我军赶到山下时，他们早就没影没踪了。师长的命令是，抓不到土匪头子，不准他们回来，再说，投降的那些都是小喽啰，潜逃的才是真正的"阎王"，是他糟害了草原，无论如何也不能叫他逃了命啊！

　　连长临时决定，分成三路来寻找敌人；但是分成三路后，还没走出百步远，就发现了敌人的踪迹。只顾逃命的敌人，没有发觉他的马褡子破了口，或者发觉了，也没顾得上收拾它，所以哩哩啦啦丢下不少零星东西。这些都是从草原上抢夺的，有牧民妇女的玉石头饰、银碗、绸缎等等，有一个战士还发现了一双破毡袜。这些穷土匪，没有不抢的东西，无怪乎牧民都叫他们"乖仍迟德日木"——乞丐匪徒呢！

　　全连又集合到一起，放开马缰，用最快的速度，码着敌人踪迹向前追了下去……

铁木尔不习惯在大队人马中排队前进，他一个人落在队伍后头，不慌不忙地走着，他自信等看见敌人的影儿之后，他的黄骠马猛冲它几步，就能赶到大队最前头去。不一会儿，果然前面出现了敌人，同志们都喊叫着冲过去了。这时铁木尔的黄骠马也撒开欢，向前跑去；但是跑了整整一天而疲累了的黄骠马，哪里能够赶过队伍前头去呢？它知道自己主人的脾气，但是任它怎样拼命地跑，也赶不上去了。铁木尔急得头上直冒汗，心想："马累了，跑不上去了，可是那些新认识的同志们，心里该怎样想呢？他们也许说，这小伙子，原来是个贪生怕死的家伙，只跟着人家后头跑，连条好狗都不如，不，铁木尔不能跟人家刚见面，得这么个坏名誉！"一想到这里，他对黄骠马就下了苦刑：用马鞭嗖嗖地抽它的耳朵，打得耳朵根直流黄汗。它忍受不住这种苦刑，把最后一点力量全部使了出来，扎着头，不分深浅地跑开了。疲累了的马，两脚失去了灵活，没跑出多远，前脚绊在一块大石头上，打了个前失，啪地跌倒了。铁木尔的头正好碰在石头块上，头嗡了一下，眼前冒出两点打着转的火星，便失去了知觉……

他苏醒过来的时候，倒在一个女人的手腕上。起初他认不出她是谁，后来才认出原来就是上午在宝源看见的那个娇声娇气的女同志。脑海中忽然掠过一个念头："我怎能倒在她的手腕上呢，真丢丑！"他想即刻站起来，猛地挺了挺腰，然而眼前一发黑又倒下去了。那个女同志把他头部的伤处包扎好，喂了他几口水，这他才完全苏醒过来。他睁开眼睛一看，这是在荒山旷野上，土匪和自己队伍已经不见了，他心里又懊丧起来："刚看见敌人的影子，自个受了伤，这算啥事！"那个女同志，似乎看出他的懊丧情绪，温和地安慰他说：

"同志，你高兴吧！逃跑的土匪头子，死不投降，叫我们在南山头上打死了。刚才，同志们只顾追土匪，没看见你跌倒，我那时正巧从你们后头跟上来，看见你倒啦，跑来刚把你背到这个背风的地方，你就醒来了。同志，你的马没跑掉，它真乖，把你摔了，好像很对不起你似的站在你跟前一动都不动，刚才我把它抓住，跟我的马拴在一起了。同志，你再喝几口水，别着急，好好休息休息，过一会儿，我背你到前边那几户人家去，叫他们搞个担架，把你抬回宝源去。"

"你说什么？把我抬回宝源去——就像一条死母狗那样？别胡闹了，铁木尔宁死也不能干那样丑事！……"

伤口一痛，他把话没说完。那个女同志无可奈何地笑了笑，说：

"好，你不愿意，那就算了，待一会儿，我背你回去吧！"

铁木尔愤怒地瞪了她一眼，但伤口的骤痛，使他没能把话说出口来。

他的靠右耳的上边，碰出老长一条伤口，流了许多血，那位女同志刚包扎时，血还没止，但是现在已经止住了。他流血过多，不能在野外待久，可是他又是这样偏脾气的人，一不让抬，二不让背，怎么办呢？他能骑马？不行，骑马震荡对他没好处……她一时想不出办法，只得靠他坐下来，轻轻地理了理他头上的绷带，问道：

"痛得厉害吗？"

他仍然理都不理她一眼，就像猛狮落在猎人的网里，很不服气似的。

他的确在心里咒骂着自己："铁木尔，铁木尔，堂堂的蒙古青年，在这么一个又瘦又小的城市小姐面前丢脸……我不是没腿，为啥叫她背呢？那样比躺担架更丢人！"他忽然恨起她来，"啊，你是乘我受了伤，故意要笑我呀！"他紧紧地咬着下嘴唇，向她愤恨地看去，然而，看见她在默默地哭泣！她为什么哭呢？他一时不知怎样是好，既没劝止她，又没谩骂她；但是心中却不由得激起一阵怜悯、同情的洪流。

"她是为我哭吗？"这几个字在他耳边当当震响起来。

他不会安慰人，尤其不会安慰姑娘，忙中找出一句话来：

"同志，我们回去吧！你把马拉来，扶一扶我，我就能骑上它。"

她听了这话站起来，擦了擦泪，抓马去了。春风吹散了她的头发，从远看来，她是那样婀娜、娇秀而健美……

当她抓来黄骠马，扶他上鞍时，他头一昏，好险倒在她的怀里。他扶着她，闭上两眼站了一会儿，等渐渐清醒下来，才咬紧牙关，走过去跨上了马。他骑在马上，摸了摸马头，又看了看那个女同志，不由得眼圈湿了。连他自己都不知道这到底是出于对黄骠马的爱，还是对那个女同志的感激！

两匹马并着排，慢慢地向前走着，随着这两匹马的身躯的左右轻轻摇晃，他和她的肩膀也轻轻相触，又分开；分开，又相触……

他俩眺望着远方播种了的田野，任马迈着懒散的步子，谁也没去管它。过了一会儿，铁木尔偷偷瞧了瞧她，而她，非常敏锐地感觉出有一股强烈的眼光，落在她的脸上。她的脸儿不由得搐动了几下，圆小的鼻尖上，沁出几粒水银般的汗珠：她有些羞涩了。

她想摆脱这种尴尬情况，于是故作大方地扭过脸来，对他说道：

"你是从草原上给师长来送信的吧？在城里我就认识了你，现在又碰到一块；可是我连你的名字还不知道呢！"

"我叫铁木尔，懂蒙古话吗？铁木尔，意思是钢铁的铁，你看，我是不是像一块青铁！"

她格格地笑了。

"你这块铁，差点叫石头块碰碎了！"

叫她抓住了小辫子，他的脸一红，挺不好意思地苦笑了。

"长这么大，头一回出这样事，可巧叫你碰上啦！我的救命人，你的名字呢？噢，不用你告诉，我也能猜得着，反正你们汉族姑娘就是那么几个名字，什么秀英啦、秀芬啦、桂兰啦、桂芝啦……"

"我才不叫什么英，什么兰呢！我叫欧阳庆中；欧阳是姓，庆中是名。"

"汉人还有四个字的姓名？"

"有的。平时你就叫我欧阳就行啦。"

"奥阳，奥阳，不错，这名字挺好叫。"

"同志，不叫奥阳，是欧阳，欧，欧，你懂吗？"

"哎，有个音就行呗！比方说，我的名字用蒙古音是'土木日'，可你们汉人不会说，竟叫'铁木尔'，管它土木日，还是铁木尔，反正我知道是在叫我就行了。"他停了停又问，"奥阳同志，你的家在什么地方？"

"老家是南方，现在在张家口住。"

"啊，我到过张家口，大街当中有一道河，河上有大桥，上堡的旅蒙商做的马鞍、马靴也不错。你家是做买卖，还是当差？"

"父亲是铁路工人，我过去在铁路医院当护士，还有个弟弟上中学呢。"

"护士是不是大夫？这么说，你也会号脉呗！可是说实话，我要得病，可不叫你看。"

"为什么？"

"你就不像个大夫，太年轻啦，我猜你一定还没有男人呢！"

"现在还没有，不过以后会有的。"

　　她回答得那样大方、干脆，反而闹得铁木尔挺不好意思。他赶忙拉出别的话题：

　　"你来草原过得惯吗？你们城里的人，干什么都不跟我们一样，就拿洗脸来说吧，听说你们一天要洗几十回，你别笑！可我们每天早晨洗两把就行；再说你们城里妇女，更奇怪，故意把好好的头发弄得弯弯曲曲、乱乱乎乎，活像个老鸹窝，难看透了，你看看我们牧民妇女，不是把辫子梳得顺顺溜溜，就是用头饰把头发拢得整整齐齐，多好看！"

　　"有的人喜欢白马，有的人喜欢红马，你大概喜欢黄马，一个人一样爱好嘛！"

　　"你这话也对；可是我猜想你刚到我们草原上，一定有很多事情都不习惯。"

　　"不，你猜错了。铁木尔同志，你知道吗，我从小就爱上草原啦！"

　　她在小学读书的时候，读过一篇关于草原的故事。那篇故事，在她那幼小的心灵中，印得那样深！从那以后，她幻想着有那么一天，到大草原上去看一看。那里的天，是蓝蓝的，云，是白白的；在一望无际的绿色草滩上，到处开放着五颜六色的鲜花；自由的牧人，骑着高大的枣红马，甩着长长的鞭子，一面唱歌，一面放牧牛羊……

　　草原，多么神秘而又迷人的地方啊！

　　那时，她父亲参加罢工，日本人要逮捕他，她就给父亲出主意说："爸爸，你逃到草原上去吧！那里的人们是自由的。"父亲笑了一笑，抚摸着她的头发说："是啊，我们在这里住不长了。"不久，她父亲到张家口车站上当了工人，父亲还来信说，张家口离草原很近。她多么高兴啊！一天天地巴望着搬到张家口来住，没过一个月，果然愿望实现了，她到张家口的第二天就跑出大境门外，爬山越岭去看草原；但是，她失望了！人们告诉她说，草原离这儿还远呢！她急得哭了！草原，到底在哪儿？也许是一块永远走不到的地方吧！草原对她越发神秘了。

　　后来，她在铁路医院当了护士，但仍然不断地搜集介绍草原风土人情的书籍、描绘草原风景的画册，也时常到上堡找那些去过草原的商人，听一些草原上的故事。母亲常常骂她："你发疯啦，整天迷在草原的故事里，老天爷把你投生错了地方，你的命该当是叫牛粪烟熏瞎眼的！"然而一个人一旦爱上了一种东西时，就像大树把根扎在土地里一样，任什么力量也无法叫它们分离！她仍旧搜集有关草原的书籍、画册；仍旧去上堡从旅蒙商那里听些草原的故事。

去年张家口解放了。她许多朋友都参加了工作，有的来劝她也参加，她回答她们说："我一定参加；但是我要去草原上革命。"九月间，在张家口成立了内蒙古自治运动联合会，她一听到消息就到那里去了。门岗问她找谁？她说要找"你们顶大的官"。问她有什么事情，她不告诉。门岗不叫她进，她非得要进，正在这样纠缠当儿，从院里走出一个人来，他那高大的身材，宽阔的额头和那对明智的眼睛，使人感到亲切、可敬！那个人听见这里说吵，就迈着稳健的步子走过来，问出了什么事情。门岗向他行个举手礼回答说：

"报告首长！这个小女孩无缘无故非得找我们这里顶大的官，不叫她进，就要闹上了。"

那个人听了之后，转过身去，慈祥地微笑着问她：

"是你要找我们这里顶大的官吗？"

她也学着门岗那个同志，挺精神地行了个举手礼，回答说是。

"我们这里没有顶大的官怎么办？"

"小一点的官也行。"

"那么我暂时就算这个'小一点的官'吧！你有什么事情？"

"我不能随便对什么人都说。"

她的话惹得周围的人哄然大笑起来，而她却奇怪地环视大家一下说：

"这有什么好笑的？"

周围的人越发大笑起来。这时，有一个同志才从一旁告诉她说，与她说话的那个人，就是内蒙古自治运动联合会主席乌兰夫同志……

就这样，她参加了工作。这次内蒙古人民自卫军第十二师到察哈尔草原来时，乌兰夫同志特地把她叫去，告诉她说，为了帮助实现她的愿望，派她当护士，跟部队一同进入草原。多年的愿望实现了！在踏进草原的第一天日记上，她这样写着："我要做草原上的一棵青草，把根扎在草原上，为了她，我献出自己的一切一切！从今天开始，每天学几句蒙古话，决心永远在草原上工作……"

今天她救护了铁木尔，虽然他对她没说一个"谢"字，但是她心想，这就是为草原工作呢！当天晚上她在日记上写道："我第一次享受到为草原而工作的愉快！"

在人们被敌人的骚扰而心神不定的时候，在人们为扑灭战争的火焰而奔波的时候，春天，依然按照自己的时间表来到了草原。

草原，以它春天的美姿，迎接自己的英雄儿女——人民的铁骑兵。

官布中队与十二师在宝源会师后，第二天就向察哈尔南部的另一个小城镇哈布嘎进发了。

刚到草原的欧阳，时时刻刻注意着周围的一切景物。草原的山、水、花、草，与她故乡的有什么不同呢？她尽力寻找这个"不同"，当她越是发现了它的时候，越感到自己已经真正来到了草原。

欧阳，这两天心里说不出的愉快。她想独自爬上草原的高山，可嗓子唱一唱歌；想离开队伍的行列，叫她的小白马任意飞驰一番。这是草原的雄伟而辽阔的大自然给予她的激奋吗？她自己也回答不出来，不，她是不想或者说不敢回答这个问题，因为她隐约地发现自己的激奋中，有着少女的羞涩的秘密，而当这种秘密在她心灵上蠕动的时候，不知为什么那年轻而矫健的铁木尔的影子，出现在她的脑海之中；一看见他的影子，她的心就不由得轻跳起来……

红旗、黄尘、苍蝇和杂色的服装……队伍像一条黑龙，在草原上爬行着。

队伍像一串牛车，在山岗上爬行着。笑声、喊声、战马的嘶叫和铁器的撞击声……

队伍在一个小村庄里打尖的时候，师长派人把欧阳找去了。师长对她说：

"我们已经来到草原，在这里我们准备迎击一切进犯的敌人。可是我们师里只有一位军医，等作起战来不用说给治伤，就是治牙痛也治不过来。我们在草原上，要吸收一批蒙古大夫参加工作，今天你跟一个同志先去请一位当地最有名望的老大夫，愿意去吗？"

"师长同志，这还用问，我现在就去告诉医生。"

说完，她就要跑走，师长叫她停下来，用粗大的手抚摸着她的头发说：

"去请年老的大夫可不是一件容易的事情。要是他不来怎么办呢？你是不是给他哭一鼻子？别以为我说笑话。你要注意尊重老年人，告诉他说，我们就像需要水那样需要他。这个老大夫叫巴拉珠尔，是接骨专家，我们非常需要这样一个大夫。"

"谁领我去呀，我自己可找不到他，就是找到了他，也不会说蒙古话。"

"他领你去。你们俩认识一下吧，他叫铁木尔，跟那个老大夫住在一个村里。"

欧阳和铁木尔没有像通常那样互相握手，只是站在原地互相对笑了一下，似乎这样显得更亲切些，同时也向师长表明，他们老早就熟识。

这时，师长的眼光落在铁木尔头上的绷带上，苦笑了一下：

"看来我做介绍是多余的事。铁木尔同志，你的伤口还痛吗？"

"一点都不痛了，把这些白布包在我脑袋上挺不好看，可以拿下它来吗？"

"那事归欧阳同志管，她不叫拿下来，谁都不许动的——包括我洛卜桑师长在内。"

大军继续向东进发的时候，他俩另分一路，向北走了。

村庄已经落在身后，透过波浪般的蜃气，才能隐约地看见村庄里的教堂顶尖闪耀着银光。他们走在高高的山梁上，眼前展现出辽阔而静谧的草原。他们不约而同地鼓起胸膛，吸着草原在青黄交替时特有的潮湿气息。远处草原上有几群牛羊，悄悄地吃着草，斑斑点点，像是一把珍珠撒在绿绒毯上。

欧阳自有心事地跟在铁木尔后边走着。这真凑巧，当地的战士里，有许多人都跟那个老大夫熟悉，师长偏偏派他跟她一同来，她在默默地感激师长。倘若换个人与她同来，她该多拘束、寂寞呀！有铁木尔在身边，她赶多远的路，也不觉得疲累。

"奥阳同志，你别在人家后头走啊！"铁木尔半跨在马鞍上，转过身来说，"在我们这地方，除了土匪以外，都不前后的走，是要肩对肩，排成横队走，要不然村里的狗就把你当作外地人看待——跑来咬你；乡亲们也会骂你'德日民协自'——土匪的种呢！"

她从张家口出来时，就下定决心，到草原上要尊重当地人民的风俗习惯，所以叫马快走了几步，与他并起肩来。她刚学会骑马，跑得稍微快一点，就全身紧张，两只手一左一右紧紧地勒着嚼子绳，活像一只展翅欲飞的小鸟。他见她骑马的姿势，从一旁笑着说：

"拿嚼子绳别把两只手一左一右地分开，那样就不是骑马，是要从马上飞走了。你看，这样拿，左手是这样的。"他替她示范地做了一个动作，又说，"到我们草地来，先得学会我们牧民骑马的样子，不然，人家一看你，就知道是'外人'了。"

他这番诚恳的话，使她很感动，马上学着做了一个姿势，但是没有做好。

她的脸即刻绯红起来，犹如夕阳西下时的霞光。她为了不在男人面前陷于尴尬，很巧妙地把话题岔开了：

"铁木尔同志，我们能把那个老大夫请来吗？他的名字叫什么？我老是记不住。"

"他叫巴拉珠尔。依我看咱们怕是白跑一趟，他是一个安分守己的人，在这样年月，未必出来；再说他上了年纪，怎能过得惯军队生活？"

这话真叫她扫兴！要知道他一定不会来，何必去请？她心里这样想，可没说出来。沉默了一会儿，她又问起他的家庭情况：

"你的家，跟巴……巴拉珠尔大夫是一个村吗？"

"可以说是，也可以说不是。"

"这话怎么讲？"

"我从小就在那个村里长大；但是我是个孤儿，没有自己的家。前些年我在一个牧主家做工——他现在搬到别处去了；后来又跟一个老猎人一起过日子……孤儿，单身汉，什么家不家的！"

说到这里他的脸色阴沉下来，愁云越集越厚，眉头轻轻地搐动着，他结束自己的话时，右手拿着缰绳头，往左手掌上抽打了几下，好像以此来分散他内心的苦痛。

欧阳是个精灵的人，后悔自己不该冒失地问他伤心的事。

"我小时读的草原的故事里，说草原上的人，到处是家，他们都很好客，在他们心目里，客人是尊贵的人，你有什么可愁的？把整个草原当成自己的家吧！"

"你这是笨话，一个人能够一辈子永远当别人的客人吗？"

愁云仍然没有从他脸上消散，这说明，她再说些什么安慰的话，也是徒劳的，还不如沉默一会儿，叫他自己去摆脱内心的痛苦呢。

他们久久地沉默了。

太阳滚入西方草原的尽头的时候，他们来到特古日克村。走在柔软而发青的特古日克湖畔，他目不转睛地看那深蓝色的水面，不知为什么他忽然产生了这样一个奇怪的想法："这湖水，多么像眼泪啊！"想到这里，他自己笑了，像是干了一件丢脸的事情。接着他的眼光转向道尔吉大叔的家和湖北岸上的莱波尔玛的家，他看见莱波尔玛在蒙古包旁靠木栅栏站着，两眼呆视草地，仿佛是在思念着情人。在夕阳下，她的头发闪着金光，如同头上扎着一块杏黄色绸巾。铁木尔没有绕道过去跟她打招呼，他这次回到村来，不想进任何一个乡亲的家里，眼下，把巴拉珠尔大夫请到部队去，是他的最主要的任务……

他们走进巴拉珠尔大夫家时，这个独身老大夫正在准备烧饭。他的牙齿全部脱落，所以吹不起火来，老人自己发明了一个起火器，那是把小犊子皮缝成口袋，在留口的地方安上一个半截枪筒，他把枪筒插在灰里，再把牛犊皮一鼓一挤，于是一股股的风，由枪筒往外吹，不一会儿火苗就起来了。他俩走进来时，老人正在用这个吹风器吹着火，他看见他们进来便放下它，费力地站起来，这时铁木尔走上前去问候，并把欧阳介绍给他。

他请两个客人到里屋坐，一进里屋，一股浓烈的药味向他们扑来。这是一间典型的独身大夫住的土房：间量不大，炕上铺着经过缝补的栽绒块毡，靠墙放着一排大小不一的柜和箱，都是油的深紫色的漆，虽然发旧了，但依然亮晶晶的，像一面镜子；在这些柜、箱上面整齐地放着黄布的经包和药袋，炕上还放着一个小炕桌，上边有一串佛珠，显然主人刚刚用过它。地下没有什么家具，只是在尽墙角，在一块用碎砖垫起的木板上，放着一排红色和青色的粗布长统靴，在它们旁边，有一个用泥糊上的窟窿，也许是老鼠洞吧！……总而言之，屋里的一切东西都是井井有条，干干净净，然而给欧阳的印象是，它的整个气氛太古旧了，与今天的战斗生活和草原诗意的大自然太不协调。她在心里想："进这屋，就像进了古庙。"

老大夫用丰盛的茶点招待了客人，非常关心地打听土匪的消息。当铁木尔告诉他，土匪全部被消灭，土匪头子被打死了的时候，他把双手合在胸前，祈祷道：

"多亏老佛爷保佑！恶人永远不会有好下场！温玛尼巴达玛洪……"

铁木尔继续告诉说，土匪是蒙古骑兵十二师消灭的，这是一支真正蒙古人的队伍，它的师长叫洛卜桑，是他派他们来请老大夫。他尽力把话说得有说服力，并且向他暗示：没有他，部队似乎完全不能生存。他又介绍欧阳是汉人，张家口的护士，她为了蒙古民族，离乡背井跑到这么远来，吃苦受罪，那么我们蒙古人为自己民族奋斗是责无旁贷等等……

老大夫并没有被他鼓动起来，掏出鼻烟壶吸了几下鼻烟，不慌不忙地说：

"你们的意思我全明白了。是叫我给你们队伍治伤接骨，是吧？看你笑得那个样，我就算猜对了。咱们把这事放到一边，先说另外一个事：前几天，我向老佛爷许过愿，什么人收拾掉糟害百姓的土匪，我就为他念三天经，现在洛卜桑的兵，把他们收拾了，我没见过这个洛卜桑达日嘎，可是我要为他念三天经。"

"那么您到底……"

"你回去就告诉那个洛卜桑达日嘎，等我为他念完三天经，一定找他去。孩子，你别寻思我是说胡话，不，不是胡话，你知道，你大叔活了六十多岁，给成千上万的人治过病；但是我还想在老得实在动弹不了以前，给咱们蒙古人，多做些好事呢！今天，咱们蒙古，出了洛卜桑这样有本领的人，我们不听他话还听谁的？蒙古不是一把沙子，只要咱们每个人都出力，咱们就是一块钢！雨能淋它，可是淋不碎；火能烧它，可也烧不烂；这样才能在咱们民族的头上，佛光永远普照！"

巴拉珠尔老大夫的热情话语，使欧阳开始幻想日后跟这样一个老人一起工作该是多么幸福！她第一次接触蒙古老百姓，但她从他那颤抖的声音中，感到蒙古人民的倔强性格和对自己民族的无限热爱，在这样一群强悍的人民当中生活、战斗，将是多么大的幸运啊！她叫铁木尔给老大夫翻译她的话：她愿意做他的一个忠实的助手。老大夫满意地对她笑了。

他们就这样说定，三天以后再来接他老人家。等吃过晚上的肉食，与老大夫告辞出来时，他们为了防备夜里赶路发生意外事情，把枪顶上子弹，加上保险，挎在手腕上。

欧阳第一次在月夜的草原上赶路，她被它那梦一般的美妙迷醉了。在路上，她几次地想向铁木尔说，两个人下马走一走，或者在草原上坐一会儿，尝受一下深夜草原的静谧，但是一直不好意思开口，直到他们的马都跑出汗来的时候，她才借题提议下马走一走。他同意了。他们牵着马，大约走了半里多地，便绊上马脚，放它们去吃夜草，他俩坐在草地上休息。

欧阳骑了一天马，有些疲乏，她仰身躺在草地上，凝视着那深蓝色宝石一般的夜空和满天闪烁着的繁星，她想起了妈妈；她也到这儿来，像她似的躺一会儿，该多好啊！但是，不能，她没有这样福气！她只知道早晨起来去买菜，一天做三顿饭，或者无缘无故地跟父亲吵嘴……她的生活多没有意思啊！一个人，生活在世界上，就应当到最不平凡的环境中去，而她自己，已经做到了这一点……那深蓝色宝石一般的夜空是她的证人啊！

铁木尔吧嗒吧嗒的抽烟声，把她的思路打断了。她看了他一眼，他不言不语地坐着抽自己的烟，他那头上的白色绷布，在月光下就像一条银环，她又想到他的伤口，问他是不还发痛？他说稍微痛一点。她跪起来，替他把绷带重新包扎了一遍之后，重又在他身边坐下来，拔断一把青草，放在鼻前闻了闻，好像发现了什么新奇事情似的，把青草在铁木尔鼻前晃了晃说：

"你闻一闻，青草还发香呢！"

柔软的草叶触在他的鼻尖上，微微发痒，他连闻都没闻一下，就回答道：

"是啊，有些湿味！"

这时，她眯起眼睛，与前面的话毫不连贯地说：

"多静的夜啊！这么大的草原上，只有你和我……"

"不，还有我们的两匹马！"

听了铁木尔的补充，她笑了。听她笑声，他奇怪地向她看了一下，这时他才发现欧阳是在那样大胆地用火一样热的眼光看着他！顿时，他不安起来，那颗年轻的心也不由得猛跳了。

一片片薄薄的白云，在月下飘来飘去，它们把黎明前的潮气撒在草原上；青草叶上积出滚圆的露水珠，是它滋养着这里的一切植物。草原上有多少万万棵青草啊！当它们吸收了大自然的养料，一节又一节地向上吐出嫩芽的时候，在这里响起了多么巨大的新生命成长的声音！

东天边上出现了乳白色的曦光，草原从夜幕中渐渐显露出来。

两匹马已经吃饱了多汁的青草。

欧阳和铁木尔又开始赶路了。

五

茫茫荒原被夜的黑幕遮盖住了。山岭、河流和树木，连一点轮廓也显现不出来。夜风在空荡的大地上呜咽，既悲怆，又凄凉！然而，在这动荡的年月，荒原上没有一个夜行人，所以谁也听不见那难以入耳的夜风声。

青黄在交替。但去年的枯草还稀疏地残存着。就在那枯黄的草丛中，有一只被猎人打伤的野狼隐藏着；它，日间，忍着伤痛，把嘴紧紧贴在地上，不出

1921-2021

一声，不动一步，只有在这深夜，黑色的深夜里，它才咬牙切齿地拖着受伤的肢体站立起来，仰着头，向着夜空，向着茫茫荒原，狰狞地嗥叫！

贡郭尔被野狼的嗥叫声惊醒了。他看了看夜光表，才十二点，还想睡下去，但已睡不着。他做了半宿没头没尾的梦，感到头昏脑涨，如同作了一场激烈的战斗。在黑暗中，他两眼望着蒙古包遮盖着的天窗，忧郁地想："我现在躺在自己的家里……是自己的家里……"

夜风又传来荒原野狼的嗥叫声。贡郭尔烦躁地捂住两耳，继续想自己的心事："如果把铁木尔、苏荣、刘峰、方达仁全部忘掉的话，这不是跟我当警察大队长的时候一模一样吗？还是那座蒙古包，还是那块天窗盖毡，身旁睡着的还是那个整日里骂天骂地的老婆……唉！日月为什么要变？它不能像骆驼赶路那样，一条线走到底吗？这可以给人带来一时安静的黑夜又为什么要过去？为什么要被阳光灿烂的清晨所替换？……不行了！我们快要走进死胡同了。刘峰说过，共产党是穷人的党，他们得了势，就要把天下倒翻个，像我们这些人，就要叫他们压个粉身碎骨！你越怕魔鬼，它就越找上门来，现在他们唱着歌，吹着号进了草地，他们说，要在察哈尔打下窝，住下来，要闹什么自治！呸！这帮强盗！察哈尔、明安旗难道是他们的祖辈遗产吗？这个地方有它自己的主人，贡郭尔就是这里的扎冷；可是你看那些共产党，他们把马鞭往你蒙古包上一插，就不知羞耻地说：'这是我的了。'那个叫苏荣的家伙，在这儿住了好几个月，鼓动起来一帮青年，成立了什么骑兵中队，好像在耍威风给我看。由这就可以断定：他们闹自治，就是要把我们这样人铲除掉，叫那些穷小子们，骑着我们脖子发号施令！"

想到这里，他烦恼地猛劲掀开被子坐了起来，他老婆被扰醒：

"自己不睡，也不叫别人睡，你着魔啦？"

说着，她又像头母猪一样睡去了。

他没理睬她，将背靠在围墙上，深深地吸了口气，又吐了出来，重重心事，又涌了出来。

他与官布联合作战之后，当官布中队开进宝源，与内蒙古自卫军第十二师会合时，他与官布散了伙，抢先回到了草地。他所以这样干，是因为十二师的突然出现，打破了他们的整个阴谋，他不得不赶快回来，与刘峰商量对策；其次，他利用十二师还没开进草地的空隙，抢先回到草原，向牧民们宣传：方达仁匪帮是他贡郭尔扎冷一手消灭的，贡郭尔为草原讨还了血仇。牧民们听到这个消息，多么激奋！一传十，十传百，到处可以听到赞许的声音："还是我们的扎冷！"

堆成的雪人怎能经得住太阳的照晒？糊成的纸马怎能经得住大雨的淋打？贡郭尔的欺骗宣传没过几天就破产了。

十二师来了，他们把俘虏放了回去，但把从敌人手里缴获的全部物品，却如数地带到哈布嘎，通知各地牧民，叫他们到那里去认领自己被抢劫的东西。

成千成百的牧民都到哈布嘎去了。在那里他们除找回自己的物品之外，还听了十二师的宣传，看了内蒙古文工团演出的戏剧。这个剧是描写一家蒙古人，怎样被国民党杀害的杀害，拉走的拉走，最后八路军解放了蒙古人民，蒙古人民高唱："交朋友，要交知心人，八路军是我们的好朋友！"剧到此结束。牧民们头次看到戏剧，他们一边看一边哭，有的人把演戏当成真事，从台下愤怒地扔木头、石块，饰国民党军官的演员受了伤。也有的青年看完戏当场报名参了军。那些牧民从哈布嘎回到家去，传播自己看到、听到的新鲜事儿，草原上的风向，立刻改变了。他们说：十二师才是真正牧民的军队。

整个察哈尔草原，打破它那古老的寂静，正在这样翻腾着的时候，贡郭尔却心事重重地躺在家里，三天没有出门。他的士兵还没有散帮，但是已经成了无业游民，每天在附近几个村串来串去，使那些青年妇女不得安宁。

这几天，贡郭尔并不是没事可做，他很忙，每天睡得很晚。

昨天晚上，他与刘峰最后一次商谈了在目前情况下，他们应采取的对策。刘峰不断地给他打气，叫他宁肯忍痛一时，也要把眼光放远。据他说，前几天孙将军给他来过电报，断言要在两个月以内占领察哈尔草原。到那时，贡郭尔也许会被任命为察哈尔蒙古骑兵总司令呢！

昨晚商谈快要结束的时候，贡郭尔借着灯光，观察了一下刘峰的脸色，看得出他内心中充满了忧虑，但在他面前竭力地掩饰着。不过他的声调依然是坚定的，他说：

"只要忍过两个月，扎冷，才是五六十天哪，察哈尔就是我们的天下了！为了让这样一天早点到来，我们不能不付出一些牺牲。"

"我从来不怕什么牺牲。"贡郭尔说。

"当然喽！如果你是个胆小怕事的人，我怎么会依靠你呀？"

刘峰第一次说出他是在依靠贡郭尔，由此看出，目前的形势，对他的压力是十分大的。

"我去隐蔽的那个地方联系妥了吗？"刘峰问。

"说定今天夜里两点钟来人接你。"

"明天要做的那两件事，万不能拖延哪！"

"你放心吧！"

他们所说的那两件事是：一、放斯琴回家去；二、贡郭尔率领部下去投入第十二师。

在他们商谈过程中，对第二件事，都没有什么异议；因为在眼下只有伪装进步，投入革命，才能保全实力，度过时日，从而在不久的将来，如他们幻想的那样，与中央军里应外合，占领察哈尔。

但是，关于第一件事，起初，不论是贡郭尔还是刘峰都不同意，只是老普日布一再坚持，说什么放走斯琴，可以使铁木尔消仇解恨，省得日后暗地里使劲儿，找他们的麻烦。这样他们两个人也就答应了下来。

"再过几个钟头，我跟刘峰东分西离，斯琴再一走，这个家就会变得坟墓一样凄凉了。"

想到这里，贡郭尔感到非常憋闷，点上一支烟狠狠地吸了起来。他这样干瞪着两眼，熬到一点四十分时，包外传来人的脚步声。

"接刘峰的人来了。"他想。

来的这个人，显然非常熟悉贡郭尔的家庭情况，甚至连贡郭尔在包内睡觉的位置都知道。那个人走到紧挨贡郭尔躺着的地方，从包外小声地说：

"扎冷，扎冷，我来了。"

"你咳嗽一下，好叫刘先生早做准备。"贡郭尔从包里说。

那个人咳嗽了一声，立刻听到刘峰回答的咳嗽声。

"看样子，刘先生早就等上了。"

"好，我就来。"

不一会儿，贡郭尔走出包来。与那个来人，交换了一下眼色，向刘峰住的客厅走去。

刘峰没有点灯，在黑暗中，与那个人打了下招呼，说道：

"往后，全要麻烦你了。"

"哪里谈得上麻烦哪！"

"今后在恶劣的环境里，我很难前去看望你，有事我们请他给传话吧！"贡郭尔指了一下来的那个人，对刘峰说。

"好了，我们动身吧。"

"刘先生，多加小心，多加保重！"

他们一同走出房，很快地，刘峰跟着那个人，消失在黑暗的夜幕之中。他，随着黑夜而到来，又伴着黑夜走了！贡郭尔目送着他，不由得一阵铁一般沉重的忧郁，压上了心头。他不敢去想，天明后他的生活将是什么样的！他是那样惧怕早晨的到来，但是，有什么办法？不多一会儿，完全不由他的意愿，东天边开始露出微弱的曦光，再过一阵，太阳将要从那里喷射出她那金色的光芒，新的一天，将在人们的期待中诞生！……

　　早晨，一对喜鹊恰好落在斯琴住的那座破蒙古包的天窗架上，唧唧喳喳地叫唤起来。斯琴两年多以来从无心绪去听鸟类的晨歌或是夜曲，然而今天，这对喜鹊的鸣叫，不知为什么却格外吸引住了她。她呆呆地仰望着它们，仰望着衬在它们上面的湖水般的蓝天，她仿佛看见了百花盛开的春日草原，浪涛滚滚的夏季湖面，云高气爽的仲秋天空，和那风雪弥漫的严冬高山……这幻想中的一切景象，给她带来了无比强烈的生命的喜悦！她觉得人生确实是美好的！是啊，如果生与死是同样东西，那为什么人们都愿意长寿百岁？……"不，像我这样活着，真不如死了的好！活着，就应该像这对喜鹊那样自由……"

"嘭嘭嘭！"

一阵敲门声，惊走了正在歌唱的喜鹊，也惊醒了沉于幻想中的斯琴。

"斯琴，扎冷请你去！"宝音吐站在包外说道。

斯琴听到"请"字，好不惊讶！任他们拉去踢打、侮辱的斯琴，还用得着"请"吗？

斯琴来到贡郭尔的包里。老主人普日布大夫也在这里。他们见斯琴进来，都露出微笑，欠了欠身，说：

"坐吧，斯琴！"

宝音吐给斯琴斟了一碗奶茶。

这种种不寻常的接待，使斯琴感觉到的不是喜悦或者惊奇，而是极大的恐惧！谁不知道，人们出卖马匹之前，总是替它洗刷两次皮毛，增加几斤草料，以便于使买主出高价，又满意！那么，今天……

想到这里，斯琴眼前出现了刘峰猴样的面孔……恐惧越发加深了。

"斯琴，今天找你来，想跟你谈一件事情。"贡郭尔拉着腔调开始说道。

斯琴的心跳得更加厉害了！

"你来到我家，已经两年多了，好吧坏吧，我们一直没分开……而今，铁木尔已经回来，我知道你的心早就跑到他那儿了，我不打算硬扯住你不放，现在你回家去吧！"

听了他的话，斯琴没有表现出高兴的样子，甚至连头都没有抬起来。

"我祝福你们往后过好日子！"

斯琴依然低着头，慢慢地站立起来。

这时，普日布大夫走过来，脸上好一副惜别的痛苦表情，用颤抖的声调说道：

"孩子，这两年你待我老头子很不错，可是不论是我，还是贡郭尔，都有慢待你的地方，看在我们在一起总算生活了一两年的情分上，别记住那些过去的事情。你今天走，正赶上这样荒乱年月，我也买不到什么东西送给你，我叫羊倌赶来了五只羊，你赶回去，跟你老爸爸过冬用吧！"

斯琴摇一摇头，说她什么都不要。

"你现在就可以走了。"贡郭尔坐在原地说。

斯琴既没有答话，也没有告辞，便退出包来。

这一对父了是什么样人，她比谁都知道得透彻。因此，他们刚才所说的那些话，在她听来，只不过是预示着对她命运又开始了新的一次戏弄！她不相信他们果真会放走她，所以也没有回到自己住的包里整理一下零星物品，她慢腾腾地往自己家的方向走去。

她走一会儿，回头看一看，然而直到她走出很远，仍不见有人追来，她开始有些惊疑了！难道他们真的放她出来了？她加快了步伐。

仍不见有人追来；没有人，确确实实没有人！

现在她被一种莫可名状的感情统治了，这种感情既不完全是喜悦，也不完全是惊疑或者恐惧，好像是这种种感情的总和。

她自己也不晓得怎么跑到特古日克湖边上来了。特古日克村的居民，常常把这美丽的湖，称为"母亲湖"，是她迎接他们每一个人的诞生，是她守望他们每一个人的成长；是她分享他们的欢乐，是她分担他们的忧患！正因为这样，人们把痛苦和欢乐的时刻，都消磨在她的身边。

特古日克湖以她白色的笑纹，迎接着斯琴。风，把一股股浓重的潮湿气味吹过来，斯琴记得年老的人们称这种潮风为"温和的马奶酒"。人们吸饮了它，不会酩酊倒去，而只会感觉到怡然舒适的微醉。

她走在湖边，忽然想起在几个月以前，她曾在这附近遇见过铁木尔。她想道："现在，他在哪儿？……贡郭尔放走我，是不是他去跟他算过账？真的，是他救我出来的，要不然贡郭尔绝不会变得那么善良。是这样，就是这样，一定是这样！"她兴奋得欣然跳了起来。

她想唱，想飞，想跳进湖水里尽情地游戏！这时，她看见有一匹膘满体壮的枣红马在湖边吃草，她向它跑了过去。那匹马没备鞍鞯，没戴缰嚼，当她走近它时，它暴躁地喷出几股粗气，随即两条前腿腾空而起，长鬃飞扬，嘶鸣如雷，恰似一只猛狮。斯琴不由得暗自夸赞："好一匹烈性马！"然而，不知她从哪儿得到那么大的勇气，当那匹烈马的两条前腿一落地，她上前一把抓住长鬃，又一纵身，像燕子似的轻敏地跨上了马背。烈马，不知是受了惊，还是发了脾气，在原地转了三转，随后四蹄一扬，如出膛的子弹一般向前驰去。

特古日克湖变成一条白线，向后飞去，湖岸的幼林变成绿色斑点，向后飞去。风，掀扬起马的前鬃，打在斯琴的脸上，她的视线被挡住了。斯琴好像还嫌它跑得慢，心里说着"让它飞吧，飞吧！"用两条腿狠狠夹了夹马肚，马飞得更快了。

正当这时，爸爸的蒙古包进入了她的眼帘。一眨眼工夫，飞到包前，她不能下马，只得在马背上，大声喊了一句："爸爸，我回来了！"当马跑出很远时，她回头看见年老的父亲弯着腰从包里出来，向她眺望着。距离越来越远，她看不清父亲的面目，他老人家也许正在摸不着头脑，不知道发生了什么事情呢！

马在草上飞驰，风在耳边呼啸，大地、丘陵、树木和村落在疾速地向后退去……

斯琴的头发被风扯散了，管他呢！飞驰呀，飞驰，只有纵情飞驰，才是她心中燃烧的欲望！

马蹄溅起洼地的泥水，马蹄扬起草原的沙尘，马蹄越过几尺宽的深沟，马蹄踏上了高高的山峰。

来到高高的山峰上，枣红马放慢了脚步。斯琴弯下腰抚摸着马头，感激地说：

"你把我带到了多好的地方啊！"

她跳下马来，那全身是汗的枣红马，驯服地站到一旁。

山上，风势挺大，吹得斯琴的衣襟啪嗒啪嗒直响。

脚下是旭日、草原、雄鹰……

千里平坦的草原，看去绿油油、软绵绵的，仿佛从这高山上跳落下去，也不会摔痛似的。

草浪在翻滚！山下，风也不小啊！

这时，西北方上空一道闪电划过，又响起轰轰雷声；这是暴风骤雨的前奏曲。

风啊，雨呀，暴风啊，骤雨呀，来吧！她多么希望在那暴风骤雨之中再让那匹枣红烈马飞驰起来哟！

六

欧阳这几天起得早，睡得晚，怎么工作也不觉得疲累。师里只有几个伤风的人和一个夜里喂马被踢伤的病号，通常在这样松闲的时候，她是坐在屋里，写写日记，缝缝东西，或者读读小说，可是这几天，她不愿意在医务室多坐一会儿，从早到晚一直是不停脚地跑来跑去。洛卜桑师长刚才碰见她说："小女同志，这几天你的脸色不同往常，到了草地，心里格外痛快吧？"回到屋，她急忙掏出那块长方形的小镜子，照着自己的脸，心怦怦直跳："是不同往常吗？我的心长到脸上啦？没有啊，还不是那副老样！不，可能有点不同，不然师长怎么那样说？莫非他的眼睛能看到人家心里去？那不可能。哎，师长也许随便说了一句，何必想那么多！"她把小镜子往背包里一扔，又跑出屋去。

不一会儿，她来到铁木尔那里，解开他头上的绷带，随便看了一看，又包扎起来，照旧重复她那句老话：

"还得包些日子，不能受风，听见没有？"

这句话，他听过不下十遍，只点了点头，没说什么。

其实，他的伤口早就好了，不需要再包扎它；再说像他这样铁汉子，还在乎那么小块伤口！可是她仍旧郑重其事地替他包扎，而他也老老实实地叫她包扎。

包扎完毕，他俩什么也没说，只是互相默默地看了一眼，就分开。然而这一眼，就已经把一切都表示得完满无遗了。

真正的爱情，起初往往都是用眼睛表示的。当你热恋着的时候，你才知道：眼睛这玩意儿，用处可大呢！它不但会看东西，而且还会"说话"。用眼睛谈情，虽然没有声音，但是双方了解得就像在没风的天气看清净的河水那样透彻、明了。

她从铁木尔那里出来，在回医务室的道上，遇见了张彪。他一个人在城外的草地上散步。他们在宝源相识后，他非常关切她，有时他那过分的关切，使她不得不加以拒绝。譬如，从宝源出发那天，她背包里装满药品，鼓得老大，一看就够重的。张彪就说他力气大，要替她背。她心想，"人家替你背还不是累？"于是就说背包里边装着贵重药品，怕撞碎药瓶，拒绝了他。他每次看见她，都要谈几句话，现在他又微笑着向她走了过来。

"太阳落山了，你还忙什么呢？"

"给一个同志换了一下绷带。"她没有说出那个人的名字。

"我总是看见你一个人跑来跑去，你们医务所不是又新增加了几个医生和护士吗？他们做什么呢？"

"各有各的工作，一个医生领着一个护士，进多伦买药品去了，巴拉珠尔老大夫刚来，还没正式开始工作，再说，他年纪老了，零星活不应当麻烦他。"

"师长和苏荣同志常常谈到你，说你工作热情，对同志关心。"他又对她说，"师长和苏荣同志正在研究工作，我没有什么事情，让我送你几步好吗？"

"那太好啦，张彪同志，你参加革命早，经过考验，给我讲些战斗生活或者别的什么故事吧！像我这样在城里长大的人，都挺软弱的，不加强锻炼，就经不住革命的考验，我希望向老同志们多多学习。"

他们迎着五彩缤纷的晚霞，由城外一条幽静的小路，向前面一排土房走去：那里就是临时医务所。

他把她送到门口，就返了回来。这时，晚霞慢慢地消失，灰暗的夜幕落了下来。

从师部的房间里传出来洛卜桑师长洪亮的笑声。了解师长性格的人都知道，他的笑声，就是总结；这说明他们的会议将要结束，或者他们对某个问题已经取得了一致的意见。

"不出我们的预料，他还是觉得革命的饭，比别处的便宜一些。"洛卜桑师长擦着笑泪，在房中踱着步说道。

"不，洛卜桑同志，现在革命饭就是比别处的贵，他也是会来的。"苏荣说。

"道地的投机分子！"

"叫他来吧，革命的大门，向每一个人敞开着。不管这位扎冷打的什么主意，他来参加我们的队伍，就可以在这两方面起积极作用：一、事实说明，我们真诚地希望团结全民族的一切力量，不但包括一般上层人物，而且也包括那些在历史上有污点的上层人物。只要他们今天还与人民有联系，表示愿意与自己人民在一起，我们就对他们热情地说：'欢迎你们，过去的事情，让它过去吧！'今天，当我们动员和组织一切力量，准备迎击没有和平诚意的国民党反动派的时候，我们希望他们贡献出自己的力量。如果日后，有谁背叛今天的立场，那么他就会陷入完全孤立，被人民无情地抛弃！二、贡郭尔现在还掌握着一批人马，那些士兵绝大多数都是贫苦牧民的子弟，我们应当让他们在革命队伍里受到教育，使他们逐渐提高觉悟，认识革命，如果有人再引他们去走歪路，他们就会起来脱离他，反对他！……"

洛卜桑师长向来不讲长段话，因此，别人把一段话说得稍许长一点（不管内容多么重要），他都听不下去。他丝毫不留情面，打断了苏荣的话：

"我的政委同志，你应当学会把话说得短一些，我就是作作战部署，一段话也不会超过五个句号。"

逐渐适应了他那坦率性格的苏荣，无奈地笑了笑，说：

"你这个意见，我可以有条件地接受。"

"不管有条件还是无条件，接受就行；接受就说明是正确，正确就说明是……嗯，说明是……"

他为了把话说得有力一些，想加一句重复语，但是怎么也找不到词儿了，心里骂着自己："你又不是没长牙的婴儿，话都不会说了？在她面前，在一个女人面前……"

苏荣看见他那副样子，忍不住大笑起来。洛卜桑一阵好大不愉快，猛转头去看她，然而她的脸色和表情，都没有丝毫讥讽的意味，他想到自己方才接不上话那副样子确也可笑，他不由得也放声大笑了起来。

他们的笑声是和谐的，这说明他们相处得不算坏。但是只能说现在是这样，而当初见面的时候，却是恰恰相反。

骑兵十二师进入草原时，内蒙古党委指示苏荣和官布领导的地方武装与十二师合并，并任命苏荣为十二师副政治委员，在政治委员到任之前，由她全面负责察哈尔地区的党委工作。洛卜桑收到党委的任命信非常高兴，他相信内蒙古党委会给他派来一位有力的合作者。不知为什么，从那时起，他的脑海里就有了一个副政委的形象，那个人一定是粗壮大汉，连鬓胡子，貌似猛张飞，他能文会武，有万夫不当之勇……然而，当他在宝源与官布中队会合，有一个比他矮一头的女人走过来，向他伸出手说"我是苏荣"时，洛卜桑师长完全呆傻了！只得回问一句："你是哪一位？"当他再一次听到"我是苏荣"时，他失望了，极大地失望了，而这种失望立刻又变成气愤，极大的气愤。"内蒙古党委不是存心开我的玩笑吗？"这句话他没说出口，但谁都看出了他这种意思。他轻蔑地看了她两眼，粗鲁而又嘲笑地问她：

"你是来给我当政委，还是管家婆？"

这句话真叫她啼笑皆非，只好也从容不迫地笑着回问他：

"你需要哪一样人呢？"

"我需要政治委员——他最次也得是一个能拉开枪栓的人。"

"那么我正是适合干这个差事。"

威严的师长突然小孩般天真地大笑起来，他像是把她忘掉了，独自好一阵笑之后，才用袖筒擦掉满脸豆粒大小的笑泪……

这已经是过去的事了。在这与洛卜桑师长相处的日子里，真正考验了她——一个女人和政治工作人员——的忍耐力。她在革命队伍中，初次看见还有这样不尊重女同志的人。有一次她与他为一件微不足道的事情，争论了几句，洛卜桑师长理短，说不过她，于是当着战士们的面，施出他的最后一招——用粗鲁得不堪入耳的话语，破口大骂起她来。她气得面红耳赤，全身发抖，说不出话来……当天晚上，她躺在床上听见有一个人在她房前不停地踱来踱去，心想，也许是哨兵吧，就没有理他；可是过了一阵，有人在轻轻敲她房门，她忙从床上跳下来，握着手枪问是谁。那个人不回答，她又问，这才回答说："洛卜桑师长。"她只好穿上衣服，给他开门。他进了屋，脸红一阵，白一阵，眼光一直不敢落在她身上，东看一眼，西看一眼，好像有什么话要对她说，可是那句话又卡在嗓门说不出来，憋得他双手都发抖了。苏荣看见这种情景，只好装出既往不咎的样子，先开口问："师长这么晚来找我，有什么事情吗？"

洛卜桑师长惶惑地、磕磕巴巴地回答说："嗯……是啊……可不是，是有事情来找你……是啊……是这样……"

不必用话语来表达，一切都明显了，这时不知为什么她的心跳了，她真想对他说："师长，你回去睡吧，我没生你的气，我们是同志，党叫我们来领导这个师，党的事业把我们的命运连接在一块，我们为什么为那点小事情争吵呢？我很后悔，那时我不该跟你争论，算啦，咱俩都别说啦，过去的事情就算过去了吧！"但是没等她把这些话说出来的时候，洛卜桑却接着自己的话说：

"我的裤子破了一个小口，你有针线吗？借我用一用。"

他的回答完全出乎她的意料，"洛卜桑师长啊！你分明不是来借针线，可你为什么偏偏这样说呢？"她真想笑出声来，然而还是忍住笑，说：

"你粗手笨脚的哪能缝好，哪儿破了，我给缝吧！"

"哎，不，不，不，让我自己来吧，我洛卜桑能当师长，能给全师官兵训话，还不会缝几针破口！还是让我自己来吧！"

"好，拿去吧！可是明天我要检查你做针线活儿的本领呢！"她把针线交给了他。

第二天她怎么也没找到洛卜桑师长的马裤上有什么破口，而他把她的针和线直到今天还没还回来，但是那不值钱的一根针和一条线，所换来的报酬却是非常大的。从那以后，洛卜桑师长再也没有向她使用过一个粗鲁字眼，就是有时在他怒发冲天地大骂士兵们的时候，一看见苏政委走过来，他也悄悄地不提那些难听的字眼了。

现在把两只手插在宽皮带里站在她面前的这个"草原的鹰"，也许把这些事早就忘掉了。

七

草原上，每年夏天，在水草肥美的季节，有许多传统的集会，其中最大的集会，是那达慕[1]大会。会期里举行民族形式的各种活动，如赛马、摔跤、射箭……这是一年当中牧民最幸福的时日，尤其那些青年们，他们可以跟那些把两只水汪汪的眼睛藏在头巾角下向他们调情的姑娘，无拘无束地玩几天了。

今年的那达慕大会与往年大不相同。它成了察哈尔人民团结的大会，广大牧民觉醒的大会。

哈布嘎，这草原的城镇，沉浸于节日的气氛之中。几千个牧民，从察哈尔八旗，坐着车，骑着马和骆驼，赶来参加大会。哈布嘎的周围，架起几百座帐篷和蒙古包，白花花一片，看去好像是满山遍野的羊群。夜晚，你站在附近小山上下望，灯光和篝火连成一片，宛如规模巨大的不夜城。这里，到处飘扬着红旗，荡漾着歌声；解放后第一次人民大集会，将在红旗下、歌声中进行……

内蒙古自治运动联合会从张家口派来几十个人组成的军乐队助兴。他们在离哈布嘎十里以外的地方就下了汽车，排队吹奏着军乐，雄赳赳地走进城里。牧民儿童们第一次看见那些各式各样的铜管乐器，粗的、细的、长的、短的、直的、圆的……使他们眼花缭乱。这时，草原的艺人们也不肯落后，他们组织起了二百人的大型马头琴乐队。马头琴的音量，虽然没有军乐大，但它那悠扬、深沉的曲调，对牧民们却具有格外的吸引力。这里变成音乐的海洋了！除了这两个大型乐队之外，不知又产生出多少个歌唱队！有唱民歌的，也有唱革命群众歌曲的，五花八门，样样俱全，仿佛老佛爷把音乐天才们统统分配到草原上来了！这几天，草原在雄壮的乐曲中醒来，又在欢快的歌声中睡去。音乐，表达了人们解放后的喜悦心情；音乐，增加了人们对美好生活的向往和热爱；音乐，给人们以斗争的力量！这时人们才会觉得：人类是不能没有音乐的！请设想一下，如果世界上没有音乐，那将会是什么样子？几千人聚集在这里，都哑口无声，只见他们拥拥挤挤，却听不见一点声音，就像一群蚂蚁似的。如果是那样，人们喜悦和兴奋的感情如何表达？内心的激情怎样倾诉？……在这欢乐的时刻，人们越发了解音乐的意义了。

老天赏脸，连日晴朗！那达慕大会将在明天正式开幕。大会场上，用草坯砌成了一座平台，不久将在这里宣布成立察哈尔人民政府。

银须飘逸的巴拉珠尔大夫，按照惯例，早晨起得很早。人们心情愉快的时候是很少得病的，所以他们医务室的几个人，这两天都很清闲。巴拉珠尔大夫

[1]蒙语：游艺。

201

遵守自己的诺言，为十二师念了三天吉祥经之后，就带上药包到队伍上来了。他虽然已经成了一个军医，但是，身上还穿着喇嘛大夫的紫色长袍。除此之外，特别与军队生活不协调的，是他每天早晨都要念半个小时的"晨经"。这是不能改变的，至少眼下是不能改变的神圣习惯。苏荣副政委已经准许他不改变这种习惯。所以，别人清闲的时候，他也有事可做。今天早晨，他醒来，一伸手抱起经卷，就到院里一个安静的角落，坐了下来。当他的手还没有完全解开经卷的黄布包时，嘴里早已开始叨念起背得烂熟的经文了。沐浴着晨光，呼吸着洁净空气，微闭两眼，两腿盘坐，聚精会神，念起经文，说实在的，倒是个很好的休息养神的机会。对他生活在革命军队里每天还要念经这一点，反对者大有人在，其中最激烈者莫过于张彪。有一天，张彪实在憋不住气，就跑去找苏荣副政委，说：

"咱革命这么多年，还没有见过有人带着经卷来参加革命，这像什么话！他拿药给人治病是唯物主义，念经信神是唯心主义，这两种东西怎么能在一个人身上同时存在？革命了还念经，就好比长大了还穿开裆裤，太不光彩了。"

苏荣严肃地思索了一阵说：

"我们是革命军队，不是喇嘛庙，不能允许革命战士一个个带着经卷，每天早晨都去念经。所以说，你的话一般说是正确的。但是对巴拉珠尔老大夫这样一个具体的人，我们怎么办？"

"反正革命就不能再念经。"张彪依然坚持自己的意见。

"那么立刻禁止他？"她顿了顿又说，"还是耐心地帮助他，等待他，让他逐步提高觉悟，自愿地树立无神论观点？依我看，对老巴拉珠尔，我们采取后一种办法可能好一些。因为你禁止他念经，他就不能前来跟随我们，那就等于拒他于革命门外，使他不能把丰富的医学经验，用来为革命服务。你回去想一想，如果能够想出更好的对待他的办法，再来找我。"

张彪没有想出更好的办法，也没有再去找苏荣，自然巴拉珠尔老大夫也没有停止他的"晨经"，至于什么时候他才会自愿地树立无神论观点，只有生活才会告诉我们……

巴拉珠尔念完经，睁开眼睛，忽然看见苏荣站在他的眼前。他赶忙收拾经卷，多少有些不好意思地问：

"政委有事吗？"

"没有事，我站在这儿听了一会儿经，经文一定很难念吧？"

"跟说外国话一样，刚学时才难呢！"

"经文的意思，您都明白吗？"

"懂一半不懂一半。"

"这么说，念经也是一件苦差事呀！"

"我一个人在家的时候，念起经来就把世间的什么都忘掉了。念完经，怎么去担水，做什么饭，给谁去看病，全不去想它，念经，对我是一种安慰，也是一种娱乐。但是不知为什么，来到队伍上以后，念起经来，自己觉得像受刑一样难受。"

"为什么难受？有谁难为您了吗？"

"不，不，没有人难为我。我是说，这些天，尤其最近几天，全盟的人男唱女舞、欢天喜地，我看着，听着，简直没有心念经了，就是硬着头皮去念，也是一边念，一边心乱如麻，老是在想：全师这么多人，没有一个像我这样天天念经的，可他们大家过得不是都挺好吗？譬如说，您，政委同志，没有念过经，可受到人人的钦佩和尊敬，有多好！嗯，现在我还没有想出个道理来，但是我开始想'一个人不念经行不行？'这样一个题目了。您说，想着这些事，硬闭上眼睛去念经，不是受刑是什么？"

他的朴素的内心表白，感动了苏荣。她想："老人是个有心人，短短的革命生活，已经使他开始严肃地考虑起人生问题来了。这是个进步，而这种进步，一定会引导他彻底摆脱'苦刑'的痛苦。"这时她想起站在身后的张彪，她看了他一眼，张彪立刻会意地笑了一下，对老大夫说道：

"巴拉珠尔大夫，我相信您受'苦刑'的日子，快要结束了。"

老大夫包好经卷，岔开话题说：

"达木汀安奔叫我去号号脉，我去了。"

"听说他正在赶写大字标语，咱们一齐去看看。"苏荣说。

等老大夫把经卷放到屋里出来以后，他们一同走了。

他们在一座新搭起的大型布帐篷里，找到了达木汀安奔。他的周围，横一幅竖一幅放满了用蒙汉两文书写的红绿标语。有许多人围站在四周，观赏着，评品着，仿佛这里是书法展览会。

达木汀的毛笔字是远近闻名的。他自幼喜好书法，近几年被贡郭尔排挤出政界之后，更是几年如一日地在书法上下了硬功夫。他写汉字，自称是"颜体"，其实他的字，既具有颜体的严整丰肥，又兼承柳体的清劲峻拔。他的蒙文字，更是清妍丰润，疏朗道媚，别具一格，自成一家。牧民老太太们看到他写的蒙古文字，总是赞叹不绝："啧啧啧，这哪是写的，是绣的呀！"我们的书法家，自然不会放过那达慕大会这样挥毫遣兴的大好机会，他一到达这里，首先就把写标语口号的工作，包揽了下来。

当苏荣和巴拉珠尔大夫到来时，他正在悬肘运笔，书写着蒙汉两文的"察哈尔盟人民政府成立大会"的大楷字。苏荣作为一个观众，确实被他的笔艺所陶醉了，一直等到他写完最后一个字，她才开口称赞说：

"达木汀先生，您笔头上的功夫真不小！这些字写得多工整！"

"苏荣同志，'心正则笔正'啊！"达木汀自鸣得意地答道。

苏荣听出达木汀话里有话，就说：

"我们对柳公权的这句话，可以做这样解释：从一个人的一举一动，可以看出他的心地与为人。"

"政委说得对，说得对！我们察哈尔有一句俗话：'额头上的皱纹擦磨不掉，心里的恶意掩盖不住。'不管人们嘴上说的什么，但是在革命过程里，总是会证明我们每一个人的为人。我达木汀，干什么事也不会三出三进，我是抱定决心坚决走革命的路了。"

他的话里充满对贡郭尔的影射和讥讽，同时也巧妙地在往自己脸上擦着金粉，其实苏荣了解得最清楚，他也远不是那么"坚决"呢！就是为了邀请他前来参加这次大会，前前后后，费了多大的事啊！最初，给他送去一份请柬，他不来；后来专派一个人去请他，他仍不来；最后不得不洛卜桑师长亲自出马，前去请他，这样他才改变态度，不但接受了邀请，而且还设酒宴招待洛卜桑师长。他对洛卜桑说："我是这个旗的安奔，我满心想给我的旗民办些好事情，可是事不随心，一无所成，到末了叫奸人逼得我不得不像只老鼠似的躲在家里，翻翻旧书，抄抄故事，练练笔头，我没有脸去见自己的旗民！前些日子，土匪闯到我们草地，到处烧打抢杀，我实在忍不住了，就跑到旗民当中去，结果叫土匪打伤。多亏老佛爷保佑，没叫鬼牵走！回到家，一直躺到今天，伤还没有完全好，所以，前两次请我，我都没有答应。这次我一定去。"第二天，他就跟洛卜桑师长一齐来了。

在这次全盟人民代表大会上，他与官布被选为正副盟长。老汉喜出望外，一连两天不停手地书写大字标语，也不提起他那"还没有完全好"的伤处了。

苏荣从大帐篷里走出来，外面人群熙攘，一片节日前的忙碌景象。路上，她认识的和不认识的人，都向她寒暄，她也热情地跟他们打招呼。走出不远，她被一群牧民妇女包围住了。她们都想拉着她的手，仔细端端详详这位"能管男人们的女英雄"。有的老太太看见她激动得流着泪吻她的前额，有的年轻妇女，把婴儿抱来请她命名……苏荣已经成为她们求解放、求进步的榜样。她们在纷纷议论："共产党多有本事啊，把一个牧女栽培成了骑兵统领！"

人越聚越多，苏荣回答着她们提出的各种各样的问题。有一位中年妇女问她："你打过你手下的男子没有？"苏荣笑着答说："没有。"那位妇女一摆手，说："丈夫打了我几十年，我不敢还一次手，你有权力打人，在我们面前抓来一个男人打一打，让我们看看，解解恨！"人们哄然大笑起来。苏荣也忍不住地大笑着说："大姐，我们队伍里是不准打人的。"那位妇女有些失望，从人群中退了出去。苏荣很想再对她说几句话，但已看不见了。

这时候，齐木德骑着高头大马走了来，他从马上跟妇女们开玩笑说：

"苏荣同志是你们的政委，也是我们的政委呀，正像高高的天空是属于我们每一个人的一样。"

说着，他挤到了苏荣身边。

"苏荣同志，明天上午大会开幕以后，第一个项目我们打算安排一场师、盟首长和六十岁以上老牧民的短程赛马，政委报名不？"

"都有谁报名了？"

齐木德看着报名单念了一大串人名。苏荣说：

"好了，我报名。"

"应当这样。刚才达木汀盟长报完名，搁下笔就调马去了。看样子，老汉还想比一比武呢！"

"这么说，我也该准备去了。"

苏荣跟每一个妇女都握一下手，才离去。

走出很远以后，齐木德说：

"其实我把政委的名字早就写上了。我看见她们把你围住不放，特地去给你解围的。"

　　齐木德满脸是得意的神情，好像他做了一件天大的好事。自然，这与他近一些日子良好的心绪是分不开的。

　　齐木德对革命的真正意义，并没有什么认识，但是他有一种直感：革命使他心情比从前轻松些。他从来不喜欢跟贡郭尔打交道。然而在几个月以前，出于"为民族"的信念，委曲求全，在他手下挂过一个虚名，过不多时，他就觉出，长此下去是不行的，便辞掉贡郭尔保安团特别顾问的名义，回到家里，待了两个月。上次方达仁匪徒进犯草地，贡郭尔大出风头的时候，有一天他们在野外相遇了。贡郭尔勒住马，摆出一副功臣自居、目中无人的样子，对他说："我们费九牛二虎之力，追击八路，为民报仇，令人惋惜的是当我们胜利归来的时候，你不能跟我们在一起，凯旋那个滋味，比坐在家里吃羊尾巴还要香呢！"齐木德当时不慌不忙地回敬了一句："我想把牧民们说的一句话转告给你，他们说：'我们的扎冷只会用嘴打土匪！'"……不久，十二师进入草原，贡郭尔的阴谋失败了。贡郭尔越失败，齐木德越觉得出气、解恨！因此说，革命间接地鼓舞了齐木德。这也许就是他这次积极参加大会筹备工作，整日里满脸得意神情的缘由吧！

　　正当苏荣和齐木德并肩行走时，贡郭尔在老远看见了他们。他本想走过去跟苏荣打打招呼，但想到可能会受到齐木德从旁奚落，就打消念头，混到人群里去了。在人群里怎么样？他仍然抬不起头来。人们都认识他，除了几个从前受过他小恩小惠的老部下以外，大家对他全是冷冷漠漠的。他觉得革命队伍里，生活的秒针走动得格外慢，这里的每一秒钟都是那样漫长！他现在连一个真实的笑都发不出来，而牧民们那从早到晚的欢乐的笑声和歌声，在他听来又是那样嘈杂，使他心烦！如果不是憋在帐篷里头痛得要命，他才不会出来呢！他现在不想看见任何人，可是熟人偏偏又那么多！由于十二师的热情邀请，几乎全察哈尔的牧民代表、妇女代表和伪蒙疆时期的旧官吏：大小扎冷、章刻、专达、混都全来了。贡郭尔咬牙切齿地在心里骂他们："这帮人都像秋天的枯草，见了谁都只知道点头哈腰！"

　　他希望这次大会快快过去，希望少见到几个熟人，然而人民却对大会抱着完全不同的心情，他们希望生活永远像这次大会这样热烈、愉快，希望人们生活在团结、友爱的气氛之中，永远，永远地！

那达慕大会的第一个竞赛项目——军政首长和六十岁以上老人们的短途赛马，就要开始了。他们骑着马，神采焕发地进入了场地。顿时，几千人向他们欢呼、歌唱，海啸般巨大的声浪吞没了一切，相形之下，连那军乐队奏出的雄壮乐曲都变得微乎其微了。

这是最引人入胜的项目。哪一个青年不希望自己的父老，在这场比赛中夺得冠魁？哪一个老妇不希望再度看见她老头儿青春时代的迷人风采？哪一个老汉不希望在子孙面前显露一下自己当年的高超骑术？说来也奇怪，不知从哪儿一下子聚集来了这么多老人！据大会竞赛部门的统计，参加比赛的老人竟有三百八十人之多！他们一个个捋着胡子，挺着胸脯，用长者矜持惯了的低音，相互说着俏皮话，不时，又将大嘴像大炮口似的朝向天空，发出洪亮的大笑……

有一位老人，八十二岁了，竟然也报了名！人们都称呼他为"萨木腾老爷爷"，他在几十个子孙的"保驾"下，走进了场地。老人短粗、健壮，满头是银丝般的白发，他身穿一件黄缎子长袍，猛一看，好似成吉思汗复生于人间。他毕竟年纪太老了，走路都有些吃力。"他老人家也参加赛马吗？"人们不由得为他担几分心！

全场人们的注意力都集中在他老人家身上。他在子孙们的簇拥扶持下，好不容易地骑上了马。人们为他更加担心了！然而，谁也没有料到，这位老爷爷身一落鞍，就完全变成了另外一个人。任马怎样剧烈地跳跃、旋转、扬头踢蹄、低头刨地，他都若无其事地坐在鞍上，稳如泰山。俗话说："马和歌声是蒙古人的两只翅膀。"这句一点都不错！

在人们一阵"师长来了，师长来了"的传告声中，洛卜桑让马嘶叫着驰入场地。几千人的注意力转到了洛卜桑身上。洛卜桑师长对这次比赛，是作了认真准备的。在某种意义上，他把这次赛马的胜负，甚至于看得比一场战斗还要严重。这是他入察以来，第一次在这么大集会上出面，洛卜桑是不是真正称得起"草原的鹰"，就看这场比赛的结果了。现在，只是他的士兵们这样称呼他，察哈尔草原的人们会不会也这样称呼他呢？或许在很大程度上取决于今天这场比赛。所以，他严肃地对自己说："这场比赛是个政治问题！"其实洛卜桑在友谊赛马场上的胜负，不会产生那么大的政治影响吧！有人说，军人的荣誉感跟女人的虚荣心一样强烈，这话或许不是完全没有道理的吧！

　　洛卜桑昨天整日没有在家，甚至连他的警卫员都不知道他到哪里去了。当他回来时，只见他一身泥土，衣服上扎满了草刺。他对人说到草原上散了散步，其实，他是为了"不打没有准备的仗"——到草原上察看赛马路线去了。大会规定赛马路线是，从会场驰出去，到南山底下一棵弯脖子大树下拐转回来。洛卜桑就是码着这条线路走了一趟，观察了一下地形，同时为了不走弯路，在几个重要地点，立起几块大石头作为标记。这当然是他的"绝对秘密"！而军人对"绝密问题"向来是认真对待的。

　　从他刚才驰入场地那股劲头来看，他确已进入"战斗状态"了。

　　尊敬的、可爱的师长！我们衷心地预祝你取得胜利！

　　赛马开始了！

　　几百匹马像射出的炮弹似的冲出会场。每匹马的后面拖着一条长长的尘埃的尾巴。整个会场沸腾了起来。草原在欢呼，森林在欢呼，群山在欢呼！……

　　在这欢呼声中，有一匹马被它主人硬勒住缰索，停了下来。在人们惊奇的目光下，贡郭尔跳下马来，对人说了一句："糟糕！我的马缰出了毛病。"便低着头，退出了赛场。他一个人来到背人的地方，用皮缰狠狠地抽了几下自己手心，狰狞地一撇嘴，说："难道为了庆贺被你们逼得走投无路，我去赛一场马吗？呸！……"

　　自从骑手们消失于远方尘幕中以后，人们跷着脚跟，巴望他们重在远方尘幕中出现。等啊，等啊，人们被焦急期待的心情折磨着。索性人们都拥进了场地，但他们自动地排成两排，两排之间又留着一条几十丈宽的空场，以便于让飞快驰来的几百匹马，畅无阻拦地到达终点。

　　"噢！回来了！"

　　不知是哪一位猎人（除了猎人不会有这样锐利的眼力）第一个发现了远处人影。霎时整个会场，重又沸腾起来！有许多人骑上马，向他们迎了过去。

　　"来了！来了！"人们不停地狂呼着。

　　远方扬起弥天的灰尘，同时隐约传来骑手们的呼喊声。赛马进入了最后一段路程。激烈、紧张，令人惊心动魄！

　　骑手们越来越近了。先是在尘幕中出现一个个黑点，接着显出跑马的轮廓，后来连骑手们的身影也看出来了。这时，谁第一个驰进会场，已经是几千个观众最最关心的问题了。人们不停地盲目地在问："谁呀？谁呀？""谁呀？

谁呀？"

察哈尔草原的老汉当中，谁是第一个好汉？

察哈尔草原的老人当中，是谁最多地保持着青春？

察哈尔草原的寿星当中，谁是青年们的最好榜样？

察哈尔草原的前辈当中，是谁享得人们最多歌颂？

噢！是他！

是他！——我们八十二岁的老爷爷，萨木腾！

萨木腾老爷爷刚刚冲过终点线，便被他几十个欣喜若狂的儿女孙辈们扶下了马背。紧跟脚，洛卜桑师长到了来，十二师的官兵们一齐拥上前去，欢呼他们的鹰荣获亚军。洛卜桑跳下马，依然精神抖擞地说：

"我使尽全部力量和技术，也没有追上这位老人。不过这很合乎逻辑：人民是第一位，人民的子弟兵是第二位。"

人们都大笑了起来。

全部老骑手们，都先后到达了终点。千百个群众狂呼着拥来挤去，会场的秩序难以维持了。

自由地欢呼吧！尽情地歌唱吧！

歌唱，欢呼；欢呼，歌唱！……

在这一天，还开始了摔跤比赛。草原那达慕大会上向来参加摔跤比赛的人数最多，因此在上午进行的前三轮的获胜者，今天就不再摔了，等明天再进入第四轮比赛。铁木尔摔跤属于"青年派"，所谓青年派者，就是速战速决派。他迅速、顺利地通过了三关。在他进行比赛的时候，欧阳就像他的小妹妹似的，一直站在场外，抱着他脱下的衣服，随着摔跤局面的起伏变化，而为他担心，为他焦急，为他喜悦，为他欢呼。每次铁木尔摔倒一个对手之后，像燕子似的手舞足蹈地跑到她身边来时，她总是那样甜蜜、幸福地微笑着替他擦汗、打尘土，而这一切她都是在众人注目之下大大方方地进行的。认识铁木尔的青年们，见他有这样一位温柔、漂亮的汉族姑娘的"关照"，都怀着几分妒忌，向他挤眉弄眼。可他只是向他们报以坦白的微笑，是啊，他能对他们说什么呢？

这次那达慕大会，是军民联欢性质的，师部通知必须把这次大会开好，除执勤的以外，全体官兵参加大会活动。铁木尔从摔跤场里走出来，再也没有什么任务等他去做，他被欧阳拉到医务所来。他在那里洗过脸，吃过午饭，欧阳又非得要他到野外给她教一教马术。他不好推托，二人骑上马就走了。

贡郭尔从自己住的帐篷走出来，点着一支烟，夹在右手食指与中指之间，一直没抽它。他的精神完全集中到另一件事情上来了。等他避开人们以后，才狠狠地吸了两口烟，从上衣口袋里掏出一本书，急速地向西北面小山坡走去。

旺丹在那里等候着他。

"把马备好了吗？"他走近旺丹，小声问道。

"备好了，放在沙包北边吃草呢。"

"记住，今天就是贪黑也要赶到。"

旺丹点了一下头。

他从那本书中间，拿出一封信，交给了旺丹；旺丹把它塞在马靴统里。

"什么都写在信里，没有别的话可捎。叫你老婆一定要封住嘴！"

"上次我就跟她说好了。"

"走吧！"

旺丹走到沙包北边骑上马，转过身来向贡郭尔这里看了一下，但没摆手就飞快地跑走了。

贡郭尔把这里的脚印，用靴底平光，踏着草厚的地方，绕着弯走到西南方的一棵小树底下，躺在柔软的沙土上，合上眼，轻轻地吸起烟来。

张彪从很远看见小树底下躺着一个人，高兴极了，心想："她一定练马累了，躺着休息呢！"他加快步伐，直奔那棵小树走去。

张彪是个农民出身的青年战士，还没有经受过爱情，但是自他在宝源见到欧阳，确切一点说，是从他那次与她一同散步以后，爱情突然在他内心出现，以至他都没有空儿冷静思索一下它的前因后果。这几天，他干什么事都是心不在焉，欧阳的影子，不断地出现在他的脑海之中，他是那样想看见她，但又不敢一个人找上门去。当然，他看见了她与铁木尔的密切交往，甚至他也看见她对铁木尔所发出的不寻常的微笑，但是，他不相信他们之间会发生爱情。他了解铁木尔的身世，了解他眼下的心情，铁木尔对他说过，他爱斯琴，除了斯琴，他永远不会再去爱别的女人。铁木尔是可以信赖的。除了这以外，再也没有旁的问题了吗？譬如，他与欧阳在性情上能不能和谐，粗壮高大的他与小巧玲珑的她搭配起来恰当吗？组织上对他们的恋爱有没有意见等等，他连想都没有去想。也许人们都是如此这般地度过他们爱情的第一阶段的吧！……

刚才他壮着胆子到医务所去找欧阳，当他敲那扇破板门的时候，心都快要从喉咙里跳出来了！她不在家，另一个护士告诉他说，她到西山坡那面练习骑马去了，据说有一个人批评她不会勒嚼子绳，她羞得整天练习呢。他从医务所出来并没灰心，相反的，跟她能够在野外见面对他更加方便。因此当他看见西面那棵小树下躺着一个人时，真是打心眼里高兴。

他走到那棵小树下一看，大失所望：原来是贡郭尔在树下睡着觉。

他还没睡"死"，听见有人的脚步声就醒了，他看见张彪脸色不好，不知道发生了什么事情，含含糊糊地说：

"噢，是老张同志啊。我这两天开会有点疲乏，刚躺下就睡过去了。来吧，在树阴底下坐一坐，晌午真热呢。"

张彪"嗯啊"地答应着，两眼直往北面那块草甸上寻索，这叫贡郭尔大大地疑虑起来："他兴许看见旺丹走，才特地到这儿来的！"

正巧这时张彪皱着眉头，开门见山地问道：

"贡郭尔同志，你看见这里有一个骑马的人没有？"

"什么？骑马的人？……"

"骑马的人——只是一个人。"

"只是一个人！……你问的是谁呀？是男同志，还是女同志？"

出乎意料，张彪突然笑了，脸上微微红了些，反问道：

"那么你看见的是女的，还是男的？"

"我？……我什么人也没看见。天热，躺在这里纳凉。你来到我跟前，我都没发觉，远处有什么人那更没留心。"他换了语调又说，"老张同志，没什么急事，坐在这里歇歇吧，这几天开会可真叫人累。"

他说这些话时，眼睛一直没离开对方的脸，时时刻刻观察着，即使最微小的变化，都使他牢牢印在记忆里，以备对他的来意做彻底的分析。然而，张彪在他那强烈的眼光下，也有些不自在，担心自己的心事被他发觉："那可不妙，不能叫他这样人，骂咱们到草地来净搞恋爱呀！"想到这里，他说家里还有人在等他，就走了。

贡郭尔像根木头似的站在原地，眼睛盯着他的后脚跟，一直目送他身影模糊了时才收回眼光，懊丧地把脚前的一块小石头一踢，自言自语地说：

"真他妈的怪，他像影子似的跟着你，可你一点都不知道！"

医务所那个护士没有说谎，欧阳确实是那天被铁木尔纠正骑马姿势后，下定决心练好骑术的。她不愿叫铁木尔看见她一点缺点，这并非出于她的虚荣心，而是她从内心想这样做。她骑一匹白马，牙口老了，但跑起来四只蹄甩搭得仍然很利索，它的唯一特点是老实。任你从它肚下穿来穿去，也不会动一动。它没有打前失、旁闪、易惊、踢咬等等毛病，所以它最适合初骑马的人乘用。她把它照料得很不错。

她与它虽然有这种种相配的地方，但是只有少女骑老马这一点叫人看去总有几分不对劲。按照一般习惯，少女应当配一匹身躯苗条的骟马才算人马相称。

欧阳与铁木尔出来有些工夫了。起初她有点不好意思，但是铁木尔那种诚恳、善意的态度，使她慢慢打开情面，向他请教骑术了。到这时反倒难住了他：草原的人们都会骑马，但说不出骑马的窍门和方法，正像渔民从小在海滨长大而说不出怎样游泳的条条大道理一样。

他说不出道理，然而会给做出样子来看。他在前面骑着马走，她在后面跟着学，有时放开缰绳，任马飞也似的大跑，有时勒住嚼子，叫马不快不慢地放小颠，走啊，走啊，等马出了满身大汗时，他们回头看去，哈布嘎镇早就被抛弃到几重小山的后面了。

他们来到一条异常秀美、幽静的山沟里，山下有一道窄小的溪水潺潺地流着；周围长满丈高的红柳丛，林间的草地上生长着一片野花，天气已经中午时分，这里依然清凉宜人。

他们把马拴在一棵较粗的红柳上，来到溪水旁，欧阳双手捧水洗起脸来，嘴里不停地说着："真凉快，真凉快。"铁木尔只洗了洗手，用帽子一擦就站起来了。他的眼光落在欧阳那沾了水而闪着银光的美丽长发上，不由得蹙了一下眉头，在这刹那间他想起了斯琴：两年前他们俩不是也曾在特古日克村南头的水池旁，这样游玩过吗？……忽然他耳旁好像响起了斯琴那洗完挂在小树枝上的粉红色头巾的唰啦唰啦飘动声音……

"哎，想起这些干什么？她再也不会看你一眼，把这些事情也早就忘得一干二净啦！"

这时，欧阳已经洗完了脸，拉着他的手说：

"我们到高一点的地方，吹吹风好吗？"

他们走到山坡上一棵山杏树下坐下来，在他们脚下，一对马儿亲切地靠在一起站着，从远看去，就像一对情人在低声私语。

然而它们的主人却没有它们大方，当他们坐在一起的时候，反倒没有话可说了。

"草原多么好啊！天空这么蓝，这么高……"她夸赞起草原的大自然，是为的引出个话题来，可是铁木尔没有这种习惯，仍然无动于衷。这时，她不得不把话说得更坦白一些了："可是这里的人，比草原还好，还可爱！"

"你说的'这里的人'里面，是说的我们草原上的人吗？"

她没有回答，良久笑眯眯地看着他，最后才轻轻点了点头……

草原的午热来临了。这里的各种鸟禽，心眼可乖呢！每当到这时，便一对一对，一群一群躲藏在草丛柳林之中，在那凉爽的地方不停地唧唧喳喳尖叫；如果你能听见它们那种亲密、幸福的交谈，将更能体会欧阳现在的心情。

欧阳两眼一直瞧着铁木尔的脸。人常说，不论什么样的好汉子，在女人火热的眼光下也会像雪人见了阳光似的融化。铁木尔确实有些不安了！他无话找话，说着一些颠三倒四、四六不靠的言语，连自己都觉得好笑！然而，在欧阳看来，他这副男性羞怯的模样，却更显得可爱、动人！铁木尔在不安之中，间或也向欧阳看一眼，他看见她今天投向他来的不是前些天在草原月下他所看到的那种火辣辣的眼光，而是另外一种难以说明的柔媚、缠绵的眼光。啊，这种眼光甚至比任何火辣辣的眼光，都更加深沉，感人！爱情，天真少女纯洁的爱情，就在这顾盼之中迸发了出来。

"铁木尔，你为什么不看我？你不喜欢我吗？"她以温柔的而且带有几分娇气的口吻问道。

铁木尔还是没有看她，低下头，又抬起来，望着远方不知什么地方，说：

"怎么说呢？……欧阳！"

"直说呗！"

"嗯，嗯，你是个很可爱的小姑娘。"

欧阳立刻高兴得跳了起来。"你说我可爱，可爱，是吗，铁木尔？"她说着突然捧住铁木尔的头，在他脸颊上猛地吻了一下。这是发生在那么短短的一瞬间，当一切成为过去的时候，铁木尔才感觉到发生了什么事情。欧阳呢？也不例外。她在感情激动下，竟然生来第一次吻了一个男人，但是当那瞬间过去后，她自己都惊怔了起来，很快地，从她天真少女的内心最深处喷涌出一股愧羞不安的激流，她双手贴在发烫的两颊上，流泪了……

当他们回到哈布嘎镇的时候，已是夕阳西下的时分。一个进城里去，一个回到城外医务所。

在医务所附近，张彪在等候着她。

"你到哪儿去了，跑得马全身是汗？"他问。

"在草甸上练了练马。张彪同志，你起初骑马的时候，腰腿也发痛吗？"

"都是一样，骑惯就好了。"

她用手巾擦着脸上的汗，有些羡慕地说：

"男同志胆大，学什么都快，我们女同志就差意思。我骑了这么多天马，可它一放大跑，我就胆战心惊的。"

"有什么胆战心惊？你看人家牧民们上了马就像鱼进了水，没一点紧张。"

"所以我才向牧民出身的铁木尔学习呢！"说到这里，她脸略微红了，但马上又镇定下来，继续说，"他很喜欢帮助人。"

"他是个好同志。"

"是的，他的性格是牧民的性格，直爽极了。"

"可是他有时也够暴躁呢！在几个月以前，他一气之下想去杀死贡郭尔。"

"为什么？"

"他的未婚……"

张彪马上发觉自己无意之中失了口，把话没有说完就收住了。他知道她对铁木尔有爱慕之意，说出斯琴来不是会伤她心吗？！但是欧阳哪肯放过？一句接一句地追问：

"他的未婚妻吗？他有未婚妻吗？说呀，你说呀！"

粗壮的张彪发呆得像棵大树，哑口结舌，吞吞吐吐，末了，索性只说了一句："我不知道。"就慌慌张张地跑掉了。

八

夏天——草茂花开的季节，人们不大注意风向；因为夏季的风，并不给草原带来什么灾害，即使偶尔吹来一阵滂沱大雨，也不过淋湿几个在野外赶路的人，而对牧民来说，没有什么可为它担忧的。

入了秋，就不同了。连天大风可能把遍地的好草吹碎，或者把那些对牲畜富有营养价值的草籽吹走。到了冬天，牧民们就更加注意风向，他们知道一夜间的暴风雪，可能使一个百万富翁变成赤贫——这样可怕的故事，在草原上已经不算是奇闻了。

所以从秋天起，牧民们就时时刻刻关心起风向来。

今年的秋风是不寻常的！从秋头一露，就天天有风，风向又不定。有些爱讲大话的人说，听今年秋天的风声，就料到要刮个天翻地覆！

果然是这样。秋风夜以继日地在草海上掀起万里波涛，大地上的一切都合着它的节拍而波动、摇摆、喧闹……然而任秋风刮得怎样猛烈，它也只能吹掉秋草的几片枯叶，树木的几根朽枝，而吹不倒草原上的树木，也吹不毁这里的花草。

白天刮风，夜里仍然刮风，只有在日出前才呈现风平气和的片断时刻。然而就在这片断时刻，草原上的秋花又开放起来；草叶又挂上滚滚的露水珠；各种各样的鸟儿，又尽情唱起歌来，它们唱的是晨歌，也是生命的歌！

就在这个多风的秋天，国民党反动派撕毁停战令，在中原、东北、晋察冀等地大举进攻……内战的火燃烧起来了。

蒋介石吹嘘说："两个月内消灭苏北共军，五个月内在军事上解决整个中共。"之后不久，他们除占领了东北几个大城市之外，又攻陷了热河的承德，晋绥的集宁等城镇，接着他们疯狂地向张家口进犯。

从十月十一日，国民党匪帮踏进张家口的第一步起，他们的全面进攻已经达到最高潮。

张家口是察哈尔、锡林郭勒草地的门户；敌人侵占它的同时，又勾结起各地土匪，占领了察北地区的张北、宝源、尚义、化德、多伦等中小城镇。

在我军战斗总部署下，锡、察地区的武装部队，决定从察哈尔南部草原转移到北部沙漠地带。敌人疯狂地举行全面进攻；但是我们必须坚决保住锡、察地区，为了这，我们采取积极防御，诱敌深入，然后再集中优势兵力，选择敌人的薄弱及孤立部分，予以各个击破，逐渐歼灭强大的敌人，最后把锡、察地区的局势，转退为进，转防为攻。

　　撤退，撤退，撤退正是为了进攻敌人，消灭敌人。

　　撤退命令是在一天早晨下达到连队里的……

　　向北撤退，向北撤退，整个大军如同潮水一般前簇后拥地向北撤退！

　　牛车的行列长长地，长长地，就像一条没头的绳子般在草原上爬行着。车上满载子弹、枪支、药品、文件、电台、布匹、粮食、纸张、油印机……突然有一辆车坏了，它后面的几百辆车都停下来。这时骂声四起，把坏了车的那位同志，几乎骂成是有意拖延撤退时间——敌人的走狗！挨骂的人，索性从坏了的车上卸下牛来，把载的东西分到前后几个车上，跟几个小伙子喊着"一、二、三"，把坏车往道旁一推——去他妈的吧！——继续前进！……

　　草原的道路上飞腾起灰尘。从这个山头，到那个山下，骑兵排着单行在撤退。人们的低语和咒骂声、马的嘶叫和喘息声、枪挎在肩头上的颠动声、靴底钉和铁镫的相碰声……杂乱的队伍、疲倦的群马、滚滚的黄尘、发咸的汗水——骑兵在撤退！

　　铁木尔走在爬杰连长的后面，他那脏脸上出了一层薄汗，眉毛上落满了灰尘，两只眼睛盯在摆动着的马鬃上，一动不动，看来他心里有了疙瘩，闷闷不乐。

　　好动好闹的铁木尔，一路上不言不语，爬杰看出这里的缘由，他故意装着傻，对他说：

　　"昨天晚上，我做了个古里古怪的梦，喂，小伙子，你听不听？我梦见我这匹马跟很多马在一口槽上吃草，可是别人的马肚子都圆了，唯独我这匹马还瘪着呢。我火了，上前去解自己的马，嘿，这马变成了一匹银马，全身发光，同志们都围上来看它。我不慌不忙地把它骑上，夹了夹腿，可是它怎么也不迈步，真急死人！同志们都来推它，还是照旧不动，正在这时，突然上级来了命令：立刻撤退。同志们一个一个都骑上马跑出门去，我呢，还是骑在银马上，在院里着急……不一会儿，敌人闯进来了，叫我举起手来，我不干，他们当地开了枪，我一惊，从梦里醒过来了……小伙子，你说这个梦滑稽不滑稽？"

　　铁木尔听了他这个如有其事的梦，心里挺好笑，向他挑剔地说：

　　"原来昨天晚上，老佛爷就托梦告诉你撤退的消息了。照这样看来，你跟他老人家的交情还不错呢！"

　　"提交情，那是假话；可是梦，确实是这样。"

"就算你真的做了这场梦。要是敌人果真来了，我们撤退，那多少还有点道理；但是你从梦里醒过来好好想一想：咱们现在连敌人的影都没见，掉过马头就北退，这算个啥事！就连一条狐狸闻不到人味还不跑呢！现在我们离开敌人越发远了，离开有枪声的地方越发远了，离开我们应当坚持斗争的地方越发远了，我们把自己旗的乡亲们远远抛在背后。我们退走，敌人就会闯进来，百姓就要遭殃，我们叫什么人民子弟兵？日后我们有什么脸回来见乡亲们？我不想别的，只想去战斗，去跟敌人拼，可现在……唉，依我看，你当连长的下这样的命令，就跟没得病先许愿是一样的蠢招。"

他并不期待从爬杰那里得到解答，只是把心事全端出来，心里畅快一些。

"小伙子，这是上级的命令，我们当连长的，只是往下给你们传达传达，你有意见，去找团长提呀，背地乱叨咕可不大好。"

从那达慕大会以后，军队整编，原官布中队和贡郭尔保安团合并成为八十一团，官布兼任团长，贡郭尔和齐木德为副团长，苏荣兼任团政委。爬杰这一连为第一连。战士们按照老习惯，还是叫他"爬杰班长"。

刚才爬杰嘴上反对铁木尔的话，其实他心里也是闹不通，不过身为连长，跟着别人乱说不大合适，所以他用"去找团长提呀"这句话应付过去了。

队伍继续前进。野蝇在马前马后嗡嗡地飞叫着。风，一阵一阵地吹来秋草干苦的味。

绿色的草原上，出现了斑斑点点的枯黄色，就像在青年的黑发中，生出几根白发一样。秋季，以它不可抗拒的力量征服着夏季。

战士们踏着枯黄的草叶，离别自己的家乡，向远方的沙漠地带撤退。他们每个人脸上都流露出留恋家乡的神情。有的战士，在马背上凝视着故乡的熟悉的山岭和河川，眼眶里溢满了热泪。

八十一团当天来到宝少台伪旗公署的旧址住下了。

团部下了命令：全团任何人都不许请假回家探望。明天早晨继续行军。

想请假回去跟家人告别的那些战士们，听到命令，只好闷下心来。

铁木尔这一班，住在尽东头一间屋里，赶了一天路，同志们都很疲累，吃过晚饭，饮完马匹，就休息了。铁木尔没有家人可留恋，心里很坦然，所以躺下就打起呼噜来……

睡得正甜时，忽然有人推醒了他，出了什么情况？他腾地坐了起来。屋里屋外静悄悄的，不像是有什么情况。他定下神来一看，是沙克蒂尔站在他面前，他怕惊醒同志们，只用手势叫铁木尔跟他出屋去。他跟他走出屋来，满天星辰向他眨着眼，秋夜的风，吹拂在脸上格外清凉，夜深人静，只听见战马嚓嚓的吃草声。

"叫醒我干什么？"他压低声音问。

沙克蒂尔迟迟疑疑地不开口，过了一会儿才含含糊糊地以祈求的口吻说：

"班长，我……有一件私事，求你帮忙，你说行不行？"

"深更半夜有什么事情？把话说得清楚一点！"

这时他才把嘴紧贴着他耳朵说：

"自打结婚以后，我就没管人家，班长，咱们明天就走出明安旗旗界，左思右想，我不去跟人家告别一下，实在过意不去。她前前后后跟咱相好好几年，我们又私下生了一个孩子，人家孤寡伶仃的一个人，可是多咱也没埋怨过咱一句，她是多好的人哪！我怎也不该叫她太伤心哪！让我今天晚上偷着去看一看她吧！"

"团部有命令，任何人都不许离开队伍，你没听见？"

"这我知道，不过只要你肯帮我一下，团部就不会知道。铁木尔，好朋友，咱们就干这么一回坏事。"

"明天早晨一定能赶回来吗？"

"一定能。我的马多咱都能帮我的忙。"

"那么去吧！可要小心，别叫岗哨看见，从东山坡下面偷着走吧！"

……

铁木尔送走沙克蒂尔，回到屋里良久不能入睡。他为什么那样大胆而干脆地答应了他呢？与其说那是对他们的同情，不如说是他被他们那真挚热烈的爱情所感动。近来他的性情多少有些变化，每当听到、看到别人的爱情的完满、幸福，他总是从内心为他们欢欣。好像别人的幸福能够弥补他这方面的不幸似的。如果别人在争得幸福时需要他帮忙，他一切都不会吝惜的。

这也就是他的幸福！

所以他刚才才做出一个班长不应当做的违犯军纪的事情。

沙克蒂尔拉着马，偷跑出宿营地，在东山脚下骑上马，跨过敖拉玛河，直奔特古日克村驰去。他的马走了一天路，已经疲惫不堪，所以任他怎样鞭上加鞭，也不能随心所欲地奔跑。当他赶到特古日克村西的白音布力格泉水近处，下马来走几步时，才发现由于一路上跑得过猛，马已经快站不住了。好在离村头已经不远，丢下马他也能走得到。

一轮弯月挂在天空，月牙印在白音布力格泉水里。他在泉边一面走，一面凝视着平静的泉水想："是要打仗吗？这泉水、这山，都想听见枪炮的声音吗？到底谁愿意这样干？要是天底下没有国民党这些坏玩意儿，也许就没有战争了。这些狗娘养的东西，难道他们就没有老婆孩子，他们的家乡就没有静静的泉水和山！为什么要打仗呢？我们牧民没有到他们那里去骂过街，挑过战哪！……可怜的莱波尔玛！我们在今天晚上见一面，就分开了。战争，我们也许……"

他不敢往下想了。

正在这时，忽然从前面不远的地方，传来马蹄声。他顿时紧张起来。这是什么人？是贼，是国民党？夜幕遮住了他的视线，看不清楚。他把马牵到一棵老树的阴影下面，靠着树干，轻轻扳开了大枪的保险机。

两个人影越来越近了。他们一面走一面交谈着，从他们压低的声调中可以猜出，是谈论着什么机密的事情。沙克蒂尔极力地听，但听不见，正在着急的时候，那两个人提高了声音：

"就这样吧，请代问老贡安好！再见！"一个陌生人的声音。

"请放心，我把你的话一字不落地告诉给贡郭尔，再见！"

后者的声音使沙克蒂尔大吃一惊，几乎喊出声来！他不敢相信自己的耳朵，于是向前倾了倾身，又静听了一会儿，那个人又继续说：

"你在我们蒙古地方住得惯吗？要是有什么困难请告诉我。"

说话的这个人分明是他哥哥——旺丹。这把他弄糊涂了！旺丹不是跟大队一起行军，一起住在宝少台吗？他怎么会到这地方来？另外那个人又是谁呢？是好人，还是坏人？他真想追上去问个明白，但是那个人已经消失在远方的夜幕中了。

旺丹送走那个人，似乎轻松了一些，点着一支烟狠狠地吸着，并且拍了拍马背说：

"该回去了。"

真糟糕！沙克蒂尔的马看见烟火，受了惊，呼呼喷了几口气，两只前腿挪动了两下。旺丹一听有动静，立刻捏灭烟火，伏在地上，但没有喊话；看来，他不想叫别人认出自己来。

"跟他见面好，还是装成一个过路人溜走呢？"想了一阵，终究采取了后一个办法：因为从军队偷跑出来就犯了军纪，再叫哥哥知道他来找莱波尔玛，就更糟了！怎么溜走呢？……正在他为难的当儿，忽然听见旺丹又猛又狠地抽打起马来，接着就是一阵急促的马蹄声。他跑走了。

这一会儿所发生的事情，就像一场梦！两个黑影、压低的声音、烟火、受了惊的马、旺丹伏在地上、突然跑走、跑远了的马蹄声……

他仍然站在原地，一连串的问题，在他脑海中出现："那个人是谁？旺丹为什么突然跑走？他们谈了些什么？……"哪个问题也没得出答案，他扫兴地把大枪保险机扣好，骑上马又赶自己的路。

当他来到特古日克村时，已经半夜时刻了。他极力叫马走得轻些，不惊动村头的守夜狗。村里的人们都睡了，谁也不知道他走进村来。

莱波尔玛的孤独的蒙古包，在夜幕中隐约露出轮廓，包里没有灯火，她和孩子们大概都睡着了。他把马拴在马桩上，向包走去，忽然从包后面的牛圈里站起来一个黑影，他一惊端起枪来：

"谁？"

那个黑影踌躇了一阵，没答话，他又逼问了一句：

"谁？不说话我就开枪了！"

"是你——沙克蒂尔！"

他听出是莱波尔玛的声音，把大枪往右肩上一挎，向她奔跑过去……

"你还没睡？"

"牛圈篱笆坏了，白天跟孩子们闹腾，放不下手，脱不开身，趁他们夜里睡觉的空儿，修理一下。"

"莱波尔玛，你太操累了！"他同情地说着，把她紧紧地搂在怀里。

"命运就这样嘛，有啥办法！"她的声音颤抖起来。

"往后会好些；我们到包里去吧！"

"孩子刚睡，一开门又该醒了，我们就在这儿坐一会儿吧！"

他们靠着牛圈篱笆坐了下来，一头老花乳牛紧挨他们躺着，它那粗大的喘息，把一股股热气，喷到他们脸上。牛毛味、牛粪味和夜风传来的秋草味，混合成草原上特有的、对牧民异常亲切的一种味。真像俗话中所说的那样：坐在牛粪地上跟情人私语，比在皇宫里过不随心的日子，还要幸福百倍！

……说不完的话语，表不尽的感情，时间从他们身旁一个钟头又一个钟头地滑过去了。沙克蒂尔忽然想起铁木尔的话来："明天早晨一定要赶回来！"他向她说：

"天亮以前，我务必赶回宝少台，时间不早了……"

"再待一会儿吧，你的马是飞鹰，三十里路程在它脚下算个啥！"

"不，它已经赶了一天一夜的路，快要跑不动了。"

"那也没关系，我替你另找一匹。前天村西头那个回回老汉说：瓦其尔巴彦的一匹骑马脱了缰，跑到他家井旁，他抓住它留在家里，日后碰上来往行人，要给你家送回去呢。你一会儿去说父亲叫你来找那匹马，他一定给你。"

他半信半疑地问她，是不是实有其事，她的郑重的回答，消除了他的疑虑。但是时间毕竟不早了……

"咱们什么时候才能再这样啊！……"

正这时，老花乳牛呼地粗喘了一下，好像它在中间回答说：等着吧，不久就会到来。

老牛的粗喘，反而使她不好意思起来。她把头往他怀里一扎，小声地羞怯地说：

"你看，咱们都把它忘了……"

听她这么说，他也有些不得劲；不过表面上很镇静，伸过手去，拍了拍老牛肥大的肚子，说：

"老花牛不能笑话咱们，它明白咱们的情形！"

说完，坐了起来，并且又伸手拉起莱波尔玛。她流着泪问：

"你真的要走吗？"

"不能不走了。要是日后敌人来了，作闹得太厉害，你就套上牛车，拉上孩子，到北沙窝里去找我。那地方有我几家远门亲戚，你到他们家里住几个月。你放心，国民党坏蛋们，在咱们草地站不住脚，铁木尔告诉我说，不过几天我们就能打光他们。从草地把那些狗东西赶走后，我一定回来跟你一起过日子，别哭了，好好抚养孩子，我走了。"

他站起来，整理衣服，扎好腰带，向马走去。这时，她也变得坚强，站起来跟着他走了过去。他跨上马背，又弯下腰来亲了她一下，说：

"你该去睡了。"

"我就去睡，可你还得赶路！别忘到回回老汉那儿去要马——祝你一路平安！……"

太阳冒红的时候，沙克蒂尔回到宝少台，岗哨问他到哪儿去了？他说夜里马跑了，去抓马回来的。

这一夜铁木尔也没睡着，放走沙克蒂尔，他怎放得下心去！直到早晨看见他回来，才松口气，背着同志们，往他腰上可劲捶了一拳，小声取笑说：

"小伙子，为了你，这一宿，我折腾掉十斤肉啊！"

……

草原的道路上，又扬起灰尘，部队又往北行进了。

这一天行军当中，沙克蒂尔的头又发沉又发昏，一不振作，就在马背上打起盹儿来。

他也看见铁木尔眼皮直往下合，心里有些过意不去。

途中休息时，他找树阴地方想躺一会儿，不料看见旺丹在那里呼呼大睡，他真想叫醒问他："你昨天晚上到哪儿去了？"

今天全团里他们三个人困倦不堪，然而三个人困倦的缘由却各不相同。

部队全部撤走了。草原道路上的灰尘沉落下来。从表面看来，它又恢复了旧日的平静；然而在这平静的外表下面，整个草原都在不安地颤抖着啊！

谣言随着秋风从四面八方传来，民心惶惶！

眼下，部队从这里已经撤走，而敌人还没来进犯；但是谁也无法猜测到将来——不，就连一个时辰以后，这里将会发生什么事情：是风，是雨，是火，是水，只有听天由命了。

瓦其尔巴彦与众不同，部队撤退，或者是敌人进犯，好像跟他没有一点关系。他把自己这块偏僻的沙窝子，看作"世外乐园"，这里的生活气氛不同于别的地方，用瓦其尔巴彦自己的话来说，是"完完全全的蒙古样子"。

他照旧五更起，半夜眠，专心致意地掌管家业，即使在今年这样多风的秋天，也雇工打了三堆小山高的羊草，还叫一个羊倌到汉族地区买来一车燕麦，准备冬天做畜料。

在他严格的监管下，全家没有一个闲散无事的人，就连他的多年卧病，近来略微转好的老婆，也得搓绳缝毡门帘。不过要说全家最忙的人，还是瓦其尔巴彦自己。日常零活有人去做，无须他插手；但是有些事情却实在不能叫别人知道，非他自己动手不可。这倒不是他越老越多疑，在这样年头确实不能过于信任别人。

这几天夜里，他干着一件极端秘密的事情，累得他腿痛腰酸。

他有两箱子黄金和元宝，还有三口袋银大洋，这笔财产他看得比自己生命还贵重！多少年来，一直保藏在自己住的蒙古包里。人们都知道他有千万头五种牲畜，但是不知道还有这样一大笔钱财。现在兵荒马乱，他白天黑夜地为它担心受惊！在家里保藏吧，怕土匪闯来一翻腾，就拿走；埋在蒙古包地下吧，又怕坏人偷去……他实在没办法，索性干脆化整为零，把它分装在十几个铁皮箱里，全埋到包前包后的沙窝里了。为了不叫别人知道，他等人们睡着后，一个人拿上铁锹镐头，摸着黑刨地挖坑，一夜埋它几个，忙了四五夜，才全部埋完。在每个坑上面都做上只他自己才能看出的标记。

把财宝放在家里的时候担惊受怕，甚至有时梦见被人抢走而惊醒过来，急忙坐起来点灯，当他看见几个箱子和口袋都放在原处时，才放下心去再睡。如今把它埋到外边，再梦见被人抢走，也不能点灯去看，所以他更加不能安睡了。那他为什么埋到沙窝里去呢？他是这样想的：越在众人眼常看见、脚常踩着的地方埋起它来，土匪坏人越找不到它。看来，这个大胆的计谋算是使对了。

他好像跟局势故意作对：日子过得越是提心吊胆，就过得越有劲头。心里想："什么国民党、八路军、自卫军，去他们的吧，哪个也别来碰我！我们是牧民，扛大枪不是我们的行业！"七月间在哈布嘎召开全盟人民代表会议时，也曾经来人请他，他一口拒绝了。后来他的老朋友，达木汀安奔找他一同去，他不但没同他去，反而劝他别那么轻信人言。结果达木汀安奔本着自己主意到哈布嘎去了，而他也本着自己主意在家里摸着黑埋藏金银……

现在他听说军队北退，达木汀安奔也跟着走了时，自鸣得意地想："他要是听我的话，哪能吃这份儿流浪汉的苦！如今落得骑虎难下，只好跟着他们像只没窝的鸟，四处乱飞。嗯！咱的主意算是拿对了！"

他对两个儿子在退走前，没回家来看一看，非常气愤。把这气出在两个儿媳妇身上，这两天卡洛和南斯日玛，不是挨说就是挨骂！每当她们挨说挨骂时，那个新来的张木匠就来从中劝解；所以张木匠在他们全家人眼里，是一个和善、懂事的人。

张木匠是旺丹领来的，听说是康保人，城里没活做，到草地来卖苦力，混一口饭吃。他的木匠手艺不算高明；但是瓦其尔只贪图他白吃白干，就留在家里了。为的做活方便，瓦其尔给他单独搭了一间破蒙古包。他不大爱说话，从早到晚一个人关在包里做些零星木工。他有时也跟人家聊天，从他嘴里说出来的话，都是一些牧民从来没听说过的新奇事情。羊倌、牛倌、马倌、做零工的，都愿意跟他谈天；老主人和他家人们也是同样。这个人也有点怪脾气，不喜欢别人到他包里去，尤其不让别人动弹他的家具箱。每次有事出门来，把门都锁上。他对别人说："我们木匠人，就怕别人乱动他的家具，人手杂，一不留心弄坏一个，咱就不能干活了，大草地，买不到，借不着！"所以谁也不到他包里去，更没有人敢动弹他的家具箱。

唯独有一个人例外；这个人是旺丹老婆卡洛。她可以经常到他包里去。据说一个老牛倌有一回在天蒙蒙亮时，看见卡洛从张木匠蒙古包出来回到自己包里。这只是牧民们私下偷偷议论，还没传到老主人耳朵里呢！

狗走过的道上有尿迹，兔子走过的道上有屎堆。天长日久，什么事也瞒不过别人。瓦其尔老头近来也慢慢看出点底细。事情是这样的：有一天晚上，他打算做两面旗，一面是国民党旗，一面是八路军旗，准备日后谁来挂谁的；可是他不知道哪个是啥样，就叫卡洛去找张木匠，问他是不是知道？她去了。她至少在他那里待了烧一根香的时候才回来。过了两天，旗做成了，他又让她拿给他看一看做得对不对。这一去又是好大工夫！做公公的人，不好开口管儿媳妇这些事，另找个差错，狠狠说了她一顿，看来，她像是明白了公公的本意，从那往后，再没看见她到他那里去……

这些天来，外边没有什么坏风声，瓦其尔巴彦后悔不该把金银过早埋到外面去，这叫他放心不下，每天早晨都要装作散步，在埋着各种各样标记的地方走一遭。标记原封原样，没人动过。

这一天，他刚检查标记回到包来喝草茶，达木汀安奔的太太领着女儿满面惧色地跑来找他。他担心达木汀安奔在撤退途中出了什么意外的事情，忙问她们为啥一清早慌慌张张地来找他。这时安奔太太才告诉他说，有几个牧民天亮前后跑去告诉她，国民党军队从宝源、哈布嘎、多伦向草地移过来了。报信的牧民们劝她快些躲起来，不然国民党恨安奔跟蒙古八路撤退，会把她抓去报复，她听了牧民们的劝告，把家交给大儿子，自己领上女儿来找安奔的老朋友瓦其尔巴彦。

听了安奔太太的话，他半信半疑，把她安顿下来之后，立刻派出几个人去到各处探听情况。小晌时，几个人前后回来了，有的说："国民党确实来了，白音都仍庙以南的牧民扶老携幼都往北逃呢！"有的说："国民党进了特古日克村，全村里一片哭叫声！"有的说："听人说这次国民党发来三千骑兵和二百辆汽车，要把蒙古八路的家全部剿光！"

最后这个消息，真叫他全身寒战！"蒙古八路的家"里面也有他一份啊！但是既然大祸临头，躲躲闪闪也无济于事，倒不如想点办法把它应付过去。

他把全家人叫到一起说道：

"俗话说得好：顺水好走，逆水难游。左怕右怕，国民党到底来了：他们要把蒙古八路的家全都剿光！我的两个儿子真算'修好积德'，把大祸引到家来了！眼下没旁的办法，只好国民党一到来，我们就装成欢迎他们，给他们杀牛宰羊，客客气气地答对他们；但是你们这些羊倌、牛倌、马倌，谁也不许胡说乱言，他们要是问你们什么，你们就说，'我们是卖苦力的，啥都不知道，去问老主人吧！'天大的祸灾，都由我老头子一个人担当！"接着他又对两个儿媳妇说："你们也学会招待人家，别惹他们生气，要是问到你们的丈夫，就说你们是女人家，怎能管得了男人，把话说得含糊一点……"

家里家外吩咐完毕，他从箱里拿出国民党党旗，拴在一根断了的套马杆上，别在蒙古包的围绳上。青天白日旗在这陌生的土地上随风飘扬。

"瓦其尔巴彦不是一个糊涂虫，他知道怎么样对待你们这些魔鬼！"他自命不凡地想，"你们至多能吃掉我的几只羊、几头牛，但是你们赶不走我的马群，抢不去我的金银；金银早就埋到沙窝子里，马群早就赶到背静地方躲藏起来了。"

直到日头偏西，国民党军还没影没声，也许他们不到安奔西热这块背静地方来吧！老天保佑，但愿如此！

正当瓦其尔巴彦喝晚茶时，忽然传来一个意外的消息：蒙古八路——骑兵十二师回来了，国民党军队听见风声就撤走了。

"那帮狗中央军，怪不得没敢到咱这儿来，原来是叫十二师给吓跑了。"

瓦其尔这才放下心去，到外面把青天白日旗拿了下来。这时他又在心里盘算道："听说中央军来，我挂上中央军旗，这回八路来了，要是不挂八路旗，别人该说咱跟中央军一条心啦，不，我跟他们哪个也不近不远。"于是他从套马杆上拿下青天白日旗，又换上了一面鲜艳的红旗。

红旗在晚霞中，噗啦噗啦地飘荡着，就像一团火在熊熊燃烧！

夜幕降落下来，没有一个蒙古包里有灯亮——灯亮会招来灾难哪！

瓦其尔躺在床上合上眼，听着包外挂的那面大红旗随风飘展的声音，心里暗暗发笑："在这年头过日子，就得这样费神败力，不管是国民党，还是八路军，都得像骗小孩似的骗他们。说来咱们蒙古人不会耍这套玩意儿，但是为的保住自己这份家业，不得不学会一些花招，唉，这有啥法呢！"这样想着，他睡着了……

不知过了多久，他在梦中隐约听见有一个女人的声音：

"爸爸，快醒一醒，醒一醒！"

他惊醒过来，猛地跳下床，定神一看，二儿媳妇南斯日玛站在眼前，没等他问话，她惊慌失措地说：

"爸爸，不好了！中央军来到咱家马桩跟前下了马。"

"怎么，他……他们来了？快……快出去，把八路旗扯下来，快！……"

南斯日玛急忙走出包去。

瓦其尔急得连靴子都穿不上，光着脚也紧跟着她跑了出去。

这时中央军已经来到蒙古包门口，一个高个家伙像鬼似的喊道：

"放下，什么东西？"

"一块布，小孩子们当成旗挂着玩的。"瓦其尔忙答对说，"请进包里坐吧，请，请！"

说着背过手去，把南斯日玛轻轻推了一下：叫她把红旗快些拿走。

她刚挪动脚步，那家伙又喊叫起来：

"别走，拿过来看一看！"

她站住，向公公不知所措地看了一眼，这时那家伙走过来，从她手里刷地把旗拿过去，用手电照了照，暴怒起来：

"你这个老臭鞑子！胆敢在老子面前为你们八路挂旗！喂，把这老家伙捆起来！"

几个士兵走过来，正要捆起他来的当儿，又走来一个人，他问：

"出了什么事情？"

先到的那几个家伙，即刻转过身立正站着行个举手礼，回答说：

"报告团长，这个老家伙门口挂着红旗，我们把他捆起来了。"

"捆得对，把他看起来，等一会儿我亲自来审问他。"那个团长又向瓦其尔问道，"喂，老头，你叫什么名字？"

"瓦其尔。"

那个团长听了他的名字，不知为什么把眼光良久地盯在他脸上，从牙缝里挤出几句话来：

"瓦其尔！原来你就是瓦其尔！喂，你家里有没有会说汉话的人，给我找一个翻译。"

"有，放我去给你找来。"

"他在哪儿，叫什么名字，我们自己找去。"

瓦其尔指着张木匠住的蒙古包说：

"他住在那儿，姓张。"

那个团长吩咐部下把瓦其尔看守起来，自己来到张木匠蒙古包门前，在包的四周放上几个警卫兵，他一个人走进包去。

张木匠早就穿好衣服坐在包里听外边的动静，看见一个长官模样的人走进来，他站起来，客客气气地说：

"长官您来了？"

"你是铁匠吗？"

"不，我是木匠，您有什么活计吗？"

那个团长的脸色渐渐地变得死板、紧张，像小学生背书似的信口说道：

"修理桌子、板凳、窗户、门。"

张木匠嘴角上出现了笑丝，不慌不忙地把灯点着后说道：

"我今天没有空。"

"明天也可以。"

那个团长说罢，忽然把两只后脚跟往一块咔地一碰，精神十足地行了个军礼，说道：

"部下三十六团团长邓山，特奉总指挥部孙长官之命，来见刘先生。"

张木匠向他摆了一下手，又嘘了一声说：

"要记住：我不姓刘，是姓张。"

说完，又意味深长地笑了。

邓团长也跟着笑了，并从衣袋里掏出一封信：

"这是孙长官给您的亲笔信。"

刘峰在灯下读完孙长官的信，脸上露出满意的微笑，叫邓团长坐下来，两个人谈了许久。包内弥漫着烟雾……

"刘先生还有什么指示？"从邓团长这句话听来，他要告辞了。

"就是刚才说过的那些事情；其中最要紧的是，马上给我派个可靠的助手来，越快越好。"

"您看部下应当怎样对待瓦其尔老头？是来硬，是来软？反正这次出来从草地要赶回去五百匹马，这是非完成不可的紧急公事。要想在察北地区站得住脚，消灭共匪，非得有一支人数众多的骑兵不可，现在国军北上，报名入伍的人多得如同雨前蚂蚁，国军的枪、弹、给养充裕得很，但，就是缺少马匹。骑兵没马，等于步兵没腿，寸步难行！所以叫这个远近扬名的大牧主，至少也得献出三百匹马来。"

"这很难！瓦其尔是个一毛不拔的土财主，平时见一块干牛粪都拾回家来的人，能给你三百匹马？"

"您放心，我们有办法叫他答应下来，冷的、热的全有！"

刘峰不以为然地笑了笑：

"你以为肉刑就能制服他？他把钱财看得比性命还重要呢！老家伙也许早就料到会有这么一天，所以他把马群全赶到别的旗去了。"

"那么刘先生的意思是……我们不能动肉刑？"

"不，我只是这样说一说而已。你们还按照原来打算去整那根老骨头，狠狠地整！不管多老的骨头，总是也能挤出一点油水来。如果把招全用完还挤不出来，那时让我出面去讲情，我多说些好听的话，你们就放开他；这样一来，虽然你们赶不走他的马群，但也另有收获——叫他把我张木匠当成救命恩人，感恩不尽，这对我在这里长期潜伏，势必有益，说得好一点，在紧要关头，他兴许能够帮我大忙。蒙古是一个以恩报恩的民族，瓦其尔更是如此！好，你去显一显本事吧！"

邓团长刚拿上帽子要走，刘峰忽然想起什么似的一摆手：

"我再给你出个主意：你们可以两面夹攻，一面收拾老头子要马，一面再跟他大儿媳妇套一套，她可能知道老土财主的金银放在哪里，他老家底一定可观，要是能够挖出它来，老弟！……"

他把话简略了，但是对方已经领会到了他的意思。

"部下一定遵照您的指示去做，刘先生还有什么吩咐吗？"

"你先去试一试看吧！"

邓团长弯着腰从包里出来，在门口挺着胸脯深吸了一口气，又慢慢吐出来，向漆黑的夜空扫了一眼，便直奔看守瓦其尔的地方走去。

瓦其尔受刑第三次晕过去，又被冷水喷醒过来。

在他身旁站着几个国民党士兵，他们手里都拿着沾满血污的皮鞭。

在熊熊的炉火中，埋着几根铁条；蒙古包里弥漫着浓重的、极其难闻的气味。

邓团长懊丧地、疲惫不堪地坐在木床上，狠狠地咬着牙，看着慢慢苏醒过来的瓦其尔："你这老东西，真豁出命来啦，把老子累成这个样子，你还不吐一个字！妈的！"他喊得嗓子哑了，所以只在心里这样骂着。

几个士兵汗流浃背，两手酸痛，偷偷打着哈欠，这被邓团长看见了，他猛地跳起来，破口大骂：

"你们他妈的鞭子为什么落得不狠，铁条为什么烧得不红？啊？"

几个士兵勉强振作起来，哆哆嗦嗦地说：

"长官，我们打了一宿，把全身的劲儿都使出来了；铁条也烧得够红了！只是这老家伙太……"

"住口！"邓团长喝了一声，"杨连长！"

"有！"一个满脸横肉的家伙笔直站着答道。

"把这件事交给你，今天晚上问不出个头来，砍你脑袋！"

说完他走出包去。

外面站着一排士兵，这是刚才被突如其来的反抗而打伤一个士兵之后，添加的岗哨。

事情经过是这样的：一小时以前，邓团长正在拷打瓦其尔，忽然听见包外有人"啊"地叫了一声，接着来人报告说：一个士兵被一个大瓦罐打破了头，凶手不知道是什么人，已经逃走了。

这个"凶手"原来就是沙克蒂尔的老婆——南斯日玛，她听到公公被拷打的喊叫声，实在忍受不下去，就冒着性命危险做出这样勇敢的举动！当敌人被打伤而一片混乱之际，她灵巧地逃出去，钻到北山的密柳林里去了。

敌人不知道这是一个勇敢的女人干的事情，而以为附近有"蒙古八路"，所以岗上加岗，严密防备起来。

"没有什么新的情况吗？"邓团长问道。

"没有，四面平平静静的。"报告的人大概是敌军的一个班长。

这时邓团长看见东面有一所蒙古包里有灯亮，他用手一指问道：

"什么人住在那儿，还点着灯，刚才的事情是不是他们干的？"

"报告长官，那儿住的是这家的大儿媳妇，她给弟兄们烧水燎茶，挺开通，刚才的事情不是她干的。"

一听是瓦其尔的大儿媳妇，他想起刘峰告诉他的话来，于是向那里走去。

从蒙古包里传出士兵们的谈笑声，其中间或夹杂着几声女人的笑声，这使听了一夜痛喊苦叫声的邓团长，感到新奇！

他走进包去，横躺竖卧的士兵，前后不一，懒懒散散地站了起来。看到他们闲散的样子，他想到自己的疲劳，心里一阵气怒：

"你们倒是挺自在呀！跟女人有说有笑的！都给我滚出去！"

士兵们立刻惊慌地拥挤着走出门去。

"大官，你喝茶吗？这是热奶茶。"

卡洛边说边走过来给他倒了一碗茶，好像她一点都不惧怕他。

"你是瓦其尔的大儿媳妇吗？"

"是啊！大官问这做啥？还是喝点热茶吧！"

"你们家里除成群牛马之外，有没有金银？只要你照实告诉我，就不叫你吃亏，不然的话，你可要尝一尝我的厉害！"

她没被吓住，反而格格笑着回答说：

"什么牛马啦，金银啦，那都是男当家的管的事，我们女人，整天做饭烧茶，再伺候伺候丈夫，概不管那些事呀！"

"这么说，你把丈夫伺候得一定不错！他现在到哪儿去啦？"

他从刘峰那里已经知道旺丹是怎样一个人，扮着什么角色，但，又故意这样问她。

"我丈夫当兵去了，可我不知他当的什么兵；他在家的时候，我可真会伺候他。"

"他走了，你不想他吗？"

她嘴唇一抿，微微一笑说：

"那有什么办法！"

"想办法呀！"

她没有回答；然而她那嘴角的笑丝和那一闪的眼光，都有几分可耻地卖弄风骚。

他不再问起金银的事情，走过去把包门轻轻地闩上了……

过了一会儿，有两种截然不同的声音，从两所并立着的蒙古包同时向漆黑的夜空发了出来：

卡洛的风骚的格格的笑声；

瓦其尔被拷打得无力的呻吟声；

又是卡洛的风骚的格格的笑声；

又是瓦其尔被拷打得无力的呻吟声！

……

躲藏在仓房里的瓦其尔巴彦的老婆，听见丈夫和儿媳妇同时发出的这两种声音，一闷气，就死了！

天亮时，邓团长从卡洛包里出来，问拷打瓦其尔的结果如何。那个满脸横肉的杨连长回答说，毫无进展。邓团长一面说着"再看我的"，一面走进拷问瓦其尔的那所包里。

正在他虚张声势地要进行拷问的当儿，刘峰满面泪水地进到包来，扑通一下跪在邓团长面前，哭哭啼啼地哀求道：

"大官老爷，你们可怜可怜他这个上了岁数的人吧！你们把他打、烧成什么样子啦！再要打，就打我吧，烧，也烧我吧！……我们的老主人，多咱也没做过害人的事情，天哪！你们为什么这样残害他呀！……"

他又转过身来，抱住瘫在地上血肉模糊的瓦其尔，痛哭流涕地说：

"老东家，老东家！没承想你受这样大灾大难！你变成这个样子！让他们打

231

我、烧我吧！老东家……老东家……"

从瓦其尔的两眼涌出几滴泪水，在他那浮肿了的眼角上停了一停，滚到地上，与他自己的鲜血混合在一起了。

他的意识并没有因被拷打而完全破坏，在这生死关头，他对张木匠的无限感激，已经深深地、深深地印在脑海之中……

早晨，国民党军队抢了些手头能够抢得到的零星东西撤走了。

察哈尔最大的巴彦——瓦其尔的家庭，变成这样支离破碎！

这就是国民党反动派进入察哈尔草原的第一个夜啊！

同一天夜里，特古日克村的牧民们，也受到了国民党匪军的兽性糟害。

莱波尔玛跟往常一样，先把三个孩子哄睡后，又挤了牛奶，担了水，刚要睡时，斯琴跑来了。

斯琴回到家来，伺候爸爸，管理家务，每天忙忙碌碌的，心里说不尽的愉快！她一想到："我又回到自己的家，爸爸在我身旁，这跟两年前的情景完全一样啊！"就对自己生活又充满了信心！当然铁木尔不在她身旁，确实相当减少了她生活的乐趣；但是她回到家来，知道了铁木尔的真实情形——他没有与南斯日玛结婚，还在等待着她——这使她感到又幸福、又惭愧！她想到部队里去找他；但是部队撤走了。

现在她有点闲空就拿上针线活到莱波尔玛家来坐，与她谈天、做伴；所以刚才她走进包来时，虽然脸上略带惊色，但也没引起莱波尔玛的注意。

"这么晚来串门，莫非有什么喜信？是不是铁木尔……"

她刚把话说半截，斯琴一摆手，压低嗓音说：

"你快些把灯吹灭！听说叫什么'国民党'的土匪到咱们村头了。"

"土匪？咱们怎么办哪？"起初她有些惊惶，但是忽然又镇静下来说，"来就来吧，我一个穷寡妇有啥怕的？"

"好姐姐，你别那么粗心大意，我把信可告诉你了，爸爸还在家里担惊受怕地等着我，我回去了。"

她走了。莱波尔玛熄了灯。

狗吠、马嘶、风吹、人吵……满村里一片混乱！

唯独她的蒙古包在湖的北岸上，所以在黑夜里侥幸没有被敌兵看见。但是她不知道村里发生着什么事情，心里忐忑不安，不能入睡……

天亮时，敌军的两个哨兵发现湖的北岸上还有一所蒙古包，为了比他们的伙伴多搜刮到一些东西，这俩家伙偷偷地跑来叫莱波尔玛包门。

她被叩门声惊醒，知道事情不好，急忙坐起来把衣扣扣好，然而没有应一声，也没去开门。

那两个敌军怕招来别人，不敢出声喊叫，只是咚咚的踢门；包门不结实，眼看被踢碎，她不得不一面答应着，一面去开门。两个敌军显然生气了，进门啥也没说就用枪托往她腿上一个人推了一下。这时三个孩子都被惊醒；两个懂事的大孩子"妈妈，妈妈！"地哭叫着急忙搂住她的两腿，用惊惶但又愤恨的眼睛看着那两个敌军；而最小的那个孩子，还不懂事，只向他们看了一眼，没哭、没叫，若无其事地躺在地毡上。

那两个家伙用枪刺这挑一下，那扎一下，把破布烂棉花扬得满包全是，没翻到一件值钱的东西。一个小个子敌军嘴里不住地骂着："真他妈的穷光蛋，连一件可拿的玩意儿都没有！"失望地提着枪，走到门口说："伙计，走吧！长官不是说一清早就走吗，一会儿长官醒来不见咱俩这班岗哨，就糟了！"

可是另外一个高个子家伙，却挤眉弄眼地向莱波尔玛走过去，小声问：

"你丈夫呢？……为什么不说话？……嗯！家里没有一件男人使的东西，你是个小寡妇吧？我大概猜对了。"他回过头来向那个小个子使了个眼色，话里有话地说：

"要走你自己走，你呀，真是个笨蛋！"

那小个子似乎领会了他的话意，随手把包门啪地一关，走回高个子身旁，开了一个下流的玩笑：

"你的意思是，咱们不但拿不走她的一点东西，反而还得叫她从咱俩身上抽去一些油水？"

两个人会意地大笑起来。

莱波尔玛没听懂他们这句话，但是从他们把包门关上，又怪声邪气地大笑，想到一件可怕的事情！正这时那两个敌军同时向她靠近过来，做出各种下流的动作。她忙中生智，装出一副很镇静的样子，笑眯眯地移过身去，一只手拉住一个人，用不熟练的汉话说：

"你们的意思我明白，你们稍稍等一会儿。"她指了指两个大孩子说，"他们大了，在这儿看见不好，我得把他们送到别的人家去，马上回来，你们坐一会儿吧！"

两个敌军互相看了一下，小个子同意了：

"她要把两个大孩子送到旁的人家去，依我看，这倒也好。"

大个子有些怀疑：

"她不是撒谎想逃走啊？"

"哎哟！这是我的家，我没有别的地方跑呀！我的不撒谎。"她故意卖弄风骚的样子忸忸怩怩地又说，"我是寡妇，我愿意你们来呀！"

见她卖弄风骚，那两个家伙欢天喜地，答应她把孩子送到别处再回来；她心里暗暗自喜，但嘴上还叨咕着："我的马上的回来，你们等一会儿吧！"

她领上大孩子，一手抱着老二，又去抱躺在地毡上的最小的儿子。

"把两个大的送走就行了，这小的不懂事，看见又怕什么？"小个子说。

那个大个子见她把三个孩子都要抱走，又起了疑心，用威吓的口吻骂道：

"你这个婊子，想逃走吗？"

她一看他翻了脸，心里想："他们把一个不会说话的小孩还能怎的？硬要抱走他，他们该起疑心了，反正小家伙吃饱奶就知道睡觉，留就留在家里。他们刚才不是说一清早就走吗？等他们走后，我再来喂他奶。"于是她说道：

"我能往哪儿跑啊！我是怕他哭才要抱走。放在家里也行啊。"

她又把孩子放在原处，给盖了一件破棉袍，便领上两个大孩子就往外走。

"快点回来呀！"大个子敌军从她身后喊着。

她随声应和着走出包来，即刻加快步子，直奔斯琴家走去。

道尔吉大叔听了她把事情经过从头至尾说了一遍，他叫她们赶快离开这村，到别处躲一躲。到哪儿去呢？想了半天，也没个能背风雨的地方，末尾他只好把斯琴、莱波尔玛和她的孩子们送到西山沟里的红柳林里。他们说好，要是敌人今天不撤走，他就再来给她们送信送饭来，并且设法把莱波尔玛最小的儿子从家里抱出来给她送来。

道尔吉大叔回村里去了。莱波尔玛越发心神不安，眼前不断地出现小儿子的影子，耳边也不断地响着他的哭声，她后悔无论他们说什么也不该把他留在家里，可是现在后悔也晚了。"他们再坏，也不会叫一个还不会说话的孩子受罪吧！"想到这里她心里稍微宽敞了一些。

太阳升出两丈多高时，道尔吉大叔来了。敌人走了，他来接她们回家去。

她一进村，第一眼就往自己家瞭望，远远看见蒙古包门大开着："这些不是人养的东西！临走连门都不给关上，我的小宝宝一定受冻了！"她这么一想，恨不得飞回家去，快把孩子抱起来亲一亲！妈妈对不起他呀！把他一个人丢在家里，叫他受凉、挨饿了！往后再也不丢下他，让他在妈妈怀里安安静静、温温暖暖地睡吧！等日月太平了，妈妈宁可给人家去挤牛奶、做零工，也要赚些钱来好好抚养他，叫他长大跟两个哥哥一同去念书、学本领；妈妈到年老的时候，看见孩子们都有出息，妈妈也就心满意足了！……

一路上，她领着两个大孩子飞快地走着，东西南北乱想了一阵；而她想得最多的是一句话："妈妈再也不丢下你了，小宝宝！妈妈离开你，心都揪着痛啊！"

她来到离家还有一里路左右的地方，叫大儿子领着二弟弟慢慢走着回家；她自己却拼命地放开大步朝家跑去。

半里路、近了、更近了……

跑到离家只有几丈远时，她便情不自禁地喊起小宝宝的名字：布日古德！

小宝宝还不会答应呢！

包门大开，但看不见小宝宝，他一定滚到哪个角落去了！

她一面跑着，一面上气不接下气地喊着小宝宝！

她来到了门前；她一只脚跨进了门限：

"啊！"她突然疯了似的可嗓门尖叫了一声。

包门上溅满人的脑浆；包里遍地是鲜血、碎块的骨头，还躺着布日古德的小小的尸体……

扑通！——她昏倒在亲生孩子的血泊之中！

九

部队撤退到厢白旗的沙拉更庙扎下了营。从南部地区过于匆忙地退下来，没有来得及对部队进行战略教育，战士们思想很混乱，所以师部决定，最近几天各团分头整顿队伍。

沙拉更庙是典型的察哈尔风光：沙漠、湖泊、红柳、草原、庙宇、高山和丘陵。

当夕阳西下的时候，晚霞映照着翠蓝色的湖泊、橙黄色的沙丘、淡绿色的草原、深红色的柳林……这时，在一所雪白的蒙古包旁，有一个年轻的牧妇，蹲在乳牛身边挤着奶，她的婴儿仰卧在草地上，向在高空中轻轻飞翔的大雁挥动着他那肥胖的小手；世界是如此恬静、瑰丽而安详！

战士们并没有因沉湎在这种和平气氛中，而忘却了昨天的枪声；他们越是处身于和平气氛里就越是了解为什么要战斗、要厮杀、要用敌人的黑血洗刷自己的战刀！

铁木尔牵着马，到井边来饮水；马儿往水里舔了一舔，就抬起了头。他打了一会儿口哨，马还是不想喝水。

"连我的马都喝不惯这地方的水！"

他自言自语地拉着马往回走。这些天来他心里的疙瘩一直没解开，尤其是当他昨天看见家乡的牧民，受不起国民党反动派的糟害离乡背井，扶老携幼，一群一群来投奔我们军队时，一种万分惭愧的感觉压迫着他。那些牧民，他差不多全认识。有的被打伤，有的被烧得满身伤痕；年轻妇女们整天捂着脸在哭泣！……从那些人的伤疤和眼泪里，他完全想象得出故乡已经被人蹂躏成了什么样子！"我们扛大枪，干革命，为的啥？不就是为的保护家乡和乡亲们吗？可是现在……"昨天整夜他都这样问着自己，天亮时做了一场梦；梦里也净是故乡草原上的战火、牧民们的伤疤、年轻妇女的哭声……早晨醒来，他去找官布，他现在是副盟长，又是团长，但是他毕竟跟他一块光着屁股长大的，他想求他带领着明安旗的青年们回到家乡去，砸碎那些国民党反动派的头！托娅告诉他说，官布整天都在开会。他没见到他。但是现在他不再去找他，心里有了另一个打算：他自己跑回故乡去，叫牧民们拿起枪杆，合成伙，跟敌人拼命！他要跟那些勇敢的、有复仇决心的人，一起战斗。十个人、二十个人都行，就是三五个人，他也要干到底！他也曾经想从这里带走一些同志，只要他把自己主张提出来，明安旗的小伙子们，保险个个都跟他走。但是他很快又打消了这个念头。只要自己拼死拼活为的是乡亲们，到哪儿也有人跟你走。总而言之，他跑回故乡去的决心，已经下定了。眼下是在选择逃跑的时机，想来想去，还是夜里容易逃跑。只有一点难处是，怎样备上马拉出去，又不叫别人知道。这时他想到好朋友沙克蒂尔，他向来听他的话，把他也领回去吧。今天晚上，趁沙克蒂尔站岗的时候，他拉上两匹马，跟他一碰头，就能逃走了。"我跑走以后，同志们会怎么议论我呢？"想到这里，他苦恼起来，"他们一定以为我投到敌人那儿去了，骂我是民族叛徒！有人会说：'铁木尔原来是这样为民族奋斗啊！'官布会说些什么呢？他一定很为难……还有欧阳，她听信别人的话，心里会很难过的！当然贡郭尔更不会放过这个机会，保准在全团面前，用最不好听的话骂我……但是他们爱说什么，骂什么，都随他们便吧！我铁木尔不能为怕人家说些不三不四的话，就叫乡亲们受苦受罪，不，铁木尔扛枪杆、干革命，为的是牧民，不是为的叫别人说几句好听的话……"

回到营房，他去找沙克蒂尔，把自己的打算一五一十全对他说了。沙克蒂尔连想都没有想一下，就答应与他干这一场冒险的勾当。

沙克蒂尔提议说：

"我们应当给官布留下一封信，说明我们走掉的理由，不然人们会以为我们是离不开老婆孩子而逃跑了。"

铁木尔干干脆脆地回答说：

"谁也不会那样责备我。"

"也许是那样；不过还是留下一封信好些。"

"那信上写什么呢？"铁木尔开始让步了。

"最重要的是把我们走掉的理由说清楚。"

"对，眼下我用不着批评别人，先把自己的主意说明白就行了。"

"这话不错，写吧，铁木尔。"

沙克蒂尔自幼在家庭中受歧视，骆驼大的字不识一个，写信的任务自然落在铁木尔身上；而铁木尔也不是擅长动笔杆的人哪！即使这样，他也"责无旁贷"，只得到一个老喇嘛家里，借了纸笔，写了起来。起初，那个老喇嘛坐在一旁等着写完送走他，可是铁木尔绞尽脑汁，也不会把自己想的写到纸上。时间已经很晚了，老喇嘛为了催促这位"八路达日嘎"快些办完"公事"，已经走上前来拨过三次灯芯。可他，理都没理他一眼。老喇嘛无奈何地先去睡了。

已经是深夜了，写信去的铁木尔还不见回来，沙克蒂尔等得好不着急！快到夜一点的时候，他回来了。沙克蒂尔忙拉他出去，说：

"你把信写多长啊？天快亮了，快把它放到一个地方动身吧！"

铁木尔像头斗败的公牛，低下头，精疲力竭地说：

"信没有写出来。"

"啊？为什么？"

这句话把铁木尔问气了，他压低声音但像连珠炮似的又快又有力地说道：

"你让写信留下，纯粹是个蠢主意！我们是用笔杆子跟别人进行辩论的材料吗？你我都不是！要辩论只有一条路：让我们的枪口去说话！它会告诉人们，我们对敌人是怎么样的！……信没有写，而且也不想写了。动身吧！"

他们分头绕过岗哨，在约定的地方碰上头，先是牵着马走了一段路，后来他们骑上了马，铁木尔回头良久地望着部队驻扎点的方向，对沙克蒂尔小声地说了一句："走吧！"便叫马奔驰起来。

沙克蒂尔有几门亲戚在厢白旗，前些年到这里来过几趟，所以从厢白旗到明安旗的路，他很熟悉。即使在夜里，也不用走大道。走过这山的右首，再奔那岭的左首，取直路，抄近道，天亮前，就进了明安旗旗界。这时，他们才叫马儿慢下步来。

"这一宿咱俩就像是做了贼，身后有官兵追着似的，真够苦！"铁木尔说罢，松了一口气。

"活一辈子，啥滋味都尝一尝也不坏，这一夜我过得挺痛快！"

"哎，咱们先到哪儿？是回你家，还是到特古日克？"

"特古日克靠南边，一定受国民党糟害得很厉害，先到那儿去看一看吧！"

他们奔特古日克村的方向驰去。

这两个战士的深夜出走，被说成是"逃跑"而在清晨传到了官布那里。起初，官布没有相信，后来一切迹象确实证明他们已经"逃跑"了的时候，他比任何人都感到不安和内疚！他了解他们，他很难相信他们两个人会当逃兵；他们的逃走肯定是有原因的。他自己自从担任领导工作以来，忙于事务，而跟他们接触、交谈的时候不太多，因而，没有能够及时地了解他们的思想情况，并给他们以劝导与帮助。当眼下事情发生了时，他又在这样一个问题上迟迟拿不定主意：是马上把这个事情报告苏荣同志，还是等待一两天，看出结果再去报告？

没到小晌时分，不知哪儿刮来一阵风，把"铁木尔逃跑了"的消息，在全师里传播了出去。不多时，苏荣便找官布来了。

苏荣走进屋来，没有立即问及本题，却谈了一些前几天为分配马料而在几个排里发生的争吵事件。官布可就沉不住气了，直截了当地问道：

"您也许听说那件事了吧？"

"哪件事？"苏荣笑着反问他。

"铁木尔……"

"我已经听说了。"她停顿了一下，说，"这是从我军进入草原以来第一次发生的……逃跑事件。"

听来"逃跑"两个字，她好不容易才说出口来，说完又马上把眼光投向官布，好像是在观察他听到这两个字以后的反应。

官布脸色平静地解释说：

"我想找出发生这件事的原因之后，再去向你报告。"

"对，要研究原因。我刚才说过，这是我们师第一次发生的逃跑事件；而逃跑者却又是在我们看来是个可信的正直的，受尽苦难而开始觉醒的革命青年！不能说这里面没有原因。"

话刚说到这里，官布的通信员进来报告说：门外来了一个老喇嘛，说有重要事情求见首长。

部队驻扎在寺庙附近，师党委曾经多次指示教育官兵，注意执行党的宗教政策，官布十分注意与宗教界人士的关系，所以立刻答应接见他。

通信员把老喇嘛领了进来。老喇嘛圆脸，秃顶，双鬓已经花白，看去由于保养十分良好而像铜镜一般发光的那张脸上，却呈现着由于过度紧张而引起的痉挛。他走进屋来，用颤抖的双手捧着拿黄布包着的一包东西，大声磕磕巴巴地说：

"首长！老佛爷在上，我不敢说谎，这里面包的东西，我一眼也没有看。确实没有看。军人的东西，我们怎敢随便看呢？我怕把它失落了，连徒弟都没敢使唤，我亲自把它带来交给您！"

说着，他把那包东西恭恭敬敬地举过头顶，递给官布。他那紧张的神情、颤抖的双手和没头没尾的言语，都使人感到一种神秘的气氛。官布把眼光盯在那包东西上，心里纳闷："这会是什么东西呢？"然而既然人家递了过来，他也只得接在手中。

"嘛嘛[1]！我简直猜不出您给我送来了什么！"他说。

苏荣从一旁端详了端详那包东西，说：

"好像是一卷佛经。"

"达日嘎，怎会是佛经呢？"那个老喇嘛说道，"事情是这样：昨天晚上，你们队伍里有一位年轻的达日嘎，到我家去，说要写一篇头等重要的东西，问我有没有纸、笔？我就把二十五年以前上五台山朝拜回来时从张家口买来的上等白纸拿出来给了他，他把纸用马刀裁成一张张方块，坐在我家灯下整整写了一夜！起初，我以为他很快就能写完，坐在一旁等着把他送走以后关院门，可是那位年轻的达日嘎，写几个字，就生气地用拳头敲几下桌子，震得油灯直往外溅油，我心想，他大概是因为我守在一旁，生我的气呢，我就睡觉去了。今天早晨醒来一看，那位年轻的达日嘎走了，可是他把写了一宿的东西都留在我那儿了。我以为他还会回去取的，可是一直到这时候还不见他的影子，我就赶紧用包经卷的布，把那位达日嘎写的东西包起来，送到您这儿来了。我刚才说过，老佛爷在上，我没有看一个字，确确实实没有看一个字。"

听完老喇嘛的话，官布打开了那个布包，里面确实包着几十个纸团，他随便拿起一个纸团展开一看，上面写着几个斜扭八歪的蒙古字：

官布同志：

　　我实在不能不给你写这封信

从字迹上看不出是谁写的，他把这一张递给苏荣，自己又拿起另外一张来，这张上写的是：

官布同志：

　　我心里憋不住了，有话要对你说

看来这个人写信时感情过于激动，字越写越草，可能是写到这儿，就写不下去了。官布依然看不出写信人是谁？要写的是什么事？他重又拿起一个纸团。这张纸上写着：

---

[1] 对年老喇嘛的尊称。

官布同志:

　　我想问你:我们为什么要撤退到这儿来?为什么把明安旗老百姓扔给敌人不管?我想不通,我铁木尔扛枪为的是蒙古百姓,当初咱们

话虽然没有写完,但官布已经什么都明白了。他马上将这张纸交给苏荣,说道:

"看一看这一张就一切都明了了。"

苏荣十分有兴趣地看了一遍又一遍,随后把信交回官布,说:

"这就是你所寻找的那个原因。"

两个人都会意地笑了。

官布不想在那个喇嘛面前,对他送来的这包"重要的东西"多作评论,他转身对老喇嘛说道:

"老嘛嘛,谢谢您!您确实给我们送来了重要的东西。那位同志太粗心了,这些东西由我们交给他,请您回去吧!"

这时,那个老喇嘛才如释重负地挤出笑容,依然再三说着"我可没有看一个字啊",拿起黄布,告辞而去。

送走老喇嘛之后,苏荣和官布继续展开那些纸团看着,那些纸上写的话虽然有长短之分,但是内容却与前面看过的那三张大同小异。官布把它收拾起来,放到一旁。这时,苏荣说:

"老官,咱们来认真地研究一下这个问题吧!"

"对的。"官布点头说。

自打孩儿被敌人杀害以后,莱波尔玛很少走出家门。多少天以前采来插在蒙古包顶架上的一丛白野花,早已枯萎,片片花瓣悄悄地凋落下来,像星星般撒满包里。这么多年,在孤寡、贫困的生活中,莱波尔玛不曾掉过一滴眼泪,而失去心爱的孩子,却使这位年轻的母亲没有力量生活下去了。她不吃,不喝,有时低声呻吟,有时高声哭号,有时像傻子似的在包里从早坐到晚……她两眼盯在孩儿的血迹上,心里不住地重复一句话:"我没想到他们会杀害小孩,我不该把他留下。"这句话里包含她对万恶敌人的刻骨仇恨,也包含她对自己疏忽的

痛苦悔恨。几天过去了，呻吟没有消除她内心的仇恨，哭号没有使她孩儿复生。她开始想到往后的日子，往后怎样生活？怎样与沙克蒂尔见面？啊，怎样与他见面？……

沙克蒂尔虽然已经结婚了，但是这个孩子曾经一直把他与她紧紧地联结在一起。沙克蒂尔是那样喜欢这个孩子，孩子看见爸爸也是那样高兴；每当她站在一旁看见他们父子那种喜悦、幸福的感情时，她比他们更感到喜悦和幸福！然而，这一切都过去了，一去不复返了，小布日古德的笑声将永远从她耳边消失，沙克蒂尔也将……她不敢往下想了！没有沙克蒂尔的温爱，她怎么能生活？即使生活下去，又有什么乐趣？那一次她听沙克蒂尔说要回家去结婚时，她曾经硬撑着说："你应当娶老婆，养儿育女。"叫他回家去了。但即使在那时，她也坚定地认为沙克蒂尔是属于她的，沙克蒂尔的心是属于她的，因为有小布日古德！可是，啊，现在！……

"我不能待在这里，我必须去找他！"她对自己说。

这一夜里，她真的决定去找他了。她一个人领着两个孩子是走不了的，她只好去找斯琴的爸爸道尔吉大叔帮忙。

当她在半夜时分，带着一个小小布包，领着两个孩子，敲开道尔吉大叔家门时，道尔吉完全被惊怔住了！

"你要干什么，孩子？"

"我走。"

"上哪儿？"

"去找沙克蒂尔。"

这时，斯琴也爬了起来，他们父女二人把她和孩子接迎到包里。

道尔吉非常同情她的遭遇，一直为在这样时刻自己不能给她一点帮助而着急，今天她既然自己找上门来，他拿定主意，要尽到一个长者的义务。

斯琴抱住莱波尔玛的肩膀说：

"莱波尔玛姐，往后就住在我们家吧，让我们像一家人一样在一块过吧。"

莱波尔玛摇了摇头。而那两个孩子，却泪水汪汪地扯着妈妈的衣襟恳求说：

"我们就住在斯琴姨姨家里，妈妈，不走了，不走了！"

莱波尔玛擦掉眼角的泪，向道尔吉大叔勉强地露出有些难为情的笑意，说道：

"道尔吉大叔，我是来求您帮忙的。"

"孩子，说吧，你看大叔还有点用处，大叔心里高兴啊！"

她的脸色变得严肃起来。

"我想求求大叔送我们母子去找他……"

"去找沙克蒂尔？"斯琴从一旁问道。

莱波尔玛点了点头。

道尔吉沉思了一会儿，说：

"嗯，好吧！什么时候走？"

"大叔，马上走！我一定要找到他，把事情经过对他说明白。在这儿，我一个人待下去，会变疯的！"

斯琴抱住她哭了，既同情她，又为与她别离而难过。

天亮时，道尔吉大叔套上破牛车，叫她们母子三人坐上，就动身了。临走时，他嘱咐斯琴没有事不要离开家，他不过三四天就回来。

送走她们以后，斯琴一天没有出包。冬天就要到来，她在为爸爸赶做皮衣。她一边做活，一边漫无边际地遐想。她真喜欢爸爸那种见到别人遭难便毫不犹豫地给以帮助的态度。莱波尔玛很快就会见到沙克蒂尔，他们之间不会发生什么事情，孩子是国民党杀害的，要恨只有恨国民党。啊，他们就要见面了，不管在什么样情况下相见，重逢总会是幸福的！由此，她想到了铁木尔。至今他还不知道她已经逃出了虎口狼窝，这次爸爸去会告诉他的。那他会怎么想呢？是高兴，还是恨她的过去，恨她几个月以前对他的冷酷态度？……她的心跳了，跳得不算快，但是那么重！当黑夜来临时，她的心情变得更加沉重不安了。她开始后悔自己没有跟爸爸一同去。莱波尔玛不是说过"要把事情的经过对他说明白"吗？难道她自己不正是也需要这样做？铁木尔看见莱波尔玛拖着孩子们去找沙克蒂尔，会想什么？即使把过去的事他都不放在心里，但这一次也会想："人家莱波尔玛有孩子们缠着手脚还来呢，可是斯琴一来没拖没拉的，二来有她爸爸亲自赶车护送，她为什么不来看我？"

是啊，她为什么不去看他？为什么？

夜已深了，但她依然翻来覆去，不能入睡。

这一天夜里，秋风大作，草原上的风声大得就像雷鸣一样。外面是漆黑黑的，或许是乌云遮盖了天空。然而在这样大的风势之下，天空中的乌云将在怎样骤疾地旋腾、飞动？如果现在能够看见那番景象，一定会是令人万分惊心动魄的。

天空越黑，风声越大，她就越发坚定地对自己说："跟莱波尔玛一样，去找他，去找他！"

早晨紧接夜风的停息，下起了一场毛毛细雨。会不会变成连雨天哪？她真恨这个混透了的老天爷故意与她作难。她把行装准备好以后，冒着雨到邻居家借来一匹马，耐着性子等候雨住天晴。

到了小晌的时候，雨住了，但看去一时还不会放晴。她已经顾不上是不是还会下雨，索性把门一锁，就出发了。到这时，才有一个重要问题落在她眼前：铁木尔他们部队在什么地方啊？她曾经听说他们是往北退走的，那么就叫马往北跑吧，草原的路没有通达不到的地方，再说途中总会遇见人的。

马走在泥泞的草原上，又慢又费力，跟八十岁的老尼姑行路一样。她不忍心鞭打它，任它慢慢走吧，只要能把她驮到所要去的地方就行。

跟斯琴一样，急于南归的秋雁，也在抓紧这雨住的时刻，十分勤快地向南飞着。它们时而发出"咕嘎、咕嘎"的鸣叫，好像是在向草原道别："再见，再见！"

不多时，雁群的鸣叫声停止了。斯琴抬头一看，原来天公又变了脸，一道闪电划过天空，突然下起雨来。这回不是毛毛细雨，而是急风骤雨，滂沱倾注，真像民间故事里所说的那样：天底儿漏啦！

风紧，雨急，赶路人抬不起头，睁不开眼，只有勤劳的马，仍然扎着头，迈着坚定的步伐。风，雨，任它们吹淋，斯琴决不回转马头！

风雨越来越大，草原完全被白茫茫的雨幕遮掩住了。

斯琴全身衣服都已湿透，耳朵里也灌满了雨水，她像聋子似的听着一切声音都变小了。风如同长了手，将一把把雨丝，往她嘴里硬塞，她透不过气来，全身有一种说不出的难受，这时，她担心自己会从马背上晕倒下去，就弯下身，抱住鞍头。她的头发散了，跟马鬃缠在一起，她前倾着身体，心里暗暗自语："马啊，你能把我驮到我所要去的地方吗？道路在哪儿？北方在哪儿？铁木尔在哪儿？……"

在她完全没有提防的当儿，马突然受惊了。她的全身受到猛烈震动，险些摔了下去。她忙直起腰来，双手用力勒缰，勒不住，还没等她察看左右发生的事情，马儿顶着风雨盲目地奔驰起来。但跑出不远，只听得身后有人喊："斯琴，斯琴！"她回头望去，只见雨幕之中，有两个骑马人的影子，而其中有一位骑者，一面喊着她的名字，一面打马向她驰来。

这是什么人？什么人能够在她方才直起腰来那一刹那间一眼就认出她来？

那个骑者越来越近了，斯琴一看清他的面孔，就即刻用尽全力狂喊起来：

"铁木尔！"

铁木尔已经追上了她，并且从旁侧弯下腰去勒住她的马头。

马还没有停住脚步，斯琴便不顾一切地从马背上向铁木尔扑去。铁木尔搂住她的腰部，猛一扭身，就把她抱到自己的马背上来。

他们就在这狂风暴雨之中，在这荒原马背之上，紧紧地拥抱在一起……

风，还在猛刮；雨，还在急下。闪电一道接连一道；雷声一响甚于一响……

斯琴的马空着鞍跑走了，叫它跑走吧，谁去管它！

"斯琴，你怎么会在这儿？"

"我是要去找你的。"

"去找我？"

"他们已经把我放出来了。"

"真的吗，斯琴？"

"往后我们永远在一块了。"

……

在这极其喜悦和幸福的时刻，语言已经变得如同棉花一般没有分量，他们谁也不再说话了。

突然又是一阵狂风，把他们连人带马推出几步以外，铁木尔一抬头，狂风呜地一下卷走了他的军帽。他马上丢下斯琴，跳下马去追帽子，追出好几十步，刚要抓到它时，风又把它刮走了。他继续往前追去，但没跑出几步，滑倒了，好不容易地再爬起来时，他已变成了泥人！他定了定神，看见那顶帽子还在被风带着向前飞滚，蒙古式军帽上的红五角星像一点火苗，忽隐忽现。他以最大的速度向前跑去，然而不料前面出现了一条小河，狂风毫不费力地把他的帽子吹进河里。铁木尔知道这条小河水不深，他连马靴都没有脱下，随着也跳进了河水。军帽离他只有二三尺远，他一纵身抓到了它，他高兴地刚要站起来时，没想到今天雨大水涨，两脚已探不到河底，心里一阵惊慌，身体失去平衡，眨眼工夫，便被凶猛的洪水吞没于波涛之中……

这一切都被从后面赶来的斯琴，看得清清楚楚，她怎敢怠慢，猛抽马匹，进入洪流，一把抓住铁木尔的衣领，好在河身不宽，马在洪流里挣扎了几下，终于闯出河来。

斯琴跳下马来，抱住狼狈不堪的铁木尔，温情地但又有些责备地说：

"你干吗为一顶破帽子冒那么大险哪？"

冷得全身颤抖的铁木尔，双手捧着那顶军帽，两眼盯住那颗红五角星，激动地说：

"这不是一顶普通的帽子，它上面有一颗红五角星啊！只要这颗红星在我头上，我就是个革命战士，懂吗，斯琴？我永远不能失掉它！"

这时，沙克蒂尔赶来了，刚才铁木尔把斯琴抱到自己马背上时，斯琴的马空鞍跑走，沙克蒂尔为了不打扰他们的幸福会见，就独自去追那匹马，因此，他来迟了一步。

铁木尔从沙克蒂尔手里接过斯琴的马，骑上以后说：

"我们往回走吧。"

"你们再也不离开村子了吗？"斯琴问。

"村子可能还会离开，但是战斗的岗位再也不离开了。"

当他们三个人来到特古日克村头时，雨住了，但风还没有停，树木花草，随风摇摆，看去如同整个特古日克村都在这场秋雨之后打着冷战！

直到现在，斯琴还没有把莱波尔玛去找沙克蒂尔的事，告诉他本人。她不知该从哪儿说起，但是有一个主意她是下定了：他们在风雨里赶了一天一夜的路，都已十分疲惫，在他们稍作休息以前，她什么也不说出口。

他们进了村，沙克蒂尔要先到莱波尔玛家去看一看，她没有劝阻，她想莱波尔玛不在家，他自然就会到她家来，到那时，再把事情慢慢告诉他。

她跟铁木尔往家里走去。斯琴上午出走匆忙，没有顾得上收拾一下包里，她不愿意叫铁木尔一走进家就看见乱七八糟的样子，所以说了一句："我先回去一步。"就独自先跑回家去了。

过了半天，当铁木尔来到包前拴马时，她已经把包里收拾好了。铁木尔一开门，看见包里只有斯琴一个人，而她不知什么时候那样快地换上了一件银灰色的缎子长袍，铁木尔刚要把惊奇的话语说出口时，斯琴扑通地跪在他前面，两手紧紧地抱住他的双膝，呜呜地痛哭起来。

"别这样，快站起来，斯琴！"

他将她搀起，但她不愿叫他看见自己泪水模糊的脸，仍然把头扎在他怀里哭着，只是哭声小了一些。他从肩上拿下大枪，靠着围墙立起，又转过身来，双手捧起她的脸，两眼紧紧逼视着她，用沙哑的声音问道：

"告诉我，出了什么事吗？"

她轻轻摇了摇头。她那长长的睫毛往上一挑，只看了他一眼，就又合上了。

"我们还会离开吗？"她缓缓地仿佛是自言自语地问。

铁木尔顿了一下，回答说：

"不，永远不再离开了。"

这回她笑出来了，笑得那么单纯、美丽，她把头紧紧地贴在他胸口，像是在佛前作着真诚的祈祷似的，闭着眼睛在嘴里不停地说着："不离开了，咱俩再也不离开了；就是死，也死在一块吧！"

看见她那憔悴的脸上浮现出兴奋的神情，他鼻尖上好像落了只苍蝇似的发痒了，他说不出话来，想俯下头去吻她；但是他们毕竟有些生疏了。

正这时，包门一响，沙克蒂尔进来了。他显出非常焦急、不安的样子。

斯琴忙走过去，说："坐吧，我马上烧茶。"

"我没心思坐下，你告诉我：莱波尔玛到哪儿去啦？她包里为啥满是血？"

听了这话，铁木尔也有些不安了，他又想起道尔吉大叔，于是紧接着也问她：

"大叔也不在家，他们都到哪儿去了？"

她勉强地保持着镇静，先叫他们都坐了下来之后，才将国民党怎样杀害莱波尔玛孩子的经过，详详细细告诉了他们，并且又对沙克蒂尔说：

"他们想糟踏她没成，就害了你们的孩子；可是那帮狼心狗肺的东西，没过几天又来跟她找麻烦，这回她事先有了提防，看见他们进了村，就领上两个孩子，到别处躲起来了。他们没找到她，就叫村里的人们给她留下一句话：他们迟早非糟踏她不可！听了这话，莱波尔玛姐不知道怎的是好，就来找我爸爸；爸爸看她可怜，就给她出主意，叫去找你。她说：她也想去找你，就是找不到，北沙坨子里也有你亲戚，在那里能够找个地方住下，但是为难的是，她自己没车没马，领着两个孩子没法走。我爸爸就套上牛车，叫他们娘儿三个坐上，还怕他们在前边这段路上出差错，他送他们去了。"

沙克蒂尔做梦也没想到，在家乡有这样大灾大难等待着他！孩子被敌人摔死了，莱波尔玛也走了，现在他心中燃烧着的只有复仇的怒火："我要在孩子被杀死的地方，杀死那些敌人！"想到这里，他问斯琴：

"敌人哪儿去了？他们什么时候再来？"

"他们都回哈布嘎去了，反正总是不过三五天，就出来闹腾一次。有人说，前些天，他们到你们家，叫瓦其尔大叔吃了许多苦。"

"他们还到我家去了？我爸爸吃了什么苦？现在他们怎么样？"

她迟疑了一会儿，回答说：

"我只听村里的人们说，他老人家吃了苦，可是到底怎样，我也说不上。"

听了这消息，沙克蒂尔立刻要回家去看一看，铁木尔也想去，但是与斯琴见面还没说一句知心话，怎么好走呢？所以他说：

"你先去看一看也好，我在这儿等你；到了晌午你还不来，就是家里出了大事，那么我一定马上也到那儿去。到了家，替我向大叔问好！"

当沙克蒂尔回到家来时，包外四周净是牛粪马尿，又脏又乱，完全不像爸爸治理的家庭了。

接着他又看见一个骇人的景象：在蒙古包后头，放着一辆轱辘朝天的勒勒车。在察哈尔，只有送葬回来的车才这样倒放的。他怔了一下："莫非爸爸……"他没敢想下去，就急速走进爸爸的包里。

爸爸还活着。他躺在床上呻吟着。脸上，横横竖竖满是伤疤。

他走近爸爸的床边，爸爸费力地抬起眼睑，看了他一眼；然而父子二人谁也没说出话来。过了一会儿，沙克蒂尔才说：

"爸爸，您受罪了！……"

瓦其尔却异常平静地说：

"你回来啦！孩子，到佛爷前为你妈妈做祈祷吧！她已经上天堂了！"

沙克蒂尔的眼前又出现了包后面那辆倒放着的勒勒车的影子。他转过身去，跪在香火缭绕的佛龛前面……

做完祈祷，他向爸爸问道：

"妈妈是他们害死的吗？"

"国民党来的那天晚上，达木汀安奔的太太，到咱家来躲避，你妈妈跟她住在一个包里，是她把你妈妈死去的原因告诉我了。那天夜里，国民党就在这个包里把我拷打得死去活来的时候，你嫂嫂在东包里，跟国民党的大官玩闹了一宿；你妈妈活活叫她气死了！咱们家迟早要败在他们两口子身上啊！你回来，我就放下心了。孩子，我活不长了，你留在家里吧？你爹为的守住这份家业，没等死就尝到了阴间苦刑；但是千难万灾都会过去，老佛爷不会叫恶人活在世上的。我死后，你的手再也别摸枪杆，把家业管住吧！你别依靠旺丹，也别相信那个没有人性的嫂子……"

伤口一阵骤痛，使他中断了话。等他稍微好了些，沙克蒂尔问：

"南斯日玛怎么样啊？"

"她是个好孩子，你跟她好好过吧！她没干卡洛那样没人性的勾当，尤其这些天我不能动弹，家里家外全靠她一个人忙。她真是好孩子。但是她年轻，还不够稳重，也干了一件不大好的事情：国民党拷打我的时候，她忍不下去，就拿瓦罐子打伤了他们一个兵的脑袋，好险叫他们抓去，幸亏是晚上，才脱了险！咱们是佛教徒，万不能用这种方法对付他们。他们杀害良民，老佛爷从天上都看得清清楚楚，他们死后，都要被扔进地狱去的！可是咱们不管受多少苦罪，手上也不能沾血，只要咱们诚心诚意地给老佛爷多磕几个头，多点几盏灯，就会进天堂！我劝你：看见我被他们害成这个样子，别去跟他们拼死拼活，你转过身去再看一看，这么多天我一直没让断过佛灯啊！"

说到这里，他像孩童沉于美妙的幻想中那样，眯起两眼，脸上从条条伤痕的中间露出笑影来。

爸爸那些埋怨南斯日玛的话语，恰恰起了相反的效果，使沙克蒂尔心里暗暗钦佩起她来。他向爸爸撒谎说，肚子饿了，吃点东西就来，便走出包去。不料，南斯日玛却站在门口，她像是在这里已经等他好久了。不知怎的，当他们的视线碰在一起时，两个人的脸都红了起来。她没有说话，赶忙走在他前面，去推开自己的包门，先让丈夫进去后，自己才跟了进来。

他又从她这里证实了卡洛那些丑恶行为之后，脸色立刻阴沉起来，提起大枪，走出包去。

当他走进卡洛的包里时，她正在对着镜子梳着头发，身旁坐着一个陌生的汉人。

"这是什么人？"他没作寒暄就冷冰冰地问道。

她惊愕地看了看他，挑衅地一笑，说：

"沙克蒂尔，你跟莱波尔玛刚见面也是这样说话吗？你呀！让她捉弄得连牧民的礼节都忘掉啦！唉！真可怜！你问这个人吗？他是木匠，在咱家做工，刚才向我求一碗茶喝，我就叫他走来了。你喝茶不？坐吧！"

他没坐下，对那个木匠说：

"你出去吧！我有话跟她说。"

刘峰站起来向门口走去；但走到门口，又转过头来看了卡洛一眼，这时卡洛也向他看去，他俩似乎用眼睛说着这样一句话："等他走了，再来。"

刘峰走出去以后，沙克蒂尔把语气变得缓和一些说：

"哥哥给你捎来一口袋东西，我怕家里有外人，没敢拿回来，藏到西沙坨子红柳林里了。口袋里好像是珍珠玛瑙之类的东西。走，咱们去拿回来吧。"

她两手梳头发的动作，变得敏捷起来，眉飞色舞地说：

"你稍微坐一会儿，我梳完头，换上一件衣服就走。"

等她打扮完后，他们各骑着一匹马，向西沙坨子走去。

刘峰从蒙古包门缝偷偷地目送着他们。

在途中，她不断地问他：口袋有多大？重不重？除了珍珠玛瑙，还有些啥？他净挑那些使她满意的话，回答了她。不时，来到西沙坨子。

"下马吧！口袋就藏在这儿。"他先跳下了马。

她向四周巡视了一下，附近一片平坦的沙漠，没有柳林，也不像是藏东西的地方，于是她把怀疑的眼光投向他来。这时他又温和地说：

"快下来呀！还等我去抱下你来吗？"

她看见他那急切的等待的神情，忽然产生这样一个念头："他拉着我到这样背静地方来，莫非是想跟我玩一下吗？"她欣然又向他看去，而他似乎是仍然以急切的、热烈的心情等待着她；即刻，她跳下马来，暧昧地笑着，飞也似的跑去倒在他的怀中说：

"沙克蒂尔，你真是个好人！你知道可怜我这个活寡妇，天哪！你是多好的人哪！"

然而，沙克蒂尔却将她猛地推倒在地上，从她手中把马缰绳抢过来，又扔出手去，往她的马身上狠狠地抽了一鞭，马儿照直向家的方向飞跑而去。

"沙克蒂尔，你这是干什么？"

她看势头不好，脸色发白了。

他把枪往前一举，狠狠地瞪着她，从牙缝里挤出一句话来：

"我要杀死你！母狗！"

"啊！你杀人！救命啊！救命啊！"

她歇斯底里地跳起来，一面拼命地喊着，一面撒腿就跑。

"往哪儿跑，站住！"

她仍然喊着，跑着……

正这时，当的一声——枪响了！

她全身摇晃了几下，向前倒了下去。

从她胸口中流出来的鲜血，将沙地上的几块干马粪染黑了。

斯琴从酣睡中醒来，揉了揉眼睛向包门看去，从门缝透进来几缕灰白色的、柔和的曙光。她赶忙坐起来，一边穿衣服，一边自言自语地说：

"哟！好险睡过了劲儿！"

她为的不惊醒睡在身边的铁木尔，便悄悄地站起来，踮着脚走出包去。先把天窗的盖毡拉开，就担上水桶到井边去了。

秋后的晨风，吹到脸上虽然有些凉飕飕的，但使人感到清新、爽快。从她那敏捷的步子和小声唱着的那支轻快的曲调，可以知道她的心情是那样满足而又欣悦！她每天早晨都来汲水，村里的人们时常在她那婉转动人的歌声中醒来，他们都说："我们的'小燕'又活了。"

真的，她现在变得那样爱动、爱说、爱笑，甚至可以说有点淘气了。

然而，在这些天里，他们的生活中并不是没有一点风波呢！

自从铁木尔由部队回来，他们就生活在一起。由于久分重合，初见面那两天他们形影不离，真挚而炽烈的爱情燃烧着他们的全身。她几次恳求他说："只要咱俩在一起，就是门外边从天上掉下来金山银岭咱们也别去管它；如果你再离开我，那我就没有力量活下去了。"而他是那样肯定地回答说：他们不再分离，等道尔吉大叔回来，就正式结婚。听了这话，她多么高兴啊！

她那憔悴的脸，很快又恢复了红润而丰腴的本色，那两只从前像将要灭熄的灯火一般的眼睛，又闪烁出青春的光亮。她感到无限的幸福！然而，也许因为她过去所经受的灾难过分深重的缘故吧，开头当幸福突然降临时，她却又有些不敢相信它会永远留在她的身边。每天晚上睡觉时，她都整夜地紧紧抱着铁木尔的胳膊，仿佛是提防他突然飞走似的。

他没有"飞走"，而且他还告诉她说：他再也不离开故乡草原了。对这句话，起初她半信半疑，后来经过一件事情就完全相信了。前些天铁木尔刚从部队回来不久，他们师部就派人来找他，叫他带领战友马上回到部队去。来的那位同志，还带着官布的亲笔信，跟他足足商谈了三天，可他的态度一直不改变，斯琴听见他对那位同志重复地说着这样一句话："你回去告诉官布吧，最好的革命方法就是站在最前线跟敌人拼，我绝不能离开故乡草原的百姓！……"那位同志用尽一切办法，也没有说服铁木尔，便回部队去了。这件事使斯琴那担心铁木尔会离去的不安的心绪平静了下来。然而，这种平静没有保持多久，就又被打破了。

她发觉铁木尔对她一天甚于一天地冷淡了起来。他每天早晨爬起来就出外，直到半夜才回来。半夜就半夜吧，只要回来以后，他对她说几句亲热的话语，她也会心满意足地高兴起来，可是他，不是皱着眉头沉默，就是绷着脸儿不语，有时好不容易地吐出一句话来，还是说的是："明天有事，我先睡了。"说罢，独自睡去。斯琴含着眼泪守在他的身边，而他好像是早就忘掉了这一个人似的睡得那么酣实，时而发出在甜蜜的梦乡中漫游的信号——鼾声。

直到油灯着干而自动灭熄了的时候，斯琴才不得不在那灯芯发出的微弱的"嗞嗞"声中困倦地睡去……

她竭力寻找铁木尔对她冷淡的原因，但找不出来。她怎么也想不出在什么地方、什么话上，使他生了她的气。有时，她安慰自己，想："只要我始终如一地爱他、体贴他，他慢慢总会对我好起来的。"这一天，她打定主意，要给铁木尔做一顿他从前最喜爱吃的饭——肉丝面。她从邻居那里借来一斤白面，使尽巧姑娘的手艺，把面和得不软不硬，切得不粗不细，又加上粉条和肉丝，就在太阳滚入西草滩时，下了锅；不一会儿，面条熟了，可是还不见铁木尔归来。她真着急！一会儿跑出去望一望有没有铁木尔的影子，一会儿又跑回来看一看锅里的面条是不是烂成了糨糊。等啊，等啊！天黑了，点灯了，面条变成了面汤，铁木尔仍然没有回来！她急得哭了，放声地哭了，好像是铁木尔有意委屈了她似的。村里的灯火全部灭熄以后，铁木尔回来了。斯琴用尽心思做的面条，虽然早已烂成了面糊糊，但是她见他回来，还是满心高兴，她想："只要对他解说清楚，他也会明白我的心意的。"她端上面汤，满脸堆笑走过去，刚要开口，不料，铁木尔却满脸倦意，向她瞟了一眼，只说了一句："我已经吃过了。"就躺下了。她的心意，她的期待，都落了空！这一下，她想哭都哭不出眼泪来了。

她痛苦极了。她肯定他的冷淡是有原因的。她千想万思，脑子里什么都考虑过，最后焦点落在这样一个疑问上："难道我没有值得他喜欢的地方了吗？"由此，她想到了近几年生活对她的折磨，她仿佛觉得自己已经失去了少女时代种种使男人足以倾慕的东西，而这或许就是铁木尔对她冷淡的原因吧！从第二天起，她开始精心地打扮自己；新长袍、新头巾、新腰带（都是几年以前制作的），同时出现在她的身上。这样，果然就产生了效果，一直很少注意她的铁木尔，以惊疑的眼光瞧着她，问道："你要出门吗？""不，我哪儿也不去。"她微笑着回答说。然而，所起的效果只是这么一点点，他再也没有多看她几眼，就出外去了。"他不喜欢我了！"她觉得苦难的乌云又向她压下来了。

她的脸色又渐渐地变为憔悴，两只眼睛也慢慢地失去了光辉。

她知道自己有不是，做过对不起他的事情；在他们共同生活中笼罩着的那块黑影，是她亲手造成的！她没有权利去恨他。所以不管他怎样疏远和冷淡，她都忍受下去，并且仍旧全力地去爱他、关照他……后来几天他回来得早一些，神情也比前些日子强一些，有时偶尔也说笑几句；但是这不但没有减轻她的忧虑，反而给她又增加了一些不愉快，因为他说的都是这样一类的话："这回闹得差不多了，就要离开这座蒙古包了！""快啦，快活的日子要来到了，等咱们的人马一齐全，就到外地去追敌人，活扒他们的皮！"听啊，他在言语之间对这座蒙古包多么厌烦哪！对这里的人——对她，连半分的留恋的心情都没有啊！你们看，当他一提起离开这里，到外地去，两只眼睛直个要冒火星呢！她左思右想，最后打下这个主意："不管他心里有别的什么打算，我不能生的熟的都吞下去，要把事情的经过跟他说个明白；我承认自己有罪、有不是，但是那种生活难道是我情愿找上门去的吗？他要是还爱我，那为什么用过去的事情来难为我，叫我伤心呢？……"那天夜里，铁木尔照常很晚才回来，啃完几根羊骨头，刚要睡下时，她坐在他身边说道：

"为了我，你少睡一会儿觉吧！我想跟你说几句话。"

"跟我有话要说？"他向她惊疑地看了一眼，披上衣服坐起来说，"什么事啦？"

她把自己的种种忧虑和痛苦，全都告诉了他，她不知道他会怎样回答，不过既然把话已经说了出来，就不必再顾三怕四的了。正在她等待着回答的当儿，突然，他放声大笑起来；她一时辨别不出这是嘲笑还是善意的笑，所以有些困窘地问道：

"你笑什么？"

"笑什么？你说的那些话，怎么能不惹人来笑呢？斯琴，看来我是越活越缺心眼；咱俩住在一个包里，吃的是一锅肉，可是你在那儿左左右右想了那么多事儿，我一点都没看出来！"

说到这里，停了一停，他靠近她的身边，握住她的双手，又说：

"斯琴，不要胡思乱想了。这些天，我清早出去，半夜回来，没有照顾你，这是我的不是！可你知道我出外干些什么吗？我在部队里，听说咱家乡被敌人糟蹋得不像样子，就从那里跑了回来，我为的是替牧民弟兄报仇，保护咱们明安旗。回到家来，出乎意料之外，咱俩团圆了，咱俩快快活活地过了这么多天，这不论对你，对我，都是天大的喜事！但是我怎么能够只因为跟你团圆，就把受苦受难的牧民弟兄们忘掉，把对敌人的血海深仇忘掉呢？难道你是叫我把这支枪扔到湖里，关起家门，只是咱们两个人安安乐乐地过日子吗？你说，咱能干那样坏到家的事吗？……"

她听了这番话默默地哭了起来，过了一会儿，猛地抬起头来，哀求道：

"铁木尔，别说了，我明白了……"

然而他仍然继续说了下去：

"当然，谁不愿意幸福和睦地过日子呢？尤其是你和我！几年来，我们互相想念、等待，不都是为的这个吗？我明白你的心思，你受尽千难万苦，好容易回到家来，所以希望我一时一刻都不离开你。前些日子，我在外边事情忙，困难多，早去晚回，叫你难过了，这是我的不对。你说，事到如今，怎么办？是不是我也得哭哭啼啼地给你赔个不是呢？"

他这样开玩笑地说着，笑了。这时她又后悔，又惭愧，不知道怎么的是好，脸憋得通红，最后像是完全打消了疑虑似的也笑了一笑，说：

"还是我给你赔不是吧！"

"赔不是，是件小事，可我想告诉你一件大事，"他眉飞色舞地说，"我们又集合起来十来个人了，全是年轻小伙子。前些天我们找不到枪，难坏了，可巧有人告诉我们说，在西沙梁那片树林里，埋着很多支大小枪，我们十来个人，这几天晚上不声不响地到那儿去挖，挖了一处又一处，怎么也找不到，直到昨天晚上才找到一支枪。你看，这个！"

他从腰间抽出一支亮晶晶的手枪，放在手掌上掂了一掂，递给了她；她听了这神奇玄妙的故事，又接过这支手枪，变得目瞪口呆！

"是什么人埋下的？"

他迟疑了一会儿，含糊其辞地回答说：

"坏人干的！"

他把贡郭尔的名字，有意没有说出来。

原来事情的经过是这样的：铁木尔集合起来的那十来个人，有一天在西沙梁上碰头，大家都说没有枪杆，空着手难对付敌人。有的人说：要到牧主巴彦家里搜查，有的人不同意这样做，结果谈到半夜也没有想出个办法来。散了会，铁木尔一个人心事重重地往村里走，刚走到村西头，忽然看见前面站起来一个黑影，他一惊，喊道：

"谁？我开枪了！"

"你别喊，也别开枪，我是来告诉你一件好事。"——一个又低又哑的女人的声音。

他怔了一会儿，但又壮着胆向她走了过去，那女人用一块黑布蒙着头，看不出是谁。

"你别靠近我！"黑影子又说话了，"铁木尔！你们缺枪吗？贡郭尔扎冷去当八路以前，在西沙梁的树林里面，埋了很多支枪，你们去挖吧！"

说完，她转身跑走了。

"我的好人，你是谁？"

他赶忙追问；但是，没有得到回答。

"莫非这是鬼？"他自问自答地想，"可是她怎么能知道我的名字，还知道我们缺枪呢？"

他越想越想不通，就紧跟着那个黑影的后面走进村来。他想知道她到底到哪儿去。

那黑影照直向贡郭尔扎冷的家走去了。

显然她不是鬼。但，贡郭尔的家人还能帮助他吗？是谁，是谁呢？……

第二天，他没有对伙伴们说这件事，但是转了个弯问大家："谁向别人透露过我们缺枪？"大家不明白他问这句话的意思，面面相觑，都说没有。过了一会儿，有一个小伙子，忽然想起什么似的用右手搔了搔头，说道：

"哎，我跟一个人说过；不过她是疯子，不会露出什么风声去。"

"你跟哪个疯子说过呀？"

"这些天大家都为没有枪着急、犯愁，我也是一样。可巧，前天晚上，我碰见贡郭尔扎冷的那个女厨子笃日玛，她是个疯疯癫癫的女人——这大家都知道的，我心里想：'扎冷家里一定藏着枪呢，把她吓唬一下兴许问出点门路来。'我一打马，赶到她跟前，怒气冲冲地说：'喂！臭娘儿们，快点告诉我：贡郭尔扎冷的枪藏在什么地方？不说就打死你！'她真是疯子，不但一点都没害怕，还满不在乎地说：'你个狗崽子，吓唬不了你奶奶，我早就想死了，来吧，打呀！'说着把胸脯往前一挺，她真不怕死呢！这一下我只好硬装模作样地说：'好，你等着，我去报告司令。'她问：'你们的司令是谁呀？'我说：'是堂堂大名的铁木尔！'那个女人一听这个名字，不知道是高兴，还是害怕，双手紧紧合在胸口上，叫了一声：'铁木尔，是他吗？'就跑走了。"

铁木尔听了他的话，心里纳闷："笃日玛是叫这小青年吓唬住了，还是存心来帮我的忙呢？"后来他几次想从斯琴那里打听一下她的情况，但是这会很自然涉及到贡郭尔，而他一直都是避免与她提起这个名字，所以没有问她，他也就无从知道了。

铁木尔领着伙伴们，到笃日玛告诉的那个地方，已经找了三个晚上，小伙子们说，不把那些枪挖到手，决不罢休。

"你们还去挖枪吗？"斯琴问。

"当然去，我们就是要挖出坏人埋藏的枪，来武装自己，很快就又可以成立起一支明安旗人民的队伍了。"

听了这话，斯琴好像有什么话要说而没有说出口来，红着脸，低下头去。

"这件事你可不能往外传出去呀，我就是怕你乱讲，才一直没有告诉你。"

斯琴的脸更红了。铁木尔还看见她的嘴角也在微微颤抖。"我的话使她生气了。"他想。

这时，斯琴抬起头来，用含着泪水的两眼望着他，以坚定的口吻说：

"我也跟你们一起去挖枪！"

铁木尔停顿了片刻，说：

"你也去？那是一件冒险的事儿，说不定会有坏人放暗枪呢！"

"我再也不一个人留在家里了，铁木尔！只要叫我跟你在一起，我什么都不怕，真的，叫那些坏人放暗枪吧，我不怕！"

刚才铁木尔所以含糊其辞地做回答，是因为他一时还没有猜透她为什么说话时两眼含泪，现在他才明白了其中缘由，而且看出她确实有决心，便当即答应道：

"好吧，我们一起去。"

"马上就走！"说着，她起身就要走。

铁木尔拉住她，说：

"不，现在不去；同志们挖了三个晚上，都又累又困，我们决定今天晚上都回家去，睡一顿好觉，到后半夜，在天亮以前，到那个地方去集合。眼下我们人手少，分开几处挖枪，联系不上，正需要一个在我们当中给相互通气的人，你想参加这太好了！给你，把这支手枪带上，要发生意外事情，你对准目标，这么一扳，一勾就行了。"

他又给她教了好大工夫打手枪的技术以后，熄了灯，两个人合盖上一件蒙古袍，暖和和的，不一会儿，便都睡着了。

斯琴心情激动，睡不稳，不到夜两点就醒了来。两个人喝罢奶茶，走出包门，手拉着手，向西沙梁那一片树林走去。

秋末的夜风已经有些冷意，草地上的霜花，在月光下也闪烁着冷光。村落里一片寂静，只有他们两个人的嚓嚓的脚步声，奏出了这深夜单调的歌曲。

今天夜里，斯琴的心是火热热的！被握在铁木尔手中的她那只小手，一直出着汗。她第一次受人如此的信任，第一次像一个战士一样直腰挺胸地迈动脚步，第一次与自己心爱的人肩并着肩去为革命而工作。从她那只小手的脉搏，铁木尔感觉到了她的心在猛烈地跳动。这时他才省悟到前些天把她一个人孤苦伶仃地留在家里是不应当的，是他的过错。突然从内心中涌出的愧疚的感情，使他不由自主地紧紧握住她的手，并且又以爱抚的眼光向她脸上望去。在惨淡的月光下，斯琴的脸儿显得格外美丽、文静而又生气勃勃！她发觉铁木尔在注视她，便把身体向他紧靠过来，仰起脸，抬起长长的睫毛向他一望，随即，两排洁白而整齐的牙齿又一闪，浮现出自信的微笑——一个曾经受尽苦难的妇女第一次浮现出的自信的微笑；这使铁木尔深深地感动了。

霎时，几个小时以前斯琴那双含泪的眼睛，又浮现在他的脑际，他伸出胳膊抱住她的肩膀，轻轻地对她说：

"只要我们一起闹革命，我们就会永远在一起！"

斯琴默默地点了点头……

他们来到西沙梁时，发现沙克蒂尔比他们来得还要早。他看见铁木尔把斯琴也领了来，除表示惊异之外，好像还有那么一点不得劲儿，很快地把眼光从斯琴身上移开了。铁木尔一眼就看透他的心思，他可能想到现在他还不能把自己心爱的人也带领来，因而有些感慨！

过了不大工夫，其他一些人也都陆续到来。这时，月儿被乌云吞没了。他们走进附近一座牧民割秋草时搭建起的草棚里坐下来，商量这一次挖枪的具体办法。

斯琴跟大家一起坐在草棚里，在黑暗之中，她看不清周围的人的面孔，起初很不习惯，感觉得仿佛这里是远离故乡和亲人的一个什么地方，坐在她周围的，也都是一些陌生人！她想喊一声："铁木尔，你在哪儿？"但是正在这当儿，站在草棚入口处的铁木尔，压低嗓音，开始讲话了。他建议：这次分成两个小组，到两个地点进行挖掘，在那两个地方，昨天已经作好了标记，开头时探查范围大一点，一旦挖到枪支，就把范围缩小，必要时两个小组合并在一起，集中力量，突击一点。

大家都同意他的建议，于是就开始行动了。他们分成两个组，分别由铁木尔和沙克蒂尔率领，向各自目的地走去。

斯琴跟着铁木尔小组来了。铁木尔在前头走得很快，其他五六个人紧紧跟随其后。斯琴只有小跑着才能跟上他们。黑夜钻进村外的草棚、压低嗓音的交谈，和这半跑半走的行动，都使她感到陌生而又神秘！这种生活倒是挺有意思呢！要不说铁木尔这些天一出外就不顾家，看来那是很自然的。想到这里，她为自己无缘无故地苦恼了这么多天而羞愧起来。

这时铁木尔在前头迈开大步，奔走如飞，又把她落下老远。她望着他那隐约可见的身影，对自己说："赶上去，从今往后，再也不能叫他落下一步，赶上去！"她加快速度，赶了上去。

与铁木尔并肩行走，或者紧跟其后，她都感到吃力，但是坚持着走了一段路之后，她的信心却增强了。她想："只要自己不泄气，是可以跟得上的！"

不知来到什么地方，铁木尔和伙伴们都停下了。斯琴看了看四周，黑糊糊的，全是树木。她听见铁木尔正在吩咐大家分开站成一个大圆圈，开始探查。

斯琴跟大家一样走一步探一探自己脚下的沙地，寻找了足有一个小时，可什么也没有发现。铁木尔有些着急了，把斯琴叫到身边，对她说：

"你到沙克蒂尔那儿去看看有没有一点苗头？从那间草棚往东北走个百八十步，就能看见他们了。把手枪拿来，我给顶上子弹，若有什么情况，你就用它护身。"

铁木尔替她顶上手枪子弹之后，交还于她，简短地说了一句："去吧！"他就跟大家一起工作去了。

斯琴接过手枪，站在原地，发呆了半天，她简直变成了荒漠中的迷路人，连方向都认不清了。"那间草棚在哪儿啦？"她问着自己。

"你怎么还不走啊？"忽然传来铁木尔的催促声。

"我就走，就走。"

她边做回答，边仰望了一下夜空。

"北斗七星在那儿，对！我应当往东走，走一会儿，总会找见草棚的。"她自言自语地向东走去。

果然，找到了小草棚，而且按着铁木尔的指点，从那里往东北方向才走五六十步，就听见沙克蒂尔小组人们的声音了。

他们这里的气氛，与铁木尔小组完全不同，人们说说笑笑、吵吵嚷嚷的，根本不像是在秘密挖枪，倒像是一群顽童在玩捉迷藏！

她走近他们时，有人喝问：

"谁呀？"

她通报了名字。

沙克蒂尔立刻跑上来问她：

"他们那儿的情况怎么样？"

"还没挖着呢。"

沙克蒂尔一把拉住她的胳膊，说：

"你快来看看！"

"你们挖到枪啦？"

斯琴甩开他的手，狂喜地抢先跑了过去。

果真是枪——五支长长的枪！

"估计这儿一定还有更多的枪支和子弹，你快回去给铁木尔报喜吧！"一个小伙子对她说。

"等一等！"沙克蒂尔说道，"干脆，你去叫铁木尔他们都到这儿来，我们这儿的油水多着哪！"

别的人也都同意沙克蒂尔的主张，于是，斯琴便带着任务，码着原路跑回去了。

虽然夜黑，路生，跑起来深一步浅一步的，可她两腿如风，连她自己都感到奇怪，她竟然会跑得这般快！也许是由于一开头就跑得过猛，来到小草棚附近时，她心跳口干，出了一身汗，即使这样，她的心里还是十分愉快的。她一时还想不出这种愉快的来由，但是她感谢铁木尔把她引进了这样有意义的生活的大门；她相信，往后，只要她跟铁木尔在一起，跟大伙在一起，她的生活就会永远像今天夜里这样充满乐趣！

看见小草棚，她有一种说不出的亲切的感觉。她的新生活就是从这里开始的。她真想进到小草棚里面，在刚才坐过的地方再坐一会儿，但是她是有任务的呀，不能进去！她慢慢地走过去，靠着小草棚站了一站，好让猛烈跳动着的心平静下来。

然而，她突然"啊！"地喊了一声，跳出了一丈多远！小草棚里窸窣作响，有人！

她躲到一棵大树的后头，喊道：

"什么人？"

没有回答。

"你是什么人？不说我就叫人来了！"

从草棚里传出人在干草上轻轻行走的声音，不一会儿，有一个黑影子钻了出来。

顿时，斯琴的头皮都发紧了！"说不定有坏人放暗枪呢！"她想起铁木尔对她说过的那句话来。

嗯！可能是坏人！

她想到自己有手枪，心里托了点底，脑子里一边想着铁木尔教给她的射击方法，一边掏出手枪，大声喝道：

"你是干什么的？再不说，开枪了！"

"噢"的一下，那个黑影子一纵身，向附近草丛里跑去。

斯琴赶忙将枪口对准那黑影子，手指一勾，"当"的一声，枪响了。

她只觉得手头一震，一股陌生的气味扑上鼻来。没有经验的她，不先看看是否射中了目标，反倒先低下头去看起手枪来。"大概手枪炸坏了吧？"她想。

手枪没有炸坏。当她抬起头来时，那个黑影子早就看不见了。

她把手指勾一下倒是小事儿，可这一响枪声，却惊动了全体挖枪的人们。他们的心里几乎同时闪出这样一个念头："出事啦！"

斯琴站在原地，还在巡视那个黑影子的去向。夜幕遮住了一切，她看不远，刚要迈动脚步走过去查看时，从老远传来了铁木尔的喊声：

"斯琴！你在哪儿啦？"

"在这儿，在草棚这儿！"她也喊着作答。

"出什么事啦？"

"你快来！"

不多时，铁木尔和他的伙伴们跑了来。他们得知她打枪的缘由，都很气愤，有的人在喊：

"去追那个坏家伙，抓来让老乡们看一看，到底是谁暗地里在帮助敌人？"

这时，沙克蒂尔小组的人们也赶到了。他们听说有坏人藏在草棚里想暗算他们，个个怒气冲天！

沙克蒂尔说：

"咱们看看那个家伙的脚印，兴许认出是谁呢！"

他走到斯琴指点给他的黑影子站立的地方，点着一把干草，往沙地上照着亮，弯下腰观察了几眼，喊道：

"哪儿是人哪！是狼。"

"是狼？"众人围了过去。

沙克蒂尔抓起沙地上的一把狼毛，说：

"看，除了狼的脚印以外，还有一把狼毛。"

人们纷纷议论起来：

"斯琴的枪法还不错呢，差一点打住它！"

"嗯，日后她保准有出息；咱第一次放枪的时候，子弹飞到哪个国去了都不知道。"

铁木尔什么也没有说，走过去看了看狼的脚印。

这时有人在说：

"猎人的女人，枪法还能差吗？"

铁木尔本想亲眼证实是狼的脚印之后，要对斯琴说几句鼓励的话，经人们这么一开玩笑，他自己先红起脸来，自然对斯琴更不能说什么话了。

一阵笑声过后，他们决定全体都集中到沙克蒂尔小组那里继续挖枪。

那一天夜里，他们挖到了十一支步枪、三支手枪和五箱子弹，这就成了他们后来组织武装小队的"物质基础"……

几天过去了。挎上枪以后，小伙子们的干劲空前高涨，他们决定在今天早晨，到铁木尔这里来聚齐，商量怎样对付敌人。铁木尔昨晚睡觉前，告诉斯琴：早晨早点起来，煮好茶，等着大家来。所以她刚才醒来，唯恐误了时间，急忙去打水。

她担水回来时，铁木尔还没有醒来。她与往天早晨一样，在他身边坐下来，默默良久地端详他；这时有一种幸福的、满足的感情在她胸中回荡！她情不自禁地倾下身去，将被晨风吹得冰凉的脸颊，贴在他的脸上，又轻轻地叫他：

"起来吧，他们快来了。"

他醒来，用粗大的手把她的头抱在自己胸口上，问道：

"你早就起来了吗？"

"我刚打水回来，你看我的手凉不凉？"

她把双手放进他那温暖的怀里。

"斯琴，你整天在家里忙，可我一点都没照顾你！"他那惭愧的心情还没有消失。

"你跟我在一起不就是照顾了我吗？"

他轻轻摇了摇头。后来又像是想起什么似的，郑重其事地对她说：

"斯琴，等大叔回来，你跟着我，骑上马，挎上枪，出去走走！"还没等对方回答，他又继续说，"我们部队里，也有姑娘兵呢！现在的女人也应当跟男人一样，要学会杀敌人，报血仇啊！"

　　她从他怀里脱身坐了起来，把自己的手举在眼前，看了一会儿，自言自语地说：

　　"我的手……也会杀人吗？……"

　　这时铁木尔坐起来，穿好衣服，拿过一双崭新的靴子，刚要穿上但又放下来，看看靴底上的"盘肠"和图案说：

　　"你的手这么巧，能做这么漂亮的靴子，我敢肯定：也一定会杀敌人！"

　　她把"吐拉克"的火，吹着了……

　　当她烧好了奶茶的时候，铁木尔的伙伴们也都陆续到来了。

十

　　村里突然传播开一个消息：据说有一个蓝旗的牧民从南边回来时，看见上千的敌人，分成几路，向草地开过来了，但，他说不知道敌人是不是到特古日克村这一带来。

　　敌人明知道我军已经撤退到北沙坨子里，但是他们仍然不断地开发整旅整师的兵力，在我军地区的边缘地带，进行示威性骚扰。他们的目的是一方面镇压牧民，另一方面动摇我军内部的不坚定分子。从他们的活动情况看来，目前他们是在紧张准备着大规模的战斗。他们每次出来都派许多参谋人员观察各地地形，并且制成地图；此外，他们着重抢夺牧区马匹，大量扩充兵力，有些上次抢走的马，敌人在下次就骑来了。

　　上次敌人在特古日克村一带大肆抢夺以后，似乎认为这里再没有油水可得，因此一直再没有来过。他们目前主要是在白音都仍庙－乌金台－马来一带活动。根据这种情况，铁木尔他们决定：不在这里等待，而要到南部和西部地区去主动地打击敌人。刚才听到敌人出动的消息，他们个个摩拳擦掌，都坐不住了。铁木尔和沙克蒂尔当然更是如此，他们从回到家乡来，连敌人的影子也一次都没见过，现在听说敌人向他们走来，真是振奋之极！他俩也没有与大家商量一下打法，就领头跨上了马。铁木尔心里想："反正在这一带没有敌人，一边走一边商量也来得及！"

　　一小队人马从特古日克村出来，盲目地向西南方走去。

　　在路上，沙克蒂尔说着什么笑话，惹得大家哄然大笑，从他们这种神情看来，好像胜利就在前面等待着他们。

然而他们刚走上离村不远的一座小山上，不由得一齐都勒住马躲藏了起来。原来出乎意料地有十几个骑马的敌人正在山底下悠闲无聊地走着，从山上可以清楚地听到他们的交谈：

"他妈的，当官的人真自在，出来打仗还领着老婆！"

"他自在什么？说起来比咱们还苦呢！咱们白天打完仗，晚上就睡香觉；可他就得昼夜连战……"

那帮家伙一齐横摇竖晃地哈哈大笑起来。等笑声落下来时，又有人说了：

"哎，咱们去的那个村叫特古什么克，还有多少里呀？"

"快啦，过了这个山就看见了。"显然这个家伙过去来过这里。

"依我看，咱们团长是个胆小鬼，叫咱们打前站，先来看看有没有八路；要是有，他还真不敢来。"

"哎，团长不是说过吗，八路全逃到北沙坨子里去了，事实如此，咱们转了两天，连点八路的味儿都没闻着呢！他倒不一定怕八路，叫咱们打前站，为的是给他先把住处安排妥当，晚上他一到来，就可以休息了。"

"看样子，咱们兴许十天半个月不会离开这儿，要不然团长也不会带老婆来。"

"这话有道理。"

……

正在他们这样交谈时，铁木尔一边仔细听着，一边把伙伴们都布置好，等敌人更靠近时，来他个突然袭击！现在敌人完全没有作战准备，他们就像往猎人挖好的陷坑走来的狼一样——只有死亡在等待着他们。

敌人悠闲无聊地走着，用下流的话语交谈着，像群鬼似的怪笑着……

走近了，更近了……

铁木尔向大家猛地一摆手：步枪和手枪一齐发射起来。

有几个敌人随着枪声，从马身上栽了下去；其余的敌人，被这猛密的、突如其来的枪声吓得蒙头转向，有一个家伙，喊爹叫娘地举起了双手，但是即刻被打死了，有几个已经找到了掩身的地方，向这里还击着……

双方相持不下，枪声渐渐稀疏起来。铁木尔他们居高临下，地势优越，本来可以与敌人软磨，但是铁木尔性急，恨不得一口都吞了他们！他为了速歼敌人，便叫沙克蒂尔带上几个人，到山下从左侧攻击，沙克蒂尔直起腰来正在点人名时，一个藏在大石块后面的敌人悄悄地露出头来向他瞄准，接着当的一声，沙克蒂尔晃了两下，勉强地靠着一个同志蹲了下去。铁木尔急忙跑过来抱住他：

"沙克蒂尔，沙克蒂尔，哪儿伤了？哪儿？"

那些没有作战经验的牧民们，一见自己人受了伤，于是把敌人扔下不管，都向沙克蒂尔围拢过来。

沙克蒂尔那捂在左肩上的右手上沾满了鲜血——他的左肩受伤了。但，他紧紧咬着牙，向大家说：

"别管我，快去看敌人！……"

他这么一提，大家又猛醒过来，赶忙走过去往山下一看：那些万恶的敌人，趁我们停火的机会，正在逃命！愤怒的牧民们，向他们准确、猛烈地射击起来……最后只有敌人的一匹空鞍马飞也似的逃走，像是为它的主人报丧去了。

战斗结束了。

这时，大家又围拢过来看沙克蒂尔，他伤口还流着血。铁木尔把自己上衣的前襟撕下几条，替他包扎。沙克蒂尔这时才忍不住伤口的骤痛，断断续续呻吟起来。

这时，有两个小伙子提出：趁热打铁，马上再往前走，冲进敌人心脏，跟敌人分个上下，拼个痛快。

铁木尔不同意这样干，他说：

"沙克蒂尔受伤了，我们往前走，把他怎么办？"

"派一两人送回他去，别的人还可以走啊！"

"不，依目前情况来看，咱们还是应当暂时收兵。"铁木尔仍坚持自己意见，"你们可能把敌人的话没有完全听懂，他们说，他们的团长带着太太，今天晚上要到特古日克来住，看样子还要住个十天半月的；这些叫咱们打死的家伙们，就是给他来打前站的。既然敌人要把自己给咱们送上口来，咱们何必还去多费那份儿事呢！再说，敌人知道打前站的全被我们消灭，一定以为这里有几百几千个八路，可能发大兵来对付我们，我们这几个人，跟几百个或几千个敌人正面迎战，寡不敌众，必然会吃亏！依我看，咱们还是先回到特古日克或者安奔西热看看风声，听听动静，再定对策。"

听他这么一说，也就没有人反对了。于是大家把沙克蒂尔扶上马，下山去又把敌人的枪支子弹收罗起来，便向特古日克村走去。

村里的牧民们，刚才听见混战的枪声，在村里惊惶不安地穿来穿去；但，谁也不知道到底发生了什么事情。直到枪声停了下来，又不见敌人影子时，他们才各自散去。然而村头上有两个人，仍然站在原地，向西南方观望着。

这是斯琴和莱波尔玛。

"莱波尔玛，我心里总是有点不安，好像又要有什么灾难临到我头上！他领上十几个人刚走出村去，枪就响了！我真担心！……"

"老佛爷保佑，枪子不会往好人身上碰的。"

莱波尔玛虽然口头上这样安慰着斯琴，其实她心里比谁都更加不安！她依靠道尔吉大叔的帮助，领着两个孩子到厢白旗去找沙克蒂尔，一路上吃苦不少，好容易找到部队，但是他已经不在那里了。后来碰见达瓦才知道他跟铁木尔一齐逃跑了。她没有找到他，但又不能把两个孩子再带回来送到虎口里，她只好狠着心把孩子们托放在沙克蒂尔的亲戚家里，自己又跟道尔吉大叔往回走。他们刚走出十几里路，遇见了一个战士，那战士说他们出来执行任务，有一个同志突然得了重病，如果今天送不到沙拉更庙医务所，就会有生命危险，所以求他们帮忙，把牛车借用一天。道尔吉大叔说："不能见死不救，送一趟是可以；可是我的车上还坐着一个人，不能把她扔到大草甸子上啊！"那战士想了想说："我们给这位妇女找一匹马，叫她先骑回去。"就这样，他们分了手：他去送病号，她骑着战士的马回来找沙克蒂尔。临分别时，道尔吉大叔对她说："回去告诉斯琴，叫她别挂念我，过不了几天，我们就见到面了……"

在半小时以前，当她回到村里来时，听见西南方响着枪声，她知道又是来了敌人，就连自己的家都没有回去看一看，便跑来找斯琴，后来又同她一齐来到了村头……

在西南方大道上出现了一队人马，从人数和装束上，认得出来是自己人。斯琴高兴地搂住莱波尔玛的脖子说：

"他们回来了，都骑着马——没出意外的事情！走，咱俩快点跑回去给他们烧茶吧！"

"不，我要在这儿等沙克蒂尔！"

"哎，忙也不忙在这么一会儿，再说，你不是亲眼看见他们往这儿走来了吗？"

莱波尔玛好像没有听见她的话似的，目不转睛地眺望着从远处走来的人马，自言自语说：

"沙克蒂尔！这么多天，我没看见你了！你是瘦了，还是胖了？快打你的马呀！"

"你呀！想他想得都快疯了！好吧，你在这儿等他吧，我可不能叫他们进到包来，连一碗热茶都喝不上。"

她像只小山羊似的连蹦带跳地跑走了。

队伍离村头还有半里多地时，莱波尔玛就已经等待不及，向他们迎面跑了过去。走在队伍前头的铁木尔，最先看出她来，两腿一夹，让马小跑了几步，走近她惊喜地问道：

"你什么时候回来的？道尔吉大叔也回来了吗？"

她只顾从人群中寻找沙克蒂尔，所以对他的问话，不怎么注意地回答说：

"刚回来的；他老人家过几天才回来，有事。"

她看见沙克蒂尔了！强烈的兴奋使她在众人面前不顾羞耻地喊着自己不合法的丈夫的名字，跑到他马前，两眼盈溢着喜泪，呼呼气喘，说：

"沙克蒂尔！我……"

她突然看见他的衣服上满是鲜血，不由得双手贴住自己两腮，惊愕地张着嘴，往后退了两步：

"那是什么？血！"

有人从一旁告诉她说：

"他受伤了！"

她用痉挛的双手捂住脸，低下头去。

这时沙克蒂尔从马上无力地、短促地说：

"没什么，轻伤，快回去吧！"

他们进了村，都到斯琴家前下了马，只有沙克蒂尔被莱波尔玛接到她自己家里去了。

铁木尔把沙克蒂尔受伤的消息，派人去告诉了他的家人。南斯日玛当时就赶着一辆牛车，来到了特古日克村。真是凑巧，她在村中央遇见了莱波尔玛，她骑着马，像是要出远门的样子。她们按照习惯互相作了寒暄；但是两个人都很勉强而又不自然，所以声音也是冷淡的。

"他在你家吗？"

"在。我打算去给他请大夫。你是……"

"我是来接他的。"

"可是他现在不能坐车受颠动啊！"

"没关系，我会叫老牛轻轻地走。"

"人们都说他的伤口不能受风呢！"

"是啊，受风可不行，你看车上，我不是带来那么多东西吗？给他好好围上，不会受风！"

"他刚睡着，把他叫醒恐怕不大好。"

"让他好好睡吧，我可以一直等到他自己醒来。"

"今天不请大夫给他上药，伤口会熬发的！那他该多受罪呀！"

"可不能叫他受罪！"

"是啊，不上药，伤口怎么能不痛呢？"

"我们家里正有一个大夫给公公治伤呢，他是个有名的大夫，专治红伤。我接回去一定不会叫他受罪，莱波尔玛，你放心吧！我比谁都知道怎样疼他！他是我的丈夫！"

是啊！他是她的丈夫啊！谁能有权利阻止人家合法的妻子接回自己的丈夫呢！她再没有什么话可回答她了。她下了马，无精打采地领着南斯日玛向自己家走去。

她呀，就像一只被人射伤了翅膀的鸟啊！

当她们走进包来时，斯琴正在洗着沙克蒂尔沾了血的衣服。她是莱波尔玛出去请大夫时，特地叫来照顾沙克蒂尔的。

沙克蒂尔侧身躺着，脸色苍白；但是从他神情看来倒不像一个受伤的人。他看见了南斯日玛，显然有些感动，两眼不由得湿润了。

这时南斯日玛站在门口，轻轻地说：

"我来晚了，沙克蒂尔！"

"你怎么来的？"他说话的声音很低。

"我是来接你的，牛车还没卸，回去吗？"

"敌人还要来，在这儿待不住，还是回去吧！"

他说这句话时，把视线慢慢转移到莱波尔玛的脸上；然而她却低下头去避开了他的眼光。

"那么这些东西还洗不洗啦？"

斯琴这话是想探听一下莱波尔玛的意思，但是南斯日玛把东西收拾起来说：

"不用了，我拿回去洗吧！"

莱波尔玛走过来说：

"你把他接回去，还得照顾他，哪儿有工夫洗这么些东西呀？给我留下一些吧！"

说着她从她手里拿下从前她送给沙克蒂尔作纪念的，而如今沾满了他的鲜血的那件汗衫。

南斯日玛将其余的东西，用自己的头巾包裹起来，站在门口看沙克蒂尔，好像在说："我们走吧！"

他似乎看出了她的意思，自己费力地坐起来，说：

"回到家去有大夫，上几次药就会好了。"

他又想站起来，但是左肩伤口一痛，没能站起来，这时南斯日玛和莱波尔玛同时走过去扶他，由此可以看出她们二人对他的疼爱是完全相等的。斯琴插不进手去，替他们把包门帘撩起来之后，先跑出去铺车上的东西。

她们二人一左一右将他扶出包来。他低着头，谁都不看，忍着痛来到车旁。

"没有枕头他躺着多不得劲儿啊，南斯日玛！"斯琴说道。

"我一听到他受伤的信，就急着来看他，也没想到带个枕头来！"南斯日玛焦急起来。

"叫他在车上坐一会儿，我回去拿一个来。"

莱波尔玛跑回包里拿来一个枕头放在车上。沙克蒂尔看了看那个枕头，没说什么就躺下了。

命运好像故意要弄他们似的，使他们的关系总是不能完全断绝。她刚刚收回自己那件汗衫，没承想又得叫他带走这个枕头。一个枕头倒不是什么珍贵物品，但是她与他枕着这个枕头曾经度过多少个夜晚啊！它是他们爱情的"证人"。

莱波尔玛想最后看他几眼，走过去给他正了正枕头，并且情不自禁地伸出手去把他那散在额前的散发轻轻理了一下。然而沙克蒂尔却连看都没看她一眼，将斯琴叫到身边说：

"你告诉铁木尔，我回家去了，有什么情况派人告诉我；还有，叫他把我的马照管一下。"

说完就叫南斯日玛赶车走了。

莱波尔玛把他一直目送到看不见了的时候，才无精打采地往包走去，她走到包门口，伏在包身上哭了起来。斯琴怎么劝也劝不住，就有些生气地说：

"他受点轻伤，又不是不能活，这么哭干什么？"

她一面哭一面回答说：

"他受了伤，正需要有人照看他的时候，我没有权利在他身旁，我怎么不难过呀！"

"什么权利不权利的，你不离开他，谁还敢把你撵走？"

"唉！你是不知道我这样人的苦处啊！"

她摇着头走进包去。

这时铁木尔向这里走来了。斯琴站在包外等着他。

"沙克蒂尔躺下休息呢吗？"他走近她来问道。

"他已经回家去了。"

"谁送他去的？"

"是南斯日玛来接走的。"

"莱波尔玛在哪儿？"

她笑着往包里一指，用手做了一个拭眼泪的动作，他会意地说：

"你也进来吧，我跟你们两个人有点事情。"

他们前后走进包去。莱波尔玛听见他在包外谈话，所以早就拭干了眼泪，坐在地上，但是眼睛还是红着。

"莱波尔玛姐，你别难过，他是个硬实小伙子，一个枪子碰不倒他！不要哭啦！"

"我知道！"她说，"你不是要跟斯琴我们俩说一件事情吗？什么事？"

"事情是这样，"他转过身去做了一个手势，叫斯琴也靠近来听他的话，"刚才我跟同志们研究了一下情况，敌人今天吃了亏，不会甘心，那些狂妄的家伙们很可能在今天晚上，到这村来向我们作报复。依我们估计，敌人现在不知道我们的底细，可能要发来几个连的兵力，而且第一步一定先把脚落在这个村上，所以我们大家都说，非得从这里撤走不可；但是这里必须留下我们的人，了解敌情，再把敌情送给我们。男人们是不能留下的，敌人会把他抓走或者杀掉的，那么现在重担就落在你们俩的肩上。"

"你是说，我跟斯琴留在这里？"

莱波尔玛慢慢抬起头来，脸上没有什么表情，不知道她内心是畏惧还是高兴。

"是这个意思。"他说完，两眼紧紧盯在她脸上。

她突然站起来跳到斯琴身旁，脸上仍然没有表情；但是可以看出她内心里充满了复仇的激动，她说：

"斯琴，你敢陪你姐姐留在村里吗？"

斯琴像是受了委屈似的一撇嘴说：

"你别贬人啦！你敢登山，我就敢驾云！"

莱波尔玛转过身来对他严肃地说：

"铁木尔，就是千斤重的担子，我们也能担起来。"

他不由得笑了：

"莱波尔玛，你不但是个好母亲，还是一个好战士！"

"你是说我像一个大兵吗？怎么能把我跟大兵相比呢？"她的脸一红，刚露出笑丝又收敛起来继续说，"但是我心里记得清清楚楚，是谁摔死了我的孩子……又打伤了沙……"

"既然你们俩都愿意留在村里，那么我再把任务交代得清楚一些吧。"

接着他叫斯琴等敌人来了之后，主动地去伺候他们，想办法从敌人嘴里探听情况，转告给莱波尔玛；莱波尔玛把备好鞍的马掩藏在村外，得到情况之后，再到安奔西热去告诉给他们……

十分钟之后，铁木尔带领着他的伙伴们向安奔西热走去。

莱波尔玛和斯琴，冒着被污辱和被杀害的双重危险，留在村里了。

当天黄昏时，有一小股敌人，偷偷地闯进特古日克村。他们进村来，马上分成几路，挨家挨户地进行搜查；但是他们不像往常那样乱喊、乱叫、乱放枪。由此看来，他们是知道白天发生的事之后，来探察我军情况的；同时他们也把白天发生的事，看得异常严重。

敌人在特古日克村搜查的同时，在附近各村也进行着同样搜查。因为敌人打破惯例，把搜查进行得无声无息，所以各村的牧民互不了解，以为只是他们这一个村倒了霉呢！

夜深了，各村的搜查停止了。敌人从四面八方聚集到特古日克村。顿时，村里人喊马叫，混乱不堪。

斯琴与村里的人们一样，一直不敢入睡，一个人坐在黑暗的蒙古包里，倾听着外面的杂乱声音，不知道今天晚上将会发生什么事情。她，今天负着一种使命留在村里，留在敌人当中，因此不像过去那样，一听见敌人的声音就又惊又怕了。

"我怎么去探听敌人的动静呢？"她想道，"现在就到外面去看一看吗？不行！敌人看见我一个人，半夜里东串西走，会起疑心，说不定把我抓起来呢！还是在家里等一等吧，他们过一会儿，一定来借宿，那时候，我兴许能听到一些什么……莱波尔玛把马藏起来没有呢？叫敌人把马拉走，可就坏了……"

她这样不连贯地想着，不知不觉睡着了。睡梦中，她骑着一匹大马，手里拿着大刀，与铁木尔一起追击着敌人，敌人的马跑不动了，他们越追越近，甚至听到了敌人的马蹄声："砰砰砰……"

"砰砰砰！"——她被一阵敲门声惊醒过来，立刻想到："敌人来了！"

她一时拿不定主意：是应声还是不应声呢？正在这时，一个黑影嗖地踏进门来，回过身去把门关上了。她吓得全身是汗，猛地站起来，喊道：

"谁呀？"

"傻丫头，喊什么？"——是莱波尔玛的声音。

这时，斯琴才松了一口气，站在原地说：

"你为啥不吭声就闯进来？把人吓坏了！"

"外面全是敌人，我是爬过来的，怎么敢出声啊？我是来告诉你：村西口有敌人的岗哨，我把马藏到村北边那个破草棚后头了，你听到什么消息，到那儿去找我。"

"我什么消息都没听见，怎么办哪？"

"别着急，沉住气，我得趁他们还没安顿下来，就要跑出村去。"说罢，走出包去。

莱波尔玛走后，没过几分钟，敌人来到斯琴包外喊问："包里有没有人？"

斯琴一面应声，一面走出包去。包外站着两个人，一个手里端着枪，是兵；

另一个却是牧民装束的中年人，大概是敌人暗探。

"包里还有人吗？"那个端着枪的兵问道。

"没有。"斯琴费力地用汉话答道。

"把灯点上。"

斯琴进屋去点着了灯，那两个人也走进包来。他们把包内环视了一阵，又互相交谈了几句之后，那个兵说：

"这一家还比较干净，让团长太太就住在这里吧！你告诉这个女人，叫她好好伺候团长太太。"

那个牧民装束的中年人，操着一口乌珠穆沁蒙古话，对斯琴说道：

"我们团长太太，今天晚上住在你家里。你要好好伺候她，听见没有？"

斯琴惊疑地、愤怒地看着他，没有答话。她第一次看见蒙古人当中还有这样无耻的、败类的家伙，恨不得在他脸上狠狠地吐他一口！

那个大兵叫那个牧民装束的中年人留在这里收拾一下，他自己请团长太太去了。

斯琴打心眼里厌恶这个蒙古人，但是当她想到可以通过这个家伙，打听一些敌人的情况时，不得不抑制着厌恶的情绪，勉强装出好客的样子，满脸堆笑地问：

"你是蒙古人吗？"

"是，姑娘，你家里没有别的人吗？"

"爸爸拉盐去了。"

"拉盐？到哪儿去拉盐？"

"乌珠穆沁，那里有很大的盐池，听人说，乌珠穆沁那地方可好呢！"

刚才她听出这个人是乌珠穆沁口音，所以故意重复地说"乌珠穆沁"这几个字，同时她又偷偷注视他的神情。那个人一听她夸赞乌珠穆沁，不知道为什么长叹了一口气，低下头去发了一阵呆，但是当他抬起头来时，两眼里却含着泪水，接着又微微眯笑着说：

"是啊，乌珠穆沁，天下最好的地方啊！离开它已经整整五年了。"

"你是乌珠穆沁人？那怎么跟他们在一起？他们把咱们蒙古牧民害苦了。"

听了这话，他向她看了一眼，但不是恶意的。接着他转身走出包外看了看，四周没有人，他走回包来，对她小声说：

"我不是他们的人。我从小就给乌珠穆沁的一个大官当奴才，五年以前，我的主人升了官，转到张家口，我也跟着去了；没承想前年主人死了，主人的太太就嫁了一个汉人。那个人现在成了国民党的团长，这次他出来打仗，把我领来伺候太太，我挺高兴地跟来了。"

"这么说，你还要跟他们走，是吗？"

"不，不是这样。"他把声音压得更低了，"我是想趁这次到草地来，逃回乌珠穆沁去。姑娘！我是把你当成蒙古人，才跟你说这些话；要是叫他们听到，会杀死我呀！"

"大叔，你叫什么名字？"

"叫朝洛蒙。"

"朝洛蒙大叔，你放心吧！你要逃跑，我一定帮忙。我真不知道你怎么能够跟这帮家伙一块活着，他们每次到草地来，至多住一宿，可我们都有些受不住。唉！这一宿可怎么熬过去啊！"

"姑娘，你别想得那么好，这次他们来可不是住一宿就走啊！"

"大叔，你是说他们……"

"我伺候团长太太，这一句那一句地听他们说过一些话。据说，今天他们有一班人，叫这里的八路给杀死了。"

"天哪！多么吓人哪！"

"团长可气坏了，他下命令，把全团都开到这儿来，说什么不消灭这里的八路，宁死不收兵，要从明天开始，把附近几个村的男人们都抓起来，盘问是不是八路。他刚才还派人回去向上级报告了情况，看样子，这地方一定得闹一场大火大灾呀！"

"大叔，你说一个团有多大呀？团长比安奔还大吗？"

"他们这一团有三百多人马，今天晚上都到你们村里聚齐。要问团长比安奔是大，是小，这我也说不上来。"

"三百多人，在这么一个小村里怎么能住得下呀？"

"官，官太太住在人家里，大兵们都在湖边打野营。"

"团长和团长太太要到我家来住吗？"

"是啊！"他忽然想起什么似的又说，"咱们快点收拾收拾吧，太太快来了。"

他们一齐动手刚挪动几件零星东西时，团长与太太到来了。团长进包来，看见还没收拾好，愤怒地骂道：

"朝洛蒙，你怎么还没打扫干净？唉！这个穷地方，真没办法！把毯子铺上吧！"

刚才来过的那个大兵把一条毯子铺在地上，为了防潮，地上铺着厚厚一层干草，那个长着两只猫眼的团长太太疲倦不堪地坐下来，抓起一把干草抱怨说：

"这是过的什么日子？半夜了，才找到这么一个窝。"

团长大概还在为白天整班被消灭的意外事件生着气，把太太的话连理也没理，对另外几个部下大发雷霆：

"我不相信你们的话，为什么连一个八路都没搜出来？今天晚上分头再到北边几个村去搜查。抓不到八路，谁也别想睡！"

几个部下面面相觑，不敢回话，沉默了一会儿，其中有一个胖家伙无可奈何地说：

"团长，今天赶了一天路，弟兄们又饿又累，再不歇歇脚，就连马也走不动了，我们如果过于疲劳，一旦八路出现，势必要吃大亏，我的意思是今天晚上……"

"今天晚上不去搜查，八路就跑光了！"说着他自己却打起哈欠来了，"唉！说来倒也确实很疲乏啊！"

部下们见他不坚持自己主张，几乎异口同声恭维地说：

"是啊，团长您太累了，快些休息休息吧！喂，朝洛蒙，快点烟灯！"

朝洛蒙打开一个小皮箱，把抽大烟的用具摆在团长面前的时候，斯琴偷偷退出包来，直奔村北头的那个破草棚跑去了。

在路上，她看见敌兵在湖畔上走来走去，生起几堆篝火在取暖，这真叫她提心吊胆，倘若叫他们拦住可怎么办？她默默向老佛爷祈祷着保佑她安然无事：

"米格木德瑟异，德日沁占林瑟，利格木德沁尼，万布占北扬……"

她诚心实意、反复地小声念起这段消灾解难的佛经来，这似乎壮大了她的胆量，给了她以勇气。她穿过一片柳林，继续向前走着……

"站住！什么人？"

突然从几棵大树身后，传来敌军岗哨的喊声，紧接着就是拉枪栓声。

斯琴束手无策，全身发抖，磕磕巴巴地回答说：

"我的，我的……有事。"

一听是女人的声音，两个敌兵持枪走了过来，又大声问道：

"干什么的？上哪儿去？"

她不慌不忙地回答道：

"团长太太的我的家睡，我的借毯子去。"

敌人似乎相信了她的话，放下枪来，满腹牢骚地骂道：

"他妈的！当官的住在包里，还盖厚的铺厚的，可咱们穿单戴薄站在村头守夜，他妈的！去你的吧！"

斯琴往东走了几步，见敌人不再注意她时，即刻又转身向北跑走。

……

莱波尔玛接到消息之后，马上加鞭，向安奔西热村跑去了。

急促的马蹄声打破了草原深夜的静谧："嗒嗒嗒……嗒嗒嗒……"

"嗒嗒嗒……嗒嗒嗒……"急促的马蹄声打破了草原深夜的静谧。

有一个用黑布衫蒙着脸部的人，跨上一匹光背马，如风似电地向特古日克村赶来。他来到村头，与岗哨交涉一阵之后，立刻被引去拜见团长。

那个人来到团长住的蒙古包前，跳下马来，重新把蒙在头上的黑布衫整理了一下，便叫人进包去与团长通了话，不一会儿，团长亲自出来迎接他，并将他请进包里。进了包，那个人仍旧没有拿下蒙在头上的黑布衫，用露在外面的两只眼睛，环视了一下全包，当他的眼光落在正在给团长太太洗脚的斯琴身上时，他不由得往后退了一步，但是还在别人没有发现他这种可疑动作的当儿，他一步跨过去把油灯吹灭了。

"老兄，除了你太太之外，叫别人全退出去。"那个人把嗓音压得很粗，显然是故意改变了自己的声音。

团长迟疑了一下，像是有些莫名其妙，但终究还是按他的话照办了。

等人们都退出包去之后，团长以为完了事，掏出火柴嚓地划着，刚要把灯点上的时候，那个人又走过来把它一口吹灭，并且小声吩咐说：

"叫你最可靠的部下，在外边站上岗，不要叫任何人看出我来。"说着他在黑暗中转过身来对团长太太说："太太，实在对不起，三更半夜打搅你了。"

"唉！老天，这是过的什么日子啊！"团长太太装成没有听见他话的样子，自言自语地说。

团长为太太的无礼貌的言语很为难，赶忙接过去说：

"先生，请多原谅！她这两天身体不舒服，叫她自己先睡吧，你等一等，我到外边去吩咐一下。"

说完，他出外把岗哨布置了一番，等他回到包里来时，那个蒙着头的人问他：

"吩咐好了？"

"这回放心吧！"他一边说着一边点着了灯。

那个人似乎相信了他的话，把蒙在头上的布衫扯了下来，露出干瘦的脸来。

"刘先生连夜赶来，有什么指教吗？"团长给他递过一支香烟，问道。

刘峰接过香烟没有点着它，脸色异常郑重，把他拉近自己身边说：

"我有紧急事要告诉你：我住的那家的二儿子，白天叫你们打伤了，听他们说，他们消灭了你的一班人，怕你们来报复，就躲到我住的那家去了。在半小时以前，突然从这村里跑去一个女人——我没看见她——给那帮蒙古八路送情报说：你们今天住在这村不动，从明天要开始搜查附近各村。接到这个情报之后，那帮八路立刻决定，今天晚上，在你们没有防备的时候，要来个突然袭击。他们的小头子叫铁木尔，那个家伙刚从北沙坨子里钻出来，他对北草地八路的全部情况都知道……"

"要能把他抓住，就太好了。"团长欣然插了一句。

"你必须立刻派一个连跟我去，在他们没有从那里动身之前，就把他们包围起来，来个一网打尽！"

这消息当然使团长振奋，但是太太向他使了一个眼色，警告他今天晚上不能离开她，所以他只好支支吾吾地说：

"派一个连没问题，当然，我一定派一个精干的连长，一个能干的人。"

"你现在就派人找他来吧，我要跟他商量一下计策。"

五分钟之后，一个高个子连长来见刘峰。他们商定：刘峰打前锋，到了那里，与平常一样装成没事的样子，先探明他们是不是在家；如果都在，他就高声说："天色不早了，你们还没睡吗？"一听这话，大家包围上去，那时刘峰再突然喊："谁的马开了缰，跑了！"他们一定出来看马，那时大家一拥而上……

自从今天退到安奔西热村之后，铁木尔和他的伙伴们，一直等待着莱波尔玛送来情报。刚才当她披星戴月地赶来时，大家一拥而上，团团围住，一听说今天晚上敌人疲惫不堪，毫无防备地在特古日克村过夜，大家都异口同声主张：马上赶去热热闹闹地干他一场！但是敌人有三百多，而我们只不过是十几个人，怎么去打，用什么方法去打？在这问题上发生了争执。有的人主张集体冲进村去，能干掉几个就干掉几个，干完马上撤出来；有的人主张三个人为一组，分成几路，突然袭击，叫敌人摸不清我们有多少人。铁木尔的主张与这两种都不同，他说，敌人比咱们多几十倍，咱们一不能集体冲杀，二不能化为小组，几路袭击，因为敌人不是傻子，听出你只有几支枪响来响去，就会反过来狠狠地咬你一口，所以他提出：干脆就像猎人打猎那样，每个人走每个人的路，每个人找每个人的"野物"，不跟敌人迎面打仗，最好做到杀这个敌人，不让那个敌人知道，这也就是分散地进行暗杀。有本事的多杀几个，没本事的少杀几个；倘若有谁被敌人抓住，宁死也不背叛自己的人民。

大家同意他最后那句话，但是对他的暗杀办法许多人不同意。争来争去，各种主张仍旧不能统一，但是时间却一分又一分地过去了。铁木尔动了急性子，宣布说：

"咱们不必非得叫别人改变主张，谁愿意怎么干，就怎么干吧！反正咱们的目的就是杀死敌人，为草原报血仇！现在不能再争吵下去了，大家快点动身吧！"

于是这十几个人当中，主张三人一组的，组成了一个小组；主张集体冲杀的都凑到了一起；只剩下铁木尔一个人，坚持着个人暗杀的办法。但是他在与大家分手之前，向大家说：

"喂，伙计们，我可有一句话对大家说一说：咱们不能因为主张不一样，从此就散了伙，现在应当说定一个集合地点，晚上猛干一场之后，明天早晨大家都到那地方去碰头，那时候，就分出高低，谁对谁不对了。大家同意不？"

"同意！"

"咱们到东山里的白音达巴后边树林里聚齐吧！"有人提议道。

大家同意这个提议之后，就各自准备出发了。

铁木尔不去准备出发，去找沙克蒂尔。他走进沙克蒂尔蒙古包时，南斯日玛和莱波尔玛一左一右坐在他的身旁；从这两个女人的神情看来，共同担忧的是怎样把他的伤治好，而没有一点互相妒忌的样子。

　　他看见铁木尔走进来，费力地半坐起来，焦急地、烦恼地问：

　　"你们马上就要走了吗？"

　　"是啊！你在家好好休养吧，敌人今天晚上不会到这儿来，明天早晨有什么意外情况，我再来接你。"

　　"还是让他躲一躲吧，我总是担心这地方不怎么保险。"莱波尔玛脸色阴沉地说。

　　"今天晚上不必躲，你们俩在这儿照顾他吧！"

　　"有南斯日玛在家，我还是回村去吧，斯琴一个人留在村里，我放心不下。"

　　"你回去不大方便，斯琴不会吃到亏，再说我马上就回去了。"

　　在他们谈话的时候，沙克蒂尔一直双手抱头痛苦着，铁木尔明白他的心情，所以安慰他说：

　　"你别着急，跟敌人拼命的日子长着哪！眼下你的任务就是把伤养好。"

　　"你别说了，什么好听的话，也减轻不了我的痛苦！唉！一颗指甲大小的子弹，就把我难住了！铁木尔，咱们从部队跑回来是为了什么？是为了回到这间包来睡大觉吗？……"他急得痛哭起来。

　　铁木尔的两眼也湿润了。这时，官布的身影在他眼前渐渐显现出来，他像是在责备着他："铁木尔，你错了！你为什么离开了集体，离开了部队？"

　　"是啊！我们为什么离开部队的？为什么？"他在心中自问着，"今天，我最好的助手——沙克蒂尔，不能跟我一起战斗了，别的人不听我的话，各走各的路了，这样下去，我能实现从部队跑回来的时候抱的愿望吗？敌人这么多，来势这么猛……唉！现在顾不得想这些了，去杀死他们吧！杀一个算一个，只要我的子弹穿的是国民党的胸膛，沾的是蒙古民族敌人的鲜血，我就对得起自己的良心！"

　　想到这里，他猛地跳了起来，说：

　　"我要走了，沙克蒂尔你等着吧，明天早晨，我一定给你带来好消息。南斯日玛，莱波尔玛，你们在家吧！"他走出包去。

　　这时，他的伙伴们早就都出发了。在他们刚才发生争执的那间蒙古包里，唯有一盏羊油灯闪着微弱的光亮。他进到包里，穿上大衣，吹灭了灯，又走出来，走近自己的马喃喃地说：

　　"马啊！只剩下你和我了，走吧！敌人在等待着我们呢！"

红色岁月 红色历程 红色史诗 红色经典

他跃身上了马，向漆黑的夜闯了过去……

他一边走，一边这样计划着：在村外边把马藏在一个地方，自己徒步溜进村去，莱波尔玛不是说，斯琴家里住着团长吗？先从大头子脑袋上开刀……

深秋的夜风已经很冷了，沙漠上的低矮的树木，把一片片的枯叶，撒在大地上，有时被风吹在夜行人的脸上，就像带刺的蝴蝶一样，碰一下就飞走了。

从前边传来一阵马群踏在沙地上的沉浊的噗噗噗噗声响，这是什么人？铁木尔警觉地赶紧勒住马，闪在路旁，倾耳细听。噗噗噗噗，只听见马蹄声，没有人声。

"这不会是敌人，斯琴的情报不会错的。"他想，"也许是我的伙伴们刚好走在我的前头。"

他放下心去，又走上正路。但是刚走了几步，忽然发觉前边的马群是向他迎面走来的，他这时知道这一定是敌人了，即刻把马勒向一旁，狠狠地打了一下，马一受惊，跑走了。他跑到离敌人稍远的地方停下来，躲在树阴下观察他们；敌人大约有四五十人，从他们直奔安奔西热村而来的情形可以分析到：他们已经知道我们在这里，是赶来包围我们的。真是侥幸，大家已经都离开这里了。让他们去扑一场空吧！除此之外，还可以猜出：大部分敌人，仍在特古日克村没有出来。他为了到那里去杀死敌人的团长，打算放走这批狗东西；但是他忽然想起了沙克蒂尔！他在家里，还不知道敌人的出动，倘若敌人抓到他，他就不会活了！想到这里，他又改了主意：比什么都要紧的是，把沙克蒂尔救出来。他立刻拿定主意，向敌人开了枪，随着他的枪声，有两个敌人"啊"地喊了一下，没声了。

果然敌人完全上了他的圈套：一听枪声，马上停止前进，不知道铁木尔这里有多少人马，他们摆好散兵线，向他这里密集射击起来。

谁知道铁木尔这时早已不在这里了，他趁敌人盲目射击的时候，飞也似的跑回安奔西热，叫南斯日玛和莱波尔玛把沙克蒂尔用牛车拉到山后夏营地去了。

把沙克蒂尔送走后，他放下心去，刚要跨上马的时候，刘峰突然从自己包里出来，装成一派无可奈何的样子，向他走过来哀求说：

"铁木尔，你们都走了，家里要是出个一差二错的，我一个做零工的人可担当不起啊！再说老主人和二少爷都病着……"

显然他刚回来，所以不知道铁木尔他们把沙克蒂尔藏到别处去了。

"我现在顾不上这些了。反正你一定要把瓦其尔大叔伺候好。"

"不行啊，你不能走啊！"

他上前拉住铁木尔的双手，接着在铁木尔不注意的当儿，从他身后紧紧搂住他的腰，铁木尔想挣脱开他，但是并没有对他这不寻常的、别有用心的举动产生怀疑。

"撒开手，别拉拉扯扯的，敌人就要到来了！"

"什么？敌人来了？那么你就更不应当丢下我们不管哪！喂！你们怎么还不来呀！"

刘峰突然提高声音喊了起来，他最后这一句不连贯的话，好像不是对铁木尔说的，而是对高高在上的苍天说的。

"喂！谁的马开了缰，跑了！"他又喊了一遍。

铁木尔忽然警惕起来："他喊的'你们'是谁？"他如同在摔跤场上与劲敌搏斗似的，猛地一转身，又来个"左脚绊"，把刘峰摔得半跪在地上。但是他仍然撕扯着不肯放手，嘴里还在喊着："喂！谁的马开了缰，跑了！"铁木尔发现了这家伙的诡计！他刚要掏出手枪来打死他时，忽然从四面八方传来一片马蹄声，这时他已经明白自己被敌人包围了！他愤怒地转过身来骂道：

"你这个披着人皮的狼，我死，你也活不了！"

他刚要举起枪来时，刘峰用一根木棒啪地打在他的手上：手枪被打落在地上。

一群敌人同时冲了过来，把枪口对向铁木尔；然而铁木尔这时变得非常冷静而沉着，用深情的两眼望着被夜幕遮盖着的草原，就像一棵久经风雨的大树一般。

"你们还不把他捆起来？"那个高个子连长，向士兵发了脾气，但很快又镇静下来，向刘峰走过去低声下气地说：

"先生，部下来得稍迟了一点，请多加原谅！"

刘峰绷着脸只说了一句："没有什么。"这说明他还没有消气。他向那个高个子连长使了一个手势，连长会意地跟着他，走进他的包里。

"把这个八路的小头子是抓到手了，但是抓得很不巧妙，你们为什么赶来得这么晚，笨蛋！"他又生起气来。

"这……这实在……"

"住口，你说一句'实在对不起'就算完了事吗？你们要早来一分钟，我就不至于暴露自己身份，你知道吗？我的隐秘身份对党国事业有多么重大的意义！"

他向低着头认了罪的高个子连长轻蔑地看了一眼，把语气变得稍微缓和一些又说：

"事情既然闹得这般地步，现在只有一个办法可以补救，就是把那个家伙捆起来，嘴里塞上棉花，不许任何人跟他说话，再派几个可靠的人，连夜把他押到宝源去。"

"团长不是吩咐我，把抓到的八路，送到他那里去受审吗？"

"你们团长算个老几？他能担保我的工作吗？你要知道，如果不把这个家伙马上送到宝源去，他一旦把我的身份告诉这里的牧民，那么我就无法再留在这里；这你是应当明白的。"

"好吧，那么我就照您的指示去办吧。"说完，他就要走。

"等一等！现在我们只抓住他们一个小头子，他的同党们都跑了。"

"这真可惜！"

"不过你们还可以收拾一个，就是这家的二儿子，他受伤躺在西边那间蒙古包里，去吧！"

连长去抓沙克蒂尔，扑了一场空！回来向刘峰作了报告。

刘峰脸色变了！莫非沙克蒂尔看出他的身份之后，逃走了吗？如果事实如此，那么他今天晚上必须跟大军一起离开这里——辉煌的事业，灿烂的憧憬，一切一切都将随之而破灭！……

他额头上冒出几粒冰冷的汗水，头有些发昏了。

然而这时他忽然想到瓦其尔，从他那里将得到最后的结论。

他叫连长带领士兵假装撤走，到村外去等候他的命令。

敌人把铁木尔捆起来，嘴里塞满破棉花，带着他撤出村外。

他们撤走之后，刘峰往脸上抹了两把灰土，装成受尽折磨的样子，走进瓦其尔的蒙古包里。

瓦其尔久病耳聋，当刘峰点着灯，走近他床边时，他才知道有人走进包来，他看出是刘峰，小声问：

"国民党走了吗？"

他低下头去，哭不成声地说：

"走了。您看一看，他们把我打成什么样子啦！"

瓦其尔没有看他，悲愤地沉默了一会儿，对他感激地说：

"张木匠，你为我们受苦了！唉！这是什么世道啊！昏天暗日！"

刘峰默默地擦着眼睛。

"张木匠，我的一家人，我的家业，全都要完了！你看在我大儿子的面上，不要离开家里，照管照管我们吧！我们不是忘恩负义的人哪！"

刘峰已经探出瓦其尔不知道刚才发生的事，心里说不尽的欢欣，脸上不由得露出笑丝，说：

"主人，你们一家人太好了！您的大少爷救了我，把我领到家来，给我一口饭吃，我早就感恩不尽了！您放心，家里家外我一定多留心。您睡吧，我出去看一看。"

转身走出包来，他站在门口，仰望着夜空上的群星，骄傲地、喜出望外地呼了一口气，心里说：

"苍天之助啊！"

几分钟之后，他来到村外，对那个高个子连长再一次嘱咐：把铁木尔必须连夜押回宝源。连长答应绝对照办。他们分手了。

刚才铁木尔把沙克蒂尔送到山后夏营地草棚里就走，这使沙克蒂尔很不安，不知为什么他有一种预感：好像今天晚上铁木尔可能有什么不幸的事情。他放心不下，叫莱波尔玛回去看一看；然而他并没有把自己心里想的话告诉给她，只是叫她回去关照一下爸爸。

莱波尔玛回到村里，来看瓦其尔，他老人家安然地躺在床上，敌人并没有来折磨他。她从他这里听说，国民党刚离开这里。那么铁木尔到哪儿去了？——瓦其尔说不知道。

她出来找铁木尔，在外面遇见了刘峰。

从他这里，她听到了铁木尔被俘的消息。

她没有把这消息告诉沙克蒂尔，而直接赶到特古日克村，来找斯琴了。

她来到斯琴家后边的柳林里，看见有敌哨在包外走来走去，正苦于没有办法去找她时，她正好从包里走出来，到柳林里，做人们在睡觉之前需要做的那件事情。

"斯琴！"

莱波尔玛卧在地上喊道；喊时唯恐声音太大，把手紧紧地捂在嘴上。

斯琴一惊，陡地站出来，刚要跑走时，莱波尔玛忙说：

"我是莱波尔玛！"

她停下来，半信半疑地回过身，但不敢走过来。

"快过来。"

她听出确实是莱波尔玛的声音，跑过来蹲在她身旁说：

"你真像个小耗子，到处窜，什么时候跑到这儿来的？"还没等对方回答，她又接着问，"把消息送到了吗？他们怎么还不来呀？刚才你走了不多时，来了一个用黑布蒙着头的人，跟住在我家的那个头子，谈了半天，走了；随他脚后，一个小官领着几十个人往东北开走了。我真替铁木尔他们担心！……他是猛里猛气的人哪！……"

莱波尔玛通过从树枝中间透射进来的黎明前微弱的曦光，看见她那刚刚恢复本色的单纯、健美但又有几分忧虑的脸，实在不忍再把那件沉痛的消息告诉她。

踌躇。

沉默。

但是坚强人是能够经得住打击的！她自己不正是这样吗？——孤寡的生活、不幸的爱情、孩儿的惨死、沙克蒂尔受伤……

她到这里来的目的不正是把铁木尔的消息告诉斯琴吗？耽误这样消息反而是对不起她，也对不起铁木尔，她最后终于开口说道：

"我是来告诉你一个不幸的消息！"

"什么？你说什么？"

斯琴向她靠近过来，双手抓住她的双肩，直瞪着眼睛问道。

莱波尔玛不敢看她的眼睛，低着头沉痛地吐出几个字：

"铁木尔……叫他们抓走了！"

斯琴的双手痉挛地抓住自己胸口，张嘴刚要"啊"地喊叫时，被莱波尔玛一手捂住，她倒在她怀里，呜咽起来……然而不一会儿，她停止哭泣，慢慢地站起来，擦干眼泪，对莱波尔玛只说了一句："你在村北边那个地方等着我。"就走了。

斯琴的脚步失去了平匀，她深一步浅一步地走进村里。极度沉痛和愤恨的心情，使她全身颤抖，复仇的火在她胸中燃烧："我要去杀死那些豺狼！"

她回到家来时，住在她家的敌人都睡觉了。敌人在她家左右临时搭起两座帐篷，那里的敌人也都在熟睡，只有那个叫朝洛蒙的可怜人，背着一杆枪走来走去，可能是那些家伙都已困倦，只叫他一个人在外面受罪——站哨。

斯琴走近时，他问：

"你到哪儿去啦？"

她灵机一动，把他拉到离包远一些的地方，小声说：

"我给你准备一匹马去了。"

"给我？……"

"你不是想回乌珠穆沁草原吗？今天晚上是最好的机会。"

那个人听了这话，高兴地抓住她肩膀，问：

"马在什么地方？"

"过一会儿，我领你去牵。不过我有一件事想跟你商量。"

"只要是能逃回家去，什么事都好说。"

"你们家乡是八路军占领的地区，你跟国民党跑了这么长日月，回到家乡，八路军能相信你吗？"

"是啊！……"朝洛蒙又踌躇不安起来。

斯琴抓紧时机，说：

"我有个办法能够叫他们相信你。"

"你说说看！"

斯琴把声音压得很低、很低，说的话只有他们两个人听得见……

送走斯琴以后，莱波尔玛绕过敌人的岗哨，跑出村来，站在一座不高的沙丘上，等待着斯琴。过不多时，忽然在她身后出现了两个黑影，她心里一惊，躲到一棵大树后面。那两个黑影来到她身旁停住了，原来是两个骑马的人。显然他们没有发觉莱波尔玛，可是莱波尔玛却急得连手心都出了汗！过一会儿，斯琴还要跑来的呀，这两个人如果是敌人可怎么办？

那两个人跳下马来，并肩站着，交谈起来：

"我们又看见特古日克村了！"

"但是现在还不能盲目闯进村去，等到天亮，看看情况再说。"

听出来了，听出来了，这是官布的声音！莱波尔玛从树后跑出来，压低声音喊了一声：

"官布！我是莱波尔玛。"

官布猛转身来，也听出她的声音，走过来问：

"你怎么在这儿？"

"敌人占了村子，我在这儿等斯琴呢。"

"铁木尔、沙克蒂尔在哪儿？"

"铁木尔被他们抓走了，沙克蒂尔也受了伤……"

官布和站在他身旁的警卫员都怔住了。

"这么说，我们已经来晚了！"官布沉下脸缓缓地说。

这时斯琴气喘喘地跑来了，而她身后还跟着一个陌生人。

莱波尔玛迎上去，告诉她说：官布来了。

斯琴边擦汗边走了过去。她脸上呈现着紧张的神情，好像刚跟什么人搏斗过似的。

"大军回来了吗？"她问。

"大军没有回来，"官布拉住斯琴的手说，"我是特地来找铁木尔的。"

"可是他……"

"我已经听说了，你不要太难过，我们……"

"不，我已经知道靠难过是报不了仇、解不了恨的，我回到村里，在这个乌珠穆沁人的帮助下，把住着敌人的三座蒙古包从里面点着火，又把门由外面锁住，就跑来了。等着看吧，过一会儿，住在那三座蒙古包的敌人全都会被烧死在大火里！"

话刚说完，忽听得村里传来三声巨响，即刻三堆大火猛烧起来，在那火光之中，三座蒙古包塌倒了下去。

草原上的人们都知道，蒙古包里面着火，一开始浓烟就会把住在包里的人熏晕过去，火着到最旺时，蒙古包一声爆炸，毁塌下去，里面的人一个也不会幸存。

他们站在沙丘上，望着脚下村中三堆熊熊大火，每个人的眼睛都像星星似的闪烁出光亮。

官布用手臂紧紧抱住斯琴的肩膀，说：

"如果不是我亲眼看见，真不敢相信这是你干的呢！"

这时，黎明的光，征服着夜的黑暗，草原壮阔、无边的身影，渐渐显现出来。

啊！壮阔、无边的草原！你那千万条凸凹不平的山、岭、沟、坡，是伟大的力的源流啊！即使在严寒的冰雪天，它们也穿过冻裂的地层，向这里的人民吐放滚滚的热流！是它，滋养着这里的人民；是它，陶冶着这里的人民。自古至今，我们的人民——草原的儿女，曾经蒙受过多少灾难，然而他们依然生存下来了。严寒，只不过是在他们那粗糙的手背上，留下几条冻伤的痕迹，但是没有能够把他们的生命窒息；荒火，只不过是烧毁这里的几根枯草，但是第二年青草长得更茂盛，花卉开得更鲜艳！

啊！草原——我们慈爱的妈妈！为了你，你的儿女们在战斗着、前进着，虽然他们身上血迹斑斑，但是他们充满了胜利的信心！他们站在你那壮阔的身躯上，迎接着黎明的曙光！

1957 年 5 月初版

1962 年 9 月重写

下

部

卷三

一

大雪覆盖着茫茫的草原。

草原的道路被堵塞住了。

凡眼力所及的地方，到处都是平平的、白白的，几乎分辨不清哪里是山，哪里是沟，好像大地是一块又大又厚的羊毛毡。

去年冬天，不同往常。十月初，牧民们刚打完过冬的畜草，还没腾出空来从草场上拉回家去，就连续下了三天三夜大雪；那真是名副其实的大雪，每片雪花都有蝴蝶大小。下过雪，又暖和了两天，畜草全被雪水泡湿了。牧民们踏着泥泞的道路，到草场上去翻草，但是就在那天夜里，突然又刮起风暴，雪水结成冰，畜草被埋在冰雪里。牧民们不由得皱起了眉头……

从那以后，还下过几场大雪，地面上的积雪，都能没下马膝；那雪的表层掺杂起北风吹来的尘土，变得一天比一天更为坚硬，野兔从上面跑过去，只留下斑斑点点的痕迹，而不会陷进腿去。雪，本来是很轻的物体，但是覆盖在草原上的雪层，却显得那样的沉重，沉重，以至大地被它压得都有些受不住了！

严寒、风暴、冰雪……

冰雪、严寒、风暴……

使人很难想象，在这里，在这被沉重的、残暴的冰雪统治着的大地上，会曾经有过万物重生的春天，百花争艳的夏天，和金黄灿烂的秋天……

在严寒季节，一切都变了样，整天刮着白毛风，天空是混沌沌的，看不到一丝明亮的光线，就像古代暴君的脸上，永远没有开朗的微笑。

天不能再冷下去，雪不能再下了！

冰雪的势力是强大的。敖拉玛河坚固地封冻着。从外表看来，它已失去河流的特色，与大地一样，也是披着雪衣，只有熟悉这一带地形的老马，来到它的岸上，才习惯地踌躇不安起来。当它们走在它的冰面上时，每一步都是试探地、提心吊胆地迈动，偶尔听见哪怕是最微小一点冰的破裂声，也要立刻惊慌失措地后退，用它那挂着铁掌的前蹄，在冰上惊恐地嗒嗒乱捣，直到发现冰层并没有破裂或者流动时，才渐渐冷静下来。夏季，这条深浅莫测的河，叫它们吃过的苦头已经够多了。

从前，草原上流传着这样一支歌：

> 下雪了，天冷了，
> 蓝色的湖结冻了，
> 黄色的河结冰了，
> 草原上没有流动的水了。

草原上，果真没有"流动的水"了吗？如果你只看见眼前那挂着冰霜的柳树枯枝，或者一半埋在雪里，一半露在外面，在晨风中摇摇欲折的荒草，也许会产生一种错觉：这里的一切都被冰雪窒息了。

然而，任凭怎样寒冷的冬季，它也只能封冻草原的表层，而草原在她黑色的躯体中，却永远孕育着生命，如同一位辛勤的母亲。

在这冰雪的世界上，特古日克村西边，那眼白音布力格清泉，一直顽强地向察哈尔大地倾泻着暖流。泉眼是在山坡上，来到它的近旁，犹如走近了火山，那里一片气雾，腾腾升起，在晨光中，闪现出五颜六色的光辉。泉口附近长满了青苔，水底还生有绿色、红色和橙黄色的植物。看见它，你会忘记严寒的季节，会感觉到生命的力量是多么顽强而不可抑息！那清澈的水，从泉眼跳跃地涌出来，起初像是巡视方向似的，打了几个转儿，随后径直便向远方流去。它那愉快的喧闹、清脆的歌唱，是向周围的严寒和冰雪的示威与挑战！

白音布力格泉水，流出大约一里多地，就潜入了敖拉玛河的冰层下面，那里温暖如春，有鱼儿群群游动。当人们看见冰下这幅生机勃勃的生活图景时，才会明白：世间季节的变化，寒与暖的交替，并不是完全依靠大地以外的力量，而主要在于她内部永不灭息的热力。

河水在坚厚的冰层下面流着……

当然天气变冷时，冰层还会加厚的。但是这段时间很快就会过去。大地的热力，向它顽强地抵抗，结果严寒退却了，削弱了；而正在这时，洼地里的春草，穿过半解冻的土地和正在融化的积雪，从这里或那里冒出她那娇嫩的、毛茸茸的、新绿的头来，向人间透露春天的信息。

一九四七年的春天，是以一连串的好天气开始的。

山坡上的积雪开始融化了。雪水汇合成条条小溪，向平坦的草原流去。草原上飘散着初春融雪的湿味，和杂草醉人的芳香。太阳洒下她那金色的光辉，使草原显得格外恬静、柔和而又有几分寥远的神秘！

但是，每天下午，从远方沙丘吹来的黄风，把这种和谐的气氛一下就破坏了。风刮得牛圈的栏杆吱嘎山响；从蒙古包天窗吹进来一团团沙土、草叶……直到淡薄的暮色降临时，才得终止。

随着夜幕的降落，世界的灯火——月亮，升了出来。

月夜的银白色的寂静，笼罩起初春睡意浓重的草原……

俗话说，春夜的觉，比蜜还甜。但是，斯琴在天刚蒙蒙亮时，就醒来了。她是被一场噩梦惊醒的。

……仿佛是在夏天，天气闷热，她光着脚，到草原一棵老榆树下，仰卧纳凉。身边是一片柔软的青草，触在手上，使她感到仿佛是在抚摸铁木尔那多毛的手背，她转过身，抓住一把青草……但那手中的青草突然蠕动起来，她忙撒手一看，是一条毒蛇！她忙跳起来，抽出腰刀去砍，嚓的一声，蛇身被砍成了两段；但是那被砍断的两段蛇身，依然蠕动，不一会儿，竟又接连到一起，又复活过来，顿时，蛇身比原来的大了好多倍，它张嘴吐舌，向她猛扑过来！……她吓得一声尖叫，惊醒过来。

"孩子，怎么啦？"

她的父亲道尔吉老人，被她的喊叫声惊醒，忙坐了起来。

"爸爸，没什么，我魇住了。您睡吧！"

"唉，打仗的年月，谁不叫噩梦惊醒几回呢？……该死的国民党！……"

老人不安地、愤懑地叨咕着，重又睡去。

斯琴再也不能入睡了，梦中毒蛇的影子，一直浮现在她的眼前。人们常说："噩梦是不吉祥的预兆。"可她接二连三地经受了多少灾难，难道今天又有什么不吉祥的事情降临？她凝视着从蒙古包门缝透进来的银白色曙光，想到已被国民党抓走了好几个月的铁木尔，也想到周围的许许多多的人，她不敢设想他们当中有谁会遭受不幸！最后想到放在草原上吃夜草的铁木尔那匹黄骠马，莫非它遇到了狼群？她有所预感地穿上袍子，挎上手枪，唯恐惊醒爸爸，轻轻起身，蹑手蹑脚地去开包门。但门一响，爸爸又醒了。

"这么早，你到哪儿去？"

"到草原上去找马，吃了一夜草，该牵回来饮水了。"

得到爸爸的默许，她走出门来，回身将门关好，便向草原走去。

现在，斯琴已经不是普通的牧民妇女，而是明安旗武装工作队队员了。

去年蒋介石发动全面内战以后，入冬之前，在察哈尔草原南部地区，敌我曾进行两次大的较量，使敌遭受惨重损失。为了诱敌深入，在对我有利的草原地带继续歼灭其有生力量，我骑兵十二师主动撤出草原南端的明安旗，在靠北面的厢白旗沙拉更庙一带建立了根据地，一方面抓紧时间进行部队整训，一方面继续与敌作战。

入冬后，敌军畏缩在张家口、张北、多伦、宝源等城镇，正在聚集力量，显然是要在今年天气转暖后，向我锡、察地区大举进攻。现在正处于敌我双方相持阶段。为了及时掌握敌情，并继续做好明安旗的群众工作，在我大部队撤到北部草原以后，由中共察哈尔盟工委和骑兵十二师派出一个武装工作队，回到了明安旗。工作队由张彪任队长，旺丹和爬杰为副队长，共二十多人，斯琴就是其中的一员。

在明安旗，我群众基础好，除工作队员之外，还由一大批牧民积极分子，组成了一套完整的情报通信网，所以对敌占城镇和南部草原的情况，盟工委和师部都能及时了解。

去年秋季，国民党大举进攻草原时，斯琴的爱人、我们草原的利剑，勇敢的铁木尔，中敌之计，被敌人抓走了。斯琴听到这个不幸的消息之后，愤然回到村里，放火烧了住着敌军的三座蒙古包，烧死了敌团长一名，立了战功，受到师部表扬。当时，她就作为一个战士，离开了家乡、美丽的特古日克村，跟大部队退到北部草原去了。

两个月前，武装工作队回到明安旗时，因她对这一带的情况熟悉，领导上便派她跟随张彪队长等又回到明安旗家乡。一转眼，两个多月了。在这期间，除有两次小股敌军进入草原骚扰外，还没有发生过大的战斗。不过张彪同志多次说过：各种迹象表明，在这一带有敌特活动。根据当前的具体情况，武装工作队改变了活动方式，有分有合，平时住在自己家里或者牧民家里，分头做群众工作，了解敌特活动线索，一有情况，立刻集中，统一行动。所以，斯琴就跟爸爸一起，住在自己家里。

拂晓时分，草原上静悄悄的，只有一阵凉风掠过草梢，发出轻微的啸声。晨风湿润、凉爽，即使最贪睡的人，叫它一吹，也会立刻清醒、振作起来。

初春，山洼里最先发青，春天第一期鲜花已在那里悄然开放。马儿都爱到那里去吃嫩草。斯琴直奔黄骠马习惯去的南山洼走去。

南山洼！去年比今天稍早些时候，铁木尔回到家乡来、遭到斯琴的拒绝以后，他不是也像今天的斯琴一样，孤独一人，来这里悲痛地沉思过吗？事过很久以后，斯琴才听说这件事。可是还不到一年，他们就又分离了，而且这一次他是被国民党抓走的，十有八九可能是永远分离了！"永远"这两个字，有多么可怕啊！起初，她一想到它，吃不下饭，喝不下水，即使在几个月以后的今天，想到那两个可怕的字，心依然像刀割一般地剧痛。她现在只有等待，等待，一旦得到铁木尔与她永别了的可靠消息，那时她不能一个人活下去，她已经准备好怎样去为铁木尔讨还血债！

每当回忆起去年春天她对铁木尔那样冷酷无情，她便产生一种犹如母亲无故伤害了孩儿那样，无法用语言表述的悔恨与痛心。如今，她只能精心地饲养铁木尔留下的黄骠马，借以消减内心的忧闷和痛苦。

她来到南山洼时，曦光微茫，隐约可见黄骠马吃饱了夜草，在闲散地游荡着。它不断地低下头去，用嘴唇蹭磨地面。因为春季阳气上升，马身有火，嘴唇肿痒，马儿借此解痒。

黄骠马看见主人，便撒娇地喷着响鼻，向她跑来。她也迎过去，伸手替它顺了顺夜寒未散的皮毛，慈爱地说：

"吃饱了？嘴唇发痒，是不？来，我给揉一揉。你呀，总是跑出这么远，怪叫人担心的。"

　　她揉了几下马唇之后，跨上马背，往回走。来到山坡上一棵大树底下，勒住了马。

　　从前，她跟铁木尔经常在这棵树下纳凉、谈心。有时她先到来，就爬上树去，不叫他看见，故意惹他着急，直到他等得不耐烦了，她才突然像老鹰似的从树上跳下来，格格格笑着用手捂住他的眼睛……

　　现在，她想回味一下当年的欢乐，从马背上站起来，两手抓住树杈，一蹬脚，上了树。马儿走到一旁，边吃草边等候它的主人。

　　她爬上树，无论怎样努力，当年那欢乐幸福的感情，再也回不到她的心中。她眺望着朦胧、灰暗的远方，情不由己地轻声唱起一支思恋情人的民歌：

　　　　珠瑟莱山哟，
　　　　多么遥远！
　　　　它那银峰上，
　　　　云儿弥漫！

　　　　做梦的时候哟，
　　　　你在我身边；
　　　　醒来的时候啊，
　　　　一人孤单单！

　　　　珠烈赫山哟，
　　　　多么遥远！
　　　　它那金峰上，
　　　　雾儿弥漫！

　　　　做梦的时候哟，
　　　　我在你身边；
　　　　醒来的时候啊，
　　　　一人孤……

她突然中止了歌声。她看见山洼南边出现了一个人影，影影绰绰看不清是男是女。那个人步伐很快，也很可疑，跑两步回头看一眼，好像后面有狼追着似的。"这么早，这是什么人？"斯琴警觉地握住手枪。经过几个月的战斗生活，她变得老练一些了。她冷静地考虑着，如果是敌特应该怎么办，或者是个陌生的赶路人，又该怎么办？……奇怪的是那个人深一脚浅一脚跟跟跄跄地径直向她这里跑了过来。莫非那个人刚才看见她上树了吗？她由怀疑渐渐变得恐惧起来。那个人越来越近了，斯琴贴在手枪把上的右手微微颤抖着……

那个人身穿一件破旧的蓝长袍，没有扎腰带，用一块黑布蒙着头，跑到斯琴站的那棵大树底下，气喘吁吁地停下来，从黑布里露出两只猫眼，既警觉又恐惧地向四周环视良久，突然扯掉蒙头布，露出一张狰狞、灰瘦的长脸，蓬乱的长发披散在肩上；原来是个女人！斯琴屏住气，仔细看去，只见那个女人的左边眉梢上，有个黑痣，这是一张多么熟悉的脸哪！然而由于她过分出乎意料的出现，反倒使得她一时想不起这是谁。正在这时，那个披头散发的女人，困倦地仰起脸来打了个哈欠，这一下，斯琴千真万确地认出她来了！这使她全身一抖，不由得惊愕地一张嘴，幸亏忙用手捂住，才没喊出声来！

那个人，不是别人，是旺丹副队长早已死去的老婆——卡洛！

去年秋后，国民党进犯草原时，卡洛跟国民党军官无耻地鬼混，后来叫旺丹的弟弟沙克蒂尔听说后，把她拉到沙坨子里枪毙了。这是尽人皆知的事。但是她——卡洛，怎么会活了，而且竟然就站在她的脚下！斯琴的脑海中，突然出现了一个可怕的字：鬼！顿时，全身毛骨悚然，紧张得几乎摔下树去，她下意识地紧紧抱住树身。她不敢再睁开眼睛去看它——鬼！披头散发的鬼！……

过了一会儿，当她鼓起勇气睁眼看去时，那个鬼模样的卡洛，已经无影无踪，只有黄骠马还在原来那个地方昂然站立，任晨风梳理着它的长鬃。

刚才发生的事情，又像一场噩梦！奇怪呀，噩梦一场接着一场：被砍断的毒蛇，复活过来；被杀死的卡洛，重又复生！

不，卡洛的出现，不是梦！她清清楚楚地看见了她，而且树下地面上，还留有她明显的脚印。

人，总是事后才变得聪明。她开始悔恨起自己来："为什么刚才不把她叫住，问个明白！……鬼，鬼，鬼，唉，还算是个革命战士！呸！……"

起初，师里组织武装工作队，从北草地回明安旗来工作的时候，张彪队长就不愿意带她来，他说过："不用跟别人比，就跟欧阳相比，斯琴也还缺乏锻炼。"当时她不服，气哭了，心想：欧阳同志各方面表现确实不错，一个在大城市长大的姑娘，来到草原经受风霜雨露干革命，的确不简单。但是，我斯琴不是烧死过住在我们村里的国民党团长，做出过震动整个明安旗的英勇事迹，受到过师长和副政委的表扬吗？……可是现在，斯琴擦了擦一手凉汗，跳下树来时，惭愧地想："张彪同志说得对，我真比不上欧阳。欧阳年纪比我小，可人家从来不怕神怕鬼的，如果刚才是她看见卡洛，一定会跳下树来问个明白，卡洛要是想跑掉，她一定会向她开枪，可我呢？还被迷信神鬼的思想缠着，甚至吓得连眼睛都不敢睁开，白给你发了一支手枪！……"

她牵着黄骠马，懊丧地往回走。一路上，都在为自己的懦弱和迷信而羞愧着，苦恼着。她想："干革命，就不能迷信。过去好心的笃日玛教给我不伤害生物，看见血就要扭过脸去，可是去年，我亲手烧死了那么多敌人，老天也没有把我怎么着，刚才为什么又想到鬼呢？……回去后，怎么向张彪队长报告？能够说，我看见了鬼，吓得没敢睁开眼睛吗？那样他也许又会提起不如欧阳……"

黄骠马好像理解主人的烦恼的心绪似的，把头轻轻贴在她的胳膊上，默默地跟她走着。

然而，懦弱绝不是斯琴性格的本质，这只是旧的生活在她心灵上留下的一丝阴影。她的本质是倔强不屈的，尤其是铁木尔被捕以后，她努力在任何一件事情上，都以他为榜样，"绝不给铁木尔丢脸！"这是她坚定的誓言。

她发现路上有新踏出的脚印。看来那个似鬼非鬼的卡洛，还没跑出多远，如果紧追，也许能赶上她。斯琴立刻纵身上马，掏出手枪，顶上子弹，向山后驰去。

她码着卡洛留下的脚印，一直追到村头。在那里，畜群踏乱了道路，卡洛的脚印也看不清楚了。她勒住马头，在那块地方焦急地打转转。那个家伙分明是进了村里，可是村里各家各户，有的刚刚拉开蒙古包天窗，有的连天窗还盖着，没有一家点着烧早茶的烟火。她警觉地向贡郭尔家望了望，他家的几座蒙古包都盖着天窗，五间砖瓦房的门窗，与前几个月一样，全用木板钉着。村里完全不像有外人进来过。她不知怎么办是好，去问一问莱波尔玛姐吗？如果莱波尔玛知道卡洛复活，早就会告诉她了。再说，现在莱波尔玛是作为牧民积极分子，留在村里执行任务的，她的任务就是给工作队报告这一带的各种情况，和给部队及时传送从南边送来的情报。最后，斯琴决定还是先找张彪队长，把刚才发生的事情，如实报告给他。

她打马向张彪的住处，飞奔而去。

曙光染红了草原；大草原就像一张少女羞怯的脸儿。在这清晨宁静的气氛中，斯琴那急促的马蹄声，如同在悠扬的马头琴曲里，加进了一阵强烈的锣鼓点，显得很不协调。然而，在战争年月，完全和谐的气氛，在生活中是不常有的。

张彪来到草原工作，已经一年多了。起初，给苏荣同志当警卫员，后来部队撤退到沙拉更庙进行整编时，他当了连长。不久前，领导上又任命他为武装工作队队长，被派回明安旗做群众工作。出于工作需要，领导上给他派了一个警卫员，就是那个当过喇嘛的小战士萨扎卜。张彪自己是当警卫员出身的，现在身后也有了一个寸步不离的影子——警卫员，总是感到不习惯，所以日常杂活从来都是他自己动手干。这个河北农民的儿子，如今却像个草原家庭主妇似的，每天总是早早起来挤奶、熬茶。他已经完全习惯边塞生活了。

今天早晨张彪醒来时，小萨还在酣睡。他看了他一眼，心想："叫他睡吧！"自己穿上衣服，出门去拉开天窗的盖毡。

小萨本来已经听见了张彪开天窗的声响，但他贪睡不想起来，故意吧嗒了两下厚嘴唇，装作睡得正香。这个小萨，与其说他是警卫员，倒不如说他是被警卫的人员。平时他挎上张彪的手枪，神气十足，一到紧要关头，张彪就把手枪要回去，反来保护他。在张彪看来，萨扎卜勇敢、单纯、聪明，但总还是个孩子。参军前，他的脑海，如同一张白纸，对革命、战争，没有一字的记录。他只因厌恶单调、孤寂的喇嘛生活，讨厌他的经师那张阴森、死板的面孔，才从庙里逃出来参了军。像他这般年龄的人，就像不识路的小马驹，你牵到哪条路上，它就顺哪条路走，不管那路上有沼泽或是陷阱；如果牵到另一条路上，它的命运又会是另外一种样子。不是吗，在庙里当喇嘛时，他像聆听慈母的训言似的，虔诚地接受经师灌输给他的一切宗教信条。一年四季，不管风雪雨雾，只要听见作朝拜的海螺声，他就迫使自己霍地爬起来，向殿堂跑去。要不然老佛爷就不承认你是忠实信徒了。参军后，他却完全变成了另一种人。宗教那层薄薄的迷雾，被革命的风暴吹得片丝未留！他嘲笑那些至今依然迷信宗教的人们，而且用种种举动，把那种嘲笑之意表现出来。这虽然是一件小事，但像一根导火线，由此而引起了各种争论与事端，甚至牵连到了苏荣和张彪，以至由此而造成这两位老首长与老部下之间的关系，十分紧张。

那是由一件小事引起的。

有一次，张彪和小萨住在一位牧民老太太家里，那位老太太每天晚上，点着佛灯，叨叨咕咕地祷告，叫人睡不安宁。小萨憋了一肚子气，第二天他在那位老太太面前，掏出他从庙里带出来的小佛像，故意用小刀先剜它的眼睛，后削它的鼻子，而且还悠然自得地吹口哨给那位老太太听。这一下把那位老太太气坏了，她当时就一把揪住小萨的耳朵，赶出了家门……没过几天，群众里散布起种种谣言：有的说，张彪怂恿他的警卫员，侮辱佛爷；甚至还编造说，有一次张彪拿泥佛像打了过路的狗……谣言越传越离奇！对于这些，张彪根本没当一回事，听后一笑了之，而且还安慰小萨说："我们干革命，搞阶级斗争，就不能老是强调民族地区的特殊性，连牧民当中的迷信落后思想都不敢碰一碰！在我家乡的解放区，早就没人敢当着八路军的面点佛灯、磕头祷告了。你做得没错，别怕那些议论！"

小萨一听很高兴！张彪同志是老解放区来的，革命工作有经验，他说没错准没错！

可是，为这件事苏荣副政委却严厉地批评了张彪……

前几天张彪回师部汇报工作。散了会，等别的同志走完以后，苏荣副政委留住张彪，问他：

"你的警卫员拿刀子削佛像的事，是真的吗？"

张彪笑着答说：

"那还有假？小鬼思想进步得很快哩！"

一听他这句话，苏荣把两条浓眉猛然往上一挑，狠狠地瞅了他一眼，但为了控制自己的情绪，先没说话，只是不停地来回踱步。

张彪一时不明白副政委那满面怒气是由何而生。他茫然站在原地，不动声色。

"什么进步，简直是胡闹！"苏荣严厉地批评道，"听说你还鼓励他那种幼稚、荒唐的行为。他是个孩子，可你是个老同志，你要对这件事在群众中所造成的不良影响负责！"

"不良影响？……"

"是的，影响很坏！"

"副政委，我不理解您的批评……"

"你可能不理解，因为你忘记了我们是在民族地区工作，应当尊重少数民族人民的风俗习惯。"

"信神信佛，依我看，一不算风俗，二不是习惯，迷信就是迷信！"张彪争辩道。

"但是不要忘记还有一个信仰自由的问题！"苏荣这么说着，突然又问他："你什么时候回去？"

"吃过晚饭就走，趁夜赶路。"

"那好，晚上我送你上路，那时咱们接着谈。"

苏荣对张彪是了解的，这位从老解放区来的贫农的儿子，对党的事业是忠诚的，他有一股把工作做好的热情，但是虽然到草原上来已经一年了，对已经变化了的工作与生活的新环境，却总是有些不适应。派他当武装工作队队长回明安旗工作，本来也有给他一个在实践中锻炼的机会的用意，但看来效果不大。苏荣作为一个政治工作人员，晓得用现在这种你一句我一句的争执，解决不了他的思想问题，应当给他一些思考的时间，所以约定晚上继续谈。

晚饭后，苏荣前来给张彪送行，她替他牵着马，二人在晚霞染红的草原上，并肩缓步向前走去。

当警卫员的一看就明白，两位首长一定在谈重要的事情，小萨扎卜离他们稍远一些，慢慢跟随在后头。

从师部回来以后，张彪立即召开全体队员大会，但只传达了苏荣副政委对于他们工作开展缓慢的批评，其余的事，只字没提。看得出，他思想上的疙瘩还没有解开……

他与苏荣副政委之间产生一些隔阂，还有一些别的原因。

去年刚到草原工作时，他对苏荣同志是尊重的。后来，闯出来了一个欧阳。她刚到草原上，便以少女纯贞的心，狂热地爱上了勇敢的战士铁木尔，不久，斯琴出现了，紧接着铁木尔被捕……欧阳的心受到了创伤，爱情的隐痛使她半年来一直躲避着一切可能发生的新的爱情；然而，就在这时，张彪却以更大的狂热开始追求欧阳，对她处处体贴，事事关照，用种种方法表示爱慕之情，但这些都一一遭到刚刚受过爱情创伤的欧阳有礼貌的拒绝。她像旷野上的一只小鸟，任你怎样追逐，也捕捉不到它。一个是狂热的追求，一个是坚决的回绝，一时间搞得"满城风雨"！为此事，苏荣提醒过张彪，叫他注意群众影响。这本来是完全出于同志之间的互相关心，却被张彪误解了，他心想："要不说一个小小年纪的欧阳这么难攻，原来是你在里头作梗！"为此，张彪心里一直不痛快，但也不便于说，所以旁人也不知道。上次组织明安旗武装工作队，张彪提名一定要叫欧阳参加，报到师部，苏荣副政委不同意，说欧阳不熟悉当地情况，便派斯琴替换了欧阳。张彪认为这分明是副政委不叫欧阳跟他接触。这一次他可真往心里放了，背地里发过不少牢骚。

苏荣也曾听说张彪思想上有些疙瘩，所以那一天临别时，她特意把他送出很远，耐心地向他讲解当前形势和我们的工作方针：严冬结束了，春天已经到来，我们积极准备反攻，敌人也在准备发动进攻，敌我较量必然是在明安旗一带进行，所以做好明安旗的群众工作，就格外重要。我们要充分发动群众，团结一切可以团结的力量，把草原的南大门——明安旗稳定住，这对未来的战局将有很大意义。临分手时，苏荣握着张彪的手嘱咐说：

"前一段时期，你们的工作开展得缓慢了一些，希望你们从现在起抓紧时间！"

张彪一路上闷闷不乐地想："好吧，我要大刀阔斧地干一场，改变你对我工作的这种不公正的评价！"……

在全体工作队员大会上，大家反映了不少问题，其中最重要的是有些群众轻信敌特散布的谣言，甚至有极少数人，赶着牲畜投奔到敌占区去了。

瓦其尔巴彦的大儿子旺丹，现在已是工作队副队长，他激昂慷慨地斥责这是叛乱活动！他说："我们必须采取果断措施，立即扑灭这些叛乱，不然，日后小祸变大祸，小叛乱变大叛乱，其后果不堪设想！"

旺丹是大巴彦瓦其尔的儿子，还干过伪职，过去张彪对他没有好印象，但从旺丹当工作队副队长以后，在他们两个多月的相处过程中，他觉得旺丹对革命新事物很敏感，对一些问题的分析，精明透彻。他提出对叛乱分子要采取果断措施，是很正确的。这与张彪的大刀阔斧干一场的想法很合拍，因而在张彪的提议和旺丹的附议下，做出如下决定：为了尽快扭转工作开展缓慢的落后状态，我们要大刀阔斧地开展斗争，首先对那些叛变投敌分子，采取无情的镇压措施——谁叛变，就抄谁的家，借此迅速扑灭叛乱活动。

张彪最后归纳说："我们这样干，一举两得：一方面用无情的抄家运动，打击叛乱分子，同时镇一镇动摇不定的中间分子；另一方面我们能够从叛乱分子那里抄来大批牲畜和财物，解决部队供给方面的困难。"

爬杰副队长提出两点不同意见：一、现在赶着牲畜投奔敌占区的人，情况各不相同。对具体人应作具体分析，把他们都当作叛乱分子一锅煮，可能越闹越乱；二、开展"抄家运动"，会引起各方面的震动，对稳定局势不利，事关大局，这个问题应当向师部作请示汇报。

张彪当场表示同意爬杰副队长的第二条意见。第二天就派旺丹副队长回师部作汇报去了。

按预定日期，旺丹应该昨天就回来，可是张彪和小萨等到半夜，也没有听到他的马蹄声。

今天早晨，张彪开完天窗，刚回到包里点火烧茶，忽听包外传来一阵马蹄声。大清早不会有别人来，一定是旺丹回来了！他走过去捅了一下还在酣睡的小萨，说：

"喂，小伙子，起来，起来！你听，旺丹副队长回来了！"

小萨睡眼惺忪地坐起来，有些抱怨地说：

"昨晚我说副队长回不来，可你非要等他，一宿没睡好觉。"

"别啰唆，快起来烧茶！"

旺丹的到来，顿然使他声音开朗，动作敏捷起来。他刚要出外去迎接他时，门一响，进来的原来是斯琴。张彪一看她气喘吁吁地站在门口那副样子，心凉了半截，脸上也罩上一层失望的阴影。由于组织工作队时，苏副政委让斯琴替换了欧阳，平时张彪就对斯琴没有好感，本来不想理睬她，然而当他看见她那神色惶恐的样子，不由得迟疑了一下，再加上大清早，她没打个招呼就闯进包来，想是必定有什么要紧的事情，但他在外表上依然保持着往日冷漠的态度，边扣着皮带，边问：

"连辫子都没有梳一梳就跑来，见了狼啦？"

斯琴不好意思地理了几下散在肩上的乌黑的长发，以急迫的口吻回答说：

"刚才我到草场上去抓马，看见了一个跟旺丹死去的老婆一模一样的鬼！……"

一听到"鬼"字，张彪猛地转过脸来，怒气逼人地说：

"什么鬼，鬼的！世界上根本没有那种东西，唉，你还……"

"张彪同志，你还是叫我把话说完吧！"

"好，好，说吧，说吧！"

斯琴把刚才发生的事情，从头详细讲了一遍，她尽量避免"鬼"字，但偶一不慎，脱口说出，便马上把话停下来，察看张彪的脸色，直到断定他没有生气时，才继续讲下去。

小萨对这件事，感到很新奇，他慢腾腾地穿衣扎带，一直听她述说完了，才出外去拿烧茶的干牛粪。

"你没有看错吧？"张彪的口气很平和、认真。

斯琴发现她的汇报，引起了张彪的注意，心里挺高兴，马上干干脆脆地回答说：

"张队长，我看得清清楚楚，绝对没错！"

张彪再没有往下追问，便沉思起来。

斯琴见他脸色严肃，看出他是在冷静地分析情况，她就高兴地帮助小萨烧起茶来。

张彪对斯琴的汇报，又信又疑：信的是，她说得有声有色，真实感很强，再说她平时也不是能说会道，更不是瞎说胡扯的人。疑的是自从沙克蒂尔杀死卡洛以后，事过半年，从来没有听说过她复生的消息，尤其是近来他与旺丹同食、同住，也没有感觉到有什么可疑的地方。真相到底是怎样的？如果卡洛果真活着，而且半年多没露一点风声，那情况就太严重了，这里必定有一个敌人严密的地下活动网。我们在明处，人家在暗处，而我们又对人家的情况一无了解，这将是极为严重的祸根！由卡洛，他又联想到旺丹，对那个可能存在的地下活动网，旺丹知道不知道？如果其中也有他一份……想到这里，张彪不由得打了一个寒战！他已感到情况极为严重，要在旺丹回来之前，跟工作队的另一位党员——副队长爬杰同志通报情况，研究对策，于是他以从来不曾有过的和蔼而亲切的口气，对斯琴说：

"你汇报的情况很重要，我去找爬杰同志一起研究一下，你不要再对任何人讲这件事。如果旺丹回来问起我，你就说到外村搜枪去了。在我回来之前，你不要离开这里。"

斯琴"嗯"地点了点头。

真没想到她的汇报，能引起张彪同志这样重视，她除高兴之外，还增加了勇气和力量。她对张彪关切地说：

"喝完早茶再走吧！"

张彪同意了："好，喝完茶再走，小萨，加火，快些！"……

草原上安静但又动乱的一天开始了。

二

在战争年月，光亮在夜间常常招来意外的灾难，所以多数人家都不点灯，日久天长，人们就习惯于在黑暗中生活了。牧民们摸着黑，坐在包里，啧啧有声地喝着盐分很重的奶茶，小声地、不厌其烦地反复讲着那些古老的充满幽默感的民间故事，或者沉默地围坐在炉火旁，用小烟袋锅（上面刻有精致的花纹），一袋又一袋地抽着几年前储存下来的、在战时变为极其珍贵了的苦烟末……

包外是黑色的、无声的夜！

在这样没有灯火的草原的夜晚，从贡郭尔的父亲普日布老喇嘛那座崭新的蒙古包里闪现出的光亮，就变得格外显眼了。

牧民们愤愤然议论说："人家怕什么？有一个像狼一样善于变换毛色的儿子，从前是掌管全旗大权的扎冷，又是警察大队长，日本垮台了，人家不垮，拉起一股队伍，人多势大，投靠八路军，又当上了副团长……"

有人提出异议："就算是他儿子钻进八路军当了官，不怕八路军，那国民党来，他怎么也不怕呢？"

人们都疑问地说着"是啊，是啊！"但谁也回答不了这个秘密。

秘密之门的钥匙，攥在阴险狡猾的普日布老喇嘛的手心里。

这一天的晚上，普日布老喇嘛的蒙古包，也没有点灯。他轻轻推开包门，弯着腰慢慢探出头去，倾耳听了听四周的动静，而后转身向黑糊糊的包里压低嗓门说了一句："你先别出来，我出去再察看一下。"

黑暗中，有人"嗯"地答应了一声。

普日布老喇嘛不像是一个八路军副团长的父亲，倒像个夜贼，他嗖地跳到门外，身子紧贴着蒙古包站了半天，见无特殊动静，这才手里拨弄着佛珠，嘴上念着佛咒，迈动起脚步来。

说来倒也奇怪，从去年秋后，普日布突然有了一个新的习惯：每天晚上，都要捻着佛珠，绕家园走个大圈。每当那时，他轻闭两眼，微皱眉头，双手合十，嘴里不停叨咕，显得那样虔诚，仿佛周围的一切丝毫不能分散他敬佛的心神。

他把家园绕了一大圈之后，来到用木板严严实实钉死的客房门前停下来作祈祷，末了又跪下向东西南北四天之佛磕了头，才算完事。他爬起来边拍打衣襟上的尘土，边高声喊道：

"笃日玛，把狗喂了没有？"

"喂了。"

"嗯，那就睡吧！"

他每天晚上风雪不误地必与笃日玛做这样一段高声问答。

这是一句暗号，说明今天又安然度过了。

这个暗号是说给住在客房地下室里的国民党大特务刘峰听的。

刘峰潜伏在这个地下室里，已经好几个月了。

去年秋后，我军主动撤出明安旗草原。刘峰求功心切，多次向上司密电报告，明安旗内已无共军，请求中央军尽快进驻。设在张家口的"华北剿匪总司令部"，起初不同意派伪军进驻明安旗，他们知道我军主动撤出的地方，常常都是一个开着口的口袋，你一进去，八路军就把口袋封死，来个"关起门打狗"，这个亏他们吃得够多了。但经刘峰一再电促，他们决定从宝源、化德派出两部分中央军，进入明安旗探探虚实，结果这两部分中央军一进入草原，便被我机动性很强的骑兵部队，快速迂回，堵死退路，包围在草原上，各个击破，一口一口全部吃掉了。从那以后，敌军再也不敢往这个敞开口的口袋里钻了。与此同时，刘峰受到上司的严厉斥责，要他对战事的失利负责，并指令他必须作长期潜伏的打算，再不准轻举妄动！

接到上司的命令之后，刘峰赶紧约来贡郭尔进行秘密商谈。头一件事就是决定他在什么地方长期潜伏。贡郭尔想了想说，哈登浩树庙的大喇嘛，是他的多年知己，他心向中央军，人很可靠，他有一座现在已经不用了的经堂，那地方又僻静，又安全，正在草原南端，掌握和传递各方面的情报，也很方便。贡郭尔叫刘峰住到那里去。

刘峰一听说把他一个人扔到破庙里去，心里犯起疑来，他望着贡郭尔明显消瘦了的脸，暗自思忖："我一个人被关在大庙里，与世隔绝，你小子把我卖了，我也不知道。八路军什么时候想逮我，一去就逮住，我就是死了还不知道脑袋是怎么掉的！你休想要滑头！我不但要拉住你，缠住你，还要黏住你！我哪儿都不去，就住在你家，你要出卖我，你也跟着掉脑袋！"

他心里这么想着，可嘴上说的是另一套："我倒是愿意住到大庙里去，可那样就等于是你我断绝联系，上面知道了，也许会产生怀疑，对你日后的前程有损无益；再说，这一年多来，我们在明安旗的每一份功绩，都是你我齐心协力共同建树的，我不能独吞，所以，我想还是住在你家里为上策，你说呢？"

其实，贡郭尔早已死心塌地当国民党走狗，根本没有摆脱刘峰之意，叫他到庙里暂住，也是出于对他安全的考虑。

"那好，就住在我家里吧！"贡郭尔答应道，"不过如何保证你的电台的安全，这……"

"这个，我有办法——当然还得靠你大力协助！"

没过几天，刘峰的上司给他派来了一个班伪兵，由一个特工人员带领，都装扮成普日布老喇嘛从南面汉族地区雇来的泥瓦匠，用二十多天的时间磨磨蹭蹭给贡郭尔家的五间大瓦房，垒了一道五尺多高的围墙。其实，垒围墙是幌子，他们夜以继日地在那五间客房的下面，修筑了两间地下室，那地下室的烟囱，与贡郭尔家厨房的烟囱相通，一个眼儿出烟，冬天生炉子，也不会被外人发觉。修筑地下室的工程完成后，那一个班伪兵，在那个特工人员的率领下，迅即逃出草原。从那以后，大特务刘峰把那两间地下室变成了他的"安乐窝"。

普日布老喇嘛为了防备外人突然闯来，用羊肉和野兔肉养了四条大黑狗，白天把它们拴在离客房一百步以外的木桩上，东西南北四面各有一条凶狗守护，一里路以外有来往行人，它们也会猙猙狂吠，更不要说靠近这里了。每天晚上，普日布老喇嘛绕家园作祈祷的时候，把那四条大狗一一放开，它们变得比白天更加凶狂，吐着长长的舌头，围着房前房后转，任何陌生人休想靠近这里。

刚才普日布老喇嘛，就是绕着圈子把四条狗放开之后，又来到了客房前面，像往日一样大声喊道：

"笃日玛，把狗喂了没有？"

"喂了。"

"嗯，那就睡吧！"

但是今天，刘峰没有在地下室，他跟普日布老喇嘛商量在今天夜里与贡郭尔秘密会见的事宜，现在他正坐在一片漆黑的普日布那座蒙古包里。他听到外面的暗号，便起身走出蒙古包，蹑手蹑脚像个魔鬼似的溜到客房门口。这时普日布向他做了个手势，他便拉开笨重的房门，走了进去。

普日布从外面将客房的门，用一把藏锁锁上，而后向自己的包疾步走去；他还要为他儿子和刘峰今天夜里的不寻常的会见，赶紧作准备。

刘峰对客房内的黑暗似乎早已习惯了。他像白天行走在草原上一样，没有碰撞任何东西，绕过横倒竖放的桌椅板凳，大摇大摆走到尽西边那一间房里，掀开靠墙放着的一个大红柜的盖儿，一纵身跳进柜里，随后又将柜盖儿盖好。当他在柜子里面熟练地推开可以移动的半面柜底板的时候，下面地下室里，灯亮了，接着传来一个女人娇滴滴的声音：

"怎么这么晚才回来呀，真该给你一枪！……梯子搭好了，下来吧！"

刘峰默不作声，顺着梯子下了几阶，又回身关好柜底板。这时那个女人拿着一件羔皮大衣，站在梯旁，等他脚一着地，便将大衣轻轻披在他肩上，献媚地说：

"你匆匆忙忙走了，没把它穿上，受冷了吧？"

"外面已经暖和了。"

他回答得很冷淡，心事重重地躺到床上。

他那不寻常的心绪，很快地传染了那个女人，但她竭力掩饰着内心的惊讶，靠他身边坐下来说：

"我把被子焐好了，睡吧！"

他没有作声。

"怎么不说话呀？莫非外面……"

她边问边撒娇地将身体贴近他时，他猛地坐起来，用双手抓住她的两肩，逼供似的问道：

"今天早晨你从家里回来，路上遇见什么人了？"

她的两肩被他那铁爪般的大手抓得生疼，再看他那瞪圆而变得可怕了的眼睛，猜到必是发生了什么事情，心里不由得一怔，但她从来不曾叫男人们的激怒吓倒过，她将两肩一挣，摆脱开来，喊叫道：

"你别像条狗似的，给你骨头，还想吃肉！你凭什么这样对待我？告诉你，别看我是个女人，可跟阎王爷都打过交道，我什么都不怕！你再这样撒野，就给我滚开！"

"小声点！我只是问你碰见了什么人嘛！"

他把声调变得和缓一些，表示已经向她妥协；而她，也不愿意持续这种不愉快的气氛，也想尽快知道外面出了什么事情，脸上强做出"不了了之"的表情，作为和解的表示，顺手点着一支香烟递过去，问：

"你刚才说的话，我有些不明白，难道你听说有什么人看见我了吗？"

他手指夹着香烟，无意去抽，两眼呆滞地望着油灯跳动的火苗，以低沉的声音说：

"普日布老喇嘛刚才告诉我，上午八路军武工队队长张彪领着人到你们家去，向你公公打听你的消息。"

"这是怎么回事？公公说了些什么？"

"据说你公公气得全身发抖，等他走了以后骂个不停：'他们把我家拆得七零八碎，拿活人没把我折腾够，还拿死人来折磨我！卡洛死了已经半年，他们没听说过？还来问我！他妈的，什么八路军、中央军，全是害人的妖怪！'……"

"照这样说，他们一定知道我还活着，"她的脸色渐渐发白了，"老刘，我有点害怕！"

"我昨天就劝你不要回家去，可你……"

卡洛指了一下放在身边的木头匣子，打断他的话：

"这些金银珠宝，是我丈夫旺丹从外面弄回来的，我不能让它落到他们手里。"

原来昨天晚上卡洛摸着黑跑回家去，从只有她一个人知道的一个地方，把那个装有细软的木头匣子掏出来，匆匆忙忙赶回来时，天已经蒙蒙亮了，跑到南山洼那棵大树底下停下脚，喘了喘气，恰好就在那时，叫斯琴认出她来。

刘峰扫了她一眼，惨然地笑了。

"你不是什么都不怕吗？是啊，没有什么可怕的！我告诉你：现在的局势，跟我们刚钻进这间地下室的时候，完全不同了！让他们上断头台的日子，就要到来了！"

说着，他从衣兜里掏出一张纸来，在灯下看着看着，满脸焕发出情不自禁的喜悦。那张纸，好似一团大火，把他整个的心都燃烧起来了。

这是他的最高上司——"华北剿匪总司令"孙将军，打来的密电，他得意洋洋地轻轻读道："胡宗南将军率领十多个旅，排山倒海，横扫匪区，中共老巢，指日可取，延安之光复，势逼共匪军溃民离，土崩瓦解，乘此良机，望兄独揽锡察，待我风云北上，祈能里应外合。丰功近咫，火速准备。孙。"

今天夜里，他与贡郭尔约会，就是按此密电旨意，商议火速准备里应外合之大计。现在约会的时间还没有到，当他在这间地下室昏暗的灯光下重读这封密电时，仿佛看见了五彩缤纷的朝霞、灿烂夺目的晨光……

在这刹那间，他产生一种吞没一切的欲望，然而在这间狭窄的、黑暗的地下室里，所谓"一切"的含义是微不足道的。他瞟了卡洛一眼，她在那里向他挑逗地微笑着……

地下室里充满潮湿、发霉和近似酒醉呕吐的种种臭味，当灯火熄灭了时，这种气味愈加浓重了。空气的每个分子都是污秽的！这里面没有日夜之分，永远是黑暗的，所以时时都有一群群潮虫，从墙根、床头轮番爬出来，在地面上，划出密密麻麻的细纹。每种生物都有一种本性，潮虫把最肮脏的地方，当作它们最理想的天堂。它们与住在这里的人们，同时吞吐着这污秽的空气，活着、繁殖着。

卡洛在这间地下室里，已经住好几个月了。人们都以为她死了，谁也没有想到她还活着，在黑暗与污秽中，没有廉耻地活着！

去年秋末，她跟国民党军官胡闹了一夜，她丈夫的弟弟沙克蒂尔就把她带到沙坨子里，开枪射倒她。但是疏忽大意的沙克蒂尔，没有查看尸体，就回去了。其实，子弹只从她背后射透上胸，并没有击中致命之处，起初她晕过去了，没过多久，就苏醒过来。那时她流血过多，呼吸困难；但是人的本能的生的欲望，给了她最后一点勇气与力量，她撕破衣襟，堵住伤口，忍受着极度的疼痛，艰难地无目的地在沙漠上爬行……

没有爬出多远，又失去了知觉。

当她再苏醒过来时，却躺在一座宽敞的蒙古包里，她神志恍惚，认不出是谁坐在她身边，只是下意识地知道自己已经得救了。

过了几天，她清醒了一些。认出守护着她的是贡郭尔的父亲普日布老喇嘛，还有他家的女厨师笃日玛。她挣扎着想坐起来向他们表示感激，但胸部剧痛，没能坐起，普日布轻轻按住她的手，慈祥地说：

"不要动，你的伤势很重！"

"想喝水吗？"笃日玛也从一旁亲切地问她。

不知是由于伤痛，还是出于内心的激动，她两眼流出泪来。

"大叔……我怎么躺在……这儿？"她呻吟着断断续续地吐出这句话来。

"几天以前，我从牧场回来的路上，在北沙坨子里发现了你，当时你像个死人似的躺着，全身是血，只有脉还动一点，我把你驮在马背上带回家来，用我家保存的最好的药，一连灌了你四五天，现在总算是救过来了。"

"只要留心养伤，一两个月就能见好。"笃日玛补充说。

……

当天晚上，普日布叫笃日玛点上佛灯，并叫她跪在佛像前，对她说：

"俗话说：恶人的箭，射不倒英雄。卡洛不是普通人哪！枪子儿穿透了她的胸口，可她没有死去，这是老佛爷保佑了她。你平时总想修善积德，现在老佛爷可要看你的心是真是假？卡洛还活着，除了我，只有你一个人知道，我要让你来伺候她，老佛爷在上，我们绝对不能走漏一点风声，她是一个死里逃生的人，再叫那些没长人心的八路把她抓去杀死，那你就会罪上加罪，老佛爷不会饶你的！你要向老佛爷发誓！"

善良的佛教徒笃日玛，打心眼儿里感激老主人的信任和启示，她诚心实意地回答说：

"不是别人，恰巧是您在沙坨子里看见了她，这是老佛爷有意安排让我来伺候她，您放心吧！任我受尽千辛万苦，也要给她把伤养好，我绝不走漏一点风声——我向老佛爷发誓！"

从那以后，她像哺养亲生儿女一样伺候着卡洛。说实话，她打心里头不喜欢卡洛，尤其是看见她伤势稍见好转，就不分白天黑夜地钻到地下室里去跟刘木匠鬼混，后来干脆搬到他那儿去住，这使她厌恶到了极点！但是她对老佛爷发过誓，出于对佛爷的虔诚，她依然驯顺地、无微不至地关照她。譬如，地下室里发潮，她看见卡洛铺得太薄，就把自己的狗皮褥子拿去给她用；客房的板门很笨重，每次刘木匠匆忙进去开门时，都要发出"嘎吱嘎吱"地响声，这很容易引起外人注意，甚至可能由此而发现他们的秘密地下室，她没等主人吩咐，就主动在门四周夹了一些骆驼毛，往门轴上又加了麻油，这样就不再出响了。为此，刘木匠曾赏给她一盒她从来没有见过的香烟。这证明她做到了自己的誓言，老佛爷在天上会看得清清楚楚，来世会有好报应，她高兴得哭了！

说到刘峰，当初得知普日布救了卡洛的消息，真是欣喜若狂！这条狡猾的老狐狸，用鼻子一闻，就知道这对他是一件一举两得的买卖：一方面日后可以把卡洛当作一条绳索，用它将旺丹、贡郭尔紧紧拴在一起，牢固地掌握在自己手里；另一方面在孤寂的生活中，她将成为他淫娱的对象。

几个月来，他用生活上照顾，感情上安慰，乃至政治上恫吓等种种手段进行诱骗，叫卡洛安于隐蔽生活；而对笃日玛又施展软硬花招，叫她严守秘密。看来他没有白费心机，几个月当中，村里村外没有任何人发现卡洛还活着，而且愉快、放荡地活在特古日克村里！

但是今天普日布告诉他一个突如其来的消息，武工队长张彪曾到瓦其尔家打听过卡洛的踪迹。他一时弄不清楚这消息预示着什么？是昨天夜里卡洛回家取东西，让人看见了，还是他与她长期一起生活的秘密，已经被人察觉？……

这个老奸巨猾的特务，有一条职业上的经验：有一些他的同行，在关键时刻，常常庸人自扰，神经过敏，稳不住阵脚，发生判断上的错误，干出一些此地无银三百两的举动，从而自我暴露，受擒于敌。他不会干那种蠢事。他想让事态再往前发展几步，而后再作冷静的判断。因此暂且以第一种估计，即昨晚有什么人看见了卡洛，做些应急的事情。

他与普日布商定：今天夜里他与贡郭尔、旺丹密谈之后，由普日布出面把卡洛交给旺丹，就说几个月以来完全是普日布老头一手把她救活，并在家里一直抚养到今天。至于他与卡洛的关系，只字不得泄露；如果涉及他，也只说是他劝普日布收养了卡洛。这样从两方面都能够得到通融：卡洛既已暴露，那么索性让她大大方方起死回生地走到光天化日之下去；同时利用卡洛这条线随时掌握旺丹的思想动向。

长期以来，旺丹在刘峰与贡郭尔之间，作为一架桥梁，一切情报都是由他传递的。可以说是"自己人"。但是近来旺丹的某些行迹，却引起刘峰的怀疑，譬如，他当上明安旗武装工作队副队长回来以后，虽然一直与他保持着秘密联系，但据普日布报告，旺丹却与张彪同住同食，交往甚密。他若利令智昏，万一背叛了他，那么他那历经艰辛危难而总算盼到的"丰功近咫"，将立刻化为泡影！所以顺水推舟，放出卡洛，盯住旺丹，是他得意之作。

想到这里，他在床上翻来滚去、唉声叹气，故意表现出心事重重的样子。

卡洛问他："你怎么啦，身体不舒服吗？"

"很不舒服！但不是身体，是心里头……"

"怎么啦？"

"卡洛，我们很快就要分离了！"

"你说什么？"

"你的伤完全好了，普日布老喇嘛已经告诉你丈夫，今天夜里把你接走。"

"旺丹不当兵了？"

她在黑暗中惊喜地坐了起来。

"还在当兵。"

她失望了，但是这种失望似乎并不使她感到痛苦，她在黑暗中做了一副无所谓的表情，说：

"那他当他的兵吧，我不出去，孤零零一个人，受不了。"

"我也不希望你走，但看来不行了，你昨天夜里回家已经被人看见，在这时候，越藏越招事，倒不如堂堂正正地回家去，就说普日布把你救活，养好了你的伤。人们都知道他是个喇嘛大夫，会相信的。至于我俩的事，绝对不能露一个字，你知道我是什么人……你能做得到吗？"

没有听到卡洛的回答。

他从床上爬起来点着了灯。

他那瘦长的影子，投在墙上，好像一只巨大的潮虫。

"你能做得到吗？"他又问。

卡洛哭了，她擦着眼泪，点了点头。

"别难过，我们总不能永远住在这间地下室里。你应该回去帮助公公管理家业，他上了年纪，身体又不好……"

"我才不稀罕什么家业！那个老头子，不会叫我安静地待一会儿。你像头驾辕的老牛，整天累个臭死，到头来还得挨骂！"

"你不回去，南斯日玛一个人在家，担子太重了。"

一提起南斯日玛，她霍地跳下床去，两眼冒着复仇的火，咬牙切齿地说：

"让我跟她在一个家过日子？呸！我没有忘记是谁叫我尝了一颗枪子儿；别

人咬我一口，我还他两口！"

"又不是她害你的，跟她报哪份仇？"

"沙克蒂尔是她丈夫！"

"跟谁有仇跟谁报，不能把对老牛的气出在小犊身上。"

她已经镇静下来，双手良久地捂住脸，不言不语。显然她不再是考虑回不回家，而是当她决定离开这里时，产生了一种留恋的感情，她缓缓地抬起头来：

"老刘，你救了我，又陪了我好几个月，真不知道怎样报答你！"

刘峰装出一副伪善的面孔，走近她，说：

"何必这么客气！在这样多灾多难的年月，互相援救是常有的事。日后，我麻烦你的事情，也不会少的。"

"有什么事情，自管找我，我不会忘记你的恩……爱！"

人常说，见好就收。刘峰不愧是个老牌特务，为了他的"党国天职"，即使在这样动情的场合，也能严守"适可而止"。他先是看了看表，表示他已不能与她多谈，接着又以惜别的口吻说：

"时间到了，我该上去了。你也准备准备吧！"

他掏出手枪，顶上子弹，顺着梯子爬了上去。

普日布老头听见他的脚步声，在门外轻轻咳嗽了一声，暗示早已替他开了门锁。在房门口，他对刘峰耳语了一句：

"他们还没有到来呢！"

刘峰只点了点头，三步并成两步，匆忙溜进普日布的包里。

比原来约定的时间过了半个小时之后，才从远处传来了马蹄声。刘峰敏感地听出这不是一两匹而是几匹马，从响动看来，不像是来赴秘密约会的人。职业的敏感，使他时刻提防一切可能发生的意外。他叫普日布在包里等候，而他自己却走出包来，到附近柳林里隐蔽起来。

不一会儿，果然出现了三个骑者的影子，他们低声说了几句话，来到离刘峰隐蔽的柳林很近的地方下了马。顿时，吓得他出了一身冷汗，赶紧贴住一棵大树站着，食指勾在枪机上。

那三个人没有发觉他，他们径直走到普日布的包前，一个留在外面遛马并做警卫，另外两个人闯进包里。

"天哪，幸亏我出来了，不然叫他们堵在了蒙古包里。"他侥幸地想道。

那两个人走进包之后，没有传出任何动静，十分可疑！他往那三个人刚才走来的路上望了望，后面有没有埋伏？看不清楚。

正在他忐忑不安的当口，只见从包里走出一个人来，轻轻咳嗽了几声，是普日布的声音。这是暗示他，会面的人已经到来，他可以回去了。但是此刻，他连普日布也不敢相信了，他没有走出柳林。普日布又接连咳嗽几声，仍不见他出来，无奈只得转回包去。这一切，他从一旁看得清清楚楚，一层比一层更重的疑虑笼罩在他的心上，他的心又被时时折磨着他的孤独的恐惧所占据！一年来，不要说在那些忧患重重的日子，即使在最乐观的时刻，他也过着如履薄冰的生活，他常常心理变态地怀疑一切人、一切物：风声，传到他耳里，竟像蒙古八路劈战刀的声音；看见儿童天真的微笑，他也试探一下是不是别有用心。

他没有弄清楚方才来的人是谁以前，绝不贸然走出柳林。他明白，当今天"丰功近咫"的时刻，谨慎是成功的前提。

包门又响了，他聚精会神地看去，一个像是披斗篷的人，站在门口。

"宝音吐，把我的马褥子，拿到我的包里去！"

"是。把旺丹同志的放在哪儿？"

"那你不用管，过一会儿他自己会拿的。"

这是贡郭尔——现在是内蒙古人民自卫军骑兵十二师贡副团长的声音！

从他们的交谈中，他得知来的这三个人是贡郭尔、旺丹，和贡郭尔从前的贴身保镖、现在的警卫员宝音吐。这才使他消除了一切疑虑，他把手枪放进了皮套。对于他生命的保卫，贡郭尔比任何武器来得更为可靠。他满怀轻松的心情，走出柳林。

放在木箱上的老式座钟当当敲了两下。

正在聚餐的三个人，同时将眼光向它投去，又同时收了回来，都默默地想道："时候不早了。"

包里烟雾弥漫；汗味、酒味、腋臭味……

贡郭尔多日没刮胡子了。脸色发灰，没有血气，疲倦、烦躁的乌云，一直在他脸上浮动，嘴角两边出现了两道深深的皱纹，几个月时间，他好像老了几岁。惟有两只眼睛例外，依然闪射着固有的野心勃勃、狡猾阴险的光。如果说眼神最能够表现人的精神面貌的话，那么他今天在本质上依然是那个明安旗扎冷、张北警察大队长的贡郭尔。

旺丹坐在贡郭尔的下手，穿一身灰色军衣，打着裹腿，利利索索。他做出一副踌躇满志的神态，以此表示他目前活动得很得手，表功之余，颇有得意洋洋的意思，这反惹起刘峰和贡郭尔的反感，他们故意对他不加理睬。

贡郭尔的到来，使刘峰的心绪坦然了许多。他提议在谈正题之前，先痛痛快快喝一通！笃日玛用冻羊肉炒了几个菜，刘峰又拿出前些日子张北方面给他送来的烧酒、罐头、糖果和香烟，在今天这就算是头等宴席了。

贡郭尔酒量不大，但今天晚上，一盅接一盅直往嘴里倒，如不劝阻，他定然会酩酊大醉的。刘峰一手拿过酒瓶，一手按住他的手说：

"老贡，酒过伤身，适可而止。像我们今天晚上这样欢聚的机会，实在难得，不要让酒误了事！"

"放心吧，醉不了。我冒着生命危险跑来跟你见面，不是为了喝酒，这我明白。"

贡郭尔努力想把话说得清楚一些，舌头有点不听使唤，他拿过一块水果糖，放在嘴里润了润嗓子，又说：

"这几个月，他们把部队聚集到后方搞整训，整天查思想、追历史、闹诉苦，我在他们那儿真是度日如年，一天也待不下去了！这次回来，只想听你一句话：什么时候才让我把队伍拉出来？"

刘峰眯着两眼微微一笑，说：

"可我倒是很想听一听你们二位对他们内幕的分析。"

刘峰把眼光转向旺丹，一直在一旁插不进嘴的旺丹，这才从容不迫地说道：

"他们内部的情况有个重要的发展，就是张彪与苏荣之间的裂缝，一天比一天加宽了，就像开春后的冰河一样。苏荣几次批评张彪不注意民族地区的特点，照搬在内地工作的老套子，脱离实际，打不开局面。张彪心里不服，上次从师部回来一肚子怨气，他很想露两手给苏荣看看。正在这时，发生两起牧主赶着牲畜投奔国军的事，他当时就提出要用无情的抄家运动进行报复，派我回师部去请示这件事。苏荣指示，不要搞抄家运动，发生事情要根据具体情况，采取不同方法，予以妥善解决。张彪那个不分青红皂白的抄家运动，在牧民中必然引起广泛的惊恐不安，他越闹腾，越失民心。我拿定主意，明里暗里火上浇油，让他把镇压面扩大，造成一场大混乱，在他忙于应付混乱局面的时候，我们脱出身来干自己的事！"

刘峰听罢，咧嘴一笑，用力拍了一下旺丹的肩膀，连声称赞："好，好，好！"

这时笃日玛撤下酒宴的桌子，端上茶来。主人吩咐说，不叫她，就别进来，她应了一声："喳！"退了出去。

贡郭尔以主人身份，向两个人让茶，并开始谈起他的见解：

"旺丹眼力不错，把张彪和苏荣之间的关系看得很准。张彪表面上很厉害，其实共产党的经，他没有苏荣念得透！别看苏荣是个妇女、蒙古人，可是乌兰夫竟能派她来独揽全师全盟的实权，你就会知道她不是个简单人物！这个女妖怪，不像张彪那样深一脚浅一脚地蛮干，她事事有谱，步步有章法。去年一到草原，在上边，把达木汀安奔、齐木德和旗里其他几个出头露面的人物，套进自己的网里，把他们制服得老老实实的，像达木汀安奔那号人，也喊起什么'共产党是蒙古民族的大救星'来了。齐木德更不用说，甚至不知羞耻地声言要奋斗一辈子争取当个共产党！在下边，他们大讲'不分不斗不划阶级'的所谓'三不政策'，来安定人心，用废除封建特权和王公制度、解放奴隶等闹民主改革，来笼络人心。一时间把无知的蒙古青年蒙骗得纷纷前来报名参军，十二师兵员几乎扩充了一倍。在中间，明面上跟我搞联合，实际上，从去年冬天开始的全军整训，劲头全朝我身上使，把我原来的二百多名部下，整编的整编，感化的感化，如今听我使唤的已经没有几个了，如果我们现在再不动手，我就只剩下两袖清风了！"

一听贡郭尔老调重弹，表现出热锅上的蚂蚁那副熊样子，刘峰拉下脸来，不大高兴。他拿火柴棍剔剔牙，又用茶水漱漱口，有意对他冷落了一阵之后，才慢条斯理地说：

"你非要把队伍拉出来，可以，明天就动！不过我要提醒老兄注意一个常识：锅盖揭早了，会成夹生饭。我感到遗憾的是你老兄还不如旺丹，他今天还出了一个新主意——利用张彪的蛮干，制造混乱。可你呢，我的扎冷大人，除了发泄烦躁之外，连一口新鲜肉，你也没有给我带来！"

刘峰用刺儿话这么一挑，倒使贡郭尔忽然想起一件事来。他本来就是想用它向刘峰表功的，结果一提起在十二师挨整、受气，就忘了。他哈哈一笑，说：

"不带点干货，谁敢来见你？……"

刘峰顿然且惊且喜地瞟了他一眼，把身子向他挪动过去。

贡郭尔压低声音，说：

"有一天夜里，我从苏荣窗前走过，听见她跟洛卜桑师长在说，中共内蒙古工作委员会已经任命一个姓周的来当我们的师政委，直到现在那个周政委还没有到来，打电报向内蒙古工委追问，回电说，他早就从晋绥出发了。师长和苏荣都很不安，担心周政委在半路上被国军逮住了。"

这消息引起刘峰极大的注意，他停止抽烟、喝茶，目不转睛地瞧着贡郭尔的脸，细心琢磨着他所谈的每一细节。如果他的话属实，那么那个周政委一定是在张家口、张北、宝源一带被逮住了。像这样高级干部被抓到，如已查知他的身份，张家口电台早就广播了。但直至今日无声无息，很可能是抓到其人，不明其身。他把这一重要情报电告上司，一旦查出周某，自然在他刘峰名下又记下一个大功！他没有把这种喜悦的心情表现出来。为了安定一下贡郭尔的心绪，他把胡宗南率领十多个旅进入陕北，延安指日可取的消息，告诉了他们。末尾，又说：

"中共称延安为革命圣地，圣地失落，还有什么革命？一个人被砍掉了脑袋，还能活多久？"

他们听到这个消息，兴奋得都坐不住了。特别是贡郭尔两手啪地一拍，不由得喊了起来：

"我忍气吞声的日子，总算快熬到头了！察哈尔大地啊，在贡郭尔的马蹄下复活吧！"

刘峰连忙按他的肩膀，叫他坐下：

"现在还没有到你这样大喊大叫的时候，我的扎冷大人！"

贡郭尔虽然坐了下来，但还在高声叫喊：

"我在三天之内，就把人马拉出来，让我的走马撒欢儿的时机到了！到了！"

"咱们九十九拜都过了，不要在最后一步上出差错，你不能这样心急，发狂！"

"还叫我在他们手心里受罪呀，我才不干了！"

贡郭尔说罢，把夹在手指间的香烟，往炉火里猛力一抛，扭过头去。炉火的光从侧面射在他的脸上，看出他眉宇之间结了好几块疙瘩。他现在有一点神经质了，只要一想起在骑兵十二师度过的这几个月艰难时日，他就控制不了从心里喷涌而出的烦闷、急躁情绪，这是长期精神受到压抑所造成的生理变态。

是啊，这几个月他过得确实不容易！部队整训中，开展民主检查，自然要牵涉到贡郭尔。那些觉悟了的战士，纷纷揭发他去年追击方达仁匪徒时消极、纵容的两面派手法。战士们虽然不知道他背地里捣的鬼，但他们提出很多怀疑。揭来批去，在绝大多数战士当中，他早已威信扫地。他最认为"天理难容"的是那些普通战士——从前都是他的旗民，而今，当面指着鼻子批评他。他知道恨战士们没有用，根子是在他们背后的牵线人——苏荣副政委身上。大雁不叫，小雏不啼。都是她在背后给战士们撑腰、出的点子。近来尤其使他不安的是苏荣步步为营，突然提出全师公开讨论去年方达仁突围潜逃的原因，还声言，这次非搞个水落石出！所谓"水落石出"的结局，将是怎样的，贡郭尔比谁都清楚。所以他才老是叫喊在那里一天也待不下去了。

贡郭尔的这一切表现和内心活动，刘峰看得清清楚楚。设身处地地一想，他对他倒也产生了几分同情。他想：哪个被关进铁笼里的狮子，不想逃出来？何况共产党那条整训的"鞭子"，整天价在他头上抽个不停！

刘峰突然也大笑起来，开朗、自然，毫无造作，以至连正在恼怒的贡郭尔，都向他投以惊疑的目光。

"老贡啊，你在他们那里忍辱负重，蒙受折磨，我——明了。这几个月，你在他们圈子里头，单枪独马，奋不顾身地连闯带挡，实在不容易！我几次向上面为你报功，上面对你颇为赞赏，这些你都是知道的。你刚才说，不能再忍下去了。我相信，这句话你不是随便讲的。从眼前局势来看，是咱们大刀阔斧干的时候了！再从你的处境来说，我们再不动手，就可能被敌置于死地！"

贡郭尔问：

"你同意我马上把队伍拉出来？"

刘峰答说：

"别急，听我把话讲完。蒙旗草地，动乱多年，各地百姓，尤其那些信佛信神的人们，都有厌战心理，盼望过上太平日子，我想顺水推舟，给你选一条出路，不过别人还没有走过，不知道你敢不敢试一试？"

"只要有出头之日，水深水浅我都不在乎！"

"利用百姓的厌恶战争、盼望太平的心理，你把队伍拉出来以后，先别露红脸白脸，不要急于投奔国军，就在草原上，树起为蒙古民族的旗号，申明顺从民意，脱离内战，休养生息，复兴蒙古。以此吸引蒙古官兵、百姓脱离共党，跟上你走！"

"脱离共党，跟着我走……"

"在此时此地所谓脱离内战，就是脱离共党！随着全国战局的急剧变化，你就会成为明安旗，不，整个察哈尔的主人！"

贡郭尔脸上那充满希望的微笑，像从云层中露出的阳光，渐渐显现出来。然而他听到如此令人兴奋的信息，却没有像往常那样狂喊乱叫，相反，两眼盯在炉火上，默然沉思起来。

刘峰看出他的心绪，便说：

"这是一件事关全局的举动，或成或败，非同小可！你先想一想，咱们从长计议。"说到这里，他提高嗓门，改换了口气，"现在我想把另外一件好事，告诉你，旺丹老弟！"

已经感到困倦的旺丹，毫无精神准备，他猛然抬起头来，望着刘峰那瘦长的脸，不知道他要说什么，紧张得心怦怦直跳！

刘峰满脸堆笑，不紧不慢地说：

"我看出来了，旺丹，你很吃惊，的确，我要告诉你的事情，是个奇迹，世间少有的奇迹，谁听了也会感到吃惊！"

旺丹急于想知道他要说什么，只是瞪大两眼听着，没有插嘴。

"你的老婆——卡洛，没有死，她活过来了，现在伤已经完全养好，马上就来跟你见面！"

起初，旺丹不相信他的话，于是刘峰就按照事先与普日布商量好的调门儿，把前前后后整个过程说了一遍，总之把一切都说成是普日布老头一手办成的功德。旺丹这才开始相信了。一时间他激动得脸和脖子全红了，两眼里噙着泪花。

刘峰走到门口，轻轻喊了一声："喂，笃日玛！"

过了一会儿，应声而来的不是笃日玛，而是普日布老头，随后跟着走进来的就是卡洛。她穿一身深蓝色粗布长袍，扎一条墨绿色腰带，头巾是绛紫色的。这副打扮是由普日布精心设计的，其用意是避免任何妖艳色彩，让人们从她的穿戴上感受到一个起死回生的妇女的刚毅和庄重来。

旺丹两眼盯着卡洛那张苍白的脸，喊了声："卡洛！"便跳了起来。

卡洛放声大哭着扑过去，一头扎在丈夫的怀里。

<h1 style="text-align:center">三</h1>

阴暗的牢房。

在高出人头的墙上，留着一口有铁栅栏的小窗户。被关押的人们，只能从这个小窗，窥望那块永不移动的天空。它使他们与外界发生联系，给他们报告早晨和夜晚，晴朗与阴霾……小窗，可爱的小窗！

去年入冬时，看守们用木板把它钉死了，还讨好说，那是为了叫坐牢的人们少挨冻呢！从那以后，牢房里更加黑暗了。人们过着苦难的、单调的时日：拉去受刑，被拖回来；再去受刑，又被拖回来……

前些天，看守们说要放一放一冬的臭气，起开了木板，人们都知道是春天降临了。

小窗，通过它，人们又可以看到那永不移动的天空，呼吸到大自然的气息了！

早晨，铁木尔伤口发痛，比别人醒得早一些，一睁眼就向小窗望去，他发现今天的天空晶莹耀眼，格外发蓝，就像童年时听老牧人讲的故事里那位仙女的眼睛。朵朵羊绒般的白云，轻轻飘过，随后又有一只苍鹰飞了过去，他凝视着小窗给他展现的这些有限的诱人的景象，进入了梦幻般的想象之中，他仿佛又回到了日夜思念的草原：遍地花草的清香、牧女耳环的闪光、战马被风掠起的前鬃，和骑兵劈刀的啸声……

从门外传来看守的脚步声，吧嗒吧嗒，像是瘸骆驼走在石路上。他的思路被打断了。他想叫醒睡在他旁边的那个姓周的难友，让他也欣赏一下今天这奇特的蓝天。他动身往前一爬，左手的五个指头难忍地痛了起来，顿时豆粒大的汗珠，从他额头上流下来。敌人昨天往他指甲肉里刺针，指头肿得溜圆。他靠着墙坐了一会儿，疼痛减弱了一些，就又向前爬去……

铁木尔在草原上被捕后，直接被押送来关进宝源镇监狱。

铁木尔被捕时，隐蔽在瓦其尔家的国民党大特务刘峰，在迫不得已的情况下，暴露了他的身份。如若铁木尔返回草原，刘峰就再也不能潜伏在那里，因此他通过他们的特务系统，转告宝源监狱，关押铁木尔必须万无一失！敌宝源监狱方面，以为抓来的这个人一定是身居要职的大人物，不敢放到一般牢房，他一被押来就关进这间专门关押"共党要犯"的牢房里。起初，铁木尔很少与同室的人说话，他警惕地想："没有看出谁佛谁鬼以前，不能跟他们胡扯乱谈，兴许敌人派进人来套拢你呢！"他被拷打得浑身发痛，嘴也发干，但他宁肯一个人咬着牙躺在牢房的黑暗角落，也绝不在别人面前哼一声！敌人拷打是叫他承认是共产党，并叫供出察哈尔草原的共产党组织情况。铁木尔被捕以前，常听说"共产党"这个词，譬如在部队里政委、指导员们讲话，经常说"在共产党、毛主席领导下……"但共产党到底是什么意思，他并不完全明白。现在敌人逼着他承认是共产党，他自己在心里琢磨：共产党就是八路军吧？或者跟着毛泽东、朱德和我们蒙古人乌兰夫走的人，都叫共产党吧？敌人每次一提到"共产党"这几个字，就恨得咬牙切齿，全身打战。他猜想共产党和八路军可能是一回事，就像一座山峰有两种叫法一样，一定都是好人，不然这些狗东西为啥那么恨它呢？有一次受审时，他想证实一下自己的判断是不是正确，就故意问敌人：

"要是有一个人，在你面前喊共产党万岁，你们怎么办？"

审讯他的那个家伙，凶狠地一咬牙，把钉在桌子上的旧漆布刷地撕下一条，往他脸上可劲抽过来，喊道：

"我就这样扒他的皮！"

这句话对铁木尔没有发生丝毫威吓力，相反地，使他像夜行者看见了曙光似的，从入狱以来第一次尝受到如此难言的快乐与欣慰！

第二天再受审时，他用坚定而洪亮的声音告诉敌人：

"我，察哈尔的牧人，铁木尔，是共产党！"

敌人马上追问察哈尔草原的共产党组织情况和其他一些问题，他的回答只有一句话：不知道！

他刚被关进这间牢房的时候，这里关着三个人。不久以前，两个人被拉出去，再没有回来，不知是枪毙了，还是转移到别的地方去了。那个姓周的，是一个多月前才抓进来的，除了他，现在还关着一个不知姓名的汉人。那个人整天哭啊，闹啊，说自己受了冤枉。据说他是在这个镇上开小酒馆的，只因在一件微不足道的事上，得罪了一个大官，就被扣上"共产党"的帽子，关进了监牢，而且关在这个专门关押共产党的房间里。跟这种人，铁木尔是不过话的。

那么跟那个姓周的是怎样交成朋友的呢？

铁木尔承认自己是共产党以后，有一天夜里，敌人逼着要他说出内蒙古人民自卫军骑兵十二师的实力，和建立在各地的情报网。他们郑重其事地警告他：如果今天夜里不说出来，就休想活着走出那间房子。敌人这样急于争取时间，看来他们最近可能要向我军发动攻势。铁木尔拿定主意，东一句、西一句，整夜净说些四面不着边的话，敌人恼羞成怒，用毒刑代替了语言。

被拖回牢房的时候，他遍体鳞伤，呼吸微弱，神志不清，不吃不喝，只等着死了！大概是第三天的黄昏时分，他感觉到有人轻轻抱起他的头，在喂他水。他无力地抬起眼帘看了看，眼前是一个陌生的三十多岁的人。他是谁？是像他铁木尔这样的"共产党"，还是跟那个酒馆掌柜的是同类货？他还没有得出答案，只听那个人用纯正的察哈尔音的蒙古话问他：

"感觉得好一些吗？"

蒙古话，察哈尔音的蒙古话，多么亲切、动听啊！但是他立刻提醒自己：穿黄袍子的不一定都是喇嘛，说察哈尔蒙古话的也不一定都是好人！贡郭尔说起察哈尔蒙古话来不是比这个人更地道吗？可他从来不跟老百姓一条心。

"怎么样，好一些吗？"

那个人又问了，他不知道该不该回答他，顿了一会儿，只向他微微点了点头。

"前天他们把你拖回来，骂你是'不要命的臭鞑子'，所以我才知道你是蒙古人。是察哈尔人吧？"

那个人慈祥而又热情，跟那些整天看到的为了套出几句话而向他假笑的敌人，完全不同，他不由得回答说：

"察哈尔牧人，铁木尔。"

在那个人的照料下，他的身体逐渐恢复了健康。从那以后，他们俩经常用蒙古话低声交谈，有时谈到很晚很晚。从交谈中，铁木尔了解到那个人从前在张北开过汽车，日本投降后，他回了家乡，但家境贫困，不得不返回张北谋生，前些天领着他侄子，在太仆寺旗草地捡干牛粪，打算卖几个钱糊口，不巧碰上国民党兵，便说他们是八路军的探子，抓来关进了监狱，把他侄子关在另一间牢房，不叫他们见面。

卷三

听说他在张北开过汽车，铁木尔马上就想到了他的好朋友官布。官布在张北当过几年汽车司机助手，他常常跟铁木尔讲起他的师傅老周的故事。周师傅在日本投降以后，不见了，谁也不知他的去向，只有官布知道他是秘密八路，他回到自己队伍里去了。由此，铁木尔猜想这个人，十有八九就是那个周司机。他侄子是干什么的呢？……嗯！不是他侄子，是他的警卫员！

想到这里，他心里一高兴，忘记自己是在什么地方，脱口说出：

"你姓周！"

在他的突然袭击下，那个人不由得怔了一下，虽然他很快又老练地镇定了下来，但是铁木尔看见他那发怔的表情，得意地笑了。

"这一枪打得挺准吧！"

那个人没有作答，故意岔开话题，骂看守把脚镣给他扣得过紧，两脚痛得要命。同时他还把警惕的目光投向那个酒馆掌柜的身上。那个家伙孤零零坐在对面墙角，双手抱头，闷声不语。他对他们的交谈毫无兴趣，或许根本不懂蒙古话。他那种人，为了自己得救，什么勾当都能干得出来的，对他要留心。

"你怎么说我姓周？"汽车司机小声问。

"我有个最好的朋友，他从前在张北，给一个姓周的司机当助手。他常常跟我谈起他。"

这次铁木尔是与他耳语的，旁人根本听不见。但是看守好像发觉他们在秘密交谈似的，走过来脸贴铁栅，往里探视良久。汽车司机镇定地转过身去，揉着脚踝骨，唠叨了起来：

"你们何必给我扣脚镣？我在家乡生活没着落，才迫不得已到口外大草地混日子。你们这儿给饭吃、给房住，撵我，我也不走啊，哎哟哟哟……痛得我整夜睡不着！"

他这么一挑，那个一直愁闷不语的酒馆掌柜的，紧跟也喊起冤来。说他一家老少全靠那点生意过活，他被关进监狱，就等于打碎了全家的饭碗。看守也明知道他不是共产党，可又找不到话来答对他，只得吹胡子瞪眼申斥了一句："不许嚷叫！"脱身而去。等看守的皮鞋声变小了时，汽车司机马上又与铁木尔交谈起来，这次不是用语言，而是文字。他在潮湿的地上，拿根木棍用蒙文写道：

"你方才说的那个人，叫什么名字？"

铁木尔惊奇而又钦佩地看了他一眼，问：

"你还会蒙文？"

对方微笑着点了点头。

他的蒙古字写得工整、有力，像画的一样。铁木尔唯恐自己写不了他那么好，心里有点着急，背着他用右手的拇指和中指夹了夹食指，而后才鼓起勇气，用食指写出：官布（蒙文）。写完端详了一下，虽然有一个字没写圆，但大体上还算顺眼，心绪稍许坦然了一些。接着他又小声地问：

"他就是你的助手，是吧？"

他没有正面回答，但像是默认了似的，非常关心地反问道：

"他好吗？你入狱以前一直跟他在一起？"

他只顾问话，没有注意到他这句问话引起了铁木尔多么大的痛苦！好半天他回答不出话来，两手抱住脑袋，几乎要哭了。

"小伙子，怎么啦？"

铁木尔慢慢抬起头来，咬着嘴唇，两眼呆视着潮湿的地面，依然沉默不语。

"你没有跟他在一起吗？"

又过了一阵，铁木尔才以满腔悔恨的感情回答说：

"要是一直跟官布哥在一起，那不就好了吗！只因为我离开了他，离开了部队，才让战友挂彩，自己又落入这帮狗东西们的圈套！……"

他这段痛苦的独白，提供了一些新的情况，汽车司机沉思片刻，又问：

"官布现在干什么呢？"

"是我们骑兵团的团长，又是察哈尔盟副盟长。"

"噢！团长、副盟长……"

他们都不言语了，各想各的心事。

铁木尔入狱后，经受了敌人的多次酷刑，他像一块钢，宁折不弯，坚持到今天。监牢，对他来说，既是经受考验的战场，又是让他有充分时间，回顾往事，冷静地总结过去的功过得失的课堂。几个月来，铁木尔想过很多很多的事情，斗争与彷徨，欢乐与痛苦，胜利与失败，以及友谊、爱情等等，像大海波涛一样，每时每刻都在他心头涌来涌去。这个地方，没有他可以信赖的人，他跟谁都不讲话，只是一个人默默地想啊，想，想……

这个神秘的汽车司机出现了，从各方面观察，他断定此人就是官布经常提到的那个周师傅。俗话说，想叫别人唱歌，自己先哼调。为了使对方消除疑虑，他今天从入狱以来第一次向别人谈起自己的事：

"去年春天，官布组织人民武装——明安旗骑兵中队，从头一天起，我们就一块儿干。跟进犯草原的国民党反动派打过几次痛快仗！为了保卫蒙古百姓，每次打仗，我都豁出命干，我没有怕过死！"

"嗯，人常说，从人的眼神，能看出他的心灵。从你现在的劲头，我相信这一点。"汽车司机好像是有意鼓励他继续说下去。

"秋后，骑兵十二师来到草原，我们中队改编成八十一团。没过多久，根据上级命令全师向北撤退，我们离开家乡越来越远了，离开敌人也越来越远了，这一下我闹不通了，心想，革命为的是百姓，把乡亲们扔在马队黄尘后头不管，还算什么革命？凭着一时任性，也没有跟官布商量，就像离群的孤雁一样离开部队。回到家乡，凑起一帮人，跟国民党反动派东打西斗了一通，自己以为干得挺得意，其实现在回想起来，那完全是愚蠢的蛮干，结果不但没救了乡亲，险些让战友们丧命，自己又落了个这样下场！这几个月，敌人的拷打我不怕，可是叫我最难忍受的痛苦，是一个战士离开了自己的战友、离开了自己的革命家庭的这种孤独！……我真想他们哪——我的首长和战友们！如果有一天我能够回去，我再也不离开他们了！"

这个在敌人酷刑面前没有流过一滴泪的硬汉子，说到这里，却情不自禁地抽泣起来。为了不叫看守听见，他在极力控制自己，但依然哭出了声音。

汽车司机紧紧抱住铁木尔的肩膀，他那只大手的颤抖，把他内心的激动传达了出来。他没有再问什么，显然是想中止他们的谈话，以便从容地考虑一下今天所听到的情况，和这个自称是官布好友的察哈尔青年。

第二天，他主动跟铁木尔搭话，他干干脆脆告诉说他认识官布，还说出官布的许多性格特征。但说来道去还是没有直接承认他就是周司机。不管他承认不承认，反正铁木尔对他已经置信无疑了。

周司机语言之间，表示他很想从铁木尔这里更多地听到一些骑兵十二师的情况。铁木尔把自己所知道的，全说给他听。他从洛卜桑师长、苏荣副政委，说到小萨扎卜、斯琴、张彪、欧阳、沙克蒂尔、巴拉珠尔、爬杰、达瓦……当然讲起苏荣副政委来，花的时间最长，说到她那将领的风度、神奇的射术、战士中的威望、天才的组织能力，以及她那严肃的但又经常为人所议论的个人生活等等，总而言之，把她描绘成了一个神奇、非凡、举世无双的女英雄。从他的语调中，可以听出他对苏荣副政委的钦佩、敬重和崇拜的感情。周司机对他那些夸张的言辞，神化了的故事，不感到奇怪，在我们部队里，战士们对自己敬爱的首长，不都是描绘得有些夸张吗？这说明我们的领导同志，在战士们的心中生了根，树立了党的威信！

然而铁木尔所说的"苏荣副政委"这几个字，特别引起了他的注意。他接受党的任务前来时，知道十二师现在有个副政委，但是今天他才听说这位副政委是个女同志，蒙古族，而且名字叫苏荣！

"难道真的是她吗？如果是她，组织上为什么事先不告诉我呢？……不，不会的！"

他头仰靠着墙壁，默默地自问自答着。

……北平。夕阳下的北海。游船的桨声。健美的苏荣。映在水中的红唇。唇边的黑痣。

"你唇边的黑痣，更显出你的美丽。"

苏荣的脸色变得绯红，甜蜜地微笑着说：

"你不知道咱们蒙古人不喜欢长痣吗？"

"痣多了，不好看；少了，尤其像你这样只长一个，倒是很好看哩！"

……

他从回忆中清醒过来，问道：

"你们的苏副政委有多大岁数？"

"约摸三十来岁吧！"

"她嘴唇左上角有一个黑痣，是不？"

"你们原来早就认识啊！"

周司机赶忙用胳膊捅他，叫他小点声。

铁木尔却不以为然地越发提高音调说：

"我尝遍了狗东西们的刑法，有骨头就能长肉，怕什么？"

话音刚落，看守就走过来了。

"谁这么大吵大嚷？他妈的，身子发痒啦？"

"我！"

铁木尔霍地跳了起来，全身一阵剧痛，两眼直冒火星，他担心自己会晕倒，忙靠住了墙。

两个看守跑过来一看，不约而同地退了一步，知道这个蒙古小伙子惹不得，嘴上喊着："好啊，你等着，等着！"都匆匆溜走了。

铁木尔向周司机眨了眨眼，轻蔑地一笑：

"你看，吓跑了吧！死活就这一条命，硬点顶，没事儿！"

周司机没有夸奖他的勇敢。他脸上呈现出严重不安的阴影。他打手势叫他坐了下来。

他越来越爱上这个黑壮的小伙子了。他有骨气，在敌人面前，像座铁山似的屹立着。但是他那单凭感情冲动横冲直撞，也叫他非常担心。那是不能持久的。他那缺乏韧性的急躁的弱点，很容易被敌人利用。

正在他这样沉思时，铁木尔满不在乎地开起玩笑来：

"在大草原上可嗓门儿喊惯了，唉，我呀，就不是个蹲监狱的材料！"

"照你说，天底下还有专门蹲监狱的材料啊？"

"倒不是这个意思。我不怕跟他们猛冲硬杀，唯独关在这间撒不开缰的小房，还不准喊不准唱，受不了。把在蓝天上飞惯了的鹰，关进小笼里，它能受得住？"

"是啊，失去自由是不好受的。但是监牢是人坐的，豁出几年时间，还怕等不到它墙倒屋塌！再说，你叫铁木尔，钢铁不怕一时的风吹雨淋、水冲火烧，而且还能持久。对不，小伙子？"

不知为什么，铁木尔没有回答。

时近黄昏，牢房里越来越暗了。新接班的看守，大概刚吃完饭，剔着牙走到各个牢房前查看了一遍。隔壁有人在呻吟，向看守乞求着一口水，看守没有理睬，回去坐在值班椅上喝起茶来。那个酒馆掌柜的，喝完晚上一顿稀粥就睡了。打着响鼾，像头猪。

这正是他们谈话的好时机。

"小伙子，你愿意听故事不？"

"那要看什么故事，妖魔鬼怪我不喜欢听。"

"一个革命将领坐牢的故事。"

"跟我们一样啊？那当然愿意听了。"

"他是一位有名的将军，一九四一年负伤被国民党俘虏，敌人把他一个人关在一个牢房，整整五年没有人跟他说话，去年春天蒋介石在全国人民的压力下，不得不释放了他。他出狱的时候，几乎连话都不会说了。尽管坐牢时间很长，他坚贞不屈，革命意志丝毫没有削弱。一出狱，就马上打电报给党中央要求重新入党，中央批准恢复了他的党籍。"

"党籍？什么叫党籍？"

"就是批准他继续做共产党员。"

铁木尔很想乘这个机会，解决他长期以来的疑问，问清楚到底怎样才算是共产党？但周司机没让他插话，继续讲了下去：

"这位将军在监狱里写过一首诗，我给你念念好吗？"

"好！"

"他在诗里这样写道：

　　为人进出的门紧锁着，
　　为狗爬出的洞敞开着，
　　一个声音高叫着：
　　——爬出来吧，给你自由！

　　我渴望自由，
　　但我深深地知道——
　　人的身躯怎能从狗洞子里爬出！
　　我希望有一天，
　　地下的烈火，
　　将我连这活棺材一齐烧掉，
　　我应该在烈火与热血中得到永生！"

他轻声地但又无比激动地背诵着。他不像是在读他人的诗作，而是倾诉着自己内心的激情。铁木尔对这首诗虽然不是每个句子都完全明白，但也领会了它的基本意思。他想道："这是一首多么好的诗啊！"在他的要求下，周司机又轻声朗诵了一遍。

听了第二遍，他感受更深了。

"这位将军现在在哪儿？在毛主席跟前吗？"

"没有。他已经去世了。"

"去世了？这么好的人！"他沉痛地顿了顿，"你刚才说他是共产党员，好人都是共产党员吧？"

"共产党员是好人。"

"你是共产党员吗？"

周司机握住他的手，所答非所问地说：

"你很羡慕共产党员，是吗？"

"我早就是共产党员了！"

"噢？什么时候加入的？"

"在这儿，就在这个监狱里。"

"小伙子真有本事，在国民党监狱里，加入共产党！"

"我这个共产党是自封的。说实话，直到现在，我也不完全明白共产党是怎么回事。在这儿，狗东西们，每次拷打我，都硬逼着我招认是共产党。起初，我没干。本来咱不是嘛，胡招乱说还行？后来我看出他们是那样恨共产党。俗话说：豺狼恨太阳，奸臣恨忠良。坏人恨的，肯定是好人。所以我有一次堂堂正正地告诉他们：我是共产党！我就是这样成共产党员的。"

周司机忍不住地笑了。

"老弟，你真可以！"

铁木尔似乎也感觉到自己说的话很可笑，有些不好意思，为了摆脱窘境，他另找话题，问：

"往后我应该怎么称呼你呢？"

"就叫老周吧。"

"不，还是叫周大哥吧！"

接着他说，打算把刚才那首诗，翻译成蒙文，但其中有些句子的意思，他还不大懂，希望周大哥再给解释解释，老周很赞成，于是他们投入了这项有意义的工作。那天夜里，他们睡得很晚……

正当铁木尔蒙眬入睡时，周大哥悄声地问他：

"你们苏荣副政委的孩子，在她身边吗？"

"有的人说她有丈夫，还有两个孩子；可也有人说，那是她怕老百姓说闲话，撒的谎，其实她还没有男人呢。不管哪真哪假，反正现在她身边一没丈夫，二没孩子，跟战士一样，独身一人。"

说完，他很快就睡着了。老周却整夜里翻来滚去睡不着，在他脑海中一直萦绕着一个问题："难道真是她吗？……"

直到天亮时，他才疲倦地睡着了。

……

时间过得很艰难，但也很快。他们相识已经一个多月了。

铁木尔爬到周司机跟前，轻轻推了推他的手说：

"周大哥，快醒醒！"

老周醒来，忙问出了什么事？

铁木尔指着窗外说：

"你看，今天的天空多蓝哪！外面已经是春天了，我真想飞出去看她一眼！大草地上，羊羔、牛犊撒欢儿跑着，早春的花开了，小百灵子遍地鸣叫……"

他沉醉于对故乡春天的回忆之中。仿佛春天可以使他忘记伤痛、饥饿和潮湿。

"你想看看外面的春天吗？"老周问道。

他没作声，因为那是根本不可能的。老周看出他的意思，忽然变得像个天真的小孩似的，向他调皮地挤了一下眼，说：

"来，我叫你看看外面的春天。"

他坐在原地没动，说：

"你现在还没有那么大的本事。"

"不，小伙子，我有！"

他边说边拖着沉重的脚镣，向小窗下面爬去。铁木尔踌躇了一会儿，也跟了过去。

来到窗下，他回过头来对铁木尔说：

"我小时，常跟村里的孩子们一块爬墙，偷邻居的枣吃。墙高，就一个踩一个肩膀往上攀。那枣又红又大，又脆又甜，攀住一根枝子一晃，就是一帽子！……哎，咱们今天就用小孩爬墙的方法，看一看外面的景色。来，你踩住我的肩膀，再用你没受伤的右手扳住窗台，要是还不够高，你说一声，我一站起来，就行了。"

他完全不像三十多岁的人了，眼睛、眉毛、说话时的动作，都像个爬墙偷枣的淘气孩子！

铁木尔不好意思踩比自己年纪大的人的肩膀，他说：

"我有劲，你踩我的肩吧！"

老周指了一下自己的脚说：

"他们优待我，给我多加了一副这玩意儿，动弹起来没你方便。你爬上去，把看见的景致讲给我听，还不是跟我亲眼看见一样？快，上吧！过一会儿看守过来了。"

铁木尔这才踩上他的肩头，慢慢直起腰来。他竭力想使自己体重减轻一些，因而扳在窗台上的右手用力过猛，差点扳掉窗台的砖头，幸亏急忙用左手把住了窗上铁栏，才没跌下来，好在左手的伤肿稍消了些，虽有些疼痛，他忍住了。

"看见了没有？春姑娘格外漂亮吧？"

铁木尔向窗外望去，第一眼就看见了镇外远方那披上新绿的丘陵。他忘记伤痛，忘记自己被禁锢于牢狱里，情不自禁地喊了起来：

"春天！春天来到了！"

"你快讲一讲是怎样景色？"

"远远的山坡上，有一群群牛羊，白的、红的、黄的……就像山坡上长满了野花。噢，从山后飞来了一群燕子，是从北方——我们的草原飞来的！还有……"

正在铁木尔兴致勃勃地说着的当口，忽然有人从牢门外面喊了起来：

"滚下来！想逃跑吗？"

铁木尔一惊，猜出是看守来了。但他不便于转身跳下，像没有听见似的依然外望。

那个人恼了：

"他妈的，还不给我滚下来！"

"不，我想看一看春天！"

"春天有什么可看的？"

"很值得看呢！"

"住嘴！我不喜欢春天，刮起风来没完没了！"

铁木尔惊愕地慢慢回过头来。他惊奇的不是他们之间对春天抱有截然不同的感情，而是那个人的声音——啊？多么耳熟的声音哪！

当他回过头来时，那个人往别的牢房走过去了。他没有来得及细看，只从他背后扫了一眼，就认出他是谁了。

"是他？"

他从老周肩上扑通跌了下来。

老周摸不着头尾，忙问：

"怎么啦？"

铁木尔脸上浮现出不可抑制的愤恨的神情，两只拳头攥得紧紧，过了许久，才沉痛地自言自语道：

"我没有看错，是他，是他，万万没有料到他也混在这群狗里头！"

他的两眼被泪水模糊了。

老周站起来问他：

"你认识刚才那个人？"

铁木尔擦擦眼泪，点了点头。

"他官不小啊！"

"你怎么知道？"

"你没看见那么多人前呼后拥，都跟着他一个人转吗？"

铁木尔不言语了。他在心里一遍又一遍地问着自己："今天或者明天，是他要来拷打我、烧燎我吗？"

"你怎么认识他的？"老周问。

"他，从前是我最好的朋友，叫哈吐。我被抓去当劳工时，他在伪蒙疆军队里当连长，多次帮助过我；日本倒台以后，他把我领回家乡。他家也很贫困，我帮助他家给牧主放马。那时我们发过誓：不论日后发生什么变故，我们永远亲如手足，走一条路。可是现在……"

正在这时，哈吐在一大群伪军官兵和监狱看守等人的尾随下，向这里返了回来。他把皮靴后跟的铁钉踏得咔咔作响，显示着官势与威严，这声音，铁木尔听来又刺耳，又刺心！

咔咔咔……

越来越近了。

这一回，铁木尔面朝牢房铁栅站着，等哈吐走过来时决意要让自己同时也让他看个清清楚楚！哈吐返回来走到他的牢门前，突然停住了脚步。周司机从一旁观察着：当哈吐、铁木尔二人目光相遇时，哈吐并不感到惊讶，反而好像再要仔细察看一下似的，又与铁木尔的目光发生了第二次交流，这使老周感到十分奇怪。

哈吐用戴着白手套的手，指了一下铁木尔，拉着官腔问站在一旁的看守：

"这个小子叫什么名字？"

"他叫铁木尔，从北草地抓来的。"看守赶忙躬身回答。

"长得倒挺壮实，把他也算上一个。"

看守点头哈腰说：

"只要团座看中就行，可以，可以。"

站在哈吐身后的文书，在本子上写了几个字，可能是记的铁木尔的名字。

"总共定下几个人啦？"哈吐往后仰了一下头问。

文书立正站着答说：

"报告团座，一共定了六个。"

"从你们这儿暂时就定这六个人吧。"哈吐对看守说，"从明天起，早晨由你们把他们押送到我的团部，白天干活时，由我们负责看管，晚上你们再去押回来，行吗？"

"行，行，团座怎么定，就怎么办！"

哈吐临走时，又向铁木尔看了一眼，当双方都明白无误地看清了对方时，他便咔咔咔扬长而去。

哈吐走后，不论是铁木尔，还是老周，都像落入迷雾中：莫名其妙！

老周在心里琢磨：如果只是挑几个"犯人"去干活，何须团座亲临狱中？他既然是铁木尔的知心朋友，为什么装作不认识，还故意询问他的名字？特别是临走时对看守说的那段话，好像也是向铁木尔说的，告诉他明天到他的团部去干活，而且将由他的人看管，这些都说明哈吐是特地闯到这儿来找铁木尔的。但是此人出现得这样突然而又可疑，他不是一般的人，是爬到团长高位的敌军军官，会不会是想要通过他和铁木尔的关系，施展顺藤摸瓜的伎俩？这几种可能性，都不能排除。然而有一点是明确的：斗争将要进入一个新的阶段，也许出现对我们有利的形势，也可能使我们面临更为复杂、危险的局面。

铁木尔也站在那里发蒙，他也在估量哈吐突然出现的原因。他一时还理不出头绪，只觉得明天他将面临另一种形式的考验；这个形式既不是战场上的厮杀，也不是刑讯室的抗争，而是在面对面的短兵相接中，对各种难以预料的事态，要在瞬间做出准确的判断，并采取相应的对策，这里所需要的不是劈刀与呐喊，而是思想上的敏锐、政治上的预见，以及斗争的经验与成熟性，而这些恰恰都是铁木尔所缺少的。

明天，将会发生什么事情呢？

第二天早晨，送走铁木尔之后，周司机心里很不安。

昨天晚上，他考虑到哈吐这个人物来意不明，面目不清，对他和铁木尔的关系，过去也不了解，所以不想过早介入此事，以防暴露自己。在目前这种境遇下，不宜走出太远，不要一旦需要退回时退不下来。再说让铁木尔独立地迎接这场战斗，对他也是个锻炼。革命归根结底还得靠自己干嘛！根据这种分析，他虽然也帮助铁木尔设想了一些今天可能遇到的情况，和对付的办法，但总的来说，没有深谈。

当现在铁木尔被押送走了的时候，他却为自己作为一个老同志没有给青年战友更多地出主意，鼓舞他的胜利信心而责备起自己来。

铁木尔等六人，排成两行，在两名持枪看守的押送下，穿过宝源镇尘土飞扬的街道，向南门外一个车马大店走去。从两个看守的交谈中得知新近调来此地驻防的敌独立三团团部，就设在那里。所谓独立三团，可能就是哈吐那个团的番号。

跟铁木尔并排走着的，也是个青年。他眉清目秀，修长个儿，也许由于狱中营养不良，那张充满稚气的脸，有些发灰，但看上去不像有什么病。"他大概就是周司机的侄子。"铁木尔这样想着，打算跟他搭话，但看守方才宣布过"守则"，路上不许互相交谈，所以他只是微笑着向他点了点头，表示出"认识你很高兴"的意思。对方也点了点头。

他们来到车马大店的门口，两边站着两个门岗。押送他们来的一个看守，走过去与门岗进行交涉，另一个看守端着枪，站在较远的地方。铁木尔抓住这个时机，悄声问那个青年：

"你姓周，是吧？"

那青年以惊疑的目光瞟了他一眼，停顿了一会儿，只是"嗯"了一声。

"我跟你叔叔关押在一起。"

那青年的两眼顿然一亮，关切地问：

"他身体怎么样？"

"没有什么毛病。只是不知道把你关到哪儿去了，经常惦记你。"

一听这句话，那青年两眼湿润了。

这时看守已经交涉完毕，向他们摆了一下手喊道："进去吧！"

他们走进了大院。院里乱七八糟，不像是兵营。正面是一排七扭八歪、表泥剥落的土房；东厢是没有门窗的三间大屋子，可能是伙房；西侧是一溜骒马槽头，到处是驴粪马尿、谷草叶子。整个院散发着与清晨新鲜的空气迥然不同的浓浊的臭气。

两个看守把他们交给这里的值班军官之后，就回去了。

那个值班军官，铁木尔一看也认识。从前哈吐当连长时，他是勤务兵，姓韩，东蒙人，会说一口流利的汉话。他说汉话时，谁也不会知道他是蒙古人。

值班军官领着两个士兵走过来，给他们训话：

"从今天起，你们几个在这儿干活，由这两个弟兄看管，叫你们干啥就干啥，不得随便走串，不经许可不准出大门。我们供你们一顿午饭——总会比你们在监狱里吃得好些。你们要卖劲儿干！"

接着，他给他们派了活：铁木尔和小周去给团长卧室铺砖地；另外四个人到马棚起粪。

值班军官在整个训话过程中，似乎有意回避铁木尔的目光，就是给他派活时，也没有向他正视一眼。铁木尔沉着地按照昨天晚上想好的主意行事：遇事想三想，看不准马头，不甩杆子。你装作没看见我，我也装作没认出你。

一个士兵把他和小周领到上房一间屋里。那屋子，间量不小，靠后墙一铺炕是新搭的，炕面还没干透，灶里烧着木柴。靠窗户放着一张桌子，一边一把椅子，跟戏台上的摆设差不多。别的就没有东西了，看来这是准备给哈吐团长做卧室的，现在没住人。

值班军官走了进来，士兵向他报告，把活儿已经交代过了。

"那好，你领上一个去街里拉砖，留下一个平整地面。"值班军官说着把一把铁锹，递到铁木尔手里，命令道："干吧！"

铁木尔领会到这是叫他留在这里平地，把锹接了过来。

那个士兵领上小周走出屋去。

值班军官站在门口，把他们一直目送出院门，这才转过身来，疾步走近铁木尔身边，神情有些紧张地小声告诉他：

"哈吐团长过一会儿就来跟你谈事，你等着！"

说罢，匆匆走了出去。

铁木尔觉得他的举止很可笑，后来一想，不对，这不是可笑，是说明就在这间团长的卧室里，也不保险。在一个团里团长是最大的官，可是团长都不得不提防的，那该是什么人呢？他在纳闷之余，心中也不免紧张起来。他开始拿锹平地，以此镇定自己的心绪。

没过多久，只听见"咔咔咔"一阵有节奏的军人的脚步声，哈吐团长走进屋来。跟在他后面的那个姓韩的值班军官报告说：

"把隔壁的门锁上了，没有人。"

"不会隔墙有耳了，很好！韩副官你在门外守候。"

"是！"韩副官答罢，退出。

等韩副官退出屋外，哈吐立刻丢掉官场的矜持，走上前去激动地紧紧握住铁木尔的双手，问：

"铁木尔，你是怎么到这儿来的？"

铁木尔却没有什么激动的表示，两只眼睛甚至流露出轻蔑的神情，把他的手轻轻推开了。

"噢！你不相信我，是吗？"哈吐遗憾地抽回手去。

"我也想问你一句：你是怎么到这儿来的？"铁木尔以一种敌意的语调问道。

哈吐沉吟了一下，把双手一摊，说：

"一言难尽！"

"俗话说：手脏不敢露出袖，心歪不敢说出口。你一言难尽，必是有难言的苦衷，可是我铁木尔干事从来是堂堂正正，我可以告诉你：铁木尔是为了给蒙古百姓讨还血债，跟国民党反动派作战中被你们抓来的！"

"我对你为民族牺牲的精神，很佩服！"

"可是你把自己过去说过的话，全忘了！"

"不，凡是我说过的话，我都在实行。"

铁木尔听了他的这句话，情绪顿然激愤起来，他完全忘记自己目前的处境，大声斥责道：

"呸！你过去说为了给蒙古民族寻求出路，为了解除蒙古百姓的深重苦难要奋斗一辈子，可你现在披上了欺压蒙古百姓、消灭蒙古民族的国民党反动派的黄皮，你不觉得丢脸吗？"

哈吐并未恼怒，顺手搬过一把椅子，送到铁木尔跟前，自己回身坐在另外一把椅子上，好像跟朋友谈心似的说：

"我劝你别用那么大的嗓门儿说话，你坐下，坐下。"等铁木尔扭着头坐下，他接着说，"你有什么根据说我没有为蒙古民族奋斗？"

"你当国民党，就是背叛蒙古民族，背叛蒙古百姓！……"

"不！"哈吐打断了他的话，"我的好朋友，你想得太简单了！你知道，我们蒙古是个弱小民族，蒙古民族的每一个有识之士，都甘心情愿流鲜血、掉脑袋，去为自己民族寻求出路，可是出路在哪里？谁找到它了？没有！没有！！当然我知道，在你们八路军那方面，有不少蒙古民族的杰出人物，我对他们为自己民族探求光明之路的精神，表示敬佩！我不反对他们从共产党那一头去寻求，同样他们也不应反对我从国民党这一头来探求；走的道路虽然不同，但目的是一致的！"

"路走了两岔，目的怎能一致？"

"不，哪条路对，哪条路错，现在还不能断定。我已经说过，我们蒙古是个弱小民族，我们为了拯救自己的民族，多试几条路，有什么不好？我主张：多条道路救民族。这就是我为什么像你说的那样披这张黄皮的原因！"

"难道你不知道国民党反动派，怎样杀害我们蒙古百姓吗？"

哈吐不想回答问题，他焦躁地来回踱步；当他走到铁木尔跟前时，弯下腰，几乎像恳求似的说：

"我的好朋友，现在是你我争论是非的时候吗？时间对我们多么宝贵！我为了跟你见上这一面，费了多少周折，你知道吗？"

铁木尔觉得他说的是实话，因此也把语调缓和下来，问他：

"你怎么知道我被关在这儿的监牢里？"

"有一天，我路过监狱门口，看见刑讯队的两个家伙，架着一个遍体鳞伤的人往牢房走，仔细一看，好像是你，回来后，我托一个可靠的人到监狱去打听，才知道确实是你！我就请监狱长吃了一顿饭，谈妥我从监狱挑几个人出来，修缮兵营，这才见到了你！铁木尔，一句话：我一定要把你救出来！我有这个能力！"

"把我弄出来干什么？"

"在我手下干；我不会亏待你！"

铁木尔冷笑了几声说：

"你趁早别费那份心！我，人不披狼皮！"

在铁木尔的严词拒绝下，哈吐变得急躁起来。他一会儿走到窗前往外看一看，一会儿又返转回来走到铁木尔身旁，想说什么又说不出口，末尾总算憋出一句话来：

"我是诚心实意要救你出来，没想到你会这样恶语伤人！"

"我说的全是实话。你想叫我跟你一样干背叛自己民族和人民的勾当，那办不到！"他猛然把红肿着的左手五个指头，伸到哈吐眼前，又一把将上衣扯开，露出斑斑伤痕的前胸，两眼闪射着仇恨的怒火，"你看！这就是国民党反动派给一个蒙古青年的恩赐！可你还要让我跟这样一些人面兽心的家伙们站到一块去，你想一想，咱俩到底谁在伤谁的心？"

哈吐伸出双手轻轻捧起铁木尔的左手，看着那伤肿的五个指头，他知道那是用的什么酷刑，他不忍心去抚摸一下……

铁木尔突然感到手上落着冰冷的水滴，他抬头一看，是哈吐那夺眶而出的眼泪，落在他红肿的手上。

哈吐掏出手帕擦着眼泪，轻声地断断续续地说：

"让我们都再想一想……明天再谈。"

铁木尔没有回答。

……

晚上铁木尔回到狱中，首先告诉周大哥他见到了小周，而后就把所遇到的事情，从头至尾细说了一遍。老周听后很高兴，称赞他头一跤摔赢了。接着他说：

"不过有一点你没有充分利用，很可惜！"

"哪一点？"

"他说要把你救出去，在他手下干事，你当场拒绝，这是对的。但依我看，他要救你出去的心情，还不能说完全是虚假的。"

"那明天他要再提起这事，我该怎么办？"

"我看不妨大胆地试探他一下，就说他要真够朋友，就想办法叫你逃回八路军去，看他什么态度？他说蒙古人要多走几条路，这是荒谬透顶的反动论调，你反驳得很有力；但是在目前情况下，你可以抓住他这句话，叫他做出一些对我们有利的事情。"

"把你和小周留在虎口里，叫我一个人逃出去？那我不干！回到部队我怎么交代？要逃咱们一起逃。我可以跟他直说，我还有两个同伴，你要真够朋友，就让他们跟我一起逃走，要不然我不走。"

"他要问哪两个同伴，你怎么回答？"

"就明明白白告诉他呗！"

周司机摇头：

"不妥，不妥！目前对他还拿不准，我们不能都露到面儿上去，不留退路，要不得！"

铁木尔认真地思索了一阵，说：

"这你放心，我自有办法！"

"什么办法？"

"暂时对你保密！"

"既然保密，我就无权过问了。"

他们俩都笑了。

老周看着铁木尔那满脸稚气而又胸有成竹的样子，心想：斗争锻炼人。这小伙子政治上成熟得很快，让他闯去吧！

天还没亮，哈吐就醒了。屋里黑糊糊的，什么也看不见，但他无心点灯，只是披起棉衣，坐着默默地抽烟。由于昨天一整天神经高度紧张，他感到很疲惫。然而使他更为烦恼的是他冒着危险，一片诚意想把铁木尔救出来，竟遭拒绝，白费了一番心思！他和铁木尔分别才一年时间，在他们之间竟会形成如此无法填补的鸿沟，这使他感到吃惊！他们俩是谁变了？他自己没有变，还在按照他那个"多条道路救民族"的主张，顽强奋斗着。去年春天，他在家乡——

四子王旗，曾组织一支蒙古武装，兵强马壮，声势很大，正要为民族干一番事业的时候，他的崛起，引起了国民党绥远当局的严重不安。他们软硬兼施，收编了他的队伍，任命他为营长，不久又提升为团长。表面上看是提升，实际上是"调虎离山"，将他调离自己的队伍和家乡，派到这个人生地疏的宝源镇来，筹组独立三团。这个团徒有虚名，连个加强连都不如，让他当光杆司令。他从自己的经历中尝到了国民党对少数民族武装所采取的"怀柔"政策是什么货色！现在他身边除韩副官和另外一个文书、两个卫兵之外，已经没有他的老部下，别的官兵全是山南海北杂凑起来的，还有几个是军统特务，自然是派来监视他的。哈吐为了保全自己，在逆境中极力挣扎，他决心重新培植起自己的势力。所以当他得知铁木尔被关押在宝源监狱时，全力以赴想把他救出来，让他在手下干事。但没有料到，会遭到铁木尔的断然拒绝！昨天晚上，回到住处，当他平心静气地回想铁木尔所说的那些话时，倒也觉得有几分道理。

他自信对铁木尔这个人还是了解的。他是个粗人，心直性急，像一匹难以驾驭的生格子马，他易于冲动，带有很大的盲目性，又像一峰没有上路的骆驼，领到哪条路上，都会盲目走下去。特别是有人一喊"为了蒙古民族"，他就热血沸腾，舍生忘死跟着跑。

这就是一年前哈吐所了解的铁木尔。

一年后的今天，出现在哈吐面前的铁木尔，几乎完全变成了另外一个人！他在这样危难时刻，表现得那样坚贞、机智、从容不迫，而且富有自己的见解。他已经不再是一匹生格子马、一峰盲从的骆驼了。他有自己的信仰，而且充满胜利信心！从他身上，哈吐所感受到的不仅仅是一位朋友的政治变化，而是看到了蒙古民族中走着与自己不同道路的那一部分人们的崭新的精神面貌。他们那里，对他来说还是一个陌生的世界！

不知道什么时候，住在外屋的韩副官起来了。他好像发现哈吐在里屋愁闷地抽着烟在想心事，便端着灯走进里屋。

"您没有睡好吧？"

"还好；你也醒得这么早？坐吧！"

韩副官把灯放在桌子上，拿过一把椅子，靠哈吐床边坐下来。

"团座，我想了一宿，有几句话想跟您说一说。"

哈吐点着一支香烟，递给他。

"韩副官，你跟我多年，我们亲如手足，有什么高见，就直说。"

"您常说，'多条道路救民族'，依此推论，我想说，我们也要'多条道路救自己'……"

"噢？这话是什么意思？"

"国民党这面对咱们蒙古人使的什么计策，您最清楚。眼下国共交战，胜负难断。咱们为了随时应付各种事变，也得给自己多找几条出路，或者也可以说是退路。铁木尔既然一口拒绝在国民党这面干事，您何必强留他？"

"他是我的好朋友，我不能眼看着他在我眼皮底下坐牢、受刑！"

"当然要把他救出来。"

哈吐把质问的目光，向他猛扫过去。

韩副官见窗外已有微弱曦光，走过去吹灭了灯，随后又返回来向哈吐靠拢过去，把话音压得很低，继续说了下去：

"把他救出来，放回八路军里去！一来您和他是好朋友，不能见死不救；二来咱们都是蒙古人，为了拯救民族，各走各的路，互不相扰。这面对待蒙古人是什么成色，咱们都有所领受，所以棋看三步，在他们那面有咱们几个朋友，日后或许有用！……兄弟妄言，难免偏颇，请团座定夺。"

这是一桩至关重要的事情，哈吐还没有想到这一步棋。他一口口猛吸着香烟，嘴唇上本来没有沾着烟丝，但他不停噗噗地干吐着，看得出他是在认真考虑韩副官的进言。

韩副官见他一时举棋不定，便站起来刚要往外屋退出，哈吐扔掉手里的烟蒂，忙说：

"等等！"

韩副官站在原地没动。

"那怎么才能把他放走呢？"

韩副官回转身来，又坐下。

"我已经想好一个办法：咱们团二连里有个叫刘三的小子，连续三次犯了强奸民女的案子，只因为他舅舅是军统方面派到咱们团里的那个杨特派员，所以谁也不敢碰他。今天就派这小子看管铁木尔，咱们把铁木尔放走之后，拿他问罪，叫他有口难辩，对那恶棍也算是个报应！"

哈吐眯缝起两眼，沉思了许久，嘴角上渐渐露出了笑丝，他说：

"可取，可取！不过这可是一事败露，全局砸锅的大事，来不得半点粗心大意，咱们再来仔细安排安排。"

……

这一天早晨，还是由那两个监狱看守，按时把铁木尔等六人，押送到三团团部，同样还是由韩副官出面接收了他们。只是分派活计，有了一点小的变化，除昨天起粪那四个人还去起粪之外，今天叫小周留下来修整团长卧室的地面，铁木尔另有分派。

昨天这六个人在监外干活，没出什么事，那两个看守很得意，在韩副官面前，点头哈腰直个讨好："这几个小子，要有什么不守规矩的事，请长官严加管制！"

"还不错嘛，昨天都挺卖劲儿。"韩副官说着从兜里掏出装潢十分讲究的香烟，递给那两个看守每人一盒，"有劳二位兄弟，多谢，多谢！"

"哪里，哪里，有事只管吩咐！"

韩副官把两个看守高高兴兴打发走之后，转身便喊："刘三！"

"到！"

随着一声回答，有一个咧着大嘴，露出满嘴铜牙的家伙从东厢大伙房拖拉着枪托子跑了出来，他那两条裹着裹腿的芝麻秆腿颤乎乎地还没停稳，稀里糊涂向韩副官打了个立正。

韩副官向他指了一下铁木尔说：

"今儿个你押着他，去把团座家里的东西往这儿搬，活儿过一会儿我回去给分派，你先把他押送过去，在大门外守着，别叫他逃跑就行了。"

"是！"刘三两条芝麻秆腿，脚后跟往一起一碰，装出很有精神的样子。

韩副官往他怀里扔过去一盒香烟："去吧！"

刘三接过香烟，龇牙咧嘴连声说着："谢谢长官！"领上铁木尔就走了。

韩副官把这里的事情，作了一番安排之后，当他赶到哈吐住处时，刘三已经站在院门外，美滋滋地抽着刚才得到的香烟。他见韩副官走来，忙把香烟往掌心里一藏，虚头巴脑地一阵点头哈腰。韩副官不想跟他再多说一句话，招了一下手，匆匆走进院去。

大约过了一个多钟头，刘三一个人站在门外，觉得很无聊，找了个背风的地方，抱着枪打起盹来。不知过了多久，忽然有人从他怀里抽他的大枪，他猛然醒来，定神一看，原来是"团座"从家乡带来的勤务兵格尔勒吐，他长得又高又粗，大家都叫他"大格"，后来就成了"大哥"。刘三站起来满脸堆笑说：

"哟，大哥，嘿，嘿，吓了我一跳！你这是上哪儿去呀？"

大格满面春风，右手做了个喝酒的动作，贴着他耳朵说：

"昨儿个晚上，推牌九，赚啦！走，跟哥们儿到饭馆喝两盅去。"

"大哥，不行啊，押来一个犯人，给团座搬东西，韩副官叫我站岗呢！"

"哎，我知道，团座那东西多着哩！一两个钟头收拾不完，再说有韩副官和好几个弟兄都在里边，还用得着你在这儿站着？走走走！"

不由分说，大格拉住他就要走。

刘三往院里看了一眼，只见上房门里门外，东一箱子西一包袱，堆满了东西。他心想，不喝白不喝，趁这空儿，快去快回。他向大格打了个手势，一溜烟溜了。

韩副官在上房站在窗前，看见格尔勒吐按照他的指示已将刘三骗走，他转身走进里间。这时，在里间哈吐与铁木尔已经密谈了一阵，看来这一次他们俩谈得很顺当，铁木尔正在说着："你把我放走，一旦被人察觉，不是给你带害吗？"

哈吐说："那你就不用管了，我已有安排。"

"如果情况危急，我劝你，投奔到我们那面……"

哈吐没让他把话说下去，便说："不，不，那不可能！我跟你说过，现在我还没有看出我走的这条是绝路。让咱们还是各走各的路吧，归根结底都是为了我们的蒙古民族嘛！"

"你现在走的这条路，只能给蒙古民族带来灾难、毁灭……"

"好了，好了，我的好兄弟，我们没有时间再争论这些了！韩副官准备得怎么样了？"

韩副官报告说："一切都已准备妥当，快行动！"

哈吐走过去轻轻握着铁木尔的手，以惜别的目光望着他，用激动得发颤的声音说道：

"铁木尔！没想到你我会在这种处境下重逢，又在这样情况下分手！时间急迫，不容长谈，请你多加小心！后会有期！"

韩副官把铁木尔领走了。

哈吐站在原地目送着他们……

铁木尔赶着一辆一匹马拉的空车，走在前面，韩副官牵着马跟在后头，装作要到什么地方去拉东西的样子。韩副官早已计划好，他把铁木尔护送出北门之后，叫他卸下拉车的那匹马，乘马脱逃。为了不露破绽，刚出院不能直接往北拐，团部是在南面，他们打算往南走一段路，再从一条小胡同往北拐过去。韩副官一边走路，一边紧张地观察周围动静。当他们好不容易来到那条向北拐的小胡同路口时，军统特务杨特派员突然不知从哪儿冒出来，径直向他们走了过来。他看了看铁木尔，又瞧了瞧韩副官，一时让人摸不透他这是什么用意。韩副官泰然自若地走过去，先发制人，说道：

"给团座搬家，你老兄会偷懒，躲到哪儿去了，也不来帮帮忙！"

杨特派员，重又把韩副官和铁木尔打量了一番，说了句："实在抱歉，兄弟这两天感冒，我去抓药。"便匆匆离去。

韩副官暗自盘算："这家伙是不是嗅到什么味了？但是现在已到刻不容缓的地步，犹豫不得！"

他靠近铁木尔，低声说：

"顺这条胡同，快朝北拐！"

他们一齐拐进了小胡同。

隔着一条街，有一家饭馆，在那里，格尔勒吐已经把刘三灌得烂醉，但仍不放过，还在灌……

半个小时以后，韩副官步履轻松地回到哈吐住处，报告说：铁木尔已经顺利脱逃而去。

哈吐听罢，长长舒了口气，一屁股坐到床上，叹道：

"总算尽到一份儿朋友的义气！"

韩副官见哈吐这样高兴和松了口气的样子，不想把路上遇见杨特派员的事告诉给他。那也许完全是偶然相遇，何必以此再给哈吐欢悦的心头罩上一层阴影呢！

哈吐的心绪变得格外高兴和轻松，中午领上韩副官到街里饭馆痛饮了一通，甚至还与自己身份不相称地在酒桌上没谱没调地胡乱唱了一阵家乡民间小调。酒足饭饱之后，饭馆掌柜的给他们端上茶来，哈吐谢退了，他说要回到住处，自己熬一锅地道的蒙古奶茶，喝他个痛快！

当他们回到住处的时候，韩副官忽然发现铁木尔逃跑时骑走的那匹马又套在车上，停在上房门前。他马上出了一身冷汗！在刹那间，他脑海里闪现出几种危险的可能性，他为了保护哈吐，右手贴在手枪套上，快走了几步，抢在哈吐前头，走进屋里一看，不由得"啊"的一声，变得目瞪口呆！走在后面的哈吐，从门外看见他那副样子，不知发生了什么事，赶紧走过去，然而他的脚一迈进门槛，同样也是不由得"啊"了一声，停在门口，动也不动了。

已经逃走了的铁木尔，又站在屋地当中！

"你没有逃出去吗？"哈吐走过去紧张地问。

铁木尔却从容地回答说："逃出去了，而且跑出了二十多里路。"

"哪？……"

"我又回来了。"

韩副官急问："出了啥事？"

铁木尔摇了摇头，脸上微微露出笑意说："韩副官替我考虑得非常周到，一路上平安无事！"

"我们在这儿把脑袋掖在裤腰带上放你走，你既然已经逃出了，又回来干什么？"

"我不能一个人走！"

"你想把我们俩都带走？我跟你说过，这不可能，因为我……"

"不，我知道你现在不会跟我们走。"

"那你还……"

"我还有两个战友，关在这儿的监狱里。哈吐，你要是够朋友诚心实意放我走，那么就让我那两个战友也跟我一齐走，要不然我也不走了。"

哈吐断然回绝："那我办不到！就是能做得到，我也没有必要为两个毫不相干的人，去冒可能掉脑袋的风险！"

"那就没有什么话可说了，团长大人，把我送回监狱里去吧！"

哈吐和韩副官二人面面相觑，不知所措！

昨天晚上，铁木尔同周大哥商量今天的对策时，周大哥坚决不同意向哈吐暴露他和小周的身份。铁木尔猜出这是周大哥担心哈吐可能是个明面上伪装善良，暗地里设置圈套的坏家伙。铁木尔心想，周大哥这样警惕，也是对的。哈吐毕竟是敌军团长，灰狼白狼总是狼，不能轻易相信他的话。当时铁木尔就想出一计，说他"自有办法"，周大哥追问什么办法？他说暂时对他保密。铁木尔想的办法就是先用他一个人的逃跑试一试哈吐，如果他是个假装放他走而暗中设置圈套的坏家伙，那么只暴露他一个人也不要紧，因为敌人本来就知道他是蒙古八路。但是如果哈吐让他逃走后，跑出一二十里仍不见有人追捕，那就说明他是诚心实意放他走的。到那时他再返转回来，向哈吐提出放周大哥和小周与他同逃的要求。

今天他就是按照昨天晚上想出的这套办法行事的。

铁木尔死里逃生，本已成功，但为救自己的战友，宁肯再去坐牢，也不丢下战友而只身逃生的这种可贵的精神，使素来看重义气的哈吐，深为感动。他问：

"你那两个朋友都是什么人？"

"问的政治方面吗？"

"不，我问的是什么民族？"

"他们俩都是咱们蒙古人！"铁木尔故意把"咱们"二字说得很重。

"蒙古人？……"

"是蒙古人！要是不信，你明天把他们俩也要出来干活，说说话嘛！"

"他们也都是八路军？"

铁木尔斟酌片刻，爽然答说："当然是八路军，而且其中一位还是首长，官大啦！"

一听说是八路军的大官，站在一旁的韩副官，干咳嗽两声，便凑近哈吐身边，咬耳献策：

"团座，这样人物，日后我们可能用得着，此事从容考虑再作决断为好。"

哈吐也有几分动心，用商议的口吻问：

"铁木尔跑出去二十多里又返回来，会不会有人察觉呢？"

韩副官一想，这倒也是个问题，转身问铁木尔：

"从走到回，有没有人看见你？"

"没有。"

韩副官有了这个依据，便向哈吐进言："依我看外人没有察觉。刘三大醉，到现在还没醒酒，等晚上监狱看守来时，让铁木尔跟往常一样回去便算完事。"

"为那两个人，我们拿命冒险，值得吗？"

"团座，如果我们从长远着想，他越是八路军的大官，就越发值得！非常值得！今天晚上，我就去找监狱长，给他再送一些大烟土去，就说现在人手不够，让他再放几个人出来干活。"

听了这话，铁木尔高兴得心扑通扑通直跳，他提醒韩副官说：

"我们那位首长，跟我住在一间牢房，你记住那个个儿高的就是！"

哈吐终于铁了心，说道：

"好吧，一不做二不休，为了多救两个蒙古人，明儿个再玩一回命！"

……

一切进行得非常顺利。

第二天，把周大哥也同铁木尔和小周一起放出来干活，遗憾的是狱方坚决不准给他去掉脚镣。

铁木尔和哈吐、韩副官秘密商定，今天不再灌醉刘三，而是让那恶棍押着铁木尔、老周和小周，赶上一辆三套马车，去北门外拉垫地用的红土，韩副官也跟着去，到了地方，由韩副官拿铁锹先把刘三撂倒，而后杀死。他们三个人就骑上套车的马逃走。

每个人心里不免都有些紧张，但一切进行得非常顺利——

把刘三叫来了，三套马车套好了，把铁木尔、老周和小周也编到一起去拉土了。

铁木尔按捺不住内心的狂烈喜悦，拿过赶车的大鞭子，叭叭叭连抽了几响，而后往车上一坐，正要扬鞭启动的当口，突然从院外传来一阵急促的马蹄声，抬头一看，只见监狱长满面杀气地率领着一二十个武装看守，径直驰进院来，高喊：

"团座且慢，团座且慢！"

哈吐不知发生了什么事情，从屋里急忙走出来。

监狱长跳下马上气不接下气地跑过去，把一份写有"密件"字样的文件，递给哈吐看。

韩副官已经敏感地觉得必有不妙之事，他轻步凑过去，从一旁往那秘密文件上扫了几眼，他的脸色刷地发白了。

那密件上写着：

在你狱中关押的周某，现由我有关情报站报告，该犯为敌骑兵十二师新任政治委员，望速采取紧急措施严加看管，不得有误。该案将由张垣方面特派专人前去审理……

等哈吐看完之后，监狱长把文件要回来躬着腰说：

"军令如山，兄弟不得不马上把所有犯人押回监狱。望团座见谅！"

监狱长这一句话，使铁木尔他们都怔住了。他们还没有来得及做出判断，只见监狱长把马刀嗖地往外一抽，声色俱厉地命令道：

"所有犯人，马上集合！"

等集合完毕，那些看守们从两旁持枪押解着他们，向院门外走去……

哈吐与韩副官迅即交流了一下眼色，一齐转身走进屋去。

四

"嗒嗒嗒……"一阵春雷般马群的蹄声，打破了草原的寂静。

在草原上，拂晓时分出现疾驰的马群，是不寻常的事。只有受了突然的惊扰，马群才会这样盲目地狂奔。

疾驰的马群那影影绰绰的轮廓，像一座大山在移动，又像一片黑色的洪水涌进了草原。牧马人用他们粗哑的、干燥的嗓子吆喝着，那声音紧张而又恐怖，就像夜盗偷完东西，在低声警告着同伴：快跑吧，要不然就叫逮住了。

每个马群里，都有那么几匹"德高望重"的母马，它们是全群至高无上的领袖，多咱都是走在尽前面；全群都服从于它们。

带领这个马群的，是两匹沙黄色的骒马。方圆百十里的居民都认识，这是大富户加米扬的马群。加米扬本是个胆小怕事的人，今天他着了啥魔，没等天亮就赶着马群奔跑起来？是想乘别人还在沉睡的时候，去抢占哪块肥美的牧场吗？

一个手提老式俄国连珠枪的工作队员，忙忙迭迭地跑来，唤醒张彪，报告说：有人赶着马群正从村边经过，看不清赶马的人，但从领群的两匹头马，认得出是大富户加米扬的马群。队长问：他们往哪个方向跑了？队员回答说：向敌占区宝源方向奔去了。

张彪一听霍地坐起来，边穿马靴边说：

"通知爬杰副队长，全队集合！到底没白等啊！"

不一会儿，工作队的二十几个人，一齐出动了。他们追出村来时，加米扬的马群早已不见踪影了。

乌金台村是从草地通往敌占区城镇——宝源、多伦的交通要道。旺丹从师部回来后，把师部明确提出不同意张彪对向敌占区逃跑的牧主采取"抄家"措施的指示，说成是在"一般情况下"不要乱抄家，但是目前斗争十分复杂，工作队可根据具体情况采取具体措施。他的话说得含含糊糊，模棱两可，怎么理解都行。在张彪看来那就是上级同意了他的意见，所以为了卡住逃跑的牧主们，昨天黄昏后，他带领全队悄悄地来到这里扎下了营。一夜无事，没想到天亮时，得到了情报，这倒像渔翁费了一天工夫，没钓住一条鱼，临到收竿时，却有一条大鱼自己挂上钩来。

草地上留着马群刚刚踏过的隐约可见的一片长长的白色痕迹，看去如同蓝色夜空中的银河。不幸的春草，今年刚萌出芽来，就被踏碎了。

张彪领着工作队员们在南山前面的大滩上，把加米扬的马群包围住了。

惊慌的马群旋转着，嘶鸣着。

加米扬巴彦骑着一匹铁青马，他那胖得像怀双胎孕的女人般笨重的身体，把马背都压弯了。在黎明的光下，他看见自己的马群，被一帮来历不明的人们阻截和包围时，气得一个劲儿地挥舞拳头，娘天娘地地叫骂着，他的声音，使人想起寺庙里那发了锈、裂了纹的古钟声。几个骑手骑着烈性马，扯缰蹬镫威武地守卫在他的两旁，一个个的胸脯一鼓一落，好像被风吹动的帐篷。他们各个有枪，但由于工作队员们冲得迅猛，他们没有来得及摆开架势就被包围了。

张彪跑过来，勒住马，以胜利者常用的那种和缓但又矜持的口吻说道：

"加米扬巴彦，你的计划破产了！"

"什么计划？呸！土匪！"

"我们不是土匪，是明安旗工作队。"

"反正都一样！"

"你为什么三更半夜投奔国民党？"

加米扬的骑手们，齐声怒喊：

"我们不是投奔国民党，我们是转移牧场。"

"故乡的土地是黄金，在草地，我过了一辈子，死也不离开这里。"加米扬补充道。

"那你们不但赶着马群，还携带着家财是为了什么？"

"您想一想，在这样荒乱年头，我们转移牧场，把东西放在家里能放心吗？"

加米扬开始用"您"来作称呼，而且口气也不像方才那样强硬了。张彪看出他是在耍花招，他转向队员们命令道：

"缴下他们的枪；把马群赶过来！"

工作队员们蜂拥而上时，加米扬的骑士们打算抵抗，但被加米扬制止了。他像一只被打伤翅膀的老鹰，耷拉着头，小声地对他的骑手们说：

"交给他们吧，全交给他们吧！去告诉马倌，把马群给他们赶过来。"

他的骑手们无奈何服从了主人的命令，但是有一个长着满头马鬃一样硬发的青年，把枪递给工作队员时，故意猛劲推了一下，以此表示他内心的愤懑。

加米扬注视着眼前那如同洒在地上的银水一般滚动的马群，一阵心酸——天灾啊，人祸！

俗话说得好：金钱是用汗赚来的，而友谊是用心培育的。现在压在加米扬心头上最重最重的东西，不是所失去的畜群和家产，而是他那紫红色蒙古袍前怀里揣着的那封瓦其尔巴彦的密信。

他与瓦其尔是几十年的手足之交。昨天突然接到瓦其尔的一封信，信中说：他听到一个最可靠的消息，张彪和工作队，两天之后要在全旗范围内，对牧主展开清算斗争运动，把他们的牲畜和财产，分给贫苦牧民，如不提防，性命也难保！叫他见信后，立即带上钱财，赶上牲畜，逃出草地。尽末尾，还特别加了一句："切莫迟疑！"

对多年的老朋友瓦其尔巴彦的忠告，怎么会"迟疑"呢？特别是他的两个儿子都在蒙古骑兵师里，那消息肯定是可靠的。昨天他忙乎了一天，晚上一掌灯，就逃出村来。没承想，在最后一段路上，马打了前失，被工作队堵住了！

现在他只担心瓦其尔那封密信会被工作队搜去。那样瓦其尔就要受到株连而倾家荡产（眼下他以革命军属身份，受到保护，还没有这种危险）。不，无论自己遭受怎样灾难，也不能叫好心的老朋友，受到连累！他小心翼翼地抬起头来，向四周探视，张彪的工作队员们都忙于赶马、没收财物，不像是马上会来搜他的身，因此他偷偷从前怀里，掏出瓦其尔的密信，放进嘴里。纸团嚼在嘴里，就像满口塞了干炒面，难吞难咽，憋得两眼直冒泪，一着急，噎住了，急忙一咳嗽，不小心将纸团吐了出去；那纸团在草地上滚了几滚，在一个马蹄坑里停住了，乍看去，就像骆驼粪蛋。加米扬唯恐别人发现它，但又不敢弯下腰去拾起它来。正在这万分焦急的当儿，忽然有一只大脚踩到它上面，他忙抬头一看，原来是瓦其尔的大儿子旺丹，这个人仿佛是特地从天上下来替他解围的，他心里一亮，不由得说出：

"旺丹，孩子……你爸爸……"

"我爸爸还在家里，"旺丹脸色突然变得很紧张，赶忙把话接了过来，"他老人家常常惦记您！"

说着，他那踩在纸团上的脚，用力碾动了几下，当他抬起脚时，那纸团已被踩进沙土里，看不见了。

这些奇疑的动作，加米扬一点也没注意到，他直向旺丹哀求：

"你们不该平白无故抢走我的马群，看在你父亲面子上，救一救大叔吧！"

旺丹像大雁一样伸长脖子，谨慎地重又看了一眼自己脚下，装出一副严肃的表情，与他打起官腔来：

"大叔，我们干革命，不能讲私情。您说抢了您的东西，那话更不对。革命，就是要分斗富户，救济贫民。不是对您一个人是这样，我们领导上决定，对全旗所有的富户，一律进行清算斗争，对逃叛者要彻底抄家，绝不留情！"

"抄家？"

"对，抄家！"

"豺狼张嘴吃掉一个人之前，还看一看那个人的眼光是不是诚实；毒蛇吐舌螫一个人之前，还看一看那个人的脸色是不是忠厚。你们是人哪，可说出'抄家'这句话的时候，就像吐口唾沫那样随便！"

"这是工作队张彪队长的命令，我只能服从。"

"老天在上，我加米扬从来没有害过人，也没有跟八路军作过对，可你们……"

他气愤至极，瘫倒在马背上，几个骑手急忙上前扶住他；但他轻轻推开了他们。

"到我下马的时候了！"

　　他的声音，更加低哑了，就像一个被摔倒的摔跤手似的无精打采地下马来，轻轻抚摸了几下自己那匹骏马的被晨风吹起的前鬃，便撒开了手里的缰绳……

　　太阳像个永不换装的姑娘，又笑眯眯地升了出来。往常清晨时刻，鸟儿、犊儿、羔儿、驹儿齐声同唱，草原上喧闹得很；然而今天，仿佛它们都睡过了时，四野寂静，颇似家庭争吵之后呈现的那种沉闷气氛。

　　乌金台村的人们站在门外，观望着向他们走来的一群人马。每个人都假装干着一种活计，有的妇女外面没活可干，索性抱出孩子，坐在门口喂奶，而两眼却不安地望着那些越来越近了的人马。

　　"加米扬巴彦被工作队逮捕了！"

　　这消息像牧童的牛角声一样，霎时间传遍了全村。

　　老人们急忙回到屋里，扑通跪在落满灰尘的佛像前，祈求佛爷保佑，别叫灾难落到自己身上；同时也为加米扬巴彦的平安而祈祷。

　　为了证明确有投敌的牧主，和用对加米扬的惩罚做到以一儆百，喝完早茶，小晌时分，在乌金台村中央草甸子上，召开了一次全村群众大会。在会上，张彪讲了话，他为了加重语意，有意把逃出草原或者逃往敌占区的牧主，一律称为投敌分子。宣布将要对那些投敌的巴彦们开展彻底的抄家运动，把他们的牲畜和财物，分给贫苦牧民。他满以为，当他讲完话时，牧民们也会像他家乡的农民分得土地时那样狂热地欢腾雀跃。然而刚好相反，他讲完话时，牧民们的头低得更低了。有的老牧民双手合十，默默祷告起来。

　　开始分浮物了。起初没有人来领取，经过动员，才有人伸出了颤抖着的双手……

　　马群没有分，部队需要军马，除工作队员换骑几匹以外，其余的将派人送回后方去。

　　下午，工作队出发了。据说加米扬家里还有浮物，非抄它个干干净净不可！

　　当他们晚上回到乌金台村时，队部门前放着一块块的黑东西。队员们跳下马去拿起来一看，原来是牧民们把白天分得的东西，照原样又悄悄地送回来了。

　　那天夜里，张彪做了许多不连贯的梦。

　　又是在黎明时分，旺丹用冰冷的手推醒他说：

　　"又跑来了一只肥羊！"

"什么？"

"又有一个巴彦赶着畜群往南逃走了。"

这次追击的经过，与昨天大致相同。所不同的，是今天逃跑的不是一般牧主，而是白音都仍庙的旺钦拉西大喇嘛。

这个大喇嘛，与加米扬巴彦同一天收到瓦其尔的同样内容的密信。他本来不想南逃，谁愿意离开故乡逃到人生地疏的地方去呢？但是骆驼急了都敢跳火坑，这是逼上梁山哪！

那个尝尽国民党苦刑，一直避风躲雨的瓦其尔巴彦，如今为什么到处写密信，这般活跃起来了呢？

谁能回答啊？……

旺丹暗地里装神扮鬼，没收了旺钦拉西大喇嘛的牲畜还不算，又领上十来个人，到白音都仍庙，抄他的家时连他的佛堂也给捣毁了。

夕阳西下了。长长的灰影，从西天边漫了过来，草原显得更加空阔了。云雀飞在苍茫的高空，看去只有羊羔的黑蹄子那样大小，它们飞到远方消失了，仿佛钻进了天边那火焰般的晚霞中。含有凉意的晚风，吹动村头干枯的树枝，惊动了树上成群的麻雀，如今麻雀对任何一点动静都格外敏感，稍微风吹草动，它们便噗噜噜一下惊飞而去，有的竟不幸盲撞在附近树木上，死了。

群雀飞走后，久久不敢再回到原来的枝头上，它们在空中忧郁地盘旋，盘旋，直到精疲力竭，非找个落脚的去处不可的时候，才一只只地试探地飞回来，悄悄落在树枝上。先是少数几只，后来才渐渐多起来，而且它们好像在空中盘旋时已经开过会取得一致决议似的，都是默默地飞落下来，没有鸣叫与喧闹。

这也许是生物对自身安全本能的一种防护吧！

晚饭后，工作队员当中出现了一场风波。不知是谁，突然提出这样一个问题：我们是不是革命战士？这本是人人皆知，无须讨论的，但是人们心里都明白，今天有人提出这个问题，不是没有原因的。

大家认为：当然是革命战士。

接着讨论用什么尺度来衡量一个革命者？这时意见就分歧了。

为蒙古民族的解放事业而斗争，打倒国民党，保卫草原人民，就是革命者——这是一部分人的意见。

另一部分人却说：如果用这样尺度来衡量，那么我们就不算是革命者；因为我们不是在保卫草原人民，而是在制造混乱。

后一种意见的代表者，不是别人，而是在队员当中负有盛望的爬杰副队长。像他这样人，说出这样意见，队员们震动很大。他说：加米扬和旺钦拉西大喇嘛，在去年国民党反动派大举进犯草原时，都没有跟敌人勾结，而站在人民一边，为什么现在突然南逃？其中必有缘由。我们只没收他们的财产，抄他们的家顶什么用？应当追根究底，闹个清楚；要不然，老百姓只看见我们抄家、毁庙、又分又斗，摸不着头脑，就会产生疑惧，甚至起来反对我们。到那时候，我们就会变得像失群的孤雁一样，独自个儿在天上飞来转去，可在草地上连个落脚的地方都没有了。

"不，同志们！听了爬杰同志的话，我敢说：他还没有了解什么叫革命！"

旺丹神气傲然地笑了一下，两手叉在腰间那条宽皮带里，以革命的代表者的姿态出现了。

"革命，不同于蹲在帐篷里清闲地喝奶茶。斗争与抢劫、坚定与残忍，常常很难分得一清二楚。革命者需要有坚定而又残忍的性格，就像公牛有股蛮劲儿一样。我们对大牧主加米扬和旺钦拉西大喇嘛的态度，说它是斗争也可以，说它是抢劫也没有什么，革命者就是要把他们从人民身上抢劫走的东西再抢回来，交还于人民，这就是革命！有些同志喝惯了可口的奶酒，乍喝起二锅头来有点呛嗓子，不要紧，慢慢就会习惯了。张彪队长说了，今后我们根据具体情况，采取具体措施，在形势的逼迫下也许还要更大规模地展开这种斗争！每个同志都应当学会无情——对敌人和投敌者的无情斗争！如果有人害怕这种革命的无情，那趁早回家去放老牛。"

有几个人笑了。但大多数人，听了旺丹这套夸夸其谈的高论很不舒服，所以那几个发笑的人，也不笑了。

屋里充满反常的寂静……

突然有人骂道：

"呸！你这狗东西，念的什么经！"

大家不约而同地回身望去，爬杰站在背影的角落，气得胡子梢直个打战，两只眼睛如同两颗将要爆破的炸弹。

"你身为副队长，为什么骂人？"旺丹不让了。

"骂？我还想毙了你呢！"

爬杰上前几步，抢起枪把子便向旺丹打去，被几个队员急忙拉住。

旺丹嘴里不干不净地骂着，躲到人群后面去了。

爬杰左手提着枪，右手挥动着皮帽子，向队员们高声喊道：

"同志们，我们亲手杀过国民党，我们的马刀尝过敌人的血，从来没有对杀害我们父老兄弟的敌人，留过情！但是加米扬和旺钦拉西跟国民党一样吗？他们逃跑是真的，但是他们为什么要逃跑，我们弄清楚了吗？"

"是啊，不调查清楚逃跑的原因，就把他们当敌人对待，这是制造混乱！"工作队员中年纪最小的朝克吐，红着脖子喊了起来。

爬杰说："对！这是在制造混乱！领导上给我们讲过多少次，我们的工作要从内蒙古这个少数民族地区的特点出发，我们的主要敌人只有一个，那就是国民党蒋介石。除此之外，只要不是死心塌地投靠国民党的，连那些民族上层人士在内，我们都要团结他们，把所有能够团结的人都团结起来，攥成铁拳头，狠狠地打在蒋介石脑袋上！码着这条准绳，我们在草原上一直执行'不分不斗不划阶级'的政策，效果很好！可是，同志们想一想，这几天我们在干什么？我们又分又斗又抄家……"

旺丹狂喊起来："那是对付投敌分子！"

爬杰轻蔑地看了他一眼，说："加米扬和旺钦拉西是不是去投敌，我们还没有调查！"

"他们往南跑就是投敌！"

"就算是投敌，那么我问你：他们为什么要投敌，而且不早不晚都在这两天投敌？"

旺丹最怕追根究底，他在心里盘算：绝不能叫爬杰在这一点上纠缠住。他想打断他的话，又找不到合适的词儿，只得蛮横地喊了一句：

"那就问你自己吧！"

工作队员们哄然骚动起来，纷纷责问：

"你这话是什么意思？"

正在乱哄哄的时候，房门响了，张彪走了进来。他站在门口，向屋内迅速地环视一遍，看出没有发生什么意外的事情，才松下气来。

队员们见他进来，都不言语了。

爬杰把枪托杵在地上，脸上那绵密、细小的皱纹更深了。

旺丹用袖口轻轻擦了一下额头，他感到那里有点痒，大概挂有汗珠。他竭力装出无所谓的样子，走近张彪身旁，恶人先告状，他说：

"我只说了一句向投敌的巴彦们作斗争，有人就跟我抢起枪把子来了。"

爬杰愤怒地抬起头，像是要争辩，但张彪先开了口：

"同志们，旺丹同志说了些什么，我没听见，不过我想告诉同志们：为了平息目前的混乱局势，我们别无选择，我们对那些企图投敌的巴彦，只能采取无情斗争的对策！我们是革命战士，是搞阶级斗争的。阶级斗争的一般规律告诉我们，只有镇压剥削阶级，才能使被剥削阶级得到自由与解放。革命的目的，就是从世界上消灭剥削制度。哪里有阶级存在，哪里就有阶级斗争，蒙古草地也不例外。我个人愿意跟大家一起，在这场轰轰烈烈的阶级斗争中，得到锻炼和考验！"

他很自信地谈了一通大道理，旺丹一直用微笑对他的讲话表示支持和拥护。他拿过一个队员的水壶，给张彪倒了一杯水，好像在说：讲下去，讲下去！但张彪没有讲下去。他感觉出大家的反应不够热烈。他在心里想：这没有什么奇怪的，他们一直受苏荣挂在嘴边上的那个"不分不斗不划阶级"的所谓"三不政策"的影响，缺乏阶级和阶级斗争观念，所以刚接触一种新鲜事物，很难一下都能理解，慢慢教育吧！

他这样想着向外走去，来到门口又转过身去，对爬杰说道：

"今天晚上再加一道岗，离村口稍远一些，有什么情况，快些报告。还有，前几天有几个同志的马鞍子坏了，从加米扬巴彦的浮物里更换一下。我们骑兵的马具，等于步兵的鞋子，没有鞋子或者鞋子坏了，怎么打仗？天气不早了，大家休息！"

说罢，他走出屋去。

在回队部的路上，旺丹呼呼气喘地追上张彪，向他讲了一个重要情况，他说：

"张队长，棉团般的白云能打雷吗？明镜般的晴天能下雨吗？在你的生活里，发生过突然得简直叫你不知所措的事情吗？"

"发生了什么事情？"张彪放慢脚步。

"是一件简直不敢相信的事情！"

一听这话，张彪站住了，两眼紧紧盯住旺丹。

"普日布大夫把我老婆给我领来了。"

"你老婆？……"

"是啊，这你就不敢相信了吧？我弟弟去年秋天给了她一枪，没打到致命的地方，她没有死，在沙坨子里被贡郭尔副团长的父亲普日布大夫发现了，他把她用马驮回来，一直留在家里给她养伤。怕我弟弟知道后再去补一枪，普日布大夫没漏一点风声，就连我也没告诉！现在伤已经完全养好了，才把人交给了我。"

"她现在在哪儿？你见她了？"

"工作这么紧张，斗争这么激烈，现在我哪能顾得上管她？……再说，去年她干的那桩事，把我的心也伤透了！我让普日布大夫把她送到我家去了。"

这消息确实出乎张彪的意料之外。张彪感觉到旺丹的目光一直没有离开他的脸上，不知他是在寻求同情，还是在察言观色？在没有对这一消息进行冷静的分析与判断之前，张彪想暂时回避他一下，所以当他们来到队部门口时，张彪望了望夜空说，草原的夜真美，他想在外面走走。旺丹一个人先回屋休息去了。

在温馨的蓝色的春夜里，独自在草原上散步，确实是件快事。夜风扑在脸上，叫人浑身舒怡，柔茸的草叶将凉意透过鞋底，传遍你的全身，日间风沙所留下的那烦人的干燥、闷倦的感觉，全然消散了。

张彪在散步中，几次试图把卡洛复活的这个奇疑事件，从脑海中暂时驱逐出去，但都失败了。他已预感到在卡洛那黑色身影的后头，隐藏着什么东西！……

"还是暂时不要想它吧！"他这样对自己说着，停住脚，仰望那深邃而静穆的夜空，忽然间，在神秘的银河上，他仿佛看见了欧阳那秀丽的面容，那泉水一般清澈的两眼，他产生出一种对她不起的感觉。近来斗争太紧张了，他整个的心沉醉于这场斗争之中，因此没有像从前那样思恋她……是的，他把这场斗争的大火点燃起来了！不久的将来，他将以自己出色的成绩，证明苏荣副政委所执行的政策是错误的。想到这里，他伸出双臂情不自禁地说了一声：

"多好的春夜啊！"

"是啊，多好的春夜呀！"

忽然有人接上了他的话。夜幕中看不清是什么人。

"谁？口令？"

"步枪。是我，张彪同志！"

是爬杰的低沉的声音。

"是你呀，一个人在散步？"

爬杰像赶蚊子一样摇了一下大手说：

"我可没有那份闲心思！"

"还在为跟旺丹争吵生着气吗？"

"只生他一个人的气，顶啥用？"

听出他话里有话，张彪又问：

"你是特地来找我？"

爬杰用粗手指挖了挖多毛的耳窝，说了一句成语：

"山水积多了，总要找个口子流出去。"

张彪虽然觉得爬杰有时过分固执，但是对这个忠实的战友，他仍然很尊重。

"看来你有很多话要说，这儿不方便，到队部去谈吧！"

"不，你那个队部里有耗子，我怕咬了我手指头。"

他们来到草甸子中央一棵老榆树下，盘腿坐了下来。不知谁家的狗，在村头向朦胧、灰暗的远方狂吠着。张彪很想抽口烟，但夜间在外面露烟火不妥当，只好把烟瘾憋了回去，随手拿起一根干草茎，在嘴边嚼着。这时，爬杰开了腔：

"小时候的事，最难忘！我六岁上死了爹娘，一个好心的流浪艺人收养了我。他穷得没有钻进脑袋的毡房，没有扬起尘土的牛羊。我整天像匹小马驹似的，跟着他到处流浪。夏秋两季，我们盖天铺地睡在大草原上，我望着满天星星，问他：别人都有家，咱们咋没有？他摸着我的脑瓜笑着说：咱们是最富有的人，大草原就是家！那时候，我不知道什么叫忧愁，每天跟着他跑几十里路也不叫苦。他细高个儿，一步顶我三步，再加上我贪玩，一会儿抓蝈蝈，一会儿采野花，他每走一段路，还得停下来等我一阵……我十一岁那年冬天，天气冷得把大地都冻裂出几丈深的缝子，可我们还是连个遮身的地方都没有。有一天，冒着风雪赶路，他冻死了，大雪盖住他的尸首，我哭着喊着不知往哪儿去，差一点也被冻死！……有个巴彦收下我给他当奴隶。他是个吃人肉不吐骨头的坏家伙，我给他一年到头不歇脚地干活，可巴彦的皮鞭上还经常沾着我的鲜血！我的门牙被他用马棒打掉了，我的左手也是叫他拧残废的，在我身上，留有几十处伤痕——这就是我当了整整二十年奴隶的酬劳！"

又圆又大的杏红色月亮，刚刚升出地平线，又被东天边的一块乌云遮住了。草原上依然是一片黑暗。

张彪头一回听到爬杰这些悲惨的经历，他深深感动了，完全没有去想爬杰为什么今天晚上要讲这些痛苦的往事。

"我们过了一辈子像背了一座大山似的直不起腰、抬不起头的苦光景，我们身上有着巴彦的皮鞭留下的累累伤痕，有谁比我们更能知道巴彦们的狠毒呢？"爬杰继续说道，"可是你把我们说得跟笨牛一样：任人鞭打，也不知道仇恨。是这样吗？张彪同志，你总该相信我比牧主的阔少爷旺丹，多知道一些你常说的那个阶级和阶级斗争吧！蒙古有句俗话：纯洁和诚实，生在心上；奸诈和虚伪，长在嘴上。可你经常是听人嘴上的，不看人心里的。我们不像旺丹那样能说会道，但我们的心比他诚实、纯正！"

"这我明白……"

"马在柔软的草地上打前失，人在甜言蜜语前栽跟头。旺丹拿顺耳的话奉承你，我们净说逆耳的话，叫你不痛快，所以你相信他，超过相信我们大家。"

"你这样说不完全正确，我相信每一个忠诚的革命同志。"

"也许是这样；不过很多问题上，你跟他唱一个调，跟大家不合弦。"

"我不明白你的意思。"

"譬如，这次打击巴彦的斗争，你跟旺丹一个人一商量就做出决定，命令全队就干起来了，你问没问过大伙儿有什么想法？"

"我派旺丹去师部汇报过了。"

"师部有什么指示？"

"师部指示在一般情况下不要乱抄家，但并没有反对我们在特殊情况下采取特殊措施。"

"这不可能！对牧主和民族上层人物进行分斗和抄家这样关乎政策的大事，苏荣同志不会随便同意的。你问过旺丹没有，他是怎样汇报的？"

"我问过他，他说汇报了。"

"你派他回去汇报，就把事情做错了一半！对旺丹那种人，他愿意跟革命走，咱们可以团结他；但是完全依靠他，依我看，还得拉出去遛一遛，看看腿脚正不正再说。"

"你对牧主家庭出身的旺丹有保留，这很好；但是为什么对那些逃叛的牧主、大喇嘛们总是心慈手软呢？有时还……"

张彪没有说完，爬杰把话接了过去：

"你是想说，有时还替牧主、大喇嘛说情，是吗？"

张彪不作回答。爬杰接着说：

"刚才我说过，牧主巴彦们没有给过我金银财宝，留给我的是满身伤痕和一只残废的手，我一辈子也不会说他们一句好话。"

"我希望你做到这一点。"

"但是，像你对付他们那种办法，我不赞成，尤其是现在。打个比方吧，你是个牧羊人，你的羊群里闯进了一群野狼和一群村狗，那么你是先打狼还是先赶狗？在放牧上，你确实不如苏荣副政委，她打豺狼，你却赶村狗。"

"我不同意你这种比喻。"

"比喻我也觉得不恰当。不过如果细心琢磨琢磨，里头也许有点道理。"

"好吧，你的意见，我一定慎重考虑。但是眼下我们不能睁眼看着叫巴彦、大喇嘛们接连闹事啊！"

"这话说得对！不过你想过没有，他们为啥不早不晚、不前不后，突然就在这一两天里一齐动了起来？……嗯，看样子你还没想过。咱们放下根源不去找，在这人心惶惶的时候，没摸清底子就闹起分斗、抄家，这样很容易叫国民党钻空子，甚至我都想过，这两天他们一齐出动，是不是背地里有人叫我们往国民党特务设下的陷阱里钻？"

爬杰副队长的这句话，分量太重了，张彪一听，紧锁眉头，已无心再去欣赏春夜的景色了。爬杰是他最信任的老战友，他正直、忠诚，从不说不着边际的空话。如果没有经过深思熟虑，他是不会来找他的。听了刚才他说的话，觉得爬杰考虑问题比自己深。他提出是不是国民党暗地里在设圈套，对他触动很大，或许这才是问题的实质所在吧！……由此他想到另一桩可疑的事件：卡洛的复活……

于是张彪把斯琴第一次看见卡洛复活，和刚才旺丹告诉他普日布大夫把她送回家去的情况，从头到尾给爬杰讲了一遍，末尾问了一句：

"牧主们的叛逃和卡洛的复活之间，会不会有内在的联系？"

"如果这两把火是从一根火绳上点着的，那问题就复杂了。那么你现在对牧主进行的分斗、抄家，可能是正在往敌人点着的这把火上浇油！"

张彪一愣，问：

"你是说我在帮助敌人？"

"我是说，敌人可能在利用我们的失误。"

"你说咱们应当怎么干？"

"我的主意是：头一步，咱们先把阵脚稳住！从明天起停止分斗、抄家，就是有那么一两个往敌占区逃跑的，也没什么了不起，暂时也不要理他们。工作队每两个人分为一组，分头下去向各阶层人民宣传党的政策，了解敌人的活动线索，最要紧的是让草原的门户——明安旗平静下来。草地越安定，敌人越没有空子可钻。咱们腾出手，紧紧攥住两根绳头：一根是为啥这两天巴彦们突然同时外逃；一根是旺丹老婆卡洛到底从哪儿冒出来的。追根究底，就一定能把明安旗眼下这一锅浑水澄清楚。我这个人像个笨骆驼，不会拐弯抹角，心里想什么曲儿，嘴上唱什么调儿，你是队长，最后我还是服从你的决定。"

"不，今天我服从你的决定——就按你的主意干……"

张彪很晚才回到屋里。旺丹一直没睡，但他装出被开门的声音闹醒的样子，揉了揉眼睛问道：

"啥时候了，刚回来？"

张彪只是含含糊糊地"嗯"了一声。

旺丹见他不想说话，心里犯疑：他在外面待了这么长时间，是不是有人跟他说了什么？想到这里，他的心悸跳起来！他试探地问：

"那加米扬和旺钦拉西的马群，还是按原定计划派人送到师部去吗？"

"原定计划不变！"

听了这个回答，旺丹才安下心来，脸上露出暂短的笑意，如同夏夜的一霎闪电。

这一天晚上，乌金台村附近很平静，没有出现惊奔的马群和嘶哑的呼喊，工作队的同志们都睡了一夜安稳的觉……

然而，就在这一天晚上，住在北沙坨子里的达木汀盟长的家里，却人来马往，整夜没有消停下来，好像一股洪水，在乌金台村附近被堵住之后，改道冲向了北沙坨子，流到了达木汀的家中。

达木汀，解放前名义上虽为一旗之长——安奔，但前些年被贡郭尔篡权之后，一直躲在北沙坨子里抄写古书，钻研书法，收藏古玩，借以消磨时光。去年春天苏荣到来，而后骑兵十二师进驻草原，对他一直采取团结的政策，对他进行了大量思想教育工作，达木汀安奔表示愿意接受共产党的领导。在去年秋天召开的全盟人民代表大会上，作为民族上层人士的代表，他被选为盟长，从那以后，他主动帮助我们对民族上层做了一些工作，表现是不错的。前些天，他患重感冒，回到家来养病。近日病情好转，他准备尽快返回盟政府所在地——沙拉更庙去，正在这时，今天夜里，突然有十几个牧主巴彦和宗教上层人士，风风火火地纷纷奔来，向他紧急求救。说来实在奇怪，这十多个人，都收到了瓦其尔巴彦的一封密信，内容与加米扬和旺钦拉西收到的信完全相同。他们都以为共产党的政策变了，就要大难临头，但是又没有地方去投奔，前后为难，不知所措，一个个都像热锅上的蚂蚁，无奈只得来找达木汀盟长，求他从中通融，让他们免除一场倾家荡产的灾难！

达木汀盟长仔细看了他们带来的所有密信，从字迹上判定，都不是瓦其尔写的；再说瓦其尔被国民党打伤后一直卧床不起，他哪里有那么大精力？达木汀觉得这些密信，必有来头，再看那些向他求救而来的人们焦急不安的样子，他决定即使让人搀扶着也要马上去找明安旗工作队，问明情况。

当天晚上，他把那十多个找上门来的牧主巴彦们安顿在家里，第二天一清早，他带上那十几封密信，向乌金台村快马加鞭，找工作队去了。

五

一首好的乐曲，有时乍一听来，并不悦耳，但过后，你越品越有味，越品越动心，进而为它那寓意幽深的神韵所激动，乃至倾倒，这就是它所含有的所谓"绕梁三日"的功力！

老爬杰昨天晚上的谈话，张彪起初听来，很不顺耳，但是当他深夜静思，以一个共产党员的原则精神进行反省时，他才感觉到爬杰的话，真正触动了他的心弦。对这样一个一片赤心的老战友的忠告，如果感情用事地加以漠视，那是党性所不容的！他开始反顾自己的踪影，他仿佛隐隐约约看到自己那深一脚浅一脚的足迹，在那呈现着绿意、充满了生机的草原上，掀起了一缕缕尘烟，它模糊着人们的视线，骚扰着人们的心境……在这关口上，张彪冷静下来了，决定亲自给师党委写一份书面汇报，如实地报告这里所发生的一切。如有任何过失，他将毫不推诿地承担责任。

当晨曦刚刚给草原罩上一层朦胧的灰白色时，他起了床，悄悄走出门外，坐在一辆拉水用的破车上，垫着皮包，写起汇报来。

到天大亮时，他已经写完了两封信：一个是写给师党委的工作汇报！一个是写给欧阳的私人信件。他把两封信，装入皮包里，跳下车来，迎着朝霞伸展双臂，做了一会儿体操，随后进到屋里，叫醒小萨扎卜，让他去找三名牧人出身的战士，同时也把斯琴叫来。

斯琴刚好在饮马，晚到了一会儿，她进队部来时，张彪正在向那三个同志交代着任务：

"……师里急需马匹和肉食，这你们都知道。派你们把前两天俘获的马群和牛羊，限五天之内，赶回后方，能完成任务吗？"

那三个战士，面面相觑，有些为难。长得像黑牛犊似的小伙子朝克吐回答说：

"马群能赶得到，牛羊可有点……"

另一个年纪大些的战士——吉雅，插进嘴说：

"牛羊只能一边赶，一边放，要是硬拿鞭子抽着尾巴叫它们跑，等到了师部，也该扒皮子了。再说，这么多牲畜，我们三个人恐怕围不过来，再给搭配两个人吧！"

"人不能再增加了。我们在这儿还有许多工作，从今天起，两个人分为一组，深入到牧民当中去了解情况，任务很重。"张彪边说边将眼光转向斯琴，"我打算派一员女将，快马加鞭跑在你们前头去给师部送信，让师里派些同志，到半路上接迎你们。"

"派她去吗？"朝克吐指了一下斯琴。

张彪点了点头。

斯琴向朝克吐看去，他那像嫩羊肉一样的红嘴唇里露出一排整齐的、像白玉一样闪耀着光亮的牙齿，不知为什么，她突然把眼光移开了。然而她的眼光移到他那像丘陵一般突凸的、正在发育而又充满青春魅力的胸脯上时，她的心咯噔地跳了起来。啊，他多么像铁木尔啊！她突然感到自己的脸像火烧一样热，她唯恐被别人看出这突如其来的感情冲动，低下头去两手直擦手掌！手掌发出马缰绳的干燥的皮革味，这倒使她分散了精神，心慢慢平静下来。

那三个战士不约而同地看了一眼斯琴，说：

"既然师里派人来接迎，我们就接受任务了。"

"赛音亚巴莱！"张彪用蒙语祝他们一路顺风，并与他们一一握手道别。

等那三个战士走出门去以后，张彪从皮包里拿出信来交给斯琴说：

"明天务必赶到师部，把这封信交给苏荣副政委本人，一定要交给她本人，记住！"

他递过另一封信时声音变低了一些，话也很简短：

"这一封交给欧阳。"

斯琴接过信刚要转身离去，张彪又把她叫住。

张彪走过去把手掌轻轻放到她的肩上，以歉疚的口吻说：

"斯琴同志，有一件事情我应当向你道歉！"

斯琴不解其意，抬起眼帘惊奇地瞅他。

"上次你来报告，说卡洛复活了，我没相信，而且对你态度也不好。"张彪说。

斯琴忙问："怎么，又有人遇见卡洛了？"

张彪"嗯"地点了点头，又说："这次不只是有人遇见，而是有人把她送到旺丹这儿来了。"

"她在哪儿？"

"据说是普日布老头救活的，现在送回瓦其尔家里去了。"

"真奇怪呀！"

斯琴说着沉思起来。

"这个谜，总有一天会破开的。"张彪说，"今天我说起这件事，主要是向你道歉！"

斯琴困窘地低下头去。

斯琴从队部出来以后，把那三个赶畜群的同志，送上路，才与他们分手。

她与朝克吐握手道别时，情不由己地比与另外两个同志握得紧一些，并且把眼光在他胸脯上多停了几秒钟……

现在她离开队伍，离开同行的同志们，一个人孤零零地在空荡的草原上奔驰着。不知为什么，今天特别想叫马儿慢慢行走，容她在那轻轻碎步的马背上，随意去遐思冥想。但是一想到自己负有紧急任务时，只好不停地两腿夹起马肚来。

她打算顺路回特古日克村去一趟。一是跟爸爸告别，省得他老人家惦记她；二是问莱波尔玛有没有啥捎的，她与沙克蒂尔好几个月没有见面了。回村去，就要绕些道，她怕因此而影响送信的任务，一路上拿不定主意，直到过了白音都仍庙北山时，才决定还是回村去一趟。

"明天天亮以前动身，就误不了事。"

她这样想着，奔上去特古日克村的大道。

过了有三座金黄色流动沙丘的古日板归冷村，再往东一走，就是宝少台大湖了。这湖说来倒有几分奇特，有一年，它像汪洋大海，浩浩渺渺水漫方圆几十里；有一年，那波涛滚滚的湖水，好像让魔鬼喝光了，露出干裂的湖底，上面是一层雪白的碱土，看去恰像一张巨大的羊皮。去年干旱，这湖也干了。然而湖边仍长着一人多高的芦苇。在茂密的芦苇丛里，有各种鸟儿过冬，春天一到，它们发出悦耳的鸣叫，形成这一带独一无二的庞大的春歌合唱团，给草原增添一番新的情趣。马儿来到这里，总是警惕地竖起双耳，仿佛从苇塘深处会突然闯出什么怪物来。这里的确是个危险的地方，如果有坏人躲在里面，向你开枪，你无法知道枪是从哪儿打来的。说来凑巧，正在斯琴这样瞎想的时候，不知从哪儿，突然闯出一只狼来！马儿吃惊地退了两步，险些将她摔下鞍去。她赶忙用左手勒住马缰，两腿像钳子似的夹住马肚，定了定神，右手一抬，当地打了一枪，紧跟枪声，那狼打了一个滚，又爬了起来，这时她站在马镫上，双手端枪，瞄准射击，随着枪声，狼"啪"地倒下了。她下马走过去一看，狼已经死了。她没有像猎人那样当即扒下狼皮，而是连皮带肉囫囵个儿拴在鞍鞯后面，又赶起路来。马一边走一边喷响鼻，像是时刻都在担心驮在身上的那只死狼会复活过来。斯琴也受到了传染，她也不时转身观看，然而那狼身中两弹，早已断了气。

狼，在迷信的牧民心目中，是多么令人胆战心惊而又不可触犯的东西啊！佛教徒们称它为天狗。平时不敢直接说出"狼"字，而称呼为"荒原上的东西"，吃饭时，如果有谁偶一不慎脱口说出"狼"字，女主人立刻会拉下脸来，惊慌而又愤怒地瞪他一眼，随后赶紧把一只空碗"啪"地扣在桌子上，以此戒除那个人的冒昧而招来的灾祸。在佛教徒当中，还有此一说：如果在荒原上遇

见了狼，你不要去触犯它，像绵羊般驯服地跪下去给它磕头，它就会大发慈悲，
饶你一命。有的老人怕人不相信，还证实说，他就这样脱过险，信不信由你。

斯琴一边赶路一边问自己：如果一年以前，像今天这样遇见狼，她会怎么
样呢？一、跪下磕头求饶；二、叫它吃掉。然而今天她却开枪打死了它，而且
悠然自得地驮在自己的马背上！这是时间给人带来的变化。

她来到特古日克村时，天近黄昏，村头柳林的上空，挂着一抹淡云。村落
像被人遗弃的冬营地，没有生气，也没有初春的喧闹。

在柳林里，她遇见了贡郭尔的家奴笃日玛。她用绳子拖着几根做烧柴的木
头，费力地走着，她脸色枯黄，就像干旱天的地皮。当她认出斯琴时，脸上艰
难地露出亲切的笑丝，并向她迎了过来。在这个世界上，除了斯琴一个人，再
没有人了解她的境遇和同情她的遭遇了。她们曾经是一个魔掌下的患难姐妹。
斯琴看到她那般样子，回想起自己一年前的生活，因而不由得从内心里更加同
情和怜悯起她来。她喊着"笃日玛姐，你好！"策马向她欢快地跑了过去。然
而正在这时，笃日玛一反常态，突然变得像一头受惊的老乳牛，慌慌张张地扔
下手里的绳子，喊了一声："天哪，又有什么灾难要落到我头上呀！"便盲目地
向柳林深处跑去了。

斯琴一愣，勒住了马。这是怎么回事，笃日玛为什么突然跑走了？难道她
在贡郭尔家里被折磨得变疯了吗？她良久找不出答案。后来当她打马继续前行，
而拴在马背上的死狼不停地摆动时，她才恍悟地苦笑了：她是看见狼，跑掉的。
按照迷信的说法，那是不吉祥的。

"苦命的笃日玛姐呀，你还是老样子……"

想到这里，她鼻尖一阵酸痒……

她回忆起，一年多以前，就是在这条幽静的柳林小径上，她赶着水车走在
深雪里，铁木尔从外地回来了。他们分离了一两年，是多么难得的重逢啊！当
时她虽然认出他来，但她没有勇气投入铁木尔的怀抱，她丢下水车跑掉了，就
像笃日玛现在丢下木柴跑掉一样；她呼喊着跑掉了，就像笃日玛现在正在呼喊
着跑掉一样。眼前重演着痛苦的往事，情景如前，只是人物换了，骑在马上的
不是铁木尔，而是她自己；疯狂而盲目地跑掉的不是她本人，而是可怜的笃日
玛姐。回忆往事，使她格外感到痛苦！如今铁木尔在哪里？他们还会在这条柳
林小路上重逢吗？还有团圆的一天吗？……

她走到家门口时，擦了擦两眼的泪痕，然而痛苦的心情难以全然消失，当她走进包里，向老父问安时，勉强装出很快活的样子。

道尔吉老头看见女儿回来，欢天喜地！马上动手煮奶茶，女儿说自己来煮，爸爸不肯答应，叫女儿坐下歇息。老人不停地问长问短，每句话都充满对女儿的深深疼爱！

俗话说得好：即使六十岁的老太婆，在妈妈眼里还是小姑娘啊！

她喝完茶，出门去把死狼拖来交给爸爸扒皮。老猎人看见女儿打死了野狼，心里欣喜而又忧伤地想："要是铁木尔也在身边，他俩是一对多么好的猎手啊！"

他夸奖女儿说：

"孩子，走遍察哈尔八旗也找不到像你这样勇敢的姑娘！"

斯琴牵着马去探望莱波尔玛。

特古日克湖上，一片春色，湖心有几只在这里过冬的水鸭，愉快地嬉戏着。湖水平静极了，像一面擦得干干净净的镜子。

莱波尔玛就住在这面镜子的边缘上。

她来到莱波尔玛门前时，从包内传出清脆的嬉笑声。莱波尔玛简直是个钢铸的人，不管生活的担子多么沉重，也压不弯她的腰身。她就是在这清脆的笑声中，度过着孤独而贫困的日月。

笑声一阵接一阵，斯琴踌躇地停了下来。莫非有什么外人吗？她把马拴在一棵小树上，轻手轻脚地走过去，把脸贴着门缝往里看了一看，原来是莱波尔玛在逗耍着孩子。她光着脚，袒露酥胸仰卧在地上，用双手把孩儿高高举起，又突然往下撂，逗得孩儿格格发笑，她自己也在幸福地大笑。她比从前更美、更丰满了。

大约过了一个钟头，道尔吉来叫女儿回家去吃饭，但是莱波尔玛早已做好了晚饭，怎肯放她回去！她留下他们父女二人，吃了一顿莜面鱼鱼羊肉汤。饭后道尔吉老人独自回去了，斯琴留在她家里睡。

在深静的春夜，敞开天窗，躺在包里，凝视湛蓝色的夜空，人们的种种心绪一齐涌上心头：童年、青春、友谊、爱情、悲苦和欢乐……

她俩睡在一起，各自想着心事，谁也不作声。过了许久，斯琴才担心地说：

"在天亮前，我务必动身，不知道到时候能不能醒来。"

"每天夜里，我都醒几回照顾孩子，你放心睡吧，我叫醒你。"

"要是误了公事，我可跟你算账！"斯琴缩了缩身子又说，"夜间还挺凉呢！"

莱波尔玛转过身来，把自己身上的破毛毯拉过一半，盖在她身上，又伸过手臂，搂住她的腰说：

"挨紧点就暖和了。"

"你怎么不盖天窗啊？"

"惯了……"她顿了顿，忧伤地说，"我长年累月跟两个孩子睡在这个又小又黑的蒙古包里，太孤单啦！夜里盖上天窗，包里黑洞洞的，我闷得慌，受不了，所以冬天一过，我就敞着天窗睡；睡觉前，望望夜空，数数星星，心里总能畅快一些。"

斯琴被她的话感动了，她悄悄擦了擦湿润的两眼。

"你想沙克蒂尔吗？"

"不，他不想我，我想他干啥？"

"你怎么知道他不想你？"

"要是想我，为啥一去几个月都不来看我？"

斯琴不由得笑了。

"莱波尔玛姐，人家现在是革命战士，哪能像从前那样一想你就跑来？"

"喝！谁不知道他干革命？可你说说，缺他几天，革命就垮了？唉！人家毕竟是娶了老婆啦……"

"说正经的吧，你给他捎点啥东西？"

"只捎一句话。"

"啥话，说吧！"

莱波尔玛将她紧紧搂住，咬着她耳朵说：

"叫他回来一趟，一趟！"

斯琴装出生气的样子，把她推开了。

"姐，你又胡说了，刚才你不是说不想他吗？"

莱波尔玛在黑暗中憋住笑，咬着下嘴唇，往斯琴腰间可劲儿捶了一拳，说：

"想他呀，日夜的！想得我全身的肉都快要裂开了！知道吗？"

说完又把斯琴紧紧搂在怀里，不知是因用力过猛，还是内心冲动，斯琴感觉出她的双手在颤抖。

"我又不是沙克蒂尔，松开！"

斯琴想从她怀里挣脱开，可她搂得那么紧，连动都不能动。她像个男人似的喘着粗气说：

"就是不松开，不松开！"

于是斯琴也搂住她，两个人格格地笑闹起来。过了一会儿，她们松开了手臂，斯琴抱怨说：

"看你，一提起沙克蒂尔就疯了，把人家腰搂得生疼！"

这时，莱波尔玛却变得像个羞怯而温柔的少女，把脸轻轻贴在斯琴肩上，缓慢而又柔情地说：

"沙克蒂尔比我更有劲儿哩，有时把我搂得连气都透不过来……"

斯琴轻声叹息了一下，抚摸着她的头发，说：

"莱波尔玛姐，你也该往长远着想了。人家已经娶了媳妇，南斯日玛又怀了孕……"

"我没妨碍他们。"

"我不是这个意思，我是说你总得该找个男人哪。"

莱波尔玛不以为然地仰起头，理了理头发，嘴角上挤出一刹笑丝，说：

"谁要我呀？"

"鲜艳的花朵上，不愁没有蜜蜂落，像你这样出名的美人，只要想嫁人，包门都会被挤破的。"

"谁敢娶我？男人的皮鞭可拴不住我！"

"那么你嫁个厉害的吧，过不了一个月就叫你变得像小羊羔似的老实。"

"天底下的妈妈还没养出来那样小子！"

"厉害人可多啦，我们洛卜桑师长就是一个。哎，他是个老光棍，你就嫁给他吧！"

莱波尔玛突然大笑起来。孩子被惊醒了，她一边拍打孩子，一边笑着说：

"天哪！我成了师长太太，哈哈哈……身后跟着两个当差的，'沙克蒂尔，给我倒一杯水来！''是，太太！'哈哈哈……"

"别笑了，我只是打个比方罢了。反正你一个人拉帮两个孩子，实在不容易！"

莱波尔玛的笑泪变成了哭泪，顺着她的脸颊流下来，一滴滴落在斯琴的肩膀上。斯琴也同情地哭了。莱波尔玛伸过手来给斯琴轻轻擦着眼泪，声音有些发颤：

"日子过得确实不容易！吃、住、穿、戴全靠我一个人张罗。冬天，我出门去担水，没有人替我照应一下孩子，我怕他们烫在炉子上，又怕爬出门去冻死，就把两个孩子用腰带和头巾像拴牛犊似的拴在围墙上。我挑着水回来，老远就听见他们哇哇地哭，也不知道是烫着啦，冻着啦，我的心像刀割似的疼！急忙跑回来，放下扁担等不及把水倒进缸里，先去解开他们，孩子们又笑了，可我抱住他们哭起来……有时候，我对自己说：认输吧，再等几年，老了，到那时候就不容易找男人了。可是又一想，只要沙克蒂尔还活着，我嫁给谁，心还是在他身上，反正也不会有痛快日子，闹不好可能麻烦上添麻烦，所以过这般苦日子，倒也甘心。他一年就只来一趟，我也心满意足了。"

她们一直谈到很晚，莱波尔玛的话像喷涌的泉水，依照她的兴头，还要谈下去，但是斯琴跑了一天路，很疲倦，明天还要起大早赶路，就先睡了。

不知睡了多久，斯琴被推醒了。她还以为是在部队里，急忙爬起来，刚要问有什么情况，看见了莱波尔玛，她这才平静下来，向天窗上看一眼天色，天窗已经盖上了。

"天快亮了吗？"她问。

莱波尔玛摇了摇头说：

"我把你早叫醒一会儿，你不生我的气吧？"

"有事？"

"你到我这儿来，不到南斯日玛那儿，日后她知道了会不高兴的。你早一刻起身，路过一下南斯日玛家，问一问她跟沙克蒂尔有啥事没有？你说好吗？"

斯琴很受感动：

"姐，你是多好的人哪！我马上就动身。"

"茶已经煮好了，吃点东西再走。"

斯琴出包去，备好马，再进包里来时，茶食都摆好了。

莱波尔玛递给她一包东西。

"你把这包吃的东西交给他。"

斯琴喝完茶，就上了路。她没走出多远，莱波尔玛又把她叫了回去，一手拉住她的马缰，一手握住她的手，小声而忧郁地说：

"要是南斯日玛也给她丈夫捎吃的东西，那就把我那一份别给他了，让他尝尝自己老婆做的东西吧！"

斯琴找不出恰当的话回答她，只是说了一句：

"姐，外面凉，回去吧！"

她走出很远，仍看见她的包门大敞着，在从包门射出的光亮中，站着一个像黄昏中的小白桦树一样的黑影。

斯琴路过自己家，与爸爸告辞后，直向安奔西热村驰去。

她来到南斯日玛家的时候，天快亮了。为了不叫旁人知道，她轻步走到南斯日玛的包前，守夜狗看见了她，她急忙轻轻叫它名字，扔给它一块吃的东西，那狗就像吃了贿赂的官员一样心满意足、无声无息地走开了。

南斯日玛的包门闩得很紧，她推不开，只得轻轻叩了几下，南斯日玛猛惊醒，忙问是谁？

她听出是斯琴的声音，赶紧给她开了门。

"神不知鬼不晓的，你打哪儿钻出来的？"

"我回师部去，顺路来看一看你。"

"你赶了一整夜路？"

"不，我是从家里动身的。你给沙克蒂尔捎什么东西吗？"

南斯日玛没有回答她的话，按住她的肩膀，叫她坐下，说有一件要紧事告诉她。

"卡洛突然活着回来了！"她开始说道，"起初谁也不敢断定到底是人还是鬼，我吓得都不敢瞅她！后来她才说，沙克蒂尔打了她一枪，没把她打死，普日布大夫救活了她，还给她治了几个月伤。她一回家来，我的心里就像有两头牛犊顶架似的老是安定不下来。她一看见我，两眼就冒凶光，好像要杀人！朝着我咬牙切齿骂骂咧咧的，还说什么谁往她身上射进过枪子儿，早晚她要让他一家人都尝尝菜刀砍脖子的滋味！我这些天，真是提心吊胆，晚上睡觉总是把门闩得严严实实的，谁知道啥时候她往我身上下毒手啊！你陪我住几天再走吧！"

"不成啊，我有紧急任务，连瓦其尔大叔也不能见一面了。你快准备捎的东西吧。"

南斯日玛看出留不住她，把捎给丈夫的东西包好交给她说：

"你再告诉他……"

她把话只说了半句，就低下头去。斯琴马上明白了她的意思，笑着问：

"有喜了，是不？"

"已经五个月了。"

……

斯琴从南斯日玛家出来，牵着马走出很远，才纵身上马，向西北方驰去。

草原远方的丘陵像健壮青年身上的一块块肌肉，在朦胧的晨雾中凸现出来。饥饿了一夜的麻雀，老早就飞出来，在路旁寻食着被春风吹落的草籽，它们活蹦乱跳，唧唧喳喳，恰像一群风骚的少女。一只高大的山鹰，站在一棵即将发芽的老树上，向东方威严地眺望，期待着火红的朝阳。

这只山鹰的雄伟形象，把斯琴的全部注意力都吸引过去了，以至有一个骑者从黑色的树林中走出来，来到她的身旁，她都没有发觉。

"斯琴！"

忽然从身后传来一个人的喊声，她一惊，全身紧张起来。大清早，这儿怎么会有人？她回头一看，简直不敢相信自己的眼睛，是莱波尔玛！她怎么会到这里来？她勒住马，往路旁躲了几步。

莱波尔玛头巾、腰带扎得整整齐齐的，身后背着小儿子，马鞍上驮着几件小孩的棉衣、夹衣、被子等物，完全是出远门的打扮。

斯琴正在纳闷的时候，莱波尔玛先开了口：

"我跟你一起去！"

"你带着孩子，怎么能跟大部队东走西奔？"

"我把大儿子交给你爸爸了，那孩子贪玩，只要有个人照顾就行。小儿子，我背来了。当然这比甩着双手走路，总要累一些，可我能受得住！"

斯琴知道她的性格固执得像匹母马，她一旦决定走那条路，就非走不可。正如她爱上沙克蒂尔以后，任尝千酸万苦，也要相爱下去。

"你啥时候到这儿的？"

"我等你好半天了。"

"为啥不进南斯日玛家？"

"她看见我去找沙克蒂尔，会难过的；听说她有孕好几个月了，我不想叫她痛苦。"

　　她俩开始赶路了。斯琴为了照顾背着孩子的莱波尔玛，不得不叫马儿走得慢些，但她心里非常着急，赶畜群的同志们还等来人接应他们呢！

　　莱波尔玛可不是给人添麻烦而又不自觉的人。她知道斯琴有紧急任务，所以宁肯叫孩子受颠，自己累一点，也叫马儿保持"小跑"速度。

　　走了一段路程以后，斯琴要替莱波尔玛背一会儿孩子，叫她歇一歇肩。两个人一同下了马，莱波尔玛把孩子用宽布带给斯琴捆在背后，顺便开了个玩笑："叫你也尝尝小寡妇的苦处。"这句话本来是她无意之中信口说出的，但是"小寡妇"这几个字，就像一支无形的箭，深深地刺痛了斯琴的心！她们骑上马，再往前走时，斯琴变得冷呆呆的，好像她脸上的笑全叫晨风吹没了。她也明白那句话是莱波尔玛无意中说出的，但是她怎么也摆脱不了那种多余的烦恼，就像黄蝇叮在牛尾巴上，甩也甩不掉。铁木尔被敌人抓走后无音无信，难道真是"小寡妇"的命运在等待着她吗？啊，多么可怕的命运哪！……

　　春天的上午比兔子尾巴还短，她们刚走进厢白旗的边界，就已是正午时分。

　　她们在一座小山下，下马歇息。这座山的左手有口清泉，故名为"泉山"。俗话说，有水必有树。这一带长满了山柳，柳叶还没发芽，但枝丫已经发嫩了。

　　她们拿出干粮来吃。莱波尔玛的孩子真乖，坐在妈妈身边，干啃一块奶豆腐，一点也不吵闹。莱波尔玛拿着木碗对孩子说：

　　"妈妈给你打点泉水来，你跟姨姨坐着啊。"

　　孩子只顾啃奶豆腐，连头都没有抬，看来他确实饿了。妈妈又拿出几块油炸馃馃，放在他手里，便独自打水去了。

　　没过几分钟，莱波尔玛神色慌慌张张，脚步跌跌撞撞地拿着空碗跑回来了。

　　斯琴不知发生了什么事情，迎上前去问：

　　"有狼吗？"

　　莱波尔玛没有马上回答，用极度恐惧的目光，向四周环视了一下，从前怀掏出一封信来，小声说：

　　"你看一看这是什么信？我在泉边沙土里捡到的。"

　　"那里有人吗？"斯琴接过信问。

　　"现在没有，可好像没多久以前有过人。"

　　"你怎么知道的？"

　　"那地方扔着几个酒瓶，沙土上有人坐躺的印，还有一泡马尿没干呢。"

斯琴一听，起了疑心，忙打开信看；信是用汉文字的。她的汉文程度还不足以畅读信件，但是她从信上这一个那一个地认出一些单字来：

　　张彪×× 为我们 ×× 好 ×。二 × 有功，××× 谢 ×！ ×× 十九日国军 ×××，××××××，龙 ×××，火 ×× 手会 ×。

　　　　　　　　　　　　　　　　　　　　　　　× 山 ×

她所认识的单字，说明不了任何一个完整的意思。她急得直揉眼睛，仿佛两眼罩着一层无形的纱幕，只要揉掉它，就能够完全看懂这封信似的。

"我看不懂。"她又焦急又失望地说。

"一个字也不认识吗？"

"认识几个字，可连不成一个意思。"她停了停又说，"反正这不是一封普通的信！可能是敌人写的，信里还提到张彪同志……"

一听说可能是敌人写的信，莱波尔玛脸色都变了。她的心在胸膛里跳得那么响，连她自己都能听得见。敌人！什么敌人能到这地方来呢？

斯琴把信往怀里一揣说：

"你抱上孩子，到林子里躲一躲，我到泉边看一下。哎，把马也牵过去。"

她一个人提着枪向泉边走了过去，怕那里有人埋伏，走几步停下来观察一下动静。

来到泉边，她看出这里确实有人歇息过，沙土上印着密密麻麻的马蹄印，而且有两条蹄印由这里像两条绳子似的一南一北地伸展开去。"是两个人，往两下走了。"她想道。

人常说：皮里有肉，肉里有骨。马蹄印、信件和那些在闭塞的草原上未曾见过的酒瓶等等，都说明这里面包含着一时判断不清的奥秘。

这时候，莱波尔玛见这里没有什么特殊情况，也抱着孩子走过来了。

"有两个人在这儿商量过事情，之后，一个往南一个往北分头走了。"斯琴自言自语地说，"信里为什么还提到张彪同志？莫非敌人要伤害他？……我应该马上回去告诉他；但是……"

莱波尔玛从一旁，把话接了过去：

"把那封信给我，我给张彪送去。"

莱波尔玛是个爽快人，说着便紧系腰带，准备动身。斯琴拉住她的手说：

"看来咱们非得在这儿分手不可了。谁走哪条道，由我来定。你到师部去送信，我回去找张彪同志。"

莱波尔玛忙说：

"不行，不行！我又不是部队里的人，到了师部找谁呀？"

"你找到苏荣同志，把这两封信交给她就行了。去吧，沙克蒂尔会帮助你的。"

"斯琴，人家说正经事，你还闹玩！"

斯琴俏皮地回了她一句：

"谁不是说正经的？你到师部去，一来送信，二来身上的肉也不会裂开了！"

一听这话，莱波尔玛羞得脸都红了。她装出生气的样子伸手去揪斯琴的耳朵，斯琴一闪身，没叫她抓住。莱波尔玛嘴上叫着："今儿个我非得治一治你这片嘴！"向她追了过来。斯琴笑着在前面跑，莱波尔玛叫着在后头追，这情景惊得两匹马竖起了耳朵，却喜得莱波尔玛的小儿子拍起手来。

"我非得治一治你这片嘴！"

她们还在沙原上追逐着、嬉戏着……

最后还是莱波尔玛抓住了斯琴，把她摁倒在沙地，骑在她身上，可劲儿掏她胳肢窝，掏得斯琴上气不接下气地笑着直打滚。她笑，她也笑，无忧无虑、忘我地笑着、闹着。

过了一阵儿，她们分手了。

虽说黄骠马跑得像羚羊般飞快，斯琴赶回乌金台村时，却已是夜深人静的时刻了。她整整跑了一天，没吃一点东西，又饿又累，但是兔子皮再薄，也能经得住磨三天，一个战士怎么还忍不了一时的饥饿与劳累呢？

人被种种忧虑压迫着赶路，就像马绊了脚索，全身不自在。她对捡到的那封信，往好处和坏处都想过，然而在她预感的天平上，坏的成分总是重于好的成分。与那坏的成分相联系而出现的是贡郭尔、卡洛、普日布、旺丹、刘木匠这些人的影子。所以她进村来时，心想：这封信不能叫旺丹知道。

她从岗哨那里得知，张彪开完会回队部去了。来到队部，她像只小山猫似的轻悄悄地走到窗前往屋里看了看，张彪在灯下写着什么，旺丹坐在一旁正在修理马缰绳，他们俩互不言语，跟大店里的陌生的房客一样。

张彪脸上挂着倦意，看去比初来草原时，仿佛消瘦了许多。她知道平时张彪并不喜欢她，有时甚至在态度上对她没有缘由的严厉；但是不知为什么今晚她忽然对他产生出强烈的同情。她看见他那披在肩上的旧大衣有几处破口时，对自己说："明天一定要替他补上。"

正在这时，有一个人像无家可归的流浪汉，打着口哨向队部走来。她听出是小萨，便迎过去向他打手势不叫他出声，小萨认出是斯琴，立刻像被野蜂蜇了一下，往后退了一步。斯琴一把扯住他衣袖，就往背静的地方走去。他们走到一堵倒塌的牛圈墙那边时，小萨才敢问她为啥回来了。

"这等以后告诉你，"斯琴说，"我现在有要紧事情告诉张彪同志，绝对不能叫旁人知道，你快去想办法把他叫出来。"

"不念'波特露格吐太'经，庙里鼓镲不会半夜响；没有急事，你不会这么晚跑回来。好吧，你在这儿等着！"

小萨第一次为公事被人这样哀求，他觉得自己已经是个了不起的人物了。因此，向队部走去时，步伐就像二岁子小马那样敏捷而又轻快。

不一会儿，他把张彪领到牛圈里来了。

"张彪同志，你的马腿没出血，是斯琴让我把你叫出来的。"

张彪看见斯琴从墙那边走了过来，这一下他完全被搞糊涂了。

"你怎么回来了？"

不知是急于弄清事实真相，还是出于对她的责备，张彪的口气不怎么顺听，但是斯琴没有往心里放。薄薄的一层浮云，风一吹就会散去。她从怀里掏出信来。

"这封信是我在路上捡到的，上面写着跟你有关系的话，我猜是敌人的密信。"

"敌人的密信，跟我有关？……"

张彪接过信，蹲下去划着火柴，让斯琴用他大衣遮住亮，他一看，那信上写的是：

张彪果然为我们做了好事。二弟有功，请转致谢意！电告十九日国军已克延安，望兄乘此良机，龙腾虎跃，火速着手会务。

高山启

一根火柴着完又接上一根，读了一遍又一遍。当火柴熄灭了时，夜又以它那黑色的翅膀，包裹起一切。夜风刮断的墙头上的枯草，像雨点似的打在他们的脸上。

张彪慢慢站了起来，他如同被人蒙住了眼睛，什么都看不见，觉得从来不曾有过这样黑暗的夜！他一时无法断定这封信说明了什么、预示着什么，但斯琴的估计是对的：这是敌特的密信！"十九日国军已克延安"——敌人真的攻占了延安吗？党中央、毛主席完全撤出了吗？……想到这里，他全身的血直往头上冲涌！他恨不得一刀砍碎这夜的黑幕，跳上万仞高峰，眺望一眼亲爱的革命圣地——延安……

斯琴站在一旁，虽然不知信里说了什么，也不知张彪在想什么，但是她看得出他现在很难过。她想安慰他几句，又无从说起，只好问了一句：

"是敌人的密信吗？"

张彪镇定了一下心绪，"嗯"地答了一声。

"信里说了些什么，能告诉我吗？"

"当然可以。不过老实说，我也搞不清楚是说了些什么！"

她以为这封信极为重要，才日夜兼程地赶来，现在听他这么一说，她颓丧地低下头去。

"哎，你别泄气，"他走过去看她冷缩的样子，把大衣给她披在肩上说道，"我不是说这封信不重要，而是说，它重要得简直叫人一时不能完全理解！你还没有吃饭吧？没有。那你去找点东西吃，我也再琢磨琢磨这封信；饭后你再来，我兴许有事。"

"是！"

斯琴怀着复杂的心情，牵着马走了。

她在一位老大娘家里，吃了一顿难得的绵羊肉。老大娘先睡了，她一个人坐在灯下，给张彪缝补大衣。大约过了一个小时，小萨跑来，说张彪同志叫她马上到队部去。斯琴问有什么事情，起初，小萨只字不露，等他们走出蒙古包来，他才说：

"达木汀盟长突然跑来了，说有十多个牧主同时收到了瓦其尔巴彦——就是旺丹副队长父亲的密信，叫他们立即南逃，不然八路军就要抄他们的家，分斗他们。那些牧主谁也不摸底，一个个吓得魂不附体跑去找达木汀盟长，达木汀不知道这是怎么一回事，就找工作队来了。"

说话间他们来到队部。张彪、爬杰、旺丹和达木汀四个人正在谈话。斯琴先向达木汀问安（这是牧民妇女对长者应有的礼节），而后把缝补好的大衣交给张彪。张彪发现大衣上有几块新补丁，简短地说了声："谢谢！"他叫斯琴坐在身边，并且告诉她说：

"现在有了新的情况……"

"路上，小萨跟我说过了。"

"我们正在分析情况，你也听一听。"

这时，一直在一旁抽烟的爬杰，磕打磕打烟袋锅说：

"十多个牧主，同一天收到了瓦其尔巴彦的密信，由此看来，加米扬和旺钦拉西也可能是收到了同样内容的密信后才匆忙出逃的。"

"现在看来，这是完全可能的，"张彪补充说，"可惜我把他们二人派人押送到师部去了。现在无法跟他们核实这件事。"

达木汀盟长还是按照老习惯吸着细末儿鼻烟，吸到过瘾时，接连打过几个喷嚏，而后慢慢抬起有些发肿的眼皮说：

"加米扬和旺钦拉西赶着畜群外逃以后，你们才对他们采取了行动，这就是说他们的外逃不是由于你们对牧主进行分斗和抄家而引起的。"

爬杰回答说：

"开头是这样。但是如果我们现在不马上停止对牧主采取的过火行动，往后会引起更大的骚动。"

达木汀说："你说得对，但那是以后的事情。目前最要紧的是要弄清这些信到底是谁写的，是瓦其尔，还是别的人，谁？"

一听这话，旺丹马上抬起头来，以惊恐的目光注视达木汀。达木汀看见他神色恍惚，以为是在为他父亲担忧，他有意把语调变得很轻松：

"旺丹，我总是认为我那个老朋友，他不会干出这样蠢事，你说呢？"

旺丹竭力回避众人的目光，支支吾吾说：

"我好久没见到父亲了。"

爬杰觉得没有必要在旺丹面前，继续研究这个问题，便说达木汀盟长年老体弱赶了远路，应当早休息，别的事情明天早晨再议。于是他们把队部这间房子让出来给达木汀盟长住，他们几个另找别的地方。旺丹说他有个亲戚住在村北头，他一个人到那儿找宿去了。

第二天早晨，决定张彪、斯琴领上几个人陪同达木汀去找瓦其尔，爬杰和旺丹留在这里。

晌午时候，一队人马，来到瓦其尔家。

瓦其尔躺在病床上，听见一阵嘈杂的马蹄声，不知外面发生了什么事情，忙喊南斯日玛。但是南斯日玛这时正被卡洛纠缠得脱不开身，那条疯狗又哭又闹，没完没了。就在这时，包门一开，只见达木汀领着张彪、斯琴等人走了进来。

瓦其尔急忙挣扎着想要起身向达木汀问安，被达木汀上前阻止下来。他们寒暄了一阵，瓦其尔激动得满脸老泪纵横，嘴里不停地说着：

"真没想到，你们还没有忘记我这个老朽。在我咽气之前，赶来看我……"

南斯日玛端着茶走进包来。

瓦其尔朝她发起脾气：

"我喊了半天，你们都不来，是想把我气死呀？"

南斯日玛默默地擦了一下眼泪，没说一句话，其实只是因为看见一大队人马到来，卡洛那条疯狗才停止了对她的无休止的折磨，要不然她还脱不了身哩！

坐在这座蒙古包里的，只有斯琴一个人知道南斯日玛的苦衷，所以当她退出门去时，斯琴向她投以深切同情的目光。南斯日玛虽然没抬起头来，但她已经感受到了那温暖的目光。

等南斯日玛退出去以后，达木汀与张彪交流了一下眼色，便掏出那些密信，递给瓦其尔说：

"老朋友，我这里有你几件东西，今天特地前来送还给你。"

"我的东西？"

瓦其尔随手将那些密信接了过去。

当他开始读那些信时，达木汀、张彪和斯琴的眼光不约而同地都盯在他的脸上。

他刚把头一封信看个开头，两只眼睛就变得溜圆了；当他开始翻阅第二封信时，两只手抖得连信纸也拿不住了；看到第三封信时，豆粒大小的汗珠，从额头上直往下滴答；其余的信，他已无心翻阅了，随即他"啪"的一声倒在床上，那些信从他手中散落下去，掉在铺着毛毡的地上。他像头将要断气的老牛，有气无力地说了一句：

"啊，有人暗算我……"

"这些信不是你写的？"张彪问。

"这是哪一个黑心肠的魔鬼，假借我的名义，干这般阴险毒辣的勾当！"

"这些信，你一直不知道吗？"

"我向老佛爷发誓！……"他挣扎着坐了起来，"我也是巴彦，如果这些信是我写的，那我自己为什么不跑？"

达木汀早就不相信这些信是瓦其尔写的，他把那些掉在地上的信一一捡起来，安慰他说：

"我早就看出这些信不是你的笔体。今天来找你，一来是叫你知道有这么一件事，二来想听一听你的高见。依你看，这股阴风是哪儿刮出来的？"

瓦其尔认真地思索了半天，突然压低声音说：

"我大儿媳妇回来了，你们听说了吧？这两件怪事，是同时发生的……"

斯琴追问道：

"这两件怪事，有什么联系吗？"

好像有根骨头卡住了嗓门，瓦其尔努了努嘴唇，没有说出话来。

忽然从包外传来卡洛放肆的叫骂声，和锅碗瓢盆的破碎声。不一会儿，包门被"咚"地一脚踢开，卡洛披头散发地撕扯着南斯日玛闯进包来。瓦其尔一看，气得拿起床边的手杖向她打去，并大声骂道：

"你这个没脸没皮的东西，滚出去！"

卡洛根本不理会公公的斥骂。她今天是经过充分准备，有意闯进来闹事的。卡洛不但是个无耻的泼妇，而且又是一个丧尽天良的害人精！今天她看见一帮骑者匆匆赶来，在瓦其尔包里秘密交谈，心中疑云骤起，莫不是这些人前来捉拿她？在一阵惊恐中，她那泼妇的无耻本领顿然勃起，她要先发制人！拿定主意把一肚子坏水全往南斯日玛身上洒！是她的丈夫沙克蒂尔叫她尝过枪子儿！她想起最毒的一个招数：今天要在众多的客人面前用无耻的谎言无情地伤害善良的南斯日玛，同时也在众人面前用恶毒的谎言让瓦其尔出丑！她已做了如此阴险而狠毒的准备，所以对瓦其尔的大声叫骂不屑一顾地撇了撇嘴，而后便发起了疯狂的进攻：

"老头儿，别装腔作势了！"卡洛放荡而又戏弄地大声喊道，"到底是谁没脸没皮？是你还是我？你这老骚驴，跟南斯日玛她妈胡搞了多少年，养出这个婊子，如今你把她当作儿媳妇娶过来，为的是把她的妈娶来当你老婆！老骚驴，别脸红，让八路大官们也听一听！……"

达木汀从一旁实在听不下去了，大声喝道：

"你一个女人，莫要这样放肆无礼！"

卡洛不以为然地一挑眉头，回敬说：

"噢，你们也护着这老骚驴？那我也不怕！枪子儿都没要走我的命，我怕啥？既然你们也护着他，那我干脆把他的老底儿全抖搂给你们听听：他不但要把南斯日玛的妈娶过来当老婆，而今这老骚驴还叫南斯日玛怀了孕！妈妈当他的大老婆，女儿做他的小老婆，老骚驴的骚劲儿可真大呀！哈哈哈……"

南斯日玛突然"啊"地尖叫了一声，向包外跑了出去。

卡洛叫喊着："你这婊子往哪儿跑，你男人叫我尝的枪子儿，我跟你报仇！"追着南斯日玛往外跑，但她被门槛绊倒了，等她爬起来时，南斯日玛早已不见踪影。

瓦其尔由于极度的气怒，一口气没过来，晕倒在床上。

被瓦其尔一家这突如其来的一团吵闹，搞得束手无策的达木汀和张彪，急忙先把瓦其尔扶起来，让他顺一顺气，他总算透过一口气来。

斯琴跑出去，找南斯日玛，想对她说几句安慰的话，可是怎么也找不到她。过了好大一阵儿，在一片混乱中，有一个牧工慌忙跑来报信：南斯日玛在村南面一棵老榆树上上了吊！

可怜而无辜的南斯日玛，死了！

六

草原的春天，一日之间温差很大。中午时分，冰雪消融，溪水涓涓，由雪水蒸发的气浪，像海潮一般流动在草原上，山林间，更是花香鸟语，一派魅人的景象。但是一早一晚凉意依然浓重。黄昏降临时，骑兵十二师师部所在地——沙拉更庙周围上空，笼罩起一层烧干牛粪的烟雾。战士们在烧火取暖。

沙拉更庙的喇嘛，由于战乱，比从前减少了许多。部队借住他们的空闲房屋还不够用，在大庙周围临时搭起一排排蒙古包，还把大庙的门洞也当成了军营。战士们跟"四大天王"同居一室，倒也是另外一番情趣。

白天全师以连为单位，进行政治整训或军事训练，生活十分紧张，所以每当晚饭后，大家不约而同地围坐在炉火旁，漫无边际地闲谈，或者自发地表演各种民间艺术，在一种轻松、愉快的气氛中，度过"自由活动"时间。

住在大庙门洞的这个排里，有个老战士叫巴布，去年他刚参加革命时，不管是师长还是战士，凡是年龄比他小的，他都叫"老弟"，为此经常受到批评。现在他已经习惯于以同志相称了。有谁再拿称呼"老弟"来逗他，他甚至要向他动拳头哩！

老战士巴布，年轻时跟流浪艺人学过几天艺，会说书、编唱"好来宝①"。今天晚上同志们又缠住他不放，点名请他演唱蒙古族民间长篇史诗《格斯尔可汗》。起初巴布推辞说那要连续十天半个月也唱不完，同志们说那咱们就连续听他一个月二十天。在同志们的热烈要求下，他只好拿起了四胡……

按照一般说书的习惯，在说正题之前，总是先垫一段即兴"引子"，为的是先把听众的兴趣吸引过来。现在巴布正在演唱"引子"。

洛卜桑师长每天晚上都要到各连排去同战士们一起闲谈或娱乐。今天晚上，当他走进大庙门洞时，战士们的注意力全被老巴布的艺术吸引过去了，谁也没有注意到他。他便悄悄坐在一个黑暗的角落，跟战士们一起欣赏巴布的艺术。

巴布说得正在兴头上，琴声抑扬顿挫，歌词风趣幽默，引起阵阵满堂喝彩！

现在开场"引子"已经过去，即将"书归正传"，老巴布诗兴大作，心情舒畅，额头上沁出汗珠，他暂时放下琴弓，喝了口水，润润口，清清嗓，接着抖了抖肩膀，正了正身姿，便绘声绘色地演唱起来：

当宇宙的星球
　　还是一粒尘埃的时候，
当灿烂的太阳

还是一点火星的时候，
当崔嵬的昆仑山
还是小小山丘的时候，
当滚滚黄河
还是一条小溪的时候，
当紫檀神树
还是一苗幼芽的时候，
当嘎希巴佛祖
还是小喇嘛的时候，
十方圣主
格斯尔可汗，
堕下母胎
诞生到人间。

他渐渐长大成人
驱逐了各种苦难，
使肥壮的五畜
布满肥美的草原。

北方的各个部落
呈现出升平景象，
百姓都安居乐业
过着和平的生活。

聪颖的十方圣主
英明的格斯尔可汗，
娶了贤惠的夫人
同她欢度年华。

美丽的阿尔勒高娃夫人

是辉映世界的一朵金花，
每当她摆动双手
　　地魂都欢欣狂舞。

在她走过的脚印里
　　滚起一颗颗金球，
每当牧童看见
　　都想用手捧住。

在她踏过的地方
　　滚出一颗颗明珠，
每当村姑看见
　　都想戴在头上。

六月的蝴蝶飞来
　　错认她是一朵花，
六岁的孩子见她
　　忘记了牵手的妈妈。

八月的蝴蝶飞来
　　错认她是一朵花，
八十岁的老人见她
　　恨不得恢复自己青春年华。

她的光辉使太阳失色
　　她的风姿使百花羞涩，
她的娇艳使青年倾倒
　　她的……

"不许唱这样歌！"

忽然从人群后头，传来一声命令。

不论是演唱得兴致勃勃的老巴布，还是听得出神入迷的战士们，都被这一声命令所惊动，大家转身望去，只见洛卜桑师长双手抹在腰间皮带里，迈着威武的步伐，向巴布走了过来。

巴布认出是师长，立刻立正站起，把四胡像"三八"大盖似的触地拿在手中，目视前方，只等师长的训斥了。

"谁叫你把女人唱得那么美？"师长走近巴布身旁严厉地问。

"报告师长，格斯尔可汗的阿尔勒高娃夫人，长得确实美，美得如同一朵花中之王！我从师傅那儿学艺的时候，他就是那么教的。"巴布说。

"可是在我这儿，不准许你给我的战士们把女人唱得那么美，你是想叫他们睡不成觉啊？老弟！"

"报告师长，我改掉叫人'老弟'的毛病已经半年多了！"

从战士们当中传出一阵笑声。

"稍息！"

随着师长的口令，巴布才松弛地活动腰身，眯缝着两眼，很滑稽地笑了笑说：

"师长，要我说吧，您听一听阿尔勒高娃夫人的温顺，贤惠和美丽，很有必要。我老巴布打心眼儿里祝福您早日找到像阿尔勒高娃那样美丽的夫人！师长，您该找个女人了……"

听了巴布这番话，小战士们都捂住嘴悄悄笑了起来。

"我要那么漂亮的女人干什么？她能给我喂马还是当'马桩子'？"

早就憋不住笑的战士们，这一下哄然大笑起来。

老巴布说道：

"师长，您不该下命令打断我的说书，我唱完阿尔勒高娃夫人的美丽之后，接着就唱她跟格斯尔可汗一起，向邪恶、狠毒的朝通英勇斗争的故事，那情景威武雄壮，就跟您率领我们打国民党一样。"

又是一阵哄堂大笑。

一向以严厉著称的洛卜桑师长，这次也忍不住地笑了，他用大手狠狠拍了一下巴布的肩膀说：

"俗话说，好酒要多喝几杯，好歌要多唱几曲。看来今天我洛卜桑犯了错误，不该打断你的演唱，好吧，你继续唱下去，让我们听一听古代传说里的圣主格斯尔可汗，会不会跟国民党中央军打仗？"

人们又笑了，但是巴布没有笑，他说：

"老天爷打雷，小鸡钻窝。师长一来，我的琴就哑了。师长既然承认自己犯了错误，同志们！咱们罚师长给大家唱支歌好不好？"

"好！"战士们呼喊着拍起巴掌来。

师长被老巴布将了军，为难地直用大手在满脸胡子茬儿上摸来摸去，推托说他五音不正，除了会喊口令之外，不会唱曲儿。战士们不答应，直个拍手，逼得他只好退却：

"好吧，今天我犯了众怒，该罚，该罚！但是你们要听我唱歌，还不如去听公鸡打鸣，我确实不会唱，我给大家讲一段巴拉根仓的故事吧！"

巴拉根仓，是蒙古民间故事中专会作弄王公和财主们的一个智慧而幽默的人物，关于他的传说，说也说不完，越说越爱听。战士们高兴地鼓着掌，向师长围拢过来。

"巴拉根仓使用各种计谋，终于当上了王爷的随从。"洛卜桑师长那种素来军人的威严，现已顿然消失，像个草滩上爱唠叨的老牧羊人一样，用小铜烟袋锅抽着呛人的烟末，开始讲述起来，"有一天，王爷清早就要出门，巴拉根仓来不及吃早饭，只好往布袋里装上两块熟肉，就跟着走了。走出几十里，巴拉根仓饿得肚子直叫唤，他走在王爷后头，掏出熟肉偷偷吃，刚吃两口，一不小心，熟肉从手中滑下去，掉在地上了。巴拉根仓赶紧禀报王爷：'王爷！我的熟肉掉在地上了，允许我下马把它捡起来吧！'王爷拉着脸，回过头来看了一眼那块掉在地上的熟肉，说道：'俗话说得好：掉在地上的臭肉，不能捡！走吧！'巴拉根仓只好服从，心里窝着一团怒火跟着往前走。王爷在前面悠然自得地走着，突然有一只野兔从路旁草丛里窜出来，王爷的坐骑一受惊往旁边一闪，把又胖又笨的王爷'叭'地从马背上摔了下去，这时巴拉根仓又解恨又高兴，装作没看见，继续往前走。王爷火了，喊道：'巴拉根仓！你没看见王爷摔下了吗？还不快下马把我扶起来！'这时候，巴拉根仓也拉着脸，回过头去看了一眼趴在地上的王爷，不紧不慢地说道：'俗话说得好：掉在地上的臭肉，不能捡！'说完，一个人自由自在地甩着马鞭走了。"

"哈哈哈，巴拉根仓真是好样的，做得巧，答得也巧！"战士们都活跃起来了。

"巴拉根仓同志，家住在哪儿？咱们把他招来，跟咱们一起治国民党，他一定有高招！"一个战士说。

"巴拉根仓不是你的同志，他是个传说中的人物，他连枪栓也不一定会拉，打国民党他不行，还得靠咱们！"

师长的话，被一阵欢笑声淹没了，门洞里充满了活跃的空气。

在洛卜桑师长给战士们讲故事的时候，老战士巴布，神不知鬼不晓地用滚开的水沏了一壶茶，等师长一讲完故事，他把茶用双手向他敬了上去，而后，笑眯眯地站在一旁，骄傲地"嗯嗯"地清着嗓子，只等师长说句夸奖的话了。

战士们看见他那副天真的样子，都觉得好笑。

近来部队的粮食和肉食供应都很紧张，全师官兵每天干吞三顿带沙土的炒米。洛卜桑师长严格要求自己，跟战士们吃同样的伙食。这几天，他胃病犯了，吃进的东西，好像全在肚子里结成了疙瘩，阵阵作痛。依照他多年的经验，这时候如果能够饱饱地喝上一壶酽酽的滚热红茶，憋在肚子里头的那块疙瘩，就会消除。作为一个东蒙人，他不但从小喝惯了红茶，而且有些小病，全拿红茶治。但是，他已经两个多月没尝过红茶的滋味了！

刚才巴布给他端上茶壶来时，他以为是白开水，没有喝它。过了一会儿，当他为了润润嗓子，拿起壶来一倒，不由得瞪大了两眼，惊喜不已——红茶，香喷喷、浓酽酽的红茶！他高兴地喊了起来：

"喂，老弟！这红茶你是从哪儿变出来的？"

"报告师长，您不能再叫我'老弟'了！"

"不管是老弟、老兄、老同志，我是问你这红茶是从哪儿搞来的？"

"您趁热快喝吧！"老巴布满面骄傲神情地擦了擦额头上的汗珠，答说："为了叫师长最犯茶瘾的时候，喝到这一壶浓茶，我把一两多红茶装在小铁盒里带在身边，足有三个月了。可您知道，有多少回我多想把它喝掉啊！'不，不能！一定要留给师长。'我对自己说了又说。"

老巴布的真挚的话语，感动了洛卜桑师长，也感动了战士们，笑声消失了，大家只见老巴布不慌不忙从蒙古袍前怀里掏出一个小铁盒，向师长递了过去，不用说，里面装的就是那一两宝贵的红茶了。

巴布说：

　　"师长！在艰难的关头，您像一位兄长，和我们在一起；在危急的时刻，您像一位亲人，没有离开过我们一步。我，一个老兵，跟同志们一样，打心眼儿里敬重您！我笨手笨脚，做不出什么惊天动地的事来叫您高兴，我只希望您喝了这一两您从小喝惯了的红茶，身上舒展一下，心里痛快一阵，我老巴布就心满意足了。收下它吧，师长！"

　　洛卜桑的脸色由于感动而变得严肃起来。他端起那壶滚烫的茶水，对同志们说：

　　"我感谢巴布同志，他是个真诚的人。革命同志之间应当有这种比黄金还要纯净的感情。但是，现在许多事实证明，在我们队伍里有的人口是心非，他们的马蹄不是跟我们跑的一条路！我们要特别警惕这种人！我想用这壶茶水当作酒，为'同志'这个伟大字眼，干一杯！"

　　师长让战士们拿出喝水的缸子，给他们倒茶。

　　"干杯！"

　　"干杯！"

　　像条条江河归大海，人们心中汹涌的感情波涛，都汇聚到"同志"二字上来了。

　　洛卜桑师长今天晚上格外高兴，脸上泛着红光……

　　贡郭尔在自己家里跟国民党大特务刘峰秘密商谈之后，一回到部队，就马不停蹄地开始秘密策划叛乱。他现在只是在宝鲁当连长的三连，还有点影响力，所以他把三连作为他起事的"基地"，不过三连里党也派进了政治指导员，而且以沙克蒂尔（他现在是一班班长）为首的一批青年战士，马上靠拢在政治指导员周围，形成了一股力量，新生的、觉醒的力量！贡郭尔与宝鲁曾密谋把三连整连拉出去，这已经是不可能的了，于是他们改变策略，就像狼吃人之前先不露尾巴一样，一般不作公开煽动，而采取隐蔽手段，进行个别秘密串通，把那些至今还被他们蒙蔽的士兵们，一个一个地找到一个秘密地方去诱胁、拉拢、摊牌交底。按照贡郭尔跟国民党方面联系的结果，他把人马拉出去以后，直奔解放区与国统区交界之处的一个叫"学堂地"的比较大的村庄，那里有几户大地主，院大墙高，设有炮台，利于防守，他将在那里打出旗号，开始他罪恶的"新事业"的第一步……

离师部所在地沙拉更庙不远，有一条山沟，长满野杏树，故名杏花沟。那里有一所猎人遗弃的旧窝棚，贡郭尔和宝鲁经常在这里秘密会见。

今天他们刚一见面，贡郭尔迫不及待地就问："串通的情况怎么样？"

宝鲁颇为自信地回答说："比预想的要好，已经串通上七个人了！"

贡郭尔把马鞭子往马靴上一抽，很不是脸色地说：

"我带来了一个团的人马，拉出去的只是七八个人，丢人现眼，岂不成为他人的笑柄？不行，你还得下功夫，至少拉出去三五十个人马，要不，国军方面会小瞧咱们的！"

宝鲁很扫兴，脸沉了下去。

"看你的神情，似有难言之苦！怎么，咱们的事会有败露的可能吗？"

宝鲁也不是傻瓜一个，他也知道眼下贡郭尔离开他还没有别人买他的账，所以不硬不软地给了他一闷棍：

"如若蛮干，肯定败露；不信咱们就试他一试！"

"不不不，那可万万使不得！眼看就要盖成的庙堂，不能叫飞来的一把鬼火给毁了。"贡郭尔沉不住气了。

宝鲁这才改换为乐观语调，告诉他说：

"真是老佛爷帮忙，打前天起，我们连政治指导员患感冒发高烧，卧床不起，我刚才还假借探望之名，去亲自观察一番，至少他对我们的举动毫无察觉。"

"沙克蒂尔怎么样？"

"那小子，最次！正要求入党，积极得很哪！对政治指导员亲得像干爹。我已经布置了两个人，专门对付他。"

"这么说，你还大有活动的机会！"

"至少还能串通他几个。"

"树大招风，他们对我格外注意，我是一点也不能活动，咱们的事情就全托靠你了，我的宝鲁团长！"

"什么，团长？……"

贡郭尔在手里绕弄着马鞭，先是得意洋洋"呵呵呵"笑了几声，而后才说：

"是的，那面已经决定了，起事成功之后，到了学堂地，我一打出旗号，就马上任命你为我的警卫团团长！"

宝鲁一听，精神大振，向贡郭尔进言道：

"那面既然这般器重咱，何不让兄弟在起事之前，将苏荣等人杀掉几个？咱们拎着他们几个脑袋去报功，岂不更有声色？"

"短见，短见，不可取！那面的意思，最要紧的是叫我们拉出去一批人马，先造成一种声势，我们创大事业的日子，还在后头。不能因小失大，贻误良机！"

"扎冷大人，兄弟明白了！"

宝鲁向贡郭尔行礼告辞，钻出窝棚，跨上马背，消失在苍茫暮色之中。

等宝鲁走出一段路程以后，贡郭尔才牵着马，不慌不忙往回走。

当他走到沙拉更庙附近的大道上时，恍恍惚惚前面有个骑者，从骑马的姿势看，不像是个当兵的。他握着手枪，让马紧赶了几步，跑过去一看，是个牧民妇女，再靠近一些，认出那个妇女，原来是他的同乡——小寡妇莱波尔玛。

"莱波尔玛，你一个人怎么跑到这儿的？"他惊讶地问道。

这时，莱波尔玛也认出了贡郭尔，从马背上微微躬身向他请安。

"扎冷大人，您好！我有急事来找部队。"

"看得出是急事，不然你不会背着孩子跑这么远的路。"

"我是来送信的。"

"送信？……给谁？"

"是明安旗工作队写给苏荣副政委的。"

一听她这句话，贡郭尔的每根神经都紧张起来。工作队给苏荣的信，这么急，叫个小寡妇背着孩子日夜兼程赶着送来，其中必有奥秘！

"你过去到过这里吗？"

"没有。"

"莱波尔玛，你背着孩子跑这么远的路，来给我们送信，辛苦了！我代表部队向你表示感谢！"

"这没什么，扎冷大人！"

贡郭尔此刻一心想了解到她送来的那封信的内容。怎么办？给她一枪，撂倒她，把信弄到手吗？如果离沙拉更庙再远一点的话，他真会下这样毒手，但是现在离师部已经很近，鸣枪动刀都不行了。他与莱波尔玛并排马头往前走着，忽然想出一计，在心里几经斟酌，认为可行，他便说道：

"莱波尔玛，你赶了一天路，还背着个孩子，一定又累又饿，我领你去找沙克蒂尔，叫他先照顾照顾你。"

莱波尔玛听说她能见到沙克蒂尔，让他来照顾她，自然满心欢喜，真想马上向贡郭尔道谢，但是她很快又控制住自己的感情，只是有礼貌地说了声："谢谢扎冷的好意！"

"我让沙克蒂尔安排个地方，先叫你歇脚，"贡郭尔说，"至于你那封信嘛，我正要到苏荣同志那儿去，我给她捎过去好了。"

"不行，扎冷大人，工作队一再嘱咐我，一定要把信亲手交给苏荣同志。"

贡郭尔立刻沉下脸来：

"那好，你自己去找苏荣吧！"

说罢，他打马先跑了。

莱波尔玛心里着急起来，让马快跑了几步，追上他，恳求说：

"扎冷大人，您还是领我先见到沙克蒂尔吧！"

贡郭尔冷笑了两声："你现在还跟他有来往？"

莱波尔玛低下头去没答话。天黑了，贡郭尔看不见她的脸红了没有！

贡郭尔暗中盘算：她不是急于见到沙克蒂尔吗？好，索性顺水推舟，可以利用沙克蒂尔跟她的关系，多绕一道圈儿，了解她送来的那封信的内容。当然，沙克蒂尔那小子，也不会听他的，但是他可以设个圈套：在沙克蒂尔跟莱波尔玛相见后发生感情动作的时候，由宝鲁出面，以"违犯军纪"的罪名，将沙克蒂尔隔离起来，进行秘密审讯。他如不说，就给他一点厉害的尝尝！

计谋已定，他呵呵干笑了两声说：

"你呀，莱波尔玛！就知道一心想见沙克蒂尔！"

"不瞒您说，是这样，扎冷大人！"

现在莱波尔玛急于想见到沙克蒂尔，并不完全出于对他的想念，她知道自己送信的任务有多重要；她需要沙克蒂尔的保护。

然而，这时贡郭尔却打起官腔来了：

"沙克蒂尔现在已经是有妇之夫，而且不是像从前那样是个普通老百姓，现在他是一个革命军人，军人有军人的纪律，你来找他，会在我们部队中造成不良影响。这你想过没有？"

"这……"莱波尔玛一时答不出话来。

　　两个人都沉默了，只听得马蹄嗒嗒的响声……

　　"不过，人常说，远亲不如近邻。"还是贡郭尔打破了沉默，"我也知道你们俩来往也不是一年半载的事了，而且还生过一个孩子，你今天既然遇见我了，我尽力帮助你见到他。"

　　"谢谢扎冷大人！"

　　"用不着谢，都是乡亲邻居的。"

　　沙克蒂尔整天心里不安顿，不知为什么，总觉得今天他们连里在发生着什么事情，但他又一下子看不清楚、说不明白。这种预感是从人们的神情上、举止中、目光里感受到的。譬如说，有些平时爱说爱闹的人，今天突然变得嘴巴像贴了封条，脸色像要下雨的阴天，表现出惶然神情；有的人，并没有得到上级行军的命令，却在偷偷地整修鞍鞯、擦拭枪支；也有的人，以一种对一切都投以警惕与怀疑的目光，在人们不注意的当儿细心观察着周围的一切动静……这种种反常的现象，使沙克蒂尔警觉起来。

　　他现在正在积极要求入党。他知道自己家庭出身不好，要比别人做出更大的努力，才有希望成为一个共产党员。从他提出要求入党那一天起，他严格要求自己，党组织也在积极培养和考察着他。今天他觉得有必要把他们连里那些反常的现象，汇报给党组织。但是正巧这一天三连政治指导员患重感冒，在发高烧，不便去找他。他们连里别的谁是党员，他不知道。要往上面说，苏荣、官布是党员，这他知道。想来想去，决定去找苏荣同志。就在他正要去找副政委的当口，宿舍门一响，贡郭尔副团长走了进来，脚刚迈进门槛，就喊：

　　"沙克蒂尔！"

　　"有！"

　　沙克蒂尔回答着，又发现一个反常的现象：副团长那张永远凝结着冰霜的脸上，今天却春风盎然，而且对他表现得格外和蔼可亲。

　　"小伙子，你先闭上眼睛。"贡郭尔说。

　　沙克蒂尔果真闭上了眼睛。

　　不一会儿，贡郭尔又说：

　　"好了，你睁开眼看一看吧，我给你领来了一位什么样的客人！"

　　沙克蒂尔睁开了眼睛。

贡郭尔将身体往旁边一闪，从他身后的阴影里，美丽的莱波尔玛迈着轻盈的步伐，微笑着向他走了过来。这一切都像梦幻一般。

沙克蒂尔又蒙又惊又喜，一时弄不清这是怎么一回事，傻呆呆地站在原地，说了句：

"是你？莱波尔玛！"

就像有一根绳子，把全屋的人的目光，一下子都拽到莱波尔玛身上来了。她只觉得自己的脸在发烧。

"你来得多不是时候啊！"沙克蒂尔望着他那多苦多难的不合法的同居者，在心里这样责备着她。

在众目睽睽之下，莱波尔玛径直朝他走来，可他不知所措，无目的地用小指抠着枪口，手指在枪口上微微颤抖着。

"沙克蒂尔，人家跑了这么远的路来看你，你就像根木头似的戳在那儿？不像话！"贡郭尔训斥起来。

沙克蒂尔这才拎起枪，走过去，对心绪不安的莱波尔玛小声说了句："咱们到外面去吧！"

有几个老兵挤眉弄眼，起哄地喊叫起来：

"甜言蜜语，大点声说，叫我们大伙儿心里头也好受好受。"

屋里的人们都笑了。

莱波尔玛受不了这么多人刺人的目光和戏弄的笑声，脸就像用野百合花涂抹过似的那样红。她一转身，跟着沙克蒂尔赶紧往门外走。

"多漂亮的美人啊！别走啊，叫我们也饱饱眼福！哈哈哈……"

在一片粗鲁的笑声中，她走出门外。她那发烧的脸，对夜风格外敏感，她感到凉爽、舒坦。这时候，沙克蒂尔也不言语，从她手里接过孩子，抱在怀里，大步流星地领着她往前走，他的脸色是呆板的，有如一个过路的陌生人。这使莱波尔玛的心里很难过，不过这时候跟他也说不上话，她用小跑才能勉勉强强跟上他。即使这样，她也觉得一块石头落了地，总算是找到她日夜想念的人了。她不能没有他！她是在他的爱的阳光照耀下，活着的一朵嫩弱的花……

她赶了一天路，已经疲惫不堪了，头巾滑落到肩上，一绺绺头发披散下来，这些她都顾不上去管，只顾一股劲地追随于沙克蒂尔的身后，不能叫他落得太远……

　　今天是阴历十五吧，月儿正圆。从大庙里传来喇嘛们敲打晚钟的声音，它与部队的熄灯号声，形成了如此迥然不同的二部混声，但是这里的人们已经习惯了，各听各的，互不相干。

　　"沙克蒂尔，慢点走，慢点！"她终于祈求起来。

　　他这才放慢了步伐，使莱波尔玛能够赶上来，紧紧抓住他的胳膊，把头轻轻靠在他的肩膀上。孩子在他怀里睡着了。

　　他们走过草场，来到一片寂静的柳林中。林间小径上落满了枯叶，洒满了明月的银辉，走起路来，脚下发出"嚓嚓、嚓嚓"的声响。

　　"嚓嚓，嚓嚓……"

　　不一会儿，脚步声停止了，柳林越发显得一片柔情的寂静。这种寂静持续了许久，而后才被夜风传来了莱波尔玛在甜蜜的陶醉中发出的低声私语：

　　"再靠紧一点吧，我求你！……"

　　然而回答她的声音，却显得有些冷清：

　　"你怎么这个时候来找我？"

　　"你不想见到我吗？"

　　"……"

　　"噢，这是你女人捎给你的东西，给！"

　　"南斯日玛知道你到这儿来吗？"

　　"不知道。是斯琴从她那儿拿来交给我的。"

　　"她怀孕好几个月了，也不知道身体怎么样？"

　　莱波尔玛一阵心酸，低声抽泣起来：

　　"可我们见面后，你还没问过我一声好呢！"

　　沙克蒂尔显然被将得有些慌乱，语无伦次地解释说：

　　"这不，我们又见面了，都挺好……挺好的嘛！"

　　"你用不着这样为难，我这次来，不只是为了看你……"

　　"那你？……"

　　"我是执行任务，来给苏荣副政委送信的。"

　　"信在哪儿？"

　　"在我这儿，我要亲手交给她。"

　　"南面有什么情况？"

"近来很紧张！头一件怪事，就是你杀死的你的嫂子卡洛又活了，回到了你们家里，听说整天跟你老婆吵闹，把对你的仇恨，使在她身上，弄得南斯日玛日夜不得安宁！"

"这事太稀奇了，明明是我开枪打死的，她怎么会又活着回来了？……还有什么情况？"

"再就是很多牧主巴彦们，都收到你爸爸瓦其尔写的密信，说是共产党的政策变了，要分斗牧主巴彦，闹得全旗人心惶惶，也摸不准哪一阵是顺风，哪一阵是逆风。张彪慌了手脚，抓人、抄家、分财物，正在镇压。"

"老百姓有什么说道？"

"谁也不知道往哪个方向磕头才有神！明安旗不平安。工作队给苏荣的信，大概就是汇报这些情况的。"

"那你还不给她快点送去？"沙克蒂尔指了指柳林前面不远的一排房子说，"苏荣副政委就住在那排房子。"

"沙克蒂尔，我们好久没见面了，我不能就这样离开你，你别对我过于狠心了，我受不了！孩子已经睡着了，来，快过来，过来……"

"莱波尔玛，往后我们不能再像从前那样来往了。"

"为什么？"

"我已经要求入……入……"

"你入天、入地，我不管；我只求你：我不能没有男人哪！"

"是啊，你该找个男人了……"

"不，我不是这个意思。"

"可我希望你这样！我已经结了婚，我女人快要生孩子了，往后，你我都应当过正常的家庭生活……这些年来，你对我的恩爱，我永远不会忘记，但是……"

"别往下说了，沙克蒂尔，我明白了，完全明白了。"

"那就好了。"

沙克蒂尔说着就要站起来，然而却被莱波尔玛一把搂住，她把冰冷的泪珠，洒在沙克蒂尔的脸上，嘴唇上，眼睛上，她揪心地痛哭着说："你……再可怜我一次吧！"

莱波尔玛久来聚集的情欲，就要在这寒冷的春夜的荒原上爆发……正在这时，忽然从柳林深处闯出三个人来。

"沙克蒂尔！"是三连连长宝鲁的声音。

沙克蒂尔赶紧离开莱波尔玛的怀抱，报了声"有"，站了起来。

"你这样干，未免太过分了吧！"

沙克蒂尔整饰着军衣，无言答对。

这是按照贡郭尔设下的计谋，宝鲁前来捉拿沙克蒂尔，但他为了不叫莱波尔玛看出破绽，用和蔼的口吻说：

"我们到处找你，没想到你在这儿跟美人儿作乐。暂时分离一会儿吧，连里要开个班、排长会议，一班长，走吧！"

沙克蒂尔对莱波尔玛说：

"我开会去了，那个地方我不是告诉你了吗？自己去找吧！"

沙克蒂尔跟着那三个人走了。

莱波尔玛抱起孩儿，独自茫茫然走出柳林，向前面那排房子走去。

宝鲁把沙克蒂尔领到一个秘密地方，立刻宣布他"违犯军纪，私通民女"，对他实行处罚，禁闭十天。如果态度老实，可以从轻处理。沙克蒂尔向他们解释他和莱波尔玛的关系，但是他们的兴趣完全不在这里，他们向他逼问莱波尔玛给苏荣送来的信的内容，莱波尔玛跟他讲过一些什么有关当前局势的话……沙克蒂尔联系到这一两天的种种反常现象，识破了他们的奸计：他们是想从他这里得到他们急需的情报！沙克蒂尔当然不会叫他们从他这里掏出一句有用的话，因而恼羞成怒的宝鲁，便对他动刑逼起供来……

对在这里发生的一切，除贡郭尔之外没有一个人知道。莱波尔玛还真的相信沙克蒂尔回连里开会去了。

莱波尔玛来到刚才沙克蒂尔指给她的那一排房子前面，她不知道苏荣副政委住在哪一间屋里，只见尽西头那间房里有灯光，她走过去看，房间里没有人，主人为了节约灯油，将煤油灯捻儿捻到最小，只让屋里有一点微弱的光亮。

那房间很整洁，炕上铺着一块条毡，上面整整齐齐叠着一床军用棉被，再没有别的什么东西。她猜想这间可能就是苏荣住的屋。她走了进去，先把孩子放到炕上，那可怜的孩儿经过一天的颠簸睡得真香，你就是把他扔进冰河里他也醒不来。莱波尔玛打开包袱，给孩儿盖好棉被，她躺在他的身边轻轻拍着，拍着……这时候，整天奔波的劳累和神经的紧张，好像一下子全爆发出来了！

她瘫倒在炕上，神志变得恍恍惚惚；而在那种恍恍惚惚中，她仿佛又看见了沙克蒂尔被那三个人领走的越走越远了的身影……他也许开完会再来看她，啊，沙克蒂尔会来的，会来的！她在这儿，等苏荣副政委，也等沙克蒂尔……

极度的疲劳，使她在蒙眬中，睡着了。

这一天，对苏荣副政委来说，也是最紧张而又忙碌的一天。

今天大清早，有人来汇报，说贡郭尔夜间外出未归，谁也不知道他的去向。早操后，苏荣突然召集团以上干部开会，然而贡郭尔不但人在团里，而且早早就来到会场，跟往常一样跟人们谈笑风生，没有一点外出劳累的样子。

这个会刚开完，明安旗工作队派专人把在附近一带草原上颇有影响的大牧主加米扬和旺钦拉西大喇嘛像犯人似的押解而来，据说这二人是在外逃途中被抓到的。他们的家被抄，财物被分；畜群被没收后，为了给部队提供肉食，正在往这儿赶来的途中。特别使苏荣震惊的是，据说旺钦拉西大喇嘛的佛堂也已被砸毁！据押解他们来的那两位工作队员讲，为了镇压外逃，张彪就像扑灭荒火一样，不惜一切地正在大搞抄家、分斗运动，一直比较安定的明安旗草原，随着春季黄风的刮起，已处在动荡不安之中。

听到这些情况，苏荣马上把洛卜桑师长和官布副盟长找来，经他们研究和分析，加米扬和旺钦拉西二人外逃的背后，定有敌特挑唆，张彪不追敌特线索，而对出逃的牧主和宗教上层人士，贸然采取极端措施，这是在孤立自己，并给敌特以可乘之机。加米扬和旺钦拉西在被押解而来的途中，痛哭不止，似有难言的苦衷。根据他们这些思想动态，官布副盟长提出建议说：

"这一仗，要靠出其不意，出奇制胜！这两位老头子，在外逃途中被抓，又被押解到师部来，他们在路上痛哭不止，必是认为到了这儿就得吃枪子儿，掉脑袋。抓住他们这种思想脉络，咱们给它来个出其不意，不但马上释放他们，向他们宣布退还所有被没收的财物和畜群，而且今天中午，由咱们仨出面以诚相待，设宴招待他们。让他们逐渐消除顾虑，说出外逃的真正原因，让那个躲在背地里的魔鬼露出脸来！"

苏荣补充说：

"不过，跟咱们打交道的这二位都是老于世故的人，他们不是听你说的，是看你做的，所以大道理少跟他们讲，咱们以诚相待，说话算数，明天就派人护送他们回去，把答应退还的财物、牲畜，全部退还。拿事实体现政策，这次倒也是个机会。正好，咱们做起来给他俩看，也给明安旗其他一些跟他们同类的人物们看。"

洛卜桑师长，面带怒气，说：

"你们二位的意见，我都同意。不过张彪这个混账东西干出这些混账事，我不能轻饶了他！操他妈那个 × 的，什么东西！不能轻饶他！"

先是官布用手掩住嘴笑了，随着苏荣双手捂住耳朵，怅然喊道：

"呀呀呀！我的洛卜桑师长同志！……"

洛卜桑师长，两手叉腰，毫不收敛：

"不，今儿个我就是要骂！骂那个只会捅娄子的王八羔子！"

……

一切都按他们三人商定的方案在进行。宴席摆过了，该说的话都说了，那二位人士从表面上看，紧张与惊恐的情绪，略见缓和，但是依然像嘴巴上了锁，除以谦和的恭维表示谢意之外，不露一句真言。

苏荣等见机行事，他们不愿深谈，我们也不予勉强。酒宴之后，对他们解除监视，将二人安排在一个僻静的喇嘛小院里，告诉他们在此随便歇息一日，明天就送他们回去。

他们二人，住进小院，当屋里只剩下他们两个人的时候，不约而同地靠拢在一起，互相耳语。

"他们这是真情，还是圈套？"旺钦拉西问。

加米扬答得出奇：

"你说是真情很像是真情，你说是圈套真像个圈套。"

旺钦拉西双手合十，微闭两眼，祈祷道：

"老佛爷在上，多加保佑！温玛尼巴达玛洪……"

加米扬沉思片刻，说出一个新的见解：

"咱们俩本是攥在人家手心里的两只野鼠，人家要想治咱们，还用得着设圈套？退一步讲，就算是圈套，从你我俩身上能套到什么东西？"

"东西还是有的。"

"什么？"

"瓦其尔巴彦写给咱们俩的密信……"

　　还没等旺钦拉西把话说完，加米扬屁股底下好像让芨芨草扎了一下，腾地站到地上，两眼发直，不知所云。

　　"这封密信，得向他们交出去。"旺钦拉西接着说道，"不然一旦真相大白，让人家知道了咱俩还藏有密信，往后就没法儿再跟他们打交道了！"

　　听了这话，加米扬也觉得有道理；但是过条小河沟还得先探他几脚深浅呢，交出密信，非同小可，他们不得不前后左右思量又思量。末了，他们还是拿定主意，去找苏荣等人，交出了密信，并把在无可奈何之下仓皇外逃的经过，一五一十彻底抖搂得一干二净。这时他们二人才感觉得压在心头上的石头掀掉了，回到住所，睡个安稳的觉。

　　苏荣决定马上召开党委会，研究这些新的情况。

　　这次党委会开得时间很长。警卫员们聚集在另一间房里，下象棋消磨时间，棋子是用旧皮带剪成圆片做成的，棋盘是一张熟好的羊皮，大家称它为"万年牢"，走到哪儿带到哪儿。

　　夜十点时，散会了。警卫员们收拾起棋盘棋子，走到门口等候自己的首长。

　　散会出来，人们不像往常那样有说有笑，各个面色严肃，匆匆回自己部队去了。有经验的警卫员一看就猜个八九不离十，准是又有什么紧急任务或者重要传达了。

　　今年年初，由内蒙古军政学院派来了十几名蒙古族青年干部，他们已经在各连担任政治指导员，此外，晋察冀军区第七分区又支援来几名团级政治干部，师里政治工作大大加强了。今天晚上参加会议的，就有三十来人。别的首长陆续都走了，只有洛卜桑师长、苏荣副政委和官布副盟长还没有出来。他们的警卫员已经习惯了，没有一点着急的样子。

　　今天晚上的党委会上，首先由苏荣同志传达了党中央暂时撤出延安的消息，大家对党中央撤出延安后的形势，特别是联系我们这个地区近来发生的一些情况（包括旺钦拉西大喇嘛等交出的密信）进行了热烈的讨论。最后做出三项决定：

　　第一，旺钦拉西等人同时收到密信，策动他们外逃，这是敌特策划的阴谋，这是一个信号，目的是制造动乱，破坏我们"前大门"的安定局面，借以掩护暗藏的敌人制造事端，为敌军春季大规模的进攻创造条件。因此斩钉截铁，采取果断、有力的措施，纠正明安旗武工队在这一段工作中所犯的错误。要召开一次旗民大会和民族上层人士座谈会，揭穿敌特阴谋，并对我们工作中的错误作公开的认真的自我批评，退还全部抄家、没收的财物与畜群，重申党在牧区"不分不斗不划阶级"的政策，先把局势稳定住，而后再向敌特紧缩包围圈。

这项工作，由苏荣同志负责执行，她明天就陪同加米扬和旺钦拉西，到明安旗去。

第二，某些迹象表明，贡郭尔以八十一团三连为"基地"，暗中在进行阴谋活动。他搞得很隐蔽，我们还没有完全掌握他的活动情况，因此决定把八十一团一、二、三连，完全打乱，重新组编，拆掉贡郭尔的"基地"。这一决定，由官布同志明天上午宣布，并监督执行。

第三，根据当前形势，随着严冬的过去，敌军必定大举进犯我草原解放区。全师的冬季整训工作告一段落，各连认真作好总结，从现在开始以反击敌军进攻草原为目标，转入全面练兵活动。与此同时，向全师官兵传达党中央主动撤出延安的重大战略意义，鼓舞士气，振奋军心，为春季自卫战争的胜利，做好准备工作。

此项任务，由洛卜桑师长负责执行。

党委会上作完分工之后，苏荣、洛卜桑和官布留下来，又把执行这几项主要任务时可能发生的问题，作了一番详细研究，当他们走出会议室时，已经是夜十一点了。

官布兼任副盟长，住在盟政府，他一个人先走了。

洛卜桑和苏荣最后才出来。

他们两个人走在一起，实在不搭配：师长身材魁伟，走起路来像一座小山在移动，相比之下，苏荣越发显得短小，像一棵秀俏的小白桦树。但这两个人都以各自所特有的魅力，征服了战士们的心；战士们爱他们，称他们为"玛纳依[1]"师长、副政委。

他们二人边走边小声交谈着：

"张彪这个同志的思想变化，出乎我的意料。我把他马上调回来，交给你。"苏荣说。

"副政委，你估计一下，张彪听到延安撤出的消息，会有什么反应？"

"经过大雨淋过的人，不在乎几滴露水。我相信他会跟我们一样，能正确理

---

[1] 蒙语：我们的。

解党中央这一战略撤退的意义。他不会动摇。"

"不，不，我不是说他本人会产生动摇，是说他能不能认识到在目前局势下，他的错误所造成的危害有多大？"

"这就很难估计了，一种是他从自己的错误所造成的群众思想产生混乱，民族上层人士对党的政策发生怀疑，搞得人心惶惶，局势动荡中，很快认识到自己的错误；另一种是，他还认为自己'阶级觉悟'高，做得对，甚至对师党委对他的决定有抵触情绪。所以，我希望你在帮助同志解决思想认识问题的时候，要有耐性，千万别一张嘴就这个那个地骂起来。"

洛卜桑哈哈笑了两声，大手一挥，说：

"不会的，不会的……俗话说得好，江水再深，一到冬天就结冻；人再聪明，一变骄傲就跌跤。张彪这一跤就跌在自以为是这块石头子儿上了。"

"师长说得对，张彪是个好同志。一个汉族干部，克服种种困难，在我们蒙古地方工作，是很值得钦佩的。但是我们是共产党员，不论是谁都不能违背党组织的指示，另搞一套！"

"不过哪儿有十全十美的人哪！就拿我来说吧，不是吹牛，可以说是个难得的军事天才，我严格要求自己的一举一动都像个标准的军人，威威武武，堂堂正正；可我偏偏也有缺点，像你经常批评的那样，什么军怕（阀）主义啦，说粗鲁话啦等等……"

说末尾那句话时，这位"标准的军人"也失去了威武的矜持，耷拉着脑袋，用马靴踢了一脚路上的碎砖块。

常年与洛卜桑相处的经验告诉苏荣：不论他干了多大的傻事，说了多难听的话语，你也不要当场笑出声来，他那不可触犯的自尊心，会把你友好的笑声，当成恶意的讥笑而勃然大怒。即使如此，苏荣还是忍不住抿住嘴笑了。

"师长，你还有个小缺点，就是在作自我批评的时候，会巧妙地又把自己夸奖一番。"

"哎咿！话不能这么说，袜子是袜子鞋是鞋，缺点、优点应该分开，实事求是嘛！"

从他语气中，听得出他有些生气了。

"山高伤马，气大伤人，这是一句有益的古语。你可常常伤害自己的身体。师长，我有时在心里暗暗敬佩你死去的妻子，她是一位有多大耐性的女人哪！"

提起死去的妻子，他内心一阵隐痛！他不再矜持所谓"标准的军人"姿态了，不由得长长叹了一口气，低下头去，步子也缓慢了。夜风吹来，他忽然感觉到有点冷，竖起了皮大衣的领子，忽又仰望了一下深邃的夜空，自言自语地说：

"她是个好人，好女人！……那时我的脾气比现在还暴，我骂过她，打过她……"

他的声音发颤了，不用看便知他的两眼里已经噙满了泪水，但是他绝不会让别人——即使是苏荣，看见他流泪。他突然加快步伐，向前走去。

月光下，隐约看见前面一棵老榆树下，站有岗哨。洛卜桑马上恢复了"标准的军人"的仪表，把皮大衣的领子也撂了下来。岗哨早已认出走来的是师长和副政委，因此敷衍了事地问了一句口令。

"我是洛卜桑师长！"按照习惯他这样回答着，停了下来，质问那个哨兵，"喂！你这是问口令，还是在撵小鸡儿？军人问口令，应当是这样！"他作示范，短促而有力地喊了一声之后，又说："让对方一听，就被镇住！明白吗，你是一个军人，军人！"

那个年轻战士解释说，平时他也是那样喊的，刚才他已经认出是师长和副政委，所以就没有那么认真。

"不，不对！对一个军人来说，执行任务任何时候都要认真。军令与认真从来不能分家。"

"是，明白了！"年轻战士蛮有精神地立正一站，做出使他满意的回答。

师长高兴地往他胸口上捶了一拳，走了。

来到住所前，他与苏荣分手了。这是一排五间瓦房，师长和副政委住两头，他们的警卫员住在当中。

师长的房间里，有微弱的灯光。每天晚上，即使房间里没有人，警卫员也把煤油灯点着，把捻子捻到最小的程度，保持室内有微弱的光亮。这是出于安全方面的考虑——不能让师长贸然走进黑洞洞的房间里。后来这就形成了习惯，所以虽见室内有光亮，洛卜桑也根本没有想到屋里会有人。他进屋后，径直走到灯前，将它捻亮，摘下帽子，脱下大衣，挂到墙上的钉子上，随手解开皮带，转过身来刚要往炕边迈步，忽然他惊愕得目瞪口呆，几乎掏出手枪，喊出声来，但是他没有这样做，因为很快看出躺在他炕上的是一个女人和一个小孩。他开门，进屋，摘帽脱衣，来回走动，都没有吵醒他们，看来这母子二人已是困倦不堪了。特别是那个女人，蓬散着头发仰卧着，身上什么也没盖，连头巾都没有摘下，显然她已过度劳累了。

洛卜桑站在原地，细瞧她的脸腔，他的目光一下就被吸引住了。她是一个多么年轻又漂亮的女人哪！她长得白嫩的圆脸，高高的鼻梁，薄薄的嘴唇红得像两片百合花瓣，黑睫毛长长的，仿佛是粘上去的。可以想象得出在长长的睫毛遮掩下的那两只眼睛一旦睁开，该会是多么水灵、动人！她正在睡梦中，脸色是平静的，越发显出她未经修饰的本色美，这简直是一幅出自高手的绝妙的肖像画！洛卜桑已经完全被她的魅力所征服了。

"她是谁呢？怎么会睡到我这儿来了？"

他得不出答案。

正在这时，那个小孩踢蹬了两下脚，哇地哭叫起来，可能是做了什么噩梦吧！

那个美丽的女人，跟任何一个母亲一样，孩儿的哭叫声使她条件反射地猛然醒来，又条件反射地马上伸过手去轻轻拍打孩儿，她已经完全忘记自己是睡在什么地方了。当她忽然发现一个上了年纪的军人巍然站在她的身边时，她这才真正从睡梦中醒了过来，赶忙放下孩子，整饰自己的衣服、头发，并起身下炕，很难为情地低下头问了一声：

"您好！"

"好。你好！"

那女人依然不好意思地低垂眼帘，喃喃地说：

"这不是苏荣同志的屋吗？实在对不起，我以为……"

"不要客气，坐吧，坐吧！你是来找苏荣同志的？"

"是的……有人告诉我，她住在这儿……"

她只顾说话，没有照料孩儿，那孩子哇哇哭得越发厉害了。

苏荣回到屋里，拿下手枪，解开腰带，坐到灯前，提起笔来，刚要写日记，忽然听见小孩的哭叫声。她很奇怪，打哪儿冒出来了小孩？她放下笔，拎起手枪带，走出屋门。奇怪上加奇怪！那小孩的哭声是从洛卜桑师长的屋里传出来的。她怎么也猜不透这是怎么回事。在窗前犹豫片刻之后，终于走过去看它个究竟。

莱波尔玛的孩子，可能由于一天的颠簸，身体不适，哭起来没完没了，哄也哄不住。莱波尔玛怕孩子着凉，想给他添穿一件衣服，忙乱中不知把孩子搁到哪儿是好，顺手往站在地中央的那个上了岁数的军人手里一递，自己上炕去翻包袱。洛卜桑从来没抱过孩子，真好比让野马学猴子爬树，干使劲，不得法。他用两只铁棍一样的胳膊托住孩子，难死人了！连他自己也想象不出他现在会是什么样的狼狈相。

可偏偏就在这时候，门一响，苏荣副政委闯进来了。洛卜桑难为情得恨不得找个耗子洞钻进去。唉！什么"标准的军人"哪，"草原的鹰"啊，深更半夜手里托着一个不相识的年轻美貌的女人的孩子，这叫啥事情！

苏荣一看，就认出了莱波尔玛。走上前去关心地问：

"啥时候到的？你好吗？"

莱波尔玛一见苏荣，松了一口气，脸儿笑得像一朵花，问过安之后，赶忙解释说：

"我是来找您的，有人告诉说您住在这儿，我就让孩子睡下了，不成想原来是，是……"她抬起眼帘瞟了一眼洛卜桑，不知道应当怎么称呼他，支吾了半天，才说出："是这位老同志住的屋。"

苏荣的目光移向洛卜桑，见他那副样子，她硬憋着没笑出声来。

"您是叫孩子攀双杠啊？抱孩子哪有拿两只胳膊托着的？您哪，能指挥千军万马冲锋陷阵，可不会抱个小娃娃，这也算个缺点吧，我的洛卜桑师长！"

"啊？洛卜桑师长！"莱波尔玛不由得大吃一惊，急忙跳下炕来。

"认识一下吧，这位就是洛卜桑师长。"苏荣向她介绍说。

莱波尔玛呆呆站立着，用畏怯的目光望着洛卜桑，不断地在心里问着自己："他就是洛卜桑师长，威震整个察哈尔的'草原的鹰'吗？"

她的眼神渐渐从惊讶变为热切的钦慕，脸色也渐渐从恐惧的苍白变为欣喜的红润。她目不转睛地望着他，耳边响起斯琴跟她开玩笑说过的那句话："我们的洛卜桑师长……是个老光棍，你就嫁给他吧！"

洛卜桑师长从来没有让女人用这般大胆的、火辣辣的目光注视过。她那目光像一条无形的绳索，一下子把他的手脚束缚住了。他变得那么窘迫，全身不自在，就像脊背上爬着一条蝎虎子。

苏荣终于替他解了围。她把那孩子轻轻抱了过去，并问莱波尔玛：

"你找我有什么事？"

莱波尔玛这才找出那封信来交给她，并说：

"这是明安旗工作队给您的急信，叫我一定要亲自交到您的手里。"

"是工作队派你来的？"

"不是的，原来是派斯琴来送这封信，走到半路，她在一片沙地上捡到了一封敌人写的信……"

"敌人写的信？"

"斯琴说那是敌人写的信，她有的字认识，有的字不认识，反正有一点斯琴看懂了，敌人的信里写着跟张彪有关系的话。斯琴拿着那封信急忙回去找张彪，就让我来替她给您送这封信。噢，还有张彪给欧阳的一封信，麻烦您交给她吧！"

苏荣拆开张彪写给师党委的信一看，脸色马上沉了下来，看完后，一言未发，递给了洛卜桑师长。洛卜桑一看完，马上发起脾气来：

"纯粹是混蛋一个！他搞的什么名堂？"说着他转向苏荣，"我看你去怎么给他擦这一屁股屎！"

苏荣很沉静，接过信来说：

"他有勇气敢于如实地向师党委汇报情况，而且能初步检讨自己的错误，还是好的嘛！看来情况比我原来估计的要严重得多。收到以瓦其尔名义写的密信，不只是加米扬和旺钦拉西两个人，全旗几乎所有牧主都收到了同样内容的密信。这显然是敌特干的，而且干得很蠢！这倒给我们揭露他们的阴谋诡计提供了充分的真凭实据。"

"那个卡洛真的活了吗？"苏荣问。

莱波尔玛答说：

"据说是贡郭尔的父亲普日布大夫把她救活的。卡洛一回到家，整天跟瓦其尔大叔和南斯日玛又骂又闹的，简直像条疯狗。"

"南斯日玛就是沙克蒂尔的妻子，对吧？"

莱波尔玛低垂眼帘，脸上红了一阵，"嗯"地点了点头。

"全旗的牧主几乎都收到同样内容的恫吓信、死去的卡洛又复活、上级派到我们师的政委半途中下落不明……这些事难道是偶然的巧合吗？"苏荣自言自语地说。

"可我们那个张彪又分又斗又抄家，火上浇油，简直是在帮敌人的忙！"师长嘭地用拳头砸了一下桌子。

苏荣对洛卜桑说：

"主要情况，我们已经掌握了。明天早晨在我动身之前，咱们跟官布再碰一次头，根据新情况，我们把原来的行动计划，作些调整。他们母子赶了一天路，累坏了，休息吧。"她拉住莱波尔玛的手说："走，跟我一起睡去。"

苏荣抱起莱波尔玛孩子刚要走，忽又把他放到炕上，用手掌摸摸孩儿的额头，不由得焦虑地说：

"路上着凉了，孩子发烧哪！"

"让警卫员找大夫来！"洛卜桑说。

苏荣重又抱起孩子，莱波尔玛收拾起包袱，跟着苏荣往外走，她走到门口，回头看洛卜桑师长，洛卜桑正在目送着她，二人目光相遇，但他们二人都表现出很大的勇气，谁也不想把目光避开……

这一天夜里，洛卜桑师长长时间地在房间里踱步，时而摇一下头，又自嘲地笑一笑……

加米扬巴彦和旺钦拉西大喇嘛，因外逃被捉拿，押解到师部，却被苏荣释放，并安置在一个喇嘛小院的消息，贡郭尔是在夜十点多钟，也就是师党委会散会前后听到的，把这件事再与莱波尔玛日夜兼程赶来送信的事联系起来一想，他本能地有一种预感：苏荣正在准备向他下手！……

假借瓦其尔巴彦的名义，给全旗的牧主和民族、宗教上层人士写密信，进行造谣挑拨，煽动外逃，本是他和他父亲合谋，让一个过路的乌珠穆沁草原的反动文人写的。信是由他父亲普日布设法散发出去的。那个反动文人，写完信后早已投奔到张家口去了，从字迹上，怎么也查不到他和他父亲头上。这一点他很放心。但是加米扬和旺钦拉西，不但不受追究与惩处，反而予以释放和优待，这里必有文章！经过反复考虑之后，他决定前去探望加米扬和旺钦拉西，借慰问之名，探明情况，而后再作下一步的打算。

夜十一点左右，他独自一人，来到加米扬等的住处。屋里没有灯亮，显然二位老人被折腾了一天，早已入睡了。他们这把锁撬不开，他的心病解除不了，所以他定了定神，走上前去嘭嘭敲门。

"谁呀？"听得出是加米扬的声音。

"我，贡郭尔！"

"啊，扎冷大人！"

"听说二位乡亲受了惊，我是特地前来慰问！"

"您等一等，我给开门。"

……

半个多小时以后，贡郭尔走出了这所喇嘛小院。他没有回住所，径直来到三连，把宝鲁偷偷叫了出来，匆匆走到一个隐蔽而又黑暗的地方。

"出了啥事？"宝鲁一看贡郭尔那从来不曾有过的紧张神态，忙问。

"大事不好！加米扬和旺钦拉西将收到的密信交出去了，苏荣明天就带兵南下，退还由张彪没收的一切财物和牲畜，她要亲自去追查牧主外逃的原因，咱们的前后左右，条条道路，都要被她堵死了。她是想不露声色，突然向我们下手！好狠毒啊！事情既然逼到这儿了，我现在也铁了一条心：咱们提前行动，半个小时之后，就出走！"

"照您说的数，人马还差得多哩！"

"现在顾不上那些了，能拉出去几个算几个，到了学堂地，有国军保护，等咱们立住脚跟，亮出旗号，还愁招不到人马？"

"好吧，我马上去一个一个串通。"

"来，对一对表，半个小时以后，准时连人带马，杏花沟里会合！"

"是！"宝鲁转身要走。

"回来！"

他贴着宝鲁耳朵，一连说了三遍："小心！小心！！小心！！！"

两条黑影，迅即向不同的方向离去。

第二天大清早，刚吹起床号，发着高烧的三连指导员，叫两个战士搀扶着前来报告：在贡郭尔的操纵下，三连连长宝鲁策动七名战士，已于夜间叛逃！一班长沙克蒂尔失踪。

根据这一事态的新发展，苏荣推迟到下午动身；今天上午全师召开大会，声讨贡郭尔叛变的罪行。其他计划不变，均按原定方针进行……

全师大会开得非常成功。贡郭尔带着少数几条走狗出逃，正是说明敌人已走投无路，也证明了我们从去年冬季开始的整训，对提高官兵觉悟方面取得了巨大的成绩。全师指战员思想上并未因此而引起波动，相反地，更加激起了全师官兵的革命义愤。

在大会上，洛卜桑师长向全体官兵传达了为了歼灭敌军有生力量，党中央已经主动撤出延安的消息。他按照自己的习惯，用幽默的语言，生动的比喻，把党中央的这一英明策略的重要意义，给战士们解释得通俗易懂，清清楚楚，并代表师部布置了从现在起转入全军练兵活动的新的战斗任务，把年轻战士们鼓动得每个人心里都着起了一把火。

刚开完大会，沙克蒂尔跑来了，脸上挂着伤痕、血迹，衣服被扯得破破碎碎。他把昨天晚上被宝鲁关押到大庙一间暗室里，被审问、逼供、拷打的情景详细汇报了一遍。

听完汇报，苏荣副政委问他：

"伤势重不重，能骑马赶路吗？"

沙克蒂尔没弄清楚副政委问话的意思，答说：

"叫癞狗咬了几口，没事儿！"

苏荣命令道：

"那好，回去准备，马上跟我下明安！"

"回明安旗？是！"沙克蒂尔行礼，离去。

……

苏荣副政委率领一个连的兵力，向明安旗进发。在那里等待着她的是一场隐蔽、复杂而又激烈的斗争。

苏荣副政委走了以后，师里的全面领导工作，都落到洛卜桑一个人的肩上。虽然有官布从旁协助，但是官布还分担着民政方面的工作，他肩上的担子也够重的了。

洛卜桑从早晨起床后就离开宿舍，每天都是直到深夜才回来休息。一连四五天，谁也不知道他哪一顿饭是在哪儿吃的。有时甚至连他的警卫员都把他"丢"了，慌慌张张到处询问谁看见了师长。这件事成了战士们的笑料，有的人专门会学那个警卫员找师长的慌张模样儿，逗得人们捧腹大笑。有一次有个战士跟那个警卫员开玩笑说："你找不着师长了，师长叫住在苏荣同志屋里的那个美人儿藏在柜子里了。"他当然不会听信这句话，果然不是在练兵场上，就是在马棚或厨房里找到师长。有时他正在大发雷霆，有时又在轻松地谈笑风生。洛卜桑是个粗中有细、责任心很强的人，他考虑到在这之前同时发生的两件事，即延安的撤出和贡郭尔的叛变，可能在战士们思想上引起波动，每天晚上都召集各级政工干部开会，听取汇报，了解动向，并做出果断、明确的指示。由于过度的劳累，几天之间，他显得消瘦、苍老了。每当回到住室，已是精疲力竭，毕竟是年龄不饶人哪！在这样日夜忙碌中，他把那个住在苏荣房间里的女人，完全忘到九霄云外去了。只是今天晚上他又听见小孩的哭声时，才忽然想起她来。苏荣临走时，还嘱咐过他，叫他让欧阳来给她孩子看看病——这一点他倒做到了，派警卫员去通知过欧阳；但是那孩子的病怎么样了？他一直没顾得上去看一看。

欧阳，现在是大夫了。她每天都来给莱波尔玛的孩子看病、送药。她比去年刚到草原时，显得成熟一些了。草原的秋风冬雪，已经把她那白嫩的脸儿染红了，短短的头发剪得齐齐的，丰满的前胸勾出少女的曲线美，她越发招人喜爱了。要不然张彪怎么会死缠硬磨不肯放过她呢！然而，她有一点突出的变化：不像从前那样爱说、爱笑、爱唱的。美丽的眼睛里，总是有一片忧郁的浮云游来游去。人们都知道，这种变化是从铁木尔被捕以后发生的。她去年刚到草原，就狂热地爱上了青年战士铁木尔，后来铁木尔的未婚妻——斯琴，逃出贡郭尔的魔爪，来到了铁木尔身边，她把痛苦深深埋在自己的心底，而让铁木尔和斯琴这一对多灾多难的情侣结合在一起。但是，人的感情是复杂、矛盾而又顽强的。理智可以对它施以束缚，但无法使它磨灭！她对铁木尔的爱，对铁木尔的怀念，至今依然缠绕着她，折磨着她……她的心中，只有铁木尔！

莱波尔玛给她捎来的张彪那封信，她连一眼都没看，就扔进炉火中了。

今天她告诉莱波尔玛说：

"莱波尔玛姐，您孩子的病已经完全好了，如果着急，明天就可以回家去了。"

明天就回家？回到她那个坐落在特古日克湖边的又小又黑又孤独的、四面透风的蒙古包里去吗？当然只有那里才是她的家！她在那个家里哺养儿女、受冷挨饿，并且日复一日、月复一月、年复一年地期待、期待、期待！

她期待的是什么？是谁？

她期待的是爱情，是沙克蒂尔！

那么而今爱情在哪里？沙克蒂尔在哪里？

爱情，就是沙克蒂尔那一天对她说的那句话吗？——"我们不能再像从前那样来往了……你该找个男人了！"

沙克蒂尔，你好狠心哪！你跟着苏荣同志回明安旗，临走之前，都没有来看我一眼！可我有什么对不住你的地方？我们虽然同居数年，还生过一个孩子，可你要结婚时，我没有说过一句阻拦的话，你跟南斯日玛结婚后，我没有妨碍过你们亲爱相伴。但是要让我割断对你的恩爱感情，我办不到，而且我一直还以为你也办不到。但是这一次我才明白：我错了！在你心里已经没有我了。那一天，我那样恳求你，你都没有动心！……

莱波尔玛呆呆地望着那一闪一闪的灯苗，感到从来没有过的孤独。是的，从来不曾有过这样可怕的、浓重的孤独感，就是从前在那些冷风苦雨之夜，一个年轻的寡妇领着孩子们忍饥受饿孤独地生活的时候，也不曾有过！

她的两眼模糊了，两行泪流顺着她那美丽的面颊淌了下来，她无心去擦掉，淌吧，任它淌吧！她的心在颤抖……

"还没有睡吗？"

忽然从她身后传来一个男人的声音。她急忙擦了一把眼泪，惊愕地转身看去，原来是洛卜桑师长！她心慌意乱得不知说什么是好，站起来往后退了两步。

"孩子的病好一些吗？"师长的声音很温和。

"好一些了，谢谢您，师长！"

"这些天，我从早忙到晚，也没顾得上关照你，大夫来过了吧？"

"欧阳大夫每天都来，谢谢您，师长！"

"哎咿！别老是谢我呀，我一没来关照你，二没给孩子治病，谢我干吗？坐吧，坐吧！"

她站在原地没动。

"我听说，你的一个孩子，叫国民党匪军活活给摔死了，是吗？"

她两眼噙着泪花，点了点头。

"你还有几个孩子？"

"两个。"

"你丈夫什么时候去世的？"

"好几年了。"

洛卜桑见她很拘谨，觉得自己应当尽快离去，但是需要解释一下：

"我是刚开完会回来，看见你屋里有灯亮，想起你孩子有病，进来看一看。往后有什么事，就找我，我的屋，噢，你已经知道了。祝你晚上好！"

说罢，他迈着军人的步伐，走出屋去。

这时莱波尔玛才抬起头来，想细看他一眼，但是晚了。她急得真想哭一场！

她，一个寡妇，一个普通牧民妇女，不知为什么，从见到洛卜桑师长那一天起，对这位赫赫有名的大人物，比她年龄大将近一倍的老军人，竟然萌生出朦胧的莫可名状的一种感情，是敬重吗？不是。是仰慕吗？也不是。那是另外一种感情，是一种被层层掩饰物严密掩隐着的感情，是一种不同年龄的人们之间突然产生的带有怯意的感情……

当她揭开那些掩饰物，让这种特殊而又突然到来的感情从自己的心底爆发出来的时候，她再也抑制不住自己了！她仿佛是在做梦，又恍惚是在故意制造事端折磨自己那颗已经被折磨得无以忍受的心！如果她没有前来送信，如果那天晚上斯琴没有在开玩笑中偶然跟她说过"我们的洛卜桑师长……是个老光棍，你就嫁给他吧！"那句话，如果她刚到这儿来时没有误入洛卜桑的住室，如果刚才洛卜桑师长没有突然闯进门来，她的那种隐秘的感情，或许永远被那层层掩饰物所遮蔽，而深深埋在心底，就像埋得过深的种子发不出芽来一样，自然消失。现在她的心海中掀起了感情风暴，狂涛汹涌，不能自已。然而这种感情狂涛，现在还不能任它自由奔流——这才是痛苦，真正的痛苦！……她熄灭了灯火，躺在炕上，久久不能入睡。她失眠了！

不知过了多长时间，在恍恍惚惚之中，她仿佛听见房门又开了，轻轻的，就像梦幻一般。然而，这确实不是梦幻，洛卜桑师长的身影，在从窗外映射进来的昏暗月色中，站在炕边。他慢慢俯下身来，轻轻抓住她的双手，在她耳边说出："命运就是这样安排的：今天晚上你我都失眠！"

"不，我不是失眠，是在等待，等待着您！"

"往后不要再用您来称呼我，就叫你，好吗？亲爱的！"

莱波尔玛袒露酥胸，艳媚地微笑着向他伸出双臂；他抓住她，把她抱起来紧紧地搂在怀里。在他那宽阔的胸怀中，她仿佛变得瘦小了。她在甜蜜的朦胧中，任他狂吻。她欣喜与幸福得哭了。

"草原的鹰！我愿做你终生的仆人！"

"不，不是仆人！是伴侣、亲人、妻子！"

……

草原的春夜啊，将你的秒针移动得慢一点吧！让这轻纱一般朦胧而又神秘的夜幕，在这位饱经风霜的老军人身边，在这位饱受苦难的孤寡女人身边，多停留一会儿，多停留一会儿……

七

苏荣副政委率领一个加强连，向明安旗草原进发。

十二师的官兵们对明安旗草原，怀有很深的感情，这不只是因为他们当中许多人的家在明安旗，而主要的是骑兵十二师是在明安旗草原上诞生和发展起来的，他们的战马在这里发出过渴望冲锋的嘶鸣，他们的战刀在这里闪射过使敌人丧魂失魄的寒光！

回想起去年秋后，从明安旗向厢白旗撤退时，人打不起精神、马迈不开步的那般情景，再看现在，向明安旗进发中，战士们一个个脸上表露出难以掩饰的喜悦心情，二者多么不相同啊！战士们甚至违犯行军纪律，从队伍中不时发出牧民式的自由的欢声笑语，连那一匹匹战马，也都昂首飘鬃，四蹄如风。战士们勒紧嚼缰，才保持住均匀的行进速度，如若松开缰绳，那些战马早已飞腾而起，那就不是部队行军，而成赛马会了。

苏荣看到士气如此高昂，作为一个指挥员，心里自然是高兴的。但她不像战士们那样满心欢悦而无忧虑。俗话说得好：草色青青的阳坡后面，还有冰雪皑皑的山阴。她现在考虑着回到明安旗以后的斗争。在那里等待着她的是国民党反动派和叛徒贡郭尔之流的明枪与暗箭，还有张彪、旺丹等同志的错误所造成的混乱局面，人心不像去年那样齐了，任务是艰巨的。

她这次带来了一个加强连，这不是指火力而言，而说的是人数。这个加强连，是从各团临时抽调人员组成的，大约有一百五十多人。他们大多数是明安旗人，熟悉那里的情况，便于开展工作。这支队伍除做治安保卫工作和必要的自卫性战斗之外，主要任务是搞群众工作，稳定住明安旗的局势，建立人民政权，为今年势必在此与敌进行大规模军事较量，做好准备工作，所以也可以说是一个大型工作队。

从沙拉更庙出发前，已任命沙克蒂尔为连长。这个牧主家庭出身的青年，一直表现很好，工作积极，作战英勇，爱憎分明，立场坚定，现在他作为连长，让马迈着均匀的步伐，走在队伍的前头。看去他的脸色是严肃的，或许是在想肩负的重担，和即将到来的各种考验吧！他现在还不知道他的妻子已经死去，他多年不合法的同居者，已与洛卜桑师长相爱，但他不久就会了解到这一切，那时他将如何经受感情暴风雨的吹淋，是难以预料的。

知识分子出身的彭斯克，被任命为连政治指导员。只有副连长的人选，暂时没有宣布，那是留给现在明安旗的爬杰同志的。苏荣还把民族上层人物齐木德也领来了。他没有正式职务，也没有给他安排具体工作。但是很多人都猜测，日后明安旗成立人民政府，他可能当旗长。齐木德可能也听到了这种传说，他的兴致也很高，那股眉飞色舞的劲头，一点不亚于那些年轻战士们。

队伍走到半路，一阵大风过后，忽然下起鹅毛大雪来了。雪中行军，给人们更增添了几分豪情。战士们站在马镫上展开手掌去接那老大老大的一片片雪花，但雪花一落到手心就化了。冬季的雪花是小粒的，常常被狂风吹成为雪粉，看不出雪花本来的美丽图案。但是春雪却不同，雪花大得像一只只白蝴蝶，悠悠然飘落下来，这时人们才看出雪花虽然千姿百态，形状各异，但花瓣都是六角形的。雪花为什么和在哪里形成了统一的六角形？谁也说不清楚，这是大自然多样性之奥秘所在。

雪越下越大，但毕竟节令不同了，鹅毛大雪不时变成纷纷雪雨，随下随化，战士们的棉衣全被淋湿了。战马的光滑的臀部上，淌着条条水流。草原上的尘埃已被雪雨压住，空气变得清新而又湿润，简直令人陶醉。远处山洼的嫩草一经雪雨洗涤，越发显出新绿的娇艳。这是一场多好的雪雨啊！一直等候在地皮下面的草芽，正在贪婪地吸吮着这甜美的乳浆，充实着自己，不久，它们就会破土而出，将为无边的草原，换上新绿的衣装。

苏荣率部进入明安旗后，来到一个叫"女子部"的地方，安下营来。过去在这里有一所学校，男女分校，设有男子部、女子部。女子部设立在草原上少见的、被一片参天古木所环绕的幽静而风景秀丽的山坡上。这里水草肥美，树木葱茏，每当夏季，绿野上开遍了百合花、郁金香、黄花、紫苜蓿，一大片连着一大片，是个花的世界。在那花的世界里，百鸟争鸣，它们那美妙的歌声，日夜不绝于耳，这里还是歌的海洋。

花的世界、歌的海洋，就是我们部队落脚的地方。

在干旱、贫瘠的塞外，这里却蔚蔚然别开生面，牧民们自古以来称它为风水宝地。特别是在"女子部"后面有一座大山，郁郁葱葱，直入云霄，从遥远的年代就被密林所封闭，很少有人攀登它。传说山上只有一条狭窄的幽暗小径，你如果没有修善积德，在攀登那条小径的途中，就会被毒蛇巨蟒所吞噬。牧民们将这座大山视为圣山而虔诚膜拜。按照迷信说法，这一带草原这一年是风调雨顺，还是灾重害深，全靠这座圣山主宰。所以，每年都有固定的隆重祭山的节日。只有前年——日本垮台那一年，由于兵荒马乱没有祭山，迷信的人们把后来这两年的战乱，都说成是因为那一年没有祭山，激怒了圣灵而造成的。现在没有人去统一组织祭山大典，所以今年刚一开春，就有一群群迷信的人们络绎不绝地前来朝拜圣山，祈求圣灵赐给他们一个平安的年时。

苏荣率部进驻女子部，为了保密，并未向外宣布，但是当她领着大批人马浩浩荡荡到来时，却被朝拜圣山的人们看见了。一夜之间整个草原上传遍了"苏荣领着队伍回来了"的消息。有的人听了兴高采烈，有的人听了愁眉不展，反应截然不同。不过绝大多数人仍属前者。因为苏荣被誉为"草原女英雄"的形象，深深留在明安旗人民的心目之中。她是草原的骄傲；是草原上一朵开不败的花！

张彪、爬杰和旺丹领着全体武工队员，昨天上午就已经来到女子部，给部队准备好食宿营地。达木汀盟长也闻讯赶了来，他把那些受所谓"瓦其尔密信"欺骗而有如惊弓之鸟的牧主们，也都领到这里来了。不过事先他没有向他们透露苏荣将要到来的消息，只是说工作队原来的驻地——乌金台村，地处草原南端，距离敌镇太近，不宜前去。他领他们到女子部来，"暂避风雨"。

这样一来，苏荣一路上考虑的一部分工作对象——张彪为首的武工队和受敌欺骗的牧主们，都在女子部同她相会了。当她率部到来时，张彪领着全体队员，达木汀盟长领着那些牧主巴彦，再加上朝拜圣山的人们，已形成相当规模的欢迎队伍。气氛十分热烈……从此，一直保持寂静而又笼罩着一层神秘色彩的女子部，骤然间变成了人唤马嘶、十分喧闹而又引人注目的处所。

就在苏荣进入明安旗的前几个小时，贡郭尔领着八个走卒，叛逃回来，在家里稍事停留（据说用了点茶点），便起身南下。在出发之前，从自己家里的奴仆和牧工中，强令抽来十几个人充作他从八路军里带出来的士兵，以壮声势。为了掩护刘峰，他让宝鲁领着那些人先行一步，等他们已经走出一段路程时，他才把国民党大特务刘峰，从客房地下室里请出来。他们二人在贴身警卫宝音吐一个人的陪同下，直奔预先与国民党方面商定的地点——学堂地村。宝鲁这个家伙，一路上又拐骗一些生活无着的穷苦牧民，参加他们的队伍，当他们进入学堂地时，已经有一个排的人头了。为此受到贡郭尔的赞赏。虽说这支队伍简直像一群叫花子，但总比孤零零七八个人有点声势。国民党方面，派来三名穿便衣但自称为参谋的人，在学堂地等候贡郭尔。他们原来以为贡郭尔能从八路军里头拉出来几百人马，所以光是中央军黄皮军服，就运来了一卡车，此外还有两卡车武器、弹药。那三个参谋，见赫赫有名的贡郭尔，只领来衣着不齐、烂眉污眼的三十几个人，背地里互相直撇嘴，还捎带骂上一句："这堆破烂货，能值几个大钱儿！"

那三个参谋中，有一个是军统系统派来专程迎接刘峰的。他避开贡郭尔手下那些人，在一间特地为刘峰准备的房间里，向刘峰交出上司的密信，刘峰看完信，问：

"什么时候动身？"

那个"参谋"答说：

"请您稍事歇息，吃过饭就走，已经为您准备了专车。"

经那个"参谋"同意，刘峰把贡郭尔请过来一起吃饭。席间刘峰告诉贡郭尔，上面叫他马上进张家口。贡郭尔忙问：

"我怎么办？"

"留下两位弟兄关照你。你抓紧时间把手下的人马整饬整饬。下一步的事，等我的信。"

饭后，刘峰在那个"参谋"的陪同下，钻进一辆美国吉普里，一溜烟儿，跑掉了。

贡郭尔站在门口，望着那辆扬着黄尘远去的吉普车，心里充满被人遗弃而无依无托的悲哀。不过他很快又说服了自己，宽慰地想：这不是被遗弃，而是他宏伟抱负的开端！他顺着黄尘飞扬的土路，向自己住处走去。

学堂地，是塞北农区的一个普通村庄，地方不大，名声不小。两家大地主院墙四角的高大炮台，格外显眼。贡郭尔心想：一旦在此受围，这两个土围子倒很有用，他很想走进去看一看，但是初来乍到，那样做未免有些唐突，因此作罢。

不管那两个参谋怎样翻白眼和发出嘲讽的冷笑，贡郭尔断然下令给他带来的每个人，发一身崭新的军装，和一套崭新的武器装备。人在衣，马在鞍。一经装扮，第二天早晨一见面，几乎互相都认不出来了。一茬崭新的军装、武器、弹药，总算给他和他手下那些人们，带来几分苦涩的欢悦。

在没有得到刘峰从张家口传来指示之前，他是不能采取任何行动的。有什么办法！只得忍辱负重，在这个黄土筑成的塞外村庄里，耐心地等待，等待……那两个参谋安抚他说，如果发现八路军有发兵前来对他追剿的迹象，他们可以躲进宝源镇里去。在贡郭尔听来，这纯粹是废话！等你"发现"那个迹象的时候，就晚了。他瞒过那两个参谋，自己派出几个便衣，窜入明安旗南端，观察北面的动静。如有情况，他们会马上回来报告。

派出几个便衣之后，他的心绪略微平静了一些。他开始跟宝鲁和宝音吐二人商议向国民党方面提出的要求和条件，和今后"振兴蒙古"之大计。高谈阔论，一天又一天。他们心里也明白，所谈的这些，全是纸上谈兵，但只有这些不着边际的空谈，才能给他们解除一点孤寂之苦，要不然他们更没有法子在这儿待下去了。

每天望着那渐渐收起余晖的落日的离去，望着那悄悄降下帷幕的黑夜的到来，贡郭尔夜难成寐，度日如年。刘峰为什么一去无音信？这使他百思不得其解。他相信刘峰不会抛弃他，必定是在张家口遇到了困难。什么困难呢？……

<h1 style="text-align:center">八</h1>

到达女子部的当天晚上，苏荣首先召开了干部会议。参加者有沙克蒂尔、彭斯克、爬杰、张彪等。先听取张彪同志的汇报，而后研究下一步工作部署问题。当张彪谈到抄家运动时，苏荣问他这样大事为什么竟敢自作主张？张彪辩解说：他没有自作主张，为此事他曾派旺丹副队长专程回师部去请示，师里指示在一般情况下不要抄家；但是目前斗争十分复杂，工作队可以根据具体情况采取具体措施，所以他就大胆地干了起来。从它所引起的后果来看，这件事的

确干错了，但说他自作主张，他不能接受。

听张彪这么一说，苏荣不由得警觉起来：旺丹上次回师部汇报工作时，师里明确指示不许搞抄家运动，旺丹为什么篡改师部指示？这难道是他偶然的疏忽吗？她把这些情况向同志们一摊开，大家都很吃惊！旺丹的弟弟沙克蒂尔连长，拧起眉头，沉思片刻，便开门见山地说出自己的判断：

"我大哥是个精明人，在这样重大问题上他才不会疏忽大意哩！我认为他是有意钻我们的空子。他一方面在这里鼓动张彪同志闹抄家，闯乱子，犯错误，另一方面制造一种假象：好像师里并不反对张彪同志的错误做法。他们从中得利。"

"你说的他们指的是谁？"爬杰问。

"我大哥和贡郭尔一伙。"

善于思考问题的彭斯克问道：

"你说旺丹跟贡郭尔至今保持着联系，有什么根据吗？"

张彪从一旁代为作答："旺丹是贡郭尔的老部下，但是从我们回到明安旗以后，还没有发现他跟贡郭尔有什么联系。特别是这次贡郭尔叛变，旺丹不但没有跟他走，而且没有异常表现。"

苏荣转向张彪，好像是专门回答他说的这句话，她说："害人的动物，有在天上飞的，有在地上爬的，不一定都跑在一起。"

张彪似乎并不同意苏荣用比喻手法对旺丹所作的评价，他有些激动，站起来提出一点要求：

"关于武工队前一段工作中的错误，主要由我负责，在纠正我的错误的时候，我请求不要牵连过多的同志。在前一段工作中，武工队的同志们在那样困难和危险的情况下，表现得都很不错，其中也包括旺丹同志在内。错误是我造成的，处分就处分我一个人吧！"

"不！要提错误，我们不需要你一个人背起来。"老爬杰把烟袋锅往桌子上一敲，霍地站起来说道，"张彪同志几个月以来，对旺丹的信任超过信任我们这些党员！你为什么专派他回师部请示工作？我们这些党员，你为什么不依靠？你现在还说旺丹跟贡郭尔没有联系，你敢打这个保票？"

"我讲的是事实，不是为谁打保票！"

从张彪的语气中，苏荣听出他心里有一股怨气，他并没有真正认识自己的错误，更谈不上挖到错误的根源。今天晚上再争论下去，也解决不了什么问题，因此，她按照师党委的决定宣布：除爬杰和斯琴两位同志继续留在这里工作以外，其余武工队员（包括张彪与旺丹），明天就返回师部，进行冬季整训的补课，并对前一阶段工作做出全面总结。

干部会议开到这里便已结束。张彪退席，召集武工队员们，宣布师党委的决定去了。

会议的后半段，在苏荣的提议下，请两位民族上层人士，即达木汀和齐木德也来参加。与他们共同商议明天召集那些等候在这里的牧主们开座谈会的事情。第一步先把这些人的心安定住，把他们打发走之后，立即着手准备召开一次旗民大会。在大会上要直接向广大牧民群众和各阶层人士，对武工队在前一段工作中所犯的错误，做公开的自我批评，宣布撤销武工队，正式成立明安旗人民政府，还要特别重申：我们坚决贯彻执行党在牧区的各项政策，团结一切可以团结的力量，孤立和打击以贡郭尔为首的叛变投敌分子，把以国民党蒋介石为主要敌人的人民解放战争进行到底！

按照师党委的决定，苏荣想通过这么几步棋，扭转明安旗的局面，在这里重新建立起巩固的革命根据地，为击败敌人即将发起的春季攻势，做好准备。

他们散会时，已经夜里一点钟了。沙克蒂尔走出屋来，望了望深邃的夜空，兴致勃勃地做了几下活动腰身的动作。这次会议使他明确了未来的斗争任务，他心中充满战斗的激情。他一个人往住处走，路上很想哼一首小曲或者打打口哨，但在夜间对一个军人来说，那都是不允许的。当他来到住房门口时，看见有一个人影在向他移动，他握住手枪，问：

"谁？"

"二弟，是我！"是旺丹的声音。

"哥，你好！你们的会开完了？"沙克蒂尔问。

"刚完。二弟，我有事来找你。"

"进屋谈吧！"

他们走进屋里，沙克蒂尔点着油灯，望了一眼哥哥发灰的脸庞，关切地说：

"哥，你瘦了！"

旺丹像只被打伤翅膀的鸟，耷拉着膀子，坐在炕沿上深深地弯着腰身，未曾开言，先叹气：

"咱们家……出事了！"

"怎么，爸爸……"

旺丹有气无力地一摇头，说：

"不，不是爸爸……是可怜的南斯日玛上吊死了！"

沙克蒂尔像被雷击了一下，不由自主地退了两步，而后又向旺丹猛扑过去，抓住他的肩膀，使劲摇着急切地喊：

"哥！你再说一遍！再说一遍！"

"你嫂子叫普日布大夫救活后回到家里，整天跟爸爸吵闹。我在外边，也管不了她。她特别是恨你，把对你的仇恨没完没了地往南斯日玛身上撒！可怜的南斯日玛受不了，就寻了短见……"

"她的尸体在哪儿？"

"我不知道你这么快就会回来，叫几个牧工用牛车拉到北沙坨子里，野葬了。"

"可她有身孕，我们的孩子就要出生了啊！"

沙克蒂尔放声痛哭着，倒在炕上……

第二天，他请假回家去了。

他没有先回家去探望久卧病床的老父亲，拨过马头，径直朝北沙坨子驰去。那里就是他在去年秋天枪毙卡洛的地方；然而卡洛竟然被人救活，而今他的妻子、可怜的南斯日玛却被野葬在那里！生活就像难以驾驭的野马，很难料到它突然转向何方！他越走近北沙坨子，越是有一股难忍的愧疚的感情，重重地往他心头上压！他几乎透不过气来！

他跟南斯日玛结婚后，从来没有发生过吵架拌嘴的事，但同样从来也没有过夫妻的热烈情爱。他们夫妻之间的关系是正常的，但也是冷漠的；是合乎传统伦理观念的，但从来不曾有过幸福与甜蜜。几个月以前当他得知南斯日玛已经怀孕时，没有什么特殊的反应，老婆嘛，就该生儿育女；南斯日玛也是这样的，她也没有因为怀了孕而有什么特殊的喜悦或悲伤，女人嘛，就得生儿育女……这就是他们的夫妻生活。

南斯日玛跟村里的人们一样，早就知道沙克蒂尔跟小寡妇莱波尔玛有来往，结婚后她并没有劝说他们断绝关系。她知道，莱波尔玛并不是坏女人，她跟沙克蒂尔的来往，完全出于真心相爱。她那么年轻就守寡，需要男人的感情安慰，而且南斯日玛听人说过，当沙克蒂尔决定跟她结婚时，莱波尔玛不但没有说一句阻拦的话，而且强忍着内心的痛苦对沙克蒂尔说："你们该结婚了，你应当过正常的夫妻生活。"她把沙克蒂尔让给了她，她觉得自己应当感激莱波尔玛，而没有理由恨她、责难她。南斯日玛就是这样一个心地善良的女人。今天，沙克蒂尔将要前去告慰她的英灵时，他才省悟到他们结婚后，在这么长的时间里，他对她的关照和抚爱太少了，甚至可以说对她过分残酷地冷漠了！现在他已经成为共产党员，不能再跟莱波尔玛保持从前那种关系，对这一点，他这次在沙拉更庙与莱波尔玛相见时，已经明白无误地告诉了她。他应当爱自己的妻子。如果南斯日玛也像卡洛那样能够死而复生，他一定会用自己全部的爱，报答她。

他忽然产生一种感觉：南斯日玛没有死，她是被人误认为断了气而遗弃在荒漠上，实际上，那只是她暂短的晕厥。她在荒漠上复活了，她想站起来，但全身无力，只得在沙原上爬行。是的，他似乎听到了她那困难的喘息声。他要快些赶去，如果这时候，他出现在她的眼前，她会使出全身的力量站立起来，呼唤着向他奔跑过来，扑倒在他的怀抱里。沙克蒂尔也将以与她结婚后从来不曾有过的激情和爱拥抱她，安慰她……他们俩都哭了，南斯日玛在低声抽泣，而沙克蒂尔默默淌着眼泪，轻轻抚摸着南斯日玛的秀发，从此，他们将永远成为恩爱夫妇……

沙克蒂尔猛然看见前面沙原上空，有两只鹞鹰在盘旋，他的心猛地收缩了一下，刚才那种种幻觉，顿然消失。他吃惊地腾地在马镫上站了起来，他知道，每当草原上出现野葬时，就会黑压压飞来一群鹞鹰吞噬尸体。它们在无情的争夺中，将死尸的肉体吞个净光之后，留下残骸，又成群地疾飞而去。不过还会剩下一两只贪心的鹞鹰，在尸体残骸上空盘旋，察看还有没有残余的肉体。

"啊，我来晚了！"

沙克蒂尔望着那两只忽上忽下盘旋着的可怕的鹞鹰，瘫倒在马鞍上。他不想再看一眼那两只贪婪的鹞鹰，俯下身抱住马鞍的前鞒，用拳头猛叩着自己的额头，哭了，放声地大哭起来。

荒漠是空阔的，他的哭泣声，被强劲的朔风所淹没。

他终于找到一具只剩下骨架的尸体。他勒缰下马，慢慢走到尸体跟前。从残骸上他已无法辨认出这是不是他妻子的尸体，只从被风刮到附近灌木上的几缕长长的人发，认出死者是女人。这一带人烟稀少，除南斯日玛以外，近日里没有别的妇女去世，由此可以肯定这是南斯日玛的头发。他小心翼翼地从灌木丛上取下几缕头发，捧在手上，回身走到尸骨前面，慢慢跪下去，泪流满面，轻声地说：

"南斯日玛，我可怜的妻子，安息吧！"

当他慢慢抬起头来时，忽然看见不知什么时候在他头顶上，聚集来了黑压压一群鹞鹰，它们以为又有一具尸体野葬，因而匆匆赶来。这一下，沙克蒂尔发怒了！"他妈的，你们吃了我的妻子，还想把我也吞掉吗！"他举起枪来，往那鹰群中连射数枪，那些鹞鹰惊慌失措，不分东南西北，一股黑烟似的迅疾飞散。荒漠又恢复了寂静，显得空荡荡的，只有朔风掠过沙面，掀起一股轻尘。

沙克蒂尔把妻子的头发，用手绢包起来放在衣袋里。随后便用双手挖开沙土，将妻子的尸骨掩埋起来，在墓前，默哀良久，流着眼泪，走了。他无心上鞍，一直牵着马，徒步向前走去，沙原上留下了长长的足迹，在渐渐降落的夜幕中，看去就像一条没有尽头的黑牛毛绳。

今晚的夜幕为什么降落得这么匆急？沙漠忽然变得像一口大黑锅，他牵着战马，在这看不到边际的大黑锅里，拖着沉重的步伐，走着，走着……

眼前，一片漆黑！

心头上，也是一片漆黑！

九

沙克蒂尔牵着马回到家里的时候，已是深夜了。他也不知道自己是怎样走到家来的。在浓重的夜幕中，几座蒙古包和几个干牛粪堆孤零零、黑糊糊地立在黄沙上，没有人声马嘶，没有光亮与灯火，这里是如此冷落、死寂！

"这就是我的家吗？"

他停住脚步，忽然觉得这不是他的家，或许是什么毫不相干的陌生人的家。

他家的老黄狗认出了久违的年轻的主人，它吐着长长的舌头，跑过来亲切地舔他的马靴和刺马针，还不时跳起来向他撒娇。他伸手替老黄狗顺了顺皮毛，在它脑门上轻轻拍了两拍，把它打发走了。

他站在原地，不知该先进哪一座毡包里。按照古老的草原风习，应当先到父亲包里去请安（特别是现在老父正在病中），但是今天他倒想先回到自己那座包里去，看一看妻子死去之前，给他留下什么没有？……就在他站在这里犹豫不决的当口，他那个死而复生的嫂子从包里走了出来，她猛然看见有人站在门口，开头没有认出是谁，后来当她的目光与沙克蒂尔那充满厌恶与敌意的目光不期相遇时，她"啊"地尖叫了一声，转身钻回包里，把门"嘭"地关上了。她在包里还在"啊，啊"地叫唤着，好像一条被打断腿的癞狗在呻吟。

现在沙克蒂尔无心理睬她，便向自己的毡包走去。

走进包里，他在马靴底子上划着火柴，找到油灯点着，环视了一下整个蒙古包。包里干干净净、整整齐齐，一切井然有序。南斯日玛是个勤劳而又爱干净的人，他们的毡包总是保持这样整洁。这时忽然有两件东西，闯入他的眼帘：在床上放着一件已经做好的男式粗布衬衫，和一件没有缝完的婴儿的褓褓。褓褓上面别着一根纫着线的针，看样子是南斯日玛正在为她那即将诞生的婴儿赶做针线活儿时，外面发生了什么事情，她暂时放下手中的活计，出外去看，这一出去，就再没有回来……

沙克蒂尔慢慢走过去，拿起那件粗布衬衫，两眼呆滞地望着。换衣服的季节到了，这是南斯日玛给他做的。当他再拿起那件没有缝完的婴儿褓褓时，他耳边响起了婴儿哇哇的哭声。哇哇哭声是婴儿唯一的语言，那既是哭叫、呼喊，也是欢笑和歌唱。"哇哇哇，哇哇哇……"这声音是那样揪他的心！他为了摆脱这种种痛苦，迅速走出包去，把头仰靠在毡包上，任带有凉意的夜风吹拂。那空阔的夜空是阴沉沉的，连一颗星星也没有，一切都被裹在黑暗中。他长长叹了一口气，定了定神，走进了父亲的毡包。

父亲毡包里，点着灯，他一进门，看见在灯下有一位老年妇女正在给父亲一勺一勺地喂着汤药。他一时没有认出那个老妇是谁，先脱帽向父亲问候："爸爸，您身体好些吗？"

瓦其尔推开那个老妇，看清楚是沙克蒂尔，不由得两眼老泪簌然而下。

"孩子，你总算回来了，可是，回来晚了……"

"爸爸，我已经都知道了。"

这时给爸爸喂药的那个老妇，用袖口捂住嘴低声呜咽起来。沙克蒂尔定睛细看，这才认出她原来是南斯日玛的母亲，他马上向她请安：

"岳母，您好！刚才我没认出您来！"

父亲干咳了两声说道：

"孩子，从今往后，你不要再叫她岳母了，我跟她已经在一起洗过脸了[1]，她已经是你妈妈了。请你们原谅，这是没有办法的事情！你们都在外面干事，南斯日玛离开了我们，我重伤未愈，家里只剩下卡洛那条疯狗。我担心她会有一天放把火把我烧死，我们两个老人就搬到一起过了。事先也没跟你们商量，外面也会有人说我的闲话，但是没有旁的办法，原谅我，孩子！"

"不，爸爸，您别这样说。这很好。妈妈就是不搬到咱家来，我也应当抚养她老人家一辈子。现在妈妈跟您相依为命，不但能够照顾您的生活，而且这也会使南斯日玛的在天之灵感到宽慰！我只希望你们二位老人家多加保重。"

南斯日玛的妈妈听了沙克蒂尔这番话，深受感动，她走过来在沙克蒂尔额头上轻轻吻了吻，擦着眼泪说："沙克蒂尔，好孩子！妈妈会像爱南斯日玛那样爱你！"

正在这时，包门一响，旺丹带着一股冷气走了进来。

"爸爸、妈妈，您好！"

从旺丹请安的称呼听来，他早已知道南斯日玛的母亲跟爸爸相依为命的事了。

沙克蒂尔问：

"你怎么也回来了？"

"我听说你请假回家来，码着你的马蹄印，先找到北沙坨子，从那儿又码着你的足迹，找到了家里。我们蒙古，是马背上的民族。我不明白你为什么从北沙坨子一直徒步走回家来？"

旺丹对他的行迹观察和跟踪得这么准确、及时，这使沙克蒂尔心里产生疑惑，不管他是有意还是无意，这几乎等于他已被人盯梢。而且被盯得寸步不差！他把一种不愉快的心绪，在话语里已经带了出来：

"你们不是马上要被调回师部去吗？你不该擅自离队。"

"我跟张彪同志招呼过了，我说我弟弟回家去了，在他遇到了不幸的时候，我应当跟他在一起。张彪同志同意了。"

"我又不是三岁小孩，用不着别人关照！"沙克蒂尔听出旺丹的话有一股假惺惺的气味，因此他把话说得很生硬。

包里顿时出现了令人不安的沉默。瓦其尔担心他们兄弟间今天晚上会吵闹

---

[1] 老年鳏男与寡妇相结合，不便于举行婚礼，他们在一个脸盆里一起洗一次脸，就算作嫁娶了。

起来，不停地干咳着拿眼瞟他们，他们哥儿俩脸色都像大雨前的天空那样阴沉沉。他们新到来的母亲，也有所感，说着"你们还没吃晚饭吧，我去给预备"，躲出包去。

包里只剩下他们爷儿仨了。这时沙克蒂尔忽然发觉旺丹背着他给爸爸使了一个眼色，他猜不出这是什么意思，就装作没看见。过了一会儿，爸爸"哟哟"地呻吟着，竭力挣扎着想坐起来。旺丹和沙克蒂尔几乎同时走过去扶父亲，沙克蒂尔还把一件羔儿皮袍子，给他披在肩上。

"坐起来就觉得好受一些。"

瓦其尔说着右手拿出深茶色玛瑙鼻烟壶来，细心地在左手大拇指的指甲盖上轻轻磕了磕，土黄色的烟粉倒在指甲上，像一座小山，接着他往已经熏黄了的鼻孔里猛吸了两下，接连打了两个响亮的喷嚏，这才感到全身舒适。他叫两个儿子坐到床边铺着两层厚毡的地上，继续吸着鼻烟，对他们说：

"人常说，暴风雪到来的时候，连黄鼠狼都知道躲在窝里抱住团。可我瓦其尔聪明一世，糊涂一时，在这样荒乱年月，把两个儿子都放出去干事，虽说你们没有当胡子，拦路抢劫砸明火，可是什么这个党那个军的，跟咱们有何相干？你们稀里糊涂混在里头，跟着人家马尾巴后头跑，自己家里呢？东冒一股烟，西着一把火，今儿个这个活，明儿个那个死的，把我一个病老头子夹在当中受煎熬！这且不说，还有咱们的家业，没人主事，成千上万头牲畜，交到牧工手里再没人管，生多少，死多少，现在有多少，全没个数！真是黄金白银撒在地上都不心疼！我还被人称为大牧主呢，呸！就这样下去，讨吃要饭去吧！今儿你们哥儿俩都回来了，把话说清楚，这家业你们还要不要？我这架老骨头你们还管不管？说不清楚，谁也别想走；你们要走，我就跟上南斯日玛后头去上吊！"说到此处，老人早已泣不成声。

沙克蒂尔望着父亲那副痛苦的样子，倒也觉得他说的是心里话，这些话或许压在他心里已经很长时间了。但是自己现在是共产党员了，让他放下枪，回家来做大牧主家的当家人，那是完全不可能的。他们的家业，是用穷苦人民的血汗积成的，他们家那成千上万头牲畜，是剥削贫苦牧民得来的，他可以回答：那些家业我不要！但是父亲毕竟是被国民党反动派打伤，至今未能痊愈，今天没有必要过分刺激他。想到这里，他往火炉里添进几块干牛粪，望着炉里的火苗，坐在原地，闷声不语。

旺丹表现得与他截然不同，听了父亲这番苦衷之言，感动得哭了。他一边瞟着沙克蒂尔，一边抹眼泪，格外动情地说：

"爸爸，您别过分伤心。这一时期我也想过，我们该把从日本垮台以来所过的日子，回过头去看一看了。我们也许从一团团迷雾里找出一条道来。反正往后咱们家再也不能像前两年那样过下去了。"

"听爸爸的话，放下你们手里生灾惹祸的钢枪，拿起牧民吉祥发福的马杆，回家来当咱们的牧人吧！牧人，就像大地上的青草，年年发青，永不消亡，你们的财富是牛羊，而不是死人的头颅。"

"爸爸，容我跟弟弟商议商议，总会想出一个办法来，请您把心放宽一些。"

"那好，我等着你们哥儿俩拿出主意来。"

沙克蒂尔听着爸爸和哥哥你一句我一句，说得就像演员对台词一样，重复着他们早已商量好的话，看来今天晚上是专门说给他听的。他倒希望他们继续说下去，摸摸他们口袋里面还装有什么货色；然而，正在这时，妈妈给他们端来了丰盛的酒菜，打断了他们的谈话。他们四个人围坐在一起，先是由母亲领着两个儿子为久病的父亲早日康复而祝福，接着他们兄弟二人为新来的妈妈举杯敬酒，老瓦其尔脸上头一次露出笑容，兴致勃勃地大口大口喝着酒，声音也变得愉快了：

"在这样动乱年时，我们一家人能够这样团圆，全靠老佛爷保佑！来，喝！喝！"

酒过三巡，夜已过午。沙克蒂尔控制着自己少喝酒，今天喝得连平时一半酒量都没有，但由于心绪郁闷，他感到头晕、恶心。南斯日玛的妈妈心疼自己从前的女婿，便扶他回自己包里去睡。他回到包，往床上一躺，一觉醒来，已是拂晓时分。他推开身上的被子（那是妈妈给他盖的），爬了起来。头痛得要命，他想镇静镇静，走出包去看自己的战马喂得怎么样。他来到槽头时，一个身披白茬皮袄的年轻牧工，走过来与他寒暄，并说他是夜里打更、喂马的雇工，今天晚上给马喂的是谷草加拌黑豆料。他问沙克蒂尔什么时候动身，他好早点把马饮好。沙克蒂尔告诉他马上就走。不知什么时候，旺丹神不知鬼不晓地已经站在他的身后，他插言道：

"二弟，又没有火烧眉毛的事，何必这么早动身？咱们不是还有一件事情没有商议吗？"

沙克蒂尔问："什么事？"

旺丹扣着上衣纽扣，摇了摇头，笑了两声："看来晚上你是真醉了，把爸爸的话全忘了？"

他们一同走进沙克蒂尔的包里。点着炉火，烧开昨天晚上剩下的半壶凉奶茶，二人喝起茶来。

"咱们家的情景，你全看见了。"旺丹说道，"咱们俩当中，怎么也得回来一个人管管家了。我思谋了一宿，你现在刚被提干，当上了连长，正走运气；我呢，虽说为革命马不停蹄跑到今天，但是前一段时间，跟着张彪瞎跑，马打前失，差点摔得头破血流！思前想后，还是我回来管家吧，也算解除你后顾之忧。今天归队后，我就找苏荣同志提出请求，不过你也得帮着给敲敲边鼓，现在你的话占地方哩！"

沙克蒂尔未置可否，反问他：

"你什么时候归队？"

"等爸爸醒来，打一下招呼，咱们一起走。"

"我有点急事，先走一步。"

说着他做动身的准备。

"跟爸爸不辞而别，不合适吧？"

"过两天我还会回来的。你替我解释一下，说我有急事。"

当沙克蒂尔走出门来时，那个年轻牧工早已给他的坐骑备好了鞍，递过来缰绳时，他嘱咐了一句："刚饮过水，先别走得太急。"

"好，谢谢你。"沙克蒂尔接过缰绳，问："你叫什么名字？"

"我叫于富。"

"于富，你是想发财呀！"

"想富，就是富不起来，没有富命。"

"你什么时候来到草地的？"

"打去年冬天就在您府上当雇工；不过跟二少爷头一次见面……"

正在检查马肚带扣得松紧的沙克蒂尔，打断他的话："于富，往后别叫我二少爷。我叫沙克蒂尔，名字长一点，能记住吗？"

"是，是，二少爷，您真好！真好！"

"你还叫二少爷、二少爷的，怎么回事？"

"好，我一定改，二少爷，您放心！"

沙克蒂尔跨上马背，说：

"对你真是没办法！好了，再见吧，于大少爷！"

一纵缰，马起步了，他向于富招手告别。

于富站在原地扑哧一声笑了。

当沙克蒂尔赶回驻地时，正赶上开午饭。他当即去找苏荣作汇报。苏荣同志和达木汀盟长一起，今天上午跟那些牧主们开座谈会，会刚散。随后设便宴为那些牧主送行。沙克蒂尔赶来时，便宴刚开始。苏荣把沙克蒂尔介绍给大家，他们当中有些人认识他，有的不认识；但是一提起他是瓦其尔巴彦的二儿子，就没有一个不知道的了。大牧主的儿子，新近被提拔成八路军连长，这使那些牧主们惊奇之余，也得到一点启示：只要真心跟着共产党走，虽说不能人人当连长，可也能够得到共产党的信任。

战时的便宴很简单：一只整羊，两碗白干。不过从席间的气氛看来，这次座谈会开得很成功，从那些牧主们开朗的笑脸上，也能看出罩在他们心头的乌云已经消散，个个谈笑风生，向苏荣和达木汀敬酒时，都表示今后一定相信党的政策，跟着共产党走，再也不上坏人的当了。有的趁着酒热，还破口大骂贡郭尔是民族败类，跟这样投敌叛变分子，日后决意势不两立，概不交往。反正这些人现在都说的是过大年的话，至于以后再遇到风吹草动，谁朝哪个方向磕头，到时候再看。

沙克蒂尔盼着便宴快点结束，好在旺丹归队之前，向苏荣汇报情况，研究对策。可是那些牧主们说来道去，一直把苏荣同志缠到下午两点，才各自散去。

沙克蒂尔马上向苏荣汇报了昨晚旺丹和父亲二人演双簧的情况。他说，张彪发动抄家运动，犯了错误，那是旺丹从中搞的鬼。旺丹从解放前就在贡郭尔手下效力，是贡郭尔的亲信，这次贡郭尔叛变投敌，可他纹丝不动，怀疑他是按照贡郭尔的旨意留在我们当中的。如果再把他老婆卡洛的复活等等联在一起考虑；其中必有文章！他在部队里不把这些事交代清楚，不能叫他离队回家。

苏荣仔细听取沙克蒂尔的意见，而且还补充了一点：上午座谈会上，有的牧主提出疑问，所谓瓦其尔密信事件，会不会是贡郭尔和旺丹幕后策划搞的？

"那就更不能叫他走掉了。"沙克蒂尔说。

"不，只要他来找我，我马上批准他的请求，让他离队回家。"

"我哥哥不是个好人，你不能放他走！"

苏荣清脆地笑了笑："亲兄弟之间揪住不放，很有意思。"

"副政委，这不是什么亲兄弟的问题！"沙克蒂尔动气了，猛地站起来，走到窗前无目的地往外望着，用手枪皮带不停地抽打自己的手掌。

苏荣坐在椅子上，不紧不慢地对他说：

"沙克蒂尔同志，你摆的那些情况，都是很可疑的：卡洛死了半年多又活了；冒出个瓦其尔的密信，引着武工队犯错误等等。"

"那您为什么还要放旺丹走掉？"沙克蒂尔转过身来问。

"你看到的都是一些表面现象。明安旗的问题，可能比这要严重得多！我们把所有现象联系起来进行分析，你就会若隐若现地看到所有这些怪事，可能是在一个隐藏在这里的秘密组织的统一指挥下干的。所以，这一次我们回到这里，一切行动都要从长考虑。这里是我们的天下，着什么急！皮要一层一层地扒。我们的主要目标是，在敌人发动大规模攻势之前，发动群众，做好团结各阶层人士的工作，而把我们利剑的锋芒，紧紧对准那条敌人的地下指挥线！阶级斗争是很有趣的，你为自己着想，但也要为自己的敌人着想……你把旺丹卡得那么死，贡郭尔和他的主子国民党反动派在明安旗草原这条线不就断了吗？那我们手中的利剑，还往哪儿砍！"

沙克蒂尔这才恍悟过来，走到苏荣跟前：

"我明白了，利剑握在手，什么时候、往哪儿砍，听您的令！"

"旺丹为什么突然急于请求回家守业，你想过没有？"

"想过，但摸不透。"

"贡郭尔这个国民党反动派的代理人，很可能要把他们的地下指挥站，转移到你们家去。"

"这倒是一件好事，让我来收拾他们！"

"我们只要紧紧抓住两个关键人物，就能揭开国民党反动派在明安旗阴谋活动的内幕。"

"哪两个人物？"

"一个是你哥。"

"这个我已经心里有底了。"

"我们把他放回家去，叫他们活动活动，等他们暴露得差不多了，咱们再下手。跟这条线斗争的事，你先考虑一个方案，尽快开会讨论决定下来。"

"还有一个关键人物是谁？"沙克蒂尔问。

"贡郭尔家的女厨师笃日玛。"

这个人，沙克蒂尔从来没有想过，他问副政委：像她那样一个疯疯癫癫的穷老太婆，怎么会成为我们与敌斗争的关键人物？

副政委解释说：

"我不是说笃日玛是我们的敌人。她是个穷苦的奴隶。但她是贡郭尔家的厨师，没有一天离开过贡郭尔的家。在贡郭尔家发生的所有事情，她都看在眼里，记在心上。可以说，对国民党特务和贡郭尔的阴谋活动的内幕，她了解得比任何人都多！这个女人过分信神信鬼，贡郭尔和他父亲普日布，就利用她迷信这一点，紧紧控制了她，把她的嘴封得死死的。如果我们能够使她觉醒过来，敌人的底就全露了。"

"笃日玛老太婆一辈子敬神信鬼，是一块很厚很厚的坚冰，让她融化，可不是那么容易！"

苏荣却很有信心："我打算派斯琴去做她的工作。她们俩从前有一段时间苦命相连，笃日玛跟斯琴有很深的感情，不会对她有戒心。"

"好！双管齐下！"沙克蒂尔信心也足了，攥住拳头一挥，"直捣狼窝！"

苏荣没给他鼓劲，反倒劝导他，这是关乎打开敌人的缺口、揭开敌人活动内幕、扭转明安旗斗争局面的大事，是一场秘密战线的斗争，胆要大，心要细。跟毒蛇搏斗，最要紧的，是一锤子打下去就要它命！不可操之过急。

正在他们交谈时，苏荣的警卫员进来报告说，洛卜桑师长派他的警卫员送来一封急信，要求马上见副政委。苏荣不由得一惊，在心里纳闷：他们刚出来，师长就派人来送急信，而且送信人还是他的警卫员，莫非那里发生了什么特殊紧迫的事情？

师长警卫员走进屋来，微笑着向她行军礼问候。

苏荣问："踩着我们的脚后跟，你匆忙赶来，有什么急事？"

"报告副政委，不是急事，是喜事！"师长警卫员满面笑容，说了这么一句没头没尾的话。

"喜事？什么喜事？"

师长警卫员不作回答，他递给苏荣一封信："您看这个就明白了。"

苏荣接过信一看，果然像是喜事，她一边看信，一边忍不住抿着嘴发笑，末尾，说了一句：

"真是军人办事，恋爱也搞速战速决！"

师长警卫员接过话头，说：

"同志们听说老师长找了女人，大家高兴得不得了！马上要给他操办婚事。可老师长说，不行！这件事要向党委书记请示，就派我前来找您。我出来时，同志们都托我给您捎句话：请副政委代表组织批准老师长这门婚事！"

苏荣问："莱波尔玛本人也同意吗？"

师长警卫员指了一下那封信说："您看旁边那个红指印，就是莱波尔玛亲自印的指纹。她不会写字，手印就是证据。"

"什么？莱波尔玛要跟洛卜桑师长结婚？"沙克蒂尔惊愕地问。

苏荣把那封信交给他看，他什么也看不清楚，只看见一个老大老大的红指印，在信纸上向他挑衅地微笑着……

他把信赶忙还给苏荣，只说了一声"我回连队去"，就走出门去。

他刚出门，正巧碰上旺丹来找苏荣。

"副政委在吗？"旺丹问。

"在。你自己去找吧！"

"你也帮着说几句嘛！"

"我没空儿！连队里找我有事。"

沙克蒂尔锁着眉头，匆匆离去。

旺丹望着远去的弟弟的背影，冷笑了两声，随即整饰了一下军装，敲门，走进屋去。

沙克蒂尔没有回连队。他骑着马走上了北面一座高高的山岗。

山顶上风势很大，他来到一棵老松树下，下了马。往北眺望，一切都被掩隐在千里风沙之中。他全身无力地依树站立，默默流着男子汉罕见的眼泪，他轻轻合闭两眼，自言自语地说："我刚掩埋了南斯日玛，又失去了莱波尔玛，我不会再有爱情了！……"莱波尔玛那个老大老大的红手印，又在他眼前旋转，旋转……他赶紧睁开两眼，手印消失了，山麓南面连队的营房，映入他的眼帘。

"啊，那里是我的连队，今后我全部的爱都在那里，是的，那里！"

他牵着马，在风沙中往山下走去。

＋

贡郭尔从我军叛变出去以后，凑成三十几个乌合之众，按照大特务刘峰的旨意，驻留在像俗话中所说的那样"离羊群五里，离狼群三里"的一个孤零零的塞外村庄——学堂地。

刘峰没有在这里停脚，当天就途经宝源镇，进了张家口，向他们的顶头上司——军统察北地区调查研究室主任阎士德，当面表功去了。刘峰善于察看上司眼色行事，现在他对贡郭尔在阎士德眼里到底能值几文钱，还不托底，所以，他有意不叫贡郭尔进入由国民党军队重兵把守的十分安全的宝源镇，而令他暂留学堂地。这就给自己留下很大回旋的余地：阎士德如若看重贡郭尔，他马上就请贡郭尔进入宝源镇，可以在贡郭尔面前讨好，说这完全是靠他在上面四方活动的结果；如若在阎士德眼里贡郭尔价码不高，就让他继续留在学堂地，他也说不出什么来。不过，刘峰作为一个政治猎手，他还是希望他的猎获物多值几个钱；因为猎获物价码的高低，是与上司对他的酬劳大小联系在一起的。刘峰抱着抬高贡郭尔身价的打算，想在上司面前把他说成在蒙察地区大有影响，并能左右局势的难得的重要人物。他的上司会不会听信他的话，就不得而知了。

送走刘峰之后，贡郭尔就像被人遗弃在荒原上的一条狗，孤寂、懊丧、恐惧、走投无路。在学堂地落下脚，头几天为了把那些乌合之众拢到一起，把他们安定住，倒也连吹带骗地忙乎了一阵子。几天过后，仍不见刘峰的音信，贡郭尔有一种预感：前程不妙。特别是连日来，派回草原的密探，不断报来坏消息，这使他如坐针毡，日夜不安。密探们报告说，苏荣率领一个团的兵力（老百姓这样传说）回到了明安旗，在女子部安营扎寨，召集牧主和民族宗教上层人士，开过一个很成功的座谈会。贡郭尔父亲精心策划的写密信搅乱局势的计谋，已经破产。据说前两天，又召开了一次声势很大的旗民大会，参加大会的各阶层人们数以千计。在会上，苏荣、达木汀、齐木德和沙克蒂尔等轮番讲演，就这么干净利落的几下子，把明安旗刚刚刮起的政治风沙压了下去，整个局面被他们所控制……

当然，传来的也不完全是坏消息，也有个别令人鼓舞的消息，譬如，旺丹已经顺利地得到苏荣的批准，离开部队回到了家中。表面上是从牧为民，守家立业，实际上是根据刘峰的指示，建立了一个秘密情报站。贡郭尔派去的密探，隔两天从旺丹那里拿到一份情报。为了提防有人盯梢，他们不在家里接头，而是深夜在离旺丹家三里以外的一座破庙里碰头。通过这些密探，贡郭尔及时观察着明安旗的动向。目前，他最关心的，是苏荣率部进入明安旗的目的何在？如果只是为了安定民心，还用得着动用一个团的兵力？由此他怀疑她会不会乘他不备之际，突然前来围剿他？这加重了他的忧虑。他变得疑神疑鬼，神经过敏，对自己手下的人也不敢相信了。他不敢在一个地方安稳地睡一宿觉，通常都是一宿三挪窝，谁也摸不着他睡在哪里。学堂地离宝源镇很近，本来他可以跟镇里的国民党方面挂钩，驻进镇里去。但是不经过刘峰点头，他是不能妄自行动的。刘峰是他的靠山，得罪不得！尽管眼下日子难熬，他也只得忍受下去。然而，贡郭尔想到这些年他一直是从逆境中闯出一条生路来的，因此他虽忧虑，但不懊丧。他要在这个荒凉的塞外村庄，等待春风得意时的到来。

　　……

　　刘峰回到张家口，马上到军统察北地区调研室阎士德主任那里报到。不凑巧，阎士德回北平看小老婆去了。贡郭尔的事必须直接向阎士德主任报告，但是这两天也不能闲等过去，他想在同阎主任见面时，把他的另一个得意之作，也奉献在他面前。于是连日四处奔波，终于通过军统系统，给宝源监狱下令，把乌兰夫派往骑兵十二师的姓周的政委等人，马上押解到张家口来。

　　由军统系统下达的命令，送到宝源监狱长手里时，这个老奸巨猾的家伙，明白这件事分量不小，他才不想担那个风险呢！他以狱卒缺员派不出人押送如此"要犯"为由，几经交涉，宝源的军统人员，答应由他们押送。姓周的那个人的侄子和铁木尔，作为同案人，也将被一齐押走。

　　监狱长从一清早就听到镇上有谣传，说那个姓周的"要犯"，如被解往外地，镇里的共产党秘密组织，就可能劫狱！他没有敢把这个消息转告军统方面，他是想方设法尽快把那个姓周的打发走，只要不在自己所管的监狱，出天大的乱子，亦与己无关！

　　为了防范出事，这一天，本来就够阴森森的宝源监狱，越发显得森严、紧张。每处岗位都加了双岗，监狱房顶上和围墙四角的岗楼里，都架起了机枪。放风时，犯人们看见这般阵势，都有些提心吊胆，不知今天要出啥事情。

　　自从那一天，监狱长收到密电，急忙把周政委他们押回监狱以后，就把周政委和扮成他侄子的警卫员小周、铁木尔三人，关在一间“死牢”里，不分日夜，看管得格外严。把他们三个人隔离开来，单独放风。

富有斗争经验的周政委，一看今天监狱的不寻常的气氛，就已预料到他们可能面临一场新的考验，他甚至想到可能发生最坏的事情……他们三个人拖着脚镣，在院里绕着圈哐啷哐啷地慢慢走着，周政委时而回身望一望走在他身后的那两个青年，他在心里默默地自问自答着：“他们会想到死吗？……不会的。他们太年轻了，他们想的尽是未来如何斗争、胜利和欢乐，而不会想到死神随时可能降临。”想到这里，他向他们爱抚地笑了。小周正仰脸望着天空，没有注意到他投去的笑影。铁木尔看见了，他用天真的微笑回答了他。显然铁木尔没有理解老周微笑的含义，他调皮地朝房顶上那挺机枪努了努嘴唇，又撇了撇嘴，好像在说：“谁怕你那些玩意儿！”不，不对，他是在说：“你看，咱们手里现在要是有一挺那个家伙，可就好喽！”其实，铁木尔心里果真是这么想的，所以末尾才失望地耸了耸肩膀。

“多么可爱的小伙子啊！”

老周在心里这么想着，两眼湿润了。

就在此刻，忽然传来一阵马达声，只见一辆美国造军用卡车，一溜烟儿开进监狱院里。车厢上站着三个持枪的士兵，车一停，从驾驶室里钻出一个身穿便衣，头戴便帽，屁股后头晃荡着二号匣子枪的家伙，他径直走进监狱长室。车上那三个当兵的，跳下车来，跟穿着军装的驾驶员互相递烟卷，说着什么。

顷刻，监狱长从屋里走出来，向看守老周他们的狱卒招了一下手，叫到身边说了几句话，那个狱卒跑回来，叫老周他们马上回牢房。没过几分钟，监狱长亲自陪同那个穿便衣的家伙，还领着几个狱卒和士兵，走进老周他们的死牢里。其他人围站在门口，只有监狱长走上前来，对他们三个人说：

“收拾收拾你们的东西！”

“干什么？放我们走吗？”铁木尔故意发问。

“给你们换个条件好一点的地方。”

“什么地方？”

“这用不着你问，快收拾东西！”

老周向他们二人递了个眼色，便开始收拾东西，两个小伙子也跟着做了。

他们刚把东西收拾完，站在门口的那几个狱卒和士兵一拥而来，给他们三人上了五花大绑，喊了声"走！"押出牢房，来到那辆军用卡车旁，将他们推上车厢，那三个持枪士兵跳上车来，用枪托子捅着叫他们坐在车厢中央。那个穿便衣的家伙，站在驾驶室门梯板上，朝他们三个人凶狠地喊道：

"都给我低头坐着，路上不许抬头向外张望！听见没有？"

他们没有作声。那个家伙对士兵们下命令说：

"看管得严点！"

说完，一头钻进驾驶室，卡车开动了。不一会儿上了公路，车后头扬起黄尘的长龙。

"要把我们转移到什么地方去呢？"老周问着自己。

卡车在黄土公路上，向南飞奔而去。

……

自从那一天，监狱长拿着一封密电突然赶来，将铁木尔等三人押回监狱之后，韩副官一直通过各种渠道，了解他们的下落和情况。从那封密电中，他已得知周政委的身份已经暴露，也就是说他处在非常危急的情况下。韩副官跟哈吐团长曾几次秘密商量有无搭救的办法，但是想不出来，而且哈吐团长语言之间已经表露出不想为一个姓周的汉人，去冒任何风险之意。韩副官只好另开渠道，积极活动，随时准备对周政委等进行营救。韩副官身边有三名亲密战友，他们都是非常机警、能干而又可靠的人。他叫他们通过各种关系，掌握监狱的动向。这一天早晨，韩副官刚起床，他的一个战友就慌忙跑来报告说：驻在张家口的军统特务机关，已经传来命令，今天要把周政委等三人解往张家口。

"押解他们的任务，由哪一部分的人执行？"韩副官问。

"县警队出车、出兵，由镇里军统特务头子之一亲自押送。"

"县警队出几个人？"

"仨。其中有一个我认识，是他亲自告诉我的。"

"他们几时出发？"

"上午十点。"

韩副官看了看手表，现在整七点。他思忖片刻，说："你去把他们两个找来。"

他那个战友，走出屋去。韩副官"嘭"地躺到床上，两眼呆视着用旧报纸糊的顶棚，一口接一口猛吸着烟，在他脑海中接连出现着各种各样的镜头；

这个镜头刚刚显现出来，又被另一个镜头所代替，片刻，又出现一个新的镜头……各种镜头从他眼前一一掠过，他都不够满意。正在这时，他的三个战友一齐到来了，他迅即跳下床，领他们走进里面一间屋里。

押送老周等三人的那辆军用卡车，疯狂地颠簸着，飞驶在宝源—张家口公路上。

他们从宝源出来，已经一个多小时了。现在爬行在一座很陡的山坡上。那个军统特务从驾驶室后窗不时往后面车厢里察看一眼，一切正常。再过两个多钟头就可以进张家口了。车窗外是荒秃秃的塞外山野，它的单调向人袭来一阵阵浓重的睡意。特务头子开始打起盹儿来。车已爬过山岗，开始在下坡路上行驶。这条公路修得实在太差，路面不平，弯道又多，而且很狭窄，司机偶一疏忽，就可能堕入路旁深涧之中。转过一个山弯，前面有一座木桥，从桥上越过峡谷，便爬上另一座山岗。这段路十分险要，这里经常发生车祸，所以来到这里车要减速。今天有一点特殊情况，车刚拐过弯道，司机就看见前面那座木桥的桥头拦着木杆，并有几名持枪军人把守。他鸣笛，要求放行。笛声惊醒了正在打盹儿的那个军统特务，他也恍恍惚惚看见桥头上有国军的岗哨，问司机："他们拦住桥头干什么？"还没等司机说什么，只见一个身穿军官服、戴着白手套的人，在摆手。站在他身边的一个士兵打出命令停车的旗号。司机让车慢慢滑行，靠近了桥头。那个军官领着三个手提美式冲锋枪的士兵，迎面站在路当中，显然是叫在这儿停车。车上的军统特务，开门跳出驾驶室，向那个军官走过去，掏出一张由特务机关签发的要求沿途一切关卡哨口准予放行的特许路条。那个军官漫不经心地往那张路条上扫了一眼，随手拿出一张方方正正盖着"华北剿匪总司令部"大印的命令，让那个特务仔细看了一眼，说："总司令部命令，进入张家口的所有车辆都在这儿接受检查！"那个特务抬头瞧这位严厉的军官，忽然满脸笑开了花，他点头哈腰，上前一步，说：

"哟嗬！是您在这儿值勤哪——韩副官？"

韩副官两眼往他脸上猛扫过来，他怎么也想不起来在哪儿见过这个人。

"就怕遇上认识我的人，偏偏就遇上了！"韩副官在心里这样想着，脸上竭力保持着沉着而又严肃的神态，他问：

"我怎么想不起来你是哪一部分的了？"

那个特务回避说出所属单位的名称，嬉皮笑脸地指着路条说："这上面不是都写着吗？！"

"军令如山！我们是执行命令，尚请仁兄多加谅解！"

说着，韩副官向卡车走了过去。

那三个持枪士兵立即跟上，他们之间在距离、方位上配合得很好，几乎同时来到车前。

"上车看一下，如果没有什么特殊的东西就放行！"

韩副官这句话说得声音很高，像是给手下的士兵下命令，又像是在安抚那个特务。

那三个士兵，迅即行动，先有两名登上车厢，后由一个盯住司机。韩副官看见他们完全按照预先的分工，占据了有利位置，便大声喊一句：

"开始检查！"

一声令下，几个人同时以迅雷不及掩耳之势，迅速把枪口对准了各自负责的那个人，同时大声喊道：

"不许动！举起手来！"

"哎……哎，韩……韩副官……"那个特务在韩副官的枪口下，慢慢往起举着手，还想说点什么。

"不许动！谁动马上就打死！"

押车的三个士兵，吓得哆哆嗦嗦，放下枪，举起双手。然而那个特务，还想垂死挣扎，他猛然一转身，拔腿就跑，想躲到路旁那块卧牛石后面去。韩副官当即开枪，将他毙倒。车上那三个士兵和那个司机，见此情景，直喊："我们缴械了。饶命，饶命！"

韩副官命令车上那三个士兵，给老周等三人开镣、解绑，他们马上遵命照办了。直到这时，周政委、铁木尔和小周，才知道是韩副官前来搭救他们。他们三人下了车，想对韩副官说几句感谢的话，但是韩副官先开了口：

"这里是交通要道，过往车辆很多，刻不容缓，不能久留，你们赶快往山后撤！"

韩副官手下的一个士兵，分工先领他们三个人撤走。那个士兵跳下车来，一摆手说：

"快跟我来！"

他们三个人，急忙跟上他向山后跑去。

与此同时，一阵枪声，他们把押车的士兵和司机，全都毙掉。韩副官叫战友们，细心地捡起每个子弹壳之后，让他们撤到指定地点去等他。他们撤退的行动十分敏捷。这时，韩副官往四周望了望，又倾耳听了听，附近没有机动车的声音，他从容地坐进驾驶室，开动起车来，准确地从那个特务的尸体上碾压过去，故意把车往路旁那块卧牛石上猛撞过去，水箱被撞扁，前桥被撞弯，而后他跳下车来，从卧牛石后头，将在此之前他们占领桥头岗哨时打死的三个伪兵的尸体拖到汽车底下，划了根火柴，点着了油筒，便以极快的速度从这里跑开，不多时，那辆卡车连同那八具尸体一齐在一片冲天大火中，在震撼山岳的爆炸声中，烧成了灰烬。从现场看来，很像是那辆卡车由于机械失灵，撞到卧牛石上，造成油箱起火爆炸，车上的"犯人"和押送人员以及司机，无一幸免的样子。韩副官这一手干得干净利落，非常漂亮！

当他怀着胜利的喜悦心情，领着战友们，越过两道山岗，来到一片松林时，周政委等正在那里等候着他。松林里拴着七匹全鞍坐骑，显然是他们早就预备在这里的。

周政委在一生的战斗生活中，经历过千难万险，也遇到过各种见义勇为的人，但是从来没有见到过像韩副官这样冒着生命危险，搭救一面之交的友人的义士。他见韩副官安全退来，欣喜若狂，跑上前去紧紧握住韩副官的双手，感激地说：

"韩副官！您冒生命危险，前来搭救我们，我们真不知怎样报答您的深情厚谊！"

听了这话，韩副官跟自己那三个战友狡黠地交流了一下目光，欣然一笑，说出一句竟能使周政委这位老战士面色骤变，惊滞不已的话来：

"你的路费够用吗？"

这是上级党组织规定的在非常时刻派人与他接头的暗号。他仔细打量着韩副官，脸上掠过欣喜而又紧张的神情，回答说：

"我有十块现洋，恐怕还缺一点。"

"再加十块，够吗？"

"用不了那么多。"

"好，再给你五块！"

　　对过全部暗号之后，二人不由得同时喊着"同志"，紧紧地拥抱在一起，热泪夺眶而出。

　　这时候，小周和铁木尔还不知道发生了什么事情，可是韩副官的那三个战友，却完全了解事情的缘由，他们一齐跑过来跟铁木尔和小周又握手，又拥抱，闹得铁木尔和小周莫名其妙。

　　"他们两个都是党员吗？"韩副官小声问老周。

　　老周顿了一顿，说："也可以说都是党员。铁木尔在狱中已经向我们提出入党要求，我和小周做他的介绍人，还没履行正式手续；不过对他完全可以信赖！"

　　"那好，我们大家互相认识一下吧！"

　　"请！"

　　韩副官原来是打入敌军的我地下党组织负责人，他领来的三位战友，也都是地下党员。这次敌人将周政委等三人押往张家口，他们明白这是能够进行营救的最后一次机会。向上级党组织请示已经来不及了。老韩同志和其他几位党员经过审慎研究，断然做出这一大胆的营救计划。今天，一切都已按原定计划圆满完成，老韩心里充满喜悦，然而对这位还要继续回到狼窝虎穴中战斗的勇士来说，还不是显露胜利笑容的时刻，自然他那激动的心情是难以掩饰的。他走过来，跟铁木尔和小周握了握手，便转向大家说道：

　　"同志们！这是我们这些共产党员们在敌人的心脏中难得的一次会师！"

　　"老韩和这三位，都是我们地下党的同志。"周政委告诉铁木尔和小周说。

　　"我们接受上级党组织的指示营救你们，现在我们已经胜利完成任务。"老韩同志继续说，"但是此处不可久留，我们马上分成两路，在此分手。同志们，你们先作准备，我跟老周同志再说几句话。"

　　同志们立刻走过去交接马匹，检查鞍具，互相说着一些嘱咐的话。

　　老韩和老周留在原地，先由老韩简要介绍目前察哈尔地区的敌我形势，而后他们共同商定，今后在特殊情况下互相联系的暗号。老韩告诉周政委，贡郭尔已从我军中叛变出来，驻守在宝源北面的学堂地村，要绕过那里，直奔我军的驻地——女子部。为了不至于使他们在途中误入敌人驻防的村庄，老韩特地给他们画了一张北上路线图。他说铁木尔是当地人，让他按此路线图带路，明天即可到达女子部。

　　分手的时间到了。他们各个流着眼泪互相拥抱着，这是多么激动人心的时刻啊！一群共产党员，在这塞外荒凉的山野上，在这狂风呼啸的黄尘中，在这危境重重的敌人心脏里，他们在杀出的血路上会合，又在依依惜别中分手！他们遵守党的纪律，连自己的姓名都没有通告对方。然而他们每个人身上，都流着同样鲜红的党的血液！党的伟大事业，把他们的感情与命运联结在一起，他们之间只有暂时的分手，而没有永远的别离，因为新中国这一伟大的婴儿，已在这块广大母土的孕育中开始蠕动，不久她将在灿烂朝霞的万缕金光下，在无比壮丽的英雄乐曲中——诞生。

　　……

　　想到这里，谁能忍住此刻分手前的眼泪！

　　啊，战斗者的眼泪，是催春的喜雨！它滋润这荒凉的山野，祖国的每一寸土地；古老中国的新绿，将在这喜雨中萌生，新中国未来的花蕾，将在这喜雨中开放！

　　为了古老中国的新绿，早日萌生，为了新中国未来的花蕾，早日开放，这一群共产党员重又跨上战骑，踏上各自的征途——

　　一路，重返敌营；

　　另一路，向飘扬着红旗的草原进发！

卷 四

一

北方的春天，总是在风沙迷漫中匆匆到来。

从塞外草原升腾而起的黄尘，在半空中被强劲的风卷滚着，以锐不可当之势径自南下，飞过崇山峻岭，越过万里长城，直至进入幽燕平原，风势才有些倦意地渐渐减弱下来，当刮到灰色的古老北平城头时，风力愈加缓弱，于是从塞外被"劫持"而来的沙尘，像细细雨丝，散落到紫禁城金碧辉煌的殿台楼阁上，落到躬身弯腰牵拉着木板车的苦力们的身上，落到那些高鼻梁、蓝眼珠或者矮鼻梁、黑眼珠的红男绿女们涂脂抹粉的脸上，落到像蜘蛛网一样狭窄、稠密的一条条小胡同里，也落在露天小吃摊的油锅与食品上……有人说，北平人每年春天，至少要吃二两沙子，这话虽有夸张，倒也是真的。

人们把这都归罪于那个讨厌的"蒙古风"。为什么叫蒙古风呢？难道大风是发源于蒙古大地的吗？那么刮到蒙古草原的大风，又是从哪里来的呢？谁也不去细想这些事，反正人们都要唠叨几句那个讨厌的"蒙古风"！

就在这样一个刮了一天大风的黄昏，在北平城东北角护城河畔的一条土路上，轻脚慢步地走着一个身躯矮胖的中年人，他身穿一件蓝缎子棉袍，外套墨黑团花缎马褂，头戴一顶镶有红"顶子"的瓜皮帽，脚蹬一双绣有暗纹素花的高勒大绒靴子，再加上他手里那串不停拨动的紫檀木佛珠，乍一看，使人茫茫然感到仿佛历史倒退了许多年，这不活像是前朝大清末年一个吃俸禄的闲散京官儿吗？！

这个奇特装束的人，面色苍白，圆头细眼，有一张前朝太监们那种好似浮肿的脸，让人一眼看不出他有多大岁数，约摸是四十开外，六十以内吧。在昏暗的路灯光下，他像个幽灵缓缓地走着，时而仰天长叹，时而停步沉思，像是有很重很重的心事。当他停步沉思的时候，一直尾随于他、与他保持着十米左右距离的两个彪形大汉，便也停下脚来，躲在幽暗之处，耐心地等候他；当那个人继续前行时，他们又尾随其后，然而十米左右的距离，却一直保持不变，他们从不互相交谈，有时只是默默地交换一下眼色。

一个幽灵后头，跟着两个幽灵；他们是他的保镖。

那个装束奇特的人，在昏暗的城边小路上，散步大约半个钟头之后，转身向城里走去。他一进街口，就用宽大的围巾蒙住头部，只留两条细眼露在外面，步伐也明显地加快了。不一会儿，他来到一座红墙黄瓦、规模宏伟的大寺院的门口，没等他叩门，大庙的红门"吱嘎"一声开了，显然有人早在里面伺候，等那三个幽灵走进门去，庙门又关上了。

这座大庙，叫雍和宫。

提起雍和宫，不只北平城里无人不晓，就在信奉喇嘛教的北方广大边远地区，也颇负盛名。

这个坐落在北平城东北角的古刹，原本是清代康熙皇帝为他的世子胤禛修建的王府。胤禛继位成了雍正皇帝以后，把它作为行宫，改名为雍和宫。雍正死后，乾隆皇帝按照清朝廷关于已故皇帝生前居住过的府第应改作寺庙的惯例，又因雍正生前笃信佛教，就把雍和宫变为喇嘛庙，此后，多次大兴土木，改建成为占地近七千平方米、布局完整、壮观无比的一组大建筑群。兴盛时期，从蒙古各部招来的喇嘛，多达千余人，他们长年在这里诵经供佛，雍和宫便成了著名的蒙古喇嘛庙。

刚才闯入雍和宫的那个带有两名私人保镖的神秘人物，其行踪打扮，一不像佛门弟子，二不像虔诚香客，他是谁呢？

此人全名叫德穆楚克栋日布，中外惯称德王。

德王，原来是内蒙古锡林郭勒盟苏尼特右旗的世袭亲王，此人从青年时代起，就野心勃勃，先是投靠北洋军阀，后与独夫民贼蒋介石勾结一起，日本帝国主义侵占我东北之后，他在蒋介石的允容下，走"曲线救国"之路，投敌卖国，在日本帝国主义的扶植下，先后当过伪蒙古军总司令、伪蒙疆政府主席等职，是个正像俗话中所说的"提起他的姓，五里以外就发臭，说起他的名，十里以外就发腥"的路人皆曰杀的大蒙奸、大战犯。然而，就是这样一个千古罪人，在日本投降以后，竟被蒋介石用专机请到重庆，隆重接待，共叙旧情。只因这个大蒙奸名声太坏，民愤极大，迫使老奸巨猾的蒋介石，不得不改变让他重新登上政治舞台，为他效命的打算，才在一次接见中，以极为和缓而又动情的口吻，安抚德王说：

"我把你接到重庆来，本想同心协力，共谋大计，你在胜利前的一个时期的处境和做法，我是完全了解和体谅的，但是目前还有一些人，对你过去的一些情况，不甚洞悉，因而，对你产生了不谅解，成见很深，说你闲话的不少。我虽多方劝解，几无成效！在此情况下，我劝你在今后一个时期内，最好沉默一点。你回北平以后，应该甘于寂寞，深居简出，暂避中外之耳目。对这种刺激，应该逆来顺受，权且忍耐，徐图未来。至于日常费用，按你实际需要，由国库逐月拨发，无须顾虑。"

就这样，德王这个大战犯，被蒋介石保护起来，送回北平后，电令北平市政府，给他每月拨发伍拾万元的生活费，还准许德王住用他在日伪时期在北平设立的办事处的房舍。

德王返回北平后，表面上做了闭门谢客、销声匿迹、不参与政治的寓公。实际上，这个做了一辈子"皇帝梦"——一直想当蒙古大汗的人，一分钟也没闲待着，他暗地四处派人活动，经常与美帝国主义特务和伪蒙疆军政旧部秘密联系，窥伺时机，准备东山再起。为了掩人耳目，明面上装作住在他的北平办事处内，实际上他经常隐居在雍和宫喇嘛庙里，从事着种种阴谋活动。

今天，晚饭后黄昏时分，他按照平日的习惯，走出雍和宫，从城外散步回来，刚走进他隐居的那座小楼的前厅，忽然发现有一个人，从靠墙的那把太师椅上站了起来。他看了两眼，一时认不出这个人是谁，可又好像在哪儿见过，在他踌躇不前的当口，那个人从容不迫地走过来，彬彬有礼地向他深深鞠了一躬：

"王爷！兄弟特地前来给您请安！"

还没等他答礼，他的秘书赶忙凑过来，在他耳边轻声地说：

"这位是军统察北地区调研室的阎主任。"

"王爷不认得我了？光复后您从张家口第一次来北平时，是兄弟奉命到青龙桥车站迎驾的。"那个客人满面堆笑地说道。

顿时，德王的两只细眼明亮起来，脸上的皱纹一齐平展开去，仰起尖削的下巴颏，连连笑了几声：

"怎么会不认识哟，你不是阎士德先生吗？"

"王爷的记性真好，真好！"

"不是我的记性好，是我们初次相识的那个情景，太叫人难忘了！当时，日本刚投降，我怀着负荆请罪之心，奉旨南下。说实在的，当时我已经准备好一到北平就银铛下狱！可没想到车到青龙桥，就见阎先生前来迎接，而且说了那么多宽慰、勉励的话，使我顿感如释重负……阎先生，我能忘记你吗？"

"谢谢王爷！那是兄弟奉命执行任务，区区小事，王爷还记在心上。这两年兄弟杂务缠身，疲于奔命，未能常来请安，尚请多多原谅！"

"你们是大忙人，我是大闲人，不敢打搅，不敢打搅。"

德王取下围巾，躬身站在一旁的喇嘛装束的佣人，赶忙上前接了过去。

"阎先生，请到里面坐，请！"

他轻轻做了一个礼让的手势，自己却先向里间走去，依然保持着昔日王爷的尊严。

里面这间小客厅，原来是大喇嘛的经堂，后经改造，安上电灯，挂上窗帘，放了一排沙发，几张小几，以及茶具等物，成了德王隐居的处所。虽然现在已无香烟缭绕，但仍然给人一种古老禅房的阴森气氛。

依着德王的手势，阎士德坐到一个破沙发上，坐垫里的弹簧直硌屁股。他环视了一番这间陈设简单的小客厅，不知心里是怎么想的，嘴上却说：

"王爷，您真会选地方，躲在与世隔绝的古刹深殿之中，就连我这个京油子，还寻觅了好几天，才找到您的踪迹。"

"本王自幼笃信佛教，如今作为一代罪人，栖身于寺庙，诵经拜佛，扪心自省，以赎前罪。"

德王虽懂汉语汉文，但与外人接触时，总是说蒙古话，而且在现代蒙古语中夹杂一些古腔古调，据说只有他的秘书才能准确地翻译他说的蒙古话。

听了德王刚才说的那段话，阎士德不由得暗自发笑。军统方面早就掌握着德王在北平的一切言谈举动，就连他那两个私人保镖中的一个，都已被军统重金收买过去，他这套骗人的鬼话，对阎士德来说，简直一钱不值！不过，阎士德不会挑明这些事。今天晚上，他所负有的使命，要求他与德王之间必须有一种融洽、和谐的气氛，所以他只得装聋作傻，好言应付：

"事过境迁喽！您何必还在过去那些事情上绕圈子？"

德王听出阎士德的话外有音，他不想打断他的话，等着听下文；正在这时，佣人送进茶点来。

茶点全是蒙古式的：奶茶、黄油、奶皮子、奶豆腐、炒米、油炸饽饽等，制作得很精美。

德王问：

"阎先生用得惯吗？"

为了不失时机地增加融洽、和谐的气氛，阎士德端起碗，喝了一大口奶茶，笑哈哈地说：

"王爷，您不会不记得我在蒙古地方待过哟！"

"是的，是的。"德王急于弄明白刚才被打断的阎士德的话外之音，避免引到别的话题上，只是这样应付着。

"王爷生活上还方便吧？"阎士德似乎不想马上转入正题。

"多蒙蒋委员长亲自关照，市府逐月发给生活费，粗茶淡饭，尚无拮据之难。"

"王爷对当前的局势有何高见？"

阎士德有意兜了一会儿圈子，选择一个不容德王思考的时机，单刀直入地向他提出了问题。

老谋深算的德王，也不是那么轻易被人打乱阵脚的角色。他从刚才回到屋里认出阎士德那时起，就在心里一直猜测他突然来访的用意。现在他已正面提出问题，回避是不可能的了，越在这样时刻，他越发变得沉着、镇定。他慢腾腾地从烟荷包里，掏出鼻烟壶来；那鼻烟壶，小巧玲珑，精美无比，柔和的淡茶色玛瑙上，内刻二龙戏珠的细纹，墨绿色翡翠圆盖的下端，镶着金丝花边。德王掏出它来，并不是要吸鼻烟，他有个习惯，每当在外人面前暗自盘算事情时，为了掩饰内心的活动，就拿出他这个心爱的小玩意儿，在手里摆弄来摆弄去，左看右瞧，好像那上面刻有使他永远观赏不够的青梅竹马的倩影。

"你问局势？"他的目光仍没有从那个可爱的鼻烟壶上移开。

"是的，兄弟很想听一听您对国内外局势的高见。"

总算撬开了德王那紧闭的嘴，阎士德脸上出现了轻松的微笑。

"我闭门谢客，不问政治，已有年时，对外面的事，几无所闻。"德王回答得很严肃。

阎士德比他更严肃地往起一站，从文件夹里拿出一张军统公函，往德王眼前一递，亮出了底牌：

"兄弟今天奉命前来向王爷通报一件事情！"

德王往那张公函上瞥了一眼。

他的秘书赶紧接过公函，小声地字斟句酌地给他翻译成蒙古语……

"您认识这位贡郭尔先生吧？"等秘书翻译完，阎士德以十分认真的口吻问他。

德王沉思不语。

他的秘书从中圆场说：

"王爷从前是整个蒙疆的主席，贡郭尔是小小一个旗的扎冷，王爷不一定记得他……"

"不，我认识他，记得他！"德王突然打断了秘书的话，"他是明安旗人。"

"这就好了！贡郭尔现在从共军中率部逃出，投奔到国军方面来了。上边的意思是请王爷在北平召见他，共谋复兴蒙古之大计，这也是王爷您出山的绝好机会！"

完全出乎阎士德意料之外，德王回答得没留一点商量的余地："不，我不见他！"

"您为什么不能见一见他呢？"阎士德问。

"蒋委员长叮嘱过我……"

"委员长？……"

"叫我沉默。"

小客厅果真变得一片沉默。

阎士德看出了德王的用意，他竟然抬出老蒋，那是决意不想跟他深谈了，因此他很知趣地收起公函，并向德王微微鞠了一躬：

"好吧，兄弟回去将王爷的意思向上报告，今晚贸然闯来，多有打搅，改日再来给您请安，再见！"

说罢，他默然向外走去。

德王都没抬起眼皮看他一眼，就叫他走了。

秘书慌忙跑出去，送走阎士德之后，返转回来，看见德王还在小客厅里踱步，就连他这个在主子面前善于察言观色的小丑，今天晚上对主子的举动，也大惑不解了！

对德王这两年的心境，他是最清楚的，自从一九四五年秋末，德王从重庆回到北平隐居之后，他无时无刻不在谨慎地策划着各种计谋，企图重返政治舞台。为此他甚至秘密接受美国特务机关的财务资助，不久以前，还跟美国特务共同策划，往内蒙古东部区的王爷庙，派去策反人员，对乌兰夫等人正在那里进行的内蒙古自治运动，进行破坏活动。谁都知道，德王从青年时代起，就想当蒙古大王，草原的统治者，多年燃烧在他心中的统治欲，怎么会使他甘受这种拘禁式的生活？他时时都在寻找摆脱目前困境的途径，那为什么他今天晚上却要顶走阎士德？……

"把客人送走了？"

他见秘书闷闷不乐地站在门口，问了这么一句多余的话。

"喳！"秘书站在原地一动不动。

"你去睡吧，我在这儿再待一会儿。"

秘书没有退出。德王踱了几步，发现他仍站在那里，便问：

"有事吗？"

秘书向他靠近几步，他看到秘书的脸上挂着几滴泪珠，心头不由得一震！

"王爷！您无论如何不该这样对待阎先生啊！"

"噢？这话怎么讲？"

秘书背过脸抹去眼泪，然而声音依然在颤抖：

"今儿晚上，只有您我二人在这屋里，让我说句心里话吧！"

"好，你尽管讲。"德王慢慢坐到沙发上。

"王爷！这两年您过的什么样日子，您心里多么憋闷，只有我最清楚。刚才阎先生来找您，甚至拿出军统公函直截了当说请您'出山'，这不正是您等待已久的绝好机会吗？为什么要拒绝？难道您还没住够这座不见阳光的破庙吗？"

越说越动情，秘书竟然哭出声来。

然而，德王却丝毫没有被他这番肺腑之言所打动，他的脸色是严峻的。

秘书对他的忠诚是毋庸置疑的，他跟了他这么多年，一心不二。但是德王很不喜欢他在谈政治问题时那样动感情。多年政治角斗场上的拼搏、厮杀与沉浮，使他晓得感情那种东西是一钱不值的！

秘书见他不动声色，还想说服主子：

"阎先生，有来头，不能叫他太难堪。"

"对，这一点你说得对！"德王终于开了口，"阎士德是有来头！"

"那您为什么……"

"不过你我想的不是一码事。"

德王这句话说得秘书张口结舌、愕然木呆。

"你坐下，坐下。"

德王和蔼地按着秘书的肩膀，叫他坐在身边的沙发上。他这时才开始吸起鼻烟来，痛痛快快连连打了两下嚏喷，说道：

"阎士德是老牌军统，他的为人，我略有所闻，我不能不提防他一手。你说，他会不会是受上面的指派来考察我？"

"考察您什么？"

"日本投降后，蒋介石把我从重庆撵回北平时，叫我深居简出，保持沉默。老蒋是个多疑的人，目前时局动荡，他会不会怀疑我有什么动作，就派这个姓阎的来，拿贡郭尔做圈套，考察我有无违背他指示的行为？我跟姓阎的一见面，就把五脏六腑全掏给他，行吗？嗯？"

听了德王一席话，秘书恍若大梦初醒，赶紧站起来，躬着腰身，连声说道：

"王爷高瞻远瞩，非同凡人！如不是王爷及时教导，我真会上姓阎的当呢！"

德王忙一摆手："哎，先别这么说！提防是提防，但也不能断定人家就是来设圈套的。今天不与他深谈，先把他打发走；下一步，咱们就学草原上的野老鼠：趴在窝里听动静。"

这几道弯儿绕得他的秘书一会儿明白，一会儿糊涂，末了，还是明白过来了。

"你也劳累了一天，去睡吧！"

"喳！"

送走秘书，德王站起来迈着疲惫的步伐，自言自语地说着："烂草滩上跑走

马，不知哪一步上栽跟斗！唉！……"他孤零零一个人，向里面更加阴暗的一
间卧室走去。

　　阎士德的公馆在东城干面胡同，离雍和宫不算远。当他回到家时，三姨太
太正在东厢房，跟几个娇声嫩气的妖姐儿们打牌，喊喊喳喳正在兴头儿上。阎
士德没去理她们，直奔客厅，在那里他的三名亲信，正等候着他。

　　这三个人，一个叫杨怀仁，此人心眼毒狠，就在特务圈儿里，也算是个蝎
子王。人们又恨他但又怕他，背地里都叫他"洋坏人"。杨怀仁能说善辩，头脑
敏捷。阎士德有时遇到被逼到死胡同的事，总是杨怀仁想招路，搭成桥，叫他
安然脱身，所以得到阎士德的宠爱，平时总是蔼然可亲地叫他杨子。

　　另一个是麻脸大胖子，姓张。不知哪一个聪明人，避开麻脸，给他起个外
号，叫张胖子。此人年轻时练过武功，打手出身，跟随阎士德多年，是一条恶
狗，主人往谁身上递眼色，他就死命去咬谁。

　　还有一个叫马明，个儿不高，瓜子脸，身染花柳病，骨瘦如柴，绰号为
"干羊头"。此人既不健谈，也无武功，整日价专门走东串西，探听风声，搜罗
情报，如果说他还有什么出众之处，那就是擅长跟踪告密，倾害无辜。

　　这三个宝贝，同属军统察北地区调研室，在阎士德的指挥下，频繁往来于
平、绥、蒙、察各地，是一伙无恶不作的政治无赖。

　　他们看见阎士德走进客厅，赶忙迎过来，点头哈腰，与往常一样重复了一
句废话：

　　"主任回来啦！"

　　阎士德脸上气色不好，把帽子、围脖，往门口那把椅子上一摔，点着一支
香烟，没头没尾说了句气话：

　　"他妈的，跟我装起正经来了，老东西！"

　　张胖子往前挪动两步，喘着粗气，问：

　　"没谈成？"

　　阎士德往沙发上一躺，仰起脸，吐了几个烟圈儿，消了消气，才说：

　　"老家伙假装严守蒋委员长的指示，说什么他要闭门省罪，不问政治，不肯
跟贡郭尔见面。"

　　擅长跟踪的干羊头骂道：

"放他妈的臭屁！他什么时候老实过？莫非逼着老子揭他的底？"

阎士德摇了摇夹着烟头的手指："眼下用不着跟他那么认真。"

洋坏人提出自己最关心的问题：

"咱们还叫贡郭尔进北平不？"

"当然要把他接来。我要用贡郭尔套住德王，再拿德王拴住贡郭尔，叫他们俩一齐顺着我的手指头打转儿！"

"贡郭尔投奔国军，刘峰费力不小，应该叫他陪贡郭尔来北平吧？"杨怀仁说。

阎士德知道杨怀仁与刘峰之间多年有摩擦，杨怀仁这句话是在试探他。

这次刘峰把贡郭尔从八路军那里拉出来，阎士德一时高兴，曾经赞扬了一句："刘峰这一次干得不错！"这使杨怀仁好几天闷闷不乐，从那以后，他拐弯抹角一直在说刘峰的坏话。阎士德了解他们之间这种微妙的关系，所以几经斟酌，没作回答。岂不知杨怀仁早就给张胖子递过话去了，张胖子答应由他去堵死刘峰进北平的路。

只见张胖子麻子脸一绷，啪地拍了一下沙发扶手，嚷道：

"不能叫姓刘的进北平！"

阎士德扫了他一眼："为什么？"

"这几天从张家口来的人都在说，刘峰到处抬高自己，贬低主任，说贡郭尔率部反正，是他一个人策划成功的，根本就没有阎主任的份儿，更甭说我们哥儿几个了。"

杨怀仁从旁画龙点睛插了一句：

"刘峰刚一回来，就跟主任较劲儿，未免太狂气了吧！"

"放他妈的屁！"又是干羊头马明破口大骂，"我们在察北地区牵头的，姓阎，不姓刘！真他妈的不要脸！"

杨怀仁既不像张胖子那样吹胡子瞪眼睛，也不像干羊头那样嘴上老是不干不净的，他把狠毒劲儿深深窝在心底，外表上却不露声色，他慢条斯理地抿了两口茶，向阎士德进言道：

"我听了他们二位的话，觉得这件事还真马虎不得！前一时期，上面对我们在蒙察地区的工作，曾多指责，说您指挥不力。这次我们总算从共军身上剜下一块肉来，姑且不说这块肉大、小、肥、瘦，但在上峰面前，阎主任总能捞回一些面子，他刘峰想独占头功，哎，这也……"

阎士德听出杨怀仁心里已经有了鬼点子，打断他的话：

"杨子！别绕弯儿了，就直说吧，咱们该打哪儿堵这个口子？"

杨怀仁等的就是阎士德的这句话，他抑制着内心的兴奋，语调平淡地说：

"刘峰求功心切，我们就利用他这一点，由您亲自往张家口发电……"

接着他把早已想好的点子，有条有理地给阎士德叙述了一遍。

阎士德听后，面带笑容，向杨怀仁拱手作揖，戏言道：

"杨子啊，真有你的！你背后整起人来，心真毒哪！往后谁还敢跟你小子共事啊？我也得躲着一点喽！"

杨怀仁忙说：

"哟，主任！您这是夸我还是骂我呀？"

"甭管是夸还是骂，你先把话讲完，讲完！"

"您不讲明白，谁还敢多嘴？"

"开开玩笑嘛，只要你出的点子合我的意，今儿晚上，我倾家荡产也请各位喝酒！哈哈哈……"

转眼间，阎士德又将气氛搞得活跃起来。

"杨子，谁跟谁呀，说吧，快说！"张胖子、干羊头也催促起他来。

杨怀仁这才继续讲了下去……

二

他喝醉了，醉得很厉害。当他第二天下午醒来时，脑袋还是昏昏沉沉的。

特务分子刘峰从蒙古草地回到张家口以后，这已经是第三次酪酊大醉了。

第一次，是他刚回到张家口的那一天，他去找阎士德报功，阎士德回北平去了，据说三五天以后才能回来。当时他正是胜利归来，满心欢悦，一身轻松，趁这几天空闲玩乐一番，倒也不错。在蒙古草地度过的一年多不见天日的生活，使他对一切物质的与肉欲的享受，产生一种病态的贪婪与渴求。当天晚上，军统里的几个同事，给他找来一个早已失去姿色的妓女，陪他狂饮、鬼混，一连两天酒醉未醒。

第二次大醉，却是另一番情形了。那是军统方面从宝源监狱把那个姓周的

"共党要犯"等，押来张垣，途中意外出事，车焚人亡。上面叫他马上赶到肇事地点，查明情况。他领着几个同事，分乘三部吉普，直奔肇事地点。从现场情况来看，这次事件，纯属车祸，跟他一齐来的那几个同事，都无心在那靠近八路军的荒僻地端，多作停留。他们想快快拍完几张现场照片，回去写个报告，了结这次差事。但刘峰却不同，从他听到押解"要犯"的车辆中途出事那时起，心里就一直有怀疑，但他不敢表露出来，如若是共军巧妙设置的途中劫车后制造的假现场，以掩人耳目，那可真是后患无穷！那个姓周的，是乌兰夫派到蒙古骑兵师的政治委员，他一到共军那里，察哈尔草原的形势就可能大有变化，到那时上面追责下来，一切罪过都得他一个人兜着，那种下场不堪设想！他一想到这里，不由得身冒冷汗，心惊肉跳！但是，干他们这一行的，都是不上断头台不认输的亡命徒，担惊受怕无济于事，车到山前必有路，索性跟同事们一样，敷衍了事为上策。他赶到现场之后，故作镇静地最先跳下车去，随后绕着现场转了两遭，细心地观察着每一个细节。同事们都在忙于拍摄现场照片，或做记录，刘峰单独走着，偶然中他看见在押送"犯人"的那辆汽车的残骸旁边，有一根火柴棍！这对他神经的刺激，比发现一枚炸弹还要大！他走过去弯下腰，装作观察汽车残骸的样子，顺手迅速将那根火柴棍捡起来，装进衣袋里。他从那根又粗又长的火柴棍认出来，那不是大城市制造的，而是草原地区的土制火柴；他潜伏在草原上时使用的就是这种火柴。越怕鬼，偏有鬼敲门。这根火柴已经证实了他最担心的那种情况：车祸是人为的！此刻他比任何一个同事都更急于离开这里了。

他向周围看了看，问：

"各位，怎么样，根据你们现场观察，这是个什么性质的事故？"

"还用说吗，一目了然，不是车机失灵，就是驾驶有误，押解犯人的汽车顺着这段陡坡急冲下来，先压倒了路旁的哨兵，后撞到这块卧牛石上，起火爆炸，车上的人无一幸免。"一个同事急于离开此地，抢先说道。

另一个同事马上附和：

"就是这么回事，回去写个调查报告，附上几张现场照片，交差算了。"

刘峰比他们想得远，考虑到以后可能会发生什么事情，在这儿就得把他们几个人的嘴堵死。他装得格外认真地说：

"别，别！不要急于回去交差呀，大家分头再仔细观察观察，有什么疑点提出来，咱们在这儿全弄清楚才能回去，要对上峰负责哟！"

几个同事很不耐烦地绕着现场又溜了一趟，都说没有发现疑点。

……

从出事的现场回来以后，刘峰一个人关在房间里，反复仔细地观察那根火柴棍——它是谁用的？为什么正好扔在焚烧殆尽的车骸旁边？……最后他不得不做出极端痛苦的结论："共军劫车已成事实！"他预感到，有朝一日他可能就丧命于这个隐患上！

这一天晚上，他无心再找妓女陪饮，一个人关起门来喝闷酒；闷酒烧心，越浇越闷，不多时他已醉得不省人事。

第三次大醉，是昨天下午的事。他回到张家口已经好多天了，仍不见他的顶头上司阎士德回来。事先有话，叫他在张家口等着，所以他不敢贸然闯到北平去找他，只好每天都到阎士德办公处去询问"主任回来了没有？"问过几次，人家就烦了，毫不客气地对他说："刘先生，你干咱们这一行也不算是新手，主任的行迹，是可以随便打听的吗？别说我不知道，就是知道，也不会一张嘴就给你吐出来！"这一鼻子灰真够呛人的。不过仔细一想，人家说得也是实话，在理，不能责怪人家。但他实在等待不起了，这时有个朋友给他出主意，叫他到住在张家口某巷的阎士德二房太太那里去打听打听，那女人或许不会跟他打官腔。

原来阎士德有三房妻室：原配夫人住在老家；新娶的小老婆供养在北平；这个二房陪他住在张垣。二房原来是个唱山西梆子的戏子，当了官太太便结束了粉墨生涯，听说她为人倒还随和。

刘峰略备薄礼，登门拜访，说明来意，没料到那女人醋性大作，恶狠狠地说："你们的主任哪，一到北平就叫妖精勾住魂了，他什么时候回来，我怎么知道？你问那个八大胡同的臭婊子去！"

见势不妙，刘峰赶紧托辞退了出来。

他失望极了，像棵霜打过的毛毛草，耷拉着脑袋走在大街上。上哪儿去呢？他想走出大境门，登上元宝山，找个僻静地方，一个人躺一会儿，或者跳下大清河，用冰水浇浇头，消消这一身的晦气……就在这时，忽然一辆美式吉普疾驰到他身旁，戛然而止，从车上跳下两个人来，紧贴着他的耳朵说了几句话，随即请他上车，一溜烟儿，开走了。

吉普车径直开到阎士德办公处，那里的办事员们，今天一个个都改换了面孔，笑容可掬地将他迎进室内。

有一个副官在那里等候着他。他向刘峰只是微微一笑，没说什么话，从抽屉里拿出一个卷宗，请刘峰收阅。

这是阎士德从北平给刘峰打来的特电，前面一大段对刘峰"长期潜伏敌后，今日终树奇功"表示由衷的敬佩与祝贺，多为勉慰之词，后面谈到给他庆功、奖励的具体事宜：一、发给他一笔巨额奖金（那数目大得足够他到瑞士做一次蜜月旅行）；二、特准他离职休假两个月，请他回归绥去与亲人团聚，共享天伦之乐。

刘峰刚看完电文，那个副官就把早已准备好的一包巨额现金递到他的眼前，请他查点后在一张收据上签字。

这一切，就像做梦一样，刘峰来不及思索，在浓重的惊喜之中，他像个木偶似的，人家叫他怎么动他就怎么动。现在他刚签完收据，还没等抬起头来，那个副官又把一张火车票交到他手里，并轻轻嘱咐了一句：

"明天下午五点开车。"

"谢谢！"

"您在住处等着，到时我开车送您。"

"谢谢！"

"再见！"

那辆美式吉普又把他送回到住所。

当屋里只剩下他一个人时，他拿起那一包奖金看了看，不错，全是一茬新的钞票。刘峰也算是个见过世面的人，但他从来没有一下子捞到过这么多的钱！钱多不烫手，越多越好——这一点普通道理他是知道的。这些钱是自己豁出老命赚来的，万般辛苦，受之无愧。这样一想，他心里感到轻松了一些。他随手又拿起那张火车票来，他那孤守归绥的姘头的苦涩的笑容，浮现在他的眼前，这使他的心海上掀起了感情的波涛……

在这短短的时间里，这些事情，发生得如此突然，变化幅度太大，就连在外面混事多年的刘峰这个老精鬼，都感到头昏目眩了！

为了使心情平静下来，刘峰点着一支烟，仰卧在床上，两眼呆呆地望着挂满尘网的天花板，细细回味刚才所发生的一切……忽然间，有一个念头像闪电一样划过他的脑海，他感觉到有些蹊跷：一、他虽归来，但他的胜利品——贡郭尔及其部下，还留在宝源城北的荒村里；二、车祸之事，尚未结案，他走之后将会怎样演变；三、"敌后"情况，还没有作过一个字的汇报，一走两个月，再回来时饭菜都凉了，白下了辛苦。总之，与他有关的几件主要事情，都没了结，为什么在半截儿上，阎士德突然来电，又是嘉奖，又是行赏，还特地批准他"离职"休假两个月？明天的车票都给办了，这不是硬逼着他离开张垣吗？……人世常识告诉他，其中必有奥秘！他想过，要不他明天回到贡郭尔那里去，把他接到张家口，造成既成事实再说，或者不去归绥而直奔北平，找阎士德当面谈谈……不，都不行。他深知他们内部行事之严酷，对上面的决定绝对不能表露丝毫违拗之意。

在屋里，他一个人足足憋了两个钟头，想不出任何可行的摆脱目前困境的办法，于是他把房门一锁，去找他最为知己的一个朋友，此人叫赵明，他们是同乡加同学。赵明虽然也属于军统编制，但他既不出外勤，也不做内务，是汽车队的一个小头目。刘峰找到他，把事情的经过和他本人的分析，与他说了一遍（唯独"车祸"一事只字未提），那姓赵的闷了半天，说：

"你也别把事情想得那么吓人，他们还用得着你，现在不至于对你下毒手。阎士德的本意，可能是重金行赏想把你支开，他把贡郭尔弄到手，去向上头表功。"

刘峰想了一想，老赵说得很有准头，一股怒气从他心底升腾而起，他把秃顶脑袋一晃，说道：

"没门儿！我刘某人豁出老命，担惊受苦一年多，好不容易闯出一点事业来，他姓阎的想夺走？这个，我绝不撒手！"

老赵虽然对他表示同情，但他也深知阎士德的厉害，一时拿不定主意，问：

"你想怎么办？"

"我有一计可施，就看你能不能助我一臂之力了。"

"我能帮你什么忙？"

"明天我按时上火车，车一开动，他们也就放心了。请你开上一辆吉普，在下一站等我，我们在那里会合之后，直奔贡郭尔的驻地，抢先把他弄进张家口来，让他在政界中公开露面，造成既成事实，我看他阎士德有什么本事，能把这份功劳记在他的名下？"

"办事要留退路，你把贡郭尔接进张家口之后，让他自己去活动，你别露面，还是照阎士德的指令去归绥，这样一不叫他把功劳抢走，二又不跟姓阎的闹翻，有攻有守，你看怎么样？"

"好！就按你说的办法干！"

"我准时在下一站等你，不见不散！"

刘峰很晚才回到住所。那个妓女已经等候很久了。他们又狂饮、鬼混了一整夜。连她早晨什么时候离去的，刘峰都不知道。一觉醒来，已是下午两点。脑袋还是昏昏沉沉的。他赶紧打点行装。

下午四点半，阎士德办公处那个副官，开着小车前来为他送行。

他们准时来到车站。临上车，刘峰还再三请那个副官，向阎主任转达他无尽感激之情。

一直等到火车启动后，那个副官才挥手离去。

"哦，他们总可以放心了——把我支走了，离职，休假，两个月……哈哈哈！"刘峰轻松地坐在二等车软座上，头靠椅背，悠然吸着烟，得意地暗自冷笑起来。

过了一会儿，他脱了鞋，懒洋洋地摆出一副长途旅行的架势。他这是在提防周围可能有盯梢的。当火车到达下一站的那一霎间，他以极快的速度，拎起提包，突然走下车去……

老赵正在车站外面等候着他，两个人交流了一下眼色，便向一辆吉普车匆匆走去。

他们夜以继日地不停疾驶，第二天早晨终于赶到了贡郭尔的驻地——学堂地村。

到了那里，听到一个完全出乎意料之外的消息：昨天早晨，阎士德派人来把贡郭尔接进北平去了。

不管这个消息给了刘峰多么沉重的打击，使他多么震惊与愤怒，他在老赵的忠劝下，终于克制住自己的情绪，改换成另外一种面目：好像接贡郭尔进北平之事，他早已知晓，这一次他是特地前来看望暂时驻留在这里的弟兄们，甚至他慷慨解囊，从所得奖金中，拿出一个小零头来，分给了大家，并向大家说了许多安抚、宽慰和鼓励的话，而后乘车驰上了归途。

　　刘峰坐在飞驶在塞外荒野上的吉普车里，气得全身发抖，两眼喷射着仇火，他跟同乡老赵说：

　　"真想闯进北平去，捅姓阎的一刀！"

　　老赵劝解道：

　　"人世间的事，就是这般无情无义，想开一点吧！你这一年多受苦受惊，好不容易熬过来，如今钱你有的是，何不寻花问柳，痛痛快快玩他两个月？日后的事情，到什么山头唱什么歌嘛！"

　　被受人欺骗、愚弄的屈辱深深折磨着的刘峰，愤愤然说：

　　"阎士德待在北平不回张家口，伙同他手下那些人，想着法儿整治我。那个杨怀仁坏点子多得很，他们以势压人，我咽不下这口气！"

　　黄尘飞扬，吉普车在猛烈的颠簸中向南飞奔而去。

　　当刘峰正在塞外土路上颠簸得疲惫不堪的时候，贡郭尔却舒适地躺在北平城内一家著名大饭店的富丽堂皇的套间卧室里。

　　他以惊奇的目光环视着他从来没有看见过的豪华的室内装饰：金丝绒衬纱双层窗帘、漫地盘花厚地毯、月圆形大镜面梳妆台、各式精巧的镀金灯盏，和那连接阳台的落地玻璃门上飘忽忽抖动的轻纱……他这个明安旗的地头蛇，头一次进北平（蒙古人把北平从来不叫北平），更是头一次住进这样豪华的大饭店。他躺在柔软、宽大、飘散着一股奇异香味的沙发床上，美滋滋地想："蒙古人里除了我恐怕没有别人住过这样阔气的房子！我算骑上幸运的马[1]了！俗话说得好：与其做一辈子乌鸦，还不如当一次老鹰。国军方面既然这样器重我，咱就豁出命也要当一次鹰！"

　　他刚才洗完澡，已经睡了一会儿，该起来了。他忽然想起睡觉前发生的一件事，心里很不是滋味。他一住进这个饭店，就有两个年轻美貌的女郎，被派来专门招待他，其中一个给他送来了崭新的皮鞋、内衣和军服，还替他往浴盆里放满了水，请他洗澡，对他关照得十分周到。那女郎退出后，他脱掉一身散发着汗臭和羊肉膻腥味的内外衣，而后舒舒服服洗了个热水澡，便上床睡觉，就在这时，那女郎进来取走他脱下的衣物，他看见她又捂鼻子又撇嘴，毫不掩饰对他的蔑视与轻侮。过了一会儿，他把这也就忘了，起身下床，穿上里外全

――――――
[1] 即交了好运的意思。

新的军服，走到梳妆台前照了照自己的模样，好像镜子里的那是一个从未谋面的陌生人，他又转过来掉过去地照了三照，不由得自嘲地笑了。约定下午五点钟，阎士德前来看他，晚上还要为他"洗尘"——这个词如用蒙语直译，也可以理解为不是设宴招待，而是给马匹刷洗皮毛。不去管它吧，到哪个婆家，随哪个家规，"洗尘"就"洗尘"吧。

正在这时，那两个女郎之一——他总是分不清这两个女郎，在他看来长得一模一样，扭摆着充分表现出曲线的腰肢，轻步走进来，娇声怪调地问他：

"将军，您用茶，还是咖啡？"

"嗯？什么什么，你叫我什么？"

那个女郎故作娇态，又扭摆了一阵腰肢，抿着嘴微微一笑，说：

"将军，我是问您喝茶，还是喝咖啡？"

"她一定是看我穿上军装，就以为是将军了，真有趣！"他在心里这样想着，嘴上说，"随便，随便，什么都行。"

那个女郎走出房去，留下一缕扑鼻的香味，对这种香味，他很不习惯，用手掌在鼻子前面扇了一扇。

"休息得好吗，贡郭尔先生？"

阎士德领着他手下杨、张、马三员大将，一进屋门就大声叫了起来。

"睡了一会儿。"贡郭尔答道。

"你一路上太辛苦了！"

"这里，我不大习惯……睡不实。"

"住两天就习惯了。"阎士德说，"我头一次喝你们蒙古奶茶，也不习惯嘛，差一点……哈哈哈，后来还不是喝起来就没个够嘛！"

"小官也是这样想……"

贡郭尔话没说完，阎士德一摆手制止住了。

"哎，哎，贡郭尔先生，你可不能这样称呼自己，从今天起，你不能再说'小官'二字了！"

"为什么？"

"你先到客厅吧，请！"

贡郭尔的卧室外面，是一间大会客室，贡郭尔被引进来时，有个佩戴少将军衔的人迎了过来，与他热情握手。少将身后站着两个手里捧着什么东西的军官，他们站在原地没动。

阎士德马上从旁介绍说：

"这位是华北剿匪总司令部代表张将军。"

贡郭尔向他鞠了一躬。

张将军不说一句多余的话，他宣布道：

"贡郭尔先生，华北剿匪总司令部派我来向你通告：国军方面为嘉奖贡郭尔先生反共有功，特授予少将军衔。"

他向身后两个军官打了一下手势，一个军官迈着端庄的步伐走过来，递给张将军一张委任状。张将军十分严肃地宣读了委任书，接着又一摆手，另一个军官随即走过来，从军衔盒里拿出金光闪亮的少将军衔，贡郭尔还没来得及细看两眼那黄灿灿的是个啥样玩意儿，那军官早就给他佩戴在两肩上了。

阎士德等人都向他围上来，好不热闹地又是祝贺，又是握手。

一场不伦不类的授衔仪式，到此结束。贡郭尔像个上装的戏子，转眼间被打扮成将军了。

"贡郭尔将军！"阎士德故意把"将军"二字说得格外响亮，"为您洗尘的宴席已经准备好了，在那里，我还要让你见到另一位重要人物。"

"谁？"贡郭尔问。

"马上就可以见到，请吧！"

他们走下楼来，没有进入灯火辉煌的宴会厅，先进了旁边一间小接待室里。

这里有几个客人坐在沙发上，正在品茶闲谈。阎士德径自走到坐在大沙发正中的一位身穿蒙古装束的人面前，躬身致意之后，笑吟吟地说：

"王爷，今天晚上，兄弟荣幸地向您和在座的各位先生们，介绍蒙旗反共领袖——贡郭尔将军！"

贡郭尔突然认出那个身穿蒙古装束的人来了，他完全没有料想到坐在他面前的竟是蒙古草原的多年统治者、蒙疆自治政府主席德穆楚克栋日布亲王！刹那间，他诚惶诚恐，完全忘记了现在自己已经是具有将军身份的人物，却还像从前那样，一步上前，双膝下跪，叩拜道：

"明安旗晚辈贡郭尔，给亲王请安！"

德王矜持地上前轻轻扶起贡郭尔，以长者的亲切口吻说：

"你的身体好吧？要不是阎先生介绍，我都认不出你了。"

贡郭尔谦恭地答说：

"俗话说：天上的月亮不一定认得每个人；但是人人都认识头顶上的月亮。您是全蒙疆的主席，晚辈在一个旗里供职，我们都认识您，您就很难记得我们每个人了。"

在众多宾客面前，德王听到贡郭尔这番恭维的话，心里十分得意，他很随便但又很有用意地说了一句开玩笑的话：

"我这个人名声不好，有些人把我说得像个凶神恶鬼。不过我经常想起咱们草原上的一句谚语：狮子并不像画的那样可怕。"

在场的人都应和着德王这句话，发出一阵笑声。

至此，阎士德导演的第二幕戏——德王与贡郭尔会合，已经圆满结束。

丰盛的宴会开始了。

阎士德这个家伙，不知道从哪里弄来了一个蒙古乐队，演奏着地道的锡察草原——德王和贡郭尔故乡的民间乐曲《草原的风》。这给德王与贡郭尔的会面，创造了浓厚的亲切、融洽乃至令人回忆起往昔征程的动人气氛……

　　　　啊，草原的风，

　　　　你曾把千山封冻，

　　　　你曾使万木凋零，

　　　　你可曾听见大地母亲的泣声？

　　　　你可曾听见大地母亲的泣声？

　　　　你曾使万木凋零，

　　　　你曾把千山封冻，

　　　　啊，草原的风！

让贡郭尔和德王这两股势力会合起来，这是国民党反动派妄图扩大察北战果，进犯锡察草原，继而东进，最终破坏在我党领导下开展的内蒙古自治运动的总战略的重要一环。为了实现这一会合，近日里阎士德绞尽了脑汁。依他的分析，贡郭尔刚进北平，正处于受宠若惊状态，怎么摆弄都灵，用不着为他多操心。但是德王就不同了，这个老奸巨猾、多经变故的政客，十九岁承袭王位后，曾出席过北洋军阀的立宪会议，后在日寇的卵翼下甘当头号蒙奸的角色，"皇帝梦"做了几十年，如今虽出于舆论的压力，蛰居于不光彩的隐居生活，但他一直在暗地里活动，在平、津、绥、察以及蒙旗各地，仍有一部分他的旧部追随于他。目前战局紧迫，国民党想请他出来帮忙。那一天阎士德亲自登门拜访，碰了软钉子。回来以后，他与手下的人重新策划，接着进行了一系列幕后活动。阎士德先让那个给德王当私人保镖的军统分子，在德王周围散布消息，说由于德王不肯出山，国军方面要把贡郭尔立为蒙古新领袖；贡郭尔野心勃勃，已与国军方面取得了秘密谅解等等。这消息一经传开，闹得德王周围，人心惶惶。他们纷纷向德王进言：应及早向阎士德表示合作的姿态，先发制人，不能叫一个无名之辈、明安旗小小的篡位扎冷，在国军方面成为具有影响力的人物。当然，那个"另立蒙古新领袖"之说，对德王的刺激最大，他的亲信们看出主子的心境，便纷纷公开喊叫："蒙古领袖，过去、现在、将来，只有一个，就是众望所归的我们的德王！"更有甚者杀气腾腾地说："只要德王健在，谁也别想沾边儿！贡郭尔真要有此狗胆，就叫他闻一闻杀牛刀的血腥味儿！"这种强烈的气氛和事态的急剧演化，从心理上影响着德王，阎士德也通过秘密渠道，时时刻刻地注视着。经过暗中几番交锋，德王终于软化下来，他表示只要国军方面不把贡郭尔称作"蒙古领袖"，仍作为德王的旧部下属看待，德王愿与阎士德合作。又有人从中几经周旋、讨价还价之后，德王总算答应出席欢迎贡郭尔的宴会。为了防止事态逆转，阎士德向身边所有的人打了招呼：在德王面前，对贡郭尔绝对避免称呼为"蒙古领袖"或"蒙旗领袖"。但他也不想叫德王过分得意，所以他今天故意称呼贡郭尔为"蒙旗反共领袖"。那"反共"二字加得实在太妙，既不过分刺激德王，又叫德王明了：在别人身上"领袖"二字也是可以使用的，而且那中间夹进去的"反共"二字，也可以随时去掉。这意味着什么，留给德王去咀嚼吧！

给贡郭尔的"洗尘"宴会，像一出拙劣的闹剧，就在这种勾心斗角中收场了。

在这场政治赌博中，表面上双方似乎打了个平手，但在政治天平上却显示出阎士德多有所得。

阎士德手里拿着贡郭尔和德王这两张牌，开始与各方接洽。华北剿匪总司令部出于他们自己的利益，表示愿意合作，并达成一项协议：由贡郭尔的部属和德王周围的力量，组成一支统一的反共武装——"内蒙古反共先遣军"，任命贡郭尔为司令，武器装备、军饷供给，全由"剿总"拨发，并由他部调一个团的兵力，充实贡郭尔的部队。

这样大的举动，他们认为有必要与德王事先进行磋商。

经过几天的准备，会谈终于举行。

这次会谈地址的选择，阎士德也颇费了心计，既不在饭店，也不在雍和宫，而是在中南海紫光阁举行，以此表示此次磋商具有官方性质。

德王这个老政客，自然领会到对方这番用心。他今天来到紫光阁，情绪很好，言谈也很随便，他说：

"这两年我以为自己是个磨烂了的马蹄铁，成了一块废物，没想到还会有今天。"

阎士德马上接过他的话头：

"现在就看王爷肯不肯着眼全局、及时指点了。"

"这一点请各位放心，正如蒙古谚语所说：老虎蹲下，并不是因为它没有气力咆哮。"

会谈开始，阎士德首先代表华北"剿总"和他所谓的"我们这一方面"，将拟建"内蒙古反共先遣军"以及与此有关的各项事宜，向德王一一作了通报。

德王听后，沉思不语，后经阎士德再三催促，他才提出，此举关系重大，容他与身边的部属们一起商议商议。

会谈只好中止。德王领着他的谋士们，走进另一间会议厅。经过一番密商，他们统一了主张，随即复会。

这回，是德王首先讲话：

"对阎先生转达的国府方面的意图，我们作了全面研讨。既然国府方面，不嫌本王老朽无能，招来共谋大计，本王也愿直言相告。有些话可能不中各位之意，但是常言说得好：诚实的忠告，永远像宝玉一样珍贵。"

"王爷讲得好，讲得好！"阎士德竭力鼓励德王把话倒出来。

"本王前来赴会，是想在这为时不晚的今天，忠言相劝各位。"德王摆开架势，要作长篇演说，"众所周知，眼下内蒙古政局多变，乌兰夫等蒙古八路领导人，正在各地大闹内蒙古自治运动。坦率地说，在这一点上，共产党比你们聪明！"

一听此言，阎士德等人几乎同时抬起眼帘，直愣愣地瞧着德王。

德王泰然一笑：

"怎么样，忠言逆耳吧？"

阎士德忙说：

"不，不，请王爷讲，讲。"

"蒙古百姓，多年渴望自治。本王深知：任何一个想在蒙古地方站住脚跟的人，离开'自治'二字，将会一事无成，更不会赢得蒙旗民心。本王这一见解，多年来一直为国人所误解，亦为贵党所拒。然而，乌兰夫等共党要人，今天恰恰就是用'内蒙古自治'的口号，赢得了各部蒙古官民的拥护，吸引广大地区的蒙民投向了共产党，致使国府方面坐失良机。今天你们提出让贡郭尔成立什么什么军去打打闹闹，我看，成不了气候！如论军力，国军在蒙旗周围部署有强大的兵力，何须利用贡郭尔那般无能之辈？论财力、装备，蒙古八路远弱于国军，为何贵方不能占据草原，取而胜之？凡此种种，均应三省。本王经缜密考虑，在此向国府郑重进言：与其叫贡郭尔成立反共先遣军，去虚张声势，倒不如让他成立一个内蒙古脱离内战委员会……"

此言一经出口，德王已经看出阎士德等人面面相觑，表现出惊惑不解的神情。

"一说脱离内战，有些刺耳吧？"德王抿了一口茶。

"不错，兄弟多少有点摸不着头尾。"阎士德直率地说道，"尚请王爷详申含意。"

"让贡郭尔成立起内蒙古脱离内战委员会之后，回到共党控制的草原上去，公开打出蒙旗百姓不介入国共之争，脱离内战，谋求安生的旗号……"

"在此戡乱高潮，提出蒙旗脱离内战，中央不会同意的。"

"国府诸公，远见卓识，定会同意本王之意。"

阎士德无奈只得勉强笑一笑，说：

"好吧，我倒希望听完王爷的高见。"

"钻到共党控制的地区，策动脱离内战，实际就是鼓动蒙民脱离共产党，把蒙旗百姓从共党统治下瓦解出来。我给它取了个名，这叫：掏心战术。"

阎士德和他的助手们开始交头接耳，小声交谈起来。

德王看出他的话，已经发生效应，信心愈足，他继续说：

"只要贡郭尔有胆量，敢闯到共产党鼻子底下挂出脱离内战委员会的招牌，本王坚信蒙旗百姓，特别是那些牧主、富户、有识之士，都会蜂拥投奔贡郭尔。等到破坏了共区的安定，动摇了共军的人心，国军即可乘势起兵，全线进攻，武戏文戏一齐唱，到那时，蒙旗局势，定有突变，乌兰夫等人筹建内蒙古自治政府之计谋，随之定将崩溃！本王不善言辞，言多有失，祈望各位多加包涵！"

阎士德等人，谁也没想到，一直闭门谢客、保持沉默的德王，会提出这样花样翻新的一整套蒙旗反共策略，听得出这绝非一般交谈，而是德王深思熟虑之言，有必要将德王这一献策，禀报上峰并转呈蒋委员长。事关全局，不可贻误。

他说："王爷关注国事，洞察战局，纵横高论，颇有见地，言简意赅，十分重要，兄弟将如实向上禀报。"

德王故作姿态，连连摇头：

"使不得，使不得！各位友好，对本王以诚相待，本王一时兴起，信口开河，仅供在座各位酌情取舍，断不可禀报国府。本王恪守蒋委员长之指示，甘作寓公，别无他求。祈求各位体察！"

"好吧，我们理解您的意愿。"

阎士德从座位上站起来，向德王躬身表示谢意。

当德王乘坐的汽车驰出中南海大门的时候，薄暮已经笼罩了灯火点点的北平街头。汽车穿过天安门西侧的三座门，车辆行人、有轨电车，显得十分拥挤，德王舒了一口气，自言自语地说：

"噢！该是到城外散步的时候了。"

三

事态的发展，完全出乎预料之外：阎士德没有预料到，贡郭尔没有预料到，刘峰更没有预料到。

刘峰窝着一肚子气，回到归绥刚过三天，正准备带上久别重逢的姘头，到古都西安游玩一番，散散心，顺顺气。突然收到急电，令他立即赶到北平报到。原来的那一肚子气还没消，又添了一肚子气。阎士德干的这叫什么事？用不上了，就把他当作破皮球一脚踢回归绥，现在不知出于什么缘由，又用得着了，火烧眉毛般地叫他"即返北平"。风雨无常，令人难忍！他本想给阎士德出点难题，借故不去报到，还是按原定计划，带上妞头逛西安。可是他们圈里的人，纷纷好言相劝，万万使不得！他们这个行当，可玩不得意气；再说兴许是上面有了什么新的重要决断，要不然阎士德也不至于刚过三天就变卦。刘峰冷静一想，这话不无道理，于是带上妞头，直赴北平。这里头有他的小算盘：到了北平，如无特殊任务，他便与妞头一起转往江浙一带走走。

到了北平，一下火车，刘峰就被军统方面的人，直接送到了西郊八大处，被领进一座门口挂有"游人止步"木牌的、松柏围掩的洋式别墅里。

在里面，阎士德等候着他。旁边还站着一个上校，据阎士德介绍，此人是"华北剿匪总司令部"的高级参谋，姓贾，是专程从张家口赶来，同他们会见的。

说过一番官场客套之后，阎士德叫人把刘峰的妞头领上楼去，安排歇息，请贾参谋和刘峰二人，留在楼下小客厅里，由他传达蒋介石"亲示"急电，内容大意是：蒋介石已看到他们打去的有关贡郭尔"率部反正"到达北平，德王出谋成立"内蒙古脱离内战委员会"的报告，蒋认为他们准备就贡郭尔"离部反正"之举，在报纸、电台上着力宣传，断不可取；相反，应对贡郭尔进北平的消息，严加封锁，不得外传。要采纳德王的献策，尽快送贡郭尔返回草原，成立"内蒙古脱离内战委员会"。据悉，共产党要在四五月间，在内蒙古东部地区，由乌兰夫等共党要人正式建立内蒙古人民自治政府，以此为开端，将要把整个内蒙古统归于共党治下。此举非同小可，为了阻止共党这一企图，国军方面，应采取军事、政治双管齐下、同步进攻的策略。在政治方面，充分利用贡郭尔的"内蒙古脱离内战委员会"，分离共区军民，瓦解蒙旗力量，造成共区一带动荡不定、混乱无主的局面，随即乘机发动军事攻势，以"华北剿匪总司令"孙将军为总指挥，成立作战指挥部，协调各方行动，定于四月间在锡察草原，与共军决战，一举消灭内蒙古地区共军主力部队，从而彻底粉碎乌兰夫等人建立内蒙古自治政府的计划。这是内战开始以来，在蒙旗地区进行的规模最大的一次决战性军事行动，也是国共之间争夺蒙旗统治权的一次政治决战。此举关乎全国局势，令到即行，断勿迟延！

听罢蒋介石的"亲示"急电，他们三个人心里都明白，毋庸议论，照令行事便是。他们商定，翌日同返张垣，在孙将军的指示下，着手草拟军事、政工等全面行动的报告。

华北"剿总"的贾参谋，说要进城办点事情，他先走了。阎士德陪着刘峰又坐了一会儿。言谈中，拐弯抹角向他解释，前几天叫他休假完全是出于一片好意。这一年多太辛苦了，本应静心休养一段时间等等，但他竭力回避说出为什么背着刘峰把贡郭尔接进北平。

刘峰刚才听完蒋介石的"亲示"急电，已知大势所趋，本已无意与他挑明这桩事，他靠在沙发上吸着烟，装出很疲倦的样子，一言不发。

"没想到委员长的命令来得这么快，我不得不收回成命，再把你请回来。"

阎士德想拿蒋介石的命令，堵刘峰的嘴，欲盖弥彰，刘峰依然闷声不语。阎士德改换口气，继续说：

"局势十分明朗：如果我们取得这次决战的胜利，就等于宣告共党统治内蒙古的计谋彻底破产！你我同担党国重托，齐心协力，再干他一场吧！"

平心静气而言，刘峰也觉得这次叫他返回北平，确非歹意，几天来对他的种种怨恨情绪，也就减少了许多，他站起来，以诚恳的口吻，对阎士德说：

"兄弟明白此次决战意义之重大，请阎主任放心，我愿一如既往，在您的手下，为党国效忠！"

"你这种义无反顾的果敢精神，我非常敬佩！"阎士德走过来把右手轻轻搭在刘峰的肩上，二人在客厅里缓慢地踱着步，阎士德压低声音说："有一件事情，上面叫我通知你……"

刘峰惊疑地停住了脚步。

阎士德轻松地一笑，说：

"没什么，没什么！对你来说，轻车熟路……"

刘峰一时猜不透他这句话的意思。

阎士德继续往下说，但声音越来越小了……

车轮、马蹄扬起的滚滚尘埃，夹杂着枯草陈叶，形成了一条长长的黄龙，由南往北缓缓蠕动着，搅得那春日草原的晴朗的天空，顿时昏暗起来。

一支庞杂的队伍，从张家口北上，进入了察哈尔草原。

这支队伍有骑马的，有步行的，也有坐车的，衣着打扮也各色各样，虽说穿黄军衣者居多，但黄中各异，深黄、浅黄、草黄、杏黄、狗皮黄，杂七杂八，一看就知道是一群临时混凑起来的乌合之众。然而，其中有两种东西，格外显眼：一是在队伍中央，缓缓行驶的一辆福特牌带帆布顶篷的小卧车；二是在队伍尽前头开路的两辆美制军用卡车，车上面乘坐的，既不是武装士兵，也不是平民百姓，而是一支配套齐全的大型铜管军乐队。那一支支铜管乐器，在春天的阳光下，闪闪发亮。这些东西，叫那些没有见过世面的牧民们一看，吓得心惊肉跳，有人说，那就是原子弹！

这支军乐队，是队伍从张家口出发前，刚刚拼凑起来的，时间虽嫌仓促，但组织工作做得十分认真，因为这是孙总司令亲自出的高招：贡郭尔进入草原后，让这支军乐队做先导，一路上，吹吹打打，金鼓齐鸣，以它特殊的方式，为其壮大声势。

这支队伍，路经宝源镇，来到贡郭尔部下驻留的学堂地村，人数又增加了不少，气势也越发大了，同时也更显得杂乱不堪，活像是天底下的流浪乞丐，齐聚到了这里。

他们来到明安旗草原南端的乌金台村，停下来略事休整。打这里再往北走，就进入蒙古草原了。他们把队伍重新作了一番编排和整顿。当他们开进蒙古草原时，军乐队早已跳下车来，排成两行，一边行进，一边轮番吹奏起牧民从来不曾听见过的铜管乐器。顿时，整个队伍的气势，大为改观，走在队伍里的那群乌合之众，似乎也在一种莫名的刺激下，提起神来，个个显得神采飞扬。不过，那一支支奇形怪状的大铜管子一经吹响，对淳朴牧民的威慑力量亦即悄然消失——嘻，屁个原子弹哪，一吹就响，见过！从前庙上喇嘛"跳鬼"吹的长号，一丈多长，比这些玩意儿的嗓门儿还大呢！

不过，有一件东西他们确实没有见过，行驶在队伍中央的那辆小卧车的篷子竟然能敞开！在附近放牧的牧民们惊惑不已地看见，在那敞篷小汽车上坐着的不是中央军大官、美国顾问或者奇模怪样的金发女郎，而是身穿蒙古袍、头戴新礼帽的贡郭尔——他们所熟悉的那个狠毒的扎冷！

今天，贡郭尔一反常态，没有一点凶狠模样，变得那般和蔼可亲。一路上，看见任何一个牧民，不管是男女老少，也不管是放牧的，赶路的，背水的，捡牛粪的，他都从座位上站起来，微笑着向他们频频招手，有时还像野鸭子似的引颈喊叫一声："乡亲们，你们好！"

尘埃夹杂着枯草碎叶滚滚飞扬……

军乐队发出雄壮而陌生的鸣响……

贡郭尔脸上挂着毫无变化的微笑，向牧民频频招手……

乱七八糟、不成队列的乌合之众，像条毒蛇，向前蠕动……

——这就是在蒋介石的"亲示"下，经过华北"剿总"孙总司令亲自指导，以及阎士德等人反复排演之后，贡郭尔演出的以"内蒙古脱离内战委员会"主席身份衣锦还乡的盛况。

在这支乱哄哄的队伍里，还有几个神秘的人物混杂其间，他们单另乘坐一辆卡车，行进或停歇中，从不与外人接触，放在他们屁股底下的木箱里，装满了最新式的美制电讯器材。这就是大特务刘峰和他的特别行动小组的成员们。

在北平，阎士德亲自向刘峰下达命令，叫他利用贡郭尔返回草原造成的混乱时机，带领他的助手们，迅速潜伏到他从前使用过的贡郭尔家客厅的地下室里，在那里设立情报总站。阎士德对他说过："今后敌后情报，全部由你那里汇总发回，再由我们分类通报有关作战部门，所以，从某种意义上说，是你从敌后指挥国军作战！"

望着车窗外四野黄尘，刘峰想起阎士德对他说过的这段话，自嘲地暗暗一笑："又回到这鬼地方来了！"

他们一路上，乱乱哄哄，吹吹打打，好似一个拙劣的戏班子，想尽方法招引人们的注意。进入草原后第二天中午，终于赶到了贡郭尔的家——特古日克村。全队人马歇息下来。

特古日克村特有的宁静被打破了。

在特古日克湖畔，搭帐篷、立蒙古包，杀牛宰羊，闹腾了一夜。趁此人杂马乱之机，贡郭尔用极端秘密的方法，把大特务刘峰和他的特别行动小组，以及各种电讯设备，妥善地安置到他家客厅的地下室里。此事只有贡郭尔的父亲普日布、女奴笃日玛和瓦其尔的大儿子旺丹三个人知道。他们商定，等贡郭尔率部撤离以后，普日布老人负责安全保护，笃日玛伺候饮食生活，旺丹担任内外联络。贡郭尔对自己父亲和他的亲信旺丹，是完全信赖的，至于说女奴笃日玛，虽然不是他的亲属或亲信，但她笃信佛教，忠守誓言，在过去一年多时间里，秘密伺候刘峰，没有走漏过一点风声，只要今后对她继续软硬兼施，她依然是他的"会说话的牲口"，还是可靠的。

贡郭尔把这一切安排妥当时，地下室的秘密电台，已与张家口总部叫通了呼号！

一切进行得如此顺利。贡郭尔与刘峰等人，在严密的防护下，畅饮了一夜，第二天拂晓时分，按原定计划，刘峰等人潜伏下来，贡郭尔率领大队人马，撤出特古日克村，到距离内蒙古骑兵十二师先头部队驻地稍远一些的乌金台村，安营扎寨，看去是要长期驻扎于此地。

这也是早在张家口就已经安排好的。

乌金台村，地处草原南端，顺利时可以自由深入草原腹地，不利时能够退回城镇一带，是贡郭尔选择的理想驻地。

乌金台是个贫穷的小小牧村，没有一间高大的砖瓦房舍，只在牧村中央，有一座围有院墙的五间土房，那是从前多伦县城的一个回回皮货商设立的收购站。贡郭尔就把"会址"设在这里。他把队伍召集起来，在一阵庄严的军乐声中，把一块在张家口做好的高八尺、宽一尺五的大木牌，挂到了五间土房的院门上，木牌上用蒙汉两文工工整整写着两行大字：

内蒙古脱离内战委员会

紧接着，当天下午，在村头大草滩上召开了一次旗民大会。虽称大会，其实来的牧民并不多。贡郭尔却认为这并不重要，他知道，在这边远、偏僻的古老草原，有一种天然传递消息的风习。人们一见面互相请安问好之后，紧接着就问："索宁尤拜呐？"（"有什么新闻？"）被问者随声先答一句："没什么。"而后就会不紧不慢地告诉你，他所听到的草原上的各种奇闻怪事；而这些奇闻怪事伴着牧人的马蹄，迅即在草原上传播开去。

在旗民大会上，贡郭尔以主席的身份，宣告"内蒙古脱离内战委员会"正式成立，并特别强调德穆楚克栋日布亲王，应邀出任该会名誉主席。

他慷慨激昂地说：

"内蒙古脱离内战委员会顺应蒙旗民意，为使多灾多难的蒙民，得以休养生息，免遭国共战火之苦，我蒙旗各界不再介入国共之争，今后对国共双方不偏不倚，保持相等距离。我弱小民族，为维持生存，以期复兴，只有一条出路：脱离内战！……"

会场里，一伙人把早已印好的《内蒙古脱离内战委员会宣言》，一把把抛向人群上空，人们争相收捡，那些不识字的牧民把它捡回去，当卷烟纸，或者擦屁股，反正那么好的纸，总会有用场的。

牧民们对贡郭尔的反动历史及其为人，都在心里有一本账。贡郭尔那声嘶力竭的高谈阔论，并没有引起他们的兴趣，他们所希望的只是过上太平日子和温饱生活。多数人都是抱着"不妨去看看"的观望态度，前来参加今天大会的；但也有些人认为只要能让牧民过上太平日子，不管它是瘸驴瞎马，都可以当神仙供……七嘴八舌，众说纷纭，虽说言辞有别，但对贡郭尔的这次举动，似乎在不同程度上怀有期望。

贡郭尔敏锐地感觉到了自己的成功，但他估计得过高了，在他看来，他已旗开得胜，往后便可放开手脚去干了！

当天晚上，他近乎是挑衅地派出一名信使，前往内蒙古骑兵十二师先头部队驻地，送去一封致骑兵十二师各位首长和察哈尔盟人民政府的信，呼吁双方"和平相处"，并附《内蒙古脱离内战委员会宣言》若干张。出乎意料的是书信、宣言，对方一一收下，信使安然归来，再无下文。他好像挨了一个闷棒，一时摸不透对方的用意。

然而，贡郭尔的举动毕竟成了草原牧民关注和谈论的中心。居住在遥远的牧场的牧民，也闻讯赶来，观察动静，探听消息，更有甚者，一听说贡郭尔能使蒙民免遭战火之苦，便轻易地相信，竟然赶着大批牲畜，向他投奔而来……

不平静的草原，更加动荡了。

瓦其尔巴彦，去年被中央军严刑拷打，造成伤残，至今尚未痊愈。由于长年卧床不起，他的身体变得十分虚弱。自打春风送暖，阳气回升以来，他支撑着身子，每天中午都到蒙古包外走动走动，而后把长方形栽绒毡，铺在蒙古包前，独自一人，坐在上面，闭目养神、晒太阳。

回忆往事，他想到自己一生的志趣乃至生活的目的，全倾注于对财富的占有上。为了积累财产，数十年如一日，他未曾松过一口气。只是到了去年，身受重伤之后，生命既已难保，财富占有欲才被迫退到第二位上。而今，随着身体状况略见好转，他又默默地盘算起如何重整家业之大计了。但是摆在他眼前的家庭状况，使他感到沮丧！两个儿子——旺丹和沙克蒂尔，国共两边，各站一头，亲兄弟硬往两岔路上走，成了冤家死对头！小儿子沙克蒂尔，本来是个有孝心的人，心眼也好，可是八路军的经越念越信，听说已经升为连长了，谢天谢地，他总算还没领着大军来共自己家的产！大儿子旺丹，从日伪时期就胡折腾，眼下回到家来，明面上说是为守家业、侍奉家人，不再外出干差事，可他回来后，行踪不定，鬼鬼祟祟，天亮出去，半夜回来，不知道在哪个狼窝里乱掺和。一想到大儿子旺丹，他想起一句成语："让乌鸦做向导，它会把你带到尸体上去。"这是一句多么不吉祥的成语呀，他把刚送进嘴里的奶茶，一口吐在身边的沙土上，好恶心！

大儿子靠不住，二儿子靠不上，家里还有谁？哦，还有一条疯狗——大儿媳卡洛。或许是条件反射，一想到大儿媳，他全身复合了的和尚未复合的伤口一齐作痛，心口憋闷得也透不过气来。就是她，去年跟中央军军官鬼混得大为开心的当口，他正在受刑……唉！现在只有一个人，是真心疼爱他的，那就是死去的二儿媳南斯日玛的妈妈，她是他青年时代的外遇，如今他们终于成为相依为命的夫妻。但她只能给他以女人的温爱，生活上的关照，至于这样大的家业，她全然无力经营。瓦其尔想到这里，觉得他的生活，他的家庭，都已偏离了正常轨道，仿佛是在一片没有路痕的阔野上漫行。遇上平地顺当几步，遇上坑洼颠簸一阵，遇上深沟，说不定一头栽下去，再也爬不起来……一种怨恨情绪，从他心底涌起，恨谁呢？他一时又说不清楚。他想起他曾怨恨过的所有的人，但是其中任何一个人，包括他至今一想起来就条件反射地恶心的卡洛在内，谁也不能完全承担大牧主瓦其尔家境败落的全部责任。想来想去，他幡然省悟出这样一条结论：如若不打仗，反正我家不会变成这个样子！

一想到这儿，唉，奶茶都发苦了。

这档子心事，使他心灰意懒，连每天闭目养神时的"入静"也做不到了。为了摆脱满怀烦恼，他睁开两眼，向远方望去。

远处草原上空，浮动着一片白云，慢腾腾，轻悠悠，显得那样飘洒、闲适……

骤然间，白云里出现了一个黑点，那黑点越变越大，后来才看清楚，原来是从丘陵那面，有一匹坐骑疾驰而来。有谁会这样急匆匆扬鞭策马前来探望他这个与世隔绝的病残老朽呢？他那双敏锐的眼睛，从那匹骏马的毛色、体魄，辨认出那位骑者，是他的老朋友——加米扬巴彦。

加米扬来到他的近旁，跳下马来，将马拴在蒙古包旁边一辆勒勒车的木头轱辘上，向他走过来时，他用热情的话语迎接他：

"加米扬兄弟，你好啊？莫不是你的马群里生了七七四十九匹骏驹，或者你的羊群中有九九八十一只母羊生了双羔，还是你绊了一跤捡到了五五二十五个金元宝？今天为什么你的脸儿像圆月一般闪烁着光亮，你的眼睛像湖水一般荡漾着笑纹？请坐吧，喝茶！"

加米扬走近他的身边，先施一礼，而后说道：

"瓦其尔大哥，您的贵体安康吗？如果一个人从冰雪的掩埋下，被人搭救出来，如果一个人从荒火的围困中，被人解救出来，您说，他的脸儿应当像圆月一般明亮，还是像布满乌云一般阴沉？"

"啊，加米扬兄弟，你是在哪一座山上被冰雪掩埋，在哪一片草滩上被荒火围困，又是哪一个神仙，把你解救出来，挽救了你的生命？给，擦擦汗吧，看你累得满头大汗！"

瓦其尔把一条白粗布手巾，递给加米扬。

加米扬一边喝茶，一边擦汗，一边又说：

"草原上都起大火了，大哥，你还在这儿打盹儿、晒太阳！"

"火势猛吗？在什么方向？离我家的马群远不？"瓦其尔神情有几分紧张。

"咳！我这是打个比方……"

"兄弟，这个比方可不怎么吉利！"

"吉利不吉利，您别先下断言，叫我再喝两口茶，慢慢讲给你听。"

两大碗凉奶茶，终于扑灭了燃烧在加米扬嗓子眼儿一带的大火，这才不慌不忙地从蒙古袍前怀里，掏出一张贡郭尔散发的"宣言"，在他眼前晃了晃，开始从头到尾地把贡郭尔热热闹闹、吹吹打打，返回草原的情景，给他细述了一遍。这些并没有引起瓦其尔的多大兴趣，他淡漠地微闭两眼，毫无表情地听着，看得出那里面隐藏着多年积聚的对贡郭尔的嫌恶情绪。然而，当加米扬把那张《内蒙古脱离内战委员会宣言》念给他听时，霎时间，瓦其尔屁股底下好像发生了地震，他全身往上一弹，连身疾未愈亦已全然不顾，迅速把身体靠近加米扬，打手势截断他的话，压低嗓门，极其认真地问：

"什么？脱离什么？"

"脱——离——内——战！"

"脱离内战？"瓦其尔两眼瞪得溜溜圆，指着加米扬的鼻子尖，问，"这是你说的呀？"

加米扬点点头："当然是我说的！"紧接着他又摇摇头，"不，不是我说的，是人家贡郭尔在旗民大会上扯开嗓门儿喊着说的。"

"你把他的话，再给我说一遍！"

"何必叫我费口舌，"他递给他一张"宣言"，"这上面全写得明明白白，留给你自己慢慢看吧！"

其实他什么都听明白了，那张"宣言"他也不急于看，他现在心里盘算着一个最实际的问题。

"那……你，乡亲们，都信贡郭尔的话啦？"他试探了一句。

"别人怎么想的，我不知道，我吗？……"加米扬思忖中仰起脖子，把碗里的奶茶喝完，又细心地把剩下的茶根倒在身旁的沙土上，继续说，"上一次，我轻信谣言，哎，就是不知哪个魔鬼假借你的名义，写信煽动南逃，我赶着马群往国民党那边跑，半路上被八路军工作队截住，差一点叫张彪队长，把我当作反动叛变分子，给崩了，多亏苏荣副政委和洛卜桑师长，体察民情，分清敌友，批评我脚跟站不稳，不该轻信谣言，并没给我定罪惩罚，还归还了牲畜、财物。说吧，人家八路军方面对咱也就够朋友了！苍天在上，咱不能跟人家再有三心二意了。"

瓦其尔闭着两眼，静静地听着加米扬这番长篇大套的话，他虽然没有看他一眼，但能猜想得出他满面狡黠的表情。

"老弟，我明白了——现在你又动心了！"

瓦其尔突然向他发动攻击。

正正地击中了加米扬的要害。

对此完全没有提防的加米扬，一时间慌了神，又晃脑袋又摇手，断然否认：

"没的事，没的事！大哥您腿脚不方便，很少外出走动，我听到一点动静，难道不该来给您报个信吗？"

"我感谢你的好意！可是刚才你谈到贡郭尔那些主张时，为什么兴奋得两条眉毛都在跳动？"他毫不客气地堵住对方的退路。

"那是因为我看见大哥您的身体大有好转，心里高兴啊！哈哈哈……"

"谢谢！谢谢！"瓦其尔并不想使客人过分难堪，语调变得缓和，脸上也露出了笑丝。

瓦其尔说得一点都不错！加米扬这个大牧主，确实这次又动心了。但是，他一想到上次跌跟斗、出大丑的事，便不敢轻举妄动。他今天不辞辛劳跑来给瓦其尔"报信"，里面确实包含着小小的计谋，戳穿了就是一句话：上次我冒了险，这次该你出马了。这话他说不出口，又怕被人揭穿，为了掩饰内心活动，他一口接一口地喝着茶，好似一头半个月没见水的老牛。

在加米扬喝茶的时候，瓦其尔戴上花镜，拿起那张《内蒙古脱离内战委员会宣言》，仔细读了起来。他曾预料过草原上的政治风云会有变化，但没想到会来得这样突然！当他把那张"宣言"细读三遍之后，几乎想狂喊一声：这是一份天书！怎么句句都是说的他瓦其尔心里的话？他越读，越入神，何止是动了心，简直使他心里开了锅！脱离内战，免遭战火，休养生息，复兴蒙古……这份"宣言"，就像是替他写的一篇向苍天祷告的祈祷书，每句话都能拨动他的心弦，发出共鸣。

只可惜，这么好的一份"宣言"，偏偏跟贡郭尔的臭名联在一起！世界上的事情，莫非美中必有不足？这不免使他处于一种把拿到手里的糖不敢往嘴里放的窘境。他与加米扬处于同样矛盾的心境之中，因此他不想与加米扬深谈此事，随便打听了一些别的事情，末尾，问了一句内蒙古骑兵十二师有什么动静？

"骑兵师，毫无动静。"加米扬回答。

"奇怪呀！……"瓦其尔摸了摸下巴颏。

"人们猜测说：不动则必有大动！"

"猜测毕竟是猜测。"

"不少人好像都传染上了一种流行病。"

"什么病？"

"听了贡郭尔的宣言，想动，又不敢动；不动，心里又痒得慌！"

"跟你一个样！"

"大哥，别拿老弟开心。"

接着，他们东拉西扯地随便聊了一会儿，加米扬托辞要去勘察夏季牧场，匆忙上马，溜了。

这个该死的加米扬，他带来的那些消息和那张"宣言"，搅扰得瓦其尔心神不宁，整整一夜没合眼。遇到这样重要难题，家里连个商议的人也没有，孤独、烦恼一齐折磨着他。现在只有靠他自己拿主意了。

这一夜，一直没熄灯。他像着了魔似的，过一会儿爬起来，披着袍子，在灯下把那张"宣言"看一遍。阅读时，他竟细心到了这般地步：念一句，停一下，闭上眼睛琢磨一阵，把那句话的含意，从正面、反面、左面、右面咀嚼得透透的，再去念下一句……

两年的动荡生活，使他养成遇事先不抬脚的审慎习惯，这次事关重大，更是绝不可贸然行事。

灯油添了三次，"宣言"咀嚼了几十遍，东方已经破晓，晨曦从门缝透进包里，从这一道光亮中，他得到一种启迪：要想过太平日子、守住家业，不管你愿意不愿意，只好顺着贡郭尔那条路走。

他想，今天蒙古早已不是成吉思汗或者忽必烈时代那个所向无敌的强大民族了。蒙古，如今是一只老弱的绵羊！它再也经不起几番征战了。是啊，国民党和共产党两家干仗，咱们往人家刀口底下伸脖子图个啥？贡郭尔这个人，从前确实没给察哈尔草原干过什么好事，这一次他也许诚心实意想弥补自己的过失，为蒙古同胞做点好事，人嘛，谁的心也不是铁铸的，不会一辈子渗不透一点佛祖的教诲。改恶从善，自古有之。如若不然，为什么像德王那样大人物，都出来跟他搭伙？德王是个从几个朝代的漩涡里钻出来的精明人物，日本投降后，他一直隐名埋姓不露面，这次他出任贡郭尔的名誉主席，绝不会没有缘由。想到这里，瓦其尔的心里亮堂多了，那折磨了他一夜的心事，似乎也了却了一大半，自然睡意早已悄然消失……

蒙古包外面已经大亮了，他老伴进进出出地开始烧早茶。通过包门望见远山朦胧而柔和的曲线。他比往日提前起了床。

"贡郭尔从前做过错事，今天人家幡然省悟，要为蒙古同胞办点好事，我们该不该对他宽宏相待呢？"开始喝早茶的时候，他向自己提出了这样一个问题。

这是一个极其严肃的问题。它的内涵远远超出了对某一个人功过的评价范围，他终于从佛祖教旨中得到了答案：对人世间的一切事情，都应当采取没有前提的宽容与忍让。

"退一步说，贡郭尔的这次举动，即使包藏别的企图，"瓦其尔继续想自己的心事，"那么我们一要提防，二不参与；我们宽容他，是因为他提出了一个好主张：脱离内战，让蒙民过太平日子。人家德王都跟他站到一起了，我瓦其尔还躲着他干吗？不，不能躲了，为了免遭战乱之灾，我应当抱病前往，助他一臂之力！"

这一天，正适风和日丽，草原上从一清早就暖融融的，是个外出的好日子。小晌时分，瓦其尔告诉老伴说，他要到附近喇嘛庙去拜佛。老伴不放心，她要陪他去，他说用不着。老伴看他今天情绪格外舒朗，也就随他的意，叫他一个人去了。

瓦其尔骑着自己最喜爱的那匹栗色小走马，离开了家。他好久没有出门了，山野、草滩都使他产生一种陌生的亲切感。他走过两道丘陵之后，一转马头，离开去喇嘛庙的那条小路，踏上了奔赴贡郭尔驻地——乌金台村的大道。

栗色小走马的步伐平稳而轻快，不觉之间走出了十多里路，再往前走，就要进入牧户较多的地段，会遇到各种过往路人，其中很多人都会认出他来，而且会在一天之内，把瓦其尔投奔贡郭尔的消息，传遍整个草原。瓦其尔的心不由得猛地一跳，顺势提住了马缰。

"还往前走下去吗？"他对自己说，"这一步迈出去，就收不回来了！"

如果说，从昨天晚上，直到今天，他一直以宽容为宗旨，更多地想到贡郭尔这次的美言妙语的话，那么现在，他勒住马缰，在草原上像迷路的羔羊一样打转转时，却更多地想起了贡郭尔多年来的种种恶迹。他这样匆忙地往贡郭尔那个黑泥潭里伸进脚去，未免太轻率了！他想起汉族的一句成语：同流合污。禁不住全身一颤，头有点发晕，他双手抓住鞍鞒，让那股晕劲儿慢慢消退。贡郭尔是个靠不住的家伙，不，不能轻易去找他，还是返回家去，前后左右多作考虑，更为稳妥一些。他掉转马头，顺原路往回走去了。

回到家里，老伴问他拜佛了吗？他答了声："嗯。"问他想吃点什么？他又答了声："嗯。"老伴见他精神恍惚，不知上庙拜佛遇到了什么不顺心的事，不敢深问，就忙着给他做饭去了。

是久不远行，疲劳了，还是路上着凉，身体不适？这一天，他身上一会儿发冷，一会儿发烧，心口憋闷的老毛病也犯了，喘气都感到困难。折腾了一天，晚上老伴给他炖了一锅羊肉汤，他喝得出了一身汗，这才稍许感到舒适了一些，正要上床睡觉，包门一开，大儿子旺丹走了进来。

"爸爸，听说您不舒适？"旺丹关切地问。

"没什么，老毛病，现在好一些了，坐吧，孩子！"瓦其尔今天显得很慈祥。

"咱家的几群牲畜都要倒场。现在时局动乱，谁家也想避开要冲大道，找块边远僻静的草场做夏营地，动弹得晚，好草场都叫别人占了，这几天我领着几个牧工，正在四处勘察。"

"好，好，孩子，你很会管家业了。"

"可是今天情况有变，我没敢多跑几个地方。"

"出了什么事？"

旺丹盘腿坐在父亲床边的地毯上，贴着父亲的耳朵，小声地说：

"据说，贡郭尔进了北平城，受到蒙古各部头领的拥戴，这一次返回草地，势大气粗，不得了啦！锡林郭勒、察哈尔、巴彦塔拉、乌兰察布，甚至东至哲里木，西至伊克昭，各地王公贵族、社会名流，都要前来聚集，谁也不知道下一出唱什么戏，人们没心思过日子……"

"你打算怎么办？"

"外面的事，我干腻了！我哪儿也不去，守家业。"他回答得非常果断。

"可是，这个家业你守得住吗？"

旺丹完全没想到父亲会向他提出这样问题。天下事，难琢磨。今天晚上，本来是贡郭尔暗中指使旺丹来摸他父亲的底的，话刚开头，现在反转过来，瓦其尔倒开导起儿子来了。他把脱下一只袖子的袍子，重又穿了起来，拨亮了油灯，说道：

"看来有一股潮流，往我们这儿涌来了！"

"潮流？"旺丹做出惊惑不解的样子。

"贡郭尔提出：蒙旗百姓，脱离内战，如今满草地，刮起了旋风，民心所向啊！从前你在外面做事，不管家业，我骂过你；今天你要在家守业，我说你不一定能守得住！"

"为什么？"旺丹有意往外掏父亲心里的话。

"如果蒙旗不脱离内战，你能过太平日子吗？咱们家的牲畜倒场有屁用！国共两家，谁来赶你的牲畜，你能阻挡得了？"

"那怎么办哪！"

"内战不脱离，蒙旗无宁日。"

……

夜深了。

老伴已经睡了一觉，醒来咳嗽了两声，转过身去，又睡着了。

瓦其尔在似睡非睡中，艰难地熬着漫长的夜……

第二天早晨一醒，他就愤愤地责骂起自己来："真没出息！昨天既然走出去了，还返回来干啥？贡郭尔又不是魔鬼，他干好事，咱为啥就不敢入他一个分子！"

这一回，他实实在在铁了心，再去投奔贡郭尔。

天不作美！从清晨起，天空中乌云翻滚，风势也很大，刮起的干草叶子，从蒙古包天窗飞进来，落到沸开的茶锅里。

什么风啊，云哪，全然不屑一顾，他用罢早点，落了落汗，跟老伴说了声还去庙上磕头，就跨上马背上路了。

这时，纷纷扬扬飘起雪花来。

这是干旱草原上难得的一场雪雨，它使空气清新，土地湿润，有利于牧草返青，但对抱病远行的瓦其尔老人来说，实在不是愉快的事情。不过对于一个誓为蒙民摆脱内战之苦而愿尽全力的勇者，这小小一场雪雨，怎能阻挡住他那飞奔的马蹄？

一路上，雪雨大一阵小一阵，一直没有住。瓦其尔的皮袍被淋透了，北风吹来，身上一阵透心的寒冷，然而"脱离内战"那几个字，像几团火在他眼前燃烧，一股长久以来不曾有过的激动，从他心底涌然而生，随后渐渐升腾，化为催人泪下的一腔热情！

他来到离乌金台村只有十多里远的一片草滩时，真糟糕！风雪突然大作，气温骤然下降，雪雨变成了冰雹，打得他连人带马抬不起头来，即使在这种境况下，他亦未曾退畏，然而毕竟久卧病床，没出过远门了，来到乌金台村东面山坡上时，他已经感觉到支持不住了，头脑昏沉，眼前直冒金星，身躯不由自主地在马鞍上左右摇晃，不过他的神志还是清醒的，他透过雪幕隐隐约约望见了乌金台村中央那垒有围墙的五间土房，只要咬一咬牙，再拼一拼劲，往前走一段路，就可以看见挂在门口的那块大牌子了，他知道那上面写有"脱离内战"几个大字！就在这当口，在泥泞的山坡上，马一打滑，瓦其尔还没来得及勒紧缰绳，他连人带马一齐往山下滚了下去，幸亏他的两脚脱出镫口，从马身上甩了出去，跌进一口三尺多深的泥坑里。他使尽全身气力爬出泥潭，顾不得甩一甩浑身上下的黄泥汤，赶紧去抓马，这时不知是旧伤作痛，还是又摔伤了什么筋骨，全身瘫软，又一头栽在泥水中。他心里明白，这时候无论如何也不能躺倒在这块冰雪泥潭里，那样很快就会冻死的。狠心的栗色马，丢下主人跑掉了，现在他只有靠自己的力气往前爬，在冰雪中挣扎着爬，爬，爬……

他终于爬到了村口，全身都麻木了，停下来喘了喘气，抹了抹脸，怎么脸上的泥水是红的，也不知脑袋上哪一块剐破了口子，现在他连疼的感觉都没有了。他慢慢抬起头来往前看去，啊，那块"内蒙古脱离内战委员会"的大字木牌，已近在咫尺，仿佛只要伸出手去，就可以摸到它了。他果真伸出手去摸了一摸，什么也没有摸到。不知又往前爬了多远，这一回实实在在地一下子抱住了那块大木牌子，或许由于用力过猛，那木牌子从墙上掉下来，重重地砸在他的身上，他好像还怕它会跑掉似的，紧紧地搂住它，"脱离内战"几个大字这一回如此清晰地映入了他的眼帘……

"啊，我总算到了脱离内战的地方了！"他只这样疯狂地哭喊了一声，便全身污泥、血肉模糊地昏倒在雪水之中。

瓦其尔的哭喊声，惊动了正在门洞里躲避风雪的哨兵，他跑出来一看，只见门前泥雪里躺着一个全身污泥、血肉模糊的老人，不知发生了什么事情，他急忙转身跑进院里，连连喊道：

"来人哪！快来人哪！"

人们以为外面发现了敌情，一个个战战兢兢提着枪跑出来，顶风冒雪挤到门外一看，原来倒着一个死老头。有人很不高兴地骂着："他妈的，臭老头，哪儿没有死的地方，到这儿来咽气！"返回院去。但就在这时，有人认出来这个昏倒在泥雪中的老人，是察哈尔草原有名的大牧主瓦其尔！

经过一阵忙乱，人们把他像拖死狗一样弄进了屋里。

有人向贡郭尔报告，瓦其尔巴彦冒着风雪前来投奔，现已昏倒在门外。起初他根本没有相信，后来在人们的催促下，他走来一看，认出确实是瓦其尔，他又惊又喜，疾步上前，紧紧握住他那沾满泥巴和血水的双手，喊了声：

"瓦其尔大叔！我是贡郭尔，贡郭尔！大叔，您受苦了！"

在昏迷中，瓦其尔隐隐约约听见有人从老远老远的地方，在喊他的名字。

他微微抬起眼帘，在一片昏昏花花中，他认出来站在他面前的不是别人，正是贡郭尔！他费力地回握了一下贡郭尔的手，轻轻地说：

"贡郭尔……你……为蒙古人办……好事，大叔前来……"

话没说完，他又昏厥过去。

四

每天清早，天刚蒙蒙亮，洛卜桑师长就去跟战士们一起出早操。一去就是一天，谁也说不清楚他是在哪儿喝的早茶，吃的午饭，每天都是深更半夜才拖着疲惫的脚步，返回家来。他那整整一天被孤寂折磨得几近不堪忍受的年轻美貌的妻子莱波尔玛，这时候脸上才露出一丝苦涩的微笑。

"又是这么晚才回来……"

莱波尔玛总是轻轻说这么一句既像责备又像疼爱的话，而后，去给他把热好的饭菜、奶茶和一壶酒端来，放在那张从喇嘛庙借来的漆面已经发黑的炕桌上。那桌面在昏暗的油灯下，闪着光亮，显然，她等待他时在万般聊赖中擦拭过无数遍；或许也曾在那上面滴落过点点清泪，粗心的洛卜桑是不会注意这些细枝末节的。

洛卜桑走进门来，脱掉沾满泥污的马靴，解开发臭的裹脚布，扔到门口，解下武装带，伸出双臂"哦"地长呼一口气，便拖着一双露脚指头的破布鞋，走过去洗脸、烫脚，随后往炕上盘腿一坐，开始以大兵进餐的速度吃晚饭。

每当这时候，莱波尔玛便坐在门口，替他擦马靴。

洛卜桑是个对风纪要求极严的老军人。不管工作、生活多紧张，也不管夜里多晚才歇息，当他第二天清晨出现在战士们面前时，他的腰身挺得像根拴马桩那样笔直，军帽端端正正压在眉头上面，腰间扎一条宽宽的皮带，而那双马靴，早已一改昨晚泥污斑斑的旧貌，又变得油光锃亮。当他从队列前面快步走过时，一种军人的威严，无形之中激起士兵们多少豪情！

军人不能没有威武的精神。威武，不是应时的装潢，而是军人长期养成的一种素质、一种本能。一种制约的自由，有如少女的轻柔，牧人的刚健，母亲的慈祥，有如清月的素洁，春华的繁艳，大海的深沉。

清早，当莱波尔玛还在睡梦中时，洛卜桑穿着那双擦得锃亮的马靴，威武洒脱地又出现在操场上了。于是，留给他年轻美貌的妻子莱波尔玛的又是一个孤寂而漫长的早晨，孤寂而漫长的晌午，孤寂而漫长的黄昏……这里没有拨动心弦的牧曲，没有爱意缠绵的情歌，没有特古日克湖的粼粼波光，没有碧绿牧野的娇艳花色，没有同辈女友间的低声戏谑，没有，哦，没有年轻潇洒的沙克蒂尔那火一样狂热情欲的醉人的压迫……这里所有的，仅仅是一个老军人偶尔给予的恩赐般的抚爱，还有那单调的不断反复着的一个又一个早晨，一个又一个晌午，一个又一个黄昏……

这就是他们的婚后生活。

诚然，莱波尔玛与洛卜桑结婚初期，她也曾尝到过心满意足的幸福。在众多的公共场合，当她陪同洛卜桑师长走进人群前面时，人们把目光刷地一齐盯在她身上，那时她虽然不曾做出贵族夫人那般孤傲姿态，但心中毕竟有一种浓厚的得意的快感，这在她那微微甜笑的脸上时时显露出来。战士们指着她的背影悄悄称她为"师长太太"或者"老师长的一朵花"，那声音再小她也能听得到，甚至有时不是听到而是感觉到的。这时候，从她心底涌出一种从前作为一个年轻穷寡妇从来不曾有过的荣耀感。那或许是一种虚荣；是的，是虚荣。然而在这古老、荒僻的草原上，又有几个女人曾经领略过这种罕见的虚荣呢？在一段时间里，她深深陶醉在这种虚荣中了，因而对与自己的生活习性全然不同的洛卜桑那种老军人的严谨生活，她也都忍让下来。

他们二人除年龄相差悬殊之外，生活的道路也迥然不同：一个是烽烟战火与铁马冰河的交织，一个是贫苦孤寡与向往自由的融会。他们的结合带有极大际遇的偶然性和感情的突发性，但决然没有任何一方些许强人之所难的成分。他们完全是自由、自主地结合在一起的。洛卜桑师长把她爱得有多深、多猛，她是明白的，而且她也看出他们结婚后他所表现出的那种深沉的满足，同时，她也感觉到自从他们生活在一起，洛卜桑师长的脾气改得多了。她听说，他对死去的前妻是很粗暴的，但对她，却连一次大声申斥都不曾有过。为了她，他时时都在克制自己的暴躁的性格。为此，她深深地感激他。

然而，虚荣心也好，感激之情也罢，都不等于是爱情。爱情是什么？谁也用一两句话说不清楚，不过有一点她是明白的，那就是当她想到爱情的时候，在她眼前出现的不是洛卜桑，而是另外一个年轻而矫健的身影——沙克蒂尔，一想到他，她就会呆呆地陷入长久的回忆之中，他们从前在特古日克湖畔上共同度过的那令人迷恋的时光……啊，那都是过去的事了，就让它悄悄留在记忆中吧！沙克蒂尔毕竟是有妇之夫，她不能贴靠他一辈子，一个女人应该找到自己的归宿。她竭力安慰自己的心灵，让它慢慢适应洛卜桑式的性格特征和生活方式。当然，这对于她，一个过了多年风流寡妇生活的人来说，是一件很困难的事情，因而在她身上便出现了种种矛盾现象：内心奔放的感情与外表漠然的矜持，往昔狂热情爱的追忆与今日索然苟安的依从，以及向往同代人之间发自肺腑的欢娱与对年长者尽守义务的妩媚等等。在万籁俱寂的深夜，就在洛卜桑深情地抚爱她的当儿，她微闭两眼，在幻想着这是另外一个男人，是沙克蒂尔；哦，这种幻想是苦涩的，但毕竟还有甜蜜……

对莱波尔玛这种种矛盾的心理，洛卜桑完全没有察觉吗？抑或他什么都看得一清二楚，只是以长者的宽容掩饰着自己痛苦的心理？

然而有一点是显而易见的：他们二人都在做着同样真诚的努力，想使生活的帆船，避开感情的暗礁。这种共同的真诚努力，却又形成了他们之间的理智的隔板，而爱情所需要的是另一种东西，那就是两颗心的坦荡无间。

洛卜桑和莱波尔玛，或者说莱波尔玛和洛卜桑，都出于善良的心灵，在为对方作着自己的牺牲。前些天曾经发生过这样一件事情：

又一个苦苦难熬的白天过去了，夜幕降临。莱波尔玛坐在火炉旁，默默地等候着洛卜桑。她手里拿着针线，但无心做活计，时时都在倾听着外面的动静。洛卜桑那军人有力的脚步声，从老远就能听得出来。可今天，她根本没听见他的脚步声，房门突然开了，洛卜桑满面春风，毫无倦意，两脚一迈进门槛儿，就伸开双臂喊了起来：

"哈哈，莱波尔玛，世界多美好啊！"

她望着他那像小孩一样快活的样子，还没弄明白发生了什么事情，就被他用力地抱在怀里，像年轻人那样敏捷地转了两圈。

"真是喜上加喜呀！"

"到底发生了什么事情？"

"我们师的周政委，虎口逃生，回来了！"

"周政委？"

"这个新到来的周政委，原来是苏荣副政委的丈夫！"

莱波尔玛也像小孩似的快活起来："啊？苏荣同志的丈夫来了？"

"所以才是喜上加喜嘛！"

"苏荣同志作为一个女人，枪林弹雨地熬到今天，真不容易！"

"应当说，她首先是一个很了不起的军人，女军人！"洛卜桑用严肃的口吻纠正她的话，接着又说："他们夫妇二人，从前都在北京做党的地下工作，后又齐奔革命根据地，去年本来是一同到察哈尔草原来工作，可是因为他们是从两个地方出发，苏荣安全到达这里，老周却在途中受伤、被捕……今天这对患难夫妻终于团圆了！"

"这真叫人高兴……"莱波尔玛感动得轻轻抽泣起来。

"是叫人高兴啊！"洛卜桑轻轻搂住她的肩膀说，"他们两口子，一个是政委，一个是副政委，他们有共同的理想，共同的信仰，共同的事业，是一对多么叫人羡慕的革命伴侣呀……"

洛卜桑的话越说声调越变得缓慢、低沉，末了几乎变成了轻轻的自言自语。

莱波尔玛是个十分警敏的女子，且又富有自尊心。她从洛卜桑这段内心独白中，敏感地觉察出他隐秘的心迹：他在羡慕他们夫妻相配的同时，流露出对自己妻子的不相配的哀叹。那接连几个"共同""共同""共同"，就像接连几记"咕咚""咕咚""咕咚"的重锤，猛砸在她的心上。一时间，他们都沉默了，各想各的心事。她为了不叫他看见自己夺眶而出的眼泪，慌乱中转身去动杯盏。

他们婚后一直是这样，不管发生什么事情，从不发生口角，都是用痛苦的沉默避开可能出现的公开冲突。

粗心的洛卜桑好像没有发觉莱波尔玛的感情变化，当她低着头给他端来饭菜时，他又滔滔不绝地跟她说：

"铁木尔也回来了！这小伙子，真是一条铁汉子。他在敌人面前公开承认自己是共产党，这样，他也成了'共党要犯'，一直跟周政委关在一个牢房里，受尽了折磨，可他都挺过来了！"

"我真为斯琴高兴！这一年多把她苦坏了，你快帮助他们成亲吧！"

"你叫我当媒婆？"洛卜桑哈哈大笑起来，"莱波尔玛，我，是师长！"

"是啊，你是师长，师……长！"

人们常说：爱情是一支美妙的歌，但很难把它谱写好。

这一天夜里，莱波尔玛一直没睡好。苏荣同志的丈夫到来了，斯琴的铁木尔回来了，可她莱波尔玛的亲爱的人在哪里？现在，在她身旁打着呼噜酣睡的这个上了岁数的人，他既不像苏荣的老周，也不像是斯琴的铁木尔，他，是令人敬畏的骑兵师师长，赫赫有名的"草原的鹰"！她并不怨恨他，她比谁都清楚：她与他是不相配的。他们之间确实缺少他所说的那几个"共同"，所以从他们结婚以后，她就变成了这个革命集体、这个骑兵师的局外人，这里的悲欢苦乐她都不能跟同志们一起去感受。周政委的到来，铁木尔的回来，可以想象得出，苏荣和斯琴现在该是多高兴啊，全师官兵也都会沉浸在欢乐之中，可她呢？她没有在他们当中。现在她还不如从前住在特古日克村了，那时候她的生活，她的心都与革命形势，与骑兵师紧紧联系在一起，她虽然没有参加革命队伍，但那时她总是跟沙克蒂尔、铁木尔、斯琴在一起，与他们"共同"分担苦难，分享欢乐，他们之间是平等的，谁也不是"长"，谁也不是局外人。

今天晚上，她特别想念自己的孩子。两个孩子，一个留在家乡道尔吉大叔家里，一个本来是带在身边的，结婚后她怕孩子哭闹影响洛卜桑师长的休息，就把他送到附近牧村托一位老大娘给抚养。她，作为一个母亲，为什么要把孩子东扔一个西丢一个，而自己要在这里陪这位可敬的老军人睡觉呢？她伤心地哭了，哭了整整一夜。

洛卜桑师长的神经系统，对时间的感应比钟表还准确。每天清晨准时醒来，而且立刻起身，军人紧张生活的一天又开始了。他哪里会知道莱波尔玛这一夜流了多少眼泪呢？

喝过早茶之后，莱波尔玛决定到附近牧村去看望孩子，如果可能的话，她要把他带回来。

那位老大娘的家，离师部驻地大约有五六里路远，由此，穿过一片草滩和白桦林，再登上那座马鞍形山岗，就可以望见了。

她一个人迎着晨风穿过草滩，来到了白桦林。杂草丛中的积雪还没有融化，但晨风已不像冬季那样凛冽了。这里空气清新，十分幽静，她走在林间小径的窸窣的脚步声，惊动了草丛里的山雀，它们扑啦啦地飞起来，逃出很远又落到干枯的桦树枝上。也许是她赶路过于急促了，前额上挂着晶莹的汗珠，俊俏的脸颊泛出红晕，那两只漂亮的眼睛也是湿漉漉的，好像她的全身都在散发着热气，这说明她没有枯萎，没有衰老，青春依然留驻在她的身上。她忽然想唱一支歌，不是站在这里小声地唱，而是要连蹦带跳往前奔跑着放声地唱。她在这空阔的桦树林中，感到非常自由，这里没有人们向她追射的目光，没有人称她是"师长太太"，她本来就是一个过惯了自由生活的人，她属于大草原，属于大自然，属于青春和童年。好，就唱一支童年的歌吧！

> 云彩，云彩，远远地走吧，
> 太阳，太阳，近近地照呀！

她刚唱完这首儿歌的首句，忽然不知从什么地方传来一个男人的声音，他把她的歌接下去，唱起了尾句：

> 阳光，阳光，近近地照呀，
> 云影，云影，远远地走吧！

她吃惊地停住脚步，向四处寻索那个人的踪影。她心里有些紧张，这是什么人？干什么大清早躲在空荡荡的树林里？她预感到可能要发生什么事情，立即离开那条林间小径，纵身一跳，慌忙躲进茂密的树丛之中，谁料到就在这时从离她不远的地方，迎面窜出一个骑者，还没等她看清他的面孔，那骑者猛抽一鞭坐骑，从她身边飞驰而过，她在惊惑中只看见了那个骑者的背影，但她已明确无误地认出他来了，她急忙狂喊了一声：

"沙克蒂尔！"

整个树林都被她的喊声所震荡，那骑者好像什么也没听见，让马跑得更快了。

"沙克蒂尔，我是莱波尔玛，你站住，站住！"她喊叫着向他追去。

那个骑者没有停下来，让马跑上了前面的弯道。当她发现他已消失时，绝望地尖叫了一声，便跌倒在冰冷的荒地上，脸被枯草划破了，流着血。她双手痉挛地抠住一把冻土，已经哭不出声音来了……

不知过了多长时间，她猛然感到有什么东西用舌头在舔她已经冻僵了的手，"是狼？"这念头一闪而过，她一惊，缩回手来，停住哭泣，抬起沾满尘土和枯草的头，向上看去，沙克蒂尔像座神像似的坐在马鞍上，居高临下冷冰冰地望着她。原来是他的马在舔她的手。

她本能地不想让从前的情人看见自己的狼狈相，用袖口擦了擦脸，慢慢坐了起来。

"你回来干啥，让我冻死在这儿不是更痛快吗？"

对方依然不语地冷冷地望着她。

"你是在这儿等我？"

"哼！我怎么知道你到这儿来？"沙克蒂尔终于开了口，"我是执行任务路过这里。"

"你这样对待我，是嫉妒，还是仇恨？"

"随你说吧，我的师长太太！"

"难道你让马跑回来，是想在我这颗已经流着血的心上再捅一刀子吗？"

沙克蒂尔跟随苏荣副政委南下稳定了明安旗的局势之后，返回到师部驻地沙拉更庙，这么长时间里，他一直回避着莱波尔玛，他不想见到她，刚才沙克蒂尔认出莱波尔玛以后，确实是想尽快地躲开她，他从她身旁策马驰过时，心没有软过，但是当她突然停止了哭叫时，他以为发生了什么意外的事情，只好拨转马头，返回到她的身边。现在眼睁睁看着莱波尔玛趴在冰冷的荒地上痛哭不止时，他倒是心软了。他跳下马来，弯下身子轻轻地扶她起来。他说：

"披头散发的，哪像个师长太太哟！"

莱波尔玛总算站起来了。她用两只泪眼望着沙克蒂尔，哀求地说：

"看在我们过去的情分上，你别再这样称呼我！"

沙克蒂尔避开她的目光，低下头双手揉搓着马缰。

"沙克蒂尔，到什么时候你也不该嘲弄我。你想想，你跟南斯日玛结婚时我说过半句伤害你们感情的话吗？没有！尽管南斯日玛直到今天可能还在恨我……"

"不，她永远也不会恨你了。"

"你用不着护着她，我又没有要把你从她被窝里抢回来！"

沙克蒂尔愤愤然瞥了她一眼：

"难道你对她在天之灵也要嘲弄吗？"

莱波尔玛不解地："什么在天之灵？"

她确实一直没有听到沙克蒂尔的妻子南斯日玛死去的消息。本来骑兵师里有许多她的同乡人，但是人们都了解过去她跟沙克蒂尔的关系，现在她已经跟洛卜桑师长结了婚，人们自然都回避跟她谈到沙克蒂尔或南斯日玛。

"南斯日玛姐怎么啦？"

"你别装糊涂！"

"我向老佛爷起誓，我什么也不知道。"

"她，死了！"

"啊？死了？"

"她让我嫂子——那条母狗逼得上吊了！"

听了这话，她惊愕不已，张着大嘴呆呆地傻了半天，猛然转过身去向着故乡的方向，"嗵"地双膝跪地，喊了声："我可怜的南斯日玛姐！"便放声痛哭起来。

沙克蒂尔默默地站在一旁，泪水从他的两颊慢慢淌了下来。

"不管怎么说，我和南斯日玛姐是在一个村里肩膀擦着肩膀长大的，她出事你为什么不告诉我？"

沙克蒂尔两眼一会儿看看天一会儿看看地，好像有话不好说出口。

"你为什么一直躲着我？"莱波尔玛向他逼近两步问道，"莫非我变成魔鬼了？"

"噢，你当然不是魔鬼，你很好，很好。"

"什么叫'很好'？"

沙克蒂尔不想回答。

"那么你告诉我，南斯日玛是什么时候死的？"

"就在你跟洛卜桑师长结婚的那一天。"

"我结婚的那一天？"她有些不相信，"请你不要把这两个日子扯在一起！"

"事实就是这样。"

见他说得很认真，她双手捂住脸哭了。

沙克蒂尔猜得出她为什么哭，但他并不想对她说什么安慰的话。

"斯琴也知道南斯日玛姐死去的事吗？"

"当天，我就托人告诉她了。"

"她也瞒着我……"

"你别去埋怨斯琴。铁木尔死里逃生刚回来，让他们安静几天吧。"

"我不埋怨她，可我埋怨你！你比谁都清楚我是为了什么才跟洛卜桑结婚的，南斯日玛死了你连个信都不捎给我！"

莱波尔玛越说越动情，鼻涕眼泪一齐流。跟她同居过数年的沙克蒂尔完全了解，再谈下去将会发生什么事情，因此索性转身跨上了马背。

"你把南斯日玛姐在哪块草滩上野葬的，告诉我，我去给她烧香。"

他听见了她说的这些话，但没回头，毅然策马离去。

"好狠的心哪！"

她望着他远去的身影，全身都麻木了，此刻她已不再激动，也不哭泣，茫茫然瘫倒在地上……

晨风还在桦树梢头唱着欢快的歌。

飞走的山雀又飞回来，钻进草丛中温暖的巢穴，发出一阵阵唧唧喳喳的欢叫。

……

从那一天在白桦林中与沙克蒂尔邂逅以后，莱波尔玛一直生活在一种神不守舍的恍惚之中，洛卜桑不时发出"怎么搞的"责怪声；那是因为莱波尔玛煮的奶茶不是盐放得过多咸得发苦，就是忘记放盐淡如清水。这对一个牧民妇女来说，是一种极端反常的事情，就好比牧马人套不住一只羔羊，神枪手百发不中一样。即便如此，洛卜桑还是强忍着性子，没有发脾气。他托辞说想喝新茶，每天晚上回来自己煮茶喝。对洛卜桑来说这也是非同寻常的举止。多少年来他只知道带兵、打仗，不曾做饭、烧茶，现在他不得不迫使自己学会家庭生活的这个第一课，虽然迟了一点，但不算太晚。他做出这些忍让，是他时时在为对方着想：一个比自己年龄小一半的年轻女人嫁给他，她承受了多大的舆论压力，付出了多大的牺牲，只为了这一点，他也应当宽容她，尊重她。

人常说：再好的走马也有失蹄的时候。聪明的莱波尔玛对洛卜桑内心感情的这些微妙变化，粗心地忽略了。洛卜桑手忙脚乱地自己烧晚茶时，她悠闲地在灯下给孩儿赶制着春装。那一天在白桦林里因为见到了沙克蒂尔，她已无心去接孩子，从那里径返回来。那位牧民老大娘前天捎来话，叫她早些把孩子的春装给送去，现在她正忙着给孩子做衣裳。真没办法，缝活儿时，她常常用针扎了手指头，眼前老是出现那片白桦林，那条幽静小径，还有，还有那个可恨、可爱的沙克蒂尔的身影……

她年轻丧夫，独身守寡，但她绝不是对生活失去了信心与追求的人。前些年，她住在家乡特古日克湖畔那座发黑的破蒙古包里，日子那么苦，可她没有想过改嫁。因为有沙克蒂尔，她甘愿一辈子做他不合法的同居人。后来她怀孕了，一个年轻寡妇，挺着鼓得老高的肚子走过乡亲们面前时，谁也会脸红的。然而脸红一阵过去了，幸福却长留在她的心中。是的，她是幸福的，因为有一个比她年纪还小的棒小伙子在爱她，而且他让她怀孕了，说不定会生下一个大胖小子呢！果真，老佛爷就是这样安排的，他们的小布日古德诞生了！这给她，给他，给那些心地善良的乡亲们带来了多少欢乐啊！草原上民风古朴，人们特别喜欢孩子，谁能生下胖小子谁就是好样的——管她是怎样怀孕、怎么生的呢！乡亲们都很同情她，对她在逆境中表现出的勇气也很佩服。她在村里人缘很好，人们都很喜欢她。

去年国民党匪徒，残害了她的小布日古德，她在极度的悲痛中懂得了爱与恨。爱的领域是十分广阔的。生活的巨浪把她推出了家门，推出了她与沙克蒂尔两个人的小天地，推到了革命队伍，推到了洛卜桑的身边。她曾经这样想过，这里——洛卜桑的身边，或许就是她永久的归宿了。她尽一切努力，让生活的巨浪在这里平息下来。让她的心在这里驻留……

但是那一天在白桦林中遇到沙克蒂尔，并且得知他的妻子已经死去之后，那刚刚平息下来的生活的巨浪又隐隐发出隆隆的翻动声，她的心又渐渐浮动起来，甚至于已经悄然地离开了这里，离开了洛卜桑师长，重又飞回到特古日克湖畔那令人神往的清月娇霞下的绵绵情海之中……

她拿定主意去跟沙克蒂尔再见一面。

她有话跟他说，有事向他问。

她是"师长太太"，到军营里去找沙克蒂尔确乎有些不方便，只好还是到小白桦林里去等他，她猜想他还会路过那里。她一连跑了好几个早晨，都失望而归。到此她该打消跟沙克蒂尔见面的念头了吧？不，她才不呢！她那放任而倔强的性格，促使她干一件事不获得自己追求的东西绝不会甘作罢休。

正在这当口，洛卜桑师长告诉她，他和新来的周政委等人要去锡林郭勒草原的贝子庙参加一个重要会议，他叫警卫员把几件衣服装进马褡子里，往马鞍上一拴就急匆匆地走了。这倒给莱波尔玛一个难得的时机，洛卜桑师长走后，她终于在一天中午，跑到军营里找沙克蒂尔去了。沙克蒂尔听说"师长太太"来找他，就让一个战士出来挡驾，说正在召开全连大会，不能见她。她才不听那一套呢，推开那个战士径直闯进屋去。当着众多战士的面，朝沙克蒂尔高声喊道：

"喂，我的乡亲，跟你有点事，请出来一趟！"

沙克蒂尔对她这一招完全没提防，他知道在这里不能跟她多说什么，只好跟着她走出屋来。

"你这样做太过分了，这儿是军营！"走出院外，他责怪起她来。

"军营？军营怎么着？我是美国特务还是中央军，我怎么就不能到这儿来？"莱波尔玛向他得意而又妩媚地微笑着，丝毫没有退却的意思。

"这……这很不合适！"沙克蒂尔急躁起来。

"不合适？"她格格笑了两声，"我怎么一点都没有这种感觉？"

"莱波尔玛，你……你是师长……"

"师长太太，是吗？师长太太就不能来见一见自己的乡亲？如果在结婚之前告诉我有这么一条规矩的话，就是天王老子我也不嫁他！"

"别扯远了，有啥话，说吧。"他不想往前走了，停下。

"我想跟你一起回咱们家乡去。"

"别瞎说。"

"不，是真格的。我想跟你一起到南斯日玛姐野葬的地方，给她烧一炷香，祈求她饶恕我……和你。"

她这句话说得那么认真、感人，沙克蒂尔的心被震动了，他无力再用强硬的言辞回敬她，只得改换口气，说：

"你就别胡思乱想了。"

"算你说对了。听你说南斯日玛姐死了以后，这几天我一直都在胡思乱想，如果我今天不来看一看你，我会发疯的！"

"别说这些，你应当考虑影响。洛卜桑师长确实是个好老汉，他知道疼爱你，你应当好好跟他过下去。听说这几天你连奶茶都不给他烧了，让我们老师长半夜回家去自己动手，这实在不妥当。"

"这你怎么知道的？"

"整个军营里都传遍了，战士们议论纷纷。"

"那是他自己想干嘛。"

"你给他烧的奶茶有时咸得发苦，有时又忘记放盐，是你逼得他不得不自己动手。"

这句话使她一怔，她忽然觉得前几天烧奶茶好像有过疏忽大意的时候。

"你还是回家去给我们老师长好好烧奶茶吧。我再说一遍：他是个好老汉。我还得开会去，再见！"说着他要走。

莱波尔玛上前一把将他拉住。

他把她轻轻推开，问："还有事吗？"

她没有再靠近他，站在原地，把脸深深地掩埋在宽大的头巾里，只是慢慢地小声问了他一句话：

"往后你打算怎么过？"

他不知该怎样回答她。他没有作回答，一转身，走了；走得那么急，那么慌乱。

她也没有去追他。她用两只泪眼默默地望着他的背影；她恍若是站在春风吹拂的特古日克湖畔上，送走与她做爱了一夜的那个比她年纪还小的棒小伙子……

几天后，洛卜桑外出回来，发现莱波尔玛煮的奶茶，跟从前一样咸淡相宜，美味可口了。如在过去，他会为此大大夸奖她一番，可这次外出回来，他心绪一直不好，也不知是这次外出办事不够顺利，还是目前战局有了令人担忧的变化。不，都不是。洛卜桑从来不把工作中的不愉快带回自己家里来。那么他到底为啥郁郁寡欢，闷闷不乐？她猜不透，也不敢问。

洛卜桑长期的戎马生活使他养成一个好习惯：一躺就睡，一醒就起，从不贪觉，也从不失眠。但是近来他整夜地辗转反侧，苦不成寐；早晨醒来，也不像从前那样立刻进入兴奋状态。看来那心事确乎够重了！

今天夜里，他又失眠了，莱波尔玛由于心神不宁，也随着他失眠。两个人一齐痛苦。

春夜的月色，不再是温柔的而显得冷冷清清，窗外呼啸的风声，不再是传递春的信息而像预告着冬的降临；一切美好的事物，一切美好的感情上，都罩上了一层淡淡的幽怨。

他在她的耳边连连发出长长的叹息，这叫她实在忍不住了，问他：

"你怎么啦，能告诉我吗？"

"太晚了，睡吧，睡吧！"他不想说什么。

"谁能睡得着！"她坐了起来。

"躺下，别着凉。"

"着凉怕什么，我恨不得去上吊！"

"要吵架？"

"不，我只求你告诉我发生了什么事情？"

一阵长长的沉默之后，他说：

"好吧，你一定要让我说嘛，我问你：你到军营去了？"

她略微一顿，答："去过。"

"干什么去了？"

"找人。"

"谁？"

"一个乡亲。"

"何必不说出名字！"

"说与不说一个样。"

"你们过去的事情，我管不着；可现在你是我的妻子，你去找他干什么？"

"在你们军营大院里你说能干什么！"她不想使这场对话变成争吵，便把语调变得和缓一些，"他的女人叫南斯日玛，我们是在一个村一起长大的，她叫人逼得上了吊，我很难过，去说了几句哀悼的话。一个村的乡亲死了，我都不能去说几句话吗？"

"不，不，我没有这个意思，别这样说，别这样说。"

我们的老师长，多年驰骋沙场，骁勇善战，从不怯阵，但在夫妻之间这个小小"战场"上他却匆忙进攻又仓皇后退，明显地暴露出攻防无章的弱点，以至于"战局"急骤逆转，只落得全线溃败的田地。

"我求你别老是愁眉苦脸的，吓得人家连口气都不敢大喘。"她把头轻轻贴在他的胸脯上。

"唉——"他又长长叹了一口气，也不知是表示疑虑全消，还是将不祥的种子更深地埋进了心底。

她感到头皮一阵酥痒，是洛卜桑用他那粗大的手在轻柔地抚摸她蓬散的秀发，接着他把她的头搂进自己的怀里。她轻闭两眼半仰起脸来，等待着他的亲吻，但他没有吻她。

五

打胜仗的兵好带，胜利的喜庆心理足以使队伍保持旺盛的士气，甚或败兵也好带，失败者的雪仇欲望也能激发出旺盛的斗志；怕就怕这种不胜不败、处于两军相峙阶段的队伍，想保持士气那就难了。有经验的指挥员，总是在这节骨眼儿上把自己的智慧和本事全派上用场，以使自己的士兵总有一股跃跃欲试的锐气。

骑兵十二师在冬季整训期间，开展了各种形式的阶级教育活动，和以发挥骑兵部队机动、灵活这一优势为中心内容的战术训练，部队的政治素质和军事素质已有明显提高。最困难的阶段就要过去了。

就在这关键时刻，周政委和铁木尔胜利归来了！这给每个战士心头上点了一把火，一时间全师上下一片沸腾！

洛卜桑师长想借这把火，进一步提高士气。他召集团以上干部开会，首先宣读了中共内蒙古分局任命周进同志为内蒙古人民自卫军骑兵第十二师政治委员的电文，接着他建议召开一次全师指战员大会，热烈欢迎周政委和铁木尔。与会者都赞成。

但是周政委一再表示这个大会可以不开。他耐心地向大家解释说，他刚刚到来，对这里各方面情况毫无了解，他希望给他一点时间，他要给师党委和内蒙古分局写一份有关敌情的全面汇报，同时他要到连队和牧村去，跟各方面同志、各阶层人士多做些接触，尽快熟悉这里的情况。他说，大家都认为开春后在察哈尔草原上敌我必有一场大的较量，那么在打大仗之前最重要的工作是什么？是做好战前准备；而战前准备的最重要方面又在哪里？就在于全面熟悉情况以及在此基础上对形势做出正确的判断。时间如此紧迫，让我们把精力用在这上头吧。

经周政委这一番解释，大家同意了他的意见，只有洛卜桑不表态，了解他脾气的人都估摸他可能另有打算。

就在这一天下午，洛卜桑悠然自在地来到周政委的家里。哨兵告诉他，周政委和苏副政委从早晨出去一直没回来。他径自走进屋去，他们这个家，不只是简陋，简直是过于简单。除他们夫妇的两套军用被褥之外，几无他物。就是这样一个简陋又简单的家，还是由他洛卜桑一手给操办起来的！别看洛卜桑师长不会管理自己的家务，关照起别人的家事来倒还十分细心、周到。他首先找来后勤处的同志，下令腾出这座单门独户的喇嘛住宅（喇嘛已还俗离去），叫苏荣副政委从她原来那间只能容下一个人站脚的小屋搬到这里来。

苏荣原本也是一个善于操持家务和关照自己丈夫的女人。但由于多年来她和老周一直两地生活，她整天带兵打仗，心不在家务上，确乎有些生疏了。战争生活、军事指挥员的重任，几乎将她塑造得像个男子汉！她性格中刚毅多于温存，冷峻多于顺柔，只有蒙古族妇女那种内向的深沉，还保留在她的身上。说真的，这一年多她没有一天轻松过。当初接受任务到这里来开辟工作时，组织上通知她将在这里跟丈夫会合。然而这一年多时间里战局在变化，形势在发展，唯独老周没有一点音信，这说明党组织也没有掌握他的情况，具体地说还没有得到他被捕或牺牲的确切消息，所以不能通知她。她就是在这种期待、担忧和并非绝望的失望中度过了整整一年。她毕竟不是一个普通女人，她是一个众人瞩目的军队领导人，革命的责任不容她表露出些许女人的柔弱情肠，她只能像个男子汉大丈夫那样生活，至少在外表上是这样的。

这次，在老周到来之前，师里已经收到中共内蒙古分局的电报，通知周进同志即将到达。后来才知道那消息是宝源地区党的地下组织报告给所属上级，上级地工部门转报到晋察冀军区，而后又由晋察冀军区通知中共内蒙古分局，绕了一大圈，几经周折，才传到他们这里。当报务员把那张电报拿给她看时，她心中那长期被禁锢的感情一下冲垮了森严壁垒的理智堤坝，她竟当着小报务员的面，哭出声来。她，毕竟是个女人。

老周到来以后，洛卜桑师长给她放一个星期假，叫她把家安顿好，可她还是忙于工作，这个家直到今天依然毫无改观。洛卜桑站在屋中央环视四周，心里很不高兴。他马上派警卫员去找苏荣。

找苏荣？那可不容易！警卫员接连跑了三个连队，都说她陪着周政委刚刚离去，后来听说他们正在感化队，警卫员便直奔那里。这个感化队前两天才建立，是专门对被抓获的贡郭尔派往各地的密探、信使进行审查、感化的单位，设在离军营不远的一个单独大院里，四周布有岗哨，像座监狱。小警卫员直纳闷：两位政委干吗跑到这种地方来！

这个感化队原来由一位团级干部负责，没料想经过教育、感化之后，从这些敌人的信使、密探的嘴里越掏东西越多，而且越发重要，他们交代和提供的情况，几乎涉及今后一段时间整个察哈尔草原地区的战争和局势。师里立刻调兵遣将，加强感化队的工作。官布副盟长是察哈尔人，这些信使、密探，很多人他都认识，为了便于进行工作，临时请官布副盟长到这里来负责。钥匙能开锁不能劈柴；斧子能劈柴开不了锁。各有各的用场。感化队是个特殊的单位，需要一些特殊人物来工作。官布请出民族上层人士达木汀和齐木德二位先生来同他一起对那些误入歧途的人们开展思想攻势。这二位先生，一个是从前的"安奔"——一旗之长，那些人大都曾经是他的旗民；一个是贡郭尔的亲姐夫，从前也是当大官的。他们二位说话，那些人能听得进去。果然，很快有了重大突破，一个被抓获后一直守口如瓶的贡郭尔的亲信，交代出一个极端重要的情况：贡郭尔的乌金台村总部是虚设的，真正指挥部是在特古日克村贡郭尔家中。他家客厅下面有宽敞的地下室，国民党特务和他们的电台都隐藏在那里。

获悉这个重要情况之后，他们经过多方核查，得出的结论是：基本属实。

官布正准备到师部去汇报此事，听说周政委和苏荣副政委在附近一个连队里跟战士们谈话，他就派人把他们请到这里来了。

官布曾给周政委当过助手，老周是官布的入党介绍人，几番风雨，今天他们又会合在一起，他们之间自然有一种特殊的感情，这次见面，老周觉得官布已经是个很有经验的领导干部了。他很想抽个空，只他们两个人在一起海聊一通。重新回味一番过往生活的酸甜苦辣，那将是一种特殊的享受。可是他们俩都那么忙，好像谁也顾不上回首往事。

在感化队办公室里，官布向周政委和苏荣，作了一个多小时的汇报。周政委听得格外仔细，他对在押人员交代的一些重要事件和情节，有时反复核对好几遍。他还翻阅了一些原始记录和书面材料。官布没有询问周政委的看法，他了解老周，越是引起他注意的问题，他越是不会轻易发表意见。但看得出这里提供的情况，已经引起他极大的重视。

听完汇报，老周没谈什么意见，他提出应当到做出突出成绩的两位民族上层人士家里坐坐，他很想听一听他们二位对当前事态的判断。

对这两位带有公职的民族上层人士，部队给予特殊照顾，没让他们住军营，安排他们带着家眷住在单独一座庭院里。苏荣、洛卜桑、官布等一直跟他们相处得很融洽。苏荣经常到他们家里来，趴在他们家门口的那两条凶狠狠的狼狗，一见她到来，就摇头摆尾地跑来，又舔手又闻脚地故意跟她撒娇。她伸出手去，在它们毛茸茸的脖子上轻轻抓两把，它们洋洋得意地跑走了。

等他们走进院里，还没来得及跟主人寒暄，只见洛卜桑师长从后头骑着马风风火火地追来了。达木汀和齐木德刚满脸堆笑迎出门来，却被洛卜桑一句话喊呆了：

"正好都在这儿，一网打尽，都跟我走！"

从早晨在干部会上洛卜桑提出召开全师欢迎大会的建议被否定后，他就一直在策划着另一个举动。

他从会场出来，径奔师部炊事班。当即召集管理员、炊事员开会。师长亲自主持炊事班开会，谁也不知出了啥事情，人们惴惴不安。不料洛卜桑来到炊事班却跟这个开句玩笑，向那个捅一拳头，兴致勃勃，情绪很好，甚至看见一个战士耷拉着脑袋走进来，他还说了句十分粗鲁的话："你怎么无精打采，你爹是不是睡着觉把你搞出来的？"他越说粗鲁话，越说明跟你亲近，所以话虽难听，谁也不去计较。

等大家到齐后，他宣布道：

"同志们，现在我命令你们完成一个重要任务！"

听师长那语气，叫他们不是赴汤蹈火，就是冲锋陷阵。任务轻不了。

他高声问：

"同志们能完成吗？"

谁也摸不透是什么任务，本能地齐声回答：

"保证完成任务！"

"我命令你们：到野地打来几只黄羊、沙鸡、野兔什么的，给我做出色味不同的八碟八碗一桌席来！怎么做那是你们的事，我不管，反正下午六点钟准时我来端菜，如果完不成任务，那我可不客气，把你们一个个全剐了！"洛卜桑对自己能想出最后这句生动而严厉的话感到非常得意，他仰起脖哈哈大笑两声，又说："为什么叫你们去打野物？就是说给我做这一桌席，绝对不许动用连队的一两肉、一滴油，懂不懂？"

"懂！"

"那就拜托各位老弟了！"

洛卜桑走后，炊事班战士们很纳罕：师长一贯对自己要求严格，从来不单独开灶，今天这是怎么回事?

连队里哪个班排都有一两个精灵鬼，不论什么事叫他们两眼滴溜溜一转，就能猜个八九不离十。不一会儿有人猜到了：这是设宴欢迎周政委。

这消息一经传出，各连自发地推荐神枪手去打猎，送来技艺高明的炊事员来帮厨，最令人惊讶不已的是在这样艰苦的生活条件下，从平素滴酒不见的战士们那里，一下子送来了十多瓶地道的高粱老白干，炊事班长怕把事情闹大惹怒了老师长，就下令退回全部白干酒，有人说他从中偷偷扣下一瓶酒独自狠狠过了一次瘾，不过那只是传说，谁也没亲眼看见，暂且不提。

下午六点钟，洛卜桑终于把周政委、苏荣、官布、达木汀、齐木德等人，一齐带到了周政委的家里。等大家围着一张桌子坐下来，洛卜桑站在屋门口诡秘地打了一个手势，只见师部炊事班的同志们从外面鱼贯而入，眨眼工夫，摆好了八碟八碗一桌席。人们被洛卜桑这个魔术表演般的招数，弄得目瞪口呆。洛卜桑隐约感觉到坐在身边的苏荣用不安的目光重重地瞪着他，那当然是一种责问或批评，洛卜桑故意不作理会。他从宽大的军衣兜里掏出一瓶酒往桌子上嘭地一放，说道：

"首先声明一下：这瓶酒是我老婆的私有财产，跟公家不沾边儿；至于这桌席嘛，是完全立足于自己动手、丰衣足食的方针办的，请大家放心!"

炊事员用小碗给每个人斟满了酒。

洛卜桑以军人的习惯先正了正武装带，清了清嗓子，脸上挂着得意的神采又说：

"各位，我洛卜桑是个粗人，粗心眼儿办粗事儿，今天还要粗嗓门儿说几句粗拉话儿。"

他的开场白话音刚落，席间一阵笑声。

"珍宝中最贵的是金子，语言中最好的是谚语。谚语是语言的蜜。"洛卜桑端起酒碗来，"蒙古谚语说得好：两个人共尝一个痛苦，只有半个痛苦；两个人分享一个欢乐，就是两个欢乐。我们周政委历经千难万险终于到任，这是我们大家的欢乐，我洛卜桑作为一师之长———一家之主，如果能够让我这个大家庭的每个成员，都分享到这个欢乐，那么这一个欢乐，就会变成几百个欢乐、几千个欢乐。河不能没有水，星不能没有光，树不能没有叶，春不能没有花，而人，不能没有欢乐! 好，请各位举起杯来，为周政委给我们大家带来的那个欢乐变成几千个欢乐而干杯！"

他先跟周政委碰杯，为了表达自己的情义，将酒一饮而尽；随又斟满酒碗，转身与苏荣碰杯，当两只酒碗轻轻相碰时，洛卜桑对她轻声说了一句十分动情的话：

"苏荣，今天这个欢乐来之不易呀！我最了解，这一年多你过得很难，很难……但我们总算一起走过来了，让我说一声谢谢，谢谢你！"

这一句话说得苏荣低下头去，一只手端着酒碗，另一只手轻轻抹起眼泪来。她不敢看洛卜桑的眼睛，她想象得出老师长的两眼亦噙满了泪花。这是人世间特殊的一种感情，只有患难与共的战友之间才会产生这样迅速的感情交流。是的，这一年多，他们过得都很艰难，他们一起忧虑，一起焦躁，一起奋勉，一起拼搏，还发生过多少次争吵和恼怒，然而唯独没有分离和怨恨。苏荣猛一抬头，将酒一饮而尽。此时洛卜桑为了掩饰过于激动的心绪，不知再说什么是好，他灵机一动，索性引吭高唱起鄂尔多斯高原风格的《酒歌》来：

　　　　金杯里美酒闪着银波，
　　　　　　　赛啦尔白咚赛，
　　　　朋友们让我们来欢乐，
　　　　　　　赛啦尔白咚赛。

　　　　银杯里美酒闪着金波，
　　　　　　　赛啦尔白咚赛，
　　　　亲人们让我们齐欢乐，
　　　　　　　赛啦尔白咚赛。

众人合唱：

　　　　绵羊羔子的五叉肉摆上来啰，
　　　　　　　赛啦尔白咚赛，
　　　　兄弟们让我们来欢乐，
　　　　　　　赛啦尔白咚赛。

三弦四胡奏起来了，

　　赛啦尔白咚赛，

姐妹们让我们齐欢乐，

　　赛啦尔白咚赛。

……

　　这次宴会的第二天，洛卜桑和周政委二人奉命到锡林郭勒草原贝子庙参加会议去了。在这次由中共内蒙古分局召开的重要会议上，通报了由蒙绥、东北、晋察冀地区领导部门和地工部门提供的情报，会议认为：在中国共产党领导下，具有伟大历史意义的我国第一个民族区域自治地方——内蒙古自治区即将创建，内蒙古人民自治政府即将成立，长期分割的内蒙古东、西两部即将统一，总之，国民党大汉族主义在内蒙古的统治即将彻底破产。国民党反动派不甘于失败，准备发动春季攻势，在我内蒙古自治区成立之前，即在四五月间在锡察草原与我决战。此次较量，不只是战场的决战、武力的决战，更重要的是政治决战、民族命运的决战。在这历史的关键时刻，我们要团结一切可以团结的力量，发动群众、积极奋战，粉碎敌人的进犯，彻底挫败敌军东进、北上、破坏我内蒙古自治区成立的阴谋，让我党民族政策的光辉样板——内蒙古自治区在我们的胜利歌声中诞生！

　　敌我在锡察草原进行决战，骑兵十二师责无旁贷是主力部队之一，洛卜桑和周政委从锡林郭勒一回来，立即召开师党委（扩大）会议，传达贝子庙会议精神，落实各项具体任务。并决定把贝子庙会议精神，传达到全体党员。

　　人的生活，就像草原一条路，有平滩，有陡坡，也有沼泽，宛宛转转，曲曲折折；那路有时仿佛消失了，忽又在你眼前闪现，并在宛转曲折中，向远方延伸……

　　斯琴走过了一段宛转曲折得近乎严酷的生活之路。当她刚刚进入青春年华，享受到爱情欢乐的时刻，她心爱的铁木尔被抓去当了劳工，她被迫在有权有势的贡郭尔扎冷的淫威下，屈辱地生活。铁木尔从外地回来后，他们曾经度过一段闪电般短暂的幸福时光，不久他又陷入了国民党的魔爪。当然这时她已成为革命战士，而且已经是察哈尔草原第一批女共产党员之一。铁木尔的被捕，使她一直在近乎绝望的期待中生活，不久前，铁木尔又奇迹般地回到了她的身边。哦，宽阔、平坦的草原大路，重又在她面前展现！她害怕这突然复归的幸福还会突然逝去，她跟他说定了，春暖花开时，他们回到特古日克湖边，在父亲那座发黑的蒙古包里度过新婚蜜月。

前几天铁木尔经常来找她出去散步。营房门外就是大草原，辽阔无边，任他们信步向草原深处漫游，一路上洒下了他们生离死别又重逢的多少甜言蜜语……有一次他们俩竟在春寒凝重的荒甸子上过了一夜，同志们谁也没说什么，人们都为他们的幸福默默地祝福。

近来铁木尔的时间越来越紧了。自打他与周政委胜利归队后，各团纷纷要求周政委去给做报告，请他讲在敌人魔爪下进行英勇斗争的事迹。周政委索性把这个差事完全推给了铁木尔。这一下他成了大忙人，有时一天跑三四个地方。虽然讲的都是亲身经历的事，但对一个没有长篇演讲经验的人来说，讲一次话比背着马鞍子爬三道山梁还累人。不光是给战士讲话，还要给什么记者呀、通信员呀、宣传员呀，一个个单独地讲，特别难对付的，是那帮师文工队的演员姑娘们，她们唧唧喳喳没有不问的事，而且跟你说话时把嘴紧挨着你的脸，你躲了这个，还有那个，把他憋闷得全身直冒汗。她们说要把周政委和他的事迹，编成戏，搬到台上去演。老天，那出戏上演前，他还得叫她们逼出多少汗来呀！从一开头，斯琴就提醒他，讲话、做报告要注意分寸，少讲自己，多介绍周政委。他照她的话做了。但毕竟是由他出面讲话，一时间在战士们中间铁木尔成了人人崇拜的英雄。文工队那些演员姑娘们不熟悉周政委那样高级干部的性格特点，编剧时就把什么戏全往铁木尔身上生拉硬凑，据说今天晚上就要在大庙前广场上演出，活见鬼，谁知道他们会闹出什么样的笑话来，那叫他怎么做人哪！想到这里他没了主意，赶紧去找斯琴商量。

部队为了尊重宗教习惯，在师部驻扎的大喇嘛庙里，一律不住女同志。骑兵师的女宿舍离大庙约有二百多米远，是一排平房。铁木尔前来敲门，里面有人答应，但不是斯琴的声音，他走进屋才认出原来是女大夫欧阳庆中。这么大的屋里，只有他们两个人，他有些拘束。这位张家口的汉族姑娘，刚到草原时曾经狂热地爱过他，后来为了不叫多受苦难的斯琴再受痛苦，她强迫自己把爱的种子深深埋在心底而不让它萌芽、开花。铁木尔被捕后，她多次拒绝张彪的求爱，她跟斯琴一样日夜思念他。那天当她得知铁木尔胜利归来时，高兴得哭了，但她不愿叫人看见，她一个人跑到大野甸子上疯哭了一通，她知道她的眼泪对任何人（包括铁木尔在内）都是多余的，那眼泪只属于她自己，只属于她那颗深深藏在心底的爱的种子。

不过她今天看见铁木尔，还是流露出难以掩饰的真诚喜悦。

"你来找斯琴？"她问。

"……"他不知道怎样回答是好。

"她不在。请坐吧！坐呀，我也会很好地招待你！"

她往放在床上的镜子里照了照脸，随手麻利地收拾起几个小瓶、小盒。

这时他才发现她已浓妆艳抹地化了妆。

"哟，你这是……"

"好看不？"

"像个唱戏的。"

"你说对了，演戏。"

"你演？"

"不信？"

铁木尔干笑着没说出话来。

他的这种反应刺激了她的好强心，反正屋里没别人，非得给他听几句话不可！她把勾描得十分好看的眉毛往上一挑，两眼向他轻轻一瞥，说道：

"本来我是搞医的，谁愿意干这涂脂抹粉的事！前几天师文工队领导来找我，说全师女兵里头数我体形最美、容貌最漂亮，非叫我在一出戏里扮演女主角。服从命令嘛，演呗！"

"那很好，很好……"这回铁木尔赶紧表态。

"你知道我演什么人物吗？"她那抹口红的嘴角微微向上翘起，露出两排珍珠般洁白的牙齿，做出舞台表演中那种挑衅的微笑。

"你这样漂亮，一定是演公主、仙女什么的吧！"

"你猜错了。我要成为英雄铁木尔的心爱的妻子！"

"铁木尔的……妻子？"

"是的！……是在舞台上，戏里头……"

　　她上挑的秀眉已下落，嘴角的微笑已消失，声音在发颤。好像她哭了。他不敢看她的眼睛。

　　铁木尔是来找斯琴的，却意外地遇见了扮演斯琴的欧阳。这个来自大城市的痴情少女直到今天依然对他怀有这样真挚的感情，这使他感到有一种责任，应当对她说几句推心置腹的话，正在他斟酌合适的语句时，欧阳却像是方才什么事情都没有发生似的，施展出一个演员的本领，改换成一种欢快而轻松的口吻问他：

　　"你看我能演好她吗？"

　　"你……能演好。"

　　"你有什么根据？"

　　"根据？……"

　　"这话你可能不好回答，我不问了。那么看完演出请你多提意见，这总可以吧！"她拿起化妆盒和两件"服装"说："我还得去对台词，你在这儿等她吧。"

　　"斯琴到哪儿去了？"他问。

　　她停住脚，回过头来反问他：

　　"哎，你怎么没去呀？"

　　"去哪儿？"

　　"师里正开党员大会，你不知道？"

　　"党员大会？"

　　"你的英雄事迹那样了不起，早就该是党员了吧！"

　　她一转身像只小燕子似的飞出了门外。

　　留下铁木尔一个人，站在屋里发起呆来。

　　太阳落山了，往日那辉煌的霞光，今天变得黯然无色。一道道灰乎乎的光束，把草原分割成无数条忽明忽暗的地段，就像一块块烂布片，零乱而混杂，它给最舒心的人也会增添几分烦躁的阴影。

　　铁木尔急匆匆向前走去。他苦苦思索着：周政委和他的警卫员小周不是都答应做他的入党介绍人吗？他们一起冒着生命危险共同战斗了几个月，他当然早就是党员了！那为什么不叫他参加党员会？他恨不得一步蹦到周政委跟前问个明白。

　　大庙前面广场上人声喧闹，在刚刚搭起的戏台上，文工队正在挂幕布、放道具，四周彩旗招展，还围有很多看新鲜的人。

"今天晚上在这个戏台上将要出现一个英雄人物，名字叫铁木尔，呸！"他边走边想，"那个英雄人物跟我这个铁木尔屁关系没有，我算啥东西？连党员会都参加不了，还充英雄，真他妈的丢人现眼！"

离戏台越来越近，他不能再往前走了，文工队那些演员们如若认出他来，又会围过来说三道四地没完没了，到头来一旦有人问他：我们的英雄，你怎么没去参加党员会，他将如何作答？他没有勇气往前迈步，转身便向空空荡荡的荒草滩走去。背后不时传来人们的喧闹声。

来到空寂无人的大荒滩上，他那困惑与愤愤然的心绪，依然难以平息。夜风掠过旷野，发出呜呜的声音，总好像后面有人在呼唤他，其实没有。这种风声更使他心烦意乱。他找到一个避风的地方，仰卧在冰冷的野地上，静静地望着一片墨黑色辽阔的夜空，心中充塞着郁闷。他想到自己在敌人屠刀下九死不悔，始终像一个共产党员那样坚贞不屈，而今回到自己部队，反而不被当作党员，这对他简直是一种不能忍受的屈辱！……然而，这中间到底出了什么事情呢？……一想到这里他渐渐将自己心绪从困惑与愤愤然转到了冷静的思索上来。他顺手折断一根艾克草的枯秆，放在嘴里嚼着。那草并不发苦，倒有点酸涩，他把嚼碎的草末吐了出去，他苦苦思索着……

他相信周政委是不会亏待他的，那毛病出在哪里呢？或许还是出在自己身上吧！斯琴能参加党员会，那是应该的。听说在他被捕后，她一个人烧死住在三座蒙古包的几十个敌人，其中还有一个国民党团长。她是真正的英雄！可自己呢？别说是敌军团长，就连披黄皮的杂牌兵也没杀掉一个，未曾用敌人的黑血洗过战刀的人，还配得上是共产党吗？

想到这里，他心头一震，豁然开朗，一个强烈的念头像一团火般在他心中闪现，全身热血顿然沸腾，他霍地从野地上蹦起来，攥紧的拳头在胸前晃了两下，不知是对天对地还是对旷野，狂喊起来：

"等着吧，我铁木尔会像一个真正共产党员那样，拎着敌人血淋淋的脑袋来见你们！"

当大庙广场上师文工队的开场锣鼓喧天响起，一队队战士向那里汇集的时候，铁木尔骑着鬃毛竖立的黄骠马，肩挎从敌人手中缴获的美式冲锋枪，腰佩在长鞘中铮铮作响的锋利战刀，跟谁也没有说一声什么，就离开部队，离开沉浸在重逢喜悦中的亲人，独自一人向南方驰去了。

此次出走，一路上他给自己设计了一个勇敢无比的行动方案：他要只身闯进国民党忠实走狗、草原叛徒贡郭尔的驻地，先用马刀砍下贡郭尔的脑袋，再用冲锋枪扫射群敌，然后脱身出来返回部队，把贡郭尔血淋淋的脑袋往周政委脚下一扔，堂堂正正地问他一句："现在我铁木尔该是共产党员了吧！"……他一想到这些行动细节，就激动得像着了魔似的全身发热，连黄骠马的飞快驰骋也嫌太慢了。

经过整夜马不停蹄地奔驰，当亮晶晶的启明星出现在东南方深邃的天幕上时，他已走出厢白旗，进入了他的家乡明安旗境内。这里的每座山峰、每条道路都认识他。行驰在故乡的山野，多少往事涌上心头：孩提时代穿着翘尖儿破皮靴在这里放牧羔羊；少年时期驾驭烈马在这里被摔下鞍来；青年时光跟随老猎人道尔吉大叔在这里与各种凶猛野兽搏斗；当然，还有，还有那月下的幽会、湖边的恋歌，和在青青大草滩上甜蜜笑浪中的追逐……由此联想下去，想到了去年他也是踏着这条道路从外地返回家乡来的。生活宛然在重复。那是部队奉命向北部草原作战略转移，退出明安旗之后，他想不通，认为一个革命战士，撤离前线而把自己家乡留给敌人蹂躏，对不起乡亲们，于是他抱着与敌人决一死战的天真想法，无视革命纪律，擅自离队，返回故乡草原。生活宛然在重复。返回家乡后他独闯蛮干，不久便被捕、入狱，使同伴遭到不幸，自己也吃尽苦头，给革命造成了很大的损害。在狱中，他曾为此深深自谴，弹过多少男子汉的眼泪！

"历史的悲剧莫不是又要重演？"

突然一个洪钟一般的声音在他耳边响起，他不由得在马鞍上痉挛地向前一倾，全身打了一个冷战。

……

昨天晚上师文工队演出前，周政委叫警卫员小周去找铁木尔来跟他一起看戏，小周跑遍了整个营地，直到演出结束也没找到铁木尔。小周老大不高兴地直嘀咕把他看戏给误了。当时谁也没有把这当回事，只是安慰小周别着急，那戏明天晚上还演。

看完演出，因有紧急事情，师首长们又去连夜开会。根据贝子庙会议精神，我们地区的形势很快就会发生重大变化，一场敌我大较量已迫在眉睫，在此情况下，应当首先挖掉国民党设置在贡郭尔家地下室的秘密指挥部和电台，这涉及两个方面问题：一、如何侦破贡郭尔家地下室里的确切情况；二、掌握了确切情况之后如何捕捉最佳时机将它铲除。

第一个问题，讨论得比较顺利。官布提出一个方案：斯琴和铁木尔要求结婚，就让他们回到家里去举行婚礼，我们以此作掩护，派一个突击队进驻特古日克村。斯琴跟贡郭尔家的女佣人笃日玛从前苦命相连，关系密切，通过笃日玛摸清敌人地下指挥部的翔实情况。

这个方案比较切实可行，大家表示同意。行动细节可以后作具体安排。

讨论第二个问题，即基本掌握了敌人地下据点情况之后如何把它铲除时，与会者产生了意见分歧。

苏荣的意见是，战事迫在眉睫，敌人的秘密电台和以它为中心的各地地下情报网，在我们身边日夜活动，我军的部署与调动情况，全在他们视听线内，仗一打起来，我们会吃大亏，当务之急是把敌人这个地下据点挖掉。为了速战速决，派一个加强连前去包围、突袭，能劝降就劝降，不能劝降就强攻。

周政委说，动外科手术，一刀剜下一块瘤，痛快倒是痛快，但容易过早地打草惊蛇，从战局总体上看，这不一定是理想方案。

官布认为苏荣的方案略加修正，还是可行的。既要采取动外科手术的方式，奇袭速胜，又要避免打草惊蛇。为此剜掉毒瘤之后，不作声张，把抓到的敌特全部送回感化队来进行审查和教育，争取他们当中有人悔悟，立功赎罪，那么我们就可以利用他们的电台，向敌人提供真真假假的情报，日后在战场关键一步上，让敌人做出错误的判断而一败涂地，那也算是成功之举。

苏荣反过来倒不赞成官布的"修正案"。她说，隐蔽在贡郭尔家地下室的那帮家伙，不同于被我们抓获的贡郭尔临时起用的这些信使、密探，那帮家伙都是经过长期训练的国民党特务分子，我们不能指望靠短期教育就能感化过来。

洛卜桑说，他有一个大胆的近乎冒险的行动方案。周政委、苏荣、官布都很尊重有丰富作战经验的洛卜桑师长，便请他谈。

"别以为丑媳妇生的一定就是癞丫头，我洛卜桑跟自己同志是直筒子脾气，可跟敌人专会使弯弯道儿……"

苏荣马上打断他的话：

"你别一说话就贬低妇女，生丫头咋的？没女人能有你们男的？"

洛卜桑马上回敬她：

"女人是男人点的种，没籽儿能结果吗？"

官布插进话来：

"关于生男养女的问题，咱们另外约个时间进行充分讨论，今儿晚上还是请洛卜桑同志先把行动方案端出来吧。"

几个人一齐轻松地笑了一阵子。

洛卜桑开始发言了。

……

凌晨，会议结束。几位师首长经过一整夜的讨论，一个个都很困倦，正要散去歇息的当口，斯琴和欧阳二人突然闯进门来。斯琴怀里抱着一包东西，神色紧张，谁也不知发生了什么事情。

"找到铁木尔了吗，周政委？"斯琴还没停住脚就慌慌张张地问。

"有什么情况？"

欧阳庆中抢先回答：

"报告政委，昨天晚饭后，铁木尔到女宿舍去找斯琴，我告诉他斯琴开党员会去了。他一听，耷拉下脑袋站在屋里，再跟他说什么话，他也不作声。"

斯琴接着说：

"晚上我看完演出回来，发现行李上放着一包东西，全是铁木尔的衣物。我很纳闷，就去找他，他们宿舍的同志说，他没去看戏，一个人带上战刀、冲锋枪，骑着黄骠马走了。他跟谁也没说到什么地方去。今天早晨我从他留下的衣服兜里，发现了一张字条。"

周政委接过字条看去，上写：

　　等着吧，我拎着敌人血淋淋的脑袋回来见你们！

　　　　　　　　　　　——一个不能参加党员会的党员

一看这个字条，周政委已经预感到将要发生不幸的事情。他心情沉重地踱了几步，说：

"这次他独自出走，责任在我身上。"

"不，周政委，他跟我多次说过，他非常敬重你。"斯琴急忙解释。

周政委说："大家都知道，铁木尔在国民党监狱里就向我多次要求加入中国共产党。我和小周答应做他的入党介绍人，但在那种特殊情况下，不可能履行入党手续。我们回到部队后，事情杂、时间紧，把他履行入党手续的事就放下了。开党员会他当然不能参加。如果把情况给他讲清楚，就不会发生这件事。"

苏荣比谁都着急，她说：

"去年部队向北撤退，他想不通，单人匹马去蛮干，结果几乎送命，今天他又……"

官布走到斯琴跟前对她说了一些安慰的话。斯琴既感动又焦虑，默默地擦着眼泪。

洛卜桑说：

"汲取去年的教训，一刻也耽搁不得，我马上派一支小分队去把这个任性的野小子追回来！"

他话刚说到这里，只听得院里有人在喊：

"铁木尔回来了！铁木尔回来了！"

斯琴、欧阳应声跑出门去。

几位师首长互相交换了一下目光，谁也没说话，一同往门口走。门外传来斯琴的责怪声：

"你呀，还配得上让人家在台上演你！"

几位师首长在门口台阶上一出现，站在院子中央的铁木尔低下头去躲避他们的目光。他一手拿着破帽子，一手牵着汗水淋淋的黄骠马。

洛卜桑突然向他怒吼起来：

"敌人的脑袋呢？扔给我看看！"

铁木尔并不畏缩，仰起头来回答说：

"我走到半路，发现自己又在重犯去年的错误，就回来了。"

"没砍来敌人血淋淋的脑袋，还算英雄吗？"苏荣将他的军。

"算不算英雄并不重要，"铁木尔将目光转向周政委，"我现在最担心的是，这一下我还能不能当党员？"

周政委从台阶上慢慢走下来，走到铁木尔身旁，伸出双手紧紧抓住他的两只肩膀，以亲切的目光与他对视着说：

"你若是那样蛮干下去，真的拎着敌人的脑袋回来，那倒不一定能当党员；

但现在嘛，看来是大有希望！"

站在台阶上的洛卜桑居高临下，巍巍然一声高喊：

"铁木尔！执行师部命令！"

"是！"铁木尔赶忙把皮帽子戴上，立正。

"我命令：铁木尔、斯琴二位同志立即返回家乡，结婚！"

铁木尔愣了。

斯琴蒙了。

周政委、苏荣、官布会意地笑了。

站在院里的战士们，却蹦着高欢叫起来。

六

又是个阴天，他妈的！

贡郭尔早晨醒来，轻轻拨开窗帘，往外瞅了一眼，把一肚子晦气冲老天爷撒去。

几天来，他心头上老是云遮雾罩的，夜里睡不实沉，早晨头昏脑涨。他想，如今这天下事，实在没法儿捉摸。前些时，他满身"功尘"进北平，又趾高气扬回草原，可谓享尽了荣华，出尽了风头。开场那几脚踢得颇有声势，以至连老成持重、一直躲在沙窝里不露头的大牧主瓦其尔，都让他招引得抱病前来投靠。瓦其尔，人已老朽，无力为他东征西战，但是常言说得好：再老的乳牛，也能挤出三滴奶来。各有各的用场。贡郭尔给他封了一个"内蒙古脱离内战委员会"高级顾问的空名，却对外产生了出乎意料的效应；有些人一听说大名鼎鼎的德王和瓦其尔巴彦辅佐他，就纷纷跑来为他充当走卒。贡郭尔心里明白：闯天下，造声势固然不可忽视，但真格的交起手来，没有实力或实力不强终难立足。所以把瓦其尔高高地供在一边暂且不管，这些日子他一个劲儿地往四处派遣信使、说客和密探，对蒙旗各地实力派人物加紧笼络，以期尽快形成自己的强大阵势。然而，不知是哪一个环节脱了扣，派出的二十多人，没有一个回来的。起初他以为目前时局动荡，人心无主，对方或许犹豫不决，延误几天，在所难免。可现在，已经不是几天，而是十几天过去了，依然毫无音信，他感到有些蹊跷。加上这几天华北"剿总"孙将军，从张家口接连打来急电，催问进展情况，最后一封电报上甚至提出"战事在即，万勿贻误"的警告，用词之强硬，仿佛明天早晨就要拿他贡郭尔去问罪似的，给他心头上又添了几分不舒服。除此，最使他莫名其妙的是任他怎样折腾，骑兵十二师却毫无反应。他原来设想，返回草原这么一搅和，对方就会与他不停地周旋，草原处于动荡状态，骑兵师无暇旁顾，不能从容备战，从而给中央军准备和发动春季攻势赢得时间和主动权。现在骑兵十二师一头扎在北草地，就是不理茬儿，这一招他未曾预料到。骑兵师越没动静，贡郭尔就越发发毛。他估计这是骑兵师有意在制造假象，他们想待他稍有疏忽，便发动突然袭击，一口把他吃掉。为预防不测，他已派出几路前哨，分关把守、日夜侦探，一旦发现骑兵师有什么动作，他就南迁退守。他过去在骑兵十二师里干过，深知蒙古八路领导人，都是一些精明人。他们按兵不动，绝不是好兆头。那么怎样才能叫他们动起来呢？他清早起来连脸都没顾得上擦一把，就在房间里绕圈子，琢磨的就这么一件事。

房门轻轻地开了，他以为是有人给他送早茶来了，回头看去，不由得大吃一惊，一个素不相识的大胡子老头儿站在门口。

"你是干什么的？"他的右手本能地摸到挎在腰间的手枪上。

"是我，我！"

"你是谁？"

那个人一把扯下脸上的假胡子，露出本相：原来是旺丹。

他抽回扣在手枪上的右手，老大不高兴地走过去从桌子上拿起一支香烟点着，吸了两口吐出两个烟圈儿，两只眼睛十分欣赏地望着那两个旋转着离他远去的烟圈儿，不紧不慢地说：

"大清早化了装来找我，我想你不会是给我来报喜的！"

"这是万不得已呀！"旺丹把假胡子扔到床上。

"说吧，出了什么事？"

"我也说不清楚。"

"嗯？"

"刘先生今天晚上叫你去跟他面谈。"

"是啊，这件事必须跟你面谈。"

当天晚上贡郭尔回到家里。刘峰从地下室走上来，头一句话就对他这样说。

"老刘，生活得还好吗？"贡郭尔问。

"按照你们蒙古人的礼节，见面头句话我只能说：好。但是鬼才知道好在哪里！"

"老刘，这种生活往后你想过还过不上呢。再等个把月，国军在锡察草原全线胜利之后，你老兄功成名就，官运亨通，到那时，回想起这段生活也许别有一番兴味！"

"嗯，你说得也许是对的。"刘峰嘴里喷出一股酒味，他今晚喝得略有过量，两眼挂着血丝，腿脚站立不稳。

"请坐，坐。"

贡郭尔扶他坐到椅子上。

刘峰酒后话多起来：

"人生在世，苦、辣、酸、甜、咸，都得尝几口，才能有所比较。甜多了发苦，苦多了发甜，甜甜苦苦，苦苦甜甜，一眨眼，一辈子也就过去了。"

从门外传来女奴笃日玛咳嗽的声音，这是在打招呼，她给他们送茶点来了。她走进门时，贡郭尔瞟了她一眼，她比过去更加苍老而瘦弱了，两眼闪着卑微、怯懦的光，她躬着腰身连头都不敢抬起来。

"把茶点放到桌子上吧！"

贡郭尔急于知道刘峰今天紧急召见他的目的，将女奴笃日玛打发出去。

"但是人生的苦与甜不会是相等的。"

刘峰还是不谈正题，也不知是酒喝多了，还是有意跟贡郭尔兜圈子。他对贡郭尔的不耐烦情绪根本不理睬，打着饱嗝，剔着牙，继续往下说：

"什么是人生？人生就是七分苦三分甜。从古到今，英雄豪杰，帝王将相，人皆如此。我的贡郭尔主席，你总是想把它颠倒过来，变成三分苦七分甜，那是幻想。"

贡郭尔被热茶烫了一下舌头，一口茶水没咽下去，又把碗放到桌子上。

"你既然把苦想得那么少，今天晚上我想送给你一粒苦果尝尝。"

贡郭尔这才听出他的意思，心咯噔跳了一下。

"长话短说，贡郭尔先生，上边想知道一下你跟蒙旗各地进行联络的情况。"

"正在进行。"贡郭尔先拿一句模棱两可的话搪塞着。

"进行得顺利吗？"

"各路人马，都已启程。"

"他们启程，去往何处？"

"蒙旗各地。"

刘峰轻轻一笑，把脑袋仰靠在椅背上，合上两眼，不动声色地说：

"我向设在蒙旗各地的情报站询问过，他们的回答是一致的：你派出去的，没有一个人到达任何一个地方！"

贡郭尔只觉得后脑勺上好像挨了一记闷棍，脑袋嗡了一下，支支吾吾半天说了一句：

"这，这不会吧！"

刘峰抬起眼皮，用睁大的眼睛，瞅着贡郭尔那副焦躁而故作镇静的模样，摇了摇头说：

"这不，我把苦果递给你，你还不敢伸手接！"

"那也许中途出了什么差错。"贡郭尔准备咽下这个苦果。

刘峰从椅子上站起来，脸拉得很长：

"你早就应当预防这一点。"

"不过二十多人，怎么会一齐出差错？"

"我的主席阁下，你是装糊涂，还是真糊涂？你把那些蠢货们一窝蜂地往外放，可你根本就没有采取保证他们途中安全的任何措施。我估计你那帮人早已落到蒙古八路手里了。"

"这……这不可能！"

"你有什么根据？"

"他们是我拿钱喂出来的，都很可靠。"

"但有更可靠的消息是，他们一走出旗界就消失得无影无踪。"

贡郭尔没有往下搭腔。

这些天骑兵师没有一点动静，莫不是他们把他派出去的那些人全抓到手，正在慢慢过筛子？……如若落到那步田地，可就人仰马翻、房倒屋塌，全完了！想到这些，他嘴头再也不敢像刚才那样硬了，他慢慢向前移过两步，小声地问：

"就算是像你说的那样，咱们也不能刚提起缰绳就让石头缝别断马腿呀！"

刘峰不想把贡郭尔逼到死角去。他想，这个臭鞑子被逼急了，什么事情都会干得出来。不管情况多糟，还得先把他稳住。他有意把话头缓和下来：

"当然，当然，我也不敢说我们那些情报就都那么可靠。"

"不，刘先生，你们的情报很可靠！"

"噢？是吗？那么你打算怎么办？"

贡郭尔躬下腰身，跟刘峰耳语起来。他的话说得很长。

刘峰听罢，未置可否，只是说：

"你在这里不宜久留，请快上路。"

他一转身将煤油灯吹灭。

贡郭尔摸着黑走出客厅。

他的贴身卫兵宝音吐牵着两匹马，躲在附近一棵老榆树的阴影处，按照事先的约定，贡郭尔直奔那棵老榆树，刚走出几步，身后有人小声喊他：

"贡郭尔，回来，有事！"

他听出是父亲的声音。

老普日布把儿子领进自己的毡包里，连灯都没点，在一种神秘而恐怖的气氛中以一种恐怖而神秘的口吻，告诉他一个比那二十多个信使悄然失踪的消息更加令人震惊的消息：叫中央军抓走的铁木尔逃回来以后，领着斯琴回村里结婚来了。

斯琴和铁木尔回到特古日克村，已经两天了。他们在这里以结婚作掩护，执行侦破敌人地下据点的战斗任务。

从沙拉更庙出发前，他们参加到单独组成的一个突击队里，集中训练，对未来的行动计划作了明确而周密的安排。这个突击队的任务，事关全局，特别重要，师部决定由苏荣副政委直接指挥。为了便于互相配合、内外接应，派出特古日克村人、瓦其尔巴彦的小儿子——沙克蒂尔连长率队，与铁木尔、斯琴一同南下。沙克蒂尔将突击队员埋伏在靠近特古日克村一户可靠的牧民家中，他自己以铁木尔和斯琴的乡亲好友的身份，进入特古日克村，为他们操办婚事。

为了提防敌人的突然袭击，他们三个人没有住在一起，斯琴住在家里，铁木尔和沙克蒂尔秘密地住进了莱波尔玛嫁给洛卜桑师长以后闲置在特古日克湖畔上的她那座破旧的蒙古包里。

一切都在按原计划进行……

斯琴的首要任务是，跟贡郭尔家的女奴笃日玛见面。从前她俩在贡郭尔家一起受苦，那时斯琴每天早晨赶着两辆牛车，到村边那口井上去拉水，笃日玛则是每天下午绕着树林捡一车做烧柴的干树枝和干牛粪，这是主人给她们的分工。如今，剩下了笃日玛一个人，黑心的主人让她做两个人的活，而且还要烧茶、做饭、伺候客人，着实够笃日玛劳累的了。斯琴决定到笃日玛经常捡柴的地方去见她，帮助她干活，在一种平静而自然的气氛中与她接触。

围绕着风光秀丽的特古日克湖自然形成的特古日克村，如今已是一片荒凉。贡郭尔这个大祸害住在这里，很多牧户为了在荒乱年月躲开他，都搬到别的地方去了。村里只剩下六七户人家，散居在偌大的特古日克湖周围的树林里，各户之间相距很远，且有树木掩隐，好像都想躲藏起来不叫外人看见似的。家乡败落成这个样子，斯琴的心头罩上一层忧伤的阴影。不过这种各个牧户互相隔绝的环境，倒是给他们隐蔽地开展工作，提供了方便条件。她从家里走出来，一路上连一个乡亲也没遇见。

村头这片茂密的柳林引起斯琴多少难忘的回忆啊！孩提时跑到这里来捕蝴蝶，采野花，捡蘑菇，捉雏鸟，无忧无虑地嬉戏……长大以后在这里唱情歌，等情人，谈情话，接受情侣的亲吻……那时春、夏、秋、冬，这里永远是青年男女们的一片净土、一片乐园。特古日克村居民，都非常喜爱这片茂密的柳林，视她为他们生命与爱情的摇篮。

从远处传来了沉重的脚步声。听得出这是一个负荷很重的人迈动着艰难的步履。

莫非是笃日玛？

斯琴的心中混杂着一种既喜悦又紧张的情绪。她很难想象出笃日玛现在变成了什么样子，她们这次接触又会出现怎样局面？笃日玛是个被人糟蹋得性情变态的人，你接触她，亲近她，博得她的喜欢与信任，进而得到她的支持与协助去完成战斗使命，那可不是轻而易举的事；而这第一次接触又是最为关键的。

柳林里过分幽静，迈步的声音可以传出很远，你要想看清向你走来的人，还得耐心等待。

终于从远处闪出一个身影。斯琴躲藏在树丛中仔细观察，那不是笃日玛，而是一个男人。那个男人的脑袋不停地左右晃来荡去，像是安在脖子上的皮球，看来是个醉鬼。不过在这战乱年月，有酒可醉的人也不会是一般百姓。那个人已经走到了近处，他满脸流着血，蒙古袍前襟也扯破了，几片布条随着他的走动在他身前飘荡，他可能刚刚跟什么人厮打过。斯琴怎么也认不出他是谁。她小心地从远处尾随于他，想看个究竟。

正在这时，斯琴等待的笃日玛突然出现了。她迈着沉重的步伐，向那个男人迎面走了过来。她那双一年四季都不换的翘头破靴子，像两块铅砣子似的重重地拖在脚上，使她越发显得步履艰难。她目光呆滞，面容憔悴，神色恍惚，两鬓霜白，一年之间仿佛老了十多岁。顿时斯琴的两眼被泪水模糊住了。在心里暗暗地唤了一声：可怜的笃日玛！

在狭窄的小路上，笃日玛跟那个醉汉相遇了。她把搭在肩上的背柴用的牛毛绳拿下来攥在手里，仿佛用它权作防身武器。斯琴为她捏着一把汗。她冷冷望着那个人，既不跟他寒暄，也不询问出了什么事情，站在路旁，让那个人摇摇晃晃从身边走过去。

"啊，是你呀……笃日玛！"那个醉鬼认出她来，从嘴里呜噜噜吐出这句话。还没等笃日玛答话，他全身一晃就把她摁倒在地上。

见势不妙，斯琴噌地站起来，刚要跳出去搭救笃日玛，只听得从后面传来一阵马蹄声，不一会儿跑来一个骑者。他一人双马——骑着一匹，牵着一匹，来到那个醉汉身边，把手牵的那匹马的缰绳往地上一扔，喝道：

"旺丹，别胡闹！上马，走！"

啊，那个醉鬼原来是旺丹！

躺在地上的旺丹，酒性发作，冲那个骑者乱骂一通：

"你小子不是人！大白天把我老婆……勾……勾引出来……跟姓刘……刘的……"

"喂，别让他乱说，你把他扶上马！"那个骑者恶狠狠地冲笃日玛喊道。

"不……不上马，我去找……找姓刘的……"旺丹躺在地上乱叫。

笃日玛从地上爬起来，没扶旺丹上马，她捡起牛皮绳，一个人往村外走了。

那个骑者只得跳下马来，像拖死狗似的把旺丹驮上马背，朝村里驰去。

刚才这条小路上演了一出短剧，剧中人物共有五个，出场的三个：笃日玛、旺丹、那个骑者；没出场的两个：旺丹的骚老婆，还有一个姓刘的。至于剧情，斯琴好像没看明白，不过现在不是琢磨这个的时候，她得先去找笃日玛。

笃日玛正在另外一片柳林里背着脸，弯着腰堆放着木柴。直到斯琴走到她的近旁，她都没有察觉。斯琴轻轻喊了一声：

"笃日玛姐！"

听见有人喊她"姐"，笃日玛变得像头受惊的老牛，弯着腰猛然转回头来，瞪大了两眼往后瞅。

"笃日玛姐，你不认识我啦？"斯琴的声调格外轻柔而亲切。

"噢，是你！"她慢慢直起腰来，目光一直没有从斯琴身上移开。那目光既不是惊喜，也不是惊恐，似乎是惊惑。她为什么会感到惊惑呢？

"额克其敏[1]，你好吗？"

斯琴微笑着走过去，向她伸出双手。

笃日玛见她伸出手来，连忙后退几步，两眼盯在斯琴那两只手上。

斯琴糊涂了，她的手怎么啦？不由得也往自己手上瞅了一眼。

哦，她猜想，笃日玛对握手这种新式礼节，可能还有些不习惯吧。记得在草原上刚刚兴起握手这种新式礼节时，客人伸出手来，有的牧民妇女竟不知所措，脸一红匆匆躲开。后来人们渐渐学会了这种礼节，但还是按照牧民的方式对它进行了改革：宾主见面不是面对面站着互相紧紧握手，而是先做出半躬身半屈膝近似从前请安那种姿势，之后用左手托着右腕再用右手与人握手；这是男人们还算是比较开放的握手方法。妇女们则更拘谨，她们与人握手，身体姿势大致与男人们相同，但握手的方法则大有区别，她们不与人大把相握，更不是大把紧握，而是伸出手去用五个指头的第一和第二关节在对方的手上轻轻捏一下，甚至有时是轻轻贴一下，就算是大礼完成。

既然她对握手还不习惯，斯琴就把手收回来，亲切地问她：

"你每天都到这里来吗？"

"嗯。"

"这些柴都是你捡的？"

"嗯。"

短短"嗯"了两声，她总算认出了斯琴，这种反应在她来说已经算是够热情了。斯琴有了信心。

"笃日玛姐，这柴我替你背吧。"她伸手去拿那条牛毛绳。

"啊，别，别……"笃日玛急忙躲避着不让斯琴的手碰她身体，目光还是死死盯在她的手上。那目光既不是惊惑，更不是惊喜，而是一种极度的惊恐。她

---

[1] 蒙语，亲切的称谓：姐，或亲爱的姐姐。

100

1921-2021

红色岁月

红色历程

红色史诗

红色经典

为什么如此惊恐呢?

"姐!你怎么啦?"

"你的手……"

"我的手?……"

"你的手杀过人,沾过人血!"她的嘴唇痉挛地抽搐起来。

"我杀过人?"斯琴没有明白她的意思。

"人们都说,去年秋后你一次就杀死了三十多人!"

"那是国民党中央军!"

"他们也是人哪!"

这个问题跟她一时讲不清楚,斯琴和蔼地笑了笑,说:

"不是我亲手杀死那些人的,是点火烧了他们住的蒙古包。"

"你还杀过'那个东西'!"

"那个东西"是狼的忌称。斯琴记起前些时,她打死一只野狼,拴在马鞍后头路过这里时,遇见了笃日玛,当时她吓得又念佛又祈祷地一溜烟儿跑掉了。

"笃日玛姐,那次是我在路上遇见了狼,它要吃我,能不把它打死吗?"

"遇见'那个东西',你跪下给它磕头,它就不吃你。"

"哎呀,下一回你遇见狼给它磕头试试看……"

"呸,呸,呸……"她一连吐了几口唾沫,这是佛教徒消灾除祸的习惯方式,"你说些啥呀,呸,呸,呸!"

"好了,不说这些。"斯琴问,"我从他们家出来以后,那么多活儿都你一个人做?"

"那有啥法子!"

"从前我们姐妹俩在一起,你捡柴我拉水,我烧茶你做饭,那还累得要死要活的,如今你一个人干那么多活计,能受得住吗?"

"这是命里注定的,天底下总得有人烧茶有人喝茶,都当喝茶的,那谁去烧茶呀?"

她把这些可怕的观念,说得那么平平常常,叫人听了心都揪着疼。她在生活的苦海中已经变得如此麻木,对人对事都已失去辨别力。在她看来,给草原人民带来深重灾难的国民党反动派也不该杀,因为"他们也是人";遇见豺狼不该开枪,而应向它驯服地叩拜;至于她受贡郭尔一家长期的蹂躏与奴役,那是命里注定的，无须挣脱——这就是站在她面前的笃日玛；这就是笃日玛在耗尽最后一点气力之前支撑着她木然地睡去、木然地醒来、木然地劳作、木然地饮食、木然地呼吸和木然地观望过眼烟云的精神因素。让这样一颗麻木的心复活，在这样一个麻木的人的心中点燃起火炬，使这样人那双布满雾翳的老眼恢复明晰的视力，那该是多么不容易！她斯琴能够做得到吗？

可怜的笃日玛，在斯琴的眼里，已经变成了一个熟悉而又陌生、亲近而又疏远、了解而又不可理解的人。生活以它特有的规律向前运行。生活把斯琴和笃日玛这两个曾经在同一命运线上生活的女奴，无形中向两个相反的方向推去，她们的精神世界相距越来越远了。斯琴霍然感到有一股热潮在猛烈地撞击她的心壁，她觉得自己应该去亲近这个曾经与她相依为命的苦难姐妹，这不只是为了执行作战任务去揭开敌特据点的秘密，或许还有比这更深微的感情与人性本能的内涵。是的，人，不能像笃日玛那样屈辱、麻木、无求无欲地生活；她"也是人"，人应具有的一切本能她都具有，只是在她人的本能那片净土上过多地沉积了人世间的黑霜白雪、轻尘重石，它被淹埋，被扭曲，被夺去了应有的光泽。

"往后让我来帮你捡柴、拉水吧。"

"你？"

"那些活我都做过。"

"不，不能。"

"为什么不能？笃日玛姐，我还没来得及告诉你，我回家结婚来了。"

"跟谁？"

"铁木尔呗。他让国民党抓去，押在监狱里，受了很多很多苦，死里逃生跑回来，我们想把终身大事办了。"

她期望她能为他们的幸福而高兴，或者为他们说几句祝福的话，这样她们之间可以多交流一些感情，多恢复一些情谊，然而她漠然地听她说着，漠然地听她说完，漠然地继续干自己的活。这次斯琴可真的有些伤心了。跟这样人怎么能继续接触下去，何时才能融化她心中那道厚厚的冰墙！当然对她那道厚厚的冰墙，她早有所料。他们在师部为这次行动进行准备时，谈论得比较多的也是她那道冰墙，斯琴对此有充分的思想准备。她稳了稳情绪，跟她又聊起来：

"笃日玛姐，这次见面，我心里很不好受，我看你比过去老多了。"

"唉！身子骨顶不住了。晚上躺下来浑身疼。去年冬天我想过，我熬不过去明年春天了。可现在好像我还没还完上一辈子欠的债，春天眼看过去了，我一时还不会咽气。"

笃日玛头一回跟她说了这么长一段心里话，斯琴兴奋得真想跑过去搂住她哭一通，但她怕她的手，她不能那样做，只得站在原地让那夺眶而出的泪水任它流。

"你还有眼泪，真叫人羡慕！"

"只要我们经常在一起，我会叫你高兴得笑出眼泪来！笃日玛姐，铁木尔在家事儿不多，让他来替你打柴吧，你身上不舒服就不要来了，我给你悄悄送去。"

"送去？"

"我把木柴按时送到你那里去，不会叫外人知道。"

"不不不！别别别！"听了斯琴的话，她变得十分惊慌，而又语无伦次，"还是我一个人……一个人做。"

说着她使出全身力气背起一捆木柴，仓皇离去。

斯琴一时弄不清楚方才自己哪句话惹得她那么不愉快，也不知道现在应该追她去还是不追。头一次见面落得这样结局，是她没有预料到的。但她也不完全沮丧，毕竟是跟她见了面，说了话，了解了一些她的情绪和心态。哦，还有，还有刚才在小路上看见的那出没看明白的短剧，都算是今天的收获！铁木尔和沙克蒂尔都在等着听她初次试探的消息，她得赶紧回家去。

道尔吉老人的家里，好久没有像今天这样欢乐的气氛了。他日夜想念的女儿回家来结婚，那女婿不是别人，恰恰是从十几岁就跟他学打猎的小徒弟铁木尔。同村老乡、瓦其尔巴彦的儿子沙克蒂尔给他们操办婚事，他也很放心。他抚养在身边的莱波尔玛的小儿子，虽然不是莱波尔玛跟沙克蒂尔生的，但是对那孩子沙克蒂尔一直担负着父亲的责任，沙克蒂尔很爱那个孩子，所以他的归来，不但给道尔吉家里增添了几代人合家欢乐的空气，也给莱波尔玛的小儿子带来了"父爱"。女儿、女婿、沙克蒂尔回来以后，进进出出，忙得一时不得闲。按照道尔吉老人的心意，年月再荒乱，家境再困难，女儿结婚总是一件大事，宰两只羊，请村里乡亲们聚宴一次是理所当然的。但是女儿、女婿的心都不在这上头，那个专门来给他们操办婚事的沙克蒂尔，也一天不照一次面，道尔吉老人心里觉得不是滋味。多年来他从来都是让女儿照她自己的主意办事，这次他也不想多说什么。孩子们都已长大成人，只要他们高兴干的事，做父亲的就不必插嘴了。他们在家里能住几天？爱干啥就干啥吧。这么一想，心里那股不是滋味的滋味也就消散了。再说经过这一年多的磨炼，道尔吉老人也长了见识，对哪壶茶也能估摸出个咸淡来。他看见他们三个人在一起小声交谈时的那种严肃神情，就猜出女儿这次回家来可能负有任务。于是他老人家把心思全放在照顾他们的生活、注意他们的安全上，至于女儿的婚事，他想，抽个空让她和铁木尔搬到一起住，他为他们说上几句祝福的话，就得啦。革命年月嘛，怎么革得好就怎么革，好说。

　　……

　　第二天下午，斯琴早早地又来到村头柳林里——昨天笃日玛拾柴的地方。她手持砍刀，熟练地砍着干枯的树枝。这一带居民以树枝为主要烧柴，及时砍伐枯枝对树林的成长和更新也有好处，所以这里的居民很早就发明了一种特制的砍刀，它既不像镰刀那样呈月牙儿形，又不像佩刀那样细长，它倒像一把铁铲，四四方方，淬过钢，开了刃，十分锋利。

　　父亲的砍刀真好使，不多时，斯琴已经砍了两堆干柴。活干得猛，树林又挡风，她出了一身汗，她靠着柴堆坐下来，解下腰带，敞开怀透了透风，这时挎在她腰间的"马牌"撸子那么显眼地露了出来。她独自笑了，心想，笃日玛要是看见这玩意儿，你休想再跟她打交道。

　　"你来得早啊！"

　　身后传来笃日玛的声音。

　　斯琴赶紧扣上纽扣，藏起手枪，站起来笑着说：

　　"女儿回家来，总不能再叫老父亲出来打柴吧。"

　　笃日玛面色苍白，两眼无光，把手里的柴绳往脚下一扔，长长叹了一口气，坐在柴堆旁，闭上了眼睛。

　　"你脸色不好，姐！"

　　"哦……"

　　"不舒服吗？"

　　"困……"

　　"晚上没睡好？"

她微微抬起眼皮，无力地说：

"他们三更半夜还吃一顿饭，等我收拾完，天已经亮了。"

"他们天天这样？"

"嗯。"她又合上了眼。

斯琴机智地抓住话茬儿，不叫它断了：

"那些人，真可恨，他们不睡，也不叫你睡。白天应当叫他们来打柴。"

"白天，他们睡！"

"他们是一群夜猫子？"

"他们是一群……"话刚说半句，她睁开眼睛，惊恐地环视四周，接连地问，"啊，他们？一群？谁说的？谁说了？"

"不是你自己说的嘛！怕什么呀。"

"我没说，没说！"一时间她变得十分凶狠，像峰喝了酒的公驼一样吼叫起来。

斯琴心想，跟她来不得急的，任何一点鲁莽都将招致前功尽弃。她装出漫不经心的样子：

"你没说，什么都没说；其实说了也没什么，这里又没别人。"

她的话使她稍许平静下来。而她脸上的惊恐神色尚未消失，两眼直呆呆地瞅着自己的脚尖，好似在回忆方才自己说了些什么。

斯琴劝她睡一会儿，她摇摇头，说她不能睡，还得打柴。

斯琴指着自己的柴堆说：

"没关系，这堆柴你背走，我又没熬夜，再打一堆，你别对自己那么狠心，睡一会儿吧。"

笃日玛嗳嗳嚅嚅，精神已经完全支持不住了，头一耷拉，倒在地上，昏睡过去。

她怎么困成这个样子！斯琴找来一块石头拿腰带包住，让她枕上，自己提起砍刀，又去打柴……

当笃日玛从昏睡中醒来时，发现斯琴已经把打来的木柴整整齐齐捆好了两捆，其中有一堆是用她的牛毛绳捆的，看来是给她准备的。笃日玛自打到贡郭尔家当佣人，从来没有得到过别人这样慷慨的帮助，她心里很感动。

斯琴见她醒了，从老远跑过来。

"你睡得真香啊，捆柴时我还担心会把你弄醒呢。"

"好妹妹，谢谢你！明天我一定还你的柴。"

笃日玛头一次说出带有感情色彩的话。这莫不是从她心中那厚厚的冰墙上融化下来的第一滴冰水？

"姐，别这么说。两个人的肩膀总比一个人的宽，往后有事就找我。"

笃日玛没再说话，起身去背柴，斯琴上前去帮她，她费力地将柴背起，而后向斯琴投来一瞥；那一瞥实在令人难以捉摸，像是感激又像愠怨，像是惜别又像躲闪，像是期待又像失望……她留下这复杂的一瞥，深深地弯着腰，走了。

斯琴有意不与她走在一起，让她一个人先进村去，自己却绕道沿着柳林边缘往南走。前面就是南山洼，从前官布一家和南斯日玛的孤独母亲居住在这里。去年春起工作队刚进村住在官布家时，这里人来人往，曾经热闹一时。现在他们都已迁离，留下那几块搭设过蒙古包的黄土营盘，像圆圆的烙饼，贴在草滩这口锅底上。旁边横倒竖卧地残留着几块破篱笆。官布门前那根马桩子已经发朽了，斜斜歪歪地勉强竖在那里，看去恰像一个疲惫不堪的老人。这里已经很久没有走过车马，附近的道路已被草丛盖住。乌鸦成了这里的主人，它们高傲地伫立枝头，放肆地发出怪叫。四野如此荒芜，给人一种莫名惆怅之感！

斯琴一个人在苦闷和孤独中生活得太久了，她害怕凄凉的环境、孤寂的气氛，更怕这莫名的惆怅。她后悔自己不该到这里来，她急切地想从这里走开。她的感情变得那么脆弱，她怕一个人走路，怕一个人坐在屋里，她希望到人多的地方去，她渴求喧闹、欢唱，乃至争吵。铁木尔的归来，给她带来了极大的宽慰，她希望永远跟他在一起，希望有个温暖的家，有个可爱的孩子……现在铁木尔已经跟她在一起了，他们温暖的家即将建立，他们都这样年轻，还愁生不下一个可爱的小东西吗？！现在她感到无比幸福。快回家去！铁木尔在等她，如果他想干，今天晚上就叫他住在家里……

她回到家来，从老远就闻到一股熟新鲜羊肉的香味，蒙古包旁边勒勒车上晾着一张血迹未干的羊皮，铁木尔和沙克蒂尔正在门口洗着血手。显然家里宰了羊。爸爸早就要拿这只羊给女儿、女婿尝尝鲜，由于他们一再劝说，改在他们办婚事那天再宰，那为什么今天……

沙克蒂尔迎上前来问她：

"今天顺利吗？"

家人里里外外忙乎得这般热闹的气氛感染了斯琴，她像个调皮的小男孩似的两只手掌在脑门儿上啪地一拍，高兴地回答说：

"何止是顺利，简直是胜利，巨大的胜利！"

趁她高兴的这股劲儿，沙克蒂尔向她伸出手来，说：

"好！就在这胜利的时刻，让我来祝贺你和铁木尔！"

"祝贺我们，今天？"她握住沙克蒂尔伸来的大手，转过脸向铁木尔投去询问的目光。

铁木尔向她走过来，脸上闪着夏日朝霞般的红光，轻轻对她说：

"是的，斯琴，就在今天！"

说着他从自己蒙古袍的前怀里掏出一条长长的红艳艳的蒙古女式头巾来。

斯琴一看，就认识了这条红头巾。这是前些年铁木尔跟爸爸学打猎时攒下钱，从多伦城回买卖家给她买来的。那时她舍不得戴，铁木尔就说："好吧，你先收起来，等咱们结婚那一天，我亲手把它给你扎在头上。"这好像是昨天才说的话。然而今天，铁木尔真的亲手给她扎上了这条长长的红头巾。

"从现在起，你的头上永远升起一片吉祥的红霞！"

"我看它更像是一团火！等到战争胜利以后，我把这条红头巾，高高挂在咱们家门口这棵大树上，让它永远燃烧在我们心中！"

道尔吉老人向孩子们走了过来，斯琴跑过去一头扎在他的怀里，只喊声："爸爸！"便激动得流起泪来。

老爸爸用双手捧起女儿的两颊，用他那粗糙的手掌，轻轻替她擦着泪流，眯起含着泪花的老眼，那么仔细地端详着她。在这短短瞬间，仿佛女儿从呱呱落地、牙牙学语、蹒跚试步、勃勃生长直到出落成一个水灵灵莲花少女的每个阶段的可爱形象，以及后来发生的那许许多多不堪回忆的往事，在老人眼前一幕一幕地重现……老人将汇集在心中的那么多的情与爱，全部注入到这样一句话里：

"我终于盼到了这一天——我亲自祝福你们！"

老人在女儿和女婿的额头上，一一轻吻，抹了抹喜泪又去干活了。

这时候，沙克蒂尔才告诉斯琴，今天他到指定地点去见了苏荣副政委。

"有什么指示？"斯琴问。

沙克蒂尔作了这样回答：

"洛卜桑师长不是有一句口头禅吗——形势在发展，情况在变化。"

"情况有变化？"

沙克蒂尔用眼色暗示她：不便在外面谈。

他们三个人一同走进包里。莱波尔玛的小儿子到村外挖野蒜去了，包里无人，他们围着盛熟羊肉的锅坐下来。

"苏荣副政委对我们这一段工作很满意。"沙克蒂尔说，"形势要求我们尽快揭开敌特地下据点的秘密，副政委指示我们把步子再放开一些，对笃日玛的心理状态基本摸清之后，要大胆地从她那里进行突破。"

斯琴同意这个意见，她谈了今天她与笃日玛接触的情况，认为在她身上进行突破是有可能的。

沙克蒂尔接着传达了师党委另一个重要决定：跟苏荣副政委一同前来听取汇报的作战参谋彭斯克同志说，师部收到宝源地区地下党的一份情报，在国民党军队当团长的哈吐，也就是上次帮助营救周政委和铁木尔的那个蒙古人，与国民党嫡系部队之间矛盾日渐加深，经常发生摩擦。哈吐正在考虑处于危境时的脱身途径，经我地下党做工作，他有意与我军进行秘密接触，我方决定尽一切努力，使他靠近我们，如能在敌我在锡察草原决战关头，促成他倒戈起义，那对战局的变化将会起很大作用。因此师党委决定派铁木尔同志潜入宝源，代表我军与哈吐团长秘密接触。铁木尔明天就回师部去执行这项任务。

"明天？"斯琴感到很突然。

"对，明天！"沙克蒂尔的回答是命令式的。

斯琴心里一时有些慌乱，她看看铁木尔，他倒不动声色。

"你已经知道师党委的决定了？"

"沙克蒂尔给我传达过了。"

"你怎么想？"

"我现在已经是共产党员了，组织上叫去我就去，没说的！"

"我是说这次你单独执行任务……"

"这次确实有很大的困难和危险，但是我跟哈吐团长是老相识，他上次为营救我们担过很大风险，这次我去见他，他还不至于把我逮起来。"

沙克蒂尔插进话来：

"据彭斯克同志说，哈吐的妻室儿女住在国民党统治区的四子王旗，哈吐最

100
1921—2021

红色岁月

红色历程

红色史诗

红色经典

担心的是他稍有动作，国民党可能扣留他的家属做人质。所以铁木尔不是直接进宝源，而是先到四子王旗接上哈吐团长的家属，而后再去见他。"

"还有谁跟铁木尔一起去？"斯琴又问。

"接哈吐家属，途经敌人占据的集宁、大同、张家口、张北等城镇，所以决定派一个汉族同志给铁木尔当助手。"

"谁？"

"欧阳。"

"欧……阳……"

"欧阳同志是张家口人，熟悉城市生活，一旦发生情况，便于应付。"

斯琴的目光重重地落到铁木尔脸上。铁木尔只觉得眉梢那块儿有点发痒，他用食指搔了搔。

"上级的决定是对的，欧阳是城市姑娘，又机智又能干……"

从斯琴说这句话开始，好像有个什么东西无形中插了进来，干扰得他们谈话的气氛没有方才那样热烈而和谐了。沙克蒂尔竭力想扭转这种气氛，他说：

"据说铁木尔和欧阳都得装扮成哈吐家中的佣人，我倒很想亲眼看看铁木尔装扮佣人的模样呢，哈哈哈！"

"人家欧阳聪明伶俐，装啥像啥，你别老是那么傻乎乎的，跟人家多学着点。"

斯琴对铁木尔的几句叮嘱说得那么认真又带有几分戏言的欢悦，使谈话的气氛一下子变得轻松而又和谐了。沙克蒂尔这才松了一口气。

斯琴是个心地宽厚的人，她希望长期苦苦等待他们成婚的老爹爹，能够跟女儿、女婿度过一个欢乐的夜晚，她希望刚入党的铁木尔义无反顾地去完成人民的重托，因此，她掩饰起内心的隐秘，同大家一起说说笑笑操办起婚宴来……

有道尔吉老人黄金语言的祝福，有沙克蒂尔感情真挚的宴歌，有莱波尔玛儿子的天真嬉戏，有众人酒后的滚滚喜泪，这一对又将分离的青梅竹马，终于完成了婚礼。

当沙克蒂尔为两个战友忙完婚宴，安排好新婚之夜的所有事情之后，独自往他居住的那座蒙古包走去时，看见在冷冷的银辉下那个被拉长了的孤零零的自己的身影，他恍若行走在断无人迹的另一个星体上，是天堂，地狱，无从辨别，只在一种本能意识的驱使下迈动着双脚……

　　今天是阴历十五吧，皓月当空，圆如银盘。你不看她则罢，只要一看，她那琛容姝色便勾起你无限遐思。前几天晚上都是铁木尔伴同他走这段路，两个男子汉走在一起，没空想别的事，今晚铁木尔正在品尝初婚之夜的甜蜜，而他，相形之下，如此凄凄然。他沿着特古日克湖边往前走，朦胧的夜色幽幽地洒在湖岸的草地上。从云水悠悠的湖面上吹来的晚风，还很冷呢，酒后容易着凉，他只好很不情愿地折回到那座黑洞洞的破蒙古包里。他今晚喝多了点，只想尽快睡去，连衣服都没脱，就躺了下去。不曾想在黑暗中他一下躺进了一个人的怀里，那个人顺势将他紧紧搂住，连句话都不说就用嘴唇在他脸上疯也似的寻找着他的嘴唇……这一切都发生在他毫无提防的那一瞬之间，简直容不得他思索和做出反应，然而就在对方疯也似的连连粗喘的间隙，沙克蒂尔闻到了一股他所熟悉但又变得生疏了的莱波尔玛肉体特有的气味，他猛力推开对方，惊惑不已地问：

　　"啊？是你？"

　　对方哪里肯在此刻回答他的问话，她仍处在高度昂奋状态，冷不防她又以力量过人的粗野将他搂抱过来，而且索性重重地将他压在自己的身子底下……男子汉终于被制服。寂静的春夜，为他们罩下空蒙的帷幕，让他们尽情地倾泻情爱。在此之前，让所有的语言暂时从记忆中消失。不用语言创造出来的甜蜜，是最净化的甜蜜。直到莱波尔玛渐渐满足地平静下来时，沙克蒂尔才开始重新恢复语言的功能。他问她：

　　"你怎么到这儿来了？"

　　"你们能来，就不许我来？"

　　"这不合适！"

　　"不合适？怪啦！这是我的家！"

　　"是你的家也不合适。"

　　"为什么？"

　　"你现在是……"

　　"你现在是师长太太，对吗？哈哈哈……可惜，宝贝儿，这次你——说——错了！"

　　"你这话什么意思？"

"我跟他离了。"

"离了？"

"嗯，双方同意，离——婚——了。"

她说的是真话：她跟洛卜桑离婚了。

毫不夸张地说，全世界的成婚男女都可以从他们的结合与离异中汲取到应有的教训。

夫妻，表面看来是异性的结合，但是夫妻生活却远远不止是两性生活。再亲密的兄弟长期生活在一起，也会发生怄气和争吵，再团结的战友长期生活在一起，也会发生一些不愉快的事情，出现这些情况时，兄弟可以暂时离去，战友可以暂时分开，过了一些时间等气消了，不愉快的事淡忘了，兄弟、战友又会握手言欢。唯独这夫妻关系，要复杂得多。夫妻二人发生怄气、争吵和不愉快的事情，即令是在气头上，火头上，乃至心肺即将爆炸，你还得跟他或她吃一个锅的饭，喝一个壶的茶，晚上还得跟他或她，脸对脸或屁股挨屁股地睡在一起，躲，躲不开，离，离不了，而且夫妻二人睡在一铺炕或一张床上又不是一两天、一两月、一两年，甚至也不是一二十年的事情，而是漫长一生。这就是唯独夫妻生活才具有的特殊性。依据这种特殊性，人们掌握了在夫妻生活中及时进行调整、调节与调和的奥秘：有气就撒一些（但不要过分），有话就说一些（但不要过多），想吵就吵几句（但不要过头），总之，不能把什么全憋在心里。有气一点不撒，有话一声不响，想吵一句不嚷，最后憋到了极限，只有爆炸，那就是离婚。

莱波尔玛和洛卜桑就是走了这样一条路。其实洛卜桑早就觉察出莱波尔玛搂着他的时候心里想的是沙克蒂尔，被看穿的同床异梦是最令人苦恼的，但对年轻妻子怎么办？只能忍让。可那嫉妒的火，在他心中越闷越烈——老年男子的嫉妒更邪乎！莱波尔玛也早就感到在洛卜桑的心里，她根本没成为妻子，对年长的丈夫怎么办？只能迎合。可那长期得不到满足的欲念，在她心中越积越多——年轻女人的欲念最邪乎！结果是他那过分压抑的嫉妒和她那过分压抑的欲念，一经爆发便不可收拾。

从那一天洛卜桑得知他外出开会期间，莱波尔玛曾经到军营里跟他从前相好的沙克蒂尔去约会，他就在竭力地控制自己情绪，不让它表露出来，默默地忍受着嫉妒之火的煎熬。莱波尔玛确亦不识人心，在他怒火中烧的当口，她又接连几天偷偷跑到那片白桦林去等沙克蒂尔，甚而痴情到了这个地步：沙克蒂尔已被派回家乡以后，她还到那里去等他。她这个秘密行迹，洛卜桑已经发现了，但他还是强忍着一句话没说。他希望在忍让中慢慢地让一切都成为过去，成为忘却。

有一天他回家来，正巧莱波尔玛也刚从外面回来。洛卜桑很平和地问她：

"你到哪儿去了？"

莱波尔玛装作忙着生火，有意不作回答。

"喂，到哪儿去了？"洛卜桑依然平平和和地问她。

"噢，我出去了一会儿。"她一边吹火一边应付着。

"出去了一会儿？"

"是啊，出去了一会儿。"

"到哪儿去了？"

她不再回答。

沉寂，沉寂。在这对峙的沉寂中，痛苦而又可怕的沉寂中，不知过了多长时间，突然传来了洛卜桑暴怒的吼声：

"我在问你：到哪儿去了？"

不料，莱波尔玛把手中的柴草一甩，反而比他更加暴烈地尖叫起来：

"告诉你：投野汉子去了！"

洛卜桑一步跨过去大手掌一扇，重重给了她一个耳光。

洛卜桑打出的手还没撂下来，莱波尔玛却比他更猛地回敬了他一记耳光。洛卜桑眼前直冒金星，傻了半天才反应过来，是她打了他。他吼道：

"我洛卜桑一辈子走南闯北没挨过耳光，你敢打我！"

莱波尔玛一撸胳膊，也吼起来：

"我莱波尔玛嫁过丈夫、养过汉子，还没有一个带鸡巴的敢跟你奶奶动过手，就你这么一个蔫巴玩意儿还想撑硬，呸！"

"你……你……无耻！"洛卜桑已怒不可遏，使出了军人最拿手的一招：咔地掏出了亮晶晶的手枪。

莱波尔玛毫不示弱，把前怀一把扯开，露出雪白的酥胸和奶头，直喊：

"这儿容易穿枪子儿，有种的朝这儿打，打呀！"

"当！当！"

对准她胸口的枪口，最后一秒钟转向了屋顶棚。随着枪声，顿时屋里烟尘弥漫。

这两声枪响，好像把他们俩同时从突发的暴怒中震醒过来，两个人都惊呆了，站在原地一动不动，过了半天，洛卜桑把手枪往行李上一扔，两手抱着脑袋坐到了炕沿上。莱波尔玛在烟尘中理了理头发，把前怀的纽扣扣上。

两个人沉默了很长一段时间，洛卜桑抬起头来，平静得出奇地说了两个字：

"离吧。"

"离吧。"

莱波尔玛也是平静得出奇地用这两个字做了回答，而后转身向门外走去。

"就这么离了？"

"就这么离了。"

"这是两口子吵架，不叫离婚！"

"你是故意气我，还是撵我走？"莱波尔玛把沙克蒂尔搂进自己怀里，抚摸着他浓浓的头发，在他耳边娇声柔气地说："沙克蒂尔！我们终于又回到了这个小窝儿，我又闻到了你的汗味儿……那个老头子只知道狠搂猛抱地东啃西咬，简直是给人上刑，像你这样轻工慢火地揉搓多好……哦，真好！……"

特古日克湖面上风大了，滚滚白浪冲上湖岸，有一棵小树被刮倒了，砸进湖里，溅起一簇簇高高的水花；那水花在空中达到最高点上猛然互相撞击，一阵喧嚣，水花碎成了一颗颗水滴，又散落到水面上；水面渐渐恢复了平静状态，月光给它抹上一层淡淡的朦胧，这里的一切——湖水、树林、草丛，都在这淡淡的朦胧中带着甜滋滋的倦意睡去。

七

"嘭嘭嘭……"

一阵又轻又急的敲门声，惊醒了睡梦中的达木汀盟长一家。

天还没亮，这是哪儿来的客人？达木汀的老伴边穿衣服边问："谁呀？"

外面答应的是一个沙哑的声音，达木汀从屋里听出是留守在明安旗家乡的老管家巴塔。他这么早来敲门，说明赶了一夜路，必是有急事。达木汀也惴惴不安地穿起衣服来。

老伴吆喝看守夜狗，开了门，把巴塔迎进来。

巴塔走进屋，先给老主人夫妇连连请安。达木汀跟随革命队伍从明安旗撤到此地，把家乡的家业全托给巴塔看管。巴塔在达木汀家待了二十多年，是他最信得过的老管家。

"家里出事啦！"老管家要了一碗凉茶一口喝下去，满面惊慌地开始报告。

昨天黄昏时突然闯来一伙国民党兵，把达木汀的家严严实实包围住。一个当官的把老管家叫去，郑重其事地通告他，达木汀投靠共产党，执迷不悟，他们奉命前来进行惩治。没容老管家开口，就把他绑起来，蒙住眼睛堵上嘴，关进一间仓房里。他们一直折腾到后半夜才撤走。他儿子跑来给松绑，他回到屋里一看，老主人的藏书和金石字画等家珍，已被抢劫一空。儿子说，他们拉走了满满两汽车东西。

"哦！"听到这里，达木汀只觉得心跳猛烈，长叹一声，倒在炕上。"我几十年的心血全完啦！"

"别的东西呢？"老伴在问巴塔。

"说也奇怪，别的东西他们一件没动。"

听了老管家这句话，达木汀猛然坐了起来，问：

"你说什么？"

"我是说别的东西他们一件没拿……"

"好狠毒啊！"达木汀两眼发呆，连连点头。"他们知道我爱书如命，这是往我的老命上打主意！"

老伴和老管家一齐劝他，打仗的年月，啥事不出？一把火给你烧了你也得受着。俗话说"保重你身体，能建北京城[1]"。别为此事，伤了身子！

达木汀嘴上说着"我这一辈子啥事没经过，我想得开"，但是这次打击实在太重了。他退出政界之后这许多年，不惜工本，惨淡经营，收藏下来那些古籍、古玩、古字、古画以及名贵的文房四宝等价值连城的稀世珍品，转眼之间付诸东流，怎不悲伤哟！

家里发生了这样不幸的重要事态，他想到应当先去向周政委他们报告。但

---

[1]此句为蒙古谚语，直译是"有身体，就有北京"，与"留得青山在，不怕没柴烧"同义。

是他又不想叫他们看见自己现在这副过分悲伤的样子。人家共产党员们为革命
被砍脑袋都不眨眼，自己也算是个堂堂革命者，不能为区区家事，有失常态。
他想再过一会儿，等心绪稍许平静一些，再去报告。

小晌时分，又有一人从家乡前来报信。这个人是老管家巴塔的儿子，十七
岁的翩翩少年查干夫。

查干夫一脸稚气，在老主人面前显得拘谨、腼腆。他带来了一个重要的新
情况——

他父亲动身不久，来了两个穿便衣带手枪的人，叫他跟他们走一趟。他被
直接带到了乌金台村，没想到刚一下马，受到贡郭尔召见。他过去从老远瞭见
过贡郭尔，记忆中他有一副凶相，但是这次贡郭尔却格外和蔼，没一点官架子，
他还以乡亲的情分亲切地称他为"老弟"呢。贡郭尔告诉他说：达木汀老人的
家珍被抢劫，事后他才听说。他知道在那些珍贵的古籍古董上，达木汀老人花
费了一辈子心血，一旦遗失，等于要他的命，所以他当即托人花钱多方交涉，
费了九牛二虎之力，总算把物品全部要了回来。贡郭尔还亲自领他到仓库里，
看了那些东西。

这消息使悲伤不已的达木汀，又惊又喜，但是事情来得如此突然，使他不
免又有几分疑惑，他问：

"你看清楚了？国民党兵抢走的东西都放在那儿？"

"我看得仔仔细细，清清楚楚，绝对没错！"查干夫说得十分肯定。

"这么说我那些宝贝全叫贡郭尔捞到手了！这个淌着血的东西[1]！"达木汀
动气了。

查干夫急忙作解释，贡郭尔没有这个意思，他说打仗的年月，一家人由于
看法不同还各走各的路呢，他不计较您投奔共产党。他是看在老乡亲的情分上，
才把您那些东西从国民党兵的手里赎了回来，本意就是想交还给您。他叫我回
来向您报告，您那些东西长期放在他那里怕出意外，他请您尽快前去取回。

"叫我到他那里去取东西？"

"他说那都是无价之宝，他只能亲手交还给您。"

"他勾结国民党，我……"

一见达木汀沉下脸来，查干夫就不敢再说什么了。达木汀老伴领他到另一

---

[1] 指流产胎儿，是诅咒专用语。

间屋去吃茶点。屋里剩下达木汀一个人，他来回踱步，开始认真地思索起来。

　　如果说老管家前来报告家中遭受抢劫，使他陷入山穷水尽的困境，那么老管家的儿子给他带来的信息，又使他产生柳暗花明的希望。那批家珍若有人使他失而复得，不管那人是谁，理应着实感谢！但是贡郭尔是他多年的政敌，贡郭尔的为人他深有了解，此次他请他亲自前去领取家珍，可能是个政治陷阱！作为一个多年从政的老手，他有这种预感。不过，又一转念，他想：贡郭尔这个人历来在不同境遇下，善于改换不同的面孔，去年革命高潮，他参加到革命队伍中来，也装得很革命的样子；后来国民党大举进攻解放区，我军作战略转移，向北撤退，他以为国民党将要胜利，便摇身一变投靠了中央军；而现在国共对峙，胜负未决，他又施出新花招，鼓吹蒙古人洁身自好，脱离内战，与国共双方保持所谓"同距离"。在达木汀看来贡郭尔的所作所为全是在演戏，不外是笼络民心，归根结底他还是想在察哈尔草原称王称霸。唉，现在全部家珍都落在他的手里，好汉不吃眼前亏，要紧的是先把那些无价之宝赶快弄回来。眼下贡郭尔那场"脱离内战"的闹剧，演得正起劲，为了笼络人心，他给谁都递笑脸，瓦其尔巴彦去了，还不是好好伺候着。他演戏，将计就计，我也给他演戏。在目前气候下，我达木汀去了，他未必敢怎么着。俗话说：在不想走的路上走三次；跟不想见面的人见三回。事情逼到这儿了，没别的办法，只有到他那里走一趟。

　　他招来巴塔、查干夫和老伴，说出自己的打算，让他们帮助拿主意。他们三个哪里有什么主意呀？眼看着那些无价之宝将要丢失，一个个束手无策，现在听了老主人的话，见他左左右右、前前后后、正正反反，什么都考虑过了，并非是轻举妄动，都说不妨一试。达木汀这才去找骑兵师几位首长商议此事。

　　这几天贡郭尔的脾气坏透了，见谁就朝谁开骂，就连他的心腹宝鲁也怕挨骂，用各种借口躲着他，只有他的贴身卫兵宝音吐无法解脱，忍受着他毫无缘由劈头盖脸的臭骂。

　　然而今天，贡郭尔的脸放晴了。独自在住室里哼着一首情歌，对着镜子刮胡子。宝音吐迈着轻快的步伐进进出出，他断定今天不会招骂。

　　"我怎么老是见不着宝鲁这小子？"贡郭尔一边刮脸，一边问宝音吐。

　　"当着那么多人的面，您老是骂他窝囊废，他还不躲躲。"宝音吐说。

"找他来，我有事。"

不一会儿，宝鲁来了。他善于察言观色，一进门看见贡郭尔哼着曲儿，对着镜子正在照他那张刮得发青的脸，他就估摸着今天不会有雷鸣电闪。瞬间，增添了几分勇气，用一种同辈人开玩笑的口吻说：

"怎么着，还想另找一个呀？"

贡郭尔心绪很好，也回敬了一句玩笑：

"你钻到哪个娘儿们裤裆里了，老是不照面。"

"我倒想找个娘儿们裤裆钻钻，可惜没那么好运气！您有什么吩咐？"

宝音吐端来了早点，贡郭尔跟宝鲁一起喝着茶，告诉他说：达木汀派他老管家的儿子来送信，今天他亲自前来取东西。

"把那么多宝贝您全还给他？"宝鲁瞪大了两只牛眼。

"都是老乡亲嘛！"贡郭尔用嘴角神秘地笑了笑，不作正面回答。

"那个老家伙一直跟蒙古八路搅和在一块儿……"

"他今天有胆量到这里来，我还真有点佩服他！我费劲巴力请他来，实际上是替你擦屁股。"

"我跟他有啥粘连？"

"我问你：你给我选派到各地的那么多信使，一个也没见影，都到哪儿去了？"

"可能还在路上……"

"放你妈的臭屁！"贡郭尔一拍桌子又开骂了。

"老刘得到的情报是都叫骑兵师半路上给逮走了。"

"不，不至于吧……"

"上边追问得很紧，你说怎么回答？"

宝鲁脸色突变，他已预感到有大难临头。

"我今天就是要设法从达木汀嘴里头掏出个究竟来。所以，等他到来之后，你万万不可有半点莽撞。"

"是！我懂，懂。"

接着，他把如何"接待"达木汀的事情，一一给他作了交代。

"您动嘴儿，我跑腿儿，一个保一个准儿！"

宝鲁这才略微松口气，赶紧去准备迎接达木汀的事。

下午五时，达木汀驾到。

贡郭尔原以为他会带来一批武装保镖，他这里早已兵对兵、将对将地作好了准备。没想到门外有报，达木汀只领着徒手空拳的老管家父子二人，赶着十几辆勒勒车，前来赴约。贡郭尔叫宝鲁赶紧撤走所有武装人员。

在大门外，达木汀受到贡郭尔、瓦其尔以及许多与他相识的乡亲们的热情迎迓。达木汀在这里意外地遇见了瓦其尔的老伴，寒暄之间，百感交集，瓦其尔老伴不停地用袖口抹着眼泪。达木汀对所有向他问候的人，很有分寸地客客气气应酬着。他很少使用语言，而用微然笑意，表示着你怎么领会都行的多层意思。这是一切政治老手在进行困难的周旋时惯用的方法。由此可以看出，达木汀来此之前已作充分准备，现在正在审时度势，谨慎行事。

达木汀被迎进室内，先进茶点，后上酒菜，末尾又有极其丰盛的正餐。光在宴席上就磨蹭了好几个钟头，过大年的话贡郭尔说了无其数，就是只字不提那些物品。达木汀已感到有些蹊跷，无奈只得把主要问题暂时搁在一边，向瓦其尔老伴询问起她什么时候来到这里，在这里生活是否方便等琐事。那老婆子倒也直率，一边抹泪一边叙说起她女儿南斯日玛死后，旺丹老婆卡洛欺负她，后来瓦其尔投奔这里，她在那个家中孤单单没法待，只好来跟老头一起过这种好似远途朝佛朝夕无定的生活。

"那个家，也不像个家了！简直成了卡洛那条母狗养……"

"哎哎哎，老嫂子，各位乡亲好不容易聚到一块儿，别净说这些呀！"一直以一种轻松而豁达的姿态让瓦其尔老伴唠叨的贡郭尔，听到这里却打断了她的话。

在座的人都能猜得出，那老婆子往下再说半句，就会揭出个什么样的底来。

贡郭尔话锋一转，向达木汀发动起突然袭击：

"今天我代表本会名誉主席德王、高级顾问瓦其尔巴彦以及各位同仁，向我们尊敬的乡老达木汀乖[1]表示万分谢意！感谢你老人家在蒙古八路骑兵师那种困难的环境里，对我会被俘的信使，给予多方关照，我们听说之后，都非常感动！现在让我们这些深受感动的乡亲们举起杯来，为达木汀乖的贵体康健而干杯！"

---

[1] 在蒙古口语中有尊长之意，但不能单独成义。

说着贡郭尔举杯站起，那个老糊涂的大牧主瓦其尔，也颤巍巍地起身拿起了酒杯。

"且慢，且慢！"达木汀打手势，请他们坐下，"贡郭尔先生，你这话我怎么有点听不明白呀！"

"听不明白？"贡郭尔做出十分惊奇的样子，将举起的酒杯又悻然放了下来。

"什么被俘的信使？你除了叫老管家的儿子去给我报信之外，还派过别的信使？"

"达木汀乖，您就别明白人说糊涂话了！"

达木汀点点头，十分认真地说："那么你照实说吧，你先后往我那儿派去过多少信使？"

贡郭尔一时摸不透他的意思，闪烁其词地应付一句：

"不少。"

"都是去找我的？"

"也许……"

"那为什么我一个也没见到？"

"您怎么会没见到？他们全被扣在骑兵师里。"

"你那些信使都叫骑兵师扣住了？"

"可能……"

"骑兵师几个领导人隔三差五我常见，他们从来没跟我提起此事。"

贡郭尔压根儿就没想一锹挖出一口井来。他眼角上挤出几条酸溜溜的笑纹，那像一条条毒虫似的笑纹里爬满了诡秘与奸诈。"咱们暂时不提信使的事，还是喝酒，请、请！"

达木汀一边抿酒一边琢磨，贡郭尔约他亲自来此领取家物，原来是想从他这儿探听信使的下落，现在既已交了火，退守不如出击，于是他问贡郭尔：

"你说的那些信使到底是怎么回事？"

贡郭尔抿了一口酒，思忖片刻，语调变得强硬起来：

"达木汀乖，你我在官场上谋事多年，谁也不会叫半盅酒灌糊涂。您是他们封的盟长，我敢说您在他们那里肯定见到过我派往蒙旗各地的信使！"

"哦，不是去找我，而是派往蒙旗各地的信使呀！"

"您见过？"

"我若见过，何必叫你费口舌！"

"达木汀乖，事情不会是像您说的这样吧？如果我马上叫一个在骑兵师您跟他谈过话的信使前来见您，尊意如何？"他狡诈地死死盯住他的眼睛，又探过身来轻轻补了一句："人就在隔壁。"

他这一招很厉害，达木汀的心紧缩了一下！他曾经协助官布对那些被捉到的信使，做过教育感化工作，倘若果真有一个逃跑出来的信使与他在这酒席上对质，该当如何对付？……不过，仔细听来，贡郭尔刚才那句话说得很没底气，可能是在进行讹诈，他手里并没有逃跑回来的信使；即使有，与其退畏，倒不如先发制人。

"贡郭尔，既然人在隔壁，为什么不请过来呢？我倒很想见一见你说的那一位跟我谈过话的乡亲。"

贡郭尔干笑了一声：

"那就不必喽！您既然不想跟我合作，何必强人之所难？"

"各位，按事先我与贡郭尔先生达成的默契，此次前来，我唯一的目的是取走我家的东西，除此，没有打算跟什么人进行合作。"

"但是，我需要您的合作！"

"非常抱歉，我需要修正我刚才说的那句话。"达木汀站起来举杯说道，"事实上我和贡郭尔已经开始了很好的合作。这次我家遭到国民党兵的抢劫，是你看在乡亲的情分上，疏通各方，且多破费，才保住了我那些古董，今天又设酒宴，让我与各位老友小叙，我对贡郭尔先生如此豁达，表示钦佩，为此我借主人的酒，敬各位一杯！"

贡郭尔似很得意，冷不防又施出一个新招，说："达木汀乖，我先领您去看看您那些宝贝吧！"

到此，瓦其尔夫妇便告辞离去。在酒宴过程中，瓦其尔一直忧心忡忡，不多言语。达木汀从中看出了他在这里的处境和心绪。贡郭尔领着达木汀走出屋去，来到从前贮存皮毛的一间大仓库里，只见在潮湿的散发着霉菌气味的地上，像一堆垃圾似的堆放着达木汀那些藏书、字画、金石、古玩、文房四宝等物。

看到这般景象，达木汀不由得倒吸一口冷气，大声哀叹道：

"唉！这些东西能这样存放吗？！"

说着他一顿脚，不知被什么东西滑了一下，险些跌倒。低头看去，原来是踩在沾满泥水的一卷净皮四尺宣上。这种宣纸产于安徽泾县，自唐代已列为"贡品"，质地精良，性能奇特，蜚声中外，自古有"落笔宣纸，墨分五色"之美谓。达木汀还记得有人为这种宣纸编过三十二字诀：纤维纯化，质地绵韧，光洁如玉，纹理纯净，墨韵清晰，搓折无损，不蛀不腐，纸寿千年。想起这三十二字诀，使他啼笑皆非，泡在这发臭的泥水里，再好的宣纸，也难保"搓折无损，不蛀不腐，纸寿千年"！

这些宣纸被糟蹋，虽令人心疼但毕竟不算是稀世珍品，尚可忍受过去。达木汀的家珍中最为贵重的，是那一大批宋元古瓷和明清字画。如若达木汀亲眼看见他那些惜爱如命的历代珍宝被破碎或扯毁，那么他不是当场昏厥也得事后上吊。就在达木汀这样胡思乱想地四处寻觅时，一桩桩令人不寒而栗的情景，接连映入他的眼帘：离他站立的这块地方只有五六步远的墙旮旯，堆放着一堆碎砖烂瓦，在那砖头瓦块上面随便扔着一个大口朝下的瓷碗。仓库里光线暗淡，他头一眼没看清那是什么碗，然而当他向前移动两步再往那碗上细看一眼时，不由得出了一身冷汗！与那碎砖烂瓦混杂在一起的乃是举世无双、价值连城的宋瓷：青花鸳鸯莲花碗。我国瓷业传至宋代最为繁兴，宋瓷的质料、做工、颜色、装饰等均有神奇的造诣，而这一出自当时河北定县名窑的青花鸳鸯莲花碗，细纹凹雕，釉色滋润，其工艺之精妙已是登峰造极，是件素被历代收藏家誉为："青如天，明如镜，薄如纸，声如磬"的珍品。而今与砖瓦混杂，且时有被毁碎的危险，此情此状，达木汀目不忍睹。他一转身刚要迈步，不料又见脚下躺着另一件东西，定睛一看，他差点惊叫起来！脚下躺着的竟是元朝宫廷用品：斗彩葡萄高足杯。传说这是元世祖忽必烈专用的酒杯。元朝时代，蒙古人入主中华，享国不及百年，且长期为统一国家而征战，几乎无暇享乐，所以瓷业传至元代无多进步。但是这件斗彩葡萄高足杯，是皇帝的酒具，自然亦是精华上品。它的制作别有一番功力，是利用"窑变"技艺巧妙地烧出红、绿、紫三种天然色，而在"窑变"过程中，匠人竟能使红、绿、紫三色自然形成一串串圆熟可摘的葡萄，凸嵌于杯身之上，式样奇巧，看去变幻莫测、灿烂炫目，不胜艳丽。元瓷虽次于宋瓷，但这件高足杯，是我们老祖宗忽必烈皇帝的御品，达木汀历来视它为高于一切，万万没有料到今天它被弃置于脚下一汪泥水之中！他已完全没有勇气往那垃圾一般堆放着的家珍上再瞥一眼了！那些物品虽然并不是件件皆为稀世瑰宝，但每一件物品都有一番典故，一曲缘由，和他曾经倾注的一腔心血。想到这里，他决然提出要求：

"贡郭尔，我把全部家业给你做抵押，也得把这些东西马上搬走！"

贡郭尔好不爽快，当即答说："我也是这个意思！您亲眼看见了，您的家珍放在这样一间又臭又脏的仓库里，继续糟蹋下去，我也于心不忍！"

"那好，我们一言为定！"

达木汀马上就要吩咐老管家装车。

天底下哪里有这样便宜的事！贡郭尔一把抓住达木汀的手腕，既像要挟又像祈求地小声对他说：

"达木汀乖，咱们办事情总得有来有往吧！"

"我不是说过了吗，拿我的全部家产做抵押！"

"不，不，那用不着。作为归还这些珍宝的条件，我对您只有一件小事相求。请您到那边小坐。"

说着贡郭尔将达木汀引进自己的住室。

看完仓库来到贡郭尔的住室，达木汀此刻的心绪，打个比方吧，就好像是原先只听说亲人病危而未见其病容，虽感沉痛倒还能够克制，但一旦亲临病室目睹亲人弥留期的惨状，这才真正令人痛不欲生。那些家珍在阴暗、潮湿的仓库中面临毁灭的惨状，一直萦绕在他的眼前，现在他已全身瘫软，真担心还有无力量从这里走开。

"达木汀乖，为了赎回您这些东西，我往国民党军官手里光是金条就捅了这个数——"他伸出五个指头，接着又说："还送了毕克齐产的上等烟砖一十二块！您说我图个啥！"

他们落座后，贡郭尔继续编造甜蜜的谎言。其实是他派手下的人去抢劫了达木汀的家珍，哪里花过一分一厘钱！那天他被刘峰叫去，受到指责后，就想出这个狠毒的招来让达木汀自投山门，从他嘴里了解他那些信使、密探们的下落。这次行动费劲儿不小，但直到现在几无收获。他在问自己：是这个老家伙确实不了解情况，还是要花招只想把他那些东西骗回去？他一时揣摸不透，但无论如何不能就此止步。他向达木汀开始摊牌了：

"在这间屋里，只有您我二人，我想把底全抖搂给您！只要您把我那些信使的情况如实告诉我，您就把那些东西马上装车、拉走！"

"贡郭尔，你为我那些东西破费那么大，我本应有所相报，我虽老朽，总还没有糊涂到连这一点人之常理都不知道。我跟你已经说过，那信使的事情他们从未向我透露，我确实一无所知。"话说到这里达木汀已经显得疲惫不堪了。

"那么好吧，我们都不必把事情往绝里做。"贡郭尔换了一副腔调，"现在我向您提出第二层意思：您暂时把东西存放在我这里。您回到骑兵师，有名有姓地打听到几个我的信使的下落，或者您帮助一两个我的信使，从骑兵师逃回来，我马上就把您那些东西全部送到您的家里。有来有往，各有利益，怎么样？"

"我尽力而为。"

"好，君子协定，限期三天。请您上路！"

三天之后，贡郭尔从达木汀那里什么信息也没收到，更没有一个信使从骑兵师逃回来向他报到。

贡郭尔恼羞成怒，决意要对达木汀进行报复。究竟如何进行报复，人们说法不一。从贡郭尔身边左右传出来的消息说，他下令把达木汀的全部家珍搬到乌金台村头大草滩上，泼上煤油早已付之一炬。然而也有人传说，贡郭尔烧掉的那是一堆破纸旧衣烂麻袋；达木汀的那些无价之宝，已由军统系统某一个有力人物全部运到北京城，卖大价去了。

还有人传说，既没烧，也没卖，贡郭尔把那些东西完好地保存在一个秘密地方。他打的什么主意，谁也说不清楚。

众说纷纭，莫衷一是。

这里是幽静的峡谷，孟根布拉格[1]泉水从这里涌出地面，像它的名字一样闪烁着耀眼的银波，向远方潺潺流去，给这蓝幽幽的峡谷留下一片白蒙蒙的薄雾。附近山林长年受到云雾的滋润，生长得格外繁茂。在这春寒料峭时节，这里已是鹅黄遍野，生机盎然，小鸟在密林中自由地欢唱。富于繁殖力的野兔，在这里自由地生养，多得像野鼠，它们到处像飞箭一样穿来梭去。在战乱中失群的各种家畜，也从各地流落于此，渐渐退化成为野生动物，过着闲适而无聊的生活。

一阵马蹄声打破了这里的寂静。

小晌时分，铁木尔、欧阳和两个护送他们的战士，来到了这里。他们从沙

[1] 蒙语：银泉。

拉更庙出发，连续驰骋了整整一夜，已是人困马乏，来到这景色迷人的峡谷，收住马缰，稍事歇息。

铁木尔敏捷地跳下鞍来，回身拽住欧阳的马头问："怎么样，这一宿颠得够受吧？"

"没事！"她从马背上向他莞尔一笑，与从师部出发时一样还是那么兴致勃勃，毫无倦容。

"我们需要尽快闯出察哈尔边界，路上就没歇脚。"他一边解释一边扶她下马。

刚说完"没事"的她，一下马来就"有事"了，两条腿又僵又麻，一下坐到了地上。

"两条腿不服从命令了吧？"他笑着问她。

"我算服了你们蒙古人啦，骑着马怎么打到欧洲去的！"欧阳不停地捶着自己的两条腿。

"还打到了印度呢！"在一旁松着马肚带的那个小战士，自豪地补充了一句。

另外一个战士掀动马鞍，透了透风，也插进话来：

"那靠的是一种精神力量。"

铁木尔说："对！欧阳就说你吧，如果没有一种精神力量的支持，骑着马一宿能跑出这么远？"

精神力量？她回忆这一宿的艰辛驰骋，好像确实有那么一种东西似的，一时说不清楚。

他们开始分工：欧阳遛那四匹马（铁木尔嘱咐不能马上饮水）；铁木尔和那个小战士去捡柴，另一个战士拿茶缸子去舀泉水。

不多时，篝火点着了，水烧开了。四个人围坐在一起，一把炒米，一口肉干地吃起野餐来。当年蒙古军西征时，在异国遥远的征途中，抑或也是这样进餐的吧，她想。前些时她总感到孤寂，为了解闷，读过几本蒙古史书。

野餐后，他们给马绊上脚索，放开它们去吃草，而他们四个人围着篝火困倦地躺了下来。

眨眼工夫，欧阳听见那三条汉子轮番打起令人羡慕不已的呼噜来。她好奇地坐起来默默地看他们，这三条汉子睡态各异，十分可笑，其中铁木尔最为特殊，他"大"字形地仰卧在地上，翘着鼻子，张着嘴，摆好了架势，好像誓与同伴们在呼噜比赛中一决高低似的。男人们睡觉时都是这个样子吗？若在晚上看见真够吓人的。她真羡慕这些男同志，他们醒着的时候，一个个都像不知疲倦的猛虎，一躺下就把一切关在梦境门外，无牵无挂心身全然得到松弛。可是她呢，欢乐与悲哀、兴奋与焦虑全搅和在一起，欢乐时掺着悲哀，焦虑中又带兴奋，所以总是受这样或那样心事缠绕，得不到彻底的松弛与休息，这么年轻就经常失眠。这一次她听说跟铁木尔结组远行执行任务，又兴奋得有点过度，在马背上颠了一宿，而今只有倦意而无睡意。

三条汉子的呼噜比赛第一次高潮渐渐过去，他们睡得更沉了。她看见铁木尔改变了"大"字形，蜷缩起身来。他身上没盖东西，被山风吹得可能冷了。她想把自己的棉大衣给他盖上，可是还有那两位战士呢！

按照师部的指示，那两位战士把她和铁木尔护送出察哈尔边界就返回去。往后就只有铁木尔与她结伴前行。他们要装扮成哈吐团长老婆的男女佣人，取道集宁、大同、张家口等地，再到塞外重镇宝源城。路上，关卡重重，困难很多，危险不小，但她格外乐于此行，因为铁木尔和她在一起，每时每刻。

去年，她刚到草原时，以少女纯真的感情，一见钟情地爱上了铁木尔，后来才知道铁木尔已经有了未婚妻——斯琴，她感情上经历了一段隐秘的痛苦过程，最后才让理智慢慢收住了自己的心。她可以说，在斯琴面前，是问心无愧的。

然而她遇到了人世间比比皆是的一个普普通通的问题，即：理智的抉择，断不能将感情的新绿枯死。实际上她对铁木尔的爱慕之火，从未熄灭。这一次她在舞台上扮演铁木尔的妻子，那个人物虽然不叫欧阳庆中，但她终于从扮演中得到了感情的补偿。就在她沉醉在意外获得感情的补偿之中时，又意外地接受与她深深爱慕的铁木尔结组远行的足以使她欣喜若狂的光荣而富有诱惑力的任务。此行任务艰巨，她与他实实在在地成了一对生死与共的亲密伙伴。这是际遇，幸福的际遇。如果需要，她将毫不犹豫地为他牺牲一切，乃至生命！

哦，他现在已经结婚了。

这，她知道。他和斯琴回家结婚时，她还特地前去为他们送行，而且还说过那么多祝福的话。那些话语都是真诚的、由衷的。

然而，结婚是什么？是感情的必然还是理智的抉择？她不愿意深想这个问题，她只希望保存住自己少女那片感情的新绿。这是她的权利；那片新绿只属于她自己。

她枕着一块老大的鹅卵石，仰望着峡谷四周白雪皑皑的巍峨山峰，和那上面飘动的浮云，任思绪自由地流动，这就是她的甜蜜世界；这世界也是只属于她自己。直到这时，她依然没有睡意。

他们该启程了。她叫醒了那三条汉子。

两个战士爬起来，去泉边洗脸。

铁木尔收拾着行囊，问她：

"没睡？"

她摇摇头。

"你一个人干什么啦？"

她向那两个战士望了一眼，他们正在几十米以外洗脸。她咬着嘴唇凑近他耳边悄悄地说：

"看你睡觉的模样儿了。"

铁木尔脸一红，摆了一下大手掌子：

"那有什么可看的！"

"你的嘴唇那么招引人……"

铁木尔绷起脸来用手背抹了一下嘴皮子，走开了。

"怎么着，不想听啊？"她在后面娇声娇气地喊着。

他没回头，径自找马去了。

他牵着马走了过来，她迎上前去。

"我们的人，已经埋伏好了。一切按原定计划进行，你可以去了。"在昏暗的暮霭中，沙克蒂尔走到斯琴身边小声说道。

斯琴向他默默点了点头，便朝亮着灯火的贡郭尔家走去。

斯琴是个责任心很强的人。新婚之夜铁木尔与她分别，远去执行特殊任务，她的情绪不但没受影响，反而以更大的热情投入了这场严峻的斗争。她跟贡郭尔家的女奴笃日玛，已经接触过几次，一般情况都已经掌握了。今天晚上她将深入虎穴——只身闯入贡郭尔家里，侦察细情。

为了预防不测，沙克蒂尔调来了他的突击队员，埋伏在附近。他还叫莱波尔玛担任流动哨，观察动向，并在他们之间传递情况。

斯琴手里提着两条煮熟的羊腿肉，她今晚是以给笃日玛送结婚喜餐为由，到贡郭尔家去的。

贡郭尔家的周围环境，她了如指掌。他家那远近出名的四条守夜狗，从前她喂过它们，都认识她，只要用他们家的习惯叫法唤它们的名字，它们就会放她过去。贡郭尔的父亲普日布，特别相信他精心饲养的那四条大狗的守夜能力。只要守夜狗不叫唤，外面有什么动静，他也不在乎；但是只要守夜狗一叫唤，不管外面有没有事情，他都要走出包去仔细察看一番。

女奴笃日玛，从来不被他们当人看待。她住的那座破蒙古包，孤零零地立在离主人住的蒙古包和客厅很远的西北角上。主人从来不到这里来。斯琴从西北面顺利地接近了笃日玛的蒙古包。这时她听见守夜狗已开始警敏地骚动。她急忙连连发出"嘘格，嘘格"的轻声呼叫。这是贡郭尔的家人向守夜狗打招呼的方法。守夜狗一听是"自家人"，没有作吠。

"嘘格，嘘格——"

顺着她的声音，一只守夜狗晃着身子向她奔跑过来，那狗黑糊糊毛茸茸又高又大，像头野熊。如在此时不再唤它的名字，它会马上向你狂吠。她记得从前把守西北角的狗叫巴尔，如果现在还是它在此镇守，那么只要轻唤几声它的大名，她就可以安然过去了。

那个大熊般的黑影，在一步一步向她靠近，喘着粗气，咂着舌。

"巴尔！巴尔！"

她唤了两声之后，紧张地注视着它的反应，如若这里换了别的守夜狗，那将发生不可设想的事情。谢天谢地，巴尔老将军还没换防！它听见唤它的名字，疾步奔来，人立而起，个头几乎跟她一般高！它用冰冷的鼻子闻了闻她的双手和胸口，随即两只前爪落到地上，摇着尾巴，紧贴着她的两脚绕起圈来，它好像闻到了陌生的气味，尾巴不再摇动。大脑的指挥系统发出了警戒信号。它这些细微的变化，斯琴看在眼里，急中生智，从布包里掏出一块香喷喷的羊腿肉，扔给了它。它用鼻腔连连发出欢悦的道谢声。斯琴这才松了一口气，在它那毛层很厚的脖子上亲热地抓了两把。它只顾啃羊腿，没有抬头。

它的尾巴又摇动起来——警戒信号解除了。

笃日玛的蒙古包外面有一个样式特别的烟囱，冒着缕缕轻烟，包里有微弱的灯光：她在家。

斯琴轻轻走过去，打开门，刚迈进脚去，不由得"啊"地惊叫一声。她看见可怜的笃日玛满身是血地瘫倒在地上，身边的破布片、干牛皮、枯草叶上也全是血。灶里没生火，包里很冷。不知道这里发生了什么事情！

斯琴急忙走过去抱起笃日玛的脑袋，连连小声呼唤：

"笃日玛姐！笃日玛姐！"

良久，笃日玛慢慢抬起眼皮，但无力说话。

"姐，你这是怎么啦？"

笃日玛前额上淌着谷粒大的汗珠，眉头紧蹙，呻吟不止。

这时斯琴才发现在笃日玛裤裆底下那块破毡片上有一块血淋淋的肉团。她流产了。

斯琴的心猛地好像被人撕扯了一下，疼得她全身发抖。她想起从前自己也曾有过同样的遭遇，不禁眼泪扑簌簌滴落下来。她紧紧地抱着笃日玛呼唤："姐，姐，我来了！"

笃日玛终于苏醒过来，她认出了斯琴，双唇抽搐着喃喃地说：

"是你……好妹妹！"

……

斯琴总算把那些血污收拾完毕，又给笃日玛换了衣裤，让她躺在一块遮风的地方，准备再把炉火点着。她到包外去抱柴，就在这时，她发现了一个非常奇怪的现象：炉灶里没生火，而烟囱却在冒着轻烟。她抱着柴返回包里，拿起烧火棍往灶里捣了半天，仍不见一颗火星。那烟是从哪儿冒出来的？现在不便向笃日玛询问此事，还是先把火点着。不一会儿包里渐渐暖和起来，流血过多的笃日玛不停地咂着嘴，她想喝水。斯琴热了一碗奶茶，用小勺一口一口地给她喂水。

"你怎么今天到这里来了？"

"姐，我跟铁木尔结婚了，我是来给你送喜餐的。"

"哦，你们还记着有我这么个人！"

"到你这里来可真不容易！"

"要是你今天晚上没来，我也就这样死了。"

"你什么时候怀孕的？"

"……"

"跟谁？"

"……"

"姐，你把实情告诉我，我给你报仇也得有个人头儿啊。"

"……"

"是咱们村的？"

"……"

"外乡人？"

"嗯。"

"你跟他在哪儿认识的？"

"……"

"在外地？"

"不，……就在这儿。"

"这儿有外地人？"

"有……就是从前在你身上打过主意的那个姓刘的。"

"他不是早就走了吗？"

"没走，他一直就住在这个家里。"

"住在什么地方？"

"客厅地下室。"

"客厅有地下室，我怎么不知道？"

"原来是个小小的菜窖，去年来了一帮当兵的，大兴土木干了好多天，修成了一个老大的地下室。那个姓刘的就住在里头。他们怕外人知道，就让地下室里烧火的烟，都走我这个烟囱。后来那个母狗卡洛也钻进地下室去，跟姓刘的鬼混了好几个月。卡洛回家去以后，姓刘的就缠住我不放……前些时他回关里去了，我刚松口气，可就在那时我知道自己已经怀孕了。前些天姓刘的又回到这里，还领来了四个人。"

"他们全住在地下室里？"

"像一窝狼似的都藏在那里头，他们吃的饭，我做；喝的茶，我煮；烧的柴，我砍；我给他们当牛马使唤，还提心吊胆地看动静、听风声，保护他们安全，可他们对我怎么样？五个人轮着糟蹋我……我小产了……"

灯油已经耗尽，灯芯在灯盏里冒着白烟嗞嗞地响着，最后微弱地闪了一下亮，就灭了。包里一片漆黑。她俩流着冰凉的眼泪紧紧地偎依在一起……

八

宝源城起初并无城池，也算不上是市镇，它只不过是清朝通往外蒙古大库伦[1]的无数个驿站中的一个小小驿站。所谓驿站者，也就是从北平城出发的日夜兼程的信使，在这里留下一匹疲惫不堪的乘骑，换上另外一匹精神抖擞的奔马继续前行的"换马的地方"。到了清末民初，山西、河北一带的回回商人大量北上，专做蒙古地方的买卖，他们的活动范围很广，南从多伦，北到恰克图[2]到处都有他们的店铺、作坊或流动商队。当时有一个回回商人给这个地方起了个名字，曰宝源。财宝源源而来也。充满商人贪婪金钱的气味。此后宝源虽有发展，多不过是有了几家饭馆、杂货铺、药店和挂马掌的铁匠炉，并无多大名声。而今它却名声大振，国民党派重兵镇守，成了向北进攻或者向南退防的军事要冲。这个小城镇借助战乱突然发迹，一时间兵来车往，店铺林立，一片嘈杂。

就在这样一座杂乱不堪的塞外小镇子，国民党驻军还分为嫡系、旁系、亲者、疏者、可信的与不可信的等等三等六级。当然从来不曾有过这类明文规定，但是人们从驻军各部营地设置的地方，大略便能辨别出它属何系、何等、何级。嫡系的、可信的或有强硬后台靠山的，驻扎在城内中央地段；嫡系、可信而无强硬后台靠山的，驻扎于城内边缘地带；旁系、疏远的都安排到城外近郊；然而哈吐的蒙古骑兵独立团连末尾这一类里都没被列入，把他们派到了远郊一个尘土飞扬的穷村庄里，借口是蒙古兵爱喝酒，为预防滋事不许在能闻到馆子味儿的地方驻防。一听这话，哈吐差点气炸了肺，他反驳说："你们汉族兵不爱喝酒，那为什么那些酒馆天天满座？"然而一两句牢骚话顶啥用！叫他搬到远郊去，他也不敢违抗命令。除此之外，他们还在给养、装备、军饷等各方面卡哈吐骑兵团。终于把那些蒙古兵惹恼了，他们进城去闹过一次事，这引起了国民党特务机关的注意，他们对哈吐团长倍加防范。到这时他们才发现叫哈吐这个

[1] 现为蒙古国乌兰巴托市。
[2] 原为苏蒙边境城市。

"不听话的蒙古人"搬到不受监视的远郊去驻防，不是什么好主意。现在又不便再请进城来，只好利用各种借口，不断地往他那里安插耳目。

这一天哈吐同他的亲信——韩副官一起，喝了一点闷酒，他很动感情，抓着韩副官的肩膀说："老韩，咱们要好生保护住这支队伍啊，有朝一日让它为我们蒙古民族效力！"

哈吐把所谓"为蒙古民族"的论调，跟韩副官不知说过多少回，韩副官听得耳朵都快生茧子了。今天他发现哈吐用了一个非常重要的新词：有朝一日。

这就是说，现在他还没有为自己民族效力，岂不与他原来的主张大相径庭？

长期以来哈吐坚持自己那一套"多条道路救民族"的主张，他不反对他的好朋友铁木尔跟着共产党走，同时认为他在国民党这里也可能为自己的民族寻找到一条出路。不妨分头试一试，殊途同归，最后哪条道路好，就走哪一条。他出于这样主张，冒着风险营救过铁木尔，甚至冒着更大的风险应铁木尔的要求，还营救了那个素不相识的姓周的汉人。

那么他从何时起觉悟到他还没有为自己民族效力呢？

这个来龙去脉，还是现在坐在他对面、听他第一次说出"有朝一日"这个新词儿的韩副官最清楚。

哈吐经常唱"为民族"的高调，但他从来也没说清楚或者他从来也说不清楚他为的是什么样的民族？在这个时代，在蒙古人当中人人都在高喊"为民族"；"为民族"已成为最时髦的口号。哈吐也喊这个口号，不能说他原来本没有一点为自己民族的人民做点事情的意愿，他在国民党统治区拉起这支民族武装，还算是有点热血男儿的勇气。但他的行动恰恰迎合了国民党的需要，因为国民党在内蒙古早已不得人心，十分孤立，他们正希望有一支像哈吐骑兵团这样的民族武装，来给他们装潢门面。他们想利用他，但对他又不信任，只得拉拉压压，打算慢慢将它吞掉。哈吐是个聪明人，早就看出国民党这个意图，他一方面极力想保住自己这支力量，另一方面暗中在给自己准备后路。我地下党组织及时掌握到哈吐这种心理状态，便通过韩副官等地下党的同志，积极、耐心地对他进行工作，促使他做出了营救铁木尔和周政委那样颇冒风险的举动。铁木尔和周政委脱险之后，他好像觉察到了一点什么，或明或暗地几次向韩副官探问消息。为了掌握他的思想动向，党组织指示老韩，在一个极端秘密的条件下正式告诉他：铁木尔已经回到了自己的部队；而与铁木尔同时脱险的那个汉人就是"蒙古八路"骑兵十二师政治委员。哈吐听到这个消息以后既不惊讶也不紧张，好像心里早就明白。他说："在那边咱们应当多交几个朋友，日后有用。"这一句话披露了他最隐秘的心迹。此后，这里发生几起他手下的蒙古兵被人欺辱的事件，他本人跟这里中央军的某实力派人物也不断发生摩擦，特务机关更加有了戒心，直往他的独立团里塞人。这就逼得他不得不与韩副官进行深入而认真的磋商了。

有一次，他到张家口华北"剿总"开会回来，好几天忧心忡忡，不多言语。一天晚饭后，他约韩副官出去散步，他们走到村外一座空寂无人的丘陵上，他停住脚望着慢慢落下山去的夕阳，十分忧郁地问韩副官：

"你感到寂寞不？"

韩副官略顿，答说：

"有时很寂寞，有时又觉得挺热闹。"

"可我只感到寂寞……我们在他们这里往好里说也不过是个孤独的局外人！"

"局外人？"韩副官摸不透他这个用词的涵义。

"你以为穿上这一身黄皮子，他们就把你当成自己人啦？"他抻着军衣袖子说，"根本不是那么回事！"

"这我心里倒明白。"韩副官鼓励他说下去。

"这一次我到华北'剿总'出席军事会议，有的会叫我参加，有时他们自己人开会，叫我去逛大街、听山西梆子。真是可笑又可气！"

"这不足为怪，他们是大汉族主义者嘛！"

"可这个中国，不只是属于汉人的！我们蒙古人绝不是中国的二等公民！蒙古人当过中国的皇帝！蒙古民族是伟大的民族！他们凭什么瞧不起我们？一想到这些，我就想干出点事业来叫他们看一看！"

"对！我作为你的副官，你干事业我陪着！"

"这次去开会我听到一个非常重要的消息。"他拉着韩副官坐到一块卧牛石上，"有一个军统情报官，在会上作了有关敌情的专题讲演，其中多有陈词滥调，不去说它；但是从军统那个人的讲演里我倒听出来人家共产党那边，对内蒙古真看重啊！据他介绍说，过不了多久，共产党就要让内蒙古实行民族自治，成立自治区哪！要不说过去我老是纳闷：我的那些同学、同乡、同事和童年的朋友们，怎么就一个个都往共产党那边跑？就说铁木尔吧，那么好的青年，宁可掉脑袋，也干八路军！现在我才开了窍，原来我们蒙古人有识之士，都在那边……我们在他们这里却像一个沙漠夜行者，只有孤独和寂寞……"

韩副官坐在一旁，两眼盯在脚下的枯草尖上，默默抽着烟，一言不发。

他这种冷淡的态度，使哈吐感到不快。哈吐把对任何人不得泄露的高级军事会议的情况，都透露给他了，甚至将自己长期隐瞒的心迹，亦已向他挑明，可他为什么毫无反应？索性他直截了当向韩副官提出问题：

"韩副官你说句痛快话：我哈吐现在该迈哪只脚？"

韩副官掐灭了烟蒂，若有所思地叹了一口气，只吐出两个字：

"难哪！"

"难什么？痛快点！"

"你的四周他们的耳目太多了。"

"这我明白。"

"在他们眼皮底下，我们能动弹吗？"

"就看怎么动了。"

韩副官把握住时机，说：

"你一再叫我说句痛快话……"

"越痛快越好！"

韩副官站起来，抬起右手往北一指：

"应该尽快跟那边挂上钩！"

哈吐开怀大笑起来：

"何止挂钩！我已拿定主意，在即将开始的这场大仗中有所作为！现在只有一件事，叫我放心不下……"

"什么事？"

"我有后顾之忧！"

"你是说，家眷？"

"是的，我的家眷都在老家，那里是这边管辖地区，如果我在这场大仗中，做出叫这边过分难堪的举动，他们会对我的家眷下毒手……"

"做人质？"

"完全可能！"

韩副官探明了他的心事，当即表示：

"你要决心干大的举动，我马上派人把你的太太和其他家人接到这里来；为了安全，如果你愿意，还可以先期将他们送到那边去。"

"这后面的事容我再作考虑。"

"那么先把你的家眷接来！"

"好吧！不过切莫声张，以免引起他们的怀疑。"

这就是这一次造成铁木尔与欧阳庆中结组远行的原委。

铁木尔和欧阳二人从解放区启程后，韩副官就通过地下党的组织渠道，随时掌握着他们的行程和安全情况。据了解，他们完全按照原定计划携带着哈吐团长的家眷，已经顺利地离开了四子王旗。如途中不出意外，他们近日即可到达此地。韩副官多方面活动，终于在村头给哈吐团长租到一所单门独户的农家住宅，土墙土屋，条件不算好，但它离军营远，僻静，可以躲开特务机关的耳目。

韩副官作为一个地下工作者，养成了敏捷而缜密的办事作风。数天之后当铁木尔他们乘坐火车到达张家口车站时，韩副官派去的人早已等候在那里，接过头后，随即转乘汽车直奔宝源城外。

……

一路黄尘，汽车连夜开到了哈吐团长住宅门前。

韩副官和哈吐团长的两名文书，在门口迎候。

铁木尔首先跳下车来，他身穿一件蒙古长袍，头上一顶火红的狐狸皮帽子紧紧压过眉头，只露出一脸浓密的络腮胡子，连韩副官一时都没有认出他来。

哈吐团长的太太让欧阳搀着下了汽车，韩副官疾步迎上前去，先施一礼，便操着浓重的东蒙语音，热情地向她问候：

"太太，一路上辛苦了！"

那女人一看韩副官，就像见了亲人，禁不住流起泪来。她擦着眼泪，声音颤抖地说：

"你们在这儿也辛苦了！"

她把"你们"二字说得格外富有感情，那里面似乎包括了她的丈夫，以及在这陌生的地方与她丈夫同甘共苦的所有的官兵。听了这话，韩副官鼻尖一阵酸痒，他报告说：

"哈吐团长去开紧急会议，叫我在这里迎接太太。"

"他身体好吗？"

"身体很好！不过太太和孩子不在身边，有时他心情不太好。"

太太又抹起泪来。

韩副官在前面引路，欧阳庆中领着团长太太和她那两个五六岁的孩子，一齐走进院里。

铁木尔和另外两个佣人，还在外面忙着从车上卸东西。

等韩副官让团长的太太和孩子们，在屋里落座之后，忽然想起他还没有见到铁木尔。他望了一下正在照顾太太的那个长得俊俏的年轻女子，猜到她必定就是与铁木尔同行的欧阳庆中同志。记得她现在化名为杨青。于是他走过去与她搭话：

"杨青姑娘，在路上你们没遇到什么不愉快的事情吧？"

一听唤她的化名，她已猜出这个人就是韩副官，但她还是绕个圈子，用试探的口吻说：

"由于您的精心安排，路上很顺利。"

"哪里，哪里，还是多亏杨小姐……"

没等他把话说完，太太却插进话来：

"是啊，韩副官，你派去的这个杨青姑娘，又精明又懂事，一路上没少费心。"

"太太您满意，我就放心了。"韩副官又问："铁木尔怎么没见？"

"方才头一个跳下车来向您问候的不就是铁木尔吗？"

韩副官用手掌轻轻拍了一下脑门，笑着说：

"我忙着照顾太太，就没顾上瞅他一眼。失礼，失礼！"

说话间，铁木尔扛着一件大包袱走进屋里。韩副官从他那明亮的双眸，已认出他来。他那把络腮胡子，好像是假的，看去很好笑。

"铁木尔！"

"……哎！"他差点使出军人的习惯用语："有。"

"这次你干得不错！哈吐团长特地从馆子订了一桌席，给太太和你们几位接风！"

……

哈吐团长开完紧急会议回来，给太太摆宴接风，与家人久别重逢，他显得格外兴奋，但不知为什么，把本来可以畅饮到天明的宴席，很快就收了。而后把韩副官一个人领进另一间屋子里。哈吐神色紧张地告诉他，现在情况非常紧急！在今天作战会议上，下达了华北"剿总"的命令：向锡察草原进攻的计划提前执行。

"定在哪一天？"

"四月十五日！"

"提前了整整五天！"

"他们想先发制人，一举取胜。"

笃日玛被地下室的群魔轮奸，造成流产，在昏迷中被斯琴救活过来，从此，她与斯琴再也没有隔阂了，变得像亲姐妹一样。斯琴因势利导，笃日玛终于提供了特务分子的黑窝——地下室的全部秘密。直到这时，沙克蒂尔和其他同志们都避免与笃日玛接触，因为她是个多疑的人，且又对男人有一种本能的仇恨心理，在她刚刚开始觉醒的时候，还是让斯琴一个人与她接头为好。斯琴把笃日玛提供的地下室的结构布局、器材设施情况，用她学会的蒙文拼音写了好几份书面材料，沙克蒂尔看过之后直摇头，说比天书还难懂。只好从师部把大知识分子作战参谋彭斯克请来，让斯琴口述，他做记录和绘图，在彭斯克的生花妙笔之下，有关地下室详细情况的一份图文并茂的报告，终于诞生了。

要求这份报告必须绝对精确、可靠，因为沙克蒂尔领导的突击队，将以它为指南，来制定行动方案。为慎重起见，沙克蒂尔叫斯琴把这个报告中的几个关键性细节，跟笃日玛重新核实一下。报告文本不能拿到笃日玛那里去，斯琴只好还是到村头去等她。

今天斯琴扎着新婚的红头巾站在村头，显得格外精神。笃日玛走过来没认出是她，就从很远的地方绕道而行。斯琴喊着她的名字追了过去。当她看清楚斯琴时，脸上露出难得的笑意。

"哟，扎着那么漂亮的头巾，我还以为是谁家的小姐呢，赶紧躲着。"

"这是结婚时铁木尔送给我的，当然漂亮了。"

"等打完仗，你们就能过上安安乐乐的小日子了，小两口你亲我爱的，再生个胖小子，多好啊！"

"到那时，你也会过上好日子的。"

"我？……"她扬起眉头，脸上掠过一层忧郁的阴影。好像一想到未来的时日她就完全失去了力量，顺势坐到了地上。

斯琴靠她的身边也坐下来。

"贡郭尔这个家是地狱，我一天也不想待在那里。"笃日玛拿着一根树枝，像战士劈马刀一样，把身边的枯草一片片砍断。"但是离开了那个地狱，有天堂等着我吗？没有！我恨那个地狱，又怕没有那个地狱。你们把贡郭尔的家炸了，烧了，我也解恨；可到那时，我到哪里去呢？"

斯琴抱住她的肩头说：

"笃日玛姐，你到我家去住！"

她勉强苦笑了一下，望着远远的天边说："到那时你和铁木尔生儿育女，也得撑家立户，我不能给你们添累赘。"

斯琴心想，笃日玛绝不像人们说的那样是一个半疯半傻、麻木不仁的人，看得出从她俩接触以来这几天，她想了很多事情，她正在苦苦思索中慢慢觉醒过来。这种觉醒即使是刚刚起步，也是有着坚实的思想基础。特别是她那些思索都与未来联系在一起，说明她的心中已经有了明天。她已不是一个完全悲观厌世的人。诚然她的精神负担是很重的，当她面向未来时，过去所遭受的重重苦难，总是使她疑虑、却步、缺乏信心。从本质上看像她这样的人是有希望的，她的心中堆着一堆干柴，人情的一星火苗就能将它点燃起来。革命是什么呢？革命就是让像笃日玛这样一些被旧世界糟蹋和遗弃而濒于绝望的人们，恢复起人的尊严、人的欲求和人类应有的情与爱！

这些严肃的思索，使斯琴也变得格外严肃起来。她说：

"我和铁木尔都在部队里，仗还没打完，我们还得天南地北地跑……我有个想法，不知该不该跟你说。"

"有什么话不能说呢？好妹妹！"

"笃日玛姐，等到我们收拾掉地下室那些魔鬼以后，你就搬过来跟我爸爸一起过吧！"

笃日玛没有完全明白她的意思，转过脸来注视着她那神色严肃的脸，问：

"我到你家来……"

"你来跟我爸爸搭伙过吧！"

她把这样重要的事情，用那样平静的语调说出，笃日玛几乎不敢相信她的话是当真的。但是她一想做女儿的绝不会拿父亲的事情说着玩儿，就只觉得有股热潮从她心底往上涌，然而她那心上的厚厚的冰层，不会那么容易让那股热潮冲出来。一阵难忍的沉默之后，她心情沉重地说：

"唉！我被他们糟蹋得连我自己都嫌自己……"

"别这样说！我爸爸是个心地善良的人，他会疼爱你的！"

"这件事你跟他说过？"

"你要愿意，今天我就跟爸爸说。"

"我……怕他嫌我……"

"这么多年来为了我，爸爸他一个人过着孤独的苦日子，他需要你的爱。"

"这我……"

"您就听我的话吧，我求您！求您！"

"斯琴！……"

"妈妈！……"

她俩几乎同时紧紧抱住了对方……

"好妹妹！……"

"不，从今天起，您就是我的妈妈！妈妈！"

"孩……子，我的好孩子！"

一阵叫人回肠荡气的呼喊，在寂静的柳林中回响。

当斯琴回到家里时，沙克蒂尔通知她：师部已收到敌人提前五天发动进攻的情报，因此决定：向那个罪恶的地下据点，马上进行突击！

洛卜桑师长和苏荣副政委率领一个团的兵力，迅速开进了明安旗。他们首先把主力部署在白音都仍庙一带，目的是将设有敌人地下据点的特古日克村与贡郭尔的驻地乌金台以及敌军主力部队占据的宝源城完全分割开，而后他们率领一个连，将小小的特古日克村紧紧包围起来。

洛卜桑、苏荣径入特古日克村，在湖边安营扎寨。这个沉寂了很久的小小牧村，一时间人喧马嘶，重又热闹起来。

贡郭尔的父亲普日布，得知洛卜桑率领骑兵师进村的消息，一下慌了神，摸不清骑兵师是路经此地，还是在此长期驻防。他派两个牧工出去打探，牧工回来报告说，骑兵师层层包围了村庄，安营扎寨，炊烟四起，不像是短期停留的样子。普日布赶紧走进客厅，向地下室发出紧急信号。

在此之前，村里有这样那样一点风声，普日布就慌手慌脚地往地下室发紧急信号，自相惊扰，几次"狼来了！"之后，对此刘峰十分反感。今天又来了这么一下，刘峰拉着长脸，从地下室慢腾腾地走上来，以讥讽的口吻问：

"怎么，又是狼来了？"

普日布全身哆哆嗦嗦，直动嘴唇说不出话来。

见他这副模样，刘峰意识到可能发生了不同寻常的事，不由得心里一震，问：

"怎么回事？"

"骑……骑兵师进……进村了！"

一阵惊恐的神情掠过刘峰的长脸。

"是路过这里？"

"不，住下了。"

刘峰顿感事情来得严重，镇定了一下情绪，先对普日布进行安抚：

"不要这样哆哆嗦嗦嘛！"

"我……我是替你们担心……"

"这用不着！根据上面的通报，再过几天，就有一场大仗。这一仗国军投入的兵力大于共军三倍，必胜无疑。半个月以后，察哈尔草原上再也不会有叫骑兵师的那么一个玩意儿了。我们在下面贮存的东西，够一个月用的，只要你沉住气，挺几天就是我们的天下了。"

在他们交谈的当儿，笃日玛走到客厅门外发出暗号，普日布走了出去。刘峰在屋里听见他们在门外低声交谈：

"骑兵师来人了。"

"在哪儿？"

"在您的包里等着呢。"

"有什么事？"

"说是要号房子。"

"住我家里？"

"住不住不知道。听他们说洛卜桑师长给官儿们开会，全村找不到一间大房子，他们想借用您的客厅。"

"客厅？那怎么行啊！"

"行！"刘峰从屋里发出出乎意料的明确指示。

"这？……"

从屋里传出刘峰几声得意的冷笑：

"嘿嘿嘿，洛卜桑师长借这个客厅开会，这不是把军事情报送到门口来了吗？！天大的好事，答应下来！"

普日布虽然听到刘峰如此明确的指示，但心还扑扑直跳，他叫笃日玛先拿茶点去应付着骑兵师来的人，他又返回客厅里。

"把蒙古八路的大官们请到这客厅里来，可不是闹着玩的事，刘先生，险哪！你还有什么吩咐？"

"对这样局面怎么对付，办法早都跟你说过，现在我只特别提醒你一句：要沉住气。好了，再过几天，咱们一起去逛北平城！"

他一转身悠悠然走进了地下室。

普日布把地下室入口处，按照在紧急情况时应用的规定，细心地作好隐蔽，惊魂未定地走出客厅。

他在自己那座宽敞的蒙古包里，见到了骑兵师的三个人，他认出其中的一个是瓦其尔巴彦的二儿子沙克蒂尔。

"普日布大叔，您好！"沙克蒂尔以晚辈身份向他行礼问候。

另外两个战士，虽然没给他行礼，也都很温和地向他问候。

"老佛爷保佑，你们都好！路上辛苦了！"普日布竭力做出和蔼老人的姿态。

"大叔，今天我们有一件事来打搅您。"

"都是乡亲故里的，何必这样客气。"

"我们骑兵师洛卜桑师长要开个干部会，全村找了半天没合适的地方，首长派我们来跟您商量，能不能把您家的客房借用一下。"

普日布用手指头捻着胡子"哎呀——"地拉了一声长腔，说：

"那客房长年不住人，阴冷阴冷，乱七八糟，不行吧！"

沙克蒂尔马上截断他的退路：

"我们只是开个会，不住人，冷点脏点没事儿。大叔，我回去报告首长就说您答应了。"

普日布用干柴秆似的手指头往他脑门上点了一下说：

"这孩子，跟小时候一样，还是那样机灵。不看僧面看佛面，看在你爸爸的情分上，我也不好叫你作难吧！"

……

黄昏时分，骑兵师二十多位干部、战士陆续来到贡郭尔家的客厅里。

普日布早就让笃日玛生了火炉，客厅里很暖和。这在表面上是对骑兵师表示欢迎，实际上是怕他们发现从地下室里透上来的热气。

沙克蒂尔受命负责这次"作战会议"的现场指挥。他在屋外布置了双岗，屋内安排了警卫。事先已向所有"与会者"作了交代，进入客房之后，与往常一样说说笑笑，造成一种开会前的轻松而又嘈杂的气氛。

现在一切都按照他事先安排那样顺利地进行着。多数人的表演基本上达到了导演的要求，只有少数几个人过分紧张，从两脚跨进门来，手指头就没离开过枪机。这样容易发生问题，沙克蒂尔走过去向他们一一暗示：手指头别扣在枪机上。

等这里一切准备就绪，洛卜桑师长和苏荣副政委在四名警卫的跟随下，大步走进客厅。他们跟"与会者"握手交谈，"与会者"们也向他们亲切问候，客厅里说说笑笑，气氛十分热烈而又自然。

洛卜桑、苏荣就位之后，沙克蒂尔站在门口里里外外环视一遍，随即向苏荣点头示意。

苏荣高声说道：

"同志们，安静，现在开会。"

客厅里渐渐平静下来。

"今天我们作了一天战场实地观察，趁大家印象比较深的时候，在这里召开一次全师作战会议。今天的会议有各团团长、参谋长和作战参谋们参加。请同志们注意，今天晚上的会议非常重要，会议所涉及的作战计划，须绝对保密。现在请洛卜桑师长讲话。"

地下室里，站在入口处倾耳细听的刘峰，顿然脸上浮现出得意的微笑。他向坐在录音机旁的那个特务，递了一个眼色，命令他开始录音。那个特务轻轻扭动开关，磁带盘开始徐徐转动。

其他几个特务，一个个屏住呼吸、神情紧张，两眼直勾勾地盯住入口处。

洛卜桑师长习惯地咳嗽两声，郑重其事地问：

"外面岗哨都派好了吗？"

"派好了。"沙克蒂尔作回答。

"同志们，刚才苏荣副政委已经说过了，今天的会议非常重要，这是战前一次作战准备会议。"洛卜桑用他那军人特有的大嗓门，开始讲话。

刘峰龇着牙笑了，得意忘形地向那几个特务又努嘴又眨眼的。那几个特务还是那样紧张，想向他回笑一下，都没笑出来。

洛卜桑站起来，继续说：

"同志们请看作战地图。敌人从大同、新保安、宣化、张家口等地调动兵力，现已在宝源以南地区聚集，敌人发动这场大规模的春季攻势，妄图在察哈尔草原吃掉我军有生力量，从这里打开缺口，继续北上，而后东进，与盘踞在东蒙南部的敌军会合，从而对我内蒙古临时首府王爷庙[1]形成直接威胁。这是敌人的如意算盘。我师处于察哈尔草原的第一道防线，必然首当其冲地与敌军在这一带有一场血战。敌军为了争取时间，并在气势上压倒我们，准备投入大量机械化部队，而我骑兵部队缺少与机械化敌军作战的经验，同时敌机械化部队在推进速度、运载能力方面又占有优势，这将给我们造成极大的困难。根据此次战役的这样一些特点，我骑兵部队不宜在平坦草原地带迎战敌军，而要诱敌深入，在北部沙漠丘陵地区与敌决战。左、右两翼部队要充分发挥骑兵的快速迂回的特点，从背后包抄敌军，使敌军陷入进而无门、退而无路的困境。我们要捕捉住最佳战机，与兄弟部队配合，在北部沙漠地带一举歼灭敌军……"

刘峰往拿在手中的作战地图上，画了一条红线，箭头直插北部沙漠地区，

[1] 后改名为乌兰浩特。

并在那里重重地画了一个大红圈。

"根据我们得到的最新情报,敌人将于四月二十日发动进攻。我们要在四月十九日晚十时进入阵地,作好隐蔽。请各团按此时间做好一切准备。"洛卜桑师长有意地重说了一遍,"请同志们一定要记住这个时间,即:敌军将于四月二十日发动进攻;我们要在四月十九日晚十时进入阵地,作好隐蔽。"

洛卜桑宣布的这个时间表,使刘峰欣喜若狂。他攥起拳头来,向那几个特务做出一个胜利在握的手势。因为他刚刚收到通报:发动进攻的日期已从四月二十日提前到十五日。而洛卜桑还在按二十日布置作战计划。对提前五天进攻,洛卜桑毫无准备,刘峰怎么能不欣喜若狂!

作战会议开了一个多小时,洛卜桑师长布置完作战计划之后,"与会者"纷纷发言,有的提出保证,有的提出困难,有的对作战计划作些补充,最后苏荣副政委作了思想动员。会议将要结束时,有人建议洛卜桑师长今晚就住在这个客厅里。很多人附议,说这砖瓦房比帐篷暖和,师长有哮喘病,应当住在这里。洛卜桑师长大发脾气,说借用这间房子开会,只是为了保密,要不然他才不迈贡郭尔家的门槛呢!大家不敢再说什么。苏荣宣布散会。

骑兵师的人们开完会议,跨上马背一一离去。一直躲在蒙古包里祈求老佛爷保佑的普日布,终于松了一口气。他走出包来,没有先去客厅与刘峰打招呼,而是领上那四条守夜狗,绕着家宅走了一圈,确认没有骑兵师的人埋伏下来,这才把守夜狗放回原地,他一个人来到客厅。他一进客厅又细心察看了一遍,也没有发现可疑情况,这才向刘峰发出"平安无事"的暗号。刘峰从地下室只用暗号回答"知道了",而没有走上来。

地下室里一片繁忙。

刘峰重新听着洛卜桑的讲话录音,他叫一个笔头好的特务一边听一边草拟电文,另外三个特务正忙着发拍密码电报的准备工作。

这次是刘峰潜伏草原以来所获得的最直接、最重要的军事情报。他把那个特务拟好的电文斟字酌句地修改之后,当即用急电发回总部。不多时,总部发来"谢谢"二字的回电——按照他们的惯例这是说情报已经准确无误地收到了。

他们几个人几乎同时喊出一个字来：

"喝！"

法国白兰地在酒杯里闪着耀眼的金波。刘峰拿起杯盏，颇有些得意忘形：

"国军已经决定比原定计划提前五天即在四月十五日发动全面进攻，愚蠢的蒙古八路还蒙在鼓里，他们还在按四月二十日备战，让我们在这儿等着观赏这出历史剧精彩的最后一幕吧！各位，干杯！"

普日布听见从地下室隐约传来杯盏相碰的音响，他皱着眉摇了摇头。他无法理解他们那种欢悦心情从何而来！骑兵师驻在村里，近在咫尺，随时还会闯来，他们这样闹腾，找死呀！他心里忐忑不安，但又不敢去劝阻那些老爷们，只好熄了灯，走出客厅去为他们打更、放哨。

外面浓云遮月，一片黑暗。他不是靠眼睛而是靠感觉往前走着。突然他的脚被一个东西绊了一下，还没等他反应过来，一只大手掌死死捂住了他那张干瘪的嘴，他憋闷得刚要喘口气，嘴又被一团东西塞满了。他无力反抗，被一个彪形大汉像一口袋烂谷糠似的扔进了蒙古包里。在黑暗中有人捆绑他的手脚；他这才意识到已经发生了什么事情。

在另一座蒙古包里，沙克蒂尔正在指挥这场战斗。

师部报务员向他报告，他监听到特务们刚才已经发出电报。

与此同时，斯琴跑来说，地下室的特务们给笃日玛发暗号，叫她送夜餐。

"噢，他们发出电报后，要举杯庆贺了。时机已到，同志们开始行动！"沙克蒂尔向突击队员断然发出了命令。

突击队员们像一群山峰似的黑黝黝地站立起来。这些突击队员全是由洛卜桑师长亲自从各团选拔来的优秀摔跤手。洛卜桑酷爱被人称为"蒙古男儿三艺[1]"之一的摔跤。他素来把摔跤归入艺术范畴，称为摔跤艺术。他本人就是一位著名的摔跤艺术家。所以每当执行重要任务时，他格外器重摔跤能手们。特别是像这次突击，是要在一间并不宽敞的地下室里擒拿敌特，到时候很可能什么枪炮都施展不开或者来不及施展，与其说那是一场武装战斗，倒不如说是一次赤手空拳的交手。突击队员应是人人膂力过人，一拳能把敌特的肋条骨敲断，一把能把敌特的胳膊骨捏碎。当然打仗哪能完全不靠武器，还要求突击队员个

---

[1] 摔跤、骑马、射箭。

个都是百发百中的神枪手。

按照洛卜桑师长这些条件挑选出来的突击队员，自然个个壮得都像一座山。然而，这一座座大山移动起来，未免响动过大，而住在地下室的敌特，对地面上的音响又特别敏感，沙克蒂尔想出一个办法，叫突击队员们脱去沉重的马靴，穿上轻软的毡袜，脚步慢抬轻放，这样走起路来就几乎没有声音了。

沙克蒂尔对突击队员们说：

"同志们，挖掉国民党特务分子秘密据点的时候已经到了。每个同志都要严格按照演练过的那样去做，特别是几个关键动作要敏捷、准确，互相配合好。还有什么问题吗？"

突击队员们不用语言，而用摇头作回答。

"出发！"

沙克蒂尔率先走出包去。突击队员们分成二人一组，各组之间保持着三米左右的距离，迅速摸到了客厅门口。

斯琴领着笃日玛及时赶来。今天斯琴英姿勃勃，满脸豪气，两眼闪着机智的光芒，她与沙克蒂尔迅速交流了一下目光，互相保持着很好的默契。她右手提着手枪，左手拿着一个没有点燃的火把。笃日玛跟在她身后，双手端着一个大木盘子，上面放着几碗喷着肉香的炒菜。按照老规矩笃日玛走到客厅门口，往一块特制的四方形木板上，用脚"咚、咚咚"一慢二快有节奏地跺了两次，而后轻轻开门，走进客厅，径直走到靠北墙放着的一个大红柜前面，又在一块特制的四方形地板上，重复地用脚"咚、咚咚"一慢二快有节奏地跺了两次。笃日玛示意：那下面就是地下室入口处。沙克蒂尔和斯琴迅速率领手持苏式冲锋枪的突击队员们按原来演练过的动作准确地占据了各自的位置。

沙克蒂尔是这次行动的指挥员，应当冲在前头，那么斯琴何须打头阵？这次是要活捉刘峰，而突击队员中只有斯琴一个人认识这个大特务，所以进行突击时，叫斯琴冲在第二个位置上。

笃日玛发出暗号后，情况有些反常，不知为什么好半天地下室里没有反应，突击队所有成员都屏住呼吸，心情十分紧张。沙克蒂尔暗示笃日玛往下面再给暗号，笃日玛摇头。沙克蒂尔忽然想起笃日玛说过，暗号只能发一次，对方如无反应，就不能接触。莫非那些家伙已经觉察到什么了？大家都捏着一把汗。

恰在这时，大红柜下面有了响动。

沙克蒂尔和斯琴紧紧贴靠在笃日玛的身后。

"笃日玛，怎么回事，我们哥儿几个喝得都快醉了，你的菜还不来！"

从地下室传出声音发瓮的指责。

笃日玛向沙克蒂尔和斯琴伸出右手的食指，按他们商定的暗语，这是一号——刘峰的声音。

大红柜里面"咔噔、咔噔"响了两声，眨眼间那大红柜竟然整个地往地下沉了进去，一缕昏暗的灯光，从地下室映射出来：入口处的门开了。

刘峰从下面喊：

"哈，菜炒得好香啊，这次饶了你，下来吧。"

笃日玛开始移动脚步……

突击队员们看着眼前这魔术一般的变幻，此刻已无恐惧心理，人人都在默想着自己的下一个动作。

"笃日玛，上边怎么不点灯？"刘峰又在喊。

"骑兵师的人刚走，我不敢点。"笃日玛用生硬的汉语，回答得非常自然。

"对，不要点灯，等一等，别把菜洒了，你递给我。"

另外一个尖嗓门儿的，腿脚很麻利，他说着话，爬上台阶，脑袋刚露出地面，仰起脖子还没等再张嘴，早已被等在两边的两个摔跤手出身的战士，同时抓住他的脖子，猛力往上一提，那个家伙连一口气也没喘过来，就被悬在半空中，嘴里早已塞进棉花团。他挣扎着还想踢腿蹬脚，不料摔跤手的老拳狠狠捶在肚子上，他白眼一翻，不动弹了。

翻白眼这个家伙的突然出现，一下子完全打乱了突击队冲进地下室入口处的原定方案。他们事先演习时也曾准备过对这类突发性细节的应变措施，但是没想到会发生得这样早。大家把目光都集中到沙克蒂尔身上，战士们明白，在这种意外情况下，只能听从他一个人的指挥，每个人的动作都要与他的动作保持配合与协调。

此刻沙克蒂尔头脑非常冷静，他果断地做出判断，现在已别无选择，连一秒钟也不得迟疑，于是将计就计，他纵身一跃，正像多次演习时那样准确无误地跳进了地下室里，随着他的动作，突击队员们谁也没有听到用语言发出的命令，但都非常敏捷地完成了自己的战斗动作，斯琴和另外两个手持苏式冲锋枪的战士，紧跟沙克蒂尔身后，一齐跳到了地下室入口处的台阶上。与此同时，地面上几支冲锋枪的连发声像炸雷一样响起，在一片尘土飞扬的混乱中，随之而来的是地下与地上十几个人的同声厉喊：

"举起手来！不许动！"

在这并不宽阔的空间，枪声、喊声如雷贯耳，那几个特务分子只觉得如天塌地陷，躲没躲处，钻没钻处，一个个惊魂失魄，赶忙举起双手。

大特务刘峰在惊震中，已经明白眼前发生了什么事情，他在佯装举起手来的刹那间，一脚踹碎了煤油灯，妄图在黑暗中作绝死的抵抗。不料他踹碎了煤油灯，不但没有使地下室一片黑暗，反而变得更加明亮，这时他才看见有一个人高举火把，站在台阶上。

斯琴高喊："他就是姓刘的！"

刘峰两眼一瞪，也认出高举火把的那个人是斯琴。

当！一声枪响，火把的光亮抖动了一下。

当！又是一声枪响，刘峰的手枪，从他那只鲜血横流的手中掉落下去。

沙克蒂尔和几个突击队员一齐快速冲过去，把特务们一一打倒在地，拧住他们的胳膊，并用大脚狠狠踩住他们龇牙咧嘴贴在地上的脑袋。

斯琴高举着火把，终于亲眼看见了作恶多端的大特务刘峰的可耻下场，看见了国民党反动派在草原上开始崩溃的情景，看见了战友们胜利的英姿，看见了故乡铺满新绿的原野、奔跑着小马驹儿的山岗、徜徉着怀胎母驼的沙丘、飘散着袅袅炊烟的乳白色毡房……彩蝶从多蜜的花蕊上飞起，天鹅在蓝色湖面上戏水，露珠从草叶上滴落下去悄然渗入土地，松林在群山之巅发出阵阵涛声，正在呼风唤雨……

斯琴，草原母亲的女儿！她在这一块苦难的大地上受尽多少苦难，今天在她充满新婚娇色的脸上终于露出了胜利的微笑。

她没来得及向战友们说一句告别的话，没有来得及向草原母亲表一句感恩之词，没有来得及给她亲爱的铁木尔留下一句叮嘱，突然全身一晃，向前倒了下去，殷红的鲜血从她胸口流出……

然而，那火把还在这位草原坚强的女儿的手中熊熊燃烧！

战斗结束了。马上对斯琴进行抢救。

她伤势很重，流血不止。随军医生给她作了应急处置和包扎。但她仍处于昏迷状态。

经过一生中最激烈的震动，笃日玛好像完全变成另外一个人。当斯琴在地下室台阶上倒在血泊中时，是她，这个一生回避鲜血的笃日玛，不顾一切地跑过去，将她背上地面。她一直守在她的身边，用双手捧着她那条沾满血迹的红头巾，为她默默地祈祷着。她心想，像卡洛那样坏女人，挨了沙克蒂尔一枪，还能活下来，斯琴这样好人，是绝不会死的。让我们虔诚地为她祈祷吧！……

她在祈祷中忽然想起，那个坏女人卡洛受了枪伤，是老普日布拿出他家中珍藏的专治红伤的妙药，给她治好了伤的。那药或许对斯琴也能用得上。她把自己这个想法告诉沙克蒂尔，他听了之后，想了一想，就去找普日布。

普日布被捆住手脚，关在一个牧工住的蒙古包里。他一见沙克蒂尔进来，跪在地上，连连磕头，苦苦哀求：

"孩子啊，大叔从来都把你当作亲生儿女一样想啊，看在你爸爸的情分上，给你大叔留下这条老命吧！"

"普日布！别来这一套，给我老老实实坐下！"沙克蒂尔声色俱厉地喝道。

"喳！喳！……"普日布连连点头，坐回原地。

沙克蒂尔问他：

"别的事，以后再说。今天我先问你：你是不是喇嘛大夫？"

"哦，哦，算不上是大夫，只会使一点药。"

"你有治枪伤的药吗？"

"治枪伤的药？……"

"有没有？"

普日布装出一副很害怕的样子，又向沙克蒂尔连连磕起头来。他一边磕着头，一边暗自琢磨：噢，他们有人受伤了！我那些药，宁可叫它沤在地下，也不拿出来救你们共产党的命！你们多死几个，我才解恨呢！

"快说，有没有？"

"我家从来没有治枪伤的药。"

他这一句话，真把沙克蒂尔气炸了，上前劈头盖脸一阵拳打脚踢！

"放你妈的屁！卡洛的枪伤是谁给治好的？"

"狼受了伤，自己还能用舌头舔好，卡洛是你亲嫂子，你们家人的伤怎么治好的，我怎么知道？"

"普日布！到了这个时候你的心还这么黑，我毙了你！"

沙克蒂尔感到自己来找普日布，是干了一桩天大的蠢事。

他迅即走出包外，回到斯琴身边。

这时洛卜桑师长和苏荣副政委，已经守候在那里。

见过各种枪伤的洛卜桑师长，凭直感他已预感到斯琴即将结束她短暂的人生之途。他作为一个老军人，一生中曾经辞别过多少位牺牲的战友，而每一次辞别牺牲的战友所引起的心脏的剧痛，都给他那粗糙的脸上增添一道深纹。他望着斯琴那张由于昏迷而显得平静的脸，心脏又在隐隐作痛……

苏荣同志亲自去把道尔吉老人接来了。路上苏荣一定是说过许多宽慰的话，老人看见女儿受了重伤，两眼流着老泪，但他在极力克制着自己的感情。他轻轻抚摸着女儿的前额，说：

"孩子，爸爸看你来了！爸爸看你来了！"

爸爸的呼唤多么灵验哪！斯琴果然苏醒过来，慢慢睁开了眼睛，蠕动着嘴唇轻轻说出她牙牙学语时学会的第一个发音：

"爸爸！"

在场的人们不忍看见他们父女二人诀别的情景，都低下头，背过脸擦着眼泪。

笃日玛把斯琴的那条红头巾，交到道尔吉老人的手里，感情难以自已，竟放声痛哭起来。

斯琴两眼淌着泪流，呼吸困难地说出：

"爸爸！原谅你女儿吧！我不能伺候您老人家了！……笃日玛已经答应我了，她去给您做伴……爸爸，妈妈，请吻一下你们的女儿吧！"

道尔吉、笃日玛两位老人，在众人的抽泣声中慢慢走到一起，他们强忍着极度的悲痛，弯下身去吻别英雄的女儿。

"爸爸、妈妈！我死后把铁木尔送给我的这条红头巾……挂在我的坟上……"话还没说完，斯琴停止了呼吸！

啊，斯琴——草原母亲的英雄女儿！你就这样匆匆辞别了养育你的这块故乡土地吗？在你短暂的生命中你过多地承受了严冬的冰寒，而过少地分享到春日的温辉。你只度过了短短一个甜蜜的新婚夜，而你还没有给草原留下你的生命的延续。

然而，斯琴——草原母亲亲爱的女儿！你作为我们这个苦难民族的脊梁，作为我们这个荒芜草原的忠魂，作为我们这个阵痛时代的先驱，你的生命不会终止，她将永远在这里繁衍、成长，而且必将作为强者，一代一代不屈地生存、奔腾！

九

哈吐团长与我军代表铁木尔进行多次严肃会谈之后，终于迈出决定性的一步：他将于敌春季攻势中，在战场上倒戈起义。

为了表示他绝无反悔的坚定态度，他让韩副官派两个可靠的人，把他的家眷先期秘密送往解放区。他这个人干事情，只要拿定了主意，就这么干脆、利落。

这次铁木尔不是作为普通战士，而是作为我骑兵十二师的正式代表，前来与哈吐进行谈判。当然他也借助于他与哈吐过去那一段个人友谊，但是那一段个人友谊已经包容不了目前他们进行谈判的如此重大的内容。而今他们之间的友谊已经有了新的发展、新的内容，那就是从个人之间的感情，扩展到了对民族前途的共同认识。年轻的共产党员铁木尔，把党的指示运用自如地贯穿于他与哈吐的谈判之中，获得了圆满的成功。

哈吐决定起义，这是一个重大事件。诚然，在国民党强大的军事力量中，哈吐骑兵团本是微不足道的，并不能左右整个战局；但是这支民族武装的起义，定将在国统区和解放区的少数民族当中，引起强烈反响。在这次敌春季攻势中，根据华北"剿总"的指令，哈吐骑兵团被列为后备部队，放在殿后位置上。这样恰好与我骑兵十二师进行迂回包抄的左右两翼部队互相配合上，既可以从后面切断国民党突前部队的退路，又可以从前头阻击敌后援部队的进攻。不难想象，若在战场上发生这种突变性局面，那么它的影响将远远超出他所掌握的兵力范围，而会波及整个战局。因此，哈吐骑兵团的战场起义无论从政治方面或从军事方面，其意义都显得格外重要。

连续紧张而细致的秘密谈判，已使素来被人称为铁小子的铁木尔疲惫不堪。原来，劳累和疲惫并不是一回事：劳累是体力的损失，而疲惫却是精力的消耗。

对体力的损失，铁木尔知道怎么治——吃足、喝饱，再打个盹儿就没事了。可对精力的消耗如何对付，他毫无经验，索性只有关起门来一个劲儿地睡，好像只有睡眠才能消除他精力的疲惫。

从早晨到中午，欧阳姑娘已经来过三次了，她看见铁木尔一直沉睡不醒，前两次她都悄悄走开了，末尾这次，她一进门，就被铁木尔的睡态吸引住了。她大胆地坐到他的床上，俯下身去轻轻吻他的红唇……

……仿佛是仰卧在故乡的草场上，徐风送来山洼里盛开的野杏花的清香，白云在蓝天上浮游，蓝天在白云后面闪烁，有几只蜻蜓在他眼前飞，它们扇动的翅膀在轻轻地触及他的嘴唇，那翅膀是轻敏的，柔软的，带有一种莫名的香味，给人全身传导一股莫名的快感……铁木尔猛然醒来，欧阳那张白嫩的脸儿正轻轻贴在他的嘴唇上……

他推开她坐了起来，好像有什么话要说又说不出口来，闷闷地双手抱住脑袋，看也不看她一眼。欧阳却不在乎这些，偎依着他，抚摸他的头发、肩膀、胸脯，末了抓住他上衣的第二个纽扣，轻轻拽了两下，撒娇地问他：

"你就这样讨厌我？"

铁木尔还是抱住脑袋不言语。

"我还就偏偏爱看你讨厌我的这副小样儿，那么好玩！"

她格格地笑着又要吻他。

他用粗大的胳膊挡住了她，说：

"我跟你说过，不要这样嘛！"

欧阳故意挑衅地学着他的腔调问：

"不要哪样嘛？"

铁木尔从床底下一边找鞋，一边直摇头：

"你呀，你……"

"我呀，我……我怎么啦？"

"我跟你说过，我已经……"

"结婚了，是吗？这还用你说，我当然知道。"

"那你还……"

"你结你的婚，我爱我的人！"

"这样下去，我们都对不住斯琴。"

"我有什么对不住她的？那么你想过没有，她对得起我吗？"

"她有什么对不起你的？"

"凭什么你就归她一个人？她爱你，我更爱你！我跟她应当平等相处，谁也不妨碍谁。"

近来她总是这样一说就是一大套，铁木尔对她毫无办法，摆了摆手：

"现在没空儿跟你开辩论会！"

欧阳觉得自己得胜了，她得意地把脸紧紧贴在他的胸前，用那双神秘的大眼睛痴情地望着他说：

"我只是想气一气你，唉，再过两天想气也气不着你了，是不？你说！"

她这句话的意思是，她将担负把哈吐团长的家眷秘密送往解放区的任务，很快就要与他分手了。铁木尔将继续留在这里，帮助哈吐团长实现他战场起义的计划。

"一想到我们就要分开，我心里就怕。"

"怕？"

"怕得要命！"

"怕什么？"

"怕再也见不到你了！"

欧阳庆中这个天真浪漫的城市姑娘，表面看去，好像很任性，其实她很有心计，感情也很细腻；细腻得有时近乎是复杂。不是吗？欧阳曾经爱过铁木尔，而且直到今天她依然不肯将爱从他身上移开。她以她自己的方式表达思想感情，在她看来，爱，是每个人的感情王国独有的权利，谁也窒息不了。她也晓得在我们这个古老国度里，人们的感情王国的边境是何等森严，乃至是神圣而不可逾越的。然而，她偏偏要做一个越境者，即使受到人们的指责或鄙视也在所不惜。

铁木尔和斯琴结婚时，她向他们表示过祝福，那是真诚的。但同时她也真诚地乞求斯琴不要百分之百地占有他。人，应当属于所有爱他的人们，所以当她跟铁木尔在一起的时候，她就感激斯琴，是她宽容地让她分享到了爱。

这次她与铁木尔结组潜入敌区，环境十分险恶，随时可能发生不测，但她毫无怯意。她对工作是尽心尽责的，为了严守纪律，路过张家口时，她都没有回家去看一看。她只觉得跟铁木尔在一起，她就有一种幸福的满足感。闲暇时，她常与铁木尔一起憧憬未来。铁木尔说自己文化水平低，希望到内蒙古自治学院去学习，欧阳却想进医士学校深造。自治学院所在地没有医士学校，有医士学校的地方又没有自治学院，好像命运总是不叫他俩在一起。欧阳断然改变主意，她也要去自治学院学习。

"你到自治学院学习什么？那里又没有表演系！"铁木尔故意气她。

"我才不当演员呢！军人嘛，我要进军事部！"

"你个姑娘家，还想当司令？"

"不，将来专当你的顶头上司——欧阳副政委！"

他们就是这样忙中偷闲，聊得那么开心。

小小宝源城简直变成了一座大兵营。

从各个战区调来的国民党军，像一条条黄泥汤子，一齐流淌到了这里。到处都是黄皮子。人喧马叫，卡车、炮车扬起滚滚黄尘从街里隆隆驶过。大战气氛，十分浓重。

哈吐连日参加华北"剿总"前线指挥部召开的作战会议。每天很晚才回到家里。

这一天晚上他一回来，顾不上吃饭，就把韩副官和铁木尔二人叫到自己房间里。

这些天来，他的神情总是那么紧张，但今天显得比紧张还要紧张！

在今天会议上，军统方面公布了一份他们刚刚收到的情报，称为最新消息：骑兵十二师在特古日克村贡郭尔家中开过一次由洛卜桑和苏荣主持的作战会议，他们完全不知道国民党将发动进攻的日期已经提前了五天，他们还是以四月二十日为期部署着迎战方案。这不是眼看骑兵师要吃大亏吗？！因此，今天哈吐格外着急！

听他说完这一情况以后，铁木尔又惊又喜！他那喜形于色的神情恰与哈吐的紧张情绪，形成了鲜明对照。军统这份情报，从反面证实了沙克蒂尔、斯琴率领的突击队已经开始行动，潜伏在贡郭尔家地下室里的特务们，终于中了我们的计，给他们上司发来了与事实完全相反的情报。让敌人在四月十五日大摇大摆地向草原闯去吧，在那里他们将陷入我军的重重埋伏与包围之中。一个在草原盆地痛痛快快围歼敌军的宏伟场面，像一幅画似的浮现在他的眼前……

铁木尔没说什么足以消除哈吐团长紧张情绪的话，他却出乎意料地提出：哈吐团长的家眷，必须在今天晚上从这里迅速转移出去。

哈吐团长没有问这是为什么，只是沉思了一会儿，爽爽快快地说：

"如果这是你们做出的决定，我相信你们的判断是有根据的。好吧，让他们今天晚上就动身。韩副官，你那方面有没有困难？"

"早已准备就绪，万无一失！"

……

深夜两点，护送哈吐团长家眷的小组出发了。

为了避免引起特务机关的注意，他们商定哈吐、韩副官和铁木尔，都不去送行。

欧阳庆中没有再跟铁木尔见上一面，就上路了。

他上路了。走过了两道山岗。旺丹忽然勒住马细心地环视四周。他总觉得今天的气氛不同往常。远远望见，通往乌金台村的两条路上，都有骑兵流动哨。在野甸子上遇到的牧羊人，都说骑兵师已经南下，有多少人、去向何方，不得而知。

按事先约定的时间，今天他该去会见刘峰，但是特古日克村还能进得去吗？他一直让坐骑在沙丘上打着转，心中犹豫不决。最后还是决定前去试一试。

他走上了通往特古日克村的那条熟悉的小路。草原上有这样硬邦邦路面的道是不多见的，这里经常走人，踩实了。在这样荒乱年月有谁经常走这条路呢？只有三个人：就是他旺丹，旺丹他老婆卡洛，卡洛养的野汉子刘峰。

刘峰与卡洛一直过着妍居生活。过去刘峰怕被人发现，只是偶尔在半夜时分来找她，前些时他从关里回来，胆就大了，有时跟卡洛一混就是两三天，让旺丹变成了有窝不能回的公狐狸。为此他经常借酒消愁。那一天笃日玛在林间小路上看到的那出短剧，就是因为刘峰占住他的窝不肯走开而他老婆却替刘峰帮腔，因而引发出一场"内战"。刘峰整天拿好听的话哄他们，说中央军马上就要胜利了，到那时，他一定给旺丹一个官做，卡洛嘛，只要她愿意，什么时候进北平都有花天酒地任她享受。这分明是用个小官把他老婆换走，真是欺人太甚！他惹不起姓刘的，只好忍了，认了；但最使他无法忍受的是卡洛那个臭东西，中央军还没胜，北平城还没进，她就开始不把他当人看了，如今她高贵得不得了啦，好像已经是北平城里的刘家姨太太了，她的贵体都不容旺丹挨一下。数这口气，难咽！

旺丹一路上被这些不痛快的事袭扰着，不觉之间来到了特古日克村头。他的马突然一惊，直起脖子就往路旁闪，旺丹提住缰，定睛看去，影影绰绰从树林子里走出一个骑兵战士来。

"哟，旺丹大哥呀，过得好吗？"

这个战士原来也是附近的牧民，去年参加了骑兵师。旺丹认出他来，极力跟他套近乎：

"老弟，好久不见，如今你威威武武地出息了！哎，你在这儿干吗呢？"

"当兵的还能干啥，站岗呗。"

"村里住上部队啦？"

"你弟弟沙克蒂尔现在是我们的头儿，就住在村里。"

"这我知道，我就是来看他嘛！几个月没见我弟弟，挺想他。"

"他现在是大忙人，你见不着。"

"跟亲哥哥都不能见一面？"

那个战士跳下马来：

"有烟吗？"

旺丹也下了马，把像一条死老鼠似的烟口袋扔给他。他们一起坐在路边，卷起烟来。

"我弟弟穷忙些什么哪？"

那个战士把烟点着，先猛吸了两口才说：

"你不是外人，是我们头儿的亲哥，我才告诉你，你别往外传。村里头出了大事啦！"

"什么大事小事的，跟我们老百姓有啥关系！"旺丹仰着脖抽着烟，好像根本无心听他说的话。

"哎，这次的事，跟谁都有关系！"那战士神秘地压低了声音，"把国民党大特务的黑窝子给拔了！"

旺丹一阵惊悸，一股凉气从脚心一直窜到心口。"村里有黑窝子？"他竭力把自己的惊恐与惊慌，表演成为惊讶和惊疑。

"你弟弟沙克蒂尔真是好样的！他领头冲进贡郭尔家地下室，把特务们全捉了活的。这回，你弟弟保准高升！"

听了这个战士的话，旺丹使出全身解数，那表演还是失败了，假装的惊讶与惊疑，终又变成了真正的惊恐和惊慌。他磕磕巴巴地问：

"我……我能见一见弟弟吗？"

"那不行！"战士断然地说，"沙克蒂尔正在审讯那个姓刘的大特务，顾不上见你。"

"姓刘的大特务？……审问出什么了？"

"小喇嘛不管活佛的事，我的任务就是把住这个路口，不让任何人进村。"

"那就不为难你了，以后我再来看弟弟。"

旺丹好像忽然产生了什么念头，他站起来接过烟口袋，跨上马背，两腿一夹马肚，走了。

一溜烟儿，让马跑了几里路，来到空寂无人的荒滩上，他才放慢了马步，坐在马鞍上开始仔细回忆那个战士说的每一句话。地下室秘密电台，已经落入共产党手里；刘峰和他手下的人，全被骑兵师活捉；沙克蒂尔正在审讯刘峰……现在只剩下贡郭尔还没有消息，但是刘峰一完蛋，贡郭尔也就变成了一条断了脊梁骨的狗。"现在我怎么办？"这已成为他迫在眉睫的问题了。

在察哈尔草原上，像贡郭尔那样能折腾的人，直到今天也没能扬起几把尘土来；刘峰算是厉害手儿吧，不但没成气候，如今连老命都已难保；跟他们相比，他旺丹算是几个牙口的驴？还能继续跟共产党斗下去吗？他一没那个胆，二也没那么傻，赶紧给自己找一条活路，才是上策！

记忆是最好的镜子。

旺丹不照镜子也知道自己的脸不干净。

这一年多，他死心塌地追随贡郭尔，甘心情愿给刘峰当帮凶，共产党抓住哪一条跟他算账，他脖子上也得落块疤癞。特别是卡洛和刘峰在他家里长期鬼混那档子事，迟早会露馅，到那时卡洛只会想法为刘峰减轻罪责，而不会为他说好话，在共产党眼里他跟刘峰是一路货，断不会饶他……想到这些，他脖子后头直发凉！

然而值得庆幸的是他比贡郭尔和卡洛提前知道了特古日克村里已经发生的

事情。他必须抓住这个时机，做出一点能使共产党对他产生好感的举动来。

杀掉卡洛！他突然闪出这个念头。

这不完全是出于嫉妒的报复。卡洛对他的事情知道得太多了。别人说他什么，他都可以不认账，但是从卡洛那个破口袋里倒出来的东西，别人都会相信，因为他们是夫妻。所以必须在她张嘴之前干掉她！过去沙克蒂尔也曾亲手杀过卡洛，只是由于一时大意，叫她又活了过来。后来刘峰窝藏她，他们串通起来逼死了南斯日玛。现在沙克蒂尔在共产党里当了官、掌了权，他把卡洛杀掉之后，就说这是替弟弟、弟妹报仇，沙克蒂尔能不高兴吗？

主意拿定，催马加鞭，一路上想着下手的细节，不觉之间回到了家里。

……

当天下午，旺丹在马鞍后头拴着两包东西，又来到了特古日克村口。岗哨还是不叫他进村，这回他换了一副嘴脸，怒气冲天地大吵大嚷，说有要紧的事情要见弟弟。岗哨还是不答应。他一转身解下拴在马鞍后头的那两包东西，"啪"地往岗哨脚下一扔，口气很硬地说道：

"那么劳您的驾，把这两包东西交给我弟弟吧！"

"什么东西？"岗哨问。

"您自己看看不就知道了吗？！"说着他转身跨马，准备要走。

就在他左脚纫了马镫，右脚刚要往上跨起的时候，只听得那个岗哨"啊！"地大叫了一声。他把跨起的右脚放下地来，回头问：

"怎么啦？"

那个岗哨喊：

"这一包是女人脑袋，那一包是国民党的钱和手枪，这是怎么回事？"

旺丹不露声色：

"我说有要紧的事，你不信；我拜托你把这两包东西交给我弟弟，你又吓成了这个样子！"

"你先说说这两包东西是怎么回事？"

旺丹转守为攻：

"老弟，这就对不起了，跟你这个当大头兵的，还不能说呢！好了，麻烦你，再见！"

他说着一拨马头，就往回走。那个岗哨见他果真要走，急忙把他喊住：

"哎哎哎，回来回来！你这两包说不清道不明的东西，给哪个佛爷拿去上供，我管不着，拿走拿走！"……

进村后，又几经周折，旺丹总算在一座蒙古包里见到了沙克蒂尔。

沙克蒂尔正在突击审讯那几个特务，他根本没有时间接待客人。但是警卫员告诉他家里出了大事，是他哥哥前来求见。他只好停下审讯，与家兄作一次简短的会面。

旺丹走进包来，沙克蒂尔不冷不热地向他问候：

"哥，你好！"

"好？好就不来找你了！"

按照草原的风俗，即使是仇敌之间，当对方问候时也不允许作这样的回答。沙克蒂尔顿然警惕地向他扫去一眼。他发现旺丹手里拎着两包东西，他问：

"家里出事了？"

"你自己看吧！"旺丹满脸凶相把两包东西向沙克蒂尔扔了过去。

沙克蒂尔的警卫员接过去打开那两包东西看了一下，他脸色突变，迅速掏出了手枪。

沙克蒂尔对警卫员的举止，感到奇怪，走过去弯下腰看了看。这时旺丹两眼一直盯着他，细心地观察着他的情绪变化。这两包东西，毫无疑问，已使沙克蒂尔惊惑不已！他有意放慢了自己的动作，一边看一边在紧张地思索展现在他眼前的东西的背后隐藏着什么？这一包是卡洛的脑袋，血淋淋的，刀是从耳朵根砍下去的，砍得不顺，碰到了颈骨，又砍了几刀，砍刀人的手显然当时发抖了，发软了，把气管全砍碎了，露着白骨茬子。砍刀人是个心毒手狠的家伙。卡洛是个该死的女人，他自己也曾枪杀过她。但是为什么这个凶手不早不晚恰在这时将她杀死？再说人既然已死，还干吗砍下她的脑袋？这一包是国民党地区的货币——流通券，还有一支手枪。一目了然，这些东西全是刘峰与卡洛姘居时，藏在他们家的，莫非是卡洛被砍死之前交出来的吗？不会，她不会那样做。卡洛被砍死以后，别人——如果那个人原来不是卡洛与刘峰的同谋者的话，他怎么会找到这支手枪，这些钱？……这许许多多疑问，使他的思路渐渐清晰起来，并很快形成了单一而明确的判断，于是他突然高喊：

"警卫员！"

"有！"包内外各有一名警卫员同时作答。

沙克蒂尔抬起手朝旺丹有力地一指：

"把他扣起来！"

还没等旺丹做出反应，两个警卫员同时扑过去，将他摁倒在地上。

沙克蒂尔没有再看一眼，疾步向包外走去。

"哎，二弟！二弟！……"

旺丹在呼喊，那声音凄凉而绝望。

刘峰的最后一次密电打过去之后，他的上司对他提供的情报，置信无疑。他们确信提前五天发动进攻，完全可以长驱直入，一开始就取得战场上的主动权。

我军方面制造出假象，仿佛对他们提前发动进攻的计划毫无察觉，我军在四月二十日以前绝无迎战的准备，以此麻痹敌军，从而使他们轻率北上，大摇大摆地钻进我军严阵以待的包围圈内。待战争一经发起，势必逼着敌军仓皇迎战，以逸待劳的我军乘势全面出击，将一举歼灭敌人。

现在正处于这场大较量的前夜，时间紧迫，洛卜桑和苏荣副政委决定立刻返回师部。

这里的工作由沙克蒂尔全面负责。

出发前，洛卜桑对苏荣说，他有一点小事出去一会儿，就领上警卫员走了。

原来洛卜桑这次到特古日克村来还有自己的一桩心事，他已经叫警卫员去寻找到了莱波尔玛的住址。只因前两天任务太紧，一直抽不出空儿去见莱波尔玛。今天他将要返回沙拉更庙，必须去见她一面，如能言归于好，他想这一次就把她接回去。

师长洛卜桑头一次在警卫员的指挥下亦步亦趋地行动。他像个新姑爷，叫别人领着去认新媳妇的家门，怯怯懦懦，甚至有点偷偷摸摸的样子，他在心里骂着自己：呸！这哪像个师长，特别是蒙古骑兵师的师长！然而生活就是这样安排的，为了与自己心爱的人和好，你就是天王老子，今天也得屈尊一番。

他跟随着警卫员在特古日克湖边没有路的湿漉漉的草丛中默默然匆匆走着，活像两个盗马贼。洛卜桑只觉得这路太远，应当骑马而不该徒步走来。

谢天谢地，走在前面的警卫员总算停下了。他指了下二十米以外的一座破旧的蒙古包，小声地向师长发出指示：

"那就是她的家。我在这儿等您，去吧！"

洛卜桑迈着军人的步伐向莱波尔玛的家走去。他从老远就听见她在蒙古包里逗孩子的声音。她的笑声是那样清脆、自由而欢快。他对这种笑声，感到陌生。他们夫妻一次，他们一起生活时他从来没有听见她这样笑过！俗话说：有什么样的笑声，就有什么样的光景。那么没有笑声的家庭，该是什么样的光景呢？

他刚走到她家包门口，她却满面笑容地领着孩子走出门来。当然这完全是出于偶然的巧合，她根本没有想到会在此时此地又跟洛卜桑见面，当她认出他时，那满面笑容顿然消失，她一定是吃惊地在问自己：他怎么会站在这里？答案很难得出。她躲避着他的目光，牵着孩子的小手，进退维谷。

"过得好吗？莱波尔玛！"还是洛卜桑屈尊地先向她问候。

"好。师长，您也好吧？"莱波尔玛郑重地向他问候。"您是路过这里？"

"不，不是！……"

"那么是迷了路？"

"不，不，莱波尔玛，我是专程来看你。"

"哦！……请里边坐！"

"谢谢！"他走进包里。

莱波尔玛打发孩子出去玩，而后跟着他进来，顺手拾起几件小孩衣服什么的，对他说：

"包里挺乱的，请随便坐吧！"

洛卜桑站在门里迟疑片刻，他考虑是从左侧坐到家人席上去，还是从右侧坐到客人席上？末了，他坐到了左侧那块破毡子上。莱波尔玛张罗着点火烧茶，两个人没再说话。

洛卜桑观察了一下莱波尔玛家里的设施，如果用"一贫如洗"来形容她的家境，那是再合适不过了。他甚至想象不出她是靠什么过日子的。日子过得这样穷，还有心思唱出刚才那样舒心的歌儿，这足以叫人佩服得落泪。

茶烧好了，她半跪着身子将盛满奶茶的碗用双手捧给他。他心里很不舒服，这不是给尊贵的客人敬茶的姿势吗？她果真将他以客相待了！他简直变傻了，接过茶碗时莫名其妙地重又问了一遍：

"你过得好吗？莱波尔玛！"

"好。师长，您也好吧？"

"好。"

"请喝茶吧！"

"谢谢！"

他们俩说的全是废话！就是跟八年没见面的爹妈，也不需要再三问候。废话说完，又是沉默。莱波尔玛毫无必要地把壶里的茶又倒回锅里，往锅灶里添着干柴；而洛卜桑已经做了几次喝茶的姿势，可碗里的茶还是满满的。两个人同样说完多余的话，又同样做着多余的动作。

还是老军人终于受不了这种折磨，放下茶碗，直截了当地说道：

"莱波尔玛，我接你来了。"

莱波尔玛摇着头轻轻一笑："接我？……"

"接你回家去！"

"回家？"

"回家！"

"这儿不是我的家吗？"

"回到咱们俩那个家去！"

"咱们俩都同意离开，那个家已经没了。"

"可我老是想你……想你！"

"谢谢。"

"没有你，我不知道往后怎么生活！"

"谢谢。"

"这些天我想过，你一定会原谅我。"

"谢谢。"

"今后我们一定会过得比从前好。"

"谢谢。"

"那天我动手打了你……"

"谢谢。"

"我这是在求你呀！"

"谢谢。"

"啪嚓！"——洛卜桑霍地暴跳起来，把茶碗往地上摔个粉碎！狠狠骂了一句：

"滚你妈的那些'谢谢''谢谢'！"

在暴怒中，他踢开门，就往外走。

莱波尔玛跟着走出门外，朝他的背影，不轻不重地又送去一句：

"谢谢。"

……

当晚，送走洛卜桑师长和苏荣副政委回师部以后，沙克蒂尔一个人来看莱波尔玛。

洛卜桑师长的警卫员临走时悄悄跟他说，师长本来想把莱波尔玛接回来，到她家去跟她没谈多久，两个人就吵起来了。师长的心情很不好，平白无故地直捶自己的脑袋。仗马上就要打，他很为师长的情绪担心。

"老师长来看你了？"他问。

"你吃醋啦？"她反问。

"别扯这些！你不应该跟人家吵架嘛！"

"哪个烂舌头的瞎说！我跟他有什么可吵的？"

"反正你把人家气走了。"

"其实我跟他连一句大声的话都没说。"

接着她把自己对洛卜桑师长如何以礼相待，以及她如何只用七个"谢谢"就把他气炸的过程，详细说了一遍，言语间表露出她对自己那个"七谢"的杰作，格外惬意。

"你不该这样对待老师长。"

"那么你说我该怎样对他？吵，没他嗓门儿大；动手，没他劲儿大；上吊去，我还没那份闲心思！"她说着自己笑了起来。

"那……你们俩离定了？"

"现在你怎么还问这个呀？"

"我家里出事啦！"

他把旺丹杀死卡洛，他又把旺丹扣起来的经过叙述一遍之后，又说：

"我的家没剩下人了。爸爸妈妈跑到贡郭尔那儿去了，南斯日玛上吊，卡洛被杀，旺丹叫我逮了起来，我自己又回不去……"

她明白他的意思了。她同情他，但不能满足他的要求，只好坦率地对他说：

"沙克蒂尔，我们在一起这么多年，你知道除了你，我不可能真正地再爱别的男人。但是你想叫我搬到你家去，那是不可能的。察哈尔草原的人都知道你们家的牛羊最多，可那对我有什么用？这么多年我爱的是瓦其尔家的棒小伙子沙克蒂尔，而不是瓦其尔家的成千上万的牛羊。如果说我命里注定当不了官儿太太，那么同样我命里也注定成不了大牧主的管家媳妇。我只求老佛爷保佑，让我领着两个孩子，在这儿，在特古日克湖边上，安安静静地过我的穷日子。我也想对你直说，我绝不想死乞白赖缠住你，请你自便，我希望你找上一个比我年轻、比我漂亮、比我水灵的黄花姑娘结婚，我只是求你一件事：在我想你的时候，你就到我这里来一趟。人生在世真正能够得到的东西不会太多。可你呢？贪了太多！又想娶个水灵灵的姑娘做媳妇，又让一个年轻寡妇老是牵肠挂肚地想你；又想当共产党，又舍不得丢掉大牧主的家业。真的，你贪了太多。"

沙克蒂尔没想到自己突然变成了小学生，听一个不识字的女教师讲授深奥的、出自善良本能的人生哲理。

他跟坐在对面的这个年轻女子，相依为命已多年，不能说对她不了解。她那善良的心肠，火热的情欲，在苦难面前表现出坚忍的毅力等等，他是了解的。然而他了解这个既不当官儿太太，又不做大牧主管家媳妇的莱波尔玛吗？他了解这个劝人抛弃大牧主的全部家业，而专心致志当共产党的莱波尔玛吗？他承认：今天他才全面地看见了莱波尔玛那迷人的风采。

"我听你的，那个家我再也不管了！"

"不，我陪着你回家去一趟。卡洛活着的时候是好是坏，不去说它，人已经死了，我们不能让尸首烂在家里，总得把她葬了。还有，你把南斯日玛野葬的地方告诉我，我去给她烧炷香。她活着的时候，我给她心里添过许多烦恼，让我给她磕个头，祈求她饶恕我！……"

十

贡郭尔派到各路口的观察哨们几乎同时跑了回来。这些人本来是被派去接应可能返转回来的信使们，谁料信使一个没接到，倒是看见了骑兵十二师像潮水般疾速拥进明安旗的壮举。

贡郭尔善于虚张声势，其实不堪一击，这一点他自己也明白。听到骑兵十二师南下的消息，他做的头一件事，就是派人把他的心腹宝鲁叫来。

宝鲁从来都是一进门，先观察主子的脸色，根据自己对其喜怒哀乐的判断，再与他搭腔。然而，今天宝鲁有点犯难，他从贡郭尔脸上一下很难看出他到底是什么样的心境，喜不像喜，怒不像怒，不是哀，也不是乐，好像有比喜怒哀乐这四种人们通常表现的感情更为复杂的一种心绪。

宝鲁先用试探的口气问他有什么吩咐。

贡郭尔若有所思地抽着香烟，不作回答，只是摆了下手，吐出一个字：

"坐！"

宝鲁坐到椅子上，继续像看天象图一样观察着他的脸色。晴阴雷雨，仍难判断。

"北平城你有认识的人吗？"

北平？打哪儿跑出来一个北平啊！宝鲁怀疑自己耳朵有了毛病，问：

"您说哪儿？"

"北平！"贡郭尔有点不耐烦，"你有没有认识的人？"

原来耳朵没出毛病，他赶紧回答：

"没有，没有。"

"哎呀，还有你那个汉话！"

"汉话？我会说，会说。"

"我是说你那个汉话说了这么多年，还是四声不分：妈、麻、马、骂，懂吗？"

宝鲁直发糊涂，今天的话茬儿怎么又从北平落到汉话上了？他继续观察天象。

"你对骑兵师这次南下的意图，作何分析？"好像这才绕到正题上。

"这次他们行动诡秘，一进明安旗就设下一条防线，割断了南北来往，我几次设法跟旺丹取得联系，都没闯过他们的防线。"说到这里，宝鲁站起来，咬他耳朵，"我担心他们正在向刘峰开刀。"

贡郭尔的面肌忽然抽搐不止，烟头烧到手指头上他都没感觉，还是宝鲁从他食指与中指中间把那个烟头抽出来，扔到地上。

"他们会不会同时向我们下手？"

"他们一冬天躲在北草地不露锋芒，前些时您从北平回来那样闹腾，他们还是按兵不动，这次南来是经过长期精心谋划的，他们定有明确目的。至于说他们为什么不来向我们下手？我说句心里话您别生气，他们根本就没把我们看成有多少分量。不过我担心，他们一腾出手来，就会收拾我们。"

贡郭尔一声不吭地认真听着宝鲁的话，他感到吃惊的是宝鲁说的与他想的完全不谋而合；由此想到也许他手下的人们，在心里都在这样想着，只是不敢跟他直说就是了。他得出这样一个可怕的结论，反而感到轻松了一些，因为这一可怕的结论促使他决心迈出已经犹豫多时的那一步：

他开门见山，说：

"你到北平去一趟，今天夜里就动身。"

宝鲁张着大嘴傻了半天才点了一下头。

"我给你准备了两辆汽车，你把从达木汀家里抄来的那些东西，全部押运到北平去。我跟军统里的阎士德已经联系好了，那些宝贝玩意儿先放在他那里。一旦我们在这里站不住脚，就躲到北平去，那时光靠达木汀那些古书古画古字古玩，也够咱们享一辈子清福。阎主任有言在先，只要那些宝贝玩意儿委托他去变卖，他就给咱们在军统里找个差使干干。这是你我二人最好的退路。"

"北平城那么大，我到哪儿去找那个阎士德？"

"阎主任已经派人来了。"

当天夜里，在阎士德派来的那个人的指挥下，只让宝鲁与两辆汽车的全副武装的司机和助手参加，将达木汀几十年积累和收藏的古籍、古玩等物，全部装上了汽车。

原来确如人们传说的那样，上次达木汀离去后，贡郭尔搬出去一堆破纸烂布点了一把火，而把达木汀的全部珍宝藏了下来，随即他与阎士德挂上了钩。

午夜十二点整，两辆汽车缓缓驶出挂有"内蒙古脱离内战委员会"木牌的大门，马达声减弱到最小限度，车灯没开，好似黑糊糊两座小山在移动。

开车前，阎士德派来的那个人，叫宝鲁坐在后面那辆上守车，他自己坐前面那辆带路。宝鲁乱踩乱拽地爬上车厢时，上面已经坐着一个人。阎士德派来的人，他都不认识，无话可说，便蜷缩在那个人旁边，晃晃悠悠打起盹来。可旁边那个人毫无睡意，不知道为什么他一直挺着腰杆，眺望着漆黑一片的荒野。

"我在察哈尔草原上的生活，就这样收场了！啊，故乡！"

"啊？是您！"

宝鲁听出那是贡郭尔的声音，吃惊地爬了起来。

贡郭尔在黑暗中轻轻摁住他的肩膀：

"坐下，别把你甩出车厢去。"

……

"内蒙古脱离内战委员会"的院里，这几天本来就是人心惶惶，今天伙房把早点、午饭、晚餐做好了，到处寻找贡郭尔却不见他的身影，人们心里不免打起鼓来。有人将此事报告给"高级顾问"瓦其尔，他一听便知其中必有缘由。这时他老伴提供了一个重要线索：她昨天夜里出去撒尿，看见一个人从贡郭尔房间走出来，爬上停在院里的一辆汽车上，那车就开走了。

瓦其尔立刻传讯贡郭尔的贴身卫兵宝音吐。

宝音吐先是什么也不说，后经瓦其尔好言诱导，他一跺脚，痛哭不止：

"我宝音吐把他像亲爹似的伺候了这么长时间，他既然这样无情无义，我凭什么还给他捂着盖着？我说！"

宝音吐如实作了交代：贡郭尔将达木汀的珍宝隐藏起来之后，马上与北平的军统特务阎士德取得联系，当他得知埋伏在他家里的国民党特务刘峰等人已被骑兵师逮捕时，他就决定带着达木汀的家珍，逃到北平去了。宝音吐还说，贡郭尔让他起誓不对任何人泄露这些秘密。但是贡郭尔不讲情义，逃走北平时把他抛弃在这里，他也就不再顾忌自己的誓言了。

瓦其尔与宝音吐的谈话不胫而走，没过多大工夫，人们都知道了。于是乎一下子炸了营：带家眷的，笨鸟先飞，收拾起家当，不管是瘸驴瞎马抓来一个套上车，就往家奔；年轻小伙们，捷足先登，脱掉黄皮，穿上长袍，骑着马挎着枪找地方避风去了；图财贪物的，开仓打库，挑好的尽量拿；那些来自关里的汉人兵，担心乱中生祸，自动结伙成帮，换上好枪好马，无目的地流窜开去，最后只剩下几个无依无靠、无家可归的老朽残废，在这里继续混日子，等待着命运的安排……

瓦其尔领着老伴，是最后离开这座乱糟糟的"会址"的。他觉得不管怎么样，他毕竟是这里的"高级顾问"。他不能像贡郭尔那样缺德，看势头不好，就把手下的扔下不管，自己偷偷逃命。他想，人嘛，错也错出个明白来。贡郭尔逃了，现在就是骑兵师马上赶来拿他问罪，他也得受着，谁叫你应承过"高级顾问"呢！今天落到这个地步，他也不想埋怨贡郭尔，不是人家贡郭尔逼他来的，是他自己连滚带爬投到这里来的。自作自受！

瓦其尔怎样到这里来的？贡郭尔叫他扮了个什么角儿？这里的人们都是清楚的。再说瓦其尔老人性情和善，人缘好，当他最后要离开这里时，剩在这里的人们都出来送他，说不出为什么人们低着头抹着泪，有的发出悲痛欲绝的抽泣声，他们尾随其后，好像是在为他出殡。走到门外，瓦其尔躬身停步，用颤抖的声音向大家告辞：

"在这多事之秋，我们风雨同舟到今天，如果我瓦其尔对各位弟兄们有什么对不住的地方，乞望多加原谅……诸位，我们来世再见！"

一句话说得人们都忍不住地放声大哭起来。

瓦其尔抬头看见那块"内蒙古脱离内战委员会"木牌还挂在那里，他对一个无家可归的老伙夫说：

"把它摘下来，当劈柴烧了吧！"

如果说当初瓦其尔冒着雪雨只身投奔到这里来时，是因为精疲力竭而昏厥过去的话，那么今天他离开这里时，已经是心力衰竭，他所以没有晕倒在地，那是一种责任感在支撑他；他觉得此刻自己应该坚强一些，给那些留在这里的无家可归而又对命运惴惴不安的人们增加一点生的力量。

然而，他一走出村外，还没等踏上北去的那条小路，就晕倒了……

当他苏醒过来时，已经躺在自己的家里。只有老伴一个人孤零零地守着他。

见他终于苏醒过来，老伴高兴得流出了眼泪，说：

"老头子啊，咱们总算回到自己的家啦！"

老伴的声音从老远老远传了过来，他听清楚了，这里是家，自己的家！恍惚中他听见老伴还在说：

"是乌金台村的一个老牧羊人，用勒勒车把我们送回来的……"

老伴接着说了些什么，他又听不清楚了。

从这以后，他一直处于一种似睡非睡的昏迷状态。所有记忆的弦都断了，他好似没有经历过几十个春秋的人世沧桑，没有为了积聚财富绞尽过脑汁、干过种种昧心的事，没有跟那个回回女人生过沙克蒂尔，没有跟南斯日玛的妈妈——现在的老伴偷情几十个年头，当然更没有为了讨好双方，制作过国共两党的两种旗子，也没有在雪雨中拼出老命去投奔贡郭尔，抱住后来他让当劈柴烧掉的木牌子昏倒过……所有这一切都没有发生过。脑子里一片空白。

这种空白感，在生理学上如何解释呢？是极度的衰竭，还是暂短的超脱？从瓦其尔身上证明是后者。经过一段死一般的空白之后，记忆的弦又开始一一连接、拨动，并开始恢复正常的信息传递。

他静静地躺在蒙古包里，从天窗望见一片片浮云徐徐飘过，留下来的天空是暗灰的，恰像脾气乖戾的婆娘的那张脸。包内外安静得听不到一点声音，莫非老伴也弃他而去了吗？他忽然产生一种极端古怪的想法：但愿老伴果真弃他而去，让他一个人生活。他见过很多古刹破庙里只有一个孤身生活的喇嘛或尼姑，他（她）们的脸虽然缺乏血色，但心境却显得那样无牵无挂、无求无欲。他（她）们的心力，不像倾盆大雨，一泻而尽，而像清泉涓涓，长流不竭。他羡慕古刹破庙那种平静的孤独和孤独的平静，那或许就是在漫漫人生之旅中力尽精竭者的最好归宿吧！

"你醒来啦？"

是可怜的老伴的声音。

接着映入他眼帘的是老伴那一头白发。他想，她不应该这么早就变成白发老妪。年轻时她那长长飘散的黑发，曾经多么强烈地挑动过他的情思！后来年复一年的磨难，使她的黑发一根又一根地变白。根据白发记录着人生之旅的步步艰辛。

"你觉得好过一些吗？"老伴给他盛来了一碗热牛奶。"这是我刚挤来的鲜奶，怕把你吵醒，是在那边的蒙古包里烧的。"

她的话，叫瓦其尔很不痛快：

"干吗到她那里去烧奶！往后别跟她来往！"

显然他是指大儿媳妇卡洛而言的，他还不知道卡洛早已头躯两分，当然更不知道那是大儿子旺丹之"杰作"。老伴现在能跟他说什么呢？她只得强作笑脸，应承说：

"好，好，往后我就在这儿烧。"

小晌时分，瓦其尔睡着了。老主妇悄悄去附近牧工家里，与他们商量给卡洛出葬的事。一具没脑袋女尸，老是放在家里，那是很不吉利的。

就在这时，沙克蒂尔与莱波尔玛同乘一匹马，回到了家里。他们也是来给卡洛出葬的。

沙克蒂尔老远看见父亲的蒙古包天窗上面飘着青烟，他很奇怪，莫不是爸爸也回来了？

他们在马桩子上拴好马，一同向父亲的蒙古包走去。

牧区的人，躺在蒙古包的地上，对外面大地上的一切音响，天然地十分敏感。瓦其尔在睡梦中，听见了由远而近的马蹄声。当沙克蒂尔与莱波尔玛走进包门时，他那两只睁大的眼睛，在等待着他们。

沙克蒂尔看见父亲盖着被子躺在家里，急忙上前问候：

"爸爸，您身体安康！"

莱波尔玛随后也向他问安：

"大叔，您好！"

"没想到是你们俩！老佛爷保佑，看得出你们都很好。"瓦其尔有些兴奋。

"您身体……"

"老了，动不动就晕过去。"

"妈妈没陪您回来？"

"回来了，不知道又忙什么去了。你们是特地来看我吗？"

沙克蒂尔踌躇片刻，索性照实说来：

"爸爸，我们还不知道您已经回家来了。"

"那你们回来干什么？"

"我们是来给卡洛出葬的。"

"你说什么？"瓦其尔大吃一惊，想坐没坐起来。

莱波尔玛以为瓦其尔老人发了怒，赶紧为沙克蒂尔打圆场，她说：

"他公事太忙，今天才抽出空来。"

沙克蒂尔不以为然，插进话来：

"不，照实跟您说吧，爸爸，我根本就不想回来给卡洛出葬！她对我们有什么恩德？把您气病了好几个月，南斯日玛是她逼死的，她还把我们这个家变成了跟国民党大特务刘峰长期鬼混的窝子，旺丹把她脑袋砍下来，罪有应得！"

他这一通话说得瓦其尔就像全身抽了筋似的一点一点地往上弹坐起来，嘴里不住地唠叨着：

"卡洛升天了？卡洛升天了？"

"不！是下了十八层地狱！"

"旺丹砍下了她的脑袋？"

"旺丹也不是个好东西，我把他逮起来了。"

"噢！"瓦其尔舒了一口气，"卡洛死了，旺丹逮了，是吗？"

"嗯。"

"那么你们共产党打算怎样处置我？"

"您？……"沙克蒂尔这时才想起他还不知道父亲是怎么回来的。他问："您还去找贡郭尔吗？"

"贡郭尔？我到哪儿去找？"

"他……"

"他早就逃跑了！"

沙克蒂尔一惊，问："往哪儿跑了？"

"那个狼心狗肺的东西，看势头不好，他把我们丢下不管，带上从达木汀家里抢来的东西，逃到北平去了。"

他没想到父亲提供出如此重要情况，因势利导，他又叫父亲说出了贡郭尔出逃前后的全部情况。这一重要的事态发展需要马上向上级报告，他让莱波尔玛暂时留下来处理卡洛的尸体，和照顾二位老人，自己立即策马直奔特古日克村。

莱波尔玛跟沙克蒂尔明明暗暗过了这么多年，毕竟不是结发夫妻，瓦其尔也好，南斯日玛的妈妈也好，都是她的同村长辈，但是过去她从来不与他们来往，更没有进过瓦其尔的家门。这次她是前来告慰两个故人的魂灵，本来跟沙克蒂尔说好速来速归，下晌一同返回，不料瓦其尔提供了那样重要的情况，沙克蒂尔不得不立即回去报告。沙克蒂尔临走时拜托她办的那两件事，她也觉得合乎情理，因此她没有想什么就留下来了。她是个要强的人，既然留下来了，而且是受沙克蒂尔之托留下来的，那她就应当尽心尽力地把事情办好，让二位老人也亲眼看一看跟沙克蒂尔相好这么多年的那个女人，比谁都不差！

二位老人的意思是，消灾除祸，赶快把卡洛的臭尸拉出去野葬。莱波尔玛却说：你们家先后死了两个人，南斯日玛姐先死的，而且死得冤枉，卡洛是后死的，而且早就该死。我没先去给南斯日玛烧炷香就给卡洛出葬，天理不容。这样她就把卡洛的尸体搁着不管，先给南斯日玛烧香去了。

这一举动非同小可，从哪一方面讲都是有情有义有理，二位老人钦佩之余大受感动，特别是南斯日玛的母亲，一把鼻涕一把泪地夸奖她在处理与她死去的女儿南斯日玛的关系上，有人性、重情义、懂事理。瓦其尔也高兴的说了句不像是老人特别是有病的老人说的话："要不说这么多年她把我家那匹小儿马子勾引得神魂颠倒的，看来沙克蒂尔还挺有眼力呢！"

莱波尔玛去给南斯日玛烧香回来后，又麻利地野葬了卡洛，还帮助二位老人安排完家务，就等着沙克蒂尔前来接她回去了。

就在这个时候，草原上不知从哪个方向接连传来轰隆隆、轰隆隆的巨响，而且在这山崩地裂的巨响中仿佛地球在不停地受到外来物的猛烈撞击，整个大地在微微颤动！哦！听出来了，这是炮火声，密集得像穿天雷一般的炮火声——敌我双方在察哈尔草原的决战开始了！

草原平坦而开阔，对声波几无阻力，几十里以外的炮声，犹如响在耳边。

过去一打起仗来，哪怕是几声枪响，瓦其尔就心神不宁，躺不下坐不住的，他担心那枪子随时会来敲碎他的脑门儿，或者那炮弹随时都会把他那成千上万的牲畜变成肉酱；他一怕丢掉老命，二怕失去财富。

但是今天他一反常态对这样前所未有的激烈战斗，却处之泰然，好像根本就没有听见那震天动地的炮声。他也不再像从前那样提心吊胆地去察看埋在附近沙丘里的金银珠宝有无丢失，对于那些属于他的不计其数的大小畜群，更是一概不闻不问。他抱病走出包外，对远方隆隆的炮声全然不屑一顾，独自踏着荒原漫无目的地向前走去。看去他很像是一位风烛残年的哲人，仿佛正在思索着什么深奥莫测的天经地义，时而仰天长叹，时而停步凝思，时而悲愤交集，时而笑逐颜开……

莱波尔玛看出瓦其尔老人精神恍惚，举止失常，她怀疑他神经出了毛病，但她初来乍到，不便直说。她只希望那一阵紧似一阵的炮声快些停止，让沙克蒂尔归来，因为她不管嘴上怎么说，在心里早已设计了一个与沙克蒂尔白头偕老的计划。战争如此激烈，她不免时时为沙克蒂尔担心。所谓度日如年，那正是她现在的境遇。

整整一天了，那炮声从未停止过一分钟，到黄昏时不但没有平静下来，反而又增加了一阵阵千军万马冲锋的杀声，和几百辆载重卡车碾过草原的轰鸣。那些听惯了马蹄清脆声的牧民们，耳膜被震得阵阵作痛。有些老年人以为佛教徒们常说的那个"嘎拉巴于任"（世界末日）已经到来，他们手里捻着佛珠默默祈祷。草原笼罩在浓重的悲切气氛之中。入夜之后远方草原的战火，染红了大半个夜空。世界仿佛变成了一个大火团，而那火势现在烧得正旺，草木与生灵全将化为灰烬，化为乌有，化为未来的新绿与生命的前奏。反正谁也没有见过那个"嘎拉巴于任"是什么样子，大不过是一次生与死的洗礼吧！

莱波尔玛呆呆地守望在外面，整整一夜没有合眼。

瓦其尔老人也在为儿子担忧吧，他也一宿没睡，一个人出出进进，也不知道他在干什么。

他老人家的神经确实有了毛病。她想。

拂晓时，冲锋的喊杀声，隆隆的炮声和机动车的轰鸣都渐渐平息下来了，只有那通明的战火还在燃烧。看来战斗已经接近尾声了。此刻，莱波尔玛从为沙克蒂尔的安危担心，变成了对整个战局胜负的关心。如果我方失利，那将对洛卜桑师长形成很重的压力。真的要是落到那个地步的话，那么她将毫不犹豫地哪怕是暂时地也要回到洛卜桑身边去。她不忍心让他一个人承受失败的痛苦。谁曾想到过，她，莱波尔玛，一个普通穷苦牧民妇女，对自己未来生活的安排竟会受到伟大战局如此紧密的制约！然而，生活确实如此。

在各家各户的包顶上飘起烧早茶的炊烟时，被夜以继日的炮火声震动得疲惫不堪的草原，又被一阵急促的马蹄声惊醒了。人们纷纷掀起用麻线绣有各种古老图案的毡门帘，探出头来观望一眼策马跑来的是什么人？

"乡亲们！老佛爷保佑，我们胜利了！国民党反动派被彻底打败了！"

跑来送信的两个骑者，还没让人们认出脸来，从老远就喊了起来。

人们纷纷拥出包外，向那两个骑者围过去，请他们下马来，在这里喝早茶，再给详细说一说战场上的情况，可那两位骑者还要到别的牧村去传达胜利的喜讯，他们连马都没下，一溜烟地远驰而去。

莱波尔玛听到战场上的胜利消息，高兴得往腰带上掖起蒙古袍前襟就往回跑，她一进包里喘着粗气对瓦其尔说：

"大叔，您听见了吗？"

"什么？"

"胜利了！"

"谁胜了？"

"咱们！"

"咱们？"

"咱们骑兵师把中央军彻底打败了！"

"噢！那是……"瓦其尔抽了口冷气本来想说"那是你们胜利了"，但没有说出口。

胜利的消息却没有使瓦其尔产生丝毫喜悦，这使她十分惊奇，她怀疑老人家可能没听清楚她的话，于是又补了一句：

"我们胜利了，沙克蒂尔很快就会回来看望您老人家。"

瓦其尔对她的话仍无反应，他扶着身前的小茶桌，颇为困难地站起来，驼着背慢慢走出包门。他好像有很重的心事。他的神经确实有了毛病，她又一次这样想道。

瓦其尔为什么把革命队伍的胜利想说成"那是你们胜利了"，因为他自己明白，他虽然在两阵对垒中没有明确地反对过共产党，但是他从来没有在革命队伍里待过一天，他没有理由把骑兵师的胜利说成是"我们胜利了"。与此相反，不管怎么说，他却在国民党支持的贡郭尔营垒里待过，而且还心甘情愿地担任过"高级顾问"。说他是明牌国民党，倒也不是，但他感情的天平是向国民党那一边倾斜的。诚然他从来没有为国民党中央军的胜利祈祷过，国民党中央军也没少让他吃苦头，可是当他听说在察哈尔草原国民党已经被打败，共产党已经胜利时，他心中骤然升起一股无法摆脱的悲哀与惊恐情绪。这一辈子他只顾积聚财富，从来没有参与过政治，就这么一次涉足政治，没承想一头跌进了黑泥潭！共产党胜利后，对脱离内战委员会那档子事情绝不会放过去，不用说报仇，就算是出气，也得往一个人身上出啊，如今贡郭尔"主席"早已逃进了北平，共产党拿他这位"高级顾问"问罪，乃是顺理成章的事情。他有一种预感：自己的生命旅程已经走到尽头了。

再看一看自己这个家吧！

他最心爱的二儿媳妇南斯日玛，和他最憎恨的大儿媳妇卡洛，一个上了吊，一个被砍了头。抛开死因不管，单说这两种死法，自古以来在草原上都被认为是极不吉祥的，是一个家庭或家族走向衰败的征兆。

大儿子旺丹，叫共产党逮起来了，他不完全明了他干了些啥勾当，反正他在那个黑泥潭里泡得时间很长、陷得很深，他不得好死。

而今，该轮到他自己的头上了。往好里说，就算是共产党姑念他是一只在荒火中惊吓的羊，一时昏了头跑进了狼窝而宽恕他，那他也没脸在这一带草原上活下去了。看一看周围同辈的乡亲，暂且不说达木汀那样的明智者，就说像加米扬巴彦等那些在战乱中曾经东瞻西望、动摇不定的人们，也没有一个人像他这样戴过"高级顾问"的红顶子[1]。他所独有的这种耻辱，是永远无法消除的。往后谁也不再把你当作是一个有声望的人了。人的声望、人的身份，是一种特殊的东西，它的树立不在于财富的众多，而在于气节的高亮。他用毕生的努力积聚的财富，原来是如此无力的东西，当他因失去气节而陷入人生危机时，财富这个魔鬼都不能助他一臂之力，他还要那些无用的东西干什么！

他的家人，一个个生离死别，相继散去；家庭，已经变成了散了架子的帐篷，即将倒塌；金银珠宝牛马骆驼羊，都是毫无用处的身外之物——啊，他实实在在地感觉到自己已经走到生命旅途的尽头了。

人到此刻，或该心灰意冷，处于走投无路的黑暗与绝望之中，然而，瓦其尔老人却不然，恰恰在此万念俱灰之际，从长期笃信佛教的思想境域中，他欣然安然豁然地得到了一条自我超脱的悟性：他决定离开这纷繁的尘世，到他久已向往的北方佛教圣地五台山，去寻觅心灵的平静与欲求的虚无。这念头不是现在才有的，但是战争的结局和家庭的现状促使他在今天横下了这条心。

在布满阴霾的东天边，缓缓升起一轮灰色的太阳，他望着那暗淡的光环皱了皱眉头，迈动沉重的步履，往家里走。老伴站在门口正在招呼他，该喝早茶了。

老伴早已把茶点摆好。他走进包来，在自己常坐的东北角那个位置上，盘腿坐下，接过老伴递给的盛满热茶的银边碗，放到小茶桌上。他看见莱波尔玛站在门口，他摊开右手掌示意请她也来入座。按照晚辈人靠门坐的规矩，莱波尔玛没有往里走动。她提起蒙古袍的下摆，原地坐下。

"请你也坐下。"他对老伴说。

他老伴和莱波尔玛都感觉到他那彬彬有礼的举止有些反常，好像他对她们有什么要紧的话要说似的，她们都有些忐忑不安，呆呆地坐着谁也没有拿起茶碗来。

"我想跟你们说一件事情。"瓦其尔的话音很平静，语调中带有一种庄严的痛苦，"莱波尔玛，大叔不把你当外人，求你把我的话，转告给沙克蒂尔。"

莱波尔玛躬身作答：

---

[1] 清朝官衔，在此作为比喻。

"大叔，他很快就会回来的，您用不着叫我转告他。"

瓦其尔苦涩地微微一笑，又说：

"我还是想求你。"

莱波尔玛有些心跳，怎么也猜测不出瓦其尔的用意，她低着头说：

"大叔，请您吩咐。"

瓦其尔又转向老伴：

"南斯日玛妈，这么多年来你为我费心尽力，如果我有什么对不住你的事情，看在老佛爷的面上，请你原谅我！"

"你说些什么哪，快喝茶吧。"老伴好像怕他说出要说的话，竭力回避着。

瓦其尔把双手轻轻放在膝盖上，闭住两眼静了静心，那动作那神情都像是老喇嘛诵经前的那般肃穆模样。过了一会儿，他两眼一睁，闪射出两道好久以来不曾有过的明亮的锐光，断然说道：

"我告诉你们：我要上五台山了。"

"上五台山？"老伴惊惑不止。

"对！"

"这样荒乱年月，你还有心去朝佛！"

"不！不是朝佛，我是去出家当喇嘛！"

老伴一听就尖声叫喊：

"天哪！你胡说什么哪！"

"这不是胡说，是真的，真的。"

"你不要这个家啦？"

"我还有家吗？我的家让这场战争全给毁了！"

"那你连我也不要了？"

"我们俩风风雨雨几十年，我会想念你的……"

"就光是一个想啊！"

"总不能带着老婆当喇嘛呀！"

"我给你去做饭还不行吗？"

"你就死了这条心吧，当喇嘛就是当喇嘛，你别再缠我！"

老伴扑通倒在地上，用袖口捂住脸，哭得死去活来。

莱波尔玛从一旁见这情景，觉得这二位老人哪一位也难劝。她原来错误地以为瓦其尔精神失常了，其实他是在精神完全正常的情况下在极度的幻灭感中做出上山当喇嘛这荒唐无比但却九死不悔的抉择。看来她无力阻止他的出走，但尽可能拖延他出走的时间而让沙克蒂尔回来规劝他，是可以做到的。她轻言慢语宛宛转转地说：

"大叔，您毕竟还有一个儿子，您跟沙克蒂尔见一面，还是应该的吧！"

瓦其尔没给她好脸色：

"我要打点行装，还不能马上动身，但是沙克蒂尔，我也不想见！"

"不，您一定要等他回来，我马上去找他。"

……

莱波尔玛骑着马上路了。沙克蒂尔可能还在战场上，她向那仍在燃烧着战火的方向奔去。

当炮火彻夜轰鸣，大地微微颤动的时候，她以为那战场可能就在十里八里以外，然而当她乘马驰去时，谁料马脖子上已经淌满了汗流，至少跑了几十里路，仍然不见战场。那还在燃烧的远方烽火好像随着她的前进而在不停地向后移动，你怎么追赶，它还是与你保持着原有的距离。保少台湖、古日班归冷沙山、白音都仍大庙、乌金台村都已甩在了身后，她继续向横卧在前面的一座山岗驰去。这道山岗叫白虎岭，过了白虎岭是一马平川的盆地，叫金银滩；从金银滩再往南，又是一道山岗，名曰黑虎岭。那黑虎岭是阴山山脉的一个小小支脉，自古以来很有名气，究其原因可能是历来被人们认为这黑虎岭是蒙区与汉区的分界线，岭南属于汉区，岭北属于蒙区。古书上所写的漠南漠北据说就是从这里划分的。

国民党反动派的春季攻势，原定从四月二十日开始，并将此计划有意泄露出来，后来突然提前五天，于四月十五日大举进犯我草原解放区。敌人集中优势兵力妄图以此奇袭，先声夺人，取得此次战役初期的主动权与最后的胜利。他们越过黑虎岭，进入了金银滩。此前敌人曾连续两天派出飞机进行过低空侦察，在这一带没有发现我军任何结集的踪影，所以他们断定我军在这一带不会有迎战准备，而且这里又与草原腹地相距遥远，无须警惕，由几百辆卡车组成的机械化部队如入无人之境，浩浩荡荡赫赫然向前驶行。

我军早已获悉敌人提前进攻的日期，但为了麻痹敌人，在突袭特务分子刘峰的地下电台之前，演了那出"作战会议"的好戏。刘峰发回的情报，更使他们的上司坚信我方对他们提前进攻的计划毫无所知。不过富有作战经验的国民党军方指挥官并不完全相信和依赖军统提供的情报，他们还是连续派出飞机进行实地侦察，他们对自己飞行员的"金银滩一带无共军踪迹"的报告是完全相信的，所以才敢这样大摇大摆地行驶在金银滩开阔地段上。

其实我军早已获悉敌人提前进攻的日期，各路兵马比敌人早两天开到了金银滩，并在盆地四周的所有高地布下了严密的伏击线和包围圈。

让整师的骑兵部队作好长达两昼夜的战前隐蔽，简直是不可想象的事情。骑兵部队的弱点之一就是移动目标大、隐蔽难度大。干了一辈子骑兵的洛卜桑师长深知这一弱点所造成的重重困难，所以他做出果断的决定：时间上，提前两天进入战区。正是这一正确决定使我军抢先在敌机进行侦察之前，已经完成了战前隐蔽状态。方法上，充分发挥骑兵部队移动迅速而灵活的长处，开进作战区之后，先不集中，而是分散地隐蔽在附近大大小小几十片山林之中，所以金银滩一带没有一点喧嚣与飞尘。整个部队隐蔽得不露一星烟火，全体官兵的一日三餐是炒米加山水。我军终于克服重重困难，在敌军北上那一天拂晓前已经按照统一部署悄悄然占据了金银滩周围的所有有利地形……

现在敌军先头部队已经穿过盆地，到达白虎岭南麓，后援部队亦已开到黑虎岭北坡，主力部队气势昂扬地正行进于这两道山岭之间的金银滩盆地上。从高处望去，敌军已经全部进入了锅底。就在此刻，信号弹突然升起，我军从四面八方同时发起最猛烈的攻击。在我军射程下的敌军几百辆卡车、数千兵马，全部被围堵在几无回旋余地的那个大锅里头，仗一打响，敌军在一片血肉横飞的混乱中，一窝蜂地前推后拥，顿已不成阵势。我军一开头即已取得战场上的总体优势，但不急于出击冲锋，继续居高临下，稳住阵势，以猛烈的炮火轰击盆地。不到火候不揭锅嘛！忽然有一支敌军后援部队，见势不妙，掉回头去直向黑虎岭仓皇后撤。这支敌军的头目肯定是个老油条，你不能不承认他选择的后撤时间是很好的，我军正在集中力量解决滞留于盆地当中的敌主力部队，战场的天平明显地倾斜于处在有利位置的我方，没有任何一个战斗指挥员会在此决定胜负的关键时刻，为了追击小小一支败退的敌军而分散主战场的兵力，因小失大乃是兵家之大忌，他估计到此刻我军无暇旁顾，他完全有时间撤回黑虎岭以南——逃出锅口。这个家伙的估计没有错，他率领队伍直到撤至黑虎岭顶上，不见我军有一兵一卒追来，他为退逃成功，欣喜若狂，让司机停下车来，他站在踏板上向部下摆了摆手，咧着大嘴忘乎所以地喊道：

"弟兄们，这才叫死里逃生不是！哈哈哈！"

他那些失魂落魄的部下，这时才如梦初醒，一个个停下脚来往回看，山下完全被烽烟战火所遮罩，什么也看不清楚，只隐隐传来一片惨叫声……

他们流着热泪感激自己的头目，是他不失时机地做出后撤的决断，才使得他们侥幸生还。黑虎岭以南就是国民党统治区，近在咫尺，他们得救了！

"嗒、嗒，嗒嗒嗒……"

突然一阵机枪扫射过来，几个正在擦着激动的眼泪的士兵接连倒毙，谁也摸不清那子弹是从哪里射来。那个头目急忙以一块巨石做掩体，躲在它后面四下观察，他到底是个老油条，在这样事态突变的情况下还保持着冷静。他暗自计算时间，大部队从这里向北开过去还没有半个小时，在这么短的时间里蒙古八路就是飞也飞不到这里，他怀疑这是一场自己人之间的误会，当他慢慢探出头去查看形势时，果真印证了他的判断，他看见从前面山头上向他们进行扫射的，果然都是跟他们穿着一样黄军装的中央军，他一个箭步从巨石后面跳出来，一手摇着黄军帽，向山头高喊：

"别打了，自己人！自己人，别打……"他话没喊完，身中数弹，栽倒下去。

倒是从山头上传来一片喊声：

"举起手来！缴枪不杀！"

头儿已死去，残兵无首，谁还敢反抗！士兵们纷纷举起手来。然而令人瞠目结舌的是跑来缴械的，也是一群国民党军。

原来被华北"剿总"指定为预备队的哈吐蒙古骑兵团，遵照与我方达成的秘密协议：全团宣布战场起义！当即接受我骑兵十二师的命令，占领黑虎岭山口，阻击南撤的中央军。

哈吐骑兵团的战场起义，不但从背后截断了国民党军的退路，而且与我各路主力部队相配合，形成了全线包围圈。

哈吐团长宣布起义后，不是出于革命觉悟而是出于他要强的个性，想显露一下自己的能力与实力，同时也不想自己"空着手"去见洛卜桑，他率领全团官兵猛杀猛冲，在黑虎岭上筑成一道坚固的阻击线，将一批批南撤的中央军一次次地打下山去，或者就地歼灭。经过一天一夜的激战，当我军将进犯的敌军全部歼灭在金银滩盆地时，哈吐团长在铁木尔和韩副官的陪同下，直奔我军临时指挥部，前去拜会骑兵十二师各位首长。

莱波尔玛驰骋几十里赶到战场时，战斗已经结束了。部队正在打扫战场。已经放下武器的"黄皮子"中央军，像一群蝗虫似的在盆地里蠕动，受伤的俘虏成堆地倒在地上惨叫不止。人山人海，持枪的我军战士和缴械的敌军官兵全混在一起，你拥我挤的，乍看去好像这里没有发生过你死我活的殊死战斗，人们是在挤庙会，赶骡马大会。莱波尔玛就在这人头攒动的洪流中，一会儿往东被卷过去，一会儿又往西被拥过来。

那个沙克蒂尔她到哪儿去找啊！

莱波尔玛毕竟不是一个普通牧民妇女，骑兵师的战士们都认识这位长得像朵开不败的花儿似的曾经是师长太太的女人，他们一认出她来，有的给她开路，有的向她放肆地挤眉弄眼，有的故意跟她搭讪，问她是不是在找洛卜桑师长？她无心答对这些战士们，她只想尽快冲出人流，离开这可怕的战场。

这是她生来第一次目睹一场大战后的战场上那触目惊心的景象。

在方圆几十里宽阔的金银滩上，到处都是横倒竖趴的国民党军的尸体，每具尸体旁边都淌着一摊黑血。不知从什么地方一下子飞来了那么多的说不出名来的大小昆虫、蛆虫和苍蝇，在这一摊血上尝两口鲜就又急忙飞到另一摊血上去，好像它们正在举行着盛大的狂欢节。

莱波尔玛尽量躲着敌军的尸体走，但是躲也躲不开，脚底下全是尸体，缺腿短胳膊的，血肉模糊没脑袋的，甚至有的尸体是从上到下齐刷刷一刀劈成两扇，已经辨认不出人的模样了。这就是被骑兵部队血洗的战场。骑兵冲锋一般不用枪炮，而用寒光闪闪的马刀向敌军劈杀，五六斤重的马刀嗖地砍下去，任何敌人也不会留下完整的尸体。敌人最怕受我骑兵的追歼，他们看见骑兵高举战刀、喊着杀声铺天盖地向他们拥来，他们早已丧魂失魄吓破了胆，哪里还敢迎战，一个个只顾抱头逃窜。那也无济于事，照样躲不过山呼海啸般冲锋过来的骑兵们向他们嗖嗖砍杀下来的马刀。打扫被骑兵部队横扫而过的战场，你才会看到战争最残酷的那一侧面。

莱波尔玛牵着马继续寻找沙克蒂尔。她东躲西闪依然无济于事，脚底下不是踩在敌人的脑浆上，就是绊在被腰斩两段的尸体上。她想尽快离开这里，她上了马。一个认识她的战士告诉她，听说沙克蒂尔在盆地中央地段在做疏散俘虏的工作。她策马驰去。这一带战场却是另外一番景象：几百辆美式军用卡车全在这里变成了一堆废钢烂铁。有的汽车被炮火击中，轱辘飞了，水箱扁了，前桥弯了，后槽还在冒着浓烟；有的汽车则相撞一起，东倒西歪，前进或后退的道路完全被堵塞，等于是自设路障，全部被歼于此。这里也有很多被击毙的敌军，但缺胳膊少腿的尸体已不多见。

前面的草滩上，乱糟糟地站着坐着蹲着躺着黄黄一大片俘虏，四周站着持枪的我军战士，显然那里就是疏散俘虏的地方。莱波尔玛径直奔向那里。

几个战士（其中一个还挂了花，左胳膊用绷带吊在脖子上）押送一队俘虏，缓缓向她迎面走来。那里头还有几个女俘虏，她想象不出她们来这里凑什么热闹！那几个女俘虏紧紧互相依附着，与男俘虏们保持着一定的距离，仿佛这时候才表现出女界团结的伟大意义。然而，她们那副可怜相并没有引起莱波尔玛的丝毫怜悯。她想，她们成俘虏之前，可能做着比男俘虏更坏、更无耻的勾当。押送俘虏的我军战士，也是衣冠不整、眉脸脏黑，他们与俘虏的区别仅在于那两只眼睛射出的豪光和手中有一支发亮的枪。当那几个战士，离她还有几十米远，根本看不清楚他们的面孔时，莱波尔玛的心腾地一跳，她有一种突然的感应：沙克蒂尔就走在他们当中。她疾步向他们跑去，果然她从很远的地方就看见了沙克蒂尔，可他根本不会想到在此时此刻与她相逢，直到她策马走近他的近旁，他都没有认出她来。

"沙克蒂尔！"她来到他身边轻轻呼唤他。

他不由得一怔：

"怎么，你！"

"我来找你。"

"干吗找到这儿来！"

"有急事。"

"有什么急事也不能到这儿来找，这是战场！"

"你父亲疯了！"

只见沙克蒂尔的肩膀痉挛地一颤，停下脚来，他没有转过身来看她，也没有再问什么，只是紧皱眉头，在从他身边蹒跚而过的俘虏们的头上凝视着远方隆起的丘陵。他相信她的话，家里一定出了事，因为早就有这种预兆！

"你父亲疯了！真疯了！"

　　沙克蒂尔还是没有说话，只是向身边的战士示意，叫他们押着俘虏继续前行。过了好长时间他才问：

　　"父亲是怎么疯的？"

　　"他马上就去五台山，出家当喇嘛。这是真的！我们说什么他都不听，你快回去劝一劝吧！"

　　不知是父亲的荒唐作为使他发怒，还是莱波尔玛的劝说惹他生气，他攥着两只拳头吼了起来：

　　"我是个军人，正在执行任务，怎么可能离队！父亲就是抹脖子，现在我也顾不上管他。"

　　莱波尔玛已经看出父亲的消息给他带来了极端的痛苦，使他如此发泄烦躁情绪，她便有意转个弯问他：

　　"你们把俘虏往哪儿送？"

　　"后方。"

　　"如果路过你们家附近，我觉得你还是应当回去看一看他老人家。"

　　"莱波尔玛，你怎么糊涂成这个样子！这是打仗，是战争，不是小孩'过家家'！"

　　他的话很刺激人，莱波尔玛忍着性子用平和的口吻说：

　　"你用不着跟我喊叫！我跑这么远的路来告诉你们家出了事，你管不管跟我有什么相干！"

　　她一肚子委屈，抹着眼泪，打马上路，离开了沙克蒂尔。

　　沙克蒂尔努力抑制着自己心烦意乱的情绪，与那几个战士一起押送着那些根本不想迈步的俘虏，慢慢向北移动。速进速退是骑兵的习惯，而今跟这些无精打采、失魂落魄的俘虏老爷们，在无边的草原上瞎磨蹭，真够烦人的！有的俘虏还有意跟你捣乱，装死装活地躺在路上，不肯往北走。经再三劝说，那俘虏还不听话，一个小战士被激怒了，他嘴里喊着"我毙了你！"便朝那个俘虏的脑袋左左右右不差半尺的地方，当当当就是几枪，吓得那个俘虏噌地跳起来"爹呀妈呀"地叫喊着跑到队伍里去了。从此天下太平。

　　他们日夜兼程，终于在第二天早晨到达一个有土围子的小村庄，俘虏收容站就设在这里。他们将俘虏向收容站全部移交之后，那几个战士都松了口气，笑着说从来没干过这样窝囊差事！他们将要返回前方去接受新的任务。沙克蒂尔领着他们刚走出俘虏收容站，没想到莱波尔玛又在这里出现了。

沙克蒂尔为昨天的事情心里很内疚，走过去问她什么时候来到这里。她说，一路上询问你们的去向，后来才听说俘虏都往这个村里送，就赶到了这里。她说话时，有气无力的显得很疲劳。经沙克蒂尔询问才知道，她昨天离开他以后，担心他家会出事，就没有回特古日克村，而直奔他的家里。一到他家，果然不出所料，真的出事了。瓦其尔老人执意要离家出走，老伴苦苦哀求也改变不了他的主意，老伴觉得她女儿南斯日玛已死，老头再一出家当喇嘛，她无依无靠，还有什么活头！一时糊涂就倒栽葱跳了井，等把她打捞上来，早已咽了气。瓦其尔见老伴悲惨死去，更无心留在红尘世界，等把老伴出葬之后，他决意上五台山去当喇嘛。

沙克蒂尔听说他的继母也是岳母如此悲惨死去，一阵心寒！家已经变成了这个样子，再也不能不回去看一看了。经这里部队领导批准，他与莱波尔玛一同返回家去。

当他们回到家时，这里已经没有人了。一个牧工跑来告诉他们：老主人独自背着出远门的阿篓已经出走了。

沙克蒂尔问：

"父亲顺哪条路走的？"

牧工指着由此向东南延伸而去并消失在远方荒芜草原的一条小路，说：

"他顺着这条小路走了，刮着风，一个人，挺可怜的，我们想送他一程，他老人家也不让……"

他们几个人望着那条荒芜小路，好半天谁也说不出话来，末了，还是沙克蒂尔对莱波尔玛说：

"你好几天没休息了，先回到特古日克村家里去吧，我去追父亲。"

……

他任马由缰往前走着。他为什么要去找父亲？父亲能追回来吗？由此他想到：父亲为什么要出走？为什么非得上山当喇嘛？他本是察哈尔草原上最善于掠夺财富的人，就是为了他惨淡经营的那些家业，他也应当在这里生活。人生仿佛是一场赌博，赢家总想永远赢下去；赢不下去了，也就失却了活下去的意义。但他又非常非常地、特别特别地怕死，他看见过很多人的死，甚至他的家人都快死光了，但他自己却没有想过死。一个人活着已经失却了意义，而又不想死，那么只有选择一种死一般的活。他希冀着那样一种活。现在他正是为了寻找那样一种活而出走了。在整个草原乃至整个中国大地上人们都为建造一种新的生活而昂然奋起的时候，他以一个输的世界的忠实者，走向了朦胧、幽暗的远方。这就是他的父亲。他作为他所剩下的唯一亲人——儿子，前来追他，完全是受了下意识的驱使，这或许就是对于他养育之恩的最后一次报答。他四处不停地寻觅着父亲的身影……

父亲会不会离开那条道，抄近路，直穿草滩？那样就很难找到他了。但就在这时在那条黄土小路上他忽然发现了脚印，那是新脚印——父亲的脚印。他直向前方追去。

大约跑出二十多里，来到了以盛产芦苇而远近闻名的多伦淖尔沼泽地带。那条小路在这里钻进了茂密的苇塘，一望无际的枯黄一片的芦苇，挡住了路也挡住了人的视线，骑着马很难从这里通过。朔风吹来，整个苇塘掀起波浪，发出低沉的鸣响，给人以浓重的凄凉感。沙克蒂尔小心翼翼地提着马缰，往前探路，忽然他看见在沼泽深处移动着一个人的黑影，那黑影随着苇浪的摇摆也在摇晃。他勒住马仔细看去，那就是父亲，那就是他从小所看到的父亲的驼背、父亲的蹒跚步履、父亲走路的模样。他立刻直立在马镫上，连连高喊：

"爸爸！爸爸！——"

随着他的呼喊，整个大苇塘响起沉闷的回声：

"爸爸！爸爸！——"

在这回声中移动在沼泽深处的那个身影，略作踌躇，停了下来。

"爸爸！我是沙克蒂尔！我是沙克蒂尔！"

那个身影还停在那里，没有向前移动也没有回转身来，像一根枯木直插在沼泽中，四周是在强劲的风力掀动下不停摇晃着的芦花大苇塘，那个身影恰像一片被卷在巨浪中的枯叶。

"爸爸！我接您来了！"

借助风力这句话传过去，父亲的身影突然向前移动了。沙克蒂尔怔了一下，继续喊：

"爸爸！您不要走！跟我回家去！回家去！"

父亲反倒更加快了前行的力量与速度。整个苇塘在摇晃，他的身影也在摇晃。越往前走，路越窄，甚或前面已经无路可走了，但父亲还在蹒跚而行，不大工夫，就被在大风下掀着芦花浪的大苇塘吞没了。远处飞起一只孤雁，在空中发出悲凉的鸣叫，它是被瓦其尔惊起的吧，或者它是出于同情，在为那个踽踽独行的瓦其尔老人，唱着幽怨的歌。

风势越来越大了，沼泽地带的苇塘中已经完全看不见有什么道路了。孤雁还在大风中哀鸣……

沙克蒂尔一下子坐到马鞍上哭了。爸爸决意不再回头，直奔五台山去了。五台山！他将在那里出家当喇嘛，在那里忘却所有的亲人与故友，忘却一生中所有的欢乐与痛苦；他想在那里寻找到一片超脱人世的净土，求得心灵的平静。然而，事实上即使他到达那里，他什么也不会忘却，什么也不会超脱；同样什么也寻找不见，什么也求得不到！他——察哈尔草原最大的牧主，只能在五台山那阴暗古刹的晨钟暮鼓中，一步步走向自己的末日，自己的坟墓……

末　尾

在风景如画的特古日克湖北边，有一道山岗，那里生长着一片深黛色的大松林。在广阔的干旱草原地带怎么就偏偏在这里有如此繁茂的松林呢？这是自然界的一个奇迹！多少年来，人们借助它那神秘的色彩、神秘的风韵、神秘的涛声，为它编织了多少神秘的传说。

据说英勇无比的圣祖成吉思汗，进入中原之前，曾在这里打过一仗，损折了八千将士，那不屈的将士死后每个人都托生成一株松树，久远地在这里显示他们的英姿。所以附近居民都称这片松林为"八千松"。那么这里到底有多少株松？是绝对八千株，还是或多或少些？在这一带如果有人讨论这个问题，那将被认为是对圣祖成吉思汗的不敬，对那八千将士英魂的亵渎。八千就是八千！谁都得认为那数目是绝对准确的。就这样，多少年来"八千松"以它深黛色的神秘，一直驻留于人们的心中……

还有一种传说，将这一片大松林与另一位伟大的蒙古人联系在一起，那就是元世祖忽必烈。当忽必烈成为中国历史上第一个统一全国的游牧民族出身的皇帝之后，依然深深眷恋养育他成人的塞外草原，他在京城大都以外，在察哈尔草原南端修筑了一座举世闻名的富丽堂皇的夏宫——上都。上都城北面几十里，就是这一片深黛色的大松林。忽必烈皇帝非常喜爱此地繁茂的树木，便辟为皇家林苑，严加保护，作为他春秋围猎的去处。

这片松林与蒙古民族历史上最伟大的两个人物——成吉思汗和忽必烈皇帝的英名联系在一起，因而人们来到这里总感到有一种特殊的氛围，仿佛依然听见那刀剑的啸声和御骑的嘶鸣……

笃日玛——这位新生的老人，依照斯琴生前对她的嘱托，当她来到道尔吉的家里以家庭主妇的身份甜蜜地点燃起第一缕炊烟时，她想到要做的头一件事，就是要把草原的英雄女儿——斯琴，安葬在那片深黛色的大松林里，让她从那座高高的山岗上，永远望见特古日克湖的闪闪银波，望见故乡草原的秋黄春绿、夏云冬雪……让她作为二十世纪蒙古人的代表，在两位历史伟人的庇荫下，在这里长眠！

这个消息一经传出，立刻得到四方响应，附近草原牧民纷纷聚集一起，集思广益，最后决定按照草原古老的风习，以从前祭祀山野之神的方式，在这著名的风水宝地——"八千松"山岗上，用石块垒起敖包[1]，向这位察哈尔草原上家喻户晓的英雄女儿，表达他们的哀思！

炮声停止了，战斗结束了，胜利给人们脸上增添了闪亮的喜色。人们大步走出毡房，不分男女老少，每个人背着一块自己所喜爱的石块，从四面八方向"八千松"山岗拥去……

一座雄伟的敖包群在深黛色的松林山岗上耸立起来了。中间那个敖包又高又大，在大敖包的左右两边又各有九个小敖包，随着山脊的弧线，排成齐刷刷的一溜儿，那些小敖包上面飘舞着一面面彩幡，远望去，恰像熊熊火焰，满天飞霞……

啊，让那熊熊火焰永远点燃起人民为自己民族的解放而英勇奋取的信心，让那满天飞霞，永远给人民以希望，去为伟大的理想义无反顾地前进！

啊，草原的英雄女儿——斯琴！你的生命是短促的，然而你所代表的蒙古族人民不甘于做奴隶、不甘于在中国这片如此美好的大地上无所作为地屈辱地生活而作为一个强者激发出的那种火一般的自强不息的精神，将永远接续在茫茫的草原上！

1987 年 5 月 10 日定稿于北京

---

[1] 在山冈或高地上垒起的石堆。

后　记

　　《茫茫的草原》这部长篇小说的诞生、受誉，以及后来的遭难和重生的整个过程，是一个曲折、复杂而又完整的故事。我甚至想过，当我到了晚年，写不成别的作品时，就以长篇小说《茫茫的草原》的坎坷经历为素材写一部长篇小说，让读者从一个侧面看到我们社会生活的变迁：人民共和国建立初期党和政府对发展文学艺术事业和培养少数民族作家方面的关怀与重视，当时作家在创作活动中所富有的思想解放、大胆探索的生动活泼局面；从1957年以后"左"的思潮的逐渐形成和猖獗；在"十年浩劫"中，作家们所遭受的"史无前例"的冲击与迫害；直到粉碎"四人帮"，特别是党的十一届三中全会以后，在祖国大地上出现的一派生机盎然的景象。在这部漫长的历史画卷中，《茫茫的草原》曲曲折折荣毁沉浮的过程，可以成为一个不大不小的插曲。

　　我是从1952年开始酝酿写这部长篇小说的，那时我二十出头，刚踏入文坛，写作基础、艺术素养都比较差，但正是血气方刚的年龄，敢打敢拼，一落笔就计划写一部百万字的巨著。1952年我入中央文学研究所研究生班学习，在学习期间有写作实习时间，所以没有中断这部作品的创作准备工作。每年我还利用寒、暑假期，到草原深入生活。1954年我从北京返回内蒙古，为了完成《茫茫的草原》，我到察哈尔草原的一个旗里担任旗党委的领导工作，就在这期间写完了《茫茫的草原》（初稿为《在茫茫的草原上》）上部，1957年春出版。

　　《茫茫的草原》是新中国成立后出版的第一部反映内蒙古人民生活斗争的长篇小说。此书一出版就获得了内蒙古自治区成立十周年文学创作一等奖。这不只是对我个人的奖励，是党和人民对我们少数民族文学的兴起和少数民族青年作家成长的鼓励！我一鼓作气，于1959年秋，在北京西郊风景秀丽的八大处写完了下部，三十二万字。正要向出版社交稿时，我被急电召回，"反右倾"和"反对现代修正主义思潮"的运动开始了。从那以后，《茫茫的草原》就作为具有人性论、阶级调和及修正主义倾向的作品而受到批判，时间长达一年多！当时我抱着极其真诚的态度，听取各方面的意见，并按当时自己所能接受的程度，在1962年把上部重改了一遍，次年在韦君宜、王笠耘等同志的鼎力支持下，以精美的装帧重印出版。不少评论家在各种报刊上发表文章，对我这个修改本给予热情的评价。日子又好过了，但好景不长，随之一个运动接着一个运动，我工作的单位被打成什么俱乐部、黑窝子。《茫茫的草原》重遭厄运，被打成"鼓吹民族分裂主义和修正主义的大毒草"，我被派去搞"四清"，"以观后效"，等候处理。

到了"文化大革命"，更加步步升级，我和内蒙古其他几位作家被打成"反党叛国集团"，我本人"荣升"为内蒙古文艺界"第二号阶级敌人"（此外还兼有十几顶帽子，不作赘记）；《茫茫的草原》（上部）早已被定为黑书，在报刊、电台上多次受到点名批判。我的家多次被查抄，后将我的家物、藏书、书稿全搬去，在呼和浩特市中心一个展览馆里举办"玛拉沁夫反党叛国罪行展览"，我用多年心血写成的三十二万字的《茫茫的草原》（下部）原稿，就在这时全部遗失了！这是后来才知道的，当时我还被关押在单人牢房里。

然而，正在这时候啊，固阳县山村一位蒙古族小学教员，冒着危险把《茫茫的草原》（上部），用铁盒密封起来埋在地下。后来这位可敬的同志给我来信说，他这样做是因为他坚信终会有一天，《茫茫的草原》一定能够重见天日！

我钦佩这位年轻的预言家！他的预言终于变成为现实。打倒"四人帮"后，中共内蒙古自治区党委做出决定正式给长篇小说《茫茫的草原》（上部）及其作者彻底平反，恢复名誉，人民文学出版社亦已重印该书。

历史是多么可爱又公正的老人啊！

到了1979年，春风吹得我创作欲望顿然骚动，我提起笔来开始重新写起《茫茫的草原》的下部。这可就难喽！原稿的基本情节、人物脉络等没有忘记，但是具体的语言表述、细节描绘等就无从记得了。特别是作为一部长篇小说的下部，它受着上部的总体制约，还不能完全离开上部另行编制。恢复丢失的旧稿，比写一部新作还难！我苦苦熬了一个春天，终于写完了全书。内蒙古大型文学季刊《奔马》的编辑同志闻讯前来索稿。当时我的自我感觉并不良好，总觉得最后几章写得不理想，但又一时找不出缘由何在。我感到困惑。我没有敢把全书稿子交出，只将下部的前半部即本书的卷三，交给他们先拿去发表。这是 1979 年 5 月的事情。当时我国正在兴起思想解放运动的春潮，为了适应新的历史时期的形势，人们不安于现状，不安于既得的成绩，都在从各个方面进行勇敢的探索和创新。就是在那一股催人奋进的春潮中，我逐渐认识了这部小说最后几章所存在的问题，即，它沿袭五十年代小说创作的习惯（是的，我只想说那是一种习惯），按照最初的总体设计，把故事写完了。如果说得再直率一些，我仿佛重复着近似于这样一种模式——在战场上敌我进行了一场决战，我们胜利了，敌人失败了，我军指挥员乘坐吉普车（在我的作品中是骑着骏马）赶到正在欢呼的战士群中，他举起右臂向战士们高呼："同志们，我们胜利了！"于是乎，随着战斗或战役的结束，作品中的矛盾冲突结束了，艺术情节结束了，人物命运也全结束了……如果说前些年的读者还能宽容我们这种艺术描写习惯的话，那么八十年代的读者就不一定会继续接受这种模式了。我们这一代作家面临着重新学习，面临着自我调整的任务。诚然，这并不是一件容易的事情，但我们必须接受这种挑战。

我暂时把已经完成的稿子放下不发表，用很长一段时间进行学习和思索，调整自己的艺术观念，与此同时，对这部作品的最后几章从总体设计上进行根本变革：把那些离开人物命运、离开人物关系而单纯对战斗或战役过程的描写大量删减，并将其全部推到背景位置上去，而把人物关系与人物命运拉到前台来；用人物关系与人物命运的发展衬托出生活和历史的进程。只是作品结束了，别的什么都没有结束……

这本书的最后十多万字，先后改写过三次，现在，这部书终于定稿、发排了。作者并不认为经过改写和调整的那一部分一定是成功的。不，作者在这里只是想说，创作是一种残酷的劳动，你付出了心血和汗水，但不一定就会获得你所期望的硕果。

然而，作者依然感到极大的欣慰，这部书毕竟是写完了。我乞求读者原谅：这笔债我拖了这么多年，而且今天奉还得也不是多么漂亮、利落。但我还是希望您，尊敬的读者，会喜欢我的这部小说。

作　者

1987 年 9 月 5 日于北京